ACTION

BAND 72

Entdecke die Festa-Community

- www.facebook.com/FestaVerlag
- www.twitter.com/FestaVerlag
- festaverlag
- Festa Verlag
- Forum: www.horrorundthriller.de
- www.Festa-Action.de
- www.Festa-Extrem.de
- www.Festa-Sammler.de

Wenn Lesen zur Mutprobe wird ...

www.Festa-Verlag.de

JOEL C. ROSENBERG

DIE WARNUNG

Aus dem Amerikanischen von Susanne Picard

FESTA

Die amerikanische Originalausgabe *Without Warning*
erschien 2017 im Verlag Tyndale House Publishers.
Copyright © 2017 by Joel C. Rosenberg

1. Auflage Mai 2019
Copyright © dieser Ausgabe 2019 by Festa Verlag, Leipzig
Lektorat: Alexander Rösch
Titelbild: Arndt Drechsler
Alle Rechte vorbehalten
ISBN 978-3-86552-733-2
eBook 978-3-86552-734-9

Die Charaktere

Journalisten

J. B. Collins	Auslandskorrespondent für die *New York Times*
Allen MacDonald	Auslandsredakteur der *New York Times*
Bill Sanders	Chef des *New York Times*-Büros in Kairo

Amerikaner

Harrison Taylor	Präsident der Vereinigten Staaten
Martin Holbrooke	Vizepräsident der Vereinigten Staaten
Margaret Taylor	First Lady der Vereinigten Staaten
Carl Hughes	Interimsdirektor der Central Intelligence Agency
Robert Khachigian	ehemaliger Direktor der CIA
Paul Pritchard	ehemaliger Leiter des CIA-Büros in Damaskus
Lawrence Beck	Direktor des Federal Bureau of Investigation
Arthur Harris	Spezialagent des FBI
Matthew Collins	J. B.s älterer Bruder
Lincoln Sullivan	Anwalt
Steve Sullivan	Anwalt und Enkel von Lincoln

Jordanier

König Abdullah II.	Oberhaupt des Haschemitischen Königreichs Jordanien

Israelis
Yuval Eitan   israelischer Premierminister
Ari Shalit   stellvertretender Direktor des
                          Mossad
Yael Katzir   Mossad-Agentin

Ägypter
Wahid Mahfouz   Präsident von Ägypten
Amr El-Badawy   General und Kommandant der
                          ägyptischen Streitkräfte
Walid Hussam   ehemaliger Chef des ägyptischen
                          Geheimdienstes

Terroristen
Abu Khalif   Abu Khalif, Anführer des Islami-
                          schen Staates im Irak und Syrien
                          (IS)
Tarik Baqouba   Kommandant der IS-Milizen in
                          Syrien und Stellvertreter Jamal
                          Ramzis

Weitere Personen
Prinz Mohammed   Direktor des Geheimdienstes der
bin Zayid   Vereinigten Arabischen Emirate

Dr. Abdul Aziz   emeritierter Professor und Mentor
Al-Siddig   von Abu Khalif

WAS BISHER GESCHAH

Die Kamera fokussierte sich auf den US-Präsidenten. Wie auf Kommando sprach er direkt in die Kamera.

»Mein Name ist Harrison Beresford Taylor«, begann er langsam und betonte dabei jedes einzelne Wort. Er zuckte mehrfach zusammen, als hätte er Schmerzen. Arabische Untertitel wurden eingeblendet, während er weitersprach. »Ich bin der 45. Präsident der Vereinigten Staaten und wurde vom Islamischen Staat am 5. Dezember in Amman gefangen genommen. Ich werde vom IS an einem Ort festgehalten, der mir nicht bekannt ist, aber ich kann sagen … ehrlich sagen … also ehrlich sagen, dass ich gut behandelt werde und dass man mir die Möglichkeit gegeben hat, dem Islamischen Staat *bai'ah,* also Gefolgschaft zu schwören. Ich bitte meine amerikanischen Mitbürger, einschließlich all meiner Kollegen in Washington, dem Emir zuzuhören. … Gut zuzuhören, meine ich, gut zuzuhören und seinen Anweisungen zu folgen. Den Bedingungen, die er für meine sichere und zeitnahe Rückkehr nennen wird.«

Kaum hatte Taylor geendet, schwenkte die Kamera zurück auf Abu Khalif, den Emir des Islamischen Staates. »Allah hat diesen Ungläubigen in unsere Hand gegeben«, fuhr er auf Arabisch fort. »O ihr Muslime überall, frohe Kunde bringe ich euch! Haltet den Kopf erhoben, denn heute, Allah sei Dank, scheint das Licht seiner Gnade über euch. Auch habt ihr nun einen Staat und ein Kalifat, das euch eure Würde zurückgibt, eure Macht, eure Rechte und Führung. Lob und Dank sei Allah. So kommt denn in Scharen, Brüder, in euren Staat. Denn dies ist euer Staat. Kommt, denn Syrien gehört nicht den Syrern, Irak nicht den Irakern und Jordanien nicht den Jordaniern. Die Erde gehört Allah allein.

Besonders euch rufe ich, euch Soldaten des Islamischen Staates rufe ich. Lasst euch von der Überzahl eurer Feinde nicht abschrecken. Denn Allah ist mit euch. Ich an eurer Stelle würde mich nicht vor ihrer Überzahl fürchten, nicht vor Bedürftigkeit oder Armut, denn Allah hat eurem Propheten, Friede sei mit ihm, versprochen, dass ihr nicht hungers sterben werdet. Euer Feind wird euch weder erobern noch eure Grenzen durchbrechen, um euer Land zu stehlen. Ich habe euch im Namen Allahs versprochen, dass wir den amerikanischen Präsidenten ergreifen werden, und ich habe mein Wort gehalten. Auch der König von Jordanien wird sich bald in unserer Hand befinden, genau wie alle ungläubigen Anführer dieser Region und alle römischen Bestien. Die alten Prophezeiungen verkünden uns, dass das Ende aller Tage gekommen ist und mit ihm der Tag, an dem Gericht über alle gehalten wird, die nicht das Knie vor Allah und seinen Befehlshabern auf Erden beugen.«

Jetzt wandte Khalif sich nach rechts und die Kamera nahm ihn aus einem anderen Blickwinkel auf. Hinter ihm geriet eine im Schatten liegende Steinwand in Sicht. Er sprach auf Englisch weiter.

»Ich wende mich nunmehr direkt an Präsident Holbrooke, den neuen Anführer Roms. Furchtsam und zitternd, schwach und unbeständig. Sie und die Ungläubigen, die Sie anführen, haben den rechten Pfad verlassen. Sie haben die Wahl zwischen drei Möglichkeiten: Sie treten zum Islam über, entrichten die *jizya*-Steuer, die der Koran für die Religionen der Schriftbesitzer vorsieht, oder Sie sterben. Zwischen diesen drei Möglichkeiten können Sie wählen, aber das müssen Sie sofort tun. Sie müssen Ihr Schicksal wählen, und zwar schnell. Wenn Sie und Ihr Land sich entschließen, zum Islam überzutreten, müssen Sie diesen Entschluss in einer Rede an den Rest der Welt verkünden, und zwar genau in der Sprache und unter den Bedingungen der islamischen Scharia. Allah wird Sie segnen und Sie werden Frieden mit dem Kalifat schließen. Wenn Sie sich dafür entscheiden, die *jizya* zu zahlen, haben Sie 1000 US-Dollar für jeden Mann, jede Frau und jedes Kind zu entrichten, die in den Vereinigten Staaten von Amerika leben. Sollten Sie es nicht tun oder gar aggressive Schritte gegen mich oder das Kalifat einleiten, zeigt unser nächstes Video, wie Ihr geliebter Präsident bei lebendigem Leibe verbrannt oder geköpft wird. Vom Augenblick dieser Übertragung an bleiben Ihnen 48 Stunden, keine Minute mehr.«

TEIL EINS

1

Weißes Haus
Washington, D.C.
Dienstag, 15. Februar

Ich hatte das Oval Office bisher nie betreten.

Meinen ersten Besuch hatte ich mir immer anders vorgestellt.

In dem Augenblick, in dem ich die Schwelle zum am besten gesicherten Raum des Planeten überschritt, war nichts von einer angespannten Atmosphäre zu spüren. Aber das würde noch kommen, so sicher wie das Amen in der Kirche. Ich würde dafür sorgen. Und wenn ich es tat, war mein Schicksal wohl besiegelt.

Zuerst benahmen der Präsident und ich uns vorbildlich. Soweit es ihn betraf, waren unsere vergangenen Meinungsverschiedenheiten bereits vergessen. Ja, in Amman war er von einem Feind getäuscht worden, den er weder verstand noch hatte kommen sehen. Aber in seinen Augen reichte seine erfolgreiche Befreiung offenbar aus, um das Gleichgewicht der Kräfte wieder herzustellen. Folgerichtig war er nun ganz in seinem Element. Am heutigen Abend würde er sich mit einer live übertragenen Rede vor dem Kongress an die Nation und die Weltöffentlichkeit wenden. Er stand auf dem Gipfel des Erfolgs, seine Umfragewerte überschlugen sich, politische Gegner rangen um eine angemessene Reaktion. Er wirkte entschlossen, dem amerikanischen Volk den Frieden, den

Wohlstand und die Sicherheit zu bescheren, nach denen es sich so sehnte.

Präsident Taylor winkte mich heran und bedeutete mir, Platz zu nehmen, bevor er sich selbst auf den Stuhl hinter seinem Arbeitstisch setzte. Man hatte das Möbelstück aus den Planken des britischen Segelschiffs *HMS Resolute* gefertigt, das 1854 gefangen im Packeis des Polarmeers von der Besatzung aufgegeben worden war. Er öffnete eine schwarze Mappe mit eingeprägtem präsidialen Siegel. Dann griff er zu einem teuren Füller von Montblanc und führte zu seiner Entschuldigung an, er müsse noch einige kleine Änderungen an seiner Rede vornehmen, bevor wir in den Fahrzeugkonvoi stiegen, der uns zum Kapitol brachte.

Meine Anspannung wuchs mit jedem weiteren Augenblick. In weniger als einer Stunde würde Harrison Beresford Taylor, der 45. Präsident der Vereinigten Staaten, seinen jährlichen Bericht vor dem Parlament abliefern. Er würde unmissverständlich feststellen, wie bei jeder Ansprache zuvor, dass die »Lage der Nation besser nicht sein könnte«.

Doch nichts lag weiter von der Wahrheit entfernt.

Ich hielt es nicht länger aus. Es wurde Zeit, den Grund meines Kommens zu erklären.

»Mr. President, ich weiß es sehr zu schätzen, dass Sie mich eingeladen haben. Ich weiß, dass Sie derzeit viele Probleme haben. Aber ich muss Sie das fragen, und zwar nicht als Reporter: Haben Sie Pläne, Abu Khalif zu töten, oder nicht?«

Eine einfache und direkte Frage. Aber sobald ich sie gestellt hatte, wurde mir klar, dass Taylor es vermeiden würde, eine direkte und klare Antwort zu geben.

»Ich glaube, Sie werden mit meiner Rede heute Abend

sehr zufrieden sein, Collins.« Er lehnte sich im schwarzen Ledersessel zurück.

»Warum?«

Er lächelte. »Vertrauen Sie mir.«

»Das liegt nicht gerade in meiner Natur, Sir.«

»Nun, versuchen Sie es.«

»Mr. President, werden Sie dem amerikanischen Volk Pläne vorlegen, um den Emir des Islamischen Staates auszuschalten?«

»Sehen Sie, Collins, nur für den Fall, dass Sie es nicht bemerkt haben: In den letzten beiden Monaten haben wir den IS vernichtend geschlagen. Wir haben all seine Anführer im Visier, auch den Emir. Wir haben mehr Drohnen eingesetzt als je zuvor und allein in den letzten sechs Wochen 23 wichtige Ziele ausgelöscht. Geht es so schnell voran, wie ich es mir wünsche? Nein, und ich sitze den Joint Chiefs deswegen durchaus im Nacken. Aber Sie müssen Geduld haben. Wir machen große Fortschritte und werden es schaffen. Sie werden schon sehen.«

»Mr. President, bei allem Respekt, wie können Sie behaupten, dass wir Fortschritte machen?«, erwiderte ich gereizt. »Abu Khalif arbeitet mit aller Gewalt auf einen Genozid hin. Während wir uns unterhalten, schlachtet er Muslime, Christen, Jesiden und überhaupt alle ab, die sich ihm in den Weg stellen. Er köpft sie, kreuzigt und versklavt sie, Männer, Frauen und Kinder. Täglich treffen neue Berichte über unaussprechliche Grausamkeiten ein, es wird immer schlimmer. Er hat Ihre und meine Freunde ermordet, er hat Sie gefangen gehalten. Wenn wir nicht im richtigen Augenblick aufgetaucht wären, hätte er zur Machete gegriffen und Ihnen persönlich den Kopf abgesäbelt. Oder Sie in einen Käfig gesteckt und bei lebendigem Leib verbrannt. Dann hätte er wahrscheinlich das Video auf YouTube hochgeladen, damit alle Welt es sehen kann.«

»Und jetzt haben wir ihn in die Flucht geschlagen«, gab Taylor zurück. »Wir jagen ihre Ölfelder in die Luft und erobern ihre Territorien. Wir verhindern, dass sie Geld auf ihre Konten in aller Welt transferieren. Wir blockieren ihre Social-Media-Accounts und schneiden ihre Kommunikation ab.«

»Aber das reicht nicht, Mr. President.« Ich blieb hartnäckig. »Nicht wenn Sie auf einen direkten Angriff auf den Emir verzichten. Sie treffen seine Leute und sein Geld, Sir, aber die Schlange ist erst tot, wenn man ihr den Kopf abschneidet. Also muss ich meine Frage wiederholen: Haben Sie ein Präsidialdekret erlassen, das die Ausschaltung von Abu Khalif vorsieht, oder nicht?«

2

Der Präsident beugte sich vor und starrte mich erbost an.

»Ich war dort, Collins. In diesem Käfig. Bei diesen Kindern. Jede Nacht habe ich Albträume mit ihren Gesichtern. Jeden Morgen höre ich selbst hier in den Korridoren des Weißen Hauses ihre Schreie. Tun Sie also nicht so, als wäre ich untätig. Sie wissen sehr wohl, dass das nicht stimmt. Ich liege nicht auf der faulen Haut. Ich habe dafür gesorgt, dass US-Soldaten wieder im Irak stationiert wurden, was bedeutet, dass die USA dort erneut Krieg führen, und zwar gegen den Willen meiner Partei und eines Großteils meines Kabinetts. Meine Wähler sind wütend, aber ich habe es trotzdem veranlasst, weil ich es für das Richtige hielt. Und wir gewinnen. Wir schalten den IS aus, schneiden ihn vom Nachschub ab und erobern das Land zurück. Die IS-Milizen wurden in die Flucht geschlagen. Was wollen Sie denn noch?«

»Ganz einfach. Abu Khalifs Kopf.«

»Das ist eben nicht so einfach, Collins.«

»Mr. President, begreifen Sie überhaupt, wer dieser Mann ist, was er vorhat und wie weit er dafür gehen wird?«

»Ob ich das begreife?« Taylor sprang wütend auf. »Sie fragen mich allen Ernstes, ob ich verstehe, mit wem wir es zu tun haben?«

»Sir, das ist nicht Saddam Hussein, auch nicht bin Laden oder Zawahiri oder Zarkawi. Abu Khalif ist anders als alle, denen wir je gegenüberstanden. Es handelt sich um einen Mann, der glaubt, Allah habe ihn auserkoren, um das Ende der Welt herbeizuführen. Er würde nicht mal vor einem Genozid zurückschrecken, um seinen Messias herbeizurufen und ein globales Kalifat zu errichten.«

Taylor kochte vor Wut. Aber ich war noch nicht fertig.

»Und er wird herkommen, Mr. President. Hierher, nach Amerika. In unsere Straßen, das hat er selbst so formuliert. Er hat geschworen, Sie und so viele Amerikaner wie möglich zu töten, und das wird er auch tun. Es sei denn, Sie töten ihn zuerst.«

Taylor schüttelte angewidert den Kopf und trat ans Fenster. Er blickte hinaus auf den Rosengarten, der sanft von Schneeflocken berieselt wurde.

Ich stand ebenfalls auf.

»Sie sind ein Mistkerl, Collins, wissen Sie das? Atmen Sie mal tief durch, beruhigen Sie sich und zeigen Sie ein wenig Vertrauen in die Streitkräfte der Vereinigten Staaten und ihre Kommandanten. Wir gewinnen diesen Krieg. Der Feind ist in die Flucht geschlagen und wir werden ihn nicht entkommen lassen.«

»Mr. President, ich habe gesehen, wie Abu Khalif zwei Männer enthauptete. Ich wurde Zeuge, wie er Saringas an Gefangenen testete, die daraufhin einen qualvollen und schrecklichen Tod starben. Ich habe ihm in die Augen gesehen und weiß, wer er ist. Und er hat mir genau erklärt, wozu er bereit ist.«

Taylor antwortete nicht. Er schielte kurz auf die Uhr und starrte stumm aus dem Fenster in die kalte Nacht, die sich über die Hauptstadt gesenkt hatte.

»Schauen Sie, Mr. President. Ich weiß, Sie haben sich gegen Ihre Partei gestellt, gegen Ihr Kabinett, ja, Sie haben sogar Ihre Wahlversprechen gebrochen, indem Sie US-Streitkräfte wieder im Irak stationierten. Ich sage nicht, dass Sie auf der faulen Haut liegen. Sie wollen gewinnen, das erkenne ich durchaus. Aber, Sir, unterschätzen Sie diesen Mann nicht. Abu Khalif hat bisher jede seiner Drohungen wahr gemacht. Wie oft hat er bereits mit seinen erfahrenen, trainierten und in Schlachten gestählten Dschihadisten geprahlt, die mit amerikanischen Pässen in die USA eingereist sind? Mit Kämpfern, die im Stillen über unsere Grenze geschlüpft und in der Gesellschaft untergetaucht sind, um auf Kommando jederzeit zuzuschlagen? Er wird zu uns kommen, Mr. President, und wenn Sie ihn nicht aufhalten, steht uns ein Blutbad bevor.«

Bei diesen Worten drehte Taylor sich zu mir um. »Glauben Sie, dass mir das nicht bewusst ist, Collins? Sind Sie tatsächlich so arrogant?«

»Dann sagen Sie mir, dass Sie einen Erlass unterschrieben haben, um den Emir des IS gefangen zu nehmen; ganz egal, was es kostet oder wo er sich aufhält. Wenn Sie mir das bestätigen, halte ich den Mund.«

»Ich werde Sie nicht in Details meiner Amtsführung einweihen, Collins. Vergessen Sie nicht, wer Sie sind. Ein Reporter der *New York Times*.«

»Das ist also ein Nein.«

»Hören Sie auf mit Ihren Spielchen, Collins, und verdrehen Sie mir nicht die Worte im Mund. Ich habe nichts dementiert. Ich sage nur, dass ich mich dazu nicht äußern werde. Jedenfalls nicht Ihnen gegenüber.«

»Unter der Hand?«

»Netter Versuch. Diese ganze Unterhaltung ist unter der Hand.«

»Aber ...«

»Wie oft muss ich es noch sagen, Collins? Mir ist klar, worauf Sie hinauswollen. Abu Khalif ist ein Krimineller, ein kaltblütiger Killer. Er ist das Gesicht des IS, da haben Sie recht. Aber Sie nehmen ihn zu ernst. Er ist auch nur ein Mensch, und wir werden ihn finden und auslöschen. Machen Sie sich nichts vor, damit ist die Sache nicht vorbei. Auf ihn wird ein anderer Krimineller folgen, nach diesem ein weiterer. Und die werden wir auch finden und neutralisieren. Aber ich werde meine Regierung nicht durch die Jagd nach einem einzelnen Verbrecher lähmen. Wir werden die gesamte Führungsriege des IS ausfindig machen, ihre Infrastruktur zerstören und ihr Vermögen beschlagnahmen. Systematisch, einen nach dem anderen, bis wir es geschafft haben und es vorbei ist.

Eins müssen Sie begreifen, Collins: Der IS stellt eine Bedrohung dar, allerdings keine existenzielle Bedrohung für die USA. Sie können uns nicht zerstören oder vernichten. Mir ist das Gerede über ein weltweites Kalifat gleichgültig. Es wird nie so weit kommen. Sie wollen über existenzielle Bedrohungen sprechen? Dann lassen Sie uns über den Klimawandel reden, nicht über den IS.«

Wovon redet er da um alles in der Welt?, fragte ich mich. Ich hatte den IS doch gar nicht als existenzielle Bedrohung bezeichnet. Und was sollte dieser Vergleich mit dem Klimawandel?

»Mr. President, Abu Khalif ist nicht einfach nur ›ein Mensch‹. Er ist anders als die meisten Terroristen – brillant, gewitzt und charismatisch. So gesehen ist er unersetzlich.«

»Niemand ist unersetzlich.«

»Dieser Kerl schon. Er ist nicht bloß ein dahergelaufener Gauner wie Zarkawi. Er ist einer der intelligentesten Gegner, mit denen wir es je zu tun hatten. Er hat einen Doktortitel in islamischer Theologie und einen in islamischer Eschatologie. Er beherrscht sieben Sprachen und ist ein Genie, was den Umgang mit sozialen Medien angeht. Er hat die gesamte islamische Welt in seinen Bann gezogen und wie ein Magnet Dschihadisten aus 140 verschiedenen Ländern angelockt. Er mobilisiert ausländische Söldner nicht nur, er bildet sie aus und setzt sie auf eine Weise ein, wie wir es bisher nicht erlebt haben. Abu Khalif hat eine ganze Armee von Dschihadisten aufgebaut, 100.000 Mann stark, die von der Vorstellung besessen sind, dass Allah sie auserwählt hat, die Welt zu erobern. Im Irak mögen sie sich auf dem Rückzug befinden, Mr. President, aber sie verbreiten sich im Nahen Osten und in Nordafrika wie ein Krebsgeschwür. Sie stoßen nach Zentralasien vor, nach Europa und Lateinamerika. Und als Nächstes werden sie sich die USA vornehmen.«

3

In diesem Augenblick betrat ein Agent des Secret Service das Oval Office.

»Mr. President, es wird Zeit. Der Konvoi steht bereit.«

Taylor, der tatkräftige ehemalige Gouverneur North Carolinas und Gründer und Geschäftsführer eines erfolgreichen Technologieunternehmens mit Sitz im Industrie- und Forschungspark von Raleigh, war es nicht gewohnt, offen herausgefordert zu werden. Er blickte mir noch einige Augenblicke zornig ins Gesicht.

»Mr. Collins, ich habe Sie hergebeten, um Ihnen für alles zu danken, was Sie getan haben, um mein Leben zu retten. Als meinen persönlichen Ehrengast anlässlich der Rede zur Lage der Nation. Morgen wird man Ihnen wie geplant im Rahmen einer besonderen Zeremonie die Freiheitsmedaille des Präsidenten der Vereinigten Staaten verleihen. Und Sie danken mir das, indem Sie mir vorwerfen, ich täte nicht genug für die Sicherheit der Amerikaner? Wir stehen kurz vor einem großartigen und historischen Sieg über den Islamischen Staat. Und Sie platzen ins Oval Office und verlangen Rache.«

»Nein, Sir, ich verlange keine Rache. Ich verlange Gerechtigkeit.«

Der Präsident schüttelte den Kopf. »Ich bin Demokrat und verabscheue Krieg, Collins. Und doch habe ich den Kongress um eine formale Kriegserklärung gegen den IS gebeten. Ich bin der Mann, der die letzten Truppenkontingente aus Afghanistan abgezogen hat. Trotzdem habe ich Tausende amerikanischer Soldaten zurück in den Irak geschickt. Warum? Um den IS ein für alle Mal zu vernichten, und genau das werden wir auch tun. Haben wir Abu Khalif in Alqosh gefunden? Nein. Haben wir ihn in Mossul ergreifen können? Nein. Werden wir es weiter versuchen? Definitiv. Und dass Sie nun angesichts all dessen behaupten, ich nähme die Verfolgung dieses Kerls nicht sonderlich ernst, ist nicht nur einfach verrückt, sondern eine klare Beleidigung.«

»Werden Sie Rakka angreifen?« Ich spielte auf das Machtzentrum des IS in Syrien an.

»Wir konzentrieren uns zunächst auf den Irak, und das wissen Sie auch.«

»Und was ist mit Homs? Mit Aleppo und Dabiq?«

Das gesamte Verhalten des Präsidenten änderte sich schlagartig. Nun war er nicht länger zornig auf mich, er lachte mich schlichtweg aus. »Collins, haben Sie völlig den Verstand verloren? Ich versuche hier, einen Waldbrand zu löschen, und Sie wollen noch Benzin draufkippen. Ich arbeite Tag und Nacht mit Russen, Iranern, Türken und UN zusammen, um einen Waffenstillstand auszuhandeln, der Bestand hat. Ich will das Töten verhindern und aufhalten, statt es zu verschlimmern.«

»Aber Sir, verstehen Sie denn nicht? Ein Waffenstillstand, bevor Khalif ausgeschaltet ist, wäre eine Katastrophe. Auf diese Weise verschaffen Sie ihm eine sichere Zuflucht und spielen ihm Gebiete in die Hand, die er allein kontrollieren kann. Territorien, die er als Basis für Anschläge auf die USA und unsere Verbündeten nutzen könnte.«

»Was genau soll ich Ihrer Meinung nach unternehmen?«, fragte Taylor und nahm das Jackett von einem Kleiderständer in der Ecke. »Wollen Sie uns in einen blutigen Stellungskrieg in Syrien verwickeln? Denn genau das ist es doch, was Abu Khalif vorschwebt. Er bettelt mich geradezu an, eine Viertelmillion amerikanischer Soldaten in den syrischen Bürgerkrieg zu entsenden. Er will, dass ich Dabiq angreife und mich in eine Zwickmühle bringe. Warum? Doch nur, um das Ende der Welt umso schneller herbeizuführen. Sie sagten es selbst. Er ist völlig davon besessen, das globale Kalifat zu errichten, die ›Streitkräfte Roms‹ abzuschlachten, wie er es nennt, und das Ende aller Tage herbeizuführen. Und jetzt wollen Sie, dass ich mich auf sein übles, krankes Spiel einlasse? Ich habe Sie für klüger gehalten.«

Das alles führte zu nichts. Ich holte tief Luft. »Mr. President, ich habe Ihnen eine einfache, klare Frage gestellt. Ich probiere es noch ein letztes Mal: Haben Sie einen Plan, wie Sie Abu Khalif ergreifen und töten können, wo auch immer er ist, was es auch kosten mag? Oder haben Sie keinen?«

Der Präsident antwortete nicht. Stattdessen knöpfte er das Jackett zu, ging zum Schreibtisch und nahm das Redemanuskript an sich. Er ging die einzelnen Seiten noch einmal durch, als würde er nach einem bestimmten Abschnitt suchen. Dann kritzelte er ein paar Notizen zwischen die Zeilen.

»Sir?«, hakte ich nach ein paar Sekunden des Schweigens nach.

Taylor ignorierte mich einen weiteren Moment und änderte noch eine Passage, bevor er die Blätter in die Mappe schob.

»Ja, wir haben einen Plan«, entgegnete er schließlich. Er sprach leise, schloss die Mappe und sah mich erst dann kurz an. Seine Stimme klang wieder ruhig, gelassen und sehr staatsmännisch.

Er drückte eine Taste am Telefon, dann wandte er sich um und fuhr fort. »Abu Khalif war persönlich hinter mir her. Weil wir tatsächlich einen umfassenden Friedensvertrag zwischen Israelis und Palästinensern ausgehandelt hatten. Meine Vorgänger haben versucht, so etwas zu erreichen, und sind daran gescheitert. Ich stand ganz kurz davor. Dann rückten Abu Khalif und seine Schergen an und haben alles zunichtegemacht. Das werde ich ihm nicht vergessen, Collins. Niemals. Und solange ich der Kommandant der US-Streitkräfte bin, werde ich nicht ruhen, bis wir diese Kerle erwischt haben. Jeden Einzelnen. Darauf haben Sie mein Wort.«

Er wirkte ehrlich und klang auch so. Aber es überzeugte mich nicht. Harrison Taylor war ein ausgebuffter Politiker, also traute ich ihm nicht über den Weg. Vor gerade mal zwei Monaten hatten die Kräfte des Islamischen Staates einen Anschlag mit chemischen Waffen auf den Flughafen der jordanischen Hauptstadt Amman verübt und den Führer der freien Welt gefangen genommen. Zwei Wochen später erklärte der US-Kongress ihnen den Krieg. Eine Koalition aus amerikanischen Streitkräften und alliierten Truppen war erneut in den Irak ›einmarschiert‹, diesmal allerdings auf Einladung Bagdads. Man hatte in weltweiten Live-Schalten eine große Show daraus gemacht. Dennoch schlachtete der IS nach wie vor Tausende Unschuldige ab. Und mir wurde zunehmend klar, dass dieser Präsident keinesfalls eine zwingende Strategie hatte, diesen Mann der Gerechtigkeit zu überantworten, und auch keine entwickeln wollte.

Schon seit Jahren glich die Nahost- und Maghreb-Politik der Taylor-Administration einer Katastrophe. Ihr Handeln beschränkte sich im Grunde auf Pressemitteilungen und

Fototermine. Taylor war immer wieder vor der Gefahr gewarnt worden, die der IS darstellte, und doch hatte ihn das Ausmaß des Anschlags in Amman kalt erwischt. Nun stand die ganze Region in Flammen. Die Verluste an Menschenleben ließen sich nur als katastrophal bezeichnen. Und doch hatte es ihn kaum Ansehen gekostet. Im Gegenteil, Taylor war beliebter denn je.

Dem Präsidenten gefiel es zu betonen, dass der IS sich auf dem Rückzug befand und das Kalifat mittlerweile nur noch halb so groß war. Aber er hatte den Kongress nicht gebeten, in Syrien einzumarschieren. Er weigerte sich, Bombenangriffe auf das Land zu fliegen oder Elitetruppen auf Abu Khalif oder die übrigen Psychopathen des IS anzusetzen. Dennoch schenkte die öffentliche Meinung Taylor und seiner Regierung einen enormen Vertrauensvorschuss, den Irak endgültig zu befreien und es Millionen von Flüchtlingen zu ermöglichen, in ihre Heimat zurückzukehren. Die Rückkehrer unter den Irakis jubelten den Amerikanern und den alliierten Streitkräften zu, verbeugten sich sogar vor laufender Kamera und küssten den Boden, den man für sie zurückerobert hatte. Großes Kino, das musste ich zugeben. Ich will nicht behaupten, dass es kein Sieg war. Dennoch blieb es am Ende ein Pflaster auf einer verletzten Arterie.

Die Region blutete aus und es war der IS, der die Wunde verursacht hatte. Mit Rezepten aus dem Kalten Krieg ließ sich der Konflikt nicht lösen. Man konnte die Dschihadisten nicht einfach aus dem Irak nach Syrien scheuchen und sie dort ›unter Kontrolle‹ halten. Es handelte sich immerhin um blutdürstige Verrückte, die von einer apokalyptischen, mörderischen Abart des Islam angetrieben wurden, wie ihn die Welt noch nicht erlebt hatte. Abu Khalif und seine Männer ließen mir das Blut in den Adern stocken. Sie glichen einem tödlichen Virus, den man ausrotten musste, bevor er sich auf der Welt ausbreiten konnte und eine Schneise aus Tod und Leid zurückließ.

Um herzukommen und im Oval Office den Präsidenten zu treffen, hatte ich einem winterlichen Unwetter getrotzt, das sich gerade zusammenbraute. Zum ersten Mal seit man uns mit der Air Force One Anfang Dezember aus Erbil weggebracht hatte. Ich war auf seinen persönlichen Wunsch gekommen und hatte darauf gehofft, einem von der Realität ernüchterten Mann zu begegnen. Einem Anführer, der etwas aus den schweren Lektionen gelernt hatte, die hinter ihm lagen.

Stattdessen traf ich auf einen Politiker, der jedes Risiko scheute, sich aber trotzdem im Glanz einer Nation sonnte, die ihn verehrte und sich auf verstörende Weise weigerte, die Katastrophe zur Kenntnis zu nehmen, von der ich längst spürte, dass sie sich anbahnte.

4

»Oh, James, es ist schön, Sie wiederzusehen!«

Die First Lady begrüßte mich in der für sie typischen warmen und herzlichen Art, als sie das Oval Office betrat. Die Stimmung verlor etwas von ihrer Anspannung.

»Danke, Mrs. Taylor.« Sie umarmte mich rasch, drückte mir einen Kuss auf die Wange und hinterließ dabei einen Hauch blassrosafarbenen Lippenstift. »Es ist mir eine Ehre.«

»Bitte, James!« Sie zog ein Taschentuch aus der Handtasche und tupfte mir damit den Lippenstift ab. »Wie oft habe ich es Ihnen schon gesagt: Bitte nennen Sie mich Meg.«

»Tut mir leid, Ma'am. Ich schätze, ich bin es nicht gewohnt, eine First Lady mit Vornamen anzusprechen.«

»Unsinn! Sie gehören doch fast zur Familie, James.« Ihr Südstaatenakzent trat deutlich hervor. »Harrison und ich können Ihnen nie zurückzahlen, was Sie für uns getan haben. Wir möchten, dass Sie sich hier stets willkommen und daheim fühlen. Wie geht es Ihrer Mutter? Hat sie die OP gut überstanden?«

Was ihr Mann an sprichwörtlichem North-Carolina-Charme vermissen ließ, machte Margaret Reed Taylor mehr als wett. Sie war 58, die älteste Tochter eines ehemaligen Senators aus North Carolina und Enkelin eines ehemaligen Präsidenten der Universität von North Carolina, Chapel Hill. Doch sie hatte es politisch gesehen faustdick hinter den Ohren. Sie war ausgestattet mit einem Bachelor der Universität Wharton und einem Harvard-Abschluss in Jura, und ihre Kollegen, die für das Weiße Haus zuständig waren, schworen, dass sie die Chefstrategin hinter der Politik ihres Mannes war. Allerdings war sie viel zu clever, um sich von anderen in die Karten blicken zu lassen. An diesem Abend trug sie ein bescheidenes, aber elegantes taubenblaues Kostüm, dazu eine wunderschöne Perlenkette. Sie befreite den Mann, mit dem sie seit 32 Jahren verheiratet war, dank ihrer Erfahrung aus einer enorm prekären Lage.

»Das hat sie«, antwortete ich und war beeindruckt, dass sie sich an die Hüftoperation meiner Mutter vor weniger als zwei Wochen erinnerte. »Vielen Dank, dass Sie fragen.«

»Ist sie schon wieder fit?«

»Noch nicht ganz, aber es könnte schlimmer sein.«

»Wie ich höre, ist sie sehr zäh.«

»Sie würde sich freuen, das zu hören, Ma'am. Sicher wäre sie heute Abend gern gekommen, gar nicht mal so sehr meinetwegen, sondern eher um Sie zu treffen.«

»Die Gute! Sagen Sie ihr, dass ich sie in ein paar Tagen anrufe, um Sie beide zum Essen einzuladen, wenn sie wieder auf dem Damm ist.«

»Sehr freundlich, Ma'am! Sie wird ganz aus dem Häuschen sein.«

»Gut. Sind denn auch Ihr Bruder und seine Familie für die Feierlichkeiten nach Washington gekommen? Werden sie heute Abend im Kongress sein?«

»Matt ist gekommen, ich treffe ihn gleich. Er hat mit Senator Barrows zu Abend gegessen.«

»Und seine Frau?«

Ich schüttelte den Kopf. »Annie wollte lieber bei Mom und den Kindern bleiben. Aber sie hätte Sie bestimmt auch gern kennengelernt.«

»Wir werden sie zu unserem Mittagessen mit Ihrer Mutter einfach dazuholen. Sicher verfolgen sie alles im Fernsehen, nicht wahr?«

»Aber natürlich, und die Zeremonie morgen Abend auch. Ich kann Ihnen versichern, das ist in Bar Harbor ein großes Spektakel.«

»Wir haben schon gehört, dass Sie dort als echter Held gefeiert werden.« Sie lächelte und drehte sich kurz um, wischte ihrem Mann ein paar Staubkörnchen vom marineblauen Anzug und rückte seine knallrote Glückskrawatte zurecht.

In diesem Augenblick betrat ein weiterer Secret-Service-Agent den Raum. Er sagte nichts, aber das musste er auch nicht.

»Liebling, es ist so weit«, meinte die First Lady. »Wir dürfen deine zahlreichen Fans nicht warten lassen.« Sie wandte sich wieder mir zu und zwinkerte. »Die Amerikaner lieben meinen Mann einfach, James. Vergessen Sie das nicht, hören Sie?«

Sie hielt meinen Blick fest, bis ich nickte. Ihre Botschaft ließ an Deutlichkeit nichts zu wünschen übrig: *Mein Mann ist beliebt, verehrt und einflussreicher denn je. Sie sind nur ein Reporter. Vergessen Sie das nicht, James. Niemals.*

Sicher, die Umfragewerte des Präsidenten waren in den Himmel geschossen. Aber was Abu Khalif betraf, standen die amerikanischen Bürger auf meiner Seite. Es war ein kleiner Trost, dennoch die Wahrheit. Erst heute hatte Allen MacDonald, mein Redakteur bei der *New York Times* und kürzlich zum Leiter des Washingtoner Büros befördert, mir eine Vorabauswertung einer gemeinsamen Umfrage von *Times* und CBS zukommen lassen: 86 Prozent der Amerikaner wollten, dass der Präsident »alles im Rahmen seiner Möglichkeiten« tat, um den Anführer der gefährlichsten Terrorbewegung der Welt vor Gericht zu bringen. 62 Prozent erklärten, sie empfänden es als »befriedigend«, wenn der IS-Chef gefangen, verurteilt und nach Guantanamo geschickt würde. Satte neun von zehn Amerikanern vertraten die Meinung, dass Abu Khalif als Vergeltung für das, was er unserem Land angetan hatte, getötet werden müsse.

Ich war sicher, dass Taylor diese Ergebnisse bekannt waren. Und doch hatten sie offensichtlich keinerlei Eindruck hinterlassen. Dachte der Präsident wirklich, dass das amerikanische Volk ihm Glauben schenkte, wenn er den Menschen heute Abend in die Augen sah und behauptete, alles zu tun, was möglich sei? Er schien entschlossen, keine

US- oder alliierten Truppen nach Syrien zu schicken. Glaubte Taylor allen Ernstes, dass Abu Khalif seine sehr oft und sehr öffentlich verkündete Absicht, ihn zu töten und die schwarze Flagge des IS über dem Kongress zu hissen, zurücknahm?

Fast zwei Monate hatte ich in einem Krankenhausbett verbracht und viele Operationen über mich ergehen lassen, mich durch die Reha gekämpft und von den geistigen und körperlichen Strapazen erholt, die mir in Alqosh widerfahren waren. Fast 700 Dschihadisten, aber auch zwei Einheiten der Delta Force waren im Rahmen einer der tödlichsten Schlachten umgekommen, die diese Elitekämpfer je erlebt hatten. Und ich hatte alles aus nächster Nähe miterlebt.

Das Einzige, was mich jeden Tag trotz der schlimmen Schmerzen und der puren Erschöpfung auf den Beinen hielt, war die Gewissheit, dass eines schönen Tages in naher Zukunft Abu Khalif gefangen genommen oder getötet würde.

Und jetzt schien diese Hoffnung gänzlich verloren zu sein.

Der Präsident und die First Lady verließen das Oval Office, um durch den Westflügel des Weißen Hauses zu ihrem Konvoi zu gelangen. Ich folgte ihnen und zückte meine goldene Taschenuhr, ein Geschenk meines Großvaters. Ich blickte kurz auf die Anzeige: 20:27 Uhr an einem düsteren und verschneiten Abend Anfang Februar. Ich wohnte zum ersten Mal einer Vollversammlung des Kongresses bei, als Gast des Präsidenten, um seiner State-of-the-Union-Rede zu lauschen. Einer Rede, in der ich persönlich erwähnt wurde.

Dabei war ich vollkommen gegen die politische Linie,

die der Präsident gegenüber dem IS verfolgte. Meine Angst, dass Abu Khalif sich auf einen Gegenschlag vorbereitete, wuchs. Womöglich würde er sogar hier in den USA zuschlagen.

Vorerst blieb mir nichts anderes übrig, als gespannt abzuwarten, was als Nächstes passierte.

An diesen Abend würde ich mich noch lange erinnern.

5

Ich fuhr zum ersten Mal im Konvoi des Präsidenten mit.

Eine beeindruckende Angelegenheit. Im böigen und bitterkalten Schneesturm, die Temperatur war mittlerweile auf unter zehn Grad minus gefallen, setzten sich sieben Motorradstreifen der Washingtoner Polizei in Bewegung. Sie fuhren in Richtung des nordöstlichen Eingangs des Weißen Hauses, um auf der zwei Meilen langen Strecke zum Kapitol die Führung zu übernehmen. Es folgte der erste Pkw, ein Streifenwagen der Polizei, dessen blau-rote Warnlichter angeschaltet waren. Die Beamten, die darin saßen, trugen dicke Wintermäntel und nippten an einem Getränk aus einer Thermoskanne, von dem ich unterstellte, dass es starker schwarzer Kaffee war.

Dahinter kamen zwei gleich aussehende schwarze Cadillac-Stretchlimousinen, bedeckt von weißem Pulverschnee und einer dünnen Eisschicht. Heute saß der Präsident in der ersten, die zweite sollte Verwirrung unter etwaigen Angreifern stiften, die nicht wussten, in welcher sich der Kopf der US-Regierung befand. An anderen Tagen verhielt es sich umgekehrt.

Angesichts meiner kleinen Meinungsverschiedenheit mit dem Präsidenten im Oval Office vermutete ich, dass die Einladung, gemeinsam mit dem First Couple zum Kongress zu fahren, nicht länger galt. Wie sich rasch herausstellte, hatten mich meine Instinkte nicht getrogen. Als ich aus dem Nordeingang unter die Säulenarkade trat, bemerkte ich den Drei-Sterne-General Marco Ramirez, den Kommandanten der Delta Force. Er trug eine Galauniform unter dem dicken Wollmantel und stieg gerade mit seinem Oberkommandanten und der First Lady in den Wagen.

Ein Agent schloss die Tür hinter ihnen. Ich muss gestehen, ich war ein wenig eifersüchtig. Nicht dass ich gern mehr Zeit mit dem Präsidenten verbracht hätte. Er hätte mir heute Abend ohnehin nicht mehr als bisher gesagt, ob nun inoffiziell oder nicht. Immerhin hatte ich ihm gesagt, was ich hatte sagen wollen. Trotzdem hätte ich zu gern einen Blick in das Fahrzeug geworfen, das im amerikanischen Volksmund ›the beast‹ hieß. Der maßangefertigte Cadillac besaß einen Wert von anderthalb Millionen Dollar. In jeder Tür waren 20 Zentimeter dicke Stahlplatten verbaut, die einem direkten Angriff einer raketengetriebenen Granate oder einer Panzerabwehrwaffe standhalten konnten. Die Fensterscheiben widerstanden dem direkten Feuer von Maschinengewehren, ohne zu zersplittern. Das Chassis wurde von unten mit massiven Stahlplatten gesichert, um eine Straßenmine aushalten zu können. Der Wagen war sogar hermetisch versiegelt, um Schutz vor biochemischen Attacken zu bieten.

Zumindest hatte man mir das so erklärt. Heute Abend würde ich mich wohl nicht mehr persönlich davon überzeugen können. Aber das ging schon in Ordnung. Ich hatte kein schlechtes Gewissen und für den Augenblick war das alles, was mich interessierte.

Hinter den beiden Limousinen fuhren noch fünf schwarze Chevy Suburban, alle mit rot-blauen Signallichtern, die während der Parkphase ständig vom Schnee befreit wurden, so gut es ging. Ich wusste aus meinen Recherchen, dass der erste SUV als Halfback bekannt war. In ihm befand sich ein schwer bewaffneter Angriffstrupp. Im nächsten war das geheime elektronische Equipment zur Abwehr von feindlichen Angriffen untergebracht. Beim Rest war ich mir nicht so sicher, obwohl ich wusste, dass sich darin weitere Agenten, ein medizinisches Team und Spezialisten für biochemische Angriffe befanden. Am Ende der Kolonne folgte ein Gefährt, das man Roadrunner nannte. Darin fuhren die PR-Leute des Weißen Hauses und einige Ersthelfer mit.

Ich selbst hatte einen schwarzen Ledermantel und dazu passende Lederhandschuhe angezogen und zupfte die schwarze Wollmütze auf meinem kahlen, frierenden Kopf zurecht. Ich war noch keine drei Schritte vom Weißen Haus entfernt, da kondensierte bereits mein Atem und die Brille beschlug. Einer der Pressesprecher lotste mich in eins der schwarzen Lincoln Town Cars, in dem der Stab des Präsidenten mitfuhr. Hinter ihm hatten sich einige weiße Vans für das Pressekorps des Weißen Hauses aufgereiht, ein paar Chevy Suburbans für die Agenten, drei oder vier zusätzliche Polizeifahrzeuge und weitere Motorräder.

Glücklicherweise hatte der Fahrer meiner Limousine bereits die Heizung angestellt. Es tat gut, in die Wärme zu klettern und die Tür zu schließen, sodass das Innere vom Schneesturm abgeschirmt wurde.

Nun, damit hatte ich gerechnet. Womit ich nicht gerechnet hatte, war, dass ich den anderen Mitfahrer kannte.

»Guten Abend, Collins«, grüßte er von der Rückbank. »Schön, Sie wiederzusehen. Und dass Sie zur Abwechslung wohlauf sind. Wie geht es Ihnen?«

»Agent Harris! Das ist ja eine Überraschung.« Ich war ehrlich froh, ihm in die Augen sehen zu können. Zumindest nachdem ich die beschlagenen Gläser geputzt und die Brille wieder aufgesetzt hatte. »Welchem Umstand verdanke ich dieses Vergnügen?«

Arthur Harris war bereits seit über 30 Jahren beim FBI und galt als Veteran. Er gehörte zu einer rasch wachsenden Truppe von Agenten, die man auf IS-Anführer in den USA und im Ausland ansetzte. Ich war ihm das erste Mal in Istanbul begegnet, wo er eine Autobombe untersuchte, die einen meiner Kollegen und Freunde bei der *Times* das Leben gekostet hatte. Später war er an der Jagd nach dem CIA-Maulwurf beteiligt, die im Dezember in der spektakulären Verhaftung von CIA-Direktor Jack Vaughn, seiner Geliebten und eines hochrangigen NSA-Analysten gipfelte.

Es war Harris gewesen, der mich in der Marka Air Base bei Amman aufgespürt und nach meiner Festnahme für meine Entlassung aus jordanischer Haft gesorgt hatte. Kurzzeitig verdächtigte man mich, Komplize beim Angriff auf den königlichen Palast gewesen zu sein. Harris und ich hatten in den letzten Monaten also einige Zeit miteinander verbracht. Wir gehörten zu den wenigen Amerikanern, die alles überlebt hatten, was in Jordanien und im Irak seit November vorgefallen war. Umso mehr freute es mich, ihn wiederzusehen.

Harris lächelte. »Mal ganz unter uns, ich glaube, der Präsident sähe es gern, wenn Sie verhaftet und verprügelt würden. Aber das bleibt natürlich unter uns.«

Ich lachte, während der Konvoi sich in Bewegung setzte.

Für den Moment war ich mir nicht ganz sicher, ob es sich tatsächlich um einen Scherz handelte.

6

Direkt nach der Abfahrt klingelte Harris' Handy.

Während er sprach, verließen wir das Gelände des Weißen Hauses durchs Nordost-Tor und bogen rechts auf die Pennsylvania Avenue ab. Sofort ging es wieder nach rechts auf die 15th Street, direkt am Finanzministerium vorbei. Nur wenige Sekunden später kehrten wir auf die Pennsylvania Avenue zurück und hielten nun direkt auf das Kapitol zu.

Zahlreiche Schneepflüge arbeiteten fieberhaft daran, die Route für den Konvoi des Präsidenten zu räumen. Dabei widerstand ich erneut der Versuchung, auf meinem Smartphone die aktuellen Twitter-Feeds abzurufen. Ich wusste auch so, dass es nichts Gutes zu berichten gab. Das türkische Militär bombardierte kurdische Rebellen in Nordsyrien. Eine Reihe von Selbstmordattentaten, die meisten auf Regierungseinrichtungen und Hotels abzielend, die oft von Ausländern frequentiert wurden, erschütterte Istanbul, Ankara und Antalya. Im ägyptischen Alexandria war eine Ölraffinerie von bisher unbekannten Milizen gestürmt worden. Ich wollte den Augenblick genießen, statt mich daran zu erinnern, was alles schiefging in der Welt.

Trotz allem, was geschehen war, befand ich mich auf dem Weg zum Kapitol als Gast des Präsidenten. Illusionen machte ich mir keine. Ich verdiente es gar nicht, dort zu sein. Im Gegenteil: Nach allem, was in den letzten Monaten geschehen war, hätte ich nach menschlichem Ermessen tot sein müssen, nicht mehr als Journalist arbeiten oder Auszeichnungen entgegennehmen dürfen. In den ersten anderthalb Monaten meiner Genesung war ich fest entschlossen gewesen, nicht in mein altes Leben als Auslandskorrespondent zurückzukehren. Falls ich es wider Erwarten doch tat, wollte ich zumindest keine Kriege oder terroristischen Themen mehr behandeln. Ich hatte die Ermordung und Verwundung zu vieler Freunde miterlebt, zu viele Grausamkeiten.

Die bittere Wahrheit war, dass ich den Großteil meiner Karriere darauf verschwendet hatte, Teil eines exklusiven Zirkels von Kriegskorrespondenten zu sein, und das hatte mich beinahe alles gekostet. Jetzt, mit Anfang 40, war ich geschieden, hatte keine Kinder, bekam meine Mutter, meinen Bruder und seine Familie kaum zu Gesicht und schlug mich als trockener Alkoholiker durch. Meine Nachbarn wussten nicht, wer ich war. Der Concierge in meinem Wohnhaus drüben auf der anderen Seite des Potomac erkannte mich nicht auf Anhieb. Es wurde Zeit, etwas zu ändern.

Aber was sollte ich ändern? Ich hatte keine Ahnung, was ich machen sollte – außer für die altehrwürdige *Times* zu schreiben. Vielleicht hätte ich versuchen können, einer Bande von faulen, verwöhnten Mittzwanzigern beizubringen, wie es in der Welt so lief. Oder Geld als Pressesprecher eines an der Wall Street gelisteten Großunternehmens, einer multinationalen Bank oder einer

Investmentfirma verdienen können. Nein, lieber hätte ich mir die Zunge abgebissen. Theoretisch klang das gut: neu anfangen. Aber dazu brauchte ich eine klare Idee. Etwas, das mir wirklich Spaß machte.

Unwillkürlich wanderten meine Gedanken zu Yael Katzir, der schönen Mossad-Agentin, der ich erstmals in Istanbul begegnet war und mit der ich die grausigen Ereignisse in Jordanien und im Norden des Irak überlebt hatte. Ich hatte sie seit unserer Evakuierung in der Air Force One nach der Schlacht in Alqosh so gut wie nicht mehr zu Gesicht bekommen. In Gedanken war ich allerdings stets bei ihr gewesen. Als versierteste Spezialistin des Mossad für biochemische Waffen hatte Yael die Herausforderung genossen. Ihre Behauptung, dass der IS chemische Waffen in Syrien erbeutet hatte, erwies sich als richtig. Sie war es auch gewesen, die den damaligen israelischen Premierminister Daniel Lavi vor einem Staatsstreich des IS in Amman gewarnt hatte. Er hörte nicht auf sie und war nun tot.

Darüber hinaus hatte sie auch mit ihrer Vermutung recht, dass Präsident Taylor von IS-Milizen in der irakischen Kleinstadt Alqosh festgehalten wurde, die sich auf der Ebene von Ninive befand. Das hatte sie beinahe mit dem Leben bezahlt. Und jetzt war sie geradezu ein Rockstar im Kreis der ranghöchsten Berater der israelischen Regierung. Die letzte Nachricht, die mich von ihr erreicht hatte, lag ungefähr drei Wochen zurück. Der neue Premierminister Yuval Eitan wollte sie zur nationalen Sicherheitsberaterin ernennen. Eine große Aufgabe, die einer gewaltigen Beförderung entsprach. Yael war allerdings nicht sicher, ob sie das Angebot annehmen wollte. Immerhin belegte es, welchen enormen Respekt und Einfluss sie sich in Jerusalem erworben hatte.

Sie bat mich in ihrer Nachricht auch, ihr einen Rat zu geben, was sie tun sollte. Ich hatte sofort geantwortet und gesagt, sie solle annehmen und nicht vergessen, sich dabei eine kräftige Gehaltserhöhung zu sichern. Ich hätte kaum stolzer auf sie sein können. Sie verdiente jede Auszeichnung und noch mehr.

So selbstsüchtig es auch sein mochte, es fiel schwer, an ihre Beförderung zu denken, ohne mir den Verlust auszumalen, den es für mich bedeutete. Mir war klar, dass es wahrscheinlich keine Zukunft für uns gab. Sie hatte einen Job und würde ihn für mich wohl kaum aufgeben. Und ganz ehrlich, was hätte ich tun sollen? Nach Israel ziehen? Hebräisch lernen? Zum jüdischen Glauben konvertieren? Fakt war doch, dass wir uns erst seit wenigen Monaten kannten. Wir standen ganz am Anfang unserer Freundschaft. Und doch vermisste ich sie. Nun, wo ihr neue Aufgaben winkten, wusste ich nicht mal, wann ich sie wiedersehen würde.

Endlich hatte Harris sein Gespräch beendet und wandte sich mir zu. Er wirkte bedrückt.

»Was ist los?«, fragte ich.

»Soll ich Ihnen eine exklusive Story liefern?«

»Im Ernst jetzt?«

»Ja.« Seine Miene machte klar, dass er keine Späße trieb.

»Sicher. Was ist passiert?«

»Die State Police in Alabama hat gerade in der Nähe von Birmingham eine IS-Schläferzelle auffliegen lassen.«

»Wow.« Ich zog sofort mein Notizbuch und einen Stift.

»Vier Männer, alles Iraker, und eine Frau aus Syrien.«

»Was wollten die in Birmingham?«

»Das ist seltsam, nicht?«

»Ja, sehr«, bestätigte ich.

»Und es ist noch nicht mal alles«, fuhr Harris fort. »Was glauben Sie, was die Fahnder in der Wohnung fanden, nachdem sie sich einen Durchsuchungsbefehl besorgt hatten?«

Ich zuckte mit den Achseln.

»Beinahe 500 Granaten, keine aktiven wohlgemerkt, nur Dummys, wie man sie für militärische Übungen verwendet.«

»Wozu hätten sie die verwenden können? Und wie kamen sie überhaupt an das Zeug ran?«

»Das ist es ja gerade. Wir haben keine Ahnung.«

»Weiß der Präsident schon Bescheid?«

»Noch nicht ... zumindest nach meinem derzeitigen Kenntnisstand. Wir haben es selbst gerade erst erfahren.«

»Nun, es wäre besser, wenn ihn jemand vor seiner Rede informiert.«

Der Konvoi hielt schon bald auf dem Parkplatz nördlich des Kapitols. Fotografen und Fernsehkameras hielten fest, wie der Präsident, die First Lady und General Ramirez den Sprecher des Repräsentantenhauses begrüßten und hineingeführt wurden.

Ein kurzer Blick auf die Taschenuhr meines Großvaters: fast neun.

In sechs Minuten gingen die landesweiten Networks live auf Sendung.

7

Kapitol, Washington, D. C.

»Mr. Speaker, der Präsident der Vereinigten Staaten!«

Der diensthabende Sergeant at Arms des Repräsentantenhauses rief die Worte, so laut er konnte. Frenetischer Jubel brach im Saal aus. Jeder im Kongresssaal sprang auf und applaudierte. Der Lärm war ohrenbetäubend. Politiker aller Parteien schrien und jubelten dem Führer der freien Welt zu und wollten gar nicht mehr aufhören. Für mein Empfinden erhielt Taylor tatsächlich die längste Standing Ovation in der Geschichte.

Kein Wunder, dass der Mann nicht auf mich hörte. Warum hätte er das tun sollen? Seine Zustimmungswerte lagen jenseits der 80-Prozent-Marke. Eine erstaunliche Wendung, die einen regelrecht schwindlig machte, wenn man bedachte, dass sie vor gerade mal zwei Monaten, kurz vor dem Angriff des IS auf den Friedensgipfel in Jordanien, um die 30-Prozent-Marke herumdümpelten. Seinerzeit hatte es sämtliche Vorhaben der Regierung und die Wiederwahl Dutzender Demokraten im Kongress und im Senat gefährdet. Ein politischer Erdrutsch wäre die Folge gewesen.

Aber seitdem hatte sich die Welt dramatisch verändert. Taylor war nicht länger politisch tot, sondern erlebte ein Comeback sondergleichen. Heute Abend erlebte er einen wahren Triumphzug.

Ich beobachtete das Ganze von der Galerie im ersten Rang, die man für die First Lady und die Gäste des Präsidentenpaars reserviert hatte. Zwei Reihen vor mir, direkt neben Mrs Taylor, stand General Ramirez. Rechts von ihnen die 15 irakischen Kinder, die wir aus Abu Khalifs unterirdischem Gefängnis in Alqosh befreit hatten. Sie wurden von einigen Sozialarbeitern begleitet, die sich um sie kümmerten und ihnen halfen, die traumatischen Ereignisse zu verarbeiten und sich in Amerika einzuleben. Hinter der First Lady standen einige Leute des Secret Service, abgestellt zu ihrer Bewachung, daneben die verwundeten Überlebenden der Delta-Einheit, die den Präsidenten in Alqosh gerettet hatte.

Mein Bruder Matt hatte sich zu mir gesellt. Auch er jubelte dem Präsidenten begeistert zu. Ich war froh, dass er mir Gesellschaft leistete. Während meiner Reha hatte er sich viel Zeit für mich genommen und kam jede Woche mindestens einmal von Maine nach Washington, manchmal für zwei oder drei Tage, die wir dann gemeinsam im Walter-Reed-Krankenhaus verbrachten. Er saß Stunden neben meinem Bett und ließ sich von mir erzählen, was ich durchgemacht und in Mossul, Alqosh und Abu Ghraib gesehen und erlebt hatte.

Gemeinsam stellten wir Theorien auf, wo sich Abu Khalif verkrochen haben mochte. Ich nahm an, dass er vielleicht in Rakka war. Matt tippte auf Libyen. Wir stritten uns, wo Khalif als Nächstes zuschlug und wie die Taylor-Regierung wohl darauf reagierte. Er las mir jede Zeitung vor und jeden Zeitschriftenartikel, den er über die Offensive der Alliierten im Nordirak fand, betete mit mir, wenn er kam und bevor er ging – und wann immer ich es zuließ, las er mir aus der Bibel vor und arbeitete sich dabei durch die Evangelien zur Offenbarung des Johannes vor. Manchmal stellte ich ihm Fragen. Matt hatte immer Antworten parat. Gute Antworten, interessant und überzeugend. Aber er drängte mich nicht und ich war ihm dankbar dafür.

Matt klatschte und bejubelte den Präsidenten wie jeder andere im Saal und ich verstand auch, warum. Als Patriot riss ihn das Momentum der Situation ebenso mit wie alle anderen. Wir alle hatten zunächst angenommen, der Präsident sei in Jordanien ums Leben gekommen, dann gingen wir davon aus, er sei in Syrien umgekommen, schließlich im Irak. Aber dann wurde er auf wundersame Weise gerettet, ebenso wie man diese liebenswerten, kostbaren Kinder aus den Klauen der Monster des IS befreite. Ferner waren Millionen von Muslimen, Christen und Jesiden im Nordirak vor der Unterdrückung durch eine düstere Macht bewahrt worden. Eine grandiose Story. Eine, die die Zeiten überdauern würde. Aus dem Blickwinkel der meisten Nationen sah es nach einem durchschlagenden Erfolg aus. Warum also hätte der Saal nicht feiern sollen? Sie ahnten ja nicht, was ihnen noch bevorstand.

Ich hingegen schon.

Abu Khalif hatte geschworen, auch die USA heimzusuchen. Angeberisch, stolz und von oben herab verkündete er mir, dass amerikanische und kanadische Dschihadisten für ihn in Syrien und im Irak kämpften. Er prahlte, dass solche Männer in der Lage wären, unentdeckt in die Vereinigten Staaten einzureisen. Und nun waren sie hier. Jedenfalls in Alabama. Immerhin, in Birmingham hatte man sie rechtzeitig entlarvt, aber ich ging fest davon aus, dass es noch weitere gab – und zwar nicht wenige. Wo und wann und wie sie zuschlugen, wusste ich nicht. Aber ich hatte so meine Vermutungen. Wahrscheinlich kein Amoklauf im Büro, so wie in San Bernardino, und auch kein einzelner Streifenpolizist, der in seinem Auto auf den

Straßen Philadelphias erschossen wurde. Ich bezweifelte ebenfalls, dass ein etwaiger Anschlag dem Muster des Anschlags auf die Satirezeitschrift *Charlie Hebdo* in Paris folgte oder einem internationalen Flughafen wie Brüssel oder Istanbul galt. Nein, es drohte etwas Größeres. Etwas viel Größeres. Ich unterstellte, dass Abu Khalif bereits vor dem Anschlag auf den Friedensgipfel entsprechende Vorbereitungen getroffen hatte.

Wahrscheinlich war genau das der Grund gewesen, warum er überhaupt mit mir hatte sprechen wollen. Letztlich glaubte ich, dass er mir deshalb im Rahmen des Interviews im Abu-Ghraib-Gefängnis vor den Toren Bagdads seine hinterlistige Strategie enthüllt hatte. Und deshalb hatte er mir auch in Mossul demonstriert, dass er absolut in der Lage war, seine Drohungen Realität werden zu lassen. Die Angriffe in Jordanien waren lediglich die Ouvertüre gewesen, die kommenden Attacken auf amerikanischem Boden entsprachen dem eigentlichen Konzert.

Ich beschränkte mich also auf höflichen Applaus. Natürlich wusste ich, dass die Fernsehkameras mich regelmäßig einfingen und ich deshalb respektvoll wirken musste. Und ich wollte Taylor diesen Respekt durchaus zollen, aber zu mehr konnte ich mich nicht aufraffen. Ich war zutiefst dankbar dafür, dass wir den Präsidenten lebend gefunden und ihn in Sicherheit gebracht hatten. Doch gleichzeitig war ich mehr denn je davon überzeugt, dass er selbst nicht verstand, welch bösartiger Natur die Bedrohung war, die uns ins Haus stand. Wenn das FBI und die CIA nicht ihr Bestes gaben, drohte diesem Präsidenten und allen hier Versammelten ein weiteres böses Erwachen.

Ich warf einen verstohlenen Blick auf den Mann rechts von Matt. Agent Harris war der Höflichkeit halber aufgestanden, doch er klatschte nicht. Vielleicht durfte er das gar nicht, überlegte ich. Weil sich solche Reaktionen für FBI-Agenten oder Mitarbeiter des Secret Service nicht gehörten. Die Agenten, die zum Schutz der First Lady abgestellt waren, klatschten nämlich ebenfalls nicht und zeigten generell keine Spur von Emotion. Den Grund dafür verstand ich nicht genau. Mit Geheimdienstkreisen kannte ich mich nicht so genau aus. Irgendwie war ich ein bisschen neidisch.

Der Präsident grinste breit, schüttelte Hände und posierte für Selfies mit Kongressmitgliedern und Senatoren beider Parteien, während er sich zwischen den Sitzreihen hindurch einen Weg durch den Mittelgang zum Podium bahnte. Dabei genoss er sichtlich jeden Augenblick. Hatte man ihn über die Zerschlagung der IS-Zelle auf amerikanischem Boden informiert? Wenn ja, blieb die Frage, ob er diese Informationen in seine Rede einfließen ließ.

Schließlich erreichte Taylor sein Ziel: die freie Fläche vor den Sitzreihen der Abgeordneten. Von hier aus begrüßte er die versammelten Richter des Obersten Gerichtshofs, die hinter dem Rednerpult des Kongresses Platz genommen hatten, und umarmte jedes seiner Kabinettsmitglieder, die sich ebenfalls dort versammelten. Außerdem schüttelte er jedem seiner militärischen Berater, den Joint Chiefs die Hand, bevor er sich hinter das Rednerpult stellte. Dort kündigte ihn der Zeremonienmeister noch einmal an.

Er erntete noch frenetischeren Applaus als zuvor.

8

Schließlich ebbte der Jubel ab und die Anwesenden setzten sich wieder auf ihre Plätze.

Der Präsident sah erst auf den Teleprompter zu seiner Linken, dann auf den anderen zu seiner Rechten. Dann warf er noch einen Blick auf die Blätter mit dem Ausdruck der Rede, die in einem Ringbuch vor ihm auf dem Podium lagen. Vor weniger als einer Stunde hatte er im Oval Office noch Notizen auf das Manuskript gekritzelt.

Sein breites Lächeln verblasste etwas. Ich versuchte mir vorzustellen, was er wohl gerade dachte. Zu gern hätte ich mir eingeredet, dass meine Argumente und das, was ihm seine nationalen Sicherheitsberater gerade mitgeteilt hatten, schwer auf ihm lasteten. Aber ich saß zu weit entfernt, um seinem Mienenspiel eine verlässliche Information zu entnehmen.

Als er aufsah, ließ er seinen Blick über das Publikum schweifen; die 435 Kongressmitglieder, die 100 Senatoren, die Botschaftsvertreter zahlreicher Nationen, sonstige offizielle Gäste und natürlich die Mitglieder der vierten Staatsgewalt: meine Kollegen von der Presse. Fast eine Minute lang schwieg er. Dann räusperte er sich und tupfte sich die Augen mit einem Taschentuch ab.

»Mr. Speaker, Mr. Vice President, sehr geehrte Kongressmitglieder, verehrte Gäste und liebe amerikanische Mitbürger!«, begann er schließlich. Anfangs zitterte seine Stimme, doch dann gewann sie nach und nach an Stärke. »Im Verlauf des letzten Jahres wurden wir, das amerikanische Volk, unsere Regierung und unser Militär in einer Weise auf die Probe gestellt, wie es in unserer Geschichte kaum je der Fall gewesen ist. Die Kräfte der Freiheit wurden von denen des gewalttätigen Extremismus böswillig unter Beschuss genommen. Man versuchte, unser Volk zu terrorisieren, zu erpressen und uns eine perverse Weltanschauung aufzuzwingen. Man hat die Waffen auf uns gerichtet, den Lauf von Pistolen und die Spitzen von Schwertern.«

Im Saal war es nun totenstill. Taylor griff nach einem Wasserglas und nippte daran. Wieder räusperte er sich. Dann wandte er sich erneut den Teleprompthern zu.

»Als der IS mich ergriff, nahm er nicht nur mich in Geiselhaft, sondern uns alle. Amerika selbst wurde zur Geisel. Aber Amerika hat nicht aufgegeben. *Sie* haben nicht aufgegeben, nicht nachgegeben. Nein, Sie haben sich zusammengeschlossen, um als ein Volk den Terroristen entgegenzutreten. Sie haben die Mächte des Bösen bekämpft und gewonnen. Amerika hat gewonnen! Und wenn wir standfest Seite an Seite stehen, wird Amerika auch weiterhin siegreich sein!«

Der Jubel, der aufbrandete, war beispiellos und wuchs sich zu einer Standing Ovation aus, die zwei Minuten und zwölf Sekunden andauerte.

Ich stoppte die Zeit mit.

»Sie haben sich nicht ergeben«, fuhr der Präsident fort, kaum dass das Publikum wieder die Plätze eingenommen hatte. »Sie alle sind aufrecht und standhaft geblieben, sodass die Kräfte der Freiheit obsiegen konnten. Genau wie die amerikanische Armee. Das amerikanische Volk blieb standhaft. Nie war der Bund der Vereinigten Staaten von Amerika fester und stärker als heute!«

Wieder sprangen alle auf, johlten und schrien sich die Seele aus dem Leib. Einige stampften zusätzlich mit den

Füßen. Wie eine politische Veranstaltung aus alten Tagen. Mir schoss der Gedanke durch den Kopf, dass Taylor an dieser Stelle besser Schluss machte, Danke sagte und nach Hause ging. Besser konnte die Rede nicht mehr werden, eher schlechter. Auf der anderen Seite war der Mann Politiker, und welcher Politiker schaffte es schon, zum richtigen Zeitpunkt den Mund zu halten?

»Als Commander in Chief habe ich dem Kongress empfohlen, dem IS formell den Krieg zu erklären. Sie alle haben zugestimmt«, richtete sich der Präsident nun direkt an die Abgeordneten. »Mit Ihrem Einverständnis und Ihrer vollen Unterstützung werde ich 50.000 der besten amerikanischen Soldaten, Matrosen, Piloten und Marines in den Irak schicken.«

Das beeindruckte mich unwillkürlich. Taylor verknüpfte geschickt das Schicksal des Kongresses mit seinem eigenen, was den Vorstoß im Nahen Osten betraf. Jetzt, in diesem Augenblick, liebten sie ihn und unterstützten ihn. Aber sollten die Dinge den Bach runtergehen, stellte der Präsident auf diese Weise sicher, dass man nicht ihn allein den Löwen zum Fraß vorwarf. Diese Entscheidungen waren, so verdeutlichte er es gerade allen, von Republikanern und Demokraten gemeinsam getroffen worden. Der Wahlkampf lag also jetzt schon in der Luft.

»Gemeinsam werden wir 500 Panzer und mehr als 200 Flugzeuge in die Region entsenden. Zusammen mit unseren arabischen Verbündeten, den Irakern, den Jordaniern, den Ägyptern, den Saudis, den Vereinigten Arabischen Emiraten, sowie den Kurden haben wir eine starke Allianz geschmiedet, sowohl militärisch als auch diplomatisch und wirtschaftlich. Heute Abend kann ich Ihnen eröffnen, dass diese Allianz bereits beeindruckende

Resultate erzielen konnte. Wir haben die Stadt Mossul und ihre Bevölkerung befreit.«

Wieder brandete Applaus auf.

»Wir haben Alqosh befreit.«

Der Applaus wurde stärker.

»Wir haben die Provinz Ninive befreit. Ja, tatsächlich weht über dem gesamten Irak nun keine schwarze IS-Flagge mehr.«

Noch einmal nahm der Beifall an Stärke zu, doch der Präsident hatte noch ein Ass im Ärmel.

»Wir haben etwas erreicht, von dem unsere Kritiker behaupteten, es sei unmöglich«, erklärte der Präsident. »Wir haben das Kalifat zweigeteilt ... und damit sind die Tage des IS gezählt!«

Wieder gab es Standing Ovations.

»Der wickelt sie alle um den kleinen Finger«, rief Matt mir zu, als wir ebenfalls aufstanden.

Ich sagte nichts, sondern lächelte nur. Für die Kameras. Offenbar hatte man den Präsidenten nicht in die jüngsten Entwicklungen eingeweiht ... oder es interessierte ihn nicht. Aus welchen Gründen auch immer, er würde die Verhaftung einer IS-Zelle auf amerikanischem Boden nicht erwähnen. Es gab nur eine Botschaft: Sieg, Erfolg und Ruhm – und was in Alabama aufgedeckt worden war, passte nicht in dieses Narrativ.

Es warf zu viele Fragen auf. Wenn Amerika gegen die Kräfte Abu Khalifs im Nahen Osten gewann, was tat der IS dann hier, in den Südstaaten, mitten in unserem Land? Befanden sich noch mehr der IS-Rebellen hier, und wenn ja, wie viele? Und wo waren sie? Was führten sie im Schilde? Was bezweckten sie mit dem Horten von leeren Granatenhülsen?

Als ich meinen Blick so über das Publikum im Saal schweifen ließ, drängten sich mir neue Fragen auf. Wo war König Abdullah II.? Der jordanische König, unser treuester arabischer Verbündeter, befand sich nicht unter den Ehrengästen des Präsidenten. Ebenso fehlten der palästinensische Präsident Salim Mansour und das ägyptische Staatsoberhaupt, Wahid Mahfouz, der saudische König und die Emire der VAE. Ich war doch auch hier, wo also steckten sie? Es wäre wohl angemessen, die arabischen Verbündeten, die im Kampf gegen den IS einiges auf sich genommen hatten, entsprechend zu ehren. Aber auch Yuval Eitan fehlte, Israels neuer Premierminister.

Blieb der Punkt, ob Präsident Taylor zumindest seinen verstorbenen Freund und Verbündeten Daniel Lavi würdigte. Kaum ein Land hatte im Zuge dieser Krise so fest an der Seite der USA gestanden wie Israel. Diesen Umstand hätte man zumindest anerkennend erwähnen müssen. Es schien ganz so, als nähme der Präsident den Ruhm ganz allein für sich in Anspruch.

Genau in diesem Augenblick allerdings bat Taylor alle Anwesenden, Platz zu nehmen, während er die Liste der Amerikaner verlas, die in Amman und Alqosh gefallen waren. Er ging die Liste langsam und voller Respekt durch, beließ es nicht bei einer bloßen Nennung, sondern widmete jedem einzelnen Opfer ein paar Sätze. Nach jedem Gefallenen hielt er kurz inne, um dem Publikum und der Nation Zeit zu geben, die Einzelheiten sacken zu lassen und zum Gedenken innezuhalten.

Trotzdem blieb die Frage, warum der Präsident unsere Verbündeten nicht eingeladen hatte. Hätte das nicht eine machtvolle Demonstration der Solidarität in einer schweren Zeit voller Aufruhr sein können?

Nachdem er alle Namen verlesen hatte, bat der Präsident um eine Schweigeminute. Die meisten neigten den Kopf. Ich bin sicher, dass Matt für die Familien und Freunde der Gefallenen betete. Ich starrte ins Leere, während die grauenvollen Bilder aus Amman und Alqosh an meinem inneren Auge vorbeizogen.

Schließlich hob der Präsident den Kopf, sah hoch zur Galerie und bat General Ramirez und sein Delta-Team aufzustehen. Er fasste zusammen, was sie in Alqosh geleistet hatten, und dankte ihnen für ihren loyalen Einsatz. Dann bat er die Nation, zusammen mit ihm diese »unbesungenen und unvergleichlichen amerikanischen Helden« zu ehren. Die stämmigen und kräftigen, aber nun rasierten Teammitglieder, die alle neue Anzüge, frische weiße Hemden und Krawatten trugen, sahen aus, als wäre ihnen angesichts des lang anhaltenden Beifalls, den sie erhielten, unbehaglich zumute. Die Männer waren hart im Nehmen, gewohnt, im Schatten zu operieren, an weit entfernten Orten. Erfahrung damit, im Rampenlicht zu stehen, fehlte ihnen ebenso wie Machtambitionen. Und doch wurden sie an diesem Abend gefeiert und wirkten vom nicht enden wollenden Applaus zutiefst gerührt. Ich muss gestehen, dass selbst ich, ein zynischer Kriegsberichterstatter, feuchte Augen bekam. Die Jungs hatten mir das Leben gerettet und dafür würde ich ihnen ewig dankbar sein.

Als Nächstes nahm der Präsident sich die irakischen Kinder vor. Er erklärte kurz, wer sie waren, auch wenn er die grausigsten Details dessen, was man ihnen angetan hatte, aussparte. Aber er machte sehr wohl klar, wie sehr sie gelitten hatten. Er bat sie nicht aufzustehen, dafür taten es alle anderen Gäste und jubelten ihnen zu, als hofften wir, dass unser Klatschen in der Lage war, die albtraumartigen Augenblicke ihrer Erinnerungen auszulöschen.

Sowenig ich es mir eingestehen mochte, ich musste zugeben, dass Taylor ein Meister der Inszenierung war. Ja, es lauerten weiterhin Gefahren dort draußen. Ja, der IS blieb eine offensichtliche und allgegenwärtige Bedrohung. Aber der Präsident lag nicht vollkommen falsch. Amerika hatte so manche wichtige Schlacht gewonnen, also machten wir wohl einiges richtig. Wir hatten es tatsächlich mit wahren Helden zu tun, die die Aufmerksamkeit des Präsidenten und den Respekt der Nation verdienten. Ich konnte Taylor für den Inhalt der Rede bisher kaum verurteilen, sie war wunderbar geschrieben und anrührend vorgetragen. Zwar hoffte ich, dass er noch auf die gewaltigen Herausforderungen, die vor uns lagen, zu sprechen kam, aber man hatte das amerikanische Volk durch ein schreckliches Martyrium gehen lassen. Es gab einen passenden Zeitpunkt und einen angemessenen Ort, um zusammenzukommen und zu feiern – und dieser Zeitpunkt und dieser Ort waren jetzt und hier.

Als wir uns alle wieder hingesetzt hatten und etwas zur Ruhe gekommen waren, überraschte der Präsident mich mit der Aufforderung, ich solle mich erheben. Ich war nicht ganz sicher, warum es mich so verblüffte. Immerhin hatte er mich ja eigens für diese Ehrung eingeladen. Und trotz unserer Meinungsverschiedenheit im Oval Office strich er mich natürlich nicht kurzerhand aus seiner Rede. Allerdings war ich mit den Gedanken ganz woanders gewesen, hatte mich mitreißen lassen von den Würdigungen der anderen und meinen Emotionen. Darüber vergaß ich völlig, dass auch ich am heutigen Abend ausgezeichnet werden sollte.

Der Präsident begann über die Rolle zu sprechen, die ich bei der Suche nach seinem Aufenthaltsort gespielt hatte, bei der Rettung seines eigenen Lebens und dem dieser Kinder. Seine Worte waren einfach und direkt, aber ausgesprochen wohlwollend und freundlich, wenn man bedachte, was in jüngster Vergangenheit geschehen war.

Noch während seiner Laudatio geschah etwas, womit ich nicht gerechnet hatte. Ich hörte einen lauten Knall.

Wir alle hörten ihn, denn er erschütterte den ganzen Kongresssaal. In kurzen Abständen folgen zwei weitere. Anfangs klangen sie wie Donnerschläge. Sobald das Beben intensiver wurde, wusste ich plötzlich ganz genau, was hier passierte. Ein kurzer Blick auf Harris verriet mir, dass er es ebenfalls wusste.

Das Kapitol wurde angegriffen.

9

Agent Harris reagierte innerhalb eines Sekundenbruchteils.

»Bringen Sie sie raus! Alle! Sofort!«, befahl er dem leitenden Sicherheitsbeamten der First Lady.

Der Agent zögerte einen Augenblick. Zugegeben, es war nicht an Harris, ihm einen Befehl zu geben. Er sah erst mich an, dann runter zum Präsidenten. Ich stand immer noch, unsicher, was ich als Nächstes tun sollte. Der Präsident hatte, als der Lärm einsetzte, kurz innegehalten, mitten im Satz, abgelenkt vom Krach und den Erschütterungen. Dann setzte er, vielleicht in der Annahme, es handele sich bloß um Donner, ungerührt seine Rede fort.

Jetzt bekam er den Aufruhr mit, der hier auf der Galerie entstand, und hielt erneut inne. Wieder blickte er in meine Richtung auf und bemerkte Harris, der ihm persönlich bekannt war, im Gespräch mit den Sicherheitsbeamten seiner Frau. Aus der Entfernung konnte er sicher nicht hören, worüber Harris sprach, aber das musste er auch nicht. Die Fakten waren eindeutig: kein Gewitter. Washington stand unter Beschuss.

Alles schien wie in Zeitlupe abzulaufen. Der leitende Sicherheitsbeamte der First Lady sprach in das Mikro am Handgelenk, dann stand er auch schon auf. Ich wandte mich um und sah, wie zwei riesige Sicherheitsbeamte zum Rednerpult stürmten. Sie packten den Präsidenten und rissen ihn mit sich fort. Ich verfolgte die Aktion. Sie hoben ihn förmlich mehrere Zentimeter an, trugen ihn die Stufen hinab und zerrten ihn aus einer Seitentür. Jetzt kam auch Leben in die Sicherheitsbeamten der First Lady. Sie hievten sie aus dem Sitz und rannten mit ihr an uns vorbei, die Suiten zum Ausgang rauf und nach draußen. Ich stand wie erstarrt da, paralysiert von Angst, dem Schreck und dem ungläubigen Gefühl, das mich erfasst hatte. So wurde ich Zeuge, wie Sicherheitsagenten auch Vizepräsident Holbrooke aus dem Saal brachten, während der Sicherheitsdienst des Kapitols, der für den Speaker zuständig war, diesen ebenfalls evakuierte.

Nach wie vor stand ich nur da, ohne zu fliehen oder anderweitig zu reagieren. Das ging nicht nur mir so. In diesen Sekunden rührte sich außer dem Secret Service und dem Sicherheitsdienst des Kapitols niemand. Noch nicht jedenfalls. Wir alle waren viel zu überrascht von dem, was um uns herum geschah.

Plötzlich hörte ich, wie Harris meinen Namen rief.

»Collins! Collins! Hören Sie mich? Wir müssen hier raus! Sofort!«

Ich registrierte die Worte, bewegte mich jedoch nicht von der Stelle. Harris' Stimme klang irgendwie hohl und schien von weit her zu kommen. Dann sprang mein Bruder auf. Er packte mich am Kragen und bugsierte mich in den Mittelgang zwischen den Stuhlreihen. Zur gleichen Zeit kamen auch General Ramirez und seine Leute auf die Beine. Dann war ich plötzlich wieder voll da, stand in direkter Verbindung mit Zeit und Raum. Und mit der Realität.

»Los, J. B., vorwärts!«, schrie Matt.

Nein, ich konnte noch nicht gehen. Mit dem Schock hatte es allerdings nicht zu tun. »Die Kinder!«, rief ich. »Wir müssen sie hier wegbringen!«

Harris zögerte. Er wollte mich zum Autokonvoi lotsen. Aber Matt und die Jungs von der Delta-Einheit rannten bereits auf die Kleinen zu, ich folgte direkt hinter ihnen. Es war eindeutig, dass sie sich fürchteten, aber sie gehorchten aufs Wort, als Matt und ich sie aufforderten, aufzustehen und uns aus dem Saal zu folgen.

Genau in diesem Moment erschütterte eine gewaltige Explosion den Saal. Putz und Bruchstücke von Mauersteinen prasselten auf die Mitglieder von Kongress und Senat.

Wir stürmten in die Korridore, wo ein Team der Kapitol-Security auf uns zueilte. Sie versicherten uns, die Kinder und ihre Begleiter an einen sicheren Ort zu bringen. Kurz darauf rannten sie den Flur hinab und verschwanden um die nächste Ecke.

Eine weitere Detonation erschütterte Boden und Wände. Die Flurbeleuchtung flackerte kurzzeitig, wieder regnete es Trümmer und Staub. Jetzt kreischten alle Besucher und stürzten panisch zu den Ausgängen. Harris winkte Matt und mir, ihm in ein Treppenhaus zu folgen. Im Erdgeschoss angekommen, spurteten wir hinter Harris her durch einen weiteren langen Gang.

Inzwischen folgten die Explosionen rasch aufeinander. Das ganze Gebäude zitterte. Das Kapitol musste einen Treffer nach dem anderen einstecken. Mit einem Mal stand mir der mörderische IS-Angriff auf den Al-Hummar-Palast in Amman vor Augen.

Wie viele Angreifer gab es wohl diesmal? Wie bald würden sie hier sein? Mir kam der Gedanke, dass die Granaten, die den Kongress trafen, möglicherweise mit chemischen Kampfstoffen gefüllt waren, so wie in der jordanischen Hauptstadt. Womöglich strömte das Gas bereits durch die Hallen des Kapitols. Wir waren schließlich nicht in der Lage, es zu sehen oder zu riechen. Hatten wir bereits Gift eingeatmet? In diesem Fall blieb uns wohl nicht mehr viel Zeit ...

Wir bogen um eine Ecke und wurden vom Sicherheitsdienst und ein paar Secret-Service-Agenten mit gezückten Waffen aufgehalten. Ein paar von ihnen trugen bereits Schutzanzüge und volle Montur. Sie verstellten uns den Weg zur Wagenkolonne. Mir lief ein Schauer über den Rücken. Wir hatten nichts bei uns, das uns vor Giftgas geschützt hätte. Wo sollten wir auf die Schnelle etwas auftreiben? Harris zückte die FBI-Marke samt Akkreditierung. Ihn hätte man passieren lassen, doch Matt und mich nicht.

»Sie gehören zu mir«, erklärte Harris.

»Mir egal«, erwiderte ein Lieutenant. »Ich darf sie nicht durchlassen.«

Harris blieb hartnäckig. »Sie sind Gäste des Präsidenten! Wir sollten mit dem Konvoi des Präsidenten fahren!«

»Ich habe meine Befehle«, kam es zurück. »Keine Zivilisten kommen an diesem Kontrollpunkt vorbei.«

Harris war wütend, das ließ sich deutlich erkennen. Aber als Regierungsbeamter akzeptierte er die Fakten. Zumal er kein Idiot war. Einen Kontrollpunkt während einer Krise gewaltsam zu durchbrechen hätte schwere Konsequenzen gehabt. Stattdessen wandte er sich um und bedeutete Matt und mir, ihm zu folgen. Wir liefen durch den Flur zurück, so schnell wir konnten, bogen bei nächster Gelegenheit links ab, dann rechts, dann wieder links. Ich hatte mich noch nicht vollständig von meinen Verletzungen erholt und konnte mit ihm oder Matt nicht ganz Schritt halten, aber immerhin blieb ich dran. Ich hatte während meiner Reha die Krankengymnastik nicht vernachlässigt, und das zahlte sich nun glücklicherweise aus.

Gleich darauf erreichten wir einen anderen Ausgang. Auch hier bewachten zwei bullig wirkende Beamte der Kapitol-Security die Tür, beide in Schutzanzügen. Sie überprüften Harris' ID, erlaubten ihm aber ebenfalls nicht, das Gebäude in Begleitung von uns zu verlassen.

»Wir müssen zu unserem Wagen!«, schrie Harris, um die nun unablässig aufeinanderfolgenden Einschläge zu übertönen. »Wir gehören zum Konvoi des Präsidenten!«

»Der Konvoi ist bereits abgefahren, Sir!«, schrie einer der Beamten zurück.

»Abgefahren?«

»Größtenteils, ja. Der Präsident musste aus der Gefahrenzone gebracht werden.«

»Nun gut, aber ich muss auf der Stelle zum FBI. Ich

bin Mitglied der IS-Kommission. Ich vermute, dass der Islamische Staat hinter diesem Angriff steckt.«

»Mag sein, aber da draußen ist es nicht sicher, Sir.«

»Das Risiko müssen wir eingehen.« Harris gab nicht nach. »Und jetzt lassen Sie uns durch, das ist ein Befehl!«

Ich war nicht sicher, ob es die richtige Entscheidung war. Ja, das Kapitol stand unter heftigem Beschuss. Aber hier drin kam es mir doch sicherer vor als da draußen, wo ein gewaltiger Schneesturm tobte, Granaten durch die Luft sausten und womöglich Saringas das Gelände rund um den Kongress geflutet hatte.

Bevor ich meine Einwände vorbringen konnte, traten die Sicherheitsbeamten tatsächlich beiseite. Harris rannte ins Freie, Matt folgte ihm. Für ein paar Sekunden war ich von Neuem gelähmt vor Angst. Ich hatte so etwas nun schon zweimal erlebt und in beiden Fällen nicht genossen. Als Harris und mein Bruder die Limousine erreichten, in der wir gekommen waren, beschloss ich, nicht alleine zurückzubleiben. Wenn ich schon sterben musste, dann wenigstens an ihrer Seite.

Also rannte ich in den Sturm hinaus auf den offenen Platz vor dem Kapitol.

10

Unser Fahrer gab sofort Gas.

Doch der Wagen geriet auf der glatten Straße ins Schlingern, das Heck brach aus. Harris saß auf dem Beifahrersitz, hatte das Handy am Ohr und berichtete bereits jemandem beim FBI von dem Albtraum, der sich um uns herum abspielte. Matt saß zu meiner Rechten und starrte durchs Fenster auf die Granaten, die in Dach und Wände des Nordflügels einschlugen. Dort, wo sich die Büros der Senatoren befanden. Ich hatte mein Smartphone hervorgeholt und versuchte in einer Tour, per Kurzwahltaste meinen zuständigen Redakteur Allen MacDonald bei der *Times* zu erreichen, erwischte jedoch nur seinen Anrufbeantworter.

Stattdessen öffnete ich Twitter und begann, kurze Newsflashs über den Angriff abzusetzen. Ich umriss in kurzen Worten das Szenario, dessen Zeuge ich im Kongresssaal geworden war, aber auch, was auf den Straßen vor sich ging. Ich betonte dabei insbesondere die Tatsache, dass es sich um Granatenbeschuss handelte, denn ich konnte mich nicht erinnern, dass es so etwas in den USA je zuvor gegeben hatte. Dann tweetete ich auch meine exklusiven News: dass die Behörden in Alabama IS-Mitglieder festgenommen hatten, die einer mutmaßlichen Terrorzelle angehörten und Hunderte von Granatenhülsen gehortet hatten.

Ich verschwieg, woher ich diese Information hatte, und fügte auch keine weiteren Details hinzu. Immerhin hatte ich noch keine Gelegenheit gefunden, die Information über eine zweite Quelle zu bestätigen. Allerdings vertraute ich Harris. Er hatte mich bisher noch nie aufs Glatteis geführt. In Anbetracht der Tatsache, dass der Ort, an dem die jährliche Rede zur Lage der Nation stattfand, attackiert wurde, hielt ich es vor allem für wichtig, die Fakten zu verbreiten. Die US-Regierung war darüber informiert, dass auf amerikanischem Boden Granatenhülsen gefunden worden waren. Und zwar im Besitz von IS-Mitgliedern, die offenbar damit experimentiert hatten.

Und das war im Prinzip auch schon alles, was ich im Moment wusste. Ich hoffte darauf, dass andere Reporter die Spur aufgriffen und weiteres Material zusammentrugen.

Abrupt stieg unser Fahrer auf die Bremse und riss das Lenkrad herum. Der Wagen schlitterte, kreiselte, wirbelte unkontrolliert herum und rutschte 20 oder 30 Meter über das schneeüberpuderte Pflaster. Wir kamen gerade so vor einem Fahrzeug der Kapitol-Security zum Stillstand. Der Fahrer fuhr das Fenster runter und verlangte durchgelassen zu werden. Man wies ihn darauf hin, dass dieser Ausgang auf der Nordseite, der über die Constitution Avenue zur Pennsylvania Avenue und damit direkt zum Weißen Haus führte, abgesperrt worden sei. Eine Freigabe der Strecke sollte erst dann erfolgen, wenn der Wagenkonvoi des Präsidenten sicher im Weißen Haus angekommen war.

Harris schwenkte erneut seine FBI-Marke und erklärte, dass wir dringend zum Hauptquartier des FBI müssten. Der Beamte behauptete, nichts für ihn tun zu können. Die Befehle kämen von ganz oben. Die einzige Möglichkeit bestehe darin, das Gelände auf der anderen Seite des Regierungsgebäudes zu verlassen.

Außer sich vor Wut befahl Harris dem Fahrer zu wenden. Der gehorchte, legte hastig den Rückwärtsgang ein, riss das Steuer herum und raste zum südöstlichen Tor. Er fuhr wilde Zickzacklinien, um den Kratern der danebengegangenen Granateneinschläge auszuweichen.

Wir bogen in die Independence Avenue ein und fuhren mit Sirene und Blaulicht. Durchs Heckfenster riskierte ich einen Blick aufs Kapitol. Der gesamte Nordflügel, der die Räumlichkeiten des Senats beheimatete, stand in Flammen. Durch den beinahe horizontal wehenden Schneesturm konnte ich die Lichtbogen der Granaten erkennen, die aus mehreren Richtungen auf das Gebäude zuflogen. Einige krachten in die riesige Kuppel, die ebenfalls lichterloh brannte. Streifenwagen, Löschfahrzeuge, Ambulanzen und Hazmat-Teams rasten aus allen Richtungen heran, während wir uns zunehmend vom Ort der Katastrophe entfernten.

Unser Fahrer bog nach rechts auf die Third Street ab und näherte sich der Stelle, an der sie die Pennsylvania Avenue kreuzte. Matt und ich konzentrierten uns weiterhin auf das Kapitol, das sich mittlerweile rechts von uns befand. Plötzlich schnappte Agent Harris deutlich hörbar nach Luft und ließ sein Smartphone fallen. Unsere Köpfe ruckten herum, um zu sehen, worauf er so heftig reagierte.

Dann rang ich selbst um Atem. Der Konvoi des Präsidenten geriet vor uns in Sicht. Zumindest das, was davon übrig war. Die Fahrzeuge hatten offenbar versucht, auf der Pennsylvania nach Westen in Richtung Weißes Haus zu gelangen, aber nun stand die Wagenkolonne unter Artilleriebeschuss und wurde von Feuer aus automatischen Waffen ins Visier genommen. Mindestens vier der Polizeiwagen, die den Konvoi eskortiert hatten, waren ineinandergekracht. Sie standen ebenfalls in Flammen und versperrten den Weg für die nachkommenden Fahrzeuge – inklusive der echten und der falschen Präsidentenlimousine. Beide Chauffeure versuchten zurückzusetzen, aber hinter ihnen folgten mindestens ein Dutzend Chevy Suburbans, die das Gleiche versuchten. Es herrschte absolutes Chaos.

Aus dem Augenwinkel registrierte ich einen hellen Lichtblitz. Er drang aus einem Fenster in einer der oberen

Etagen des Bürokomplexes neben dem Arbeitsministerium. Als Nächstes zeichnete sich ein Kondensstreifen ab, dann detonierte einer der Suburbans hinter dem Präsidentenwagen. Der SUV wurde hoch in die Luft gewirbelt und überschlug sich, bis er auf dem Dach landete. Den Bruchteil einer Sekunde später blitzte es erneut, wieder entstand ein Kondensstreifen und ein weiteres Fahrzeug wirbelte durch die Nacht.

Unser Mann am Steuer stieg mit aller Gewalt auf die Bremse. Wir schlitterten gut 30, 40 Meter über die Straße. Glücklicherweise war dank der Sperrungen und geräumten Durchfahrten kaum jemand unterwegs und wir entgingen einem Unfall. Trotzdem bekamen wir hautnah mit, wie die Fahrzeugkolonne des Präsidenten unter gezielten Beschuss geriet. Ein grauenvoller Anblick.

Ich zückte sofort mein Smartphone, fotografierte sowohl den Konvoi als auch das Kapitol und tweetete die Aufnahmen sofort. Dann bemerkte ich, dass eine taktische Einheit des Secret Service das Feuer auf das Bürogebäude eröffnet hatte. Zwei Agenten waren sogar mit Panzerfäusten zugange und zielten mit Granaten in das Fenster, aus dem die Angriffe erfolgt waren. Gleichzeitig tauchte ein weiterer Agent auf dem Dach eines der noch intakten SUVs auf. Er war mit einem Kaliber-50-Maschinengewehr bewaffnet, visierte das Bürogebäude an, schoss jedoch erst, nachdem der unbekannte Schütze von dort aus eine weitere Rakete auf die Präsidentenlimousine entfesselt hatte. Ich schaltete auf Videomodus um und filmte das Geschoss, wie es seitlich in das Fahrzeug einschlug und einen Feuerball erzeugte. Immerhin schafften es Chauffeur und weitere Insassen der falschen Limousine, dem Fadenkreuz zu entkommen, indem sie auf den Bürgersteig fuhren, um die brennenden Wracks der Polizeiwagen vor ihnen herum.

Unser Fahrer brüllte etwas ins Mikro an seinem Handgelenk. Er schilderte, was passierte. Obwohl ich nicht mitbekam, was man ihm antwortete, wurde es mir bald klar. Nun sollten wir die Rolle des Führungsfahrzeugs übernehmen und die Präsidentenlimousine zum Weißen Haus geleiten. Unser Fahrer trat aufs Gaspedal. Wir rasten Richtung Kreuzung und schlitterten dabei ordentlich, schafften es dann aber doch, nach links auf die Pennsylvania Avenue abzubiegen. Aufgrund des massiven Schneesturms ließ sich kaum erkennen, was sich vor uns befand. Es erwies sich als Segen, dass auf dem Boulevard keinerlei Verkehr herrschte. Die D.C. Metro Police blockierte die meisten seitlichen Zufahrtsstraßen, mehrere der riesigen weiß-orangenen Washingtoner Schneepflüge und Streufahrzeuge den Rest. Ich rechnete damit, dass wir sicher ans Ziel kamen, solange es die zwei Präsidentenlimousinen schafften, an den brennenden Wracks der Polizeifahrzeuge vorbeizukommen, die ihnen den Weg versperrten.

»Da sind sie«, sagte Matt, als die erste Limousine eine Öffnung fand und zu uns aufholte.

Harris und ich reckten die Hälse. Anfangs sah ich nur einen der beiden Wagen, dann raste auch der zweite durch die Flammen und Rauchwolken.

»Los, Gas geben!«, schrie Harris. Der Fahrer ließ sich nicht zweimal bitten.

Kurz darauf rasten wir die Pennsylvania entlang, an der kanadischen Botschaft vorbei, am Newseum zu unserer Rechten und der National Gallery of Art zur Linken. Als wir jedoch das Marinedenkmal erreichten, brach um uns herum die Hölle los. Ich hörte Maschinengewehrfeuer rechts von uns losknattern. Es schien von einem der umliegenden Bürogebäude auszugehen. Noch bevor ich die Quelle der Schüsse ausmachen konnte, setzte sich plötzlich einer der Schneepflüge, der eine Seitenstraße blockiert hatte, in Bewegung und rollte direkt auf uns zu. Unser Fahrer stieg voll auf die Bremse, aber mir war sofort klar, dass es für ein Ausweichmanöver zu spät war.

Ich sollte recht behalten.

11

Wir krachten dem großen Schneepflug voll in die Fahrerseite.

Der Lärm von Metall auf Metall wurde ohrenbetäubend und die Fenster unseres Wagens flogen aus den Verankerungen. Wir wurden nach vorn gerissen und die Airbags an den Vordersitzen lösten aus. Matt und ich hatten uns auf der Rückbank nicht angeschnallt. In der Hektik der Flucht aus dem Kapitol hatten wir beide nicht daran gedacht und flogen nun wie Lumpenpuppen durch den Innenraum. Die Limousine hinter uns versuchte noch auszuweichen, aber sie drehte nicht zeitig genug ab und riss den hinteren Teil unseres Lincoln Town Car weg. Der Schwung schleuderte uns in die Straßenmitte, wo Sekunden später die zweite Limousine frontal in unsere Seite krachte.

Als der Wagen schließlich zum Stehen kam, wurde es für einen Moment still. Dann fingen wir wegen des Qualms, der von den Sprengladungen der Airbags stammte, zu husten und zu würgen an. Wir mussten uns erst mal vom Schock des Unfalls erholen. Immerhin lebten wir noch. Soweit ich es überblickte, hatte ich mir nichts gebrochen.

»Sind alle in Ordnung?«, fragte ich und trat meine Tür auf. Die Kälte war grausig, aber wenigstens drang frische Luft herein.

»Mir geht's gut«, versicherte Matt. »Aber auf meiner Seite klemmt's.«

Im Gegensatz zu seinen Worten ging es Matt überhaupt nicht gut, wie ich feststellte. Er hatte sich übel den Kopf gestoßen, Blut lief ihm von der Stirn ins Gesicht. Ich bot ihm Hilfe an, doch er winkte ab und bestand darauf, dass es schlimmer aussah, als er sich fühlte. Schließlich zückte er ein Taschentuch und drückte es fest gegen seine Platzwunde.

»Steig auf meiner Seite aus.« Meine Zähne schlugen aufeinander, so kalt waren Wind und Schnee. Mein Bruder kletterte etwas unbeholfen über die Scherben der Fenster, die den Rücksitz spickten, und kämpfte sich nach draußen. Ich kümmerte mich derweil um Harris. Ihm ging es gut, also konzentrierten wir uns auf den Fahrer.

»Er rührt sich nicht«, stellte Harris fest.

»Hat er einen Puls?«

Harris tastete danach und schüttelte den Kopf. »Nein, er ist tot.«

In diesem Augenblick setzte das Maschinengewehrfeuer wieder ein. Nicht in direkter Nähe, aber auch nicht so weit entfernt, wie es uns lieb gewesen wäre. Ich ließ den Blick rasch über die Bürgersteige und umliegenden Häuser schweifen, konnte aber den oder die Schützen nicht ausmachen. Harris zog seine Dienstwaffe, eine 9-Millimeter-Glock. Die würde uns zwar nicht besonders viel helfen, falls unsere Angreifer mit automatischen Waffen auf die Straße stürmten, aber sie war besser als nichts.

Plötzlich knallte ein Pistolenschuss. Er kam tatsächlich aus der direkten Umgebung, irgendwo links von mir. Ich wirbelte herum und starrte zu Tode erschrocken den Fahrer des Schneepflugs an. Er trug einen schwarzen Parka und eine gleichfarbige Skimaske. Mit einem Satz verließ er das Führerhaus und feuerte noch zweimal auf Harris. Der FBI-Agent wirbelte seinerseits herum und drückte ab.

Doch dann stürzte er.

Aber auch der Fahrer des Schneepflugs war von Harris getroffen worden und brach auf der zerknautschten Motorhaube der Limousine zusammen. Er stöhnte vor Schmerz, aber er lebte noch und richtete sich langsam auf. Neben mir warf Matt sich auf den Asphalt. Insgeheim wusste ich, dass ich dasselbe hätte tun müssen.

Das Maschinengewehrfeuer zu unserer Linken wurde lauter, der Fahrer des Schneepflugs samt Pistole lauerte kaum zwei Meter von mir entfernt. Aber nun, da Harris gestürzt war und in Lebensgefahr schwebte, kletterte ich instinktiv ins Auto, beugte mich zum Fahrer vor und riss ihm die Dienstwaffe aus dem Holster unter der Jacke. Schon war der Angreifer wieder auf den Beinen und stolperte auf Harris zu. Ich wusste nicht, ob der Agent noch lebte oder bereits tot war, aber ich durfte keine Zeit verlieren. Ich tastete die Waffe nach der Sicherung ab, schaltete sie aus, zielte durch die Reste der Windschutzscheibe und feuerte viermal. Eine oder zwei der Kugeln trafen ihr Ziel. Der Mann ruckte heftig zurück und krachte auf das schneebedeckte Pflaster.

Sofort stürzte ich aus dem Auto und rannte zum Heck. Dort zielte ich mit der Pistole erneut auf den Pflug, bereit für den nächsten Schuss. Aber bevor ich loslegen konnte, entdeckte ich Harris. Er lag auf dem Rücken, direkt auf dem eiskalten Straßenbelag, und versenkte drei weitere Projektile im Maskierten.

»Auf meiner Seite ist keiner mehr!«, rief er.

»Hier auch nicht!«, rief ich zurück.

Harris warf mir die Waffe des Terroristen zu. Er selbst war nass von Schnee und Eis, aber er bewegte sich geschmeidig und ohne Probleme. Er schien nicht verletzt zu sein. Erst auf den zweiten Blick erkannte ich, dass er gar nicht angeschossen worden war. Er musste auf dem Glatteis ausgerutscht sein. Der Sturz hatte ihm offenbar das Leben gerettet. Er bedeutete mir eindringlich, dass ich in Deckung gehen und vor dem Schneepflug auf dessen andere Seite wechseln sollte – nur für den Fall, dass der Fahrer einen Komplizen hatte. Ich setzte den Befehl zügig um und signalisierte Matt, dass er weiter liegen bleiben sollte. Im Vorbeigehen drückte ich ihm die Pistole unseres Limousinenfahrers in die Hand.

Dann lugte ich um die Vorderseite des riesigen orangefarbenen Schneepflugs und stellte fest: Harris' Instinkte hatten ihn nicht getrogen. Es gab einen Komplizen. Er stand keine zwei Meter von mir entfernt und war ein echter Riese. Wenigstens 1,90 groß. Auch er trug einen schwarzen Parka samt Skimaske und hielt eine Halbautomatik in der Hand.

Im selben Moment eröffnete er damit das Feuer. Ich konnte mich gerade noch rechtzeitig wegducken, hörte jedoch, wie die Geschosse vom Metall der Limousine abprallten und in den Motorblock einschlugen. Der Kerl stürzte auf mich zu. Die schweren Stiefel, die er trug, knirschten auf dem Schnee. Ich kauerte mich am Boden zusammen und nahm Maß. Doch meine Hände zitterten vor Furcht und Kälte.

Da rief Harris laut in die Nacht hinaus: »FBI! Stehen bleiben!«

Der Mann ignorierte die Aufforderung. Einen Wimpernschlag später knallten drei Schüsse, dann fiel ein Körper schwer zu Boden.

»Alles in Ordnung!«, brüllte Harris.

Mein Herz raste, Adrenalin schoss mir durch die Adern. Ich zwang mich zum Aufstehen und schlich vorsichtig um die Frontseite des Schneepflugs herum. Harris stand vor der Leiche. Er trat das Maschinengewehr weg, sodass es in meine Richtung schlitterte, und zog dem Toten die Mütze vom Kopf. Ein Libyer oder Algerier, vermutete ich. In Verbindung mit dem Rauschebart und den dunklen Augen bestand für mich kein Zweifel, dass er aus Nordafrika oder dem Nahen Osten stammte und für den IS kämpfte – und damit für Abu Khalif.

Hinter uns tauchten zwei schwarze SUVs auf und hielten auf uns zu. Anfangs vermutete ich, das FBI habe uns Unterstützung geschickt. Aber die Suburbans stoppten nicht und hatten mit dem Bureau nichts zu tun. Sie gehörten zum Secret Service und waren gekommen, um den Präsidenten zu holen und ihn samt First Lady im Weißen Haus in Sicherheit zu bringen.

Kaum waren sie angekommen, intensivierte sich das Maschinengewehrfeuer erneut. Diesmal ließ sich die Quelle eindeutig ausmachen: das obere Stockwerk eines nahen Bürogebäudes. Wieder prasselten Kugeln aufs Metall des Schneepflugs und in die Motorhauben der Suburbans. Harris und ich machten, dass wir in Deckung kamen. Dummerweise kündigte ein scharfes Sirren das Heranschießen einer Boden-Luft-Rakete an. Die Druckwelle der Explosion schleuderte Harris und mich durch die Luft. Ich schlug hart auf dem Rücken auf, mitten auf der Pennsylvania Avenue.

Der Sturz hatte mir den Atem aus der Lunge getrieben. Ein brennender Schmerz schoss mir durch Rücken und Beine. Mit verzerrter Miene rollte ich mich mühsam auf die rechte Seite. Ein Blick auf das Kapitol verriet mir, dass es inzwischen vollständig in Flammen stand. Ich konnte auch Harris ein paar Meter weiter erkennen. Er war näher am Schneepflug als ich und rappelte sich taumelnd auf.

Mit einem Mal wurde ich von grellem Scheinwerferlicht geblendet. Eine der Limousinen raste direkt auf mich zu. Mir tat alles so weh, dass ich mich nicht von der Stelle rühren konnte. Kugeln pfiffen mir um die Ohren, dann packte mich jemand und zog mich aus der Bahn, gerade rechtzeitig, bevor die beiden Limousinen an uns vorbeischossen. Ich schlug die Augen auf und sah Matt über mir. Hinter seiner Schulter flackerte ein erneuter Lichtblitz auf. Der Kondensstreifen verriet, dass uns die nächste Boden-Luft-Rakete ins Visier nahm.

»Runter, Matt!«

Der zweite Suburban explodierte mit einem gewaltigen Knall. Er überschlug sich in der Luft und knallte kaum 20 Meter von uns entfernt direkt vor der zweiten Limousine auf die Straße. Diesmal war ich es, der Matt packte und zu sich zog. Die zweite Limousine verfehlte Matts Fuß nur um wenige Zentimeter. Der Fahrer stieg in die Bremsen, kam auf der glatten Fahrbahn ins Trudeln und kreiselte an uns vorbei. Direkt hinter ihm folgten die taktischen Einheiten des Secret Service. Sie erwiderten das Feuer aus den Bürogebäuden und lenkten die Aufmerksamkeit der Schützen auf sich. Trotzdem saßen der Präsident und sein Team fürs Erste fest. Der Sturm war so stark, dass Hubschrauber nicht starten konnten. Luftunterstützung fiel damit aus.

Die Scharfschützen mühten sich unterdessen, die Geschütze und deren Bedienpersonal auszuschalten. Allzu viel Erfolg schienen sie damit nicht zu haben.

Wie ist das nur möglich?, fragte ich mich. Wir waren nur noch wenige Blocks vom Weißen Haus entfernt, aber das änderte nichts an der kritischen Situation.

Ich wusste nur eins: Wir mussten von der Straße runter. Und zwar schnell.

12

Das waren keine Amateure.

Jemand hatte diesen Angriff bis ins Kleinste durchgeplant, wahrscheinlich monatelang. Ich zwang mich, trotz der Schmerzen aufzustehen. Ein Blick auf Harris machte deutlich, dass er diesmal tatsächlich verwundet war. Seine Hosen waren zerfetzt und er presste eine Hand aufs Bein. Matt lief zu ihm und kümmerte sich um die Wunden, dann nahm er den Schal ab und wickelte ihn als Druckverband um Harris' Bein. Beide duckten sich hinter dem qualmenden Wrack der Limousine, während weitere Projektile durch die Luft pfiffen.

Eindeutig war die Limousine, die uns bis hierher gebracht hatte, ein Totalschaden. Damit kamen wir nicht mehr voran. Aus einem Leck im Tank tropfte Benzin, was uns zusätzlich in Gefahr brachte. Ganz klar würde keines der Fahrzeuge, die hier noch unterwegs waren, für uns anhalten. Sie hatten nur eine Mission: den Präsidenten der

Vereinigten Staaten sicher nach Hause zu bringen. Unsere Sicherheit zählte in dieser Situation nicht.

Ich wandte mich dem Schneepflug zu. Die Scheinwerfer brannten, die Scheibenwischer liefen, der Motor ebenfalls. Über das Glatteis schlitterte ich hin, öffnete die Tür des Fahrerhauses und wandte mich zu den anderen um.

»Matt, wir schaffen ihn in den Schneepflug!«, rief ich laut, um den andauernden Schusswechsel zu übertönen. »Mit dem Teil kommen wir sicher durch!«

Matt beäugte das Gefährt misstrauisch, widersprach jedoch nicht. Die Skepsis war ihm deutlich anzumerken, dennoch nickte er. Er schien zu begreifen, dass es unsere einzige Chance war. Fest stand auch, dass uns die Zeit fehlte, um groß darüber nachzudenken. Wir mussten uns beeilen. Harris verlor Blut und wenn der Sedan, hinter dem beide Deckung gesucht hatten, erneut von einer Rakete erwischt wurde, wäre es um uns alle geschehen.

Sorgfältig achteten wir darauf, nicht in die Schusslinie zu geraten, und zerrten Harris hinter uns durch den Schnee. Wir hoben ihn ins Führerhaus und legten ihn der Länge nach auf die durchgehende vordere Sitzbank. Matt kletterte über ihn hinweg und schützte ihn so, versuchte dabei gleichzeitig, durch das Fenster auf der Beifahrerseite selbst kein Ziel zu bieten. Kaum waren die beiden fertig, kletterte ich auf den Fahrersitz, legte den Sicherheitsgurt an, startete den Motor und legte den Rückwärtsgang des Western Star 4800 ein.

Das Monstrum machte einen gewaltigen Satz. Ich hatte noch nie ein so großes Fahrzeug gesteuert und stellte mich denkbar ungeschickt an. Matt tat alles, um zu verhindern, dass Harris vom Sitz rutschte. Als ich auf die Bremse stieg, wurden wir in die Sitze gepresst.

Die Kupplung knirschte und ächzte, bis es mir endlich gelang, den ersten Gang einzulegen. Ein Ruck ging durch die Karosserie. Es ging langsam voran, aber immerhin bewegten wir uns überhaupt.

Meine Fahrkünste waren ohnehin unsere geringste Sorge. Immer noch hagelte es draußen Blei, in rascher Folge, als führen wir durch einen Hagelsturm aus Projektilen. Je länger wir auf dieser Straße blieben, desto eher starben wir, das war klar. Also trat ich aufs Gas und benutzte den Pflug, um die brennenden Trümmer der Suburbans aus dem Weg zu schaufeln. Damit ebnete ich wiederum den Weg für die beiden Limousinen. Bei der nächsten Bremsung schoss die vordere sofort an uns vorbei. Überraschenderweise versuchte die zweite lediglich, zu uns aufzuschließen. Ich stoppte den Pflug, damit sie an uns vorbeiziehen konnte. Doch als ich durch den Schneesturm zum Beifahrer der Limousine hinuntersah, winkte dieser heftig und signalisierte mir, ich solle weiterfahren.

Da ich ihn nicht fragen konnte, was genau er damit bezweckte, trat ich verwirrt aufs Gaspedal. Mit einem Ruck fuhr der Pflug an und schob sich über die Pennsylvania Avenue. Die Limousine überholte auch jetzt nicht, hielt sich auch nicht im Windschatten, sondern blieb an unserer Seite kleben.

Langsam wurde mir klar, was hier los war. In dieser Limousine saß der Präsident, die andere hatte als Ablenkung gedient. Der Fahrer, ein Secret-Service-Agent, benutzte uns als robusten Schutzschild.

Immer noch prallten Kugeln in unsere rechte Seite, doch wir setzten die Fahrt unbeirrt fort. Auf einmal zerbarst die Windschutzscheibe mit einem lauten Knall. Glassplitter flogen um uns herum und ich trat fester aufs Gas. Trotz

Schnee und Eis hatte ich keine Probleme mehr, diesen schweren Koloss auf Kurs zu halten. Auch die Limousine neben uns hielt problemlos Schritt. Wir passierten bald die Freedom Plaza auf der rechten und das Ronald Reagan International Trade Building auf der linken Seite.

Schnell kam die 15th Street in Sicht. Jetzt musste ich eine Entscheidung treffen. Sollte ich mich scharf rechts halten und auf das Willard Intercontinental Hotel und das angrenzende Finanzministerium zuhalten, um mich von dort aus zum Nordwesteingang des Weißen Hauses durchzukämpfen? Oder fuhr ich weiter geradeaus zum südöstlichen Eingang? Ersteres war die klassische Route, die einem sicher zuerst einfiel. Aus ebendiesem Grund hielt ich sie unter den herrschenden Bedingungen für die deutlich gefährlichere. Sie führte durch eine Schlucht aus Hotels und Bürogebäuden. In jedem davon lauerten unter Umständen weitere Terroristen der Limousine des Präsidenten auf.

Es gab keine Möglichkeit, sich mit den Agenten des Secret Service in der Limousine in Verbindung zu setzen, aber vielleicht hatte Harris einen Rat? Ich trug ihm beide Varianten vor. Er wies mich an, direkt den südöstlichen Kontrollpunkt anzusteuern und rechtzeitig abzubremsen, damit die Limousine durch die Tore brechen konnte. Danach würde der Schneepflug nachsetzen und den Eingang versiegeln, um eine Verfolgung des Präsidenten zu vereiteln.

Mir war das nur recht. Das einzige Problem bestand darin, dass ich enorm viel Schwung generiert und nicht bedacht hatte, wie lange es dauerte, einen Schneepflug zum Halten zu bringen.

»Festhalten!«, schrie ich und stieg auf die Bremse.

Wir alle wappneten uns für eine Kollision. Das Letzte, woran ich mich erinnere, waren die Secret-Service-Beamten, die panisch aus dem Pförtnerhaus neben dem Tor flohen, ehe wir hineinkrachten und nichts als einen Haufen Trümmer hinterließen.

TEIL ZWEI

13

Washington, D.C.

Ich erwachte groggy und hatte keine Ahnung, wo ich war.

»Willkommen zurück«, sagte ein freundlich aussehender älterer Herr.

Ich reagierte nicht. Er wartete geduldig. Ich starrte ihn an und versuchte herauszufinden, wo ich mich befand. Der Mann war vielleicht Mitte, Ende 60. Eindeutig ein Arzt, denn er trug einen weißen Laborkittel und ein Stethoskop um den Hals. Mit einem Clipboard unter dem Arm fühlte er meinen Puls.

»Wie fühlen Sie sich?«

Wieder gab ich keine Antwort.

»Können Sie mir Ihren Namen nennen?«

Ich versuchte Worte zu formen, brachte sie aber nicht heraus. Er hielt mir eine Tasse mit lauwarmem Wasser hin. Ich nippte daran, dann wiederholte er seine Frage.

»Collins«, wisperte ich.

»Ist das Ihr Vor- oder Ihr Nachname?«

»Mein Nachname.«

»Und Ihr Vorname?«

»J. B.«

»Wofür steht das?«

Ich starrte ihn verständnislos an.

»Wie lautet Ihr voller Name, mein Junge?«

»James«, begriff ich schließlich. »James Bradley.«

»Erinnern Sie sich an Ihren Geburtstag?«

»Ja.«

Eine kurze Pause folgte, als der Arzt auf die Antwort wartete, doch ich schwieg. Einen Augenblick später bat er mich geduldig, ihm das genaue Datum zu nennen.

»Äh … im Mai. 3. Mai.«

»Gut«, meinte er, nachdem er meine Antwort mit den Daten auf dem Klemmbrett verglichen hatte. »Wo?«

»Wie … wo?«

»Wo wurden Sie geboren?«

»In Maine«, sagte ich. »Bar Harbor.«

Langsam kam ich zu mir, mein Kopf wurde klarer und die Reaktion auf seine Fragen fiel mir leichter.

»Wie lautet der Name Ihrer Mutter?«

»Maggie.«

»Und Ihr Vater?«

»Nächste Frage«, meinte ich gereizt.

Er hob die Augenbrauen. »Den brauche ich für die Akten.«

»Nein, tun Sie nicht«, konterte ich. Erst jetzt bemerkte ich sein Namensschild. »Ich bin kein Minderjähriger, Dr. Weisberg. Mein Vater ist für mich seit 30 Jahren kein Thema mehr.«

»Okay«, ruderte er zurück. »Wissen Sie, welcher Tag heute ist?«

Ich brauchte einen Augenblick. »Dienstag … halt, nein, wahrscheinlich schon Mittwoch.«

»Gut«, meinte er wieder. »Wie lautet der Name Ihres Bruders?«

»Matt. Matthew. … Wo ist er? Geht es ihm gut?«

»Ein paar Nähte, eine leichte Gehirnerschütterung, aber ansonsten geht es ihm gut, ja.«

»Kann ich ihn sehen?«

»Aber natürlich.« Weisberg nickte. »Er liegt im Zimmer nebenan. Sie können ihn in ein paar Stunden besuchen. Kommen wir zu dem anderen Mann, der mit Ihnen eingeliefert wurde. Erinnern Sie sich an seinen Namen?«

»Sie meinen Harris?«

»Sagen *Sie* es mir.«

»Ja, Harris. Arthur Harris. Er arbeitet fürs FBI. Ist er auch wohlauf?«

»Ihm geht es gut.«

»Er wurde angeschossen.«

»Stimmt, aber er hatte Glück, es war nur eine Fleischwunde. Eine komplizierte Operation, aber wir konnten alles zusammenflicken. Er wird im Nu wieder auf dem Damm sein.«

Er leuchtete mir kurz in die Augen, um zu prüfen, ob sich meine Pupillen zusammenzogen.

»Wo genau also bin ich?«, wollte ich wissen.

»G. W.«, erwiderte er knapp. Er wusste offenbar, dass ich in der Gegend lebte und deshalb verstand, dass er das George Washington University Hospital auf der 23rd Street meinte, nur wenige Minuten vom Weißen Haus entfernt. »Sie hatten eine anstrengende Nacht. Wenn man bedenkt, wen ich heute so alles habe verarzten müssen, muss ich sagen, dass Sie drei enormes Glück hatten.«

Schlagartig fiel mir alles wieder ein.

»Der Präsident?«, fragte ich. »Sind er und die First Lady in Sicherheit?«

Weisberg antwortete nicht.

Doch ich beharrte auf einer Antwort. »Das ist doch sicher keine geheime Information. Ich will ja nicht wissen, wo sie sind. Ich will nur wissen, ob mit ihnen alles in Ordnung ist.«

»Ist es«, entgegnete er. »Ich muss Ihnen noch ein paar Fragen stellen. Haben Sie irgendwelche Allergien?«

»Nein.«

»Herzkrankheiten?«

»Nein.«

»Diabetes?«

»Nein.«

»Nehmen Sie derzeit regelmäßig Medikamente?«

Ich schüttelte den Kopf.

»Illegale Drogen?«

»Nein.«

»Was ist mit Alkohol?«

»Was soll damit sein?«

»Trinken Sie?«

»Früher mal.«

Er wartete ab.

Ich wollte nicht mehr sagen, aber ich wusste, dass er ahnte, worauf es hinauslief. »Regelmäßig und viel.«

Er kommentierte es nicht.

»Ich bin trockener Alkoholiker«, gestand ich.

Wieder wartete er geduldig. Also sagte ich ihm schließlich, was er hören wollte – warum auch nicht? »Ich bin seit zwei Jahren, fünf Monaten und 28 Tagen trocken.«

»Gut für Sie. Schön einen Tag nach dem anderen. ... Hören Sie, Sie brauchen jetzt Ruhe. Ein Team von FBI-Agenten steht vor Ihrem Zimmer, dem Ihres Bruders und dem von Agent Harris, um Sie zu beschützen. Ich werde in ein paar Stunden noch mal nach Ihnen sehen. Es ist kurz nach Sonnenaufgang. Wenn Sie in der Zwischenzeit etwas brauchen, drücken Sie einfach auf diesen Knopf. Die Schwestern werden sich um Sie kümmern.«

»Alles klar«, antwortete ich. »Und, Doc ... ich bin

doch in Ordnung, oder? Sie haben mir nichts amputieren müssen? Einen Lungenflügel oder so was in der Art?«

»Nichts so Dramatisches«, erwiderte Weisberg und kritzelte noch ein paar Notizen auf das Clipboard. »Sie haben allerdings hübsch was abbekommen da draußen und sich eine leichte Gehirnerschütterung zugezogen. Das ist ja auch kein Wunder. Hinzu kommen die Wunden, die Sie im Dezember im Irak abbekommen haben: Schussverletzung in der rechten Schulter, großflächige Verbrennungen durch eine Handgranate, erheblicher Blutverlust, Dehydration und was dergleichen mehr ist. Ich möchte Sie gern in den nächsten 24 oder gar 48 Stunden zur Beobachtung hierbehalten. Nur um sicherzugehen.«

Das durfte ich auf keinen Fall zulassen. Viel zu viel stand auf dem Spiel. Da war eine Story, die ich schreiben musste, das konnte ich nicht von einem Bett im George Washington University Hospital aus erledigen. Doch ich wusste es besser, als einen Streit mit dem behandelnden Arzt vom Zaun zu brechen. Also nickte ich einfach. »Können Sie mir wenigstens mein Smartphone geben und den Fernseher freischalten?«

»Nein, Mr. Collins«, erwiderte er entschieden. »Jetzt müssen Sie sich erst mal ausruhen.«

»Das ist mir schon klar, Doktor, aber ich bin Reporter. Ich muss wissen, was da draußen vor sich geht.«

»Das Schlimmste ist ausgestanden«, erklärte er. »Sie können im Moment sowieso nichts daran ändern. Heute arbeiten Sie nicht für die *Times*, heute sind Sie Patient. Mein Patient. Also, schlafen Sie ein bisschen. Wir sehen uns in ein paar Stunden.«

Ich starrte auf die Uhr an der Wand. 4:23 morgens. In ungefähr drei Stunden startete der Washingtoner

Durchschnittsbewohner in einen neuen Tag. Die ganze Nation würde vom tödlichsten Angriff auf amerikanischem Boden seit dem 11. September 2001 traumatisiert sein. Mich beschäftigte allerdings eine ganz andere Frage: Was kam als Nächstes?

14

Um kurz nach sechs wurde ich von zwei FBI-Agenten geweckt.

Sie waren gekommen, um eine umfassende Aussage aufzunehmen. Es ging um alles, was ich während der Angriffe im Kapitol und auf der Pennsylvania Avenue gesehen und gehört hatte. Die ›schweigsamen Zwillinge‹ verhörten mich ungefähr eine halbe Stunde lang. Ich taufte sie so, weil sie ungefähr gleich alt, beinahe gleich groß und ähnlich gebaut waren. Außerdem trugen sie ähnliche und vor allem ziemlich hässliche Anzüge von der Stange. Sie machten sich detailliert Notizen und deckten dabei so ziemlich alle Eventualitäten ab, weigerten sich jedoch im Gegenzug beharrlich, auch nur eine meiner Fragen zu beantworten.

»Sie haben letzte Nacht Twitter-Botschaften abgesetzt. Es ging um eine Schläferzelle des IS in Alabama.«

»Eine mutmaßliche Schläferzelle«, stellte ich klar.

»Gut, eine mutmaßliche Schläferzelle«, korrigierte er. »Sie wiesen darauf hin, dass die Behörden Hunderte Granatenhülsen in der Wohnung der Verbrecher gefunden haben.«

»Ja, und?« Ich hatte keine Ahnung, worauf er hinauswollte.

»Wie haben Sie davon erfahren? Die Information war noch nicht öffentlich. Es gab keine Presseerklärung. Sie leben doch gar nicht in Alabama.«

»Es ist mein Job, so etwas zu wissen, meine Herren«, antwortete ich. »Sie fragen mich doch nicht allen Ernstes nach meinen Quellen, oder?«

»Mr. Collins, Sie sollten mit uns kooperieren.«

»Das tu ich doch.«

»Ich meinte, Sie müssen vollumfänglich kooperieren. Wir müssen wissen, wie Sie an diese Information gelangt sind, obwohl sie bis dato nur einem kleinen Kreis von Eingeweihten vorlag.«

»Ach, das wussten doch viele Leute«, tat ich seine Bemerkung ab. »Die zuständige Polizei in Alabama, die lokalen Behörden, das FBI. Ebenso das Weiße Haus, die CIA, das Heimatministerium und die Joint Terrorism Task Force.«

Ich improvisierte und versuchte, sie von der Spur abzulenken. Keine Ahnung, ob es funktionierte.

»Mr. Collins, finden Sie das nicht selbst etwas seltsam?«, wählte der Agent, den ich für den Ranghöheren hielt, einen anderen Ansatz.

»Was denn?«

»Dass Sie ständig im Mittelpunkt solcher terroristischen Angriffe stehen.«

»Nein«, erwiderte ich ruhig.

»Nein?«, wiederholte er ungläubig.

»Ich bin Kriegsberichterstatter bei der *New York Times* und habe daher ständig mit Themen zu tun, die die nationale Sicherheit der USA betreffen«, erklärte ich. »Ich befasse mich beruflich mit Krieg und Terrorismus. Ich erwarte gar nicht, dass mein Leben störungsfrei oder geordnet verläuft. Wenn ich das wollte, würde ich für *Wild und Hund* oder *Schönes Landleben* schreiben.«

»Aber beunruhigt Sie das denn nicht?«, hakte sein Partner nach.

»Natürlich beunruhigt mich das«, versetzte ich patzig. »Es beunruhigt mich sogar sehr, dass Kämpfer des Islamischen Staates in der Lage sind, in die USA einzureisen und in Washington Panzergranaten aufs Kapitol abzufeuern, ohne dass jemand sie aufhält. Es beunruhigt mich außerdem, dass ihr Jungs den Sitz unserer Regierung nicht vor einem Anschlag schützen konntet, von dem jeder wusste, dass er bevorstand. Vor allem beunruhigt mich aber, dass der Präsident der Vereinigten Staaten den IS offenbar gar nicht ein für alle Mal zerschlagen will, obwohl man ihn entführt, in einem Stahlkäfig gefangen gehalten und gedroht hat, ihn mit Kerosin zu überschütten und anzuzünden. Oder ihn zu köpfen.

Ach ja, und es beunruhigt mich ebenfalls, dass versucht wurde, das ganze Land zu dieser wahnsinnigen IS-Version des Islam zu bekehren, dass Abu Khalif darüber hinaus gerade auf einem Genozid-Trip ist und die US-Regierung trotzdem keinen Plan zu haben scheint, wie sie ihn fassen und ihm eine Kugel in den Kopf jagen soll. Reicht Ihnen das fürs Erste? Können Sie meiner Argumentation folgen oder ging Ihnen das jetzt zu schnell?«

»Sind Sie fertig mit Ihrer Aufzählung?«, konterte der Ältere der beiden trocken.

»Allerdings bin ich das.« Ich machte keinen Hehl aus meiner Verärgerung.

»Hier ist meine Karte«, meinte er. »Bitte lassen Sie es uns wissen, falls Ihnen sonst noch was einfällt.«

Ich nahm sie entgegen und warf sie achtlos aufs Bett.

Kaum waren die beiden verschwunden, brachte mir eine Schwester einen Styroporbecher mit schwarzem Kaffee. Es war zwar nicht der schlimmste, den ich je probiert hatte, aber nah dran. Ich trank ihn trotzdem. Vor mir lag ein langer Tag. Dafür brauchte ich jedes Quäntchen Energie, das ich kriegen konnte.

Es klopfte, dann steckte mein Bruder seinen Kopf durch den Türspalt. »Darf ich reinkommen?«

Er wirkte reichlich angeschlagen. Das Gesicht war übersät mit blauen Flecken, eine Naht mit neun Stichen prangte auf der Stirn, doch als ich nachfragte, antwortete er, es gehe ihm gut.

Ich winkte ihn zu mir und umarmte ihn, dankbar, dass wir beide überlebt hatten.

Als er sich nach meinem Befinden erkundigte, war ich kurzzeitig versucht, ihn anzulügen und zu behaupten, dass es mir prima ging. Ich wollte nicht schwach wirken. Am wenigsten meinem eigenen Bruder gegenüber. Stattdessen sagte ich ihm die Wahrheit, die ich selbst Dr. Weisberg verschwiegen hatte: Ich fühlte mich grauenvoll. Mein Nacken schmerzte, ich hatte ein Schleudertrauma und die Bandscheibe im unteren Rücken war angeknackst, sodass es sich anfühlte wie bei einem Hexenschuss. In beiden Beinen verspürte ich heftigen Muskelkater, mein unterer Rücken hatte Prellungen davongetragen. Aber ich bestand darauf: Ich wollte nicht klagen, sondern mit diesen Infos nur seine Frage beantworten.

Matt starrte mich für einen Augenblick an. Ich glaube, es war meine Offenheit, die er so gar nicht erwartet hatte. »Nun, die gute Nachricht ist, dass du nicht gerade aussiehst, als hättest du gerade einen terroristischen Anschlag von enormen Ausmaßen überlebt.«

Zuerst hielt ich das für Sarkasmus seinerseits. Doch Sarkasmus passte nicht zu Matt, eher zu mir. Und ich hatte ja auch noch gar nicht in einen Spiegel geschaut. Es wurde wohl Zeit dafür. Ich zwang mich aus dem Bett, humpelte ins Bad und musterte mein Spiegelbild. Hinter der Designerbrille waren meine Augen blutunterlaufen. Mein langsam ergrauender, ansonsten adrett getrimmter Bart brauchte dringend eine Rasur. Aber trotzdem hatte Matt recht. Ich hatte nur wenige Schrammen oder blaue Flecken im Gesicht. Sicher, es gab deutliche Wunden, aber die sah man nicht auf den ersten Blick. Es gab nicht viel am gestrigen Tag, wofür ich dankbar sein konnte, also nahm ich, was ich kriegen konnte.

Genau in diesem Augenblick kam Harris auf Krücken ins Zimmer gehumpelt. Doch wie Dr. Weisberg schon angekündigt hatte: Er würde es überleben. Allerdings verriet mir sein Gesichtsausdruck sofort, dass Ärger ins Haus stand.

»Schalten Sie mal den Fernseher an«, platzte er grußlos heraus.

»Was ist denn los?«

»Der Präsident wird gleich eine Ansprache halten.«

15

»Hier ist CNN mit einer Sondermeldung.«

Ich setzte mich aufs Bett und bot Harris den Besucherstuhl rechts daneben an, zumal es der einzige im Raum war. Er zögerte, aber ich bestand darauf, also tat er mir schließlich den Gefallen. Es ging ihm schlechter, als er zugeben wollte. Matt stellte sich links von mir in eine Ecke des Raums.

Schon bald verfolgten wir wie hypnotisiert die im Splitscreen ablaufende Berichterstattung. In einer Bildschirmhälfte waren Liveaufnahmen des nach wie vor qualmenden Kapitols zu sehen, daneben konnte man das Geschehen im East Room des Weißen Hauses verfolgen, der für eine Pressekonferenz vorbereitet war. Ein Rednerpult, auf dem das Siegel des Präsidenten prangte, stand an der Stirnseite. Am unteren Bildrand liefen Schriftbänder mit Beileidsbekundungen diverser Staatsoberhäupter der Welt ans amerikanische Volk durch. Ein paar Sekunden später betrat Harrison Taylor mit nüchternem, aber entschlossenem Gesichtsausdruck das Podium. Ein geradezu surreales Gefühl, dass ich erst vor wenigen Stunden persönlich mit ihm gesprochen hatte. Wie schnell die Welt sich doch änderte.

»Meine amerikanischen Mitbürger«, begann der Präsident. Er blickte direkt in die Kamera und wirkte, als hätte er seit dem Anschlag kein Auge zugetan, was vermutlich auch zutraf. »In der letzten Nacht haben Feinde der Vereinigten Staaten einen grausamen und feigen Anschlag verübt. Er erfolgte völlig aus dem Nichts und zielte auf unsere Hauptstadt. Es ging darum, die Köpfe unserer Regierung zu töten und sie damit handlungsunfähig zu machen. Ich freue mich, Ihnen mitteilen zu können, dass dieser Plan krachend gescheitert ist.«

Ich war schockiert. ›Völlig aus dem Nichts‹? Wie konnte er so etwas sagen? Wie viel Vorwarnung hätte Taylor denn noch gebraucht? Ein Blinder hätte prophezeien können, dass der IS erneut zuschlug. Abu Khalif hätte es deutlicher kaum formulieren können. Ich hatte seine Aussagen wortwörtlich in meinen Artikeln zitiert, jeder auf der Welt hatte sie lesen können. Sicher waren der DNI, die Direktoren von CIA, militärischem Auslandsgeheimdienst, FBI und Homeland Security und ihre zehntausend Mitarbeiter damit vertraut. Vom Präsidenten wusste ich es. Zumal ich sie ihm gestern Abend förmlich mit gelbem Textmarker angestrichen im Oval Office unter die Nase gerieben hatte. Zugegeben: Abu Khalif hatte weder einen konkreten Ort noch eine genaue Zeit genannt, aber diese Naivität kaufte Taylor trotzdem niemand ab.

»Glücklicherweise bin ich selbst in Sicherheit und unverletzt«, fuhr der Präsident fort. »Wie Sie selbst sehen können, befinde ich mich im Weißen Haus auf meinem Posten und verrichte meine Arbeit für diese Nation. Der Vizepräsident und der Kongresssprecher sind ebenfalls wohlauf, halten sich derzeit aber beide nicht in Washington auf. Wir haben sie an geheimen, sicheren Orten untergebracht. Ich versichere Ihnen, dass sie sich ebenfalls mit voller Kraft ihren Aufgaben widmen. Noch in der Nacht haben wir alle an einer abhörsicheren Videokonferenz teilgenommen, bei der auch der Nationale Sicherheitsrat und die Joint Chiefs of Staff zugeschaltet wurden. Dabei wurden der entstandene Schaden analysiert und mögliche Vergeltungsmaßnahmen erörtert.

Erst vor wenigen Minuten endete eine weitere Videokonferenz, an der der Generalsekretär der Vereinten Nationen und die Regierungschefs von Kanada, Großbritannien, Frankreich und Deutschland teilnahmen, ebenso der Generalsekretär der NATO. Jeder hat mir und dem amerikanischen Volk seine volle Unterstützung zugesichert, während wir diese Krise bewältigen, uns von diesen feigen Anschlägen erholen und die nächsten Schritte eruieren.

In weniger als einer Stunde werde ich mich mit dem Kabinett treffen und mit unseren Verbündeten in aller Welt sprechen, um sicherzustellen, dass allen die aktuellen Entwicklungen klar und deutlich vor Augen stehen. Ich werde den Partnern natürlich sämtliche offenen Fragen beantworten und mich ihrer Unterstützung versichern.

Im Folgenden möchte ich Sie nun über die Schäden informieren, die letzte Nacht entstanden sind, und darüber, was in die Wege geleitet wurde, um weitere derartige Anschläge auf amerikanischem Boden zu verhindern.

Erstens habe ich den Heimatschutzminister gebeten, sowohl alle Flüge in die und aus den Vereinigten Staaten als auch sämtliche Inland- und Überflüge unseres Territoriums für mindestens 48 Stunden zu streichen. Das sollte den Bundes-, Staats- und Lokalbehörden genug Zeit geben, jeden weiteren Anschlag aus der Luft zu vereiteln und etwaige Löcher in unseren diesbezüglichen Abwehrmaßnahmen zu stopfen.

Zweitens: Für die nächsten 48 Stunden bleiben die Grenzen zu Mexiko und Kanada geschlossen. Im gleichen Zeitfenster sind ab sofort auch alle Häfen für einlaufende Schiffe gesperrt; das betrifft Kreuzfahrtschiffe, Containerschiffe, Privatjachten und so weiter. Auf diese Weise erhält die Küstenwache Gelegenheit, potenzielle Bedrohungen aufzuspüren und zu eliminieren.

Drittens habe ich den Finanzminister angewiesen, den Handel an der Wall Street und am NASDAQ für den Rest der Woche einzustellen. Ich hoffe und erwarte, dass die Märkte am Montagmorgen wieder öffnen. Aber fürs Erste werde ich Finanzministerium und Börsenaufsicht bitten, alle notwendigen Maßnahmen zu ergreifen, um unsere Finanzsysteme davor zu schützen, dass Terroristen die Anschläge ausnutzen oder versuchen, die Auswirkungen derselben zu verschärfen und somit der amerikanischen Wirtschaft zu schaden.

Ich will in aller Entschiedenheit darauf hinweisen, dass uns keinerlei belastbare Hinweise über weitere geplante Attacken zu Land, zu Wasser oder aus der Luft vorliegen. Ich stehe in engem Kontakt mit den Direktoren der nationalen Sicherheitsdienste sowie unseren Geheimdiensten. Unsere Verbündeten werten jede Drohung und jede Spur aus, die uns zu den Verantwortlichen führen könnte. Ich versichere Ihnen, dass wir sie der Gerechtigkeit überantworten werden. Ich setze absolutes Vertrauen in die Männer und Frauen unseres Justiz- und Kontrollapparats sowie in unser Militär. Sie arbeiten rund um die Uhr, um unsere Sicherheit zu gewährleisten. Wie auch immer, die Vorsicht gebietet, dass ich meine Autorität als militärischer Oberbefehlshaber nutze und Maßnahmen ergreife, die ich als notwendig erachte, um jeden Amerikaner und alle Besucher, die sich auf US-Boden befinden, vor Bedrohungen aus dem In- und Ausland zu schützen.

Lassen Sie mich Ihnen nun einige Details dessen erörtern, was letzte Nacht geschehen ist. Um ungefähr 21:36 Uhr, als ich die Ansprache zur Lage der Nation vortrug, haben Terroristen das Kapitol angegriffen. Sie griffen dafür auf Luftraketen zurück, die von Geschützstellungen an mehreren Orten rund um Washington, D. C. abgefeuert wurden. Einige der Bomben waren mit chemischen Waffen bestückt, insbesondere mit Saringas. Der entstandene Schaden am Kapitol ist immens. Ich bedaure, Ihnen mitteilen zu müssen, dass wir viele Todesopfer zu beklagen haben. Letzten Informationen von Homeland Security zufolge starben bei den Anschlägen vergangene Nacht insgesamt 136 Menschen. 97 wurden schwer verletzt, einige davon schweben weiterhin in Lebensgefahr. Unter den Toten befinden sich 49 Kongressmitglieder, 19 Senatoren, 17 Mitglieder des Pressekorps, zwölf ausländische Diplomaten, 33 Gäste, drei Polizisten, zwei Mitglieder der Washingtoner Feuerwehr und einer meiner Secret-Service-Agenten.«

Die Anzahl der Opfer empfand ich wie einen Schlag in die Magengrube. 136 Tote? 97 Verwundete? Wie um alles in der Welt hatte das in einer der sichersten Institutionen dieses Planeten, im Herzen des Regierungssitzes der Vereinigten Staaten, so weit kommen können?

»Die Behörden sind noch damit beschäftigt, die betroffenen Angehörigen zu informieren«, bemerkte der Präsident. »Zu einem angemessenen Zeitpunkt werden wir eine Namensliste auf der Webseite des Weißen Hauses veröffentlichen. In einem Gedenkgottesdienst werden wir diese mutigen Männer und Frauen ehren, die unseren tiefsten Respekt verdienen. Ich bitte Sie nun, mit mir gemeinsam im Gedenken an unsere Gefallenen eine Schweigeminute einzulegen.«

Der Präsident senkte den Kopf und schloss die Augen. Matt und Agent Harris taten es ihm gleich. Ich jedoch konnte bloß den Bildschirm anstarren. 136 Tote in Washington. Ihr Blut klebte an Abu Khalifs Händen.

Ich kochte vor Wut. Und ich hatte keinen Zweifel, dass es jedem anderen Amerikaner genauso ging.

Für mich war die Angelegenheit damit persönlich geworden.

16

Es wäre besser gewesen, hätte ich an dieser Stelle den Fernseher ausgeschaltet.

Denn als der Präsident fortfuhr, stieg meine Wut ins Unendliche.

»Meine lieben Mitbürger, seien Sie versichert: Noch während ich spreche, führen das FBI, das Heimatschutzministerium und andere Bundesbehörden umfassende Ermittlungen durch, die sich auf zahlreiche Orte in verschiedenen Bundesstaaten und sogar Nationen konzentrieren. Noch ist es zu früh, um genau zu sagen, wer für diese Anschläge verantwortlich ist, doch Sie haben mein Wort, dass ich Sie über kritische Entwicklungen in den bevorstehenden Stunden und Tagen auf dem Laufenden halten werde.«

Zu früh? Was zum Teufel redete er da? Für mich lag klar auf der Hand, dass der IS hinter all dem steckte. Ich hatte zwar keine eindeutigen, unwiderlegbaren Beweise, die man hätte veröffentlichen oder in einem Gerichtsverfahren vorlegen können, aber ich hätte mein komplettes Vermögen darauf verwettet, dass Abu Khalif hinter den Angriffen steckte. Die Ereignisse trugen seine Handschrift. Sicher hatte man den Präsidenten mittlerweile auch über die Verhaftung der IS-Zelle in Birmingham informiert. Garantiert wusste er mittlerweile wesentlich mehr über die Einzelheiten als ich. Warum also redete er um den heißen Brei herum und sagte dem amerikanischen Volk nicht einfach die Wahrheit?

»Ich rate jedem, in dieser schweren Stunde Zurückhaltung zu üben«, sprach der Präsident weiter. »Wir dürfen nicht den Fehler machen und voreilige Schlüsse ziehen, dass es sich um das Werk einer einzelnen Organisation handelt. Selbst wenn dem so sein sollte, dürfen wir nicht der irrigen Annahme verfallen, dass bei den Attentätern ein religiöses Motiv vorlag, geschweige denn, dass es sich um einen einseitig geführten Religionskrieg handelt.«

Wieder konnte ich meinen Widerwillen kaum beherrschen. Taylor machte wohl Witze. Wir hätten längst Rakka, die Hauptstadt des IS in Syrien, flächendeckend bombardieren sollen. Und kein religiöses Motiv? Was glaubte er denn, wofür das I in IS stand?

Ich biss mir auf die Zunge, um nicht vor Harris loszuschimpfen. Der FBI-Agent war für mich zu einer wertvollen Quelle geworden. Auf keinen Fall wollte ich ihm auf den Schlips treten oder riskieren, dass er mir gegenüber nicht mehr offen sprach. Trotzdem, diese Verdrehungen von Worten und Wahrheiten im Nachgang dieses konkreten Angriffs aufs amerikanische Volk, auf unsere Regierung und unser Land lösten bei mir geradezu körperliche Übelkeit aus.

Außerdem nervte mich dieser Kniefall vor dem Altar der Political Correctness.

Niemand beschuldigte die gesamte muslimische Welt, uns töten zu wollen – weder die Republikaner noch die Demokraten. Man musste sich fragen, warum der Präsident eine solche Strohmannargumentation aufbaute. Er bestand doch selbst darauf, dass die große Mehrheit der islamischen Welt uns nicht töten wollte, und das entsprach der Wahrheit. Aber egal welche Studie oder Untersuchung man heranzog, sie zeigten, dass zwar 90 Prozent der Muslime rund um den Globus die Mittel des gewalttätigen Dschihad ablehnten. Doch das bedeutete im

Umkehrschluss auch, dass zehn Prozent es nicht taten. Ich war sehr froh, dass neun von zehn Muslimen wenig bis nichts mit Gewalt zu tun haben wollten, aber in einer Welt, in der es 1,6 Milliarden Muslime gab, entsprachen zehn Prozent immerhin rund 160 Millionen Menschen. Das entsprach beinahe der Hälfte der Bevölkerung der Vereinigten Staaten! Das machte die Dschihadisten rechnerisch zur neuntgrößten Nation der Welt – und damit doch zu einem großen Problem. Es handelte sich um eine reale, fassbare Bedrohung, denn aus exakt diesen 160 Millionen Sympathisanten und Unterstützern der Gewalt rekrutierte der IS seine Mitstreiter.

Die Amerikaner hätten das Problem natürlich am liebsten mit einer Handbewegung vom Tisch gewischt. Das galt für Taylor genau wie für mich. Wir alle hatten die ständigen Konflikte im Nahen Osten satt. Aber so eine Bedrohung verschwand nicht einfach, sondern verschlimmerte sich eher. Das hatten die letzten zwölf Stunden eindeutig gezeigt. Den Kopf in den Sand zu stecken und so zu tun, als wären wir nicht längst in einen globalen Krieg mit Waffengewalt und Bomben und Ideen verwickelt, hielt ich für ebenso weltfremd wie gefährlich.

Weder in seiner Rede zur Lage der Nation noch in der Ansprache gerade eben hatte Taylor den Islamischen Staat beim Namen genannt. Lieber hatte er die Abkürzung benutzt: IS. Dieses Akronym war recht eindeutig, es stand immerhin für ›Islamischer Staat‹ oder, wie man vereinzelt noch sagte: ›Islamischer Staat in Irak und Syrien‹. Aber indem er nur die Abkürzung benutzte, vermied der Präsident wohl absichtlich die Begriffe ›Islam‹, ›Islamismus‹ und ›Muslime‹. Er hatte insbesondere jeden Bezug auf das Kalifat ausgelassen und ging jeglicher Diskussion über theologische und eschatologische Grundlagen aus dem Weg, die Abu Khalif antrieben.

Im Rahmen einer öffentlichen Äußerung, die bereits einige Monate zurücklag, hatte Taylor konkret erklärt, weshalb er sich weigerte, den vollen Namen des aufsteigenden Reichs Abu Khalifs in den Mund zu nehmen: »Der Islamische Staat ist weder islamisch noch ein Staat«, lautete sein Argument.

Dieser Unfug ließ mich wieder zornig werden.

Wie wollte der Präsident einen Feind bekämpfen, dessen Definition er sich verweigerte?

17

Doch der eigentliche Knaller sollte erst noch kommen.

»Die Vereinigten Staaten und unsere Verbündeten haben in den letzten Monaten bereits bemerkenswerte Siege im Nahen Osten davongetragen. Was nun geschehen ist, darf uns nicht von diesem Kurs abbringen«, fuhr Taylor in seiner Rede fort. »Wie ich letzte Nacht bereits betonte, haben wir Mossul befreit. Ja, der ganze nördliche Irak ist inzwischen befreit und damit das ganze Land wieder sicher. Unsere diplomatische Arbeit ist so gut wie beendet und auf diesen Erfolg dürfen wir stolz sein. Wir sollten stolz sein auf diesen Fortschritt und daran anknüpfen. Wir dürfen unsere Strategie jetzt nicht mehr ändern, unsere Entschlossenheit darf nicht ins Wanken geraten.

Unsere Feinde dürfen uns nicht zwingen, in Furcht und Angst zu leben, und wir werden auch nicht zulassen, dass sie uns in einen Morast aus gegenseitigen Schuldzuweisungen treiben, der unsere nächste Generation blockiert. Wie gesagt: Unsere Mission steht vor dem Abschluss. Wir werden diejenigen, die diesen abscheulichen Anschlag verübten, vor Gericht stellen. Sobald unsere Arbeit getan ist, werde ich nicht einen Augenblick lang zögern, unsere Truppen nach Hause zu holen. Ich werde mir nicht von Terroristen eine Politik der nationalen Sicherheit aufdrängen lassen. Unser Engagement im Nahen Osten wird deshalb ein zeitnahes Ende finden. Danach konzentriert sich unser Blick auf die Zukunft des eigenen Landes. Darauf gebe ich Ihnen mein Ehrenwort.«

Ich konnte kaum glauben, was ich da hörte, und streifte Matt mit einem Seitenblick. Ihm schien es eindeutig genauso zu gehen. Harris' Pokerface verriet nicht, was er dachte, aber mein Bruder machte keinen Hehl aus seiner Empörung.

Die Verfassung sah vor, dass der Präsident uns vor allen Feinden schützen sollte, ganz gleich ob aus dem In- oder Ausland. Insofern bestand seine vornehmliche Pflicht darin, dem amerikanischen Volk vor Augen zu führen, womit wir es hier zu tun hatten. Dass Taylor hinging und so tat, als wäre der IS gar nicht in diese Anschläge verwickelt oder die IS-Kämpfer – oder wie er diese Dschihadisten auch immer nennen wollte – keine Muslime und nicht von einem ganz eigenen Islamverständnis angetrieben, hielt ich für ausgesprochen idiotisch.

Für jeden, der sich nur ansatzweise mit ihren Schriften, Reden, Websites und Videos befasste, stand zweifelsfrei fest, dass die Anführer des Islamischen Staates wieder und wieder betonten, dass sie die Ungläubigen nicht einfach nur aus dem Nahen Osten und Nordafrika vertreiben wollten. Sie wollten sie entweder bekehren oder vernichten und vertraten die Überzeugung, dass ihr Messias kam, den sie den Mahdi nannten, und ein islamisches Reich oder Kalifat etablierte, das den gesamten Globus abdeckte.

Sie versuchten nicht einfach nur die ›dreckigen Zionisten‹ zu besiegen, die ›abscheulichen Abtrünnigen des Glaubens‹ oder die ›teuflischen Kreuzzügler‹. Nein, sie wollten jede einzelne Person auf diesem Planeten zwingen, die Knie zu beugen und sich ihrer Version des Islam zu unterwerfen ... oder abgeschlachtet zu werden. Sie waren auf geradezu satanische Weise davon besessen, die islamischen Prophezeiungen zu erfüllen, die Mohammed vor nunmehr 1400 Jahren vermutlich verkündet hatte, und glaubten, das Ende aller Tage schneller herbeizuführen, indem sie einen vollkommenen Genozid anstrebten. Dabei beschränkten sie sich nicht darauf, mit ihren eigenen Gewalttaten den Beginn des Jüngsten Gerichts zu beschleunigen, sie waren ferner überzeugt, dass Allah es von ihnen verlangte und sie in der Hölle schmoren mussten, wenn sie ihre Feinde nicht vernichteten.

Abu Khalif und sein innerer Kreis glaubten daran. Das diente ihnen als Antrieb, davon sprachen und predigten sie, dafür beteten sie. Das studierten sie, daran dachten sie, das verkündeten sie ihren Truppen und damit indoktrinierten sie Kinder und neue Rekruten. Das gab ihnen Energie, das begeisterte sie und versetzte sie in Zorn. Und das alles machte Abu Khalif so viel gefährlicher als Osama bin Laden oder jeden anderen Mitstreiter oder Vorgänger: Khalif war nicht einfach nur ein Terrorist. Er fungierte als Kopf eines apokalyptischen, messianischen Todeskults, der auf Genozid aus war. In seinem Kopf tickte eine Uhr herunter, um die verbliebene Zeit bis zum Jüngsten Tag festzuhalten.

Mit einer Fülle islamischer Texte in der Hand, seien sie nun erfunden oder nicht, legte Khalif eigenen Jüngern und der gesamten muslimischen Welt seine Sicht auf Allah dar, seine Sicht auf die Menschheit und seine Herangehensweise an die Ankunft des Mahdi, also die letzten Tage, und warum es für alle Muslime so wichtig war, sich aus den Zuschauerrängen zu verabschieden und eine aktive Rolle im Kalifat einzunehmen.

Und es funktionierte. In Scharen liefen muslimische Rekruten zu Abu Khalif über. Er hatte öffentlich verkündet, die amerikanische Regierung buchstäblich köpfen zu wollen. Das hatte er mittlerweile schon zweimal versucht und war dem Ziel gefährlich nahe gekommen. Und doch hatte der amerikanische Präsident sich in den letzten 24 Stunden strikt geweigert, seinen Namen oder den seiner Bewegung zu nennen.

Was bezweckte der Oberkommandierende der Vereinigten Staaten mit dieser offensichtlichen Weigerung? Glaubte er ernsthaft, dass das, was gerade geschah, unseren ›Erfolg‹ im Krieg gegen das Kalifat dokumentierte statt eine niederschmetternde Reihe amerikanischer Versäumnisse? Dieser Präsident lebte offenbar im Elfenbeinturm und ließ zu, dass Landsleute getötet wurden.

Natürlich wäre es nie so weit gekommen, hätte er das gesamte Gewicht der US-Geheimdienste und des Militärs in die Waagschale geworfen, um den Emir des IS aufzuspüren und zu vernichten. Doch statt des Schwurs, unsere Angriffsbemühungen zu verstärken und Abu Khalif samt mordlustigen Milizen mit Stumpf und Stiel auszurotten, gab der Präsident wiederholt zu verstehen, unser Engagement im Irak beenden und die US-Truppen so schnell wie möglich aus der Region abziehen zu wollen.

Das kam einer bedingungslosen Unterwerfung gleich. Und es machte mich rasend.

18

Ich spazierte in Krankenhaushemd und Slippern zum Schwesternzimmer und forderte meinen Anzug und mein Smartphone. Die Oberschwester erklärte, das sei nicht möglich. Ich bekäme meine Sachen erst bei meiner Entlassung zurück, darüber könne nur der behandelnde Arzt entscheiden. Und der sei in den nächsten anderthalb Stunden wegen einer Operation unabkömmlich.

»Wir sind doch in den USA, oder nicht? Das ist doch nach wie vor das Land der Freien und die Heimat der Tapferen!«, zitierte ich sarkastisch und mit zusammengebissenen Zähnen den Text unserer Nationalhymne. Ich setzte ihr eine Frist von zwei Minuten, um mir meine persönlichen Besitztümer zu geben. Doch sie weigerte sich standhaft.

Als Agent Harris hinter mich trat und versuchte, die Wogen zu glätten, stand ich kurz vor einem lautstarken Wutausbruch.

»Ma'am, meine beiden Kollegen und ich werden hier in fünf Minuten verschwinden«, verkündete Harris mit fester autoritärer Stimme, die man im FBI-Ausbildungszentrum in Quantico wohl gegenüber neuen Rekruten verwendete. »Und jetzt wären wir Ihnen dankbar, wenn Sie uns sofort unsere persönlichen Sachen aushändigen.«

Es funktionierte. Innerhalb weniger Augenblicke bekamen Matt, Harris und ich, was wir wollten. In weniger als fünf Minuten saßen wir in einem Taxi auf direktem Weg zum J. Edgar Hoover Building.

Harris gab sich wortkarg. Er äußerte sich nicht zu seinen Plänen, was zumindest die Möglichkeit offenhielt, dass er uns einen Blick auf die Beweise werfen ließ, die das FBI bislang gegen potenzielle Verantwortliche der Anschläge zusammengetragen hatte. Auf deren Grundlage hätte ich einen Artikel für die *Times* schreiben können. Für den Augenblick beließ er es bei dem Versprechen, dass wir beim FBI die Kleidung wechseln und duschen könnten, bevor wir uns die nächsten Schritte überlegten.

Der Regierungsdistrikt wirkte wie eine Geisterstadt. Unter normalen Umständen hätten 15 Zentimeter Schnee allein dafür gesorgt, dass alle Regierungsgebäude geschlossen würden, sämtliche Schulen, Läden und Geschäfte. Aber die Umstände waren alles andere als normal.

Die Brände im Kapitol waren endlich gelöscht worden, aber die gesamte Umgebung blieb weiterhin als chemisch kontaminierter Bereich abgesperrt. Es wimmelte nur so von Spezialisten in Schutzanzügen, die über die Trümmer des Senatsflügels kletterten und dabei jeden Stein umdrehten.

Der Taxifahrer hatte im Radio einen lokalen Nachrichtensender eingeschaltet. Wir erfuhren, dass jedes ungesicherte Gebäude im Umkreis von 20 Blocks um das Kapitol zum potenziellen Tatort erklärt worden war. Das galt auch für die Strecke vom Kapitol bis zum Weißen Haus, die damit für die Öffentlichkeit gesperrt blieb, bis FBI, Secret Service, die Washingtoner Polizei und andere Sicherheitsbehörden alle Spuren gesichert hatten. Zur gleichen Zeit lief eine Großfahndung nach sämtlichen Personen, die man der Teilnahme an den professionell koordinierten Anschlägen verdächtigte.

Harris saß auf dem Beifahrersitz und telefonierte. Matt und ich besetzten die Rückbank, die Krücken des Agenten lagen quer auf unseren Beinen. Matt hatte als Erstes Annie angerufen. Er versicherte ihr und unserer Mutter, die am zweiten Apparat mithörte, dass wir am Leben, in Sicherheit und gerade aus dem Krankenhaus entlassen worden waren. Er entschuldigte sich, dass wir uns nicht früher gemeldet hatten, und umriss kurz die Gründe für die verspätete Rückmeldung.

Ich rief Allen über Kurzwahl an, versicherte ihm, dass es mir gut ging, und diktierte ihm einen Augenzeugenbericht über die Anschläge im Parlamentssaal und später auf der Pennsylvania Avenue. Ich gab mir alle Mühe, meinen Zorn über den Präsidenten nicht durchscheinen zu lassen, was mir größtenteils sogar gelang. Allen reagierte erleichtert, dass ich wohlauf war, und dankbar, einen Überblick zu erhalten. Er kündigte an, dass der Artikel innerhalb der nächsten Stunde auf der Homepage der *Times* erscheinen werde. Ich teilte ihm noch mit, dass ich auf dem Weg zum Hauptquartier des FBI war und mich melden würde, sobald ich etwas Neues erfuhr.

Als wir das Hoover Building erreichten, fanden wir den Haupteingang abgeriegelt und schwer bewacht vor. Deshalb brachte der Fahrer uns zum Seitenflügel in der East Street NW. Ich stieg zuerst aus und half dann Agent Harris mit seinen Krücken. Matt schlug ich vor, in mein Apartment in Arlington zu fahren und sich dort etwas auszuruhen.

»Nein, J. B., ich bleib bei dir.« Matt ließ sich anfangs nicht davon abbringen.

Ich schüttelte den Kopf. »Ich muss mich konzentrieren. Und du brauchst Ruhe. Leg dich in meiner Wohnung hin. Ich meld mich, sobald ich dazu komme.«

»Bist du sicher?«

»Aber ja.« Dann hatte ich eine Idee. »Noch besser wäre, du fährst nach Bar Harbor. Du musst zu Annie und den Kindern. Sorg dich nicht um die Kosten, die übernehme ich.«

»Ist das dein Ernst?«

»Hey. Es ist das Mindeste, was ich tun kann.«

Ich hoffte, damit ein wenig mein Gewissen zu beruhigen. Meine ständigen Berichte über den IS hatten meine Familie in Gefahr gebracht. Ich war Single, verdiente ordentlich und hatte nur wenige Ausgaben. Matt hingegen musste als Professor für Theologie eine Frau und zwei Kinder durchbringen. Wahrscheinlich hatte er einen Großteil seines mageren Gehalts in die Tickets investiert, um sich und seine Familie rechtzeitig aus Amman wegzubringen. Insofern empfand ich es als Selbstverständlichkeit, wenigstens die Kosten für die Fahrt nach Bar Harbor zu bezahlen.

»Na los, Collins«, drängte Harris mit Blick auf die Uhr. »Wir müssen uns beeilen.«

Ich nickte und drückte dem Taxifahrer noch zwei Scheine mehr in die Hand, um Matt über den Potomac nach Arlington zu bringen. Dann gab ich meinem Bruder noch den Wohnungsschlüssel und die Kreditkarte. Er bedankte sich und nahm mir das Versprechen ab, zu Hause anzurufen und unserer Mutter zu versichern, dass es mir gut ging. Dann fuhr das Taxi mit ihm davon.

»Na los, Collins«, wiederholte Harris. »Das müssen Sie sich ansehen.«

19

J. Edgar Hoover Building
Washington, D. C.

Wir passierten die Sicherheitskontrollen und betraten einen Aufzug. Harris stellte sich dabei so hin, dass ich nicht sehen konnte, in welche Etage wir fuhren. Immerhin bekam ich mit, dass es nach oben ging.

»Warum gehen Sie eigentlich das Risiko ein, mir Informationen zu geben?«, wollte ich von ihm wissen.

Er antwortete nicht.

»Die beiden Agenten, die im Krankenhaus meine Aussage aufgenommen haben ...«

»Was ist mit denen?«

»Sie wollten wissen, wer mir die Information mit den Granatenhülsen im IS-Apartment in Birmingham gegeben hat.«

»Und Ihre Antwort?«

»Ich denke, das wissen Sie genau. Ich unterstelle mal, Sie haben die beiden explizit aufgefordert, mir diese Frage zu stellen, und zwar mehrmals.«

»Warum sollte ich so etwas tun?«, fragte er. Wir fuhren immer noch aufwärts.

»Um zu wissen, ob Sie mir vertrauen können.«

Harris reagierte nicht darauf. Wir fuhren am dritten Stock vorbei.

»Kann man Ihnen denn vertrauen?«, wollte er schließlich wissen.

»Sagen Sie's mir.«

In diesem Augenblick ertönte eine Glocke und die Türen öffneten sich im vierten Stock.

»Ich würde sagen, die Antwort auf diese Frage lautet ›Ja‹.«

Ich verließ den Aufzug und nickte einigen Wachposten mit Automatikwaffen zu. Keiner von ihnen hielt mich an oder wollte mich durchsuchen. Ich folgte Harris zu einer Büroflucht, deren Fenster zur Pennsylvania Avenue hinausgingen. Eine Sekretärin winkte uns zu sich. Die Sicherheitsleute vor der Tür nickten, sagten aber kein Wort. Ein Schild besagte, dass es sich um die Tür zum Büro von ›Lawrence S. Beck, Direktor‹ handelte.

Beck galt in Washington als Legende. Er war fast 20 Jahre lang Special Agent gewesen, im südlichen Bezirk von New York. Später hatte er drei Jahre lang als Staatssekretär im Justizministerium gearbeitet. Während seiner Karriere hatte Beck erfolgreich einige berüchtigte Serienkiller, Betrüger, Mafiabosse und Terroristen überführt. Der 56-Jährige galt als hartgesotten, durch und durch integer und war so glatzköpfig wie ich nach einer frischen Rasur.

Wir hatten uns sogar schon einmal kennengelernt – in Bagdad bei einem Botschaftsempfang in der Green Zone, kurz nach der Befreiung des Irak im Sommer 2003. Er unterstützte damals die irakische Regierung als Berater beim Aufbau eines Justizapparats. Damals war er ziemlich wortkarg gewesen und hatte den ganzen Abend über eine Zigarette nach der anderen geraucht. Da sein Aufgabenbereich nicht wirklich in mein Ressort fiel, hatte ich mich nicht weiter mit ihm beschäftigt. Nun stand ich plötzlich in seinem Büro.

»Mr. Collins, bitte nehmen Sie Platz«, sagte er anstelle einer Begrüßung.

Ich kam der Aufforderung nach. Harris setzte sich ebenfalls. Beck selbst lief unruhig auf und ab. Er kaute auf etwas herum, das ich für einen Nikotinkaugummi hielt, denn im Zimmer roch es nicht nach Rauch und an seinen Fingern prangten keine verräterischen Nikotinflecken. Auch stand nirgends ein Aschenbecher. Trotzdem legte er das typische Verhalten eines Mannes an den Tag, der wünschte, man würde ihm eine Zigarette anbieten.

»Es hat mich beeindruckt, wie Sie bei der IS-Geschichte drangeblieben sind, Mr. Collins, die chemischen Waffen in Syrien und alles andere aufgedeckt haben«, begann er. »Drei voneinander unabhängige Geheimdienste waren darauf angesetzt, aber erst Sie haben uns die Bestätigung geliefert.«

»Hat ja nicht viel genützt.« Ich war nicht in der Stimmung, angesichts all der Verluste, die im Zuge meiner Recherchen aufgetreten waren, Lob einzustreichen.

»Das ist nicht Ihre Schuld«, meinte er und trat an eins der großen Fenster, die auf die Pennsylvania Avenue und den Tatort vier Etagen tiefer hinausgingen. »Das lag an politischen Entscheidungen. Und ganz unter uns: Ich halte sie für dumme Entscheidungen. Daran konnten Sie nichts ändern. Sie haben die Fakten zusammengetragen und die Einzelteile zusammengesetzt, damit die ganze Welt versteht, was da vor sich geht. Mehr konnten Sie nicht tun.«

Er hatte recht. Doch was sollte das Ganze? Was wollte er von mir? Ich biss mir auf die Zunge, um die Frage nicht laut zu stellen. Beck hatte mich zu sich bestellt. Falls er etwas zu sagen hatte oder fragen wollte, würde er das im geeigneten Moment tun. Übermäßige Neugier schien nicht angebracht.

»Haben Sie die Ansprache des Präsidenten heute Morgen verfolgt?«, wollte er wissen.

Ich sah kurz zu Harris, dann wieder zu Beck.

»Aber ja.«

»Was halten Sie davon?«

Eine seltsame Frage für einen FBI-Direktor, zumal er sie einem Reporter stellte. Einem Reporter der *New York Times*. Sein Job verlangte politische Neutralität von ihm. Für mich galt im Prinzip dasselbe. Warum fragte er mich also nach meiner Einschätzung? Und vor allem, weshalb interessierte er sich dafür?

Ich zuckte mit den Achseln. Beck blieb hinter dem Schreibtisch und wartete. Ich sagte nichts.

»Sie haben es also gleichgültig hingenommen?«

Ich blieb vorsichtig. »Ich bin nicht sicher, was genau Sie von mir hören wollen.«

Beck ließ nicht locker. »Ihnen kam es nicht seltsam vor, dass der Präsident den IS nicht konkret des Anschlags bezichtigte, dass er Abu Khalif mit keiner Silbe erwähnte und auch nicht ansprach, dass es sich bei den Anschlägen um einen Racheakt des Emirs für Alqosh handeln könnte?«

Ich verzichtete fürs Erste auf eine Antwort.

Beck rührte sich nicht von der Stelle. Er setzte seinen rastlosen Gang durchs Büro nicht fort, sondern wartete geduldig.

»Okay«, gab ich schließlich nach. Immerhin hatte ich nichts zu verlieren. »Unter uns ... ja, es kam mir überaus seltsam vor.«

Er blickte mich abwartend an.

Natürlich war es nicht nur seltsam, sondern verrückt. Eine geradezu epische Pflichtverletzung. Aber was interessierte es Beck, was ich davon hielt? Weder schrieb ich Kommentare für die Meinungsseite noch galt ich als versierter Nahost-Experte. Ich war einfacher Reporter. Meine persönlichen Ansichten spielten keine Rolle.

»Hören Sie, Sir«, begann ich. »Wenn Sie etwas zu sagen haben, dann tun Sie's, ich bin ganz Ohr. Aber so leid es mir tut, ich werde die Rede des Präsidenten nicht kommentieren. Ja, ich fand sie seltsam. Aber ansonsten gebe ich mein Bestes, objektiv zu bleiben.«

Beck nickte. »Na schön«, meinte er. Er öffnete eine Akte, die auf seinem Tisch lag, nahm ein Hochglanzbild nach dem anderen heraus und breitete sie vor mir aus. Ich betrachtete sie und reichte sie an Harris weiter, damit er sie sich ebenfalls ansehen konnte. Die Bilder zeigten ein verlassenes Gebäude, das zu den Relikten der Geschichte Washingtons gehörte.

»Das sind die Überreste der ehemaligen Alexander-Crummell-Schule«, erläuterte Beck. »Ein Gebäude mit rund 1800 Quadratmetern Grundfläche, umgeben von knapp einem Hektar Gelände. Es befindet sich auf der Galludet Street.«

»Ist das nicht in der Nähe der New York Avenue?«

Beck nickte.

»Im Ivy-City-Distrikt«, erkannte ich.

»Richtig. Sie kennen ihn?«

»Aber ja. Ich hatte dort vor Jahren eine Wohnung, als ich beim Washingtoner Büro der *Times* meine ersten beruflichen Gehversuche machte.«

»Dann wissen Sie vielleicht, dass die Schule 1911 gebaut und 1977 aufgegeben wurde.«

Das wusste ich nicht, aber ich wartete auf die Pointe.

Beck schob mir ein paar weitere Abzüge hin. Die ersten drei waren nicht im Geringsten interessant. Sie fingen aus verschiedenen Winkeln einen Lastwagenanhänger mit Alabama-Kennzeichen ein, der auf dem Parkplatz der verlassenen Schule stand.

Das vierte Foto allerdings jagte mir einen Adrenalinstoß durch den Körper.

20

»Sie haben das Geschütz gefunden«, sagte ich völlig verblüfft.

Ich starrte das Foto an und versuchte, die Ausmaße der Entdeckung zu verarbeiten. Als ich es ihm nicht sofort weitergab, beugte Harris sich vor, um einen Blick darauf zu werfen. Er keuchte leise.

»Nun, eins davon«, bestätigte Beck. »Was Sie hier sehen, meine Herren, ist ein Artilleriegeschütz aus dem Zweiten Weltkrieg, eine M114-Haubitze der U.S. Army. Sie ist in der Lage, 155-Millimeter-Granaten abzufeuern, von denen jede einzelne 95 Pfund wiegt. Die Reichweite beträgt rund neun Meilen.«

»Wie weit liegt die Schule vom Kapitol entfernt?«

»Nur ungefähr zwei Meilen«, bemerkte der Direktor. »Und das ist noch nicht alles.« Er reichte uns noch mehr Fotos. »Hier sehen Sie die Schule Unserer Lieben Frau der Immerwährenden Hilfe, oder besser, was davon noch übrig ist. Es handelt sich dabei um eine Grundschule, die rund ... ich weiß nicht genau, 50 Jahre bestand. Vielleicht etwas länger. Drei Etagen, ein Pausenhof, ein Parkplatz. Hunderte von Kindern besuchten sie, überwiegend Afroamerikaner. Auch sie ist seit 2007 geschlossen.«

»Wo befindet sie sich?«, wollte ich wissen.

»1409 V Street Southeast.«

»Also in Anacostia.«

»Richtig. Knapp einen Block von der Frederick-Douglass-Gedenkstätte entfernt. War mal ein echtes Juwel, aber irgendwann fehlte es der Diözese an Geld und die Schule wurde aufgegeben.«

»Und wie weit liegt sie vom Kapitol entfernt?«

»Etwas mehr als zwei Meilen.«

»In gerader Linie? Keine Hindernisse?«, wollte Harris wissen.

»Leider sieht es danach aus.« Beck nickte grimmig und präsentierte uns eine Aufnahme, die man vom Dach der Schule gemacht hatte. Von hier aus ließ sich die rauchende Ruine der Kapitolkuppel deutlich erkennen. Jeder Muskel in meinem Körper spannte sich an.

Als Nächstes zeigte Beck uns Fotos eines weiteren Sattelzugs, ebenfalls in Alabama zugelassen, und noch einer M114-Haubitze.

»Unglaublich.« Ich schüttelte den Kopf. »Sagen Sie mir bitte, dass Sie die Verdächtigen bereits festgenommen haben.«

»Noch nicht«, erwiderte Beck, aber dann korrigierte er sich. »Jedenfalls nicht direkt.«

»Was soll das heißen?«, hakte ich nach.

Anstelle einer Antwort reichte Beck mir weitere Abzüge über den Schreibtisch. Diese zeigten eine Baustelle an der Douglass Road in Anacostia, nicht weit vom Suitland Parkway entfernt. Noch ein Sattelzug mit Nummernschildern aus Alabama. Doch im Gegensatz zu den früheren Szenarien waren hier ganze Stapel intakter, nicht abgefeuerter 155-Millimeter-Granaten zu sehen. 19 Stück an der Zahl, wenn ich richtig zählte. Dann ein Foto eines afroamerikanischen Sicherheitsbeamten, dessen Haar langsam grau wurde.

Ich schätzte ihn auf Ende 50. Er war mit zwei Schüssen in die Brust niedergestreckt worden.

»Wo sind denn hier die Geschütze?«

Beck reichte mir noch zehn Hochglanz-Abzüge. Einer zeigte die zerstörten, verrußten Überreste einer Haubitze aus dem Zweiten Weltkrieg, andere Trümmer und Splitter, die sich großflächig verteilten.

Meine Gedanken rasten. »Was ist denn da passiert?«, fragte ich.

»Anscheinend ist eine der Granaten im Lauf der Haubitze explodiert, bevor sie abgefeuert wurde. Oder es gab eine Fehlfunktion und sie ging beim Schuss los. Unsere Techniker sind vor Ort mit der Fehleranalyse zugange.«

»Derjenige, der das Geschütz abfeuerte, ist dabei bestimmt ebenfalls in die Luft geflogen.«

Beck schüttelte den Kopf. »Schlimmer.«

Von den letzten sieben Bildern war tatsächlich eins schlimmer als das andere. Sie zeigten Tote Mitte, Ende 20, alle dunkelhäutig und bärtig. Ganz offensichtlich von Saringas getötet. So etwas hatte ich schon mal direkt miterlebt – in Amman, in Mossul und in Alqosh. Ich kannte die Symptome. Die Augen wurden glasig, die Pupillen vergrößerten sich, Hände und Finger verkrampften. Einige der Männer lagen wie Föten zusammengerollt da. Es gab eindeutige Hinweise, dass sie in den letzten Sekunden ihres Lebens die Kontrolle über die Körperfunktionen verloren hatten. Überall Urin und Kot. Einige von ihnen lagen im eigenen Erbrochenen. Sie waren genau so gestorben, wie sie es ihren Opfern zugedacht hatten, unter anderem dem Präsidenten, mir und meinem Bruder.

Ich konnte es mir nicht länger ansehen. Schaudernd stand ich auf und ging zum Fenster. Frischer Schnee rieselte auf eine Stadt, die von einer Woge der Bösartigkeit überschwemmt worden war. Die Anzahl der Opfer fiel mit 136 nicht ganz so hoch aus wie damals bei der Attacke auf das Pentagon am 9. September 2001, die 189 Leben forderte. Aber die Al-Qaida-Anschläge lagen fast zwei Jahrzehnte zurück. Eine Generation junger Leute war seither zur Welt gekommen und aufgewachsen. Sie kannten diese Anschläge nur aus Geschichtsbüchern, Dokumentationen oder von den jährlichen Gedenkfeiern her. Die jüngsten Anschläge des IS hingegen – kurz nach der Katastrophe von Amman ebenso frisch wie grauenvoll präsent – führten jedem Amerikaner zwei Fakten vor Augen: Erstens hätte es viel schlimmer kommen können. Und zweitens war das hier nicht das Ende. Ganz sicher kam da noch mehr.

Abu Khalif hatte eine nie da gewesene Attacke mit chemischen Waffen auf das Herz der amerikanischen Demokratie verübt. Zum ersten Mal waren auf amerikanischem Boden chemische Massenvernichtungswaffen gegen amerikanische Bürger zum Einsatz gekommen, und das während einer landesweit übertragenen Rede zur Lage der Nation, der rund 70 Millionen Menschen lauschten.

Ich versuchte, mich auf meinen Job zu konzentrieren. »Haben Sie diese sieben Terroristen schon identifizieren können?« Ich blickte angespannt auf den Rauch, der nach wie vor aus der Ruine des Kapitols stieg.

»Das haben wir«, erwiderte Beck. »Bei fünf handelt es sich um kürzlich aus Syrien Geflohene. Sie reisten letztes Jahr im Rahmen des vom Präsidenten aufgelegten Programms ein, rund 50.000 IS-Opfern Schutz zu bieten. Der Sechste war ein Iraker. Er wurde von den dortigen US-Truppen als Mitglied der Al-Qaida im Irak verhaftet und in Abu Ghraib festgehalten. Er entkam in derselben Nacht wie Abu Khalif.«

»Die Nacht, in der ich vor Ort war, um Khalif zu interviewen?«, vergewisserte ich mich.

Becks Spiegelbild im Fenster nickte.

»Und der Siebte?« Ich wandte mich um. Beck reichte Harris gerade den Rest der Akte.

Diesmal war es Harris, der antwortete, nachdem er die Aufzeichnungen überflogen hatte. »Ein Jordanier. 26 Jahre. MIT-Abschluss in Chemietechnik. Sohn eines Mitglieds des jordanischen Parlaments.«

»Soll das ein Scherz sein?«, fragte ich.

»Ich wünschte, es wäre so.«

»Was noch?« Meine Gedanken überschlugen sich.

»Alle gehörten dem IS an«, berichtete Beck. »Jeder Einzelne von ihnen. Keiner trug einen Pass oder einen Lichtbildausweis irgendeiner Art bei sich. Aber wir haben ihre Handys und die Fingerabdrücke sichergestellt. Die Untersuchungen sind noch nicht ganz abgeschlossen, aber die Beweislast ist erdrückend. Alle sind in unseren Datenbanken verzeichnet und haben dem Kalifat und Abu Khalif persönlich ewige Treue geschworen. Einige von ihnen haben Videos von diesem Treueschwur auf YouTube gestellt. Und wenn diese sieben dem IS angehören, können wir ziemlich sicher sein, dass die Teams, die die anderen beiden Geschütze bedienten, ebenfalls dem Islamischen Staat angehören.«

»Also hat der Präsident gelogen«, schlussfolgerte ich. Das war keine Frage, sondern eine Feststellung.

»So würde ich es nicht ausdrücken«, hielt Beck dagegen.

»Natürlich nicht«, meinte ich gereizt. »Sie sind ein Anwalt, der im System Karriere gemacht hat und vom

Präsidenten persönlich als FBI-Direktor ausgewählt und eingesetzt wurde. Aber Fakten sind Fakten!«

»Wir sollten uns fürs Erste an das halten, was wir wissen, Mr. Collins«, konterte Beck.

»Hat uns der Präsident nicht gerade erst gesagt – und ich zitiere! –, dass es zu früh sei, um genau zu sagen, wer für diese Anschläge verantwortlich ist?«

Weder Harris noch Beck gaben mir eine Antwort.

Doch ich ließ nicht locker. »Und hat er nicht auch gesagt, dass wir nicht den Fehler machen dürfen, den voreiligen Schluss zu ziehen, dass es sich um das Werk einer einzelnen Organisation handelt?«

»Mr. Collins, der Präsident kämpft gegen eine politische Krise, die sich rasant ausweitet«, erwiderte Beck. »Er hat nie behauptet, dass es sich nicht um IS-Terroristen handelt. Er sprach lediglich davon, dass es zu früh sei, die Schuld eindeutig einer Gruppierung zuzuweisen. Und da hat er recht. Immerhin sind unsere Ermittlungen noch nicht abgeschlossen.«

»Sir, bei allem Respekt, Abu Khalif hat gerade versucht, unsere gesamte Regierung auszulöschen«, schoss ich zurück. »Dann haben er und seine Leute einen gezielten Anschlag auf Agent Harris und mich verübt, direkt vor Ihrem Hauptquartier, keine Meile vom Weißen Haus entfernt. Der Präsident sollte anordnen, sämtliche IS-Hochburgen in Syrien dem Erdboden gleichzumachen. Er sollte die ganze Macht des US-amerikanischen Militärs darauf verwenden, den Kopf des IS zu finden und zu töten, das wissen Sie ganz genau. Das ganze Land weiß das, also versuchen Sie nicht, ihn zu verteidigen. Nicht jetzt. Nicht nach allem, was wir durchgemacht haben.«

»Er verteidigt ihn doch gar nicht«, widersprach Harris.

»Er fordert Sie auf, am Ball zu bleiben und sich auf Ihre Mission zu konzentrieren.«

»Ach ja? Und was soll das für eine Mission sein?«, platzte ich heraus. Ich tobte vor Wut. In meinem Nacken kribbelte es. Ich stand kurz vor einem hysterischen Anfall.

Harris schwenkte die Akte. »Sie sollen alles, was hier drinsteht, auf die Titelseite der *Times* bringen.«

21

Arlington, Virginia
Donnerstag, 17. Februar

»J. B., wach auf.«

Ich stöhnte, drehte mein Kissen mit der kühlen Seite nach oben, rollte mich auf den Bauch und zog mir die Decke über den Kopf.

Doch die Stimme ließ nicht locker. »Komm schon, J. B. Hör mir zu, das ist wichtig.«

War das Matt? Unmöglich, es war viel zu früh. Ich träumte garantiert. Aber da ging es schon weiter.

»J. B., jetzt mach schon. Du musst aufstehen, wirklich.«

Das war definitiv die Stimme meines großen Bruders. Ich versuchte, meine müden Augen zu öffnen.

Der Raum lag dunkel und still da. Nur der Schneesturm rüttelte an den Fensterrahmen und die Heizung, einen guten Meter vom Bett entfernt, summte leise. Ich schielte zum Wecker auf dem Nachttisch neben der Matratze.

Das ist doch jetzt nicht dein Ernst!, dachte ich. Es war 4:36 Uhr morgens. Ich war vor nicht mal vier Stunden in meine Wohnung gekommen. Auf keinen Fall stand ich mitten in der Nacht freiwillig auf.

»Geh wieder schlafen«, murmelte ich und schloss die Augen.

Plötzlich flammten alle Lichter auf und Matt trat mit aller Kraft gegen das Fußteil. Ich fuhr zusammen, schützte meine Augen mit dem Arm und überlegte, warum um alles in der Welt Matt es darauf anlegte, dass ich ihm die Faust ins Gesicht rammte.

»Bist du verrückt geworden?«, schimpfte ich. »Mach das Licht wieder aus!«

»Hier!« Matt warf mir eine druckfrische Kopie der *Times* hin. »Schau dir die Schlagzeile an.«

Genervt rieb ich mir den Schlaf aus den Augen und lenkte meine Aufmerksamkeit auf die Zeitung. Die Schlagzeile lautete:

**FBI-Direktor Beck legt eindeutige Beweise vor:
IS steckt hinter Chemiewaffenanschlag auf D.C.**

Mein exklusives Interview mit FBI-Direktor Beck war zusammen mit einigen Insider-Details über die laufenden Ermittlungen der Aufmacher. Unter dem Falz befand sich mein 2000 Worte umfassender Augenzeugenbericht über die Terroranschläge. Allen war geradezu ekstatisch gewesen, denn diese Informationen würden die Nachrichten für einige Tage beherrschen.

Dennoch war das kein Grund, mich mitten in der Nacht zu wecken.

»Trink aus«, empfahl Matt, bevor ich mich beschweren konnte, und hielt mir einen dampfenden Starbucks-Becher mit Kaffee hin.

»Nicht schlecht«, murmelte ich nach dem ersten Schluck und genoss das perfekte Aroma. »Also ... was um alles in der Welt ist los?«

»Hast du meine Nachricht nicht bekommen?«

»Welche Nachricht?«

»Die, die ich dir gestern Abend auf den Badezimmerspiegel geklebt habe.«

»Äh ... was stand denn drauf?«

»Wie kannst du das nur übersehen haben?«

»Keine Ahnung. Ist halt passiert.«

»Wann kamst du denn heim?«

»Ich weiß nicht genau, so um Viertel nach eins. Vielleicht war's auch halb zwei.«

»Hast du dir denn nicht die Zähne geputzt?«

»Bist du neuerdings Mom oder was?« Ich wurde langsam sauer.

»Ich hab dir einen Zettel hingeklebt.«

»Ja, und ich hab ihn halt übersehen. Was willst du von mir?«

Er musterte mich mit einem Blick, als hätte ich wissen müssen, wovon er sprach. »Welcher Tag ist heute?«

Ich zuckte mit den Achseln. »Donnerstag.«

»Ja, aber welcher Tag?«

»Himmel, Matt, wen kümmert das um halb fünf morgens?«

»Mich!«

»Lass mich einfach weiterschlafen.«

»Welcher Tag ist heute, J. B.?«

»Keine Ahnung, der 16.?«

»Nein, der 17. Steht hier zumindest auf der ersten Seite der *Times*.«

»Okay, in Ordnung, der 17. Und jetzt?«

»Es ist der 17. Februar«, betonte Matt.

Ich starrte ihn nur an.

»Drei Tage nach St. Valentin. Klingelt da was bei dir?«

Ich seufzte und trank noch einen Schluck Kaffee. Es war lange her, dass ich mich um den Valentinstag gekümmert hatte, Matt wusste das auch. Ich war geschieden und hatte keine Freundin. Die einzige Frau, die mir etwas bedeutete, wäre vor ein paar Monaten auf der anderen Seite der Welt fast in meinen Armen gestorben. Seitdem hatte ich kaum noch etwas von ihr gehört.

Dann ging mir ein Licht auf.

Matt und Annie hatten drei Tage nach dem Valentinstag geheiratet, drei Monate vor ihrem Collegeabschluss.

»Verstehe«, nuschelte ich. »Du hast heute Hochzeitstag. Also, fliegst du nach Hause?«

»Kann ich doch gar nicht«, meinte er. »Die Flughäfen sind bis auf Weiteres geschlossen, schon vergessen? Züge fahren auch keine. Aber ...«

Er ließ die Schlüssel meines neuen Audis vor meiner Nase baumeln.

»Ist nicht dein Ernst.« Ich war sprachlos.

»Doch.«

»Du willst die ganze Strecke nach Maine mit dem Auto fahren?«

Er nickte.

»Jetzt?«

Wieder nickte er. »Ich hab mir das auf MapQuest angesehen. Wir brauchen ohne Pausen von Tür zu Tür etwa elf Stunden und 45 Minuten.«

»*Wir?*«

»Mit Benzin und kurzen Pausen, denke ich, könnten wir in 13 Stunden dort sein. Wenn wir um fünf aufbrechen, sind wir gegen 18 Uhr da. Wir überraschen sie. Komm schon, das wird lustig!«

Doch ich war nicht in der Stimmung für eine 13-stündige Autofahrt. »Und dann?«

Matt lächelte. »Dann führ ich Annie zu einem romantischen Dinner aus. Und du ... du könntest mit Mom zusammen die Kinder hüten«, schob er hinterher, als wäre es die tollste Idee der Welt.

»Du hast wirklich den Verstand verloren.«

»Das wird wunderbar! Du und Mom, ihr könnt euch endlich mal unterhalten. Das wird ihr gefallen! Und die Kinder werden sich so freuen, dich zu sehen. Du könntest ein paar Tage Ferien machen und am Sonntag zurückfahren.«

Eine fürchterliche Idee. Ich hasste sie, ich hasste alles daran. Immerhin hatte ich einen Job, eine Story, die derzeit die Schlagzeilen beherrschte. Davon durfte ich mich nicht ablenken lassen. Nicht jetzt! Ich hatte eh schon zu lange die Zügel schleifen lassen.

Aber dann zögerte ich. Das alles verdankte ich Matt. Außerdem schuldete ich es auch Annie, Josh und Katie, ebenso wie meiner Mutter. Und ich war heute mit zwei Riesensensationen auf der Titelseite der *New York Times* vertreten. Das Mindeste, was ich tun konnte, war Matt zu seiner Liebsten und seinen Kindern zu bringen, damit wir alle ein paar Tage als Familie miteinander verbrachten. Etwas, das wir seit ... keine Ahnung, jedenfalls schon seit Ewigkeiten nicht mehr getan hatten.

»Okay«, stimmte ich nach kurzer Bedenkzeit zu.

Matt starrte mich an. »Echt jetzt? Im Ernst? Und du nimmst mich nicht auf den Arm?«

»Nein, ich mein's ernst. Ich bin dabei.«

»Wow.« Offenbar hatte ich ihn sprachlos gemacht.

»Gib mir nur ein paar Minuten zum Packen.«

»Schon erledigt.«

»Was soll das heißen?«

Er wies mit dem Kinn auf den Seesack mit Klamotten auf dem Boden.

»Du hast für mich gepackt?« Jetzt war es an mir, sprachlos zu sein.

»Letzte Nacht, als du gearbeitet hast«, sagte er. »Steht alles auf dem Zettel.«

»Dem Zettel, der am Badezimmerspiegel klebt?«

Matt zuckte grinsend mit den Schultern.

»Schätze, da hast du an alles gedacht«, murmelte ich.

»Nicht so ganz«, meinte er.

»Und was heißt das jetzt?«

»Ich hätte nie gedacht, dass du wirklich Ja sagst!«

22

Matt sammelte unser Gepäck zusammen und trug es ins Auto.

Ich schlüpfte rasch in eine Jeans und ein Flanellhemd, putzte mir die Zähne und las endlich den Zettel. Dann hielt ich einen Augenblick inne: Ich fuhr allen Ernstes mit dem Auto die halbe Ostküste rauf. Der Zeitpunkt hätte ungünstiger kaum sein können, aber ich wusste, dass ich es tun musste.

Matt bot an, als Erster das Steuer zu übernehmen, aber ich lehnte ab. Mit einem Becher starkem Kaffee und einem Extraschuss Adrenalin in den Adern war ich mittlerweile hellwach. In meinem Kopf arbeitete ich schon am nächsten Artikel, daher brauchte ich etwas Zeit zum Nachdenken und wollte nicht reden. Also justierte Matt den Beifahrersitz in meinem Audi so, dass die Rücklehne fast flach auf der Rückbank lag, und machte ein kleines Nickerchen. Garantiert träumte er davon, wie er seinen Hochzeitstag mit Annie feierte. Meine Gedanken kreisten um etwas ganz anderes.

Mein Leitartikel für die *Times* an diesem Morgen würde einschlagen wie eine Bombe, so viel stand fest, und zwar aus gutem Grund. Durch mich erfuhr die Öffentlichkeit zum ersten Mal von den drei Haubitzen und den Stellen in Washington, an denen man sie gefunden hatte. Der Artikel schilderte, dass man sie dort gezielt positioniert hatte, um das Kapitol unter Beschuss zu nehmen. Ebenso berichtete ich von dem ermordeten Nachtwächter auf der Baustelle in Anacostia, der Identität der sieben Araber und den hieb- und stichfesten, schlüssigen Beweisen, dass jeder von ihnen dem Islamischen Staat angehörte.

Mit der freundlichen Erlaubnis von Direktor Beck hatten Agent Harris und ich die verfallene Alexander-Crummell-Schule, die frühere katholische Grundschule und auch die Baustelle in Augenschein genommen. Allen MacDonald hatte sogar einen Fotografen der *Times* mitgeschickt, um Bilder der Tatorte zu schießen. Dann hatten Harris und ich auch noch die Leichenhalle aufgesucht, wo ich mir die Leichen der sieben IS-Terroristen ansah und mit der zuständigen Rechtsmedizinerin über die Todesursache sprach. Sie gewährte mir sogar Einblick in ihre Notizen. Die Faktenlage war eindeutig: Das komplette Gespann war an den Symptomen einer Saringasvergiftung gestorben. Erste Tests wiesen eindeutig darauf hin, dass die spezifische chemische Zusammensetzung des Gases, das man in den verbleibenden Granaten gefunden hatte, denen von den Anschlägen in Amman entsprach.

Das waren hervorragende Informationen, aber Allen war gierig auf Nachschub.

Vermutlich würde Matt, wenn er sich erst ein paar Stunden ausgeruht hatte, das Steuer übernehmen, dann fand ich Zeit, um alles zu Papier zu bringen. Bis zum Nachmittag wollte ich Allen einen ersten Entwurf liefern, der die Geschichte weiterdrehte. Dafür war ich allerdings auf die Unterstützung von Agent Harris angewiesen.

Mittlerweile stieg die Sonne langsam am Horizont hoch und der Morgen dämmerte. Rasch hatten wir die Kleinstadt Wilmington erreicht und überquerten die Delaware Memorial Bridge. Ich blickte kurz in den Rückspiegel. Ich hatte die Straße hinter uns seit dem Aufbruch aus dem Parkhaus meiner Wohnanlage ständig im Auge behalten, ohne etwas Ungewöhnliches zu bemerken. Trotzdem wurde ich das Gefühl nicht los, dass etwas nicht stimmte. Ich schob das Kribbeln in den Fingern und im Magen zunächst auf meine überreizten Nerven. In Anbetracht der Erlebnisse der letzten Monate wäre es durchaus verständlich gewesen.

Aber ich musste zugeben, dass ich das erste Mal in meinem Leben wirklich Angst hatte. Abu Khalif hatte geschworen, mich zu töten … und ich glaubte, dass er es ernst meinte. Er hatte der gesamten Nation gerade erst demonstriert, dass sein Einfluss bis weit in die USA hineinreichte. Vieles sprach dafür, dass er mir jederzeit das Licht ausblasen konnte.

Wieder spähte ich in den Rückspiegel. Immer noch nichts Verdächtiges in Sicht, also steckte ich mir, kaum dass ich von der I-295 auf den New Jersey Turnpike gewechselt war, das Headset der Freisprechanlage ins Ohr und wählte Harris' Nummer. Es war zwar früh, aber ich wollte nicht länger warten.

»Collins, sind Sie das?«

Die Müdigkeit war seiner Stimme deutlich anzuhören. Aber im Hintergrund klingelten Telefone und sprachen Leute. Er hielt sich also nicht in seiner Wohnung auf, sondern saß bereits beim FBI. Vielleicht war er gar nicht erst nach Hause gegangen.

»Ich brauche Ihre Hilfe«, erklärte ich.

»Für was?«

»Ich brauche noch mehr Hintergründe zu allem, was wir gestern gesehen haben.«

»Tut mir leid, das geht nicht. Ich habe Ihnen alles geliefert, was Sie brauchen.«

»Harris, kommen Sie schon. Ihr Boss hat mir diese Story auf dem Silbertablett serviert«, meinte ich ruhig. »Er will das alles veröffentlicht sehen. Ich brauche nur einige zusätzliche Details.«

»Geht nicht, Collins.« Harris' Stimme war nur noch ein Flüstern. »Sie haben Ihre Story bekommen. Das hat in der Regierung schon für ordentlich Aufregung gesorgt. Ihr Artikel geht auf Punkte ein, die nicht mal dem Präsidenten oder dem nationalen Sicherheitsrat vorlagen. Entsprechend aufgebracht ist man dort. Der Justizminister hat bereits den Direktor zu sich zitiert und ausdrücklich verwarnt. Mehr bekommen Sie nicht. Wir haben Ihnen genug geliefert.«

»Warten Sie, Sie könnten mir wenigstens sagen, wie die IS-Jungs an die Haubitzen gekommen sind.«

»Nein.«

»Nur einen kleinen Hinweis. Eine Spur oder so. Den Rest bekomm ich selbst hin.«

Eine lange Pause entstand.

»Harris, sind Sie noch dran?«

»Haben Sie was zu schreiben?«, fragte er.

»Sekunde ... was soll ich notieren?«

»Drei Worte. Sind Sie bereit?«

»Bereit.«

Harris sprach die drei Worte langsam aus und betonte sie sorgfältig.

»Lowell, Coon, Marion.«

Dann klickte es und die Leitung war tot.

23

Ich rief sofort bei Allen an.

Er ging nicht an den Anschluss in der Redaktion, also versuchte ich es auf dem Handy. Beim zweiten Klingeln nahm er ab und erklärte, er sei noch nicht im Büro. Noch herrschte im Raum Washington nicht zuletzt aufgrund der Schneestürme der vergangenen Tage Chaos. Er steckte im Stau auf dem Beltway in Richtung Innenstadt fest.

»Hast du denn was Neues für mich?«, fragte er.

»Allerdings. Was zum Schreiben dabei?«

»Klar.«

»Und du stehst gerade?«

»Ja, leider.«

»Okay, dann notier dir diese drei Worte: Lowell, Coon und Marion.«

»Hab ich«, meinte er. »Was hat das zu bedeuten?«

»Keine Ahnung«, gestand ich.

»Was soll ich dann damit?«

»Die stammen von einem Informanten. Einem zuverlässigen. Er meinte, es seien Hinweise darauf, wo der IS die Haubitzen herhat. Kannst du sie durch den Computer laufen lassen und mal sehen, was dabei rauskommt?«

»Sicher«, erwiderte er. »Ich werd's gleich Mary Jane schicken, sie soll das erledigen. Was hast du sonst noch? Wir kriegen schon erste Rückmeldungen zu deinem Aufmacher von heute Morgen.«

Während Matt weiterschlief, skizzierte ich Allen grob meinen nächsten Artikel, der von der fieberhaften Suche nach den übrigen IS-Terroristen handeln sollte – denen, die nicht aus Versehen ihre Haubitzen in die Luft gejagt und sich selbst dabei mit Sarin getötet hatten. Alles Material von Beck. Es hatte schlicht nicht mehr in den ersten Text gepasst.

Ich erklärte Allen, dass laut FBI die Sattelschlepper an allen drei Tatorten gemietet worden waren. Jeder bei einer anderen Firma, den Nummernschildern nach zu urteilen alle in Alabama zugelassen. Das Bureau arbeitete mit den lokalen Ermittlungsbehörden und den Experten auf nationaler Ebene zusammen, um in Erfahrung zu bringen, wer die Fahrzeuge organisiert hatte – und wann.

Dann kam ich auf die Haubitzen selbst zu sprechen. »Offenbar brauchten die Terroristen Sattelschlepper, um die Teile zu transportieren, denn jede von ihnen wiegt rund sechs Tonnen. Beck meinte, dass sie aus der Zeit des Zweiten Weltkriegs stammen, den frühen 40er-Jahren. Alle drei kamen in Europa zum Einsatz. Zwei in Frankreich, eine in Italien.«

»Wie haben sie das denn rausgefunden?«, fragte Allen.

»Anhand der Seriennummern. Im Keller des Pentagons hat tatsächlich ein Archivar uralte Unterlagen aufgetrieben, anhand derer sich das ermitteln ließ.«

»Wie also kommt man an so eine Haubitze ran?«, überlegte Allen.

»Nun, ich kann mir nicht vorstellen, dass es dafür einen nennenswerten Schwarzmarkt gibt.«

»Wie sieht es mit einem Laden für Armee-Restbestände aus?«

»Wieso sollten die eine sieben Jahrzehnte alte Kanone vorhalten, die sechs Tonnen wiegt?«

»Auch wieder wahr. Aber wie sind sie dann den Terroristen in die Hände gefallen? Geschweige denn gleich drei von ihnen?«

Wir diskutierten alle möglichen Ansätze. Privatsammlungen, Auktionen, Filmstudios, Museen. Keine dieser Möglichkeiten kam uns besonders realistisch vor, aber Allen versprach, diesbezüglich Recherchen anstellen zu lassen.

Dann wechselte er abrupt das Thema. »Hör zu, J. B., du musst zurück nach Amman.«

»Wie bitte?«

»Jemand muss dieses jordanische Parlamentsmitglied interviewen«, erklärte er. »Wer ist der Kerl? Warum wurde sein Sohn zusammen mit einer Gruppe IS-Dschihadisten tot in Anacostia gefunden? Wusste der Vater über die terroristischen Aktivitäten seines Sohns Bescheid? Haben die Jordanier ihn festgenommen? Mit wem stand er sonst in Verbindung? Du weißt doch, wie so was läuft. Und du kennst den König. Du musst dich sofort darum kümmern.«

»Allen, ich ...«

»Ich hab dir schon einen Platz im nächsten Flieger nach Amman gebucht. Alles ist organisiert: Lufthansa-Flug 9051 startet morgen Nachmittag um 17:20 von Dulles aus, vorausgesetzt, dass das Heimatschutzministerium das Flugverbot bis dahin aufhebt. Du fliegst über Frankfurt und landest pünktlich zum Abendessen am Samstag in Amman. Mary Jane mailt dir gleich die Daten der Verbindung. Und keine Sorge, ich hab mit den Herausgebern in New York gesprochen. Sie wissen, was du durchgemacht hast, und sind dir sehr dankbar. Du darfst erster Klasse fliegen. Bedank dich nicht. Pack einfach deine Sachen und sei morgen um drei am Flughafen.«

»Allen, das geht nicht«, widersprach ich.

»J.B., das ist keine Bitte. Es geht um eine Riesenstory, keiner aus unserem Stab ist derzeit im Nahen Osten, geschweige denn in Amman, oder besser vernetzt als du.«

»Das verstehe ich, Allen, aber ...«

»Aber was?«

Ich holte tief Luft.

»Ich bin aktuell gar nicht in Washington.«

Während ich das sagte, starrte ich das Armaturenbrett an. Mein Blick fiel auf die Tankanzeige. Viel Benzin hatten wir nicht mehr. Ich begann, nach einer Raststätte Ausschau zu halten, an der ich tanken und vielleicht Kaffee und ein paar belegte Brötchen zum Frühstück organisieren konnte.

»Was soll das heißen, du bist nicht in Washington? Wo denn sonst?«

»Mein Bruder und ich fahren nach Maine zu unserer Familie.«

»Ohne mich zu informieren?«

»Das war eine spontane Idee.«

»Wann seid ihr losgefahren?«

»Heute Morgen um fünf.«

»Und wo seid ihr gerade?«

»Auf dem New Jersey Turnpike Richtung Norden. Bis Philly ist es nicht mehr weit.«

»Und wann wolltest du mir das sagen?«

»Ich sag's dir doch jetzt.«

»Wann bist du zurück?«

»Am Sonntag, denke ich. Vielleicht auch erst Montag.«

Allen seufzte. »Okay, hör zu. Machen wir einen Deal: Du musst deine Familie besuchen, das versteh ich. Wirklich. Nimm dir ein, zwei Tage für sie. Dann fliegst du eben Samstagabend von Boston aus. Mary Jane wird den Flug umbuchen. Aber du musst nach Amman, J. B. Ich brauch dich da.«

Wieder holte ich tief Luft.

»Was?«, hakte er nach. Offenbar spürte er meinen Widerwillen und verkniff es sich, ganz untypisch für ihn, seinem Frust freien Lauf zu lassen.

»Was, wenn ich mir eine Auszeit nehmen will?«

»Die hattest du doch gerade.«

»Dann formulier ich's anders: Wie viele Urlaubstage habe ich noch?«

»Nein, J. B. Du musst das jetzt erledigen, und das wirst du auch. Ich sag das auch in deinem eigenen Interesse, glaub mir. Wenn du die Berichterstattung jetzt schleifen lässt, wirst du das für den Rest deines Lebens bereuen. Ich kenn dich. Und ich sag dir, mein Freund, du musst dich so schnell wie möglich wieder in den Sattel setzen.«

»Wie viele Urlaubstage stehen mir noch zu, Allen?«, wiederholte ich.

»Vergiss es, J. B.«

»Das müssen doch mindestens 20 Wochen sein«, meinte ich. »Ich nehm mir so gut wie nie frei.«

Wieder seufzte er. »26.«

»Dann nehme ich ab sofort bis auf Weiteres Urlaub.«

»J. B., bitte, du musst am Ball bleiben«, drängte er. »Jag diese Killer, bis sie erledigt sind. Zwing die Behörden mitzumachen. Abu Khalif muss vor Gericht gestellt werden. Danach kannst du dir den Rest des Jahres freinehmen, wenn du willst. Schreib ein Buch, mach Ferien in der Karibik, schlaf am Strand und heirate dieses israelische Mädchen, in das du so vernarrt bist. Aber nicht jetzt, J. B.! Nicht jetzt.«

24

»Was sollte das denn?«

Meine hitzige Konversation hatte Matt geweckt. Ich hatte endlich eine Tankstelle gefunden und bog vom Highway ab. »Nichts. Willst du Frühstück?«

»Sicher, klingt gut.«

Ich bremste an den Zapfsäulen und bat den Tankwart, den Wagen mit bleifreiem Super zu betanken. Kaum zu glauben, aber in New Jersey waren Selbstbedienungstankstellen nach wie vor verboten. Allerdings wollte ich mich angesichts des miesen Wetters heute sicher nicht darüber beschweren.

»Also, was genau kannst du nicht machen und warum nicht?«, bohrte Matt nach.

»Vergiss es einfach. Nichts weiter.«

»Komm schon, J. B., mach's nicht so spannend. ›Nichts

weiter‹ hört sich anders an. Du hast gerade über Urlaub von einem Job gesprochen, den du mehr liebst als alles andere. Also, was ist los?«

»Ich sagte doch, vergiss es!«, platzte es aus mir heraus. »Willst du jetzt frühstücken oder nicht?«

Das war heftiger rübergekommen als beabsichtigt. Statt mich zu entschuldigen, funkelte ich Matt nur böse an.

Doch der kannte mich und hatte das, wie ich fürchtete, schon zu oft miterlebt. Er seufzte nur, schüttelte den Kopf und ließ das Thema fallen. »Egal«, meinte er und stieg aus dem Audi. »Schick mir 'ne SMS, was du essen willst. Ich bin gleich zurück.«

Ich sah ihm hinterher, wie er das Café betrat, und fühlte mich dabei schuldig und durcheinander. In den letzten zehn Jahren hatte ich selten mit Matt gesprochen. Endlich kamen wir wieder besser miteinander klar und mir fiel nichts Besseres ein, als ihn anzuschnauzen? Es war, als kehrte ich zu meinen alten Verhaltensmustern zurück. Den Grund dafür kannte ich selbst nicht. Allerdings wollte ich keine Zeit mit psychologischen Analysen verschwenden. Dafür hatte ich zu viel zu tun.

Ich zückte also mein Smartphone und checkte, ob ich neue Nachrichten hatte.

Ja, insgesamt fünf. Aber keine von Yael.

Die erste stammte von einem alten Freund, Jussuf Kuttab. Er war enger Berater von Salim Mansour, dem Präsidenten der palästinensischen Autonomiebehörden. Er erkundigte sich, ob ich die Anschläge von Washington gut überstanden hatte, und informierte mich, wie es um Mansours Genesung stand. Im Dezember war dem Staatschef der Palästinenser beim Anschlag der IS-Milizen auf den königlichen Palast in Amman zweimal in den

Rücken geschossen worden. Ich hatte dabei direkt vor ihm gestanden.

Seinerzeit spielte man die Sache gegenüber der Presse herunter und behauptete, Mansour sei nur leicht verletzt worden. Ich wusste, dass es in Wahrheit viel schlimmer stand. Ein Geschoss hatte die Wirbelsäule nur um einen halben Millimeter verfehlt. Das andere war durch die linke Schulter gegangen und verursachte einen enormen Blutverlust. Nur die schnelle Reaktion der beherzten Mediziner an Bord des Helikopters, der den Präsidenten aus Amman und Jordanien ausflog, zahlreiche Bluttransfusionen und später drei hoch komplizierte Operationen in Ramallah durch die versiertesten palästinensischen Chirurgen hatten Mansours Leben retten können. Das Presseamt der Autonomiebehörden versuchte, die Tragweite des Handicaps herunterzuspielen, und setzte alle paar Tage weitere Bilder von Mansour im Krankenhaus in Umlauf, auf denen er im Bett saß, lachte, mit Frau und Kindern spielte oder mit dem einen oder anderen Regierungschef telefonierte, Unterlagen las und so weiter. Aber keins dieser Fotos war direkt nach dem versuchten Mord geknipst worden, das wusste ich. Sie waren neun Monate vorher entstanden, als der Präsident einen einfachen Leistenbruch operieren ließ. Das Presseamt verbreitete sie trotzdem – mit Erfolg, wie ich einräumen musste, denn niemand durchschaute den Trick.

Während dieser schweren Tage, in denen Mansours Leben am seidenen Faden hing, der jederzeit zu reißen drohte, war ich mit Jussuf Kuttab in engem Kontakt geblieben. Er war genau wie ich nur knapp dem Schicksal entkommen, schwer verletzt oder gar getötet zu werden. Ich versprach ihm hoch und heilig, dass nichts von dem, was er mir anvertraute, veröffentlicht würde. Ich wollte nur wissen, wie es Mansour, den ich zutiefst respektierte, gerade ging. Der Präsident der Palästinenser gehörte zu den bescheidensten und doch stärksten und weisesten Staatslenkern, denen ich je begegnet war. Wahrlich ein Mann des Friedens, dessen Ableben mich wirklich und wahrhaftig schockiert hätte.

Dem Präsidenten geht es viel, viel besser. Das ist aber weiterhin streng vertraulich, verriet Kuttabs E-Mail, nachdem er sich nach meinem Befinden erkundigt hatte. *Seine Genesung in den letzten Wochen schreitet so rasch voran, dass es mir wie ein Wunder erscheint. Er kann nicht nur schon wieder gehen, er macht sogar erste Fitnessübungen. Sein Appetit ist zurückgekehrt und er sieht völlig gesund aus. Dennoch leidet er unter starken Schmerzen und, unter uns gesagt, er leidet unter sogar noch stärkeren Depressionen. Er lächelt den Medien zuliebe in die Kameras, aber der Mann, den Sie in Amman getroffen haben, der Mann, von dem Sie sagten, er wirke so entspannt und heiter ... nun, ich fürchte, dass es diesen Mann nicht mehr gibt. Ob er wiederkehren wird, weiß ich nicht. Aber man hat schon so viele andere Wunder erlebt, also vermute ich, dass alles möglich ist. Inschallah.*

Jeder seiner Sätze traf mich mitten ins Herz. Ich trauerte um Mansour, er hatte so viel für seine Leute geopfert und versucht, einen Frieden mit den Israelis herbeizuführen, der alle Beteiligten zufriedenstellte. Und doch war dieser ihm buchstäblich in den Händen explodiert, noch bevor der Vertrag unterzeichnet wurde. Aktuell bestand keinerlei Interesse daran, den Friedensprozess zwischen Palästinensern und Israelis wiederzubeleben, weder seitens der Bevölkerungen noch seitens der Regierungen. Jeder wusste, dass der IS für die Anschläge von Amman verantwortlich war, dennoch kursierten wilde Verschwörungstheorien. Auf beiden Seiten der Grünen Linie herrschte tiefes Misstrauen. Blogger und Aktivisten der jeweiligen Fraktionen beschuldigten sich gegenseitig, den Friedensprozess zu blockieren. Die Emotionen schlugen hohe Wellen.

Kuttabs Nachricht endete mit der Einladung, ihn und den Präsidenten zu besuchen, wann immer es mir gefiel. Ich wusste diese Geste zu schätzen und mir gefiel die Vorstellung, mit diesen lieb gewonnenen Freunden zusammenzusitzen, Pfefferminztee zu trinken und mich mit eigenen Augen zu überzeugen, dass es ihnen gut ging. Vielleicht sollte ich doch nach Amman fliegen und in Ramallah ein Exklusivinterview mit Mansour führen, und sei es nur, um Allen glücklich zu machen. Wenigstens säße er mir dann nicht länger im Nacken.

Doch dann blickte ich spontan in den Rückspiegel und mir stockte das Blut in den Adern.

25

Ein schwarzer, mit Schnee bedeckter Mercedes bog ebenfalls auf das Tankstellengelände ein und reihte sich ungefähr sechs Autos hinter mir in die Schlange der Wagen ein, die darauf warteten, dass der Tankwart sich ihnen widmete. Ich war ziemlich sicher, dass ich ihn schon ein paarmal überholt hatte, doch er musste immer wieder aufgeholt haben. Vor rund 20 Minuten hatte ich erleichtert festgestellt, dass er vom Turnpike abfuhr. Doch nun war er wieder da.

Der Schnee war mittlerweile in einen Graupelschauer übergegangen und die Sicht wurde schlechter. Die Scheibenwischer des Mercedes liefen auf höchster Stufe, die Scheibe war von innen beschlagen. Ich versuchte angespannt, Gesichter zu erkennen, aber es standen zu viele Autos zwischen uns. Dann beobachtete ich im Seitenspiegel, wie die hintere Tür des Mercedes aufflog. Trotz der Kälte brach mir der Angstschweiß aus.

Aus dem Auto stiegen zwei Passagiere, mit denen ich nicht gerechnet hatte. Keine Syrer oder Iraker, sondern zwei kleine Mädchen mit blonden Pferdeschwänzen und einem Welpen. Sie trugen farblich aufeinander abgestimmte pinkfarbene Skianzüge, Stiefel, Fäustlinge und Schals und wirkten so unbekümmert, als gäbe es keine Probleme auf der Welt. Die Kälte und der nasse Schnee schienen ihnen nichts auszumachen und sie achteten auch nicht auf den Verkehr ringsherum.

Erschrocken sah ich im Rückspiegel, wie sie über den Parkplatz zum Restauranteingang liefen und dabei den F-150-Pick-up übersahen, der auf sie zugefahren kam. Inzwischen war auch die Mutter der Mädchen ausgestiegen. Sie schrie auf, als der Fahrer des Ford auf die Hupe drückte und in die Eisen stieg. Jeder Autofahrer um uns herum verfolgte hilflos, wie der Truck, der viel zu schnell vom Highway auf den Rastplatz abgebogen war, schlitternd und mit ausbrechendem Heck auf die Mädchen zuraste. Die beiden waren wie gelähmt vor Schreck stehen geblieben. Gleich würde der Pick-up sie erfassen. Ich wandte mich im letzten Augenblick ab und befürchtete, jede Sekunde den Aufprall zu hören, doch der kam nicht, genauso wenig wie die Schreie.

Stattdessen wurde alles still.

Schließlich zwang ich mich, wieder hinzusehen. Zu meiner Überraschung hatte der Truck nur Zentimeter vor den Mädchen gehalten. Die Mutter stürzte auf die Kinder zu und riss sie an sich. Der Vater folgte direkt hinter ihr.

Ich selbst atmete langsam weiter, mein Herzschlag beruhigte sich.

Das Nächste, was ich hörte, war ein Klopfen ans Fenster. Ich schreckte auf. Der Tankwart, ein junger Latino, keinen Tag älter als 19, bestenfalls 20. Er winkte mir, die Scheibe runterzulassen. »Das macht 63 Dollar.«

In anderer Stimmung hätte ich ihn gefragt, warum der Staat New Jersey seinen Bürgern nicht zutraute, ihren Wagen selbst aufzutanken, ohne dabei die Tankstelle in die Luft zu jagen, und warum der Gouverneur und die Legislative im 20. Jahrhundert stecken blieben. Stattdessen kramte ich meine Brieftasche hervor und reichte ihm meine Kreditkarte.

Als er mit der Quittung zurückkam, lenkte ich den Wagen in eine der Parkbuchten neben dem Restaurant. Matt war noch nicht wieder aufgetaucht, also widmete ich mich erneut meinen E-Mails.

Ich schickte eine knappe Antwort an Kuttab, in der ich ihm versicherte, dass es mir gut ging, und ihm mitteilte, dass es mir eine Ehre wäre, ihn und den Regierungschef bald persönlich wiederzusehen. Weitere Zusicherungen verkniff ich mir zunächst. Klar, bei einer Reise nach Jordanien konnte ich mir auf jeden Fall Zeit für ein solches Treffen freischaufeln, aber eigentlich verspürte ich nach wie vor wenig Lust, nach Amman zu fliegen. Ich hätte viel lieber Yael in Tel Aviv oder in Jerusalem besucht. Aber auch dann hätte ich einen Abstecher nach Ramallah möglich machen können.

So oder so, der Besuch beim palästinensischen Präsidenten musste noch ein wenig warten.

Die zweite Mail kam von Mary Jane, MacDonalds Assistentin. Wie versprochen hatte sie mir die Einzelheiten für die Flüge übermittelt, die sie von Bar Harbor nach Boston und mit Turkish Airlines von Boston via Istanbul nach Amman gebucht hatte. Ich antwortete nicht darauf, weil ich noch keine abschließende Entscheidung gefällt hatte.

Stattdessen klickte ich die dritte Mail an. Der Absender war jemand, der behauptete, Adjutant von General Amr El-Badawy zu sein, dem Kommandanten der ägyptischen Streitkräfte. Ich hatte den General auf einer abgelegenen Militärbasis kennengelernt, nur Stunden vor dem konzertierten Angriff auf die Städte Dabiq und Alqosh. Wir hatten nicht viele Worte gewechselt und ich hatte seither auch nichts mehr von ihm gehört. Aber nun schrieb mir der Adjutant, der General wünsche mit mir zu sprechen. Das Thema sei zu sensibel, um es per E-Mail zu erörtern, deutete der Verfasser an und bat um einen Anruf beim General. Natürlich mit Umweg über ihn, und zwar über eine direkte Durchwahl, die er mir in der Mail übermittelte. Ich schielte kurz auf meine Armbanduhr. Im Moment ging das natürlich nicht, Matt kam jeden Augenblick zurück. Aber ich war neugierig, also verfasste ich eine kurze Antwort, in der ich versprach, mich bei nächster Gelegenheit zu melden.

Die vierte Mail erschien mir ein wenig ominös. Sie stammte vom Partner einer Anwaltskanzlei, die behauptete, sie verwalte den Nachlass von Robert Khachigian. Die Kanzlei hatte nach eigenen Angaben ›wichtige Angelegenheiten‹ mit mir zu besprechen, die mit dem letzten Willen und dem Testament des ehemaligen Senators und

CIA-Direktors zusammenhingen. Khachigian war im vergangenen November in Washington bei einem Attentat ums Leben gekommen. Auch das schien eine recht delikate Angelegenheit zu sein und verlangte offenbar nach einem persönlichen Treffen in den Büroräumen der Kanzlei in Portland, Maine. Der Anwalt betonte, dass sich die Sache nicht per Telefon regeln lasse. Ich konnte mir nicht vorstellen, was es damit auf sich hatte, und verkniff mir jede Theorie.

Normalerweise hätte ich mich in nächster Zeit gar nicht in der Gegend aufgehalten, doch wie es der Zufall wollte, war ich gerade in diese Richtung unterwegs. Maines größte Stadt lag gerade mal 175 Meilen südlich von Bar Harbor, meiner Heimatstadt, je nach Verkehr also rund drei Stunden mit dem Auto. Ich entschied, in den nächsten Tagen einen Abstecher nach Portland einzuplanen. Immerhin war Khachigian ein enger Freund meiner Familie und quasi mein persönlicher Mentor gewesen. Er war in meiner Gegenwart erschossen worden, während er mir half, eine der wichtigsten Storys meiner Karriere zu recherchieren: die Enthüllung, dass der IS in Syrien chemische Waffen der syrischen Regierung erbeutet hatte. Was auch immer dieser Anwalt über meinen alten Freund zu sagen hatte, ich würde es mir anhören. Nichts weniger schuldete ich Khachigian und auch seiner Familie.

Die letzte und neueste E-Mail stammte von Allen selbst. Er entschuldigte sich dafür, so unwirsch mir gegenüber geworden zu sein, und versicherte mir, dass er verstand, was ich gerade durchmachte. Er sei bereit, sich für ein Sabbatical von mindestens zwei Monaten für mich einzusetzen und es nicht von meinem Urlaub abzuziehen, wenn ich zuerst nach Jordanien flog und in den nächsten Wochen weiter an der Story über die Jagd nach den IS-Terroristen dranblieb, die gerade Washington angegriffen hatten. Danach werde er meinen ›so dringend nötigen Urlaub‹ genehmigen und voll und ganz unterstützen. Ich las die Mail zweimal, reagierte jedoch nicht darauf. Meine Einstellung hatte sich nicht geändert und ich war offen gestanden verärgert, dass er mich so unter Druck setzte. Nein, ich würde nicht nach Amman fliegen. Ende der Diskussion.

Wieder sah ich auf die Uhr. Matt ließ weiter auf sich warten. Ich wollte gerade das Smartphone weglegen und das Radio einschalten, als ich mich unwillkürlich dabei ertappte, wie ich an mein Zuhause in Maine dachte. Ich freute mich tatsächlich auf den Besuch. Ich lechzte geradezu nach einer warmen Mahlzeit nach Familienrezept, zubereitet in der alten Küche, serviert am alten hölzernen Esstisch in diesem zugigen alten Gemäuer, in dem ich aufgewachsen war, zusammen mit Matt und meiner Mom.

Ich konnte es kaum noch erwarten, mit meiner Nichte und meinem Neffen herumzutoben, mit ihnen zu lachen und vielleicht Verstecken zu spielen. Am meisten freute ich mich darauf, nicht länger über den IS, die Jagd auf die Terroristen oder Themen sprechen zu müssen, die mit Washington oder dem Nahen Osten zusammenhingen. Stattdessen wollte ich in meinem früheren Kinderzimmer schlafen, beim Aufwachen draußen eine frische Schneedecke bestaunen und frisch gebrühten Kaffee samt gebratenem Speck und Würstchen riechen. Ich konnte mich gar nicht erinnern, wann ich so etwas zuletzt genossen hatte. Tatsache war, ich vermisste ein einfaches und ruhiges Leben.

Ich folgte einer Eingebung und schickte eine E-Mail an Mom, umriss ihr kurz die Überraschung, die Matt für den Hochzeitstag plante, teilte ihr mit, wo wir uns befanden und wann wir wahrscheinlich eintrafen und wie sehr ich mich darauf freute, sie zu sehen. Ich beschwor sie, nichts zu verraten, und schickte den Text ab.

Endlich tauchte Matt mit zwei dampfenden To-go-Bechern schwarzem Kaffee und ein paar Frühstücksbroten auf. Jetzt fiel mir ein, dass ich ihm gar nicht geschrieben hatte, was ich haben wollte. Ich entschuldigte mich nicht, nickte nur dankbar, schüttete gierig das flüssige Koffein in mich hinein und rollte zurück auf die Schnellstraße.

26

Wir ließen keine Musik laufen.

Im Audi blieb es still, abgesehen vom Wusch-Wusch der Scheibenwischer und dem Summen der Reifen auf dem Asphalt. Matt, weiterhin ärgerlich oder enttäuscht von mir, hatte schweigend gefrühstückt und war dann wieder eingenickt.

Ich dachte über nichts im Besonderen nach, sondern bemühte mich lediglich, wach und aufmerksam zu bleiben. Da fiel mein Blick auf eins der Straßenschilder, die vorbeiglitten. Ich hatte geglaubt, dass wir uns schon in der Nähe von Newark befanden, doch das Schild wollte davon nichts wissen. Auch die Entfernungen nach Trenton, Shore Points oder Manhattan standen nicht darauf. Es war überhaupt keine Entfernungstafel. Stattdessen hielt es fest, dass die Vereinigung der Kriegsveteranen, Außenstelle 8003, von der Stadt Lawnside die Patenschaft über dieses Stück der Autobahn erhalten hatte, um es müllfrei zu halten.

Lawnside. Lawnside ... Da klingelte etwas. Kannte ich dort jemanden? Mir fiel niemand ein, ich war auch meines Wissens nie dort gewesen. Warum also brachte mich dieser Hinweis so ins Grübeln? Eigentlich hätte es mich nicht kümmern sollen, wahrscheinlich war ich einfach bloß erschöpft. Es wurde langsam Zeit, dass Matt das Steuer übernahm, immerhin lagen noch rund neun Stunden Fahrt vor uns.

Plötzlich ging mir ein Licht auf. Es war nicht der Name der Stadt, der mir aufgefallen war, sondern die Organisation auf dem Schild, die mein Unterbewusstsein getriggert hatte. Ich schnappte mir das Telefon und drückte auf Wahlwiederholung. Nach dem dritten Klingeln hob Allen ab. Er musste endlich im Büro angekommen sein.

»Wie wäre es mit einem Veteranendenkmal?«, fragte ich.

»Wie bitte?«

»Oder einer Gedenkstätte der American Legion?«

»J. B., ich versteh kein Wort. Wovon redest du bitte?«

»In Maine gibt es die an jeder Ecke«, erklärte ich. »Einige dieser Gedenkstätten haben oft alte Kanonen aus der Revolutionszeit vor der Tür stehen, bei anderen sind es Panzer aus dem Zweiten Weltkrieg oder etwas in der Art. Vielleicht stehen bei einigen alte Haubitzen vor dem Eingang und der Islamische Staat hat sie dort aufgetrieben.«

Nun konnte Allen meinen Gedankensprüngen folgen. »Hmmm, okay, klingt vielversprechend«, meinte er langsam. »Mein Schwiegervater landete am D-Day am Omaha Beach und war in seiner Veteranengruppe in Topeka sehr aktiv.«

»Hatte seine Gedenkstätte eine Haubitze?«

»Nein, ein altes Halbkettenfahrzeug. Aber du hast recht, wahrscheinlich ist es bei manchen eine Haubitze.«

»Agent Harris erwähnte drei Namen: Lowell, Coon und Marion. Was, wenn das drei Städte mit Veteranengedenkstätten sind, denen Haubitzen gestohlen wurden?«

»Ich kenne ein Lowell in Wisconsin, wo ich aufgewachsen bin«, überlegte Allen. »Es liegt ungefähr 70 Meilen nordwestlich von Milwaukee, am Beaver Dam River. Mein Opa hat nicht weit davon am Wochenende geangelt. Aber das Kaff ist sehr klein, regelrecht winzig. Ich wette, es hat nicht mal 1000 Einwohner.«

»Gab's da eine Veteranengedenkstätte?«

»Keine Ahnung, gut möglich.«

»Kannst du das rausfinden?«

»Jetzt gleich?«

»Natürlich. Es könnte wichtig sein.«

»Na gut. Bleib dran.«

Der Himmel klarte langsam auf, doch die Sonne war noch nicht hinter der dicken Wolkendecke hervorgekommen. Laut dem digitalen Thermometer auf dem Armaturenbrett herrschten draußen immer noch Temperaturen deutlich unter null. Die Wettervorhersage hatte für die kommenden Tage mehr Schnee angekündigt, aber der fiel aktuell noch nicht. Die Straße selbst war geräumt, ständig kamen uns Schneepflüge und Streufahrzeuge entgegen. Die Region war auf einen weiteren Sturm also vorbereitet. Aber war ich das auch? Mir fiel ein, dass ich keine Winterreifen aufgezogen hatte, allerdings gab es in Washington kaum Grund dafür, denn dort fiel selten Schnee. Wenn überhaupt, dann schmolz er innerhalb weniger Stunden. Doch jetzt war ich in einem Sportwagen, den ich weit südlich der Mason-Dixon-Linie gekauft hatte, unterwegs nach Maine an der Grenze zu Kanada.

Dann meldete sich Allen wieder. »Ich hab was gefunden«, meinte er. »Die Bevölkerung von Lowell beläuft sich auf sagenhafte 340 Bewohner.«

»Das ist alles?«

»Ja, nur 89 Haushalte und eine Post.«

»Und eine Veteranengedenkstätte.«

»Ja. Gedenkstätte Nr. 9392.«

»Und denen fehlt was?«

»Allerdings«, meinte Allen. »Ich hab gerade eine Nachricht der AP vom 2. Januar aus dem Ticker gefischt. Das war vor ... warte mal ... sechs Wochen. Sieht aus, als hätte dich dein sechster Sinn nicht getrogen. Der Meldung nach wurde eine M114-Haubitze der US-Armee aus dem Zweiten Weltkrieg vor der Gedenkstätte 9392 entwendet. An Silvester, kurz nach Mitternacht. In der Meldung wird ein örtlicher Polizist zitiert. Seiner Aussage zufolge deuten die Spuren am Tatort darauf hin, dass es sich um eine Art Jugendstreich handelt. Man fand leere Bierdosen und Kippen, Steine, die durchs Fenster geworfen wurden, Graffiti an den Wänden und dergleichen.«

»Das ist ziemlich schlau«, überlegte ich. »An Silvester streifen viele Jugendliche durch die Straßen, die nichts als Unsinn im Kopf haben.«

»Richtig. Ich wette, der Diebstahl wurde dem FBI gar nicht erst gemeldet. Warum auch? Niemand wäre auf die Idee gekommen, dass eine Haubitze aus Weltkriegszeiten bei einem terroristischen Anschlag zum Einsatz kommt.«

Jetzt rückten auch die anderen Puzzlestücke an ihren Platz. Allen suchte die Datenbanken der *Times* nach ähnlichen Nachrichten aus den gesamten USA ab und stieß direkt auf einige vielversprechende Artikel. Einem zufolge war eine Haubitze am 9. Januar in Coon Valley, Wisconsin, gestohlen worden, einem Ort mit 765 Einwohnern. In einem weiteren wurde der Diebstahl in einer Gedenkstätte in Marion, Massachusetts, thematisiert; hier lebten immerhin 4907 Menschen. Jeweils knappe Notizen für die Randspalte, in einem Tonfall verfasst, der auf Kuriositäten hindeutete, die man in den einschlägigen Rubriken der lokalen Käseblätter vermutet hätte. In allen Fällen waren die Behörden davon ausgegangen, dass es sich um Streiche von Jugendlichen handelte. Die Details der Taten glichen einander auffallend: Bierdosen, Zigarettenkippen, Graffiti und andere Formen von Vandalismus, typisch für einen Abschlussstreich der örtlichen High School. Es gab keine Hinweise darauf, dass die Polizei vor Ort von den anderen verschwundenen Haubitzen gewusst hatte. Und absolut nirgends wurde die Möglichkeit erwähnt, dass es sich um eine konzertierte Aktion handeln könnte.

Allen versprach, sich mit seinem Kollegen abzustimmen, der die Arbeit der regionalen Freiberufler koordinierte, damit dieser umgehend einige Reporter in die erwähnten Orte schickte. Für den Augenblick bewegten sie sich im Bereich purer Spekulation. Es klang zwar alles durchaus plausibel, aber bevor wir das veröffentlichten, brauchten wir hieb- und stichfeste Beweise. Wir konnten uns nicht blind auf alte Meldungen in der Lokalpresse verlassen. Unsere Leute mussten mit den Veteranen in jeder betroffenen Stadt sowie mit den Ermittlungsbeamten vor Ort sprechen. Ferner mussten wir verifizieren, ob das FBI mit der örtlichen Polizei in Kontakt getreten war, und Details recherchieren, die unseren Lesern halfen, das koordinierte Vorgehen des IS besser zu verstehen.

Nachdem wir das Gespräch beendet hatten, übernahm ich noch für eine weitere Stunde den Dienst am Steuer.

Dann klingelte Matts Telefon. Der typische Klingelton eines Familienvaters – ein Song aus dem Film *Toy Story*. Er wurde sofort wach und tastete leicht verschlafen nach dem Handy. Es war Annie. Er bedeutete mir, still zu bleiben, um die Überraschung nicht zu verderben, aber kaum dass er »Hallo« gesagt hatte, sah ich das Entsetzen in seiner Miene aufblitzen. Er sprach nur wenig, bevor er auflegte und sofort das Radio anschaltete.

»Was ist denn los?«, fragte ich. »Ist was passiert?«

»Annie sagt gerade, es habe einen Terroranschlag in New York gegeben.«

27

Matt fand rasch einen New Yorker Sender.

Der Anschlag hatte sich in der Manhattaner U-Bahn zugetragen. Allerdings handelte es sich nicht um eine Messerstecherei, eine Schießerei oder gar eine Bombe. Wir hatten gerade rechtzeitig eingeschaltet, um mitzubekommen, wie ein Reporter vor der Penn Station berichtete, es gehe um einen weiteren Giftgasanschlag. Die Terroristen hatten es irgendwie geschafft, das Saringas mithilfe des Lüftungssystems in die Tunnel der New Yorker Subway zu pumpen.

»Ein Sprecher der Betreibergesellschaft bestätigte, dass es parallel zu koordinierten Anschlägen auf neun weitere U-Bahn-Stationen in Manhattan, Brooklyn und der Bronx kam«, berichtete er. »Uns liegen bisher keine Angaben über die Zahl der Toten vor. Allerdings sind Hunderte von Krankenwagen im Einsatz und zahlreiche Gefahrgut-Spezialisten befinden sich vor Ort.«

Die Minuten verstrichen und die Lage wurde zunehmend ernster. In den Nachrichten des Senders hieß es schließlich, dass auch Metrostationen in Washington betroffen seien. Immer mehr Berichte trudelten ein, aus Philadelphia, Boston, Chicago, Minneapolis, Dallas und Atlanta.

Die ersten detaillierten Berichte stammten aus Atlanta. Hier waren nicht die Verkehrssysteme der Stadt betroffen, sondern mehrere große Luxushotels, darunter drei Hiltons, ein Marriott und das Ritz-Carlton. Ein telefonisch zugeschalteter Einsatzleiter der Feuerwehr Atlanta schilderte, dass es den Terroristen offenbar gelungen war, das Saringas in aerosoler Form in die Lüftungssysteme der Hotels zu pumpen. Auf diese Weise hatten sie eine großflächige Verteilung erreichen können und beinahe jeden Gast und jeden Angestellten getötet. Allein Atlanta beklagte Hunderte von Todesopfern, deutlich mehr waren schwer verletzt und kämpften zur Stunde um ihr Leben.

Dann folgte ein Update aus Boston. Der Korrespondent, der live aus einem Notfallzentrum berichtete, das man im Rathaus eingerichtet hatte, erklärte, dass die Terroristen eine Möglichkeit entdeckt hatten, Saringas in das örtliche U-Bahn-Netz zu pumpen, das von Einheimischen nur ›the T‹ genannt wurde.

»Bei mir ist Polizeichef Ed McDougal«, sagte der Reporter dann. »Chief, die Ereignisse überschlagen sich förmlich. Was können Sie uns bisher berichten?«

»Ich bin schon seit 30 Jahren im Dienst, aber so etwas habe ich noch nie erlebt«, antwortete der Cop. »Das muss fraglos der schlimmste Anschlag in der Geschichte unserer Stadt sein. Vor fünf Minuten hat die Anzahl der Opfer bereits die 6000er-Marke überschritten. Wir bitten alle Ambulanzen in Massachusetts und den anliegenden Staaten, uns zu unterstützen.«

»Sie meinen … es gab wirklich schon 6000 Tote?«

»Nein, nein, ich sprach von Opfern. 6000 Opfer«, wiegelte der Chief ab. »Ich kann allerdings noch nicht sagen, wie viele davon Tote und wie viele Verletzte sind.«

»Können Sie uns eine erste Schätzung liefern, basierend auf den Informationen, die Ihnen vorliegen?«

Der Chief weigerte sich, Spekulationen abzugeben, also verlegte sich der Reporter auf ein anderes Thema: »Weiß man denn schon, wer hinter dem Anschlag steckt?«

Wieder drückte sich der Cop um eine klare Aussage.

»Aber Sie vermuten schon, dass es die gleichen Hintermänner wie bei den Angriffen in Washington sind, oder?«, hakte der Reporter nach.

»Eine solche Annahme liegt sicher auf der Hand, aber das ist auch schon alles, was wir bisher sagen können: dass es eine Annahme ist. Bitte geben Sie uns ein wenig Zeit, ich habe meine besten Ermittler und Beamten darauf angesetzt. Wir werden in unserer Arbeit von Bundesbehörden und staatlichen Stellen unterstützt. Sie können sich darauf verlassen, dass wir die Schuldigen finden und vor Gericht stellen werden.«

»Wie viele Ersthelfer wurden bereits Opfer des Anschlags?«

»Dazu habe ich keine Zahlen, aber ich fürchte, es sind nicht wenige.«

»Wir reden hier von Saringas, richtig? Derselben Substanz, die auch beim Angriff auf das Kapitol am Dienstagabend zum Einsatz kam?«

»Das scheint der Fall zu sein, aber auch hier ist es noch zu früh für eine eindeutige Bestätigung.«

»Sie glauben also, dass der IS dahintersteckt?« Der Mann blieb hartnäckig.

Der Chief ließ sich nicht aus der Reserve locken. »Ich werde nicht spekulieren. Wie ich schon sagte, haben wir in dieser Phase der Ermittlungen noch keine konkreten Verdächtigen. Wir geben unser Bestes, um angemessen auf die Katastrophe zu reagieren. Der Bürgermeister und ich werden in wenigen Stunden eine Pressekonferenz abhalten, wenn wir mehr wissen.«

Im Hintergrund hörte man herannahende Sirenen. »Es tut mir sehr leid, aber ich muss mich nun um andere Sachen kümmern«, sagte der Chief und weg war er.

Der Reporter fasste für die Hörer, die gerade erst zugeschaltet hatten, die bisherigen Geschehnisse kurz zusammen.

Ich griff nach dem Regler und schaltete das Radio ab.

»Was soll das denn?«, fragte Matt fassungslos. Er hatte noch nie erlebt, dass ich eine direkte Berichterstattung abschaltete. Ganz einfach deshalb, weil es nicht zu mir passte.

»Ich weiß nicht«, sagte ich. »Ich kann … ich kann das einfach nicht länger ertragen.«

Erst jetzt fiel mir auf, dass ich das Lenkrad so fest gepackt hatte, dass meine Knöchel weiß hervortraten. Matt warf einen Blick auf meine Hände und wandte sich ab. Er sagte nichts weiter und bestand nicht auf einer Antwort, immerhin waren wir beide traumatisiert. Wir beide hatten Dinge gesehen, die niemand je hätte sehen sollen. Jetzt waren also noch mehr Menschen gestorben, und zwar überall in den USA. Es wollte offenbar kein Ende nehmen.

Wieder klingelte das Telefon. Ich sah, dass es Allen war, und wusste auch direkt, was er wollte. Diesmal ging es nicht darum, nach Jordanien zu fliegen. Er rief vielmehr an, um mich irgendwie in die Berichterstattung über die jüngsten Ereignisse einzubinden; immerhin wusste er, dass ich in Richtung Manhattan fuhr. Jetzt musste jeder anpacken. Aber das war das Letzte, was ich im Moment wollte: mich kopfüber in das Chaos eines weiteren Terroranschlags zu stürzen.

Meine Hände zitterten und mein Herz raste. Mich überforderte das Ganze gerade. Daher ließ ich es klingeln, bis der Anrufbeantworter ansprang, und fuhr weiter.

Über eine Stunde saßen Matt und ich schweigend nebeneinander und redeten kein Wort. Weder über die Anschläge noch über sonst etwas. Ich glaube, ich hatte einen Schock. Zu viele Gedanken rasten mir gleichzeitig durch den Kopf, und ich konnte mich nicht überwinden, sie mit jemandem zu teilen. Schließlich hielt ich es nicht mehr aus. Ich schaltete das Radio wieder an. Die Updates folgten in immer kürzeren Abständen. In Minneapolis war ein großes Einkaufszentrum, die Mall of America, angegriffen worden. In Dallas und Philadelphia betraf es mehrere Luxushotels. Es gab noch keine belastbaren Zahlen, aber die vermuteten Werte kletterten in rasanter Geschwindigkeit immer höher.

Matt und ich lauschten völlig geschockt den Berichten. Das alles erinnerte mich an die Anschläge in der Tokioter U-Bahn 1995. Auch damals hatte man Saringas verwendet. Zwar waren nur zwölf Menschen gestorben, aber über 5500 verwundet worden. Trotz akribischer Planung war das Ergebnis nicht annähernd so heftig ausgefallen wie von den Terroristen seinerzeit erhofft.

Ich war mir sicher, dass Abu Khalif den damaligen Zwischenfall genauestens studiert hatte. Offenbar hatte er Mittel und Wege gefunden, seine Angriffe wesentlich effektiver zu gestalten.

Wo mochte er als Nächstes zuschlagen?

28

»Ich ruf Annie an und sag ihr, dass wir unterwegs sind.« Matt warf damit seine Idee über Bord, sie zu überraschen.

Wir hatten Connecticut fast durchquert und näherten uns Massachusetts. Matt probierte es mehrfach, aber niemand antwortete. Schließlich hinterließ er eine Nachricht und versuchte es auf Moms Festnetzanschluss. Als auch dort niemand abnahm, wählte er die Nummer von Moms Smartphone. Ebenfalls ohne Erfolg, also schickte er einige Nachrichten, berichtete, wo wir uns gerade befanden und dass wir laut Navi gegen sieben in Bar Harbor eintreffen würden. Er könne es kaum erwarten, sie und die Kinder fest zu drücken.

Dann vibrierte auch mein Telefon wieder. Allen, wer auch sonst? Ich überließ seinen Anruf der Mailbox. Einige Augenblick später klingelte es bei Matt.

»Dein Boss«, meinte er. »Soll ich annehmen?«

Wenn der frischgebackene Chef des Washingtoner *Times*-Büros etwas war, dann hartnäckig.

»Nein«, entschied ich und blickte stur auf die Straße.

»Erklärst du mir, warum?«

»Allen will, dass ich von den Anschlägen in Manhattan berichte und anschließend nach Jordanien fliege.«

»Was sollst du da machen?«

»Das jordanische Parlamentsmitglied interviewen, dessen Sohn in die Anschläge auf Washington verwickelt war.«

»Und?«

»Und deshalb ruft er an. Er sagt, niemand sonst könne dieses Interview führen, und besteht darauf, dass ich es übernehme.«

»Aber du willst nicht.«

»Machst du Witze?«

»Nein, sicher nicht. Aber es ist immerhin dein Job und er ist dein Boss, oder nicht?«

»Matt, soll ich jetzt etwa umkehren und über Saringasangriffe in Manhattan berichten? Willst du wirklich, dass ich nach Jordanien zurückkehre? Das kann doch nicht dein Ernst sein!«

»Was, wenn doch?«

»Tatsächlich?«

»Ach J. B., du hast eh noch nie auf mich gehört.«

»Vielleicht tu ich's jetzt.«

»Im Ernst?«

Ich hatte es wirklich vor. Vermutlich war es meine ungeschickte Art, mich zu entschuldigen, dass ich ihn so viele Jahre von meinem Leben ferngehalten hatte oder am Morgen so fies zu ihm gewesen war. Aber Matt kaufte mir das nicht ab. Ich konnte es ihm schwer verübeln.

»Weißt du, ich stecke in der Zwickmühle«, erklärte ich. »Allen hat schon recht, das ist immerhin meine Story. Aber nach allem, was ich in dieser Sache schon durchgestanden habe, will ich eigentlich nichts mehr damit zu tun haben.«

»Das kann ich gut nachvollziehen«, meinte Matt. »Immerhin handelt es sich um Manhattan. Die *Times* hat sicher genug Reporter vor Ort, die das Thema abdecken können. Aber warum du nicht nach Jordanien fliegen willst, geht mir nicht in den Kopf.«

»Matt, das kann doch nicht dein Ernst sein.«

»Warum?«

»Weil ich mir nichts Schlimmeres vorstellen kann, als nach Amman zurückzugehen.«

»Der König und seine Alliierten haben die Lage doch mittlerweile voll unter Kontrolle.«

»Ja, weitgehend.«

»Also wäre eine solche Reise nicht sehr gefährlich.«

»Nicht so gefährlich wie vor ein paar Wochen, das stimmt.«

»Du könntest den König besuchen und eine Story über ihn und seine Familie machen. ›Zwei Monate nach der Krise‹, ›Wie sehen Sie die Zukunft?‹, ›Wie läuft es mit dem Kampf gegen den IS?‹, solche Sachen.«

»Klingt logisch.«

»Willst du ihn nicht wiedersehen?«

»Doch, natürlich.«

»Ich dachte, er hat dich beeindruckt.«

»Hat er auch. Ich war schon beeindruckt von ihm, bevor ich ihn überhaupt getroffen habe, und jetzt noch viel mehr.«

»Wo also liegt das Problem?«

»Ich weiß nicht, was du meinst.«

»Ich meine, das scheinen alles gute Gründe zu sein, nach Amman zu gehen. Was spricht dagegen?«

Ich antwortete nicht, sondern fuhr einfach weiter. Nach ein paar Meilen versuchte Matt es erneut.

»J. B., beantworte mir mal folgende Frage. Ist dein Job in Gefahr, wenn du Allens Weisungen nicht Folge leistest?«

Ich zuckte mit den Schultern. »Möglich.«

»Erwähntest du nicht, dass Omar, Abdul und du nach Syrien geschlichen seid, obwohl Allen es euch strikt verboten hatte?«

Ich nickte widerwillig.

»Abdul starb bei diesem Abenteuer in Homs, Omar später in Istanbul, richtig?«

Ich sagte nichts, aber das entsprach der Wahrheit.

»Und auch du wärst dabei fast umgekommen.«

»Worauf willst du hinaus?« Ich fühlte mich ungewollt in die Defensive gedrängt.

»Ich will einfach nicht, dass du deinen Job verlierst, das ist alles.«

»Seit wann liegt dir was an meinem Job?«

Er sah mich überrascht und auch ein wenig verletzt an. »Warum sagst du so was?«

»Lass uns das mal klarstellen, Matt. Du, Annie und Mom, ihr wart nie damit einverstanden, dass ich von den Krisenherden dieser Erde berichte. Ihr habt mir oft genug vorgehalten, dass mir meine Karriere wichtiger ist als alles andere – meine Familie, meine Ehe, mein spirituelles Leben, egal was. Also wär's euch doch nur recht, wenn Allen mich rauswirft und endlich Schluss damit ist. Stimmt doch, oder?«

»J.B., du bist ein großartiger Journalist, aber wenn's ums Zwischenmenschliche geht, kannst du ein echter Idiot sein, weißt du das?«, gab Matt zurück. »Ich habe jeden deiner Berichte gelesen und bin stolz auf das, was du tust. Solange du die Wahrheit aufdeckst, werde ich das immer sein. Wenn du das aufgeben willst, ist das deine Entscheidung. Aber du solltest dich nicht einfach von deinem Boss feuern lassen, weil du nicht ans Telefon gehst. Nicht dafür, dass du dich wie ein Arsch aufführst.«

Ich schwieg und fuhr weiter, ohne ihn anzusehen.

»Also, was ist los?«, hakte er nach einer Weile nach.

Ich antwortete nicht.

»Dir gefällt mein Rat nicht«, stellte er fest.

»Stimmt.«

»Okay, gut, damit kann ich leben. Aber kannst du's mir erklären?«

»Ich will nicht drüber reden.«

»Natürlich willst du das. Du hast mich gerade das erste Mal seit … nun, das erste Mal seit Ewigkeiten um Rat gefragt. Du magst diesen Rat vielleicht nicht, aber du hast drum gebeten. Ich sage, du solltest tun, was dein Boss verlangt, und nach Jordanien fliegen. Danach kannst du deinen Job immer noch aufgeben und was anderes mit deinem Leben anstellen. Vielleicht. Möglicherweise. Aber lass dich um Himmels willen nicht einfach feuern. Tu, was Allen will, dann besuch Yael und nimm dir etwas Zeit, um rauszufinden, was du willst, was sie will und was die Zukunft eventuell für euch bereithält.

Dann triff eine Entscheidung über deine berufliche Zukunft. Aber nicht jetzt. Nicht so. Nicht wenn um uns herum die Hölle losbricht und all deine Instinkte dir einimpfen, dass Abu Khalif der Drahtzieher des Ganzen ist. Du musst dich jetzt auf deine Arbeit konzentrieren, sonst machst du alles nur noch schlimmer.«

Wir fuhren einige Meilen schweigend weiter. Dann versuchte Matt es erneut. »J.B., komm schon. Ich kenn dich schon so lange. Es geht nicht bloß um diesen Kurztrip nach Amman. Da steckt noch etwas anderes dahinter. Raus damit, was ist es?«

29

Matt hatte recht, da war noch etwas anderes, das mich beschäftigte.

Es war mir bloß peinlich, es zuzugeben.

Aber wem sollte ich mich sonst anvertrauen, wenn nicht meinem Bruder? Ich hatte ihn zwar seit dem College kaum gesehen oder gesprochen und führte nur selten intime Gespräche mit ihm. Andererseits gab es sonst niemanden und bis zur Ankunft in Bar Harbor lagen noch fast sechs Stunden Fahrt vor uns.

»Es geht um Yael«, gestand ich.

»Was soll das heißen?«

Meine Hände klammerten sich fester um das Lenkrad. Ich holte tief Luft und lugte in den Rückspiegel. »Sie hat mir nicht geantwortet.«

»Gar nicht?«

»Nun, sagen wir: nur sporadisch.«

»Versteh ich nicht. Ihr zwei seid euch doch nähergekommen, dachte ich.«

»Dachte ich auch.«

»War sie nicht diejenige, die darauf bestand, dass du mit dem Delta-Team nach Alqoṣh gehst, obwohl alle anderen dagegen waren?«

»Ach, vergiss es«, sagte ich. »Lass uns über was anderes reden.« Ich schaltete das Radio an.

Aber Matt schaltete es auf der Stelle wieder aus. »J. B., du willst offenbar drüber reden. Also los, das bleibt unter uns. Ich werde keinem davon erzählen, nicht mal Annie oder Mom. Mein Wort drauf.«

Wir fuhren eine Weile weiter.

Schließlich machte ich einen neuen Anlauf.

»Sie hat mir an Chanukka eine E-Mail geschickt.«

»Aha.«

»Darin dankte sie mir für meine vielen Nachrichten und bat um Entschuldigung, dass sie sich nicht früher gemeldet hat.«

»Das ist doch gut, oder?«

»Ja. Ich denk, schon.«

»Was hat sie sonst so gesagt?«

»Dass sie hofft, dass ich schöne Weihnachten verbracht habe.«

»Ist doch nett.«

»Zwei Sätze!«, hielt ich dagegen. »Echt, du denkst, das ist nett? Ich hatte ihr zu diesem Zeitpunkt schon locker vier oder fünf Seiten geschrieben.«

»J. B., sie hat mit viel Glück überlebt, lag einen ganzen Monat im Krankenhaus und musste sich drei oder vier Operationen unterziehen, vielleicht sogar mehr. Das hast du mir doch selbst erzählt.«

»Weiß ich, aber ...«

»Kein Aber! Versetz dich mal in ihre Lage. Und seitdem hast du nichts mehr von ihr gehört?«

»Doch, sie hat mir vor ein paar Wochen eine SMS geschickt.«

»Na, das klingt doch vielversprechend. Was stand drin?«

»Dass man ihr einen Job angeboten hat.«

»Was für einen?«

»Sie soll nationale Sicherheitsberaterin von Premierminister Eitan werden.«

»Und sie wollte, dass du es als Erster erfährst?«

»Nein, sie war nicht sicher, ob sie annehmen soll.«

»Wirklich? Sie hat dich um Rat gebeten?«

»Ich schätze, so könnte man das sagen.«

»Das hat sie sicher getan, weil ihr deine Meinung wichtig ist.«

»Ach, ich weiß nicht.«

»Sie hat doch sicher andere Leute, die sie in solchen Situationen um Rat fragen kann.«

»Das hoffe ich doch.«

»Aber sie hat dich gefragt.«

»Na ja, schon.«

»Und was hast du geantwortet?«

»Was soll ich da schon antworten? Dass sie annehmen soll.«

»Und weiter nichts?«

»Ich schrieb, dass ich stolz auf sie bin, dass sie es verdient hat und was für ein cooler Job das ist, so was in der Art eben.«

»Okay, und was ist falsch daran?«

»Nichts.«

»Aber da gibt es doch etwas, das du mir verschweigst.«

»Was sollte das sein?«

»Keine Ahnung«, meinte Matt ruhig. »Sag du's mir.«

»Aber das tu ich doch.«

Matt rutschte auf dem Sitz hin und her und versuchte es mit einem anderen Ansatz. »Wolltest du wirklich, dass sie den Job annimmt?«

»Warum nicht?«, fragte ich. »Sie hat es verdient, befördert zu werden. Sie erledigt ihren Job großartig.«

»Da bin ich mir sicher, aber das meinte ich nicht.«

Ich antwortete nicht sofort. »Weißt du, ich hatte nichts dagegen, dass sie diesen Job annimmt«, sagte ich schließlich. »Ich meine, wer bin ich schon, dass ich etwas gegen ihre Beförderung einzuwenden hätte?«

»Okay, das versteh ich, aber du hättest es lieber gehabt, wenn sie abgelehnt hätte, oder?«

»Das konnte ich ihr doch nicht sagen.«

»Warum nicht?«

»Das steht mir nicht zu.«

»Aber sie hat dich doch gefragt.«

»Ja, aber das Angebot war eine große Ehre, etwas ganz Besonderes. Ich wollte ihr nicht im Weg stehen. Ich bin doch kein Arschloch, was glaubst denn du?«

Matt wählte seine Worte vorsichtig. »J. B., gestatte mir folgende Frage.«

Ich wappnete mich für das, was da kommen mochte. »Okay.«

»Ist dir je in den Sinn gekommen ... Ich meine, hast du je dran gedacht, dass Yael sich vielleicht sogar gewünscht hat, dass du ihr von dem Job abrätst?«

»Natürlich nicht«, kam meine sofortige Antwort. »Das wäre doch lächerlich.«

Matt schwieg.

»Du verstehst das nicht«, protestierte ich. »Sie ist die perfekte Besetzung für den Job. Ich meine, sie wäre verrückt, so eine Chance auszuschlagen.«

»Warum sonst hätte sie dich fragen sollen?«

»Keine Ahnung«, meinte ich. »Ich glaube, sie wollte einfach nur höflich sein.«

Als ich Matt ansah, zuckten seine Augenbrauen in die Höhe.

Offenbar kaufte er mir meine messerscharfe Analyse nicht ab.

»Was genau willst du mir sagen?« Ich hatte so eine Ahnung, worauf er hinauswollte, aber ich musste es wohl mit eigenen Ohren hören.

»Du erwähntest eben, dass sich Yael nach ihrem Krankenhausaufenthalt kaum noch bei dir gemeldet hat, richtig?«

»Genau.«

»Sie hat nur mit kurzen Nachrichten auf deine Mails geantwortet?«

»Stimmt.«

»Und plötzlich, aus heiterem Himmel, stellt sie dir diese große Frage, eine sehr persönliche, die ihre Zukunft betrifft.«

»Na und?«

»Glaubst du immer noch, sie wollte da nur höflich sein?«

30

Ich erwiderte nichts.

Wir kamen auf der Straße jetzt gut voran. Es schneite heftiger, aber die Schneepflüge und Streufahrzeuge waren ausgerückt und infolge der Anschläge in Manhattan herrschte kaum Verkehr.

»Du glaubst also, sie wollte mich testen«, brachte ich schließlich heraus.

»Nun, ich bin mir nicht sicher, ob ›testen‹ das richtige Wort ist.«

»Aber du glaubst, sie wollte rausfinden, ob ich Nein sage. Ob ich ihr rate, den Job nicht anzunehmen.«

»Möglicherweise.«

Dann schwieg Matt, doch als ich ihn ansah, zuckte er mit den Achseln. »Ist doch denkbar, oder?«

Ich fragte mich, ob es tatsächlich stimmen konnte. Ob sie wirklich darauf gehofft hatte, dass ich ihr einen Vorwand lieferte, die Arbeit beim Mossad zu beenden und ... ja, was eigentlich? Was wollte sie denn? Und was wollte ich?

»Nachdem du ihr geraten hast, den Job anzunehmen, hast du da noch mal von ihr gehört?«, fragte Matt.

»Nein.«

»Sie hat dir also nie gesagt, ob sie den Job angenommen hat oder nicht.«

Ich schüttelte den Kopf.

»Was meinst du ... Hat sie?«

»Keine Ahnung ... ich meine, ich nehme es an«, stotterte ich und merkte, wie lächerlich ich mich anhörte. Ich war ein preisgekrönter Journalist, der für die einflussreichste Zeitung der Welt schrieb. Es war mein Job, Fakten erst abzusichern, keine voreiligen Schlüsse zu ziehen oder wild zu spekulieren.

»Du weißt es aber nicht mit Sicherheit.«

»Nein«, gestand ich verlegen.

»Also könnte sie nach allem, was du weißt, das Angebot auch abgelehnt haben.«

»Warum sollte sie?«

»Mit anderen Worten: Du gehst davon aus, dass Yael Katzir inzwischen die neue Sicherheitsberaterin des israelischen Premierministers ist.«

Ich zögerte. Ich wusste es wirklich nicht.

Als ich nicht antwortete, änderte Matt seine Herangehensweise.

»J. B. ... liebst du diese Frau?«

Die Direktheit dieser Frage verwirrte mich. Aber er hatte recht, das war das Einzige, worauf es ankam.

»Keine Ahnung. Vielleicht.«

»Du bist nicht sicher?«

»Ich bin ein gebranntes Kind in dieser Beziehung, das weißt du doch.«

»Du hast Angst, wieder verletzt zu werden.«

»Ja, natürlich.«

»Nur wegen Laura?«, fragte er.

Ja, Matt, nur wegen meiner grausamen, herzlosen Ex-Frau, die mir das Herz aus dem Leib gerissen hat und dann mit einem SUV drübergerollt ist, den ich ihr gerade gekauft hatte.

Aber das sagte ich nicht und es war auch gar nicht nötig. Meine angespannte Körpersprache verriet ihm alles, was er wissen musste.

»In Ordnung, du bist also nicht sicher, ob du sie liebst«, fasste er zusammen. »Absolut nachvollziehbar, du kennst sie ja kaum. Aber du willst sie besser kennenlernen und herausfinden, ob zwischen euch etwas ist, oder?«

»Ja ... ich glaube, schon. Ja.«

»Also, wär das nicht ein guter Grund, ins nächstbeste Flugzeug zu steigen, König Abdullah zu interviewen und – wo du schon mal drüben bist – auch gleich Yael zu besuchen? Zumal die *New York Times* für die Reise zahlt?«

Matt übernahm kurz danach das Steuer.

Es schneite nicht länger, die Räumfahrzeuge hielten die Straßen weitgehend frei. Trotzdem verschlechterten sich unsere Chancen, pünktlich nach Bar Harbor zu kommen. Es lagen noch rund fünf Stunden Fahrt vor uns.

Ich kletterte auf den Rücksitz, machte es mir so bequem wie möglich, schob mir Ohrstöpsel rein und versuchte, zu den Klängen von Paul Simons *Graceland* zu entspannen. Ich ging meine E-Mails durch, fand einige neue von Allen und Reportern der *Times* vor, die ihre Notizen zu den Terroranschlägen abgleichen wollten. Aber zum ersten Mal, solange ich denken konnte, hatte ich kein Interesse daran. Ich wollte keine Schlagzeilen lesen oder wissen, wie die Geschichte weiterging. Nichts drängte mich danach, meine Quellen zu kontaktieren, weder per E-Mail noch via SMS oder telefonisch. Es war nicht so, dass mich die Anschläge kaltließen, ganz im Gegenteil; sie bekümmerten mich sogar sehr, aber ich konnte einfach nicht mehr. Sowohl körperlich als auch seelisch oder intellektuell fehlte mir schlicht die Kraft, mich weiter zu engagieren. Es kam mir vor, als wären sämtliche Sicherungen in mir durchgebrannt. Ich konnte nichts dagegen tun, also legte ich das Handy weg und döste ein.

Am Ende schlief ich mehrere Stunden. Ich erinnerte mich nicht an das Surren der Straße unter den Reifen oder an die Musik in meinen Ohren. Ich bekam nicht mit, dass Matt noch mal anhielt, um zu tanken, oder dass mein Telefon klingelte, was laut Anrufprotokoll wohl mehrfach passiert sein musste. Allen hatte beharrlich versucht, mich an die Strippe zu kriegen.

Ich erinnere mich allerdings daran, dass Matt mich plötzlich an der Schulter rüttelte und mir ein eiskalter Schwall der Winterluft von Maine ins Gesicht blies.

»J. B., wach auf.«

»Wie ... Was ist los?« Ich versuchte, mich zusammenzureißen, und fragte mich, wieso es so dunkel war.

»Du musst noch mal übernehmen, ich fahr nur noch Schlangenlinien.«

Die brutale Kälte holte mich rasch in die Realität. »Wo sind wir?« Ich kletterte mühsam aus dem Audi und überließ Matt meinen Platz auf der Rückbank.

»Kurz vor Bangor«, antwortete er.

Schlagartig wurde mir bewusst, wie lange ich schon nicht mehr zu Hause gewesen war und dass es eine gefühlte Ewigkeit zurücklag, dass ich mit dem Auto von Washington gekommen war. Die wenigen Male, die ich meine Heimatstadt in den letzten Jahren besucht hatte, war ich nach Bangor geflogen und hatte mir dort einen Mietwagen organisiert. Ich fühlte mich leidlich ausgeruht und fit genug, um den Rest der Strecke zu fahren. Also stieg ich auf der Fahrerseite ein, schloss die Tür, schaltete die Sitzheizung an und machte es mir so bequem wie möglich. Die LED-Anzeigen auf dem Armaturenbrett wiesen eine Außentemperatur von minus 15 Grad Celsius aus. Aber auch hier drin waren es gerade mal 17 Grad. Ich regelte die Heizung etwas höher, damit es wenigstens 20 Grad wurden.

Auf der Interstate 395 ging es in südöstlicher Richtung weiter, vorbei an Penobscot Bay. Ich hielt eine Geschwindigkeit um die 50 ein, weniger als erlaubt. Es hatte wieder zu schneien begonnen und die Straßen waren glatt. Auf keinen Fall wollte ich so kurz vor dem Ziel noch einen Unfall bauen. In weniger als anderthalb Stunden mochten wir da sein.

Ein kurzer Blick in den Rückspiegel. Der Verkehr war nicht nennenswert, niemand schien uns zu folgen. Aber aus irgendeinem Grund wurde ich das Gefühl nicht los, dass uns jemand im Blick hatte. Ich verschwieg es Matt, weil ich nicht wollte, dass es ihn beunruhigte. Sein Hochzeitstag war bereits von einem Tag voller Terroranschläge ruiniert worden, zehnmal schlimmer als 9/11. Da sollte ihn nicht auch noch meine Paranoia belasten.

Die Uhr auf dem Armaturenbrett zeigte 19:27. Matt schlief tief und fest. Wir hinkten dank des üblen Wetters hinter unserem Zeitplan her. Ich zog das Smartphone aus der Tasche und stellte fest, dass es kaum noch Akku hatte, also verkabelte ich es mit der integrierten Ladebuchse an der Konsole. Das Navi brauchte ich ohnehin nicht mehr. Von hier aus kannte ich den Weg. Allerdings hätte ich gern meine Mutter angerufen, um ihr unsere voraussichtliche Ankunftszeit mitzuteilen. Ich versuchte es zweimal, sowohl auf dem Festnetz als auch auf ihrem Handy, erreichte aber niemanden. Auch bei Annies Mobilnummer ging nur die Mailbox dran. Ich hinterließ überall eine kurze Nachricht mit unserer aktuellen Position und einem Eintreffen in Bar Harbor gegen halb neun oder neun.

Dann fuhr ich weiter durch die Dunkelheit und den aufwirbelnden Schnee.

31

Erneut klingelte mein Telefon.

Ich hoffte, es wäre meine Mutter oder Annie. Aber wieder wollte Allen MacDonald mich zur Rede stellen. Ich ignorierte ihn. Doch er ließ nicht locker, versuchte es drei oder vier Mal kurz hintereinander. Er wirkte wild entschlossen, mich an die Strippe zu kriegen. Ich war genauso wild entschlossen, es nicht zuzulassen.

Dann ging es auf Matts Handy weiter. »Meine Güte, gibt dein Redakteur denn nie auf?«, murmelte er verschlafen und richtete sich auf.

»Ich wünschte, das täte er.«

»Vielleicht solltest du doch mal rangehen.«

»Auf keinen Fall. Ich denk immer noch über das nach,

was du mir geraten hast. Ich meld mich morgen bei ihm, versprochen.«

Zwei weitere Male rief das Washingtoner Büro der *Times* bei Matt an.

»Vielleicht stimmt was nicht«, meinte er. »Scheint wichtig zu sein.«

»Nein, es ist nicht wichtig«, widersprach ich. »Aber das nervt. Schalt den Klingelton stumm und schlaf weiter. Wir sind bald da.«

»Sicher?«

»Absolut«, antwortete ich. »Ich werd dich kurz vorher wecken.«

»In Ordnung, danke!« Matt gähnte, rutschte auf dem Sitz tiefer, zog die Jacke übers Gesicht und schnarchte leise.

Bald kamen wir am Hancock-County-Flughafen vorbei und rollten durch das verschlafene Städtchen Trenton, das weniger als 1500 Einwohner hatte. Gleich würden wir über die Brücke fahren und das Festland verlassen. Im Sommer war hier eine Menge los, aber um diese Jahreszeit hatte man es förmlich mit einer Geisterstadt zu tun. Ich sah keinen Grund anzuhalten. Es war noch genug Benzin im Tank und wir wollten endlich zu unserer Familie. Also passierte ich die Trenton-Brücke und erreichte die Mount-Desert-Insel. Hier ging es weiter auf dem Highway 3, direkt an der Küste und dem Acadia-Nationalpark entlang, durch Salisbury Cove und Hills Cove. Hier ging die Schnellstraße in die Eden Street über, die uns direkt in die Stadt brachte, in der Matt und ich geboren und aufgewachsen waren.

Ich überlegte, wann ich das letzte Mal hier gewesen war, und stellte fest, dass es wenigstens drei Jahre zurücklag.

Eventuell auch vier. Ich hatte mich nie für besonders nostalgisch gehalten, aber allein der Anblick der schläfrigen Küstenstadt mit den für die Region typischen, mit Schnee überzuckerten Kirchturmgiebeln ließ wohlige Erinnerungen in mir hochkommen. Mit meinem Großvater jagen und fischen. Mit meiner Großmutter Blaubeerkuchen backen. Skilanglauf-Nachmittage mit Matt, Wanderungen mit Freunden durch die Gegend um Cadillac Mountain. Weihnachtslieder mit der Jugendgruppe in ausgekühlten Altarräumen. Meine Mom, die uns danach heißen Kakao mit Marshmallows servierte. Mit Pastor Mike vor einem prasselnden Kaminfeuer sitzen, der uns alle möglichen verrückten Geschichten aus seiner Kindheit erzählte. Und seine Frau Sarah, die uns ein kräftiges, selbst gekochtes Chili auftischte. Lange verdrängte Fragmente meiner Jugend.

Jetzt bog ich in die Hauptstraße ein, die von gelb leuchtenden Straßenlaternen gesäumt wurde. Sie erhellten die frostig blaue Nacht. Die Weihnachtsbeleuchtung der Einkaufsstraße schwebte in Form eines Elchs über einem der Läden. Um diese Tageszeit kaufte niemand mehr Souvenirs im Andenkenshop oder Werkzeuge im Eisenwarenladen, ließ sich die Haare schneiden oder brachte Briefe zur Post. Die Restaurants hatten noch geöffnet und waren gut besucht, wahrscheinlich von Paaren, die den Valentinstag feierten. Trotz der Anschläge bemühten sich die Menschen hier, ein normales Leben zu führen. Menschen, die von der rauen Umgebung geprägt waren und manchmal etwas schroff wirkten. Ich beneidete sie. Und so ungern ich es zugab, ich vermisste sie auch irgendwie.

In der Ferne durchbrach mit einem Mal eine Polizeisirene die Norman-Rockwell-ähnliche Idylle. Dann überholte uns ein Löschzug der Feuerwehr. Ich bremste und fuhr an den Straßenrand, um ihn vorbeizulassen, doch als ich wieder einschwenken wollte, wurde mir der Weg von zwei Polizeiwagen und einer Ambulanz abgeschnitten, alle mit Martinshorn und Blaulicht. Matt wachte auf und rätselte, was in aller Welt da wohl vor sich ging. Ich hatte keine Ahnung, aber es schien eine ernste Sache zu sein, über die der *Mount Desert Islander*, die örtliche Tageszeitung, garantiert am nächsten Morgen auf der Titelseite berichtete.

Wir ließen das Krankenhaus links liegen, fuhren am schneebedeckten Kreisligasportplatz vorbei, auf dem wir in zahlreichen Frühlings- und Sommermonaten Ball gespielt hatten. Dann erreichten wir den Süden der Stadt und bogen auf die Old Farm Road ein. Sie war frisch geräumt, was gut war, doch dann bemerkten wir die pulsierenden Blaulichter direkt vor uns. Ein Streifenwagen versperrte uns den Weg. Ich ließ das Fenster runter, um mich zu erkundigen, was los war ... und roch bereits hier den Rauch.

»Tut mir leid, meine Herren, ich darf Sie nicht durchlassen«, informierte mich einer der Streifenpolizisten und trank einen Schluck Kaffee aus seiner Thermoskanne.

Ich erkannte ihn nicht, ebenso wenig wie er mich.

»Brennt es irgendwo?«

»Leider ja. Scheint ein schlimmes Feuer zu sein. Wir haben gleich drei Anrufe bekommen.«

»Wessen Haus?«

»Keine Ahnung«, erwiderte er. »Ich bin neu hier. Aus Portland, 160 Meilen die Küste runter. Arbeite erst seit zwei Monaten hier.«

»Also ist für Sie die undankbare Aufgabe abgefallen, die Straße zu blockieren.«

»So sieht's aus.«

»Welches Haus ist es denn genau, das da brennt?«

»Äh … ich weiß nicht genau … ich glaube, es war die 85.«

Mein Herz stockte. »Welche Straße?«

»Sols Cliff.«

»Das ist unser Haus!«, rief Matt vom Rücksitz. Die Furcht in seiner Stimme war nicht zu überhören.

»Ihr Haus?«, fragte der junge Beamte skeptisch.

»Wir sind hier aufgewachsen«, erklärte ich. Mein Herz raste, aber ich versuchte, meine Stimme ruhig zu halten. »Unsere Mutter wohnt dort. Bitte lassen Sie uns durch.«

»Zeigen Sie mir mal einen Ausweis.«

Ich hatte für so einen Quatsch keine Zeit. Ich wusste genau, was hier vorging, und vor allem, warum ich meine Mutter oder Annie in den letzten Stunden nicht erreicht hatte. Und mir wurde klar, weshalb Allen in der letzten Stunde so hartnäckig versucht hatte, mich zu erreichen. Hastig setzte ich den Audi einige Meter zurück und gab dann kräftig Gas. Wir umrundeten das Heck des Streifenwagens und rasten die Straße hinauf, bogen scharf rechts in die Sols Cliff Road ein. Dort sah ich mich gezwungen, fest in die Eisen zu steigen.

Die Fahrbahn wurde von zahlreichen Notfallfahrzeugen blockiert. Ich konnte unser Haus erkennen. Genau wie die umliegenden Wälder.

Alles stand in Flammen und brannte lichterloh.

32

Matt sprang aus dem Wagen und stürzte zum Vordereingang. Ich nahm mir gerade noch Zeit, den Motor abzustellen, dann stürmte ich hinter ihm her. Matt wurde von einem Polizisten fast zu Boden geworfen beim Versuch, zum Haus und diesem Inferno vorzudringen. Als ich ihn erreichte, waren noch zwei weitere Polizisten aufgetaucht, die ihren Kollegen unterstützten.

»Meine Familie!«, schrie Matt. »Sie sind da drin! Meine Frau, meine Kinder, meine Mutter!«

»Wer sind Sie, Sir?«, erkundigte sich einer der Polizisten.

Matts ganzer Körper spannte sich an. Seine Augen waren weit aufgerissen, so hatte ich ihn noch nie erlebt. Für einen Moment befürchtete ich, er wollte dem Polizisten, der diese Frage stellte, einen Faustschlag versetzen. Ich ging zu ihm und stellte mich zwischen ihn und die drei Polizisten, hielt ihnen Führerschein und Presseausweis unter die Nase. Dann erklärte ich, wer wir waren und warum wir jetzt hier standen.

»Okay, Jungs, ich übernehm das«, erklang eine Stimme in unserem Rücken.

Ich fuhr herum und rechnete damit, den jungen Streifenpolizisten zu sehen, der die Einfahrt in die Old Farm Road blockiert hatte. Stattdessen stand ein älterer Herr Mitte 60 vor uns. Er trug keine Uniform, sondern eine schwarze Schneejacke der Marke North Face, eine schwarze Skimütze und ein rot kariertes Flanellhemd, ausgewaschene Jeans und alte Stiefel. Er hielt uns seine Dienstmarke hin und stellte sich als örtlicher Polizeichef vor.

Ich kannte ihn nicht, aber ich hatte mit den hiesigen Cops auch nie zu tun gehabt. Jedenfalls nicht, seit ich aufs College gegangen war.

»Sie sind J. B. Collins?«, wollte er wissen.

»Ja, Sir.«

»Und Sie sind Matthew Collins?«

»Was ist mit unserer Familie, Chief?«, rief Matt und ignorierte die Frage. Die Polizisten um uns herum wirkten angespannt.

Der Chief beruhigte sie mit einer Geste und trat einen Schritt auf uns zu. »Ich fürchte, ich habe sehr schlechte Nachrichten für Sie beide«, erklärte er über das Prasseln der Flammen hinweg. Asche und Funken wirbelten um uns herum wie Schneeflocken.

»Nein«, murmelte Matt. Er schüttelte den Kopf und wich unwillkürlich einen Schritt zurück.

Ich packte meinen Bruder am Arm, um ihn zu stützen. Die Entschlossenheit in seiner Stimme hatte sich in Luft aufgelöst. Seine Knie zitterten und ich fürchtete, dass es mir gleich genauso ging.

»Zwei Mitglieder Ihrer Familie sind schwer verletzt. Zwei von ihnen weilen nicht mehr unter uns.«

Mein Griff um Matts Arm verstärkte sich. Er schüttelte ungläubig den Kopf und brachte kein Wort heraus.

»Was meinen Sie mit ›weilen nicht unter uns‹?«, hakte ich mit zitternder Stimme nach. Ich war entschlossen, für meinen Bruder stark zu bleiben. Ich wusste bereits, was jetzt kam.

»Ich weiß nicht, wie ich es anders ausdrücken soll, meine Herren, aber Ihre Mutter ist tot«, verkündete der Chief nüchtern. Er sah erst mich, dann Matt an. »Und, Mr. Collins, ich fürchte, auch Ihr Sohn ist gestorben.«

»Nein ... nein. ... Ich ...«, stammelte Matt fast unhörbar. Er schüttelte den Kopf, Tränen rannen ihm über das Gesicht. »Das kann doch ... das kann doch nicht ...«

In diesem Moment kam es an der Nordseite des Hauses zu einer Explosion. Alle, auch die Ersthelfer, gingen in Deckung. Ich zog Matt hinter eins der Löschfahrzeuge. Dann hörte ich, wie einer der Feuerwehrleute sagte, dass da wohl gerade der Heizöltank in die Luft geflogen sei.

Ich starrte fassungslos in die Flammen, die die Reste des historischen Gebäudes verschlangen. Unser Ururgroßvater hatte es 1883 im griechischen Stil errichtet. Das über 2000 Quadratmeter große, ans Meer grenzende Grundstück allein war mittlerweile ein Tausendfaches dessen wert, was er einst dafür gezahlt hatte. Das Haus war riesig gewesen, 13 Zimmer, sechs Schlafzimmer, viereinhalb Bäder und ein Wohnzimmer mit großen Erkerfenstern samt Blick auf den Atlantik. Meine Mutter erhielt ein Kaufangebot nach dem anderen, doch sie hätte es nie hergegeben und pflegte zu sagen, sie wolle in diesem Haus sterben.

Nun war ihr dieser Wunsch auf perverse Weise erfüllt worden.

»Was ist mit Annie? Und Katie?«, fragte Matt. »Der Chief sagte, sie leben noch.«

Das hatte er tatsächlich. Ich zog Matt an der Jacke hinter mir her. Bald hatten wir den Polizeichef gefunden und erkundigten uns, wie es um meine Schwägerin und meine Nichte stand.

»Sie leben«, bestätigte er. »Aber ihr Zustand ist kritisch.«
»Wo sind sie jetzt?«, fragte ich.
»Wir haben sie mit dem Hubschrauber ins Maine Medical Center gebracht. Vor etwa zehn Minuten.«

»In Portland also?«
»Genau.«
»Los, Matt, fahren wir.« Ich lief zu meinem Wagen.
»Folgen Sie mir, meine Herren«, entschied der Chief. »Ich eskortiere Sie.«

TEIL DREI

33

Portland, Maine

Die nächsten 72 Stunden liefen wie ein Film an mir vorbei.

Matt und ich teilten unsere Zeit zwischen der Intensivstation im Barbara-Bush-Kinderkrankenhaus, einem Teil des Maine Medical Center, und der Intensivstation für Erwachsene, die sich in einem anderen Flügel des Krankenhauses befand, auf. Die Ärzte drängten uns, optimistisch zu bleiben, aber sowohl Annies als auch Katies Situation hätte kaum ernster sein können. Beide waren nicht bei Bewusstsein, hatten schwere Verbrennungen davongetragen und zu viel Rauch eingeatmet. Und auch wenn ich mich nicht traute, es Matt zu sagen, verspürte ich wenig Hoffnung, dass sie sich angesichts all dessen, was wir über ihren Zustand wussten, erholen würden.

Am Freitagabend besuchte uns Agent Harris in der Klinik. Er und ein Ermittlungsteam des FBI waren am Vormittag in Bar Harbor eingetroffen, hatten den ganzen Tag über Beweise gesammelt und Zeugen verhört.

»Ich werde Ihnen etwas sagen, das bisher nur wenigen anderen bekannt ist«, meinte Harris. Wir standen außerhalb der Intensivstation, umgeben von uniformierten Polizisten der örtlichen Wache und bewaffneten FBI-Agenten, von Präsident Taylor persönlich dafür abgestellt, rund um die Uhr die Sicherheit meiner Familie zu gewährleisten. »Sie dürfen das nicht veröffentlichen, J. B., auf gar keinen Fall. Ich gebe Ihnen diese Infos, weil es sich um Ihre

Familie handelt. Ich sage Ihnen das nicht, weil Sie Reporter sind.«

»Einverstanden«, willigte ich ein. Auch Matt nickte.

»Hören Sie ... es fällt mir nicht leicht, aber ich finde, Sie sollten es wissen«, fuhr Agent Harris fort. »Die Verstorbenen wurden aus kurzer Distanz von zwei Schüssen aus einer 9-Millimeter-Waffe in die Brust getroffen.«

»Sie behaupten also, es habe sich um einen professionellen Killer gehandelt«, stellte ich fest.

Harris nickte. »Der Pathologe stellte bei der Autopsie fest, dass Ihre Mutter und Joshua sofort tot waren. Das Feuer verursachte schwere Brandwunden, aber sie spürten davon nichts mehr. In ihren Lungen fand sich kein Ruß. Das weist darauf hin, dass sie bereits tot waren, als das Feuer gelegt wurde.«

Matts Anblick bei dieser Eröffnung brannte sich auf ewig in mein Gedächtnis ein. Er wurde wieder so totenblass wie bei der Ankunft vor unserem Haus. Ich legte den Arm um ihn und half ihm auf einen Stuhl im Wartebereich. Er sah grauenvoll aus; unrasiert und seit Tagen ohne vernünftige Mahlzeit. Seine Augen glänzten feucht und blutunterlaufen. Bislang hatte er seine Emotionen noch unter Kontrolle halten können, gerade so eben. Unter den Umständen blieb er bemerkenswert gefasst, aber ich war nicht sicher, wie viel er noch ertrug.

»Und Annie? Katie?«, wollte er wissen. »Wurde auf sie ebenfalls geschossen?«

»Tut mir leid, ja«, erwiderte Harris. »Ihre Frau wurde zweimal getroffen, Ihre Tochter nur einmal. Wer immer das getan hat, hielt wohl beide für tot. Die Feuerwehrleute fanden sie allerdings nicht in der Küche wie die anderen. Sie hatten sich im Keller versteckt, in einem Schrank, bluteten stark und waren bewusstlos. Immerhin entzogen sie sich auf diese Weise einer Rauchvergiftung.«

Weder Matt noch ich sagten ein Wort.

»Soweit wir es feststellen können«, fuhr Harris fort, »muss Ihre Frau, nachdem die Attentäter weg waren, bemerkt haben, dass Katie noch atmete. Sie schleppte sie irgendwie die Treppe hinunter in den Keller, wo sie sich vermutlich in Sicherheit wähnte, bis Hilfe eintraf. Wir fanden ein Handy bei ihr. Es gelang ihr wohl, 911 anzurufen, bevor sie das Bewusstsein verlor.«

»Sie rief die Notrufzentrale an? Was hat sie denen gesagt?«, hakte Matt nach.

»Sie meldete das Eindringen von vier Terroristen ins Haus und dass sie sich schon geraume Zeit dort aufhielten. Außerdem erwähnte sie, dass alle vier schwarze Skimasken trügen und Arabisch sprächen, der Anführer zudem gebrochenes Englisch. Die Männer verwüsteten das Haus. Der Anführer wollte wissen, wo Sie, J. B., sich aufhalten. Er rief immer wieder, dass Sie um sieben hätten eintreffen sollen. Er glaubte, Sie versteckten sich und die Familie lüge, um Sie zu schützen, oder habe Sie auf irgendeine Weise gewarnt.«

Jetzt gaben die Knie unter mir nach. Mir wurde schwindlig und ich zitterte am ganzen Leib. Mir wurde die bittere Wahrheit klar: Meine Mutter und Josh hatten meinetwegen sterben müssen. Dass Annie und Katie um ihr Leben kämpften, war ebenfalls meine Schuld.

Harris schilderte uns noch, dass die Experten der Feuerwehr die Theorie vertraten, das Feuer sei gegen halb acht entzündet worden. Matt und ich wussten genau, von wem diese Botschaft stammte und was er damit mitteilen wollte.

»Um halb acht. Sind Sie ganz sicher?«

»Grob. Es kann auch zehn Minuten früher oder später gewesen sein.«

Schmerzlich ging mir auf, dass Matt und ich bei einer pünktlichen Ankunft das Schlimmste hätten verhindern können. Oder wir wären zusammen mit den anderen gestorben. Das schlechte Wetter hatte das verhindert und vielleicht sogar unser Leben gerettet. Doch das tröstete mich unter diesen Voraussetzungen kaum.

»Was können Sie uns noch verraten, Agent Harris?«, drängte ich. »Sagen Sie mir, dass Sie den Attentätern bereits auf der Spur sind.«

»Wir haben zumindest ein paar Hinweise.«

»Zum Beispiel?«

»Ein Mitarbeiter der Shell-Tankstelle auf der Hauptstraße sagte aus, dass zwei Männer Mitte 30 gestern gegen Abend getankt haben. Sie sahen aus, als kämen sie aus dem Nahen Osten. Einer von ihnen benutzte die Toilette. Der andere kaufte ein paar Wasserflaschen und bezahlte bar. Wir konnten die Überwachungsvideos auswerten und so den Wagen und das Kennzeichen ihres Autos ermitteln. Eine Fahndung wurde bereits herausgegeben, mein Team sichtet zur Stunde Überwachungsvideos aus ganz Bar Harbor. Wir finden diese Schweine, das verspreche ich Ihnen.«

Sechs Stunden später war es so weit. Das Fahrzeug der Täter wurde in einer Seitenstraße Augustas gefunden, rund zwei Fahrstunden von Bar Harbor entfernt. Doch das brachte nicht viel. Es gab in der Gegend keine Überwachungskameras, also konnte das FBI nicht in Erfahrung bringen, welchen Wagen die beiden Verdächtigen inzwischen fuhren, wo sie waren oder wohin sie wollten. Ich ging davon aus, dass die Spur rasch abkühlen würde.

Am Sonntagmorgen saß ich gerade bei Annie und Katie, die man mittlerweile zusammengelegt hatte. Ich hatte darauf bestanden, dass Matt eine Pause machte, sich eine heiße Dusche gönnte und etwas hinlegte. Wenn er schon nicht schlief, sollte er wenigstens ausruhen. Verständlicherweise hatte er seine Frau und seine Tochter nur widerwillig meiner Obhut überlassen. Es gab keinerlei Fortschritte, keine Bewegung, keine Neuigkeiten. In ihrem Zustand bekamen die zwei ohnehin nicht mit, dass er bei ihnen war. Ich versprach, sofort anzurufen, wenn sie aufwachten oder es irgendwelche Entwicklungen gab. Schließlich erklärte er sich einverstanden.

Abends kehrte Matt in die Klinik zurück. Nun war es an mir, eine Pause einzulegen. Ich saß im Motel 6 am Stadtrand von Portland auf dem Bett. Um mich herum lagen überall Pappboxen mit halb aufgegessenem chinesischem Essen und leere Coke-Zero-Flaschen. Schon seit Tagen wünschte ich mir nichts sehnlicher als einen steifen Drink. Aber es gab keine Minibar. Da draußen waren Attentäter unterwegs, die nach mir suchten, zudem war von Nordwesten ein weiterer Schneesturm über uns hereingebrochen. Kein Wetter, um ins Freie zu gehen und nach dem nächsten Schnapsladen zu suchen. Also stellte ich mich stattdessen unter die Dusche.

Um kurz nach neun meldete sich Allen per SMS. Der Präsident wollte gleich seine dritte Pressekonferenz in ebenso vielen Tagen geben. Die versammelten Reporter hatten bereits Gerüchte aufgeschnappt, dass es bei der Jagd auf die Terroristen Neuigkeiten zu berichten gebe. Ich dachte an die beiden FBI-Agenten, die im Zimmer nebenan ihr Lager aufgeschlagen hatten und zu meiner Bewachung abgestellt waren, an das Dutzend Beamte und die Handvoll Polizisten im Krankenhaus, die über Matt und die Überlebenden unserer Familie wachten.

Ich rechnete nicht damit, dass der IS noch hinter mir her war. Nicht jetzt, wo die ganze Sache in den Medien zunehmend höhere Wellen schlug.

Aber Harris wollte kein Risiko eingehen, und dafür war ich dankbar.

34

Das Warten auf die Rede des Präsidenten machte mich völlig verrückt.

Die letzten zwölf Stunden hatte ich damit zugebracht, einen wahren Ansturm von E-Mails zu bewältigen, die den Trauergottesdienst betrafen. Mir knallten dabei fast die Sicherungen durch. Die Kirche der Gemeinde, in der meine Mutter sich engagiert hatte, wurde gerade renoviert. Ein Wasserrohrbruch vor einigen Wochen hatte den Altarraum völlig ruiniert, sodass darin keine Veranstaltung stattfinden konnte – schon gar keine, die das Interesse internationaler Medien auf sich zog. Das zwang uns, auf andere Räumlichkeiten auszuweichen. Schließlich entschied ich mich für die episkopalische Kirche des Heiligen Erlösers in der Nähe der Stadtmitte. Der historische Bau war wunderschön und bot Platz für 280 Menschen, was ihn zu einem der größten Gotteshäuser auf der Insel machte.

Es stellte sich heraus, dass das noch der leichteste Teil gewesen war. Nun bekam ich es mit einer Flut von Fragen seitens des Bestattungsunternehmens, des Kirchensekretärs, des Floristen und des Leichenwagenfahrers zu tun. Dutzende Freunde meiner Mutter meldeten sich. Hunderte weitere schickten Beileidsbekundungen.

Stündlich trafen neue Kondolenzmitteilungen ein, per Mail und SMS, nicht nur aus der Gegend, sondern aus dem ganzen Land. Ich kam nicht mehr mit. Öffentlichkeitsarbeit war einfach nicht mein Ding. Aber ich wusste auch, dass ich das alles von Matt fernhalten musste. Er erwies sich zwar als stärker, als ich zu hoffen gewagt hatte, aber momentan verfügte er einfach nicht über die geistige Wachheit, um all das zu bewältigen.

Irgendwann schickte ich auch eine Nachricht an Allen und entschuldigte mich für die verspätete Rückmeldung. Er schrieb sofort zurück, versicherte mir, wie leid ihm alles tat und dass Mary Jane auf seine Anweisung hin den Flug nach Amman bereits abgesagt habe. Er meinte, ich müsse in der nächsten Zeit nicht ans Arbeiten denken. Ihm sei klar, was ich gerade durchmachte. Deshalb habe er den anderen Reportern der *Times* mitgeteilt, dass ich für Rückfragen bis auf Weiteres nicht zur Verfügung stünde. Vor allem sei er erleichtert, dass ich noch lebte.

Gerade hatte ich eine weitere Antwortmail abgesetzt, da betrat Präsident Taylor in einem Blitzlichtgewitter den Presseraum des Weißen Hauses. Ich legte mein Handy zur Seite und schaltete den Fernseher, der auf einer Kommode stand, lauter.

»Ich möchte Sie heute auf den aktuellen Stand bringen, was die tragischen Ereignisse der letzten Tage betrifft«, begann er. »Wie Ihnen bekannt ist, haben Terroristen in neun amerikanischen Städten Anschläge verübt, angefangen bei unserer Metropole bis hin zur kleinen Küstensiedlung Bar Harbor in Maine. Diese feigen Attacken auf unsere

Gesellschaft kamen aus dem Nichts und wurden gewissenlos ausgeführt. Es sind verachtenswerte, kaltblütige Handlungen, die ohne jede Provokation erfolgten. Wir werden solche Handlungen nicht hinnehmen.«

Da war es wieder: dieses Narrativ, dem zufolge die Anschläge ohne Vorwarnung, gewissermaßen aus dem Nichts erfolgt seien. Ob unsere Geheimdienste ihm das ernsthaft auftischten? Deutlicher waren Angriffe auf die amerikanische Gesellschaft in der Geschichte wohl nie angekündigt worden. Es hätte höchstens noch gefehlt, dass Abu Khalif eine Aufstellung mit genauen Angriffszielen und -daten an den Situation Room des Weißen Hauses übermittelte. Der Präsident und sein militärischer Beraterstab wollten es einfach nicht wahrhaben. Sie schienen keine Ahnung zu haben, mit wem sie es zu tun hatten. Den Preis für ihre Ignoranz mussten wir alle zahlen.

»Bei den Terroranschlägen der vergangenen Woche auf amerikanischem Boden wurden bisher 4647 amerikanische Bürger und 63 Angehörige ausländischer Staaten getötet, die Attentäter selbst nicht eingerechnet«, sprach er weiter.

Eine Bilanz, die jedem Menschen einen Schauer über den Rücken jagen musste. Das waren 1651 Tote mehr als bei den Anschlägen vom 11. September 2001. Damals waren 2996 Menschen ums Leben gekommen. Ich konnte nur erahnen, wie sehr Abu Khalifs kranker Verstand in Anbetracht der Nachricht, er habe an einem Tag beinahe doppelt so viele Amerikaner umgebracht wie sein einstiger Mentor Osama bin Laden, jubiliert haben musste.

Der Präsident schob hinterher, dass das Saringas weitere 6114 Menschen verwundet hatte, von denen sich viele noch in kritischem Zustand befänden. Er bat die Nation, »für die Genesung der Opfer und ihren Frieden zu beten«, für die Familien der Dahingeschiedenen und all die, die »unter den feigen Handlungen dieser gewaltbereiten Extremisten« nach wie vor zu leiden hatten.

Selbst jetzt, wo die Nation sich im Kriegszustand befand, weigerte er sich, Begriffe wie ›radikaler Islam‹ oder ›Kalifat‹ in den Mund zu nehmen.

Angewidert wollte ich schon den Fernseher auf stumm schalten und mich wieder an die Arbeit machen. Da verkündete der Präsident, dass er US-Bomber und Kampfjets losgeschickt habe, um Stellungen des IS in Syrien anzugreifen. Das weckte dann doch meine Aufmerksamkeit. Eine Karte wurde auf einem Monitor über seiner linken Schulter eingeblendet. Die Grafik zeigte die aktuellen Ziele der Luftangriffe an. Sie befanden sich dicht an der syrisch-irakischen Grenze, allesamt auf syrischer Seite. Taylor erläuterte, dass das amerikanische Militär in den letzten 24 Stunden 612 Kämpfer, die Abu Khalif treu ergeben waren und sich im Grenzgebiet versteckt gehalten hatten, getötet habe. Die meisten hätten zuvor im Irak gekämpft, seien infolge der Befreiung Mossuls und anderer nordirakischer Städte und Dörfer durch die US-Truppen auf syrisches Gebiet zurückgedrängt worden.

Unwillkürlich drängte sich mir die Frage auf, ob sich hier wohl trotz allem eine fundamentale Änderung in der US-Politik anbahnte oder es sich lediglich um eine Wochenendoffensive handelte. Nun, da Abu Khalif auf amerikanischem Boden zugeschlagen hatte, hielt ich es immerhin für möglich, dass Taylor meinen Rat befolgte, die Samthandschuhe auszog und sowohl den IS als auch dessen Anführer auf die Abschussliste setzte – egal was die

Russen, die Iraner und der UN-Generalsekretär dagegen einzuwenden hatten.

Ich konnte es nur hoffen, denn der Präsident äußerte sich nicht näher dazu. Jedenfalls nicht deutlich. Stattdessen warf er dem Publikum ein paar weitere Bröckchen hin. Er erklärte, die Autorität der CIA, Drohnen einzusetzen, dahin gehend zu nutzen, hochkarätige IS-Ziele sowohl in Syrien als auch im Jemen, in Libyen, in Afghanistan und im Bekaa-Tal im nordöstlichen Libanon anzugreifen. Dann erschien auf dem Monitor ein Gesicht. Ich erkannte es sofort: Tarik Baqouba.

»Ich kann Ihnen, meinen amerikanischen Mitbürgern, schon jetzt mitteilen, dass diese ausgeweiteten Drohnenangriffe einen vernichtenden Effekt auf den Feind hatten. Erst vor wenigen Stunden haben US-Truppen Tarik Baqouba, die Nummer drei des IS, nahe der syrisch-irakischen Grenze identifiziert und im Rahmen eines Drohnenangriffs getötet. In den letzten Monaten war Baqouba der strategische Kopf des IS und verantwortete Terroraktionen im gesamten Nahen Osten und Nordafrika. Wir glauben zwar nicht, dass er derjenige ist, der auch die Anschläge der letzten Woche hier in den USA plante. Allerdings liegen uns gesicherte Informationen vor, die darauf hinweisen, dass er eine wesentliche Rolle bei deren Ausführung übernahm. Im vergangenen Herbst hat unter anderem Baqouba IS-Milizen bei der Stürmung eines syrischen Militärstützpunkts angeführt. Bei diesem Zwischenfall gelang es einer IS-Splittergruppe, Komponenten für chemische Waffen zu erbeuten – insbesondere solche für Saringas – sowie Geschosshülsen und Artilleriegeschütze, um diese Waffen einzusetzen. Ein blutrünstiger Killer wurde heute Nacht der Gerechtigkeit zugeführt. Ich gebe Ihnen mein Wort: Es wird nicht der Letzte gewesen sein.«

An dieser Stelle gestattete Taylor einige Fragen.

Nein, das FBI habe noch niemanden im Zusammenhang mit den Anschlägen auf Washington und die anderen sechs Städte festgenommen, bei denen chemische Waffen gegen die amerikanische Bevölkerung eingesetzt worden waren.

Nein, das FBI habe auch noch niemanden im Zuge des Attentats auf die Familie Collins in Maine verhaftet.

Ja, das Bureau habe eine Belohnung in Höhe von fünf Millionen US-Dollar für sachdienliche Informationen ausgesetzt, die zur Verhaftung und Verurteilung von Verdächtigen in beiden Fällen führten.

Ja, die Hotline des FBI verzeichne in den letzten Tagen einen rasanten Anstieg von Hinweisen aus der Bevölkerung.

Nein, er könne zu laufenden Ermittlungen keine Fragen beantworten.

Dann war es vorbei.

Das war's schon?, fragte ich mich. *Mehr will er uns nicht sagen?*

Ich fluchte ausgiebig und warf einen Aschenbecher an die Wand. Ich brauchte keine vagen Antworten auf bedeutungslose Fragen.

Ich brauchte Ergebnisse, und zwar sofort.

35

Hartnäckiges Klopfen. Die zu meinem Schutz abgestellten Agenten erkundigten sich, ob alles in Ordnung war. Sie hatten mein Zetern und das Zerbrechen des Aschenbechers mitbekommen. Ich öffnete die Tür einen Spaltbreit und entschuldigte mich für den Ausbruch. Es gehe mir gut. Sie wirkten skeptisch, trollten sich aber schließlich in ihr eigenes Zimmer.

Nachdem sie verschwunden waren, trat ich ans Fenster. Ich wagte nicht, die Vorhänge aufzuziehen, sondern lugte nur durch eine Lücke im Stoff nach draußen. Dichtes Schneetreiben überzog die parkenden Autos bereits mit einer mehrere Zentimeter dicken weißen Schicht. Was hätte ich dafür gegeben, für ein paar Tage alles hinter mir zu lassen und mit ein paar Freunden einen kurzen Skitrip nach Killington zu unternehmen.

Das Telefon holte mich abrupt in die Realität zurück. Allens Nummer.

Erst wollte ich ihn ignorieren, doch dann überlegte ich es mir anders. Vielleicht hatte mein Bruder recht, es tat meiner Karriere nicht sonderlich gut, den Boss ständig abblitzen zu lassen. Wenn ich die *Times* verließ, war es besser, wenn es zu meinen eigenen Bedingungen geschah, mit einem klaren Plan in der Hinterhand, was ich als Nächstes tun wollte. Mich aus einem banalen Grund feuern zu lassen, wäre einfach nur dumm.

»Hey, Allen«, meldete ich mich mit heiserer und müder Stimme.

»Hey, ich hätte nicht gedacht, dass du rangehst. Wie geht's dir?«

»Ich weiß wirklich nicht, was ich darauf antworten soll.«

»Es tut mir so leid. Ich kann mir kaum vorstellen, was du gerade durchmachst.«

»Nein, warte. Ich bin derjenige, dem es leidtun sollte. Besonders das mit Jordanien und dass ich nicht ans Telefon gegangen bin und dafür, dass … na ja, du weißt schon.«

»Vergiss es, J. B. Du musst dich nicht entschuldigen. Ich versteh das, glaub mir.«

»Danke. Auch für deine Nachricht. Ich weiß das zu schätzen. Also, was gibt's?«

»Na ja, ich bin grad in Bangor gelandet und sitz jetzt in einem Mietwagen. Ich dürfte in etwa anderthalb Stunden in Bar Harbor sein.«

»Echt? Du kommst nach Bar Harbor?«

»Natürlich.«

»Hm, danke … bitte versteh das nicht falsch, aber … warum?«

»Ich hab heute Nachmittag mit dem Pastor deiner Mutter gesprochen«, erklärte er. »Er und seine Angestellten haben Anrufe von allen Sendern und nationalen Zeitungsredaktionen bekommen, von AP, Reuters und wer weiß wem noch. Sie alle wollen über den Gottesdienst berichten. CNN plant sogar eine Liveübertragung. Das wird ein großes TV-Ereignis. Außerdem nimmt der Vizepräsident daran teil. Der Secret Service trifft bereits die nötigen Vorbereitungen. Dem Pastor wächst die Sache zunehmend über den Kopf. Ich habe angeboten, ihn zu entlasten. Er hat sofort angenommen.«

»Der Vizepräsident kommt?« Mein Magen zog sich zusammen.

»Das wusstest du nicht?«

»Nein, aber warum sollte Holbrooke mir das auch sagen?«, meinte ich sarkastisch. »Ich organisier das alles ja nur.«

»Meine Quellen im Weißen Haus haben seine Teilnahme bestätigt. Wie auch immer, der Pastor meinte, er könne jemanden brauchen, der sich während der Gedenkfeier um die Presse kümmert. Er meinte, das wird ein ganz schöner Affenzirkus. Ihm fiel niemand ein, der das sonst erledigen könnte, also entschied er, mich das übernehmen zu lassen.«

»Ich denke mal, das ist sehr nett von dir«, meinte ich.

»Mag sein, aber deshalb ruf ich dich nicht an.«

»Warum dann?«

»Ich hab Neuigkeiten. Eine exklusive Titelstory, um genau zu sein.«

»Eine exklusive Titelstory? Wer schreibt sie?«

»Bill Sanders.«

Ich stutzte. Bill Sanders war der Chef des Kairoer Büros der *Times*. Der Islamische Staat und Khalif gehörten nicht gerade zu seinen Fachgebieten.

»Nun, du wolltest ja nicht«, deutete Allen mein Schweigen ganz richtig. »Und abgesehen von dir ist er der nächstbeste Nahost-Experte, den wir haben. Ich habe ihn gebeten, seine Quellen zu aktivieren und herauszufinden, wie es um die Suche nach dem Emir des IS steht.«

»Und? Hat er was Entscheidendes rausgefunden?«

»Das wirst du sehen, wenn der Artikel erschienen ist, also sieh zu, dass du dir morgen früh direkt ein druckfrisches Exemplar besorgst. Hör zu, ich muss Schluss machen. Ich ruf dich dann wieder an.«

Damit hängte Allen MacDonald auf. Aber mir blieb keine Zeit, lange über seine Mitteilung nachzudenken. Kaum war das Gespräch beendet, klingelte es erneut.

»Hallo?« Ich kannte die Nummer nicht und fragte mich, ob es das Büro des Vizepräsidenten sein mochte.

»Bin ich mit J. B. Collins verbunden?«, fragte ein Mann am anderen Ende der Leitung. Ich kannte die Stimme nicht.

»Wer will das wissen?«

»Mein Name ist Steve Sullivan.«

»Okay«, meinte ich. Der Name kam mir bekannt vor, ich konnte ihn aber nicht auf Anhieb zuordnen.

»Ich bin der Anwalt in Portland, der den Khachigian-Besitz verwaltet. Ich habe Ihnen mehrere E-Mails zukommen lassen, aber leider keine Antwort erhalten.«

Jetzt wusste ich, worum es ging. Ich hatte mich längst bei ihm melden wollen, war aufgrund des ganzen Trubels aber noch nicht dazu gekommen. Zudem war Sullivans erste Mail ziemlich rätselhaft gewesen. Er hatte lediglich angedeutet, es gehe um etwas Wichtiges, das Khachigians Testament betraf und das er mit mir besprechen müsse. Die anderen Mails wiederholten das Anliegen. Da ich mir nicht vorstellen konnte, inwiefern mich Khachigians Testament so dringend betreffen mochte, war die Rückmeldung auf meiner Prioritätenliste nach unten gerutscht.

Ich entschuldigte mich und erklärte, was mit meiner Familie passiert war.

»Ja, das ist mir bekannt. Mein herzliches Beileid zu Ihrem Verlust, Mr. Collins«, unterbrach er mich. »Es tut mir wirklich leid, was passiert ist.«

»Sehr freundlich, Mr. Sullivan. Sie werden verstehen, warum es deshalb ein schlechter Zeitpunkt ist, um mich mit Ihnen zu treffen.«

»Mr. Collins, eigentlich rufe ich Sie an, um Sie darauf hinzuweisen, dass es sich um eine dringende Angelegenheit handelt, die keinen weiteren Aufschub erlaubt.«

Im Regelfall weiß ich Hartnäckigkeit durchaus zu schätzen, doch das ging mir zu weit. »Nun, das wird nicht zu vermeiden sein, Mr. Sullivan. Zu meinem Leidwesen bin ich derzeit wirklich mit anderen Terminen ausgelastet. Ich wünsche Ihnen noch einen schönen Abend.«

Bevor ich das Gespräch beenden konnte, erklärte Sullivan rasch, dass ihm ein versiegelter Umschlag vorliege, dessen Inhalt ich mir unbedingt ansehen müsse. »Khachigian hat mir genaue Anweisungen hinterlassen. Sie lauten: ›Sollte ich unter mysteriösen Umständen sterben, ist umgehend James Bradley Collins zu benachrichtigen‹.«

36

Portland, Maine

Meine Rückkehr nach Bar Harbor musste also warten.

Ich traf pünktlich um acht Uhr morgens mit einer Aktentasche unter dem Arm im Büro von Sullivan & Sullivan ein. Normalerweise begann die Sprechzeit erst um neun, aber das war mir egal. Ich hatte dem Anwalt gesagt, wenn er sich mit mir treffen wolle, ginge es nur um diese Uhrzeit und nicht später.

Zwei FBI-Agenten hatten mich hingebracht. Der Fahrer der unauffälligen Limousine aus dem Fuhrpark des Geheimdienstes ließ den Motor laufen, während sein Partner sich im Gebäude umschaute. Fünf Minuten später verließ er den zweistöckigen Ziegelbau und meldete, dass alles in Ordnung sei. Sein Kollege parkte und begleitete mich dann hinein.

Die Einrichtung war bescheiden, aber geschmackvoll. Es handelte sich offenbar nicht um eine hochklassige Anwaltskanzlei, die einschlägige Verbindungen an die Wall Street oder nach Washington unterhielt. Ich vermutete vielmehr, dass Robert Khachigian der ranghöchste Klient von Sullivan & Sullivan gewesen war. Die Wände hätten einen frischen Anstrich gebrauchen können, den Stühlen im Foyer hätte eine neue Polsterung nicht geschadet. Der Computer auf dem Schreibtisch der Empfangsdame hatte gut zehn Jahre auf dem Buckel. Das Aroma von Pfeifenrauch, Teppichreiniger und löslichem Kaffee hing in der Luft.

Steve Sullivan begrüßte mich mit festem Händedruck. Er war jünger als ich, höchstens 35, trotz der größer werdenden Geheimratsecken, die von zu viel Arbeit und zu viel Stress zeugten. Er trug einen grauen Dreiteiler, der einer anderen Generation zu entstammen schien, doch die brandneuen und ziemlich schicken Schuhe quietschten bei jedem Schritt. Er erkundigte sich, ob ich einen Kaffee oder ein Glas Wasser wolle. Ich lehnte beides ab, also führte er mich durch einen Flur in ein nicht allzu geräumiges Eckzimmer, von dem man die Hauptstraße Portlands überblickte.

Ein älterer Mann, sicher schon jenseits der 80, stand auf, als ich eintrat.

»Mr. Collins, ich darf Ihnen meinen Großvater und den Gründer dieser Kanzlei vorstellen: Link Sullivan.«

Ich schüttelte ihm die Hand. »Link?«, fragte ich neugierig.

»Eigentlich Lincoln, aber meine Freunde nennen mich Link.«

Sein graues Haar wuchs nur noch spärlich, aber sein Lächeln war warmherzig und weckte Vertrauen. Er bot mir einen Platz an. Mir kam der Gedanke, ob es wohl noch einen dritten Sullivan gab. Wo war wohl Lincolns Sohn, Steves Vater? Ich entdeckte kein Foto, auf dem alle drei abgebildet waren, in einem der zahlreichen Rahmen auf dem ausladenden Schreibtisch und an den Wänden. Ich war versucht nachzufragen, entschied aber, dass es wohl das Beste sei, das eigentliche Gespräch so schnell wie möglich hinter mich zu bringen. Die Familiengeschichte der Sullivans brauchte mich nicht zu interessieren.

Der Enkel nahm auf einem der abgewetzten Holzstühle gegenüber von seinem Großvater Platz. Ich tat es ihm gleich und setzte mich auf einen Stuhl ein, zwei Meter weiter rechts. Der FBI-Agent zog sich diskret in den Flur zurück und schloss die Tür hinter sich.

»Wie wir wissen, haben Sie nicht viel Zeit«, begann der ältere der beiden Sullivans, nachdem er sich mit einem kurzen Blick auf meinen Führerschein meiner Identität vergewissert hatte. »Wir hätten nicht darauf bestanden, dass Sie kommen, wenn es nicht von allergrößter Wichtigkeit gewesen wäre.«

»Der versiegelte Umschlag«, meinte ich.

»Ja, der Umschlag. Und da ist noch eine andere Sache.«

»Und zwar? Ihr Enkel erwähnte nicht, dass da außer dem Umschlag noch etwas ist.«

»Mr. Collins, sind Sie sich der Tatsache bewusst, dass mein Klient Ihnen und Ihrem Bruder Matt fast seinen gesamten Besitz hinterlassen hat?«

Ich starrte ihn einen Augenblick fassungslos an. »Wie bitte?«

»Ja, Sie haben richtig verstanden.«

»Das verstehe ich nicht. Was ist mit seiner Familie?«

Sullivan lehnte sich in dem mit brüchigem Leder bezogenen Sessel zurück. »Wie Sie wissen, starb Roberts

Frau Mary vor drei Jahren an Eierstockkrebs. Sie hatten keine Kinder, die Eltern sind lange tot. Roberts Schwester Ellen weilt bereits seit einem Jahrzehnt nicht mehr unter uns. Und Ellens Kinder ...« Er schaute mich an, als würde ich die Antwort kennen. Ich schwieg.

»Ich glaube, Sie kannten Ellens Sohn Chris.«

»Ja«, sagte ich vorsichtig. »Er war bei der Army und wurde 2006 in Afghanistan getötet.«

»Genau«, erwiderte Sullivan der Ältere. »Und Sie und Ellens Tochter waren ...«

Er hielt inne. Ich zuckte zusammen. Er bezog sich natürlich auf Laura.

»... verheiratet, soweit ich weiß«, vollendete der Großvater den Satz.

»Inzwischen sind wir geschieden«, ergänzte ich hastig. Ich stand auf, ging zum Fenster und starrte auf den wirbelnden Schnee, den Verkehr und die Menschen, die eilig ihren Geschäften nachgingen.

»Als Vollstrecker von Mr. Khachigians Nachlass darf ich Ihnen mitteilen, dass dieser Umstand keinerlei Einfluss auf seinen letzten Willen und sein Testament hat.«

»Aber sollte nicht alles an sie gehen?«, fragte ich und wandte mich den beiden Sullivans zu. »Ich meine, Laura ist doch die einzige überlebende Erbin?«

»Man darf seinen Besitz einem Erben seiner Wahl hinterlassen«, sagte Sullivan der Ältere. »In diesem Fall hielt mein Klient es für angebracht, alles, was er besaß, Ihnen und Ihrem Bruder zu hinterlassen.«

»Sein gesamtes Vermögen?«, fragte ich. Ich konnte es immer noch nicht glauben.

»Nun, nicht ganz. Laura wird ein Viertel des Vermögens erben, wenn das Haus erst verkauft und alles andere liquidiert wurde.« Lincoln Sullivan zog eine Kopie des Testaments aus einer Mappe und hielt sie mir hin. »Sie und Ihr Bruder werden den Rest zu gleichen Anteilen erhalten. Natürlich müssen wir das Haus erst gutachterlich schätzen lassen. Aber es ist recht wertvoll, genau wie seine Aktienportfolios und -anteile. Alles in allem glauben wir, dass Sie und Matthew jeweils rund 15 Millionen Dollar erben werden. Natürlich vor Steuern.«

Ich nahm den dicken Stapel Papier entgegen, schaffte es jedoch nicht, mich auf den Text zu konzentrieren. Meine Gedanken wirbelten in alle Richtungen.

»Und Laura?«, fragte ich schließlich. »Was wird sie bekommen?«

»Rund zehn Millionen. Mehr oder weniger.«

Ich wusste nicht, was ich sagen sollte. »Ich hatte ja keine Ahnung.«

»Dass die Khachigians so reich waren oder dass Sie und Ihr Bruder die Nutznießer des Testaments sind?«

»Sowohl als auch«, meinte ich und nahm zum dritten Mal Anlauf, den einleitenden Abschnitt des Dokuments zu erfassen. Wieder gelang es mir nicht. Meine Augen füllten sich mit Tränen, aber ich drängte sie zurück. Es war mir peinlich, in Anwesenheit zweier vollkommen Fremder so emotional zu reagieren. Der Enkel griff nach einer Schachtel Taschentücher auf dem Schreibtisch und hielt sie mir hin. Das war mir noch peinlicher, aber ich nickte dankbar, nahm ein Tuch und schnäuzte mich. »Das befand sich also in dem Umschlag, den Sie erwähnten? Das Testament?«, wollte ich dann wissen und rang um Fassung.

»Nein, das Testament wurde sicher in meinem Safe aufbewahrt«, erwiderte der Großvater. »In dem Umschlag befindet sich etwas völlig anderes.«

»Und das soll heißen?«

»Das kann ich nicht sagen.«

»Warum nicht?«

»Weil er mir nicht mitgeteilt oder gezeigt hat, was sich darin befindet«, erklärte Sullivan. »Offen gestanden habe ich keine Ahnung.«

»Aber deshalb haben Sie mich doch kommen lassen.«

»Ja, es war meinem Klienten sehr wichtig.«

»Darf ich ihn sehen?«

»Aber ja«, sagte er und erhob sich mithilfe seines Stocks etwas zittrig. »Ich bin gleich wieder da.«

37

Lincoln Sullivan humpelte zu einer Tür, die ich vorher nicht bemerkt hatte.

Steve blieb an seiner Seite und stützte ihn. Sie verschwanden außerhalb meines Sichtfelds im angrenzenden Konferenzraum.

Ich war zum ersten Mal allein im Büro. Jetzt erst fiel mir auf, dass der Raum nur spärlich beleuchtet und ziemlich kühl war, als hätte jemand vergessen, die Heizung anzuschalten. Vielleicht war sie auch kaputt. Die ganze Situation kam mir ein wenig unwirklich vor. Ich fragte mich, weshalb ich unter diesen Umständen überhaupt hergekommen war. Meine Mutter war ermordet worden, ebenso mein Neffe. Mein Bruder war in einem Krankenhaus am anderen Ende der Stadt und betete zu Gott, dass dieser seine schwer verletzte Frau und seine Tochter überleben ließ. Ich hatte bisher kaum Zeit gefunden, das Geschehene zu akzeptieren, geschweige denn mich meiner Trauer hinzugeben. Und doch saß ich nun hier in dieser etwas schäbigen Kanzlei, von deren Existenz ich bis vor Kurzem nichts gewusst hatte, und erfuhr, dass Matt und ich unversehens 30 Millionen Dollar von jemandem erbten, der nicht mal mit uns verwandt war.

Also, wegen Geld war ich nun wirklich nicht gekommen. Ich wollte es nicht. Ich wollte nur meine Familie zurückhaben und bereute diesen Besuch bereits jetzt.

Ich zog in Erwägung, einfach abzuhauen, überlegte es mir jedoch anders. Ich war gekommen, um etwas viel Wertvolleres als Geld abzuholen. Da gab es etwas, von dem Khachigian wollte, dass ich es erfuhr; eine Information, die nur für mich allein bestimmt war. Nicht für Matt und ganz offenbar nicht mal für seine eigenen Anwälte, obwohl er ihnen offensichtlich vertraut hatte.

Ob es sich um Hinweise auf die Identität der Person handelte, die ihn seinerzeit über die Erbeutung chemischer Waffen durch den IS in Syrien informiert hatte? Vielleicht ging es auch um Hinweise auf diejenigen, die ihn anschließend getötet hatten. Was auch immer es war, Khachigian hatte ausgerechnet mir irgendetwas, das ihm überaus wichtig war, bei seinem Testamentsvollstrecker und Vermögensverwalter hinterlegt, und zwar kurz vor seinem Tod. Allein aus diesem Grund zwang ich mich zu bleiben, um herauszufinden, was es damit auf sich hatte.

Ich vertrieb mir die Wartezeit auf die Sullivans und den geheimnisvollen Umschlag, indem ich die Nachrichten auf meinem Smartphone abrief. Mich hatten Dutzende neuer Textnachrichten und E-Mails erreicht, aber nur zwei kamen mir wichtig vor. Die von Allen öffnete ich zuerst. Er berichtete, dass Vizepräsident Holbrooke gerade bestätigt hatte, tatsächlich an der Gedenkfeier teilzunehmen. Air Force Two sollte morgen früh um sieben Uhr landen, der Vizepräsident mit seiner Autokolonne zur Kirche fahren. Allen teilte mir außerdem mit, dass er einen Platz gefunden habe, um ein provisorisches Medienzentrum einzurichten. Dort konnten sich die Pressevertreter einfinden. Tische, Mikrofonstecker, Verlängerungskabel – das alles war bereits organisiert. Schließlich fragte er nach meiner Meinung zur Exklusivstory in der heutigen Morgenausgabe. Verdammt, das hatte ich in dem ganzen Durcheinander komplett vergessen!

Die andere wichtige Mail stammte von Agent Harris. Er informierte mich, dass seine Kollegen in dem in einer Seitenstraße abgestellten Auto in Augusta Fingerabdrücke sichergestellt hatten. Sie gehörten einem Iraker, der 2003 und 2004 bei der US-Armee in Falludscha als Übersetzer gearbeitet hatte. Er war als Maulwurf verhaftet worden. Wie sich nun herausstellte, hatte er heimlich für Abu Musab Al-Zarkawi gearbeitet – den Anführer von Al-Qaida im Irak, der Vorgängerorganisation des IS. Man hatte ihn vor Gericht gestellt, 2005 verurteilt und ins Abu-Ghraib-Gefängnis in der Nähe von Bagdad gesteckt, doch er war im vergangenen November gemeinsam mit Abu Khalif geflohen. Harris betonte, dass das FBI nicht schlüssig nachweisen könne, dass es sich bei ihm um ein Mitglied des IS handele oder dass Abu Khalif ihn persönlich geschickt habe, um meine Familie zu töten. Allerdings verdichteten sich die Hinweise in diese Richtung. Er versprach, mich auf dem Laufenden zu halten.

Ich öffnete den Anhang, den Harris mitgeschickt hatte. Ein winziges Foto des Typen, das aus den Fahndungslisten des FBI stammte. Kaum älter als 30, dunkle, seelenlose

Augen, kurz geschnittenes schwarzes Haar, gebräunte Haut und eine dicke Narbe am Hals. Das Bild brannte sich in mein Gedächtnis. Dieser Mann hatte meine Familie auf dem Gewissen. Ich zweifelte keine Sekunde, wer ihn geschickt hatte, und ging davon aus, dass er nun Jagd auf mich machte. Er würde nicht lockerlassen, bevor seine Mission erfüllt war.

Als Lincoln Sullivan wieder ins Büro kam, hielt er den schlichten versiegelten Briefumschlag in der Hand, wegen dem ich gekommen war. Er legte ihn auf den Tisch und schob ihn mir ohne ein weiteres Wort zu. Dann entschuldigte er sich und verließ den Raum.

Eine ganze Weile saß ich da und lauschte dem Ticken der Taschenuhr, die meinem Großvater gehört hatte. Ich starrte auf die von Khachigian geschriebenen Worte auf dem Kuvert und fragte mich, was darin auf mich warten mochte.

38

Zwei Minuten später stürmte ich aus dem Sullivan-Gebäude zum Auto der FBI-Agenten.

»Wir müssen zur Gorham Savings Bank«, rief ich den Agenten zu, die versuchten, mit mir Schritt zu halten. »Die ist in der Commercial Street 172. Los, beeilen Sie sich!«

Den Umschlag, den ich von Khachigian erhalten hatte, hielt ich fest in der Hand. Er enthielt nicht viel, bloß einen Schlüssel aus Messing und die Visitenkarte des Geschäftsführers dieser Bankfiliale in der Commercial Street.

Wir trafen genau um neun vor dem Gebäude ein, als der Sicherheitsbeamte gerade die Eingangstür aufschloss.

Ich schnappte mir meine Aktentasche und rannte hinein. Leider musste ich rasch feststellen, dass der Geschäftsführer, dem die Visitenkarte gehörte, wegen Krankheit nicht zur Arbeit erschienen war. Seine junge Stellvertreterin bot an, mir zu helfen. Sie führte mich in den Tresorraum, in dem sich eine Menge Schließfächer befanden. Schon bald hielt ich eine Kiste aus Khachigians Schließfach in der Hand. Die stellvertretende Filialleiterin brachte mich in einen Nebenraum, der nur mit einem massiven Eichentisch und einem Drehstuhl möbliert war, und ließ mich dort allein, damit ich die Kiste öffnen und den Inhalt in Ruhe untersuchen konnte.

Nervös stocherte ich mit dem Schlüssel im Schloss herum. Schließlich schaffte ich es, sie zu öffnen. Zu meinem Erstaunen befanden sich im Inneren einige Stapel druckfrischer, knisternder neuer und mit Gummiband zusammengehaltener 100-Dollar-Scheine. Ich zählte insgesamt 9000 Dollar in US-amerikanischer Währung. Darunter lag ein nagelneues Satellitentelefon. Ferner fanden sich drei Pässe – ein kanadischer, ein australischer und ein südafrikanischer. Die Pässe waren mit einem Bild von mir versehen, das nicht mit meinem aktuellen Passbild übereinstimmte, und waren auf Namen ausgestellt, die nicht meinem entsprachen. Außerdem steckten noch drei Brieftaschen aus Leder in der Box, jeweils mit einem halben Dutzend Kreditkarten, Führerschein, Visitenkarten und allen möglichen anderen Dokumenten, die zu den falschen Namen in den Pässen und zu den Ländern passten, auf die sie ausgestellt waren. Hinzu kamen rund 1000 Dollar in Scheinen der jeweiligen Landeswährung.

Am Boden stieß ich auf zwei versiegelte weiße Umschläge. Ich öffnete den ersten und fand darin einen von Khachigian persönlich geschriebenen und unterzeichneten Brief vor. Ich schielte zur Tür des fensterlosen Raums, um mich zu vergewissern, dass sie fest verschlossen war, und setzte mich mit dem Gesicht zum Eingang hin, sodass ich sofort sehen konnte, wenn jemand den Raum betrat. Dann begann ich zu lesen.

Lieber James,
wenn du diesen Brief in der Hand hältst, bin ich tot und du hast die Sullivans getroffen. Bitte sei versichert, dass du ihnen voll und ganz vertrauen kannst, genau wie ich es immer getan habe. Link war bereits der Vermögensverwalter meines Vaters und arbeitete auch viele Jahre für deinen Großvater. Ich bezweifle, dass er es dir gegenüber je erwähnt hat, dazu ist er viel zu verschwiegen. Links Enkel Steve ist so vertrauenswürdig, wie man sich nur denken kann. Bevor er nach Portland zurückkehrte, arbeitete er beinahe zehn Jahre fürs Finanzministerium und dort insbesondere für den Secret Service. Er war für Dutzende von Betrugsfällen im Bankwesen und der freien Wirtschaft zuständig und brachte zahllose Verbrecher und internationale Terroristen hinter Gitter.
Wie ich dich kenne, hast du dich sicher schon gefragt, was es mit Steves Vater – Links Sohn – auf sich hat. Das wird sich noch aufklären. Wahrscheinlich beschäftigt dich auch das, was die Sullivans dir über meinen Nachlass erzählt haben.
Für all das gibt es einen Grund. Wer auch immer mich umgebracht hat, tat es, um mich zum Schweigen zu bringen und daran zu hindern, dass ich der Welt wichtige Details über den IS und seine Pläne preisgebe. Nun

ist es an dir, das zu übernehmen. Ich werde dir weiter unten drei Personen nennen, mit denen du dich auf der Stelle in Verbindung setzen musst. Suche sie persönlich auf und zeige ihnen diesen Brief. Ich vertraue ihnen, es sind gute Leute. Nun musst du ihr Vertrauen gewinnen. Lass dir von ihnen erzählen, was sie wissen, und gib es auf der Stelle an die Öffentlichkeit weiter.

Du darfst nicht warten, nicht zögern. Ich glaube, dass uns katastrophale Anschläge auf dem US-amerikanischen Festland bevorstehen. Unter Umständen kann deine Berichterstattung viele Leben retten, dein eigenes eingeschlossen.

Mittlerweile ist mir schmerzhaft bewusst geworden, dass Harrison keine Ahnung von dem hat, was er tut. Er hört auf keine klugen Ratschläge und begreift nicht, von welcher Art die immense Gefahr ist, die von dem Übel ausgeht, mit dem er konfrontiert ist. Und ich fürchte, dass er und damit auch die Nation deshalb schon bald auf furchtbare Art und Weise überrascht werden.

In den vielen Jahren meiner Karriere bin ich vielen Präsidenten begegnet, guten wie schlechten, aber nie habe ich um die Zukunft Amerikas so gebangt wie jetzt. Wir befinden uns nicht einfach in einer schwierigen Phase, James. Wir bewegen uns rasend schnell auf einen Zusammenbruch zu. Der Präsident verrät unsere Alliierten und kommt unseren Feinden zu sehr entgegen. Er vernachlässigt die Army und entmutigt damit die tapferen Männer und Frauen überall in den Geheimdiensten und im Militär. Viele, zu viele von ihnen geben auf und wenden sich anderen Aufgaben zu. Und je mehr von ihnen die oberste Regierungsebene verlassen, desto mehr wächst die Bedrohung für die

USA. Man kann Leute mit so großer Erfahrung nicht einfach ersetzen.
Währenddessen haben unsere Feinde Blut geleckt. Sie spüren unsere Schwäche instinktiv, nun testen sie, probieren, suchen, tasten alles nach Schwachstellen ab, die sie ausnutzen können, und lauern auf den richtigen Zeitpunkt, um zuzuschlagen. Ich fürchte, sie planen etwas Verheerendes.
Halt sie auf, James ... bevor es zu spät ist.
Und noch etwas. Wer auch immer mich getötet hat, ist auch hinter dir her, James. Mach dir keine Illusionen, sie haben es auch auf Matt, seine Familie und deine Mutter abgesehen. Deine Familie ist in Bar Harbor nicht sicher, nicht mehr. Du musst sie davon überzeugen, den Ort zu verlassen. Sie müssen untertauchen, von der Bildfläche verschwinden, aus dem Gedächtnis. So ernst ist es. Sie müssen sich verstecken, und du musst ihnen helfen. Darum habe ich dir und Matt den Löwenanteil an meinem Vermögen hinterlassen. Matt soll das Geld einsetzen, um seine Familie in Sicherheit zu bringen. Du hingegen musst deinen Anteil verwenden, um den IS vernichtend zu schlagen. Zu diesem Zweck habe ich dir Bargeld, neue Identitäten und Zugriff auf einen Privatjet hinterlassen.
Ich weiß, dass du diese Kerle kriegen willst, vor allem jetzt. Das ist gut, und das habe ich an dir immer geschätzt. Du hast keine Scheu davor, jemanden zu konfrontieren und die Initiative zu ergreifen. Ich kann nicht versprechen, dass dich nicht dasselbe Schicksal ereilt wie mich. Ich hoffe allerdings, dass du dem Kalifat großen Schaden zufügen kannst, bevor alles gesagt oder getan ist.

Als Letztes noch eine wichtige Bemerkung: Ich bin kein Prediger und auch kein Pastor. Aber als dein Freund muss ich dich um etwas bitten: Lies die Bibel. Überwinde dich und schenke dein Leben unserem Herrn Jesus Christus. Ich habe zu viele Jahre gebraucht, bevor ich mich dem zugewendet habe, was das Wichtigste in einem Leben sein sollte. Ich bereue nicht viel, das allerdings schon. Hätte Matt nicht so geduldig alle meine Fragen beantwortet, mich bei der Bibellektüre begleitet und so unnachgiebig auf meine Hinwendung zum Herrn gedrängt, wüsste ich nicht, wo ich heute wäre. Ich bin von Natur aus nicht demütig oder besonders bescheiden, James, daher hat es mich große Überwindung gekostet, mir einzugestehen, dass ich einen Retter brauche. Aber ich brauchte ihn. Und du tust das auch. Finde ihn, bevor es zu spät ist.

Ich möchte mich mit dem Vers von dir verabschieden, der mein Leben verändert hat. Den Worten Jesu aus dem Evangelium des Johannes: »Niemand hat größere Liebe als die, dass er sein Leben lässt für seine Freunde.«

Gott befohlen, mein Sohn. Ich hoffe, dich auf der anderen Seite zu sehen.

Dein größter Fan,
Robert

Für einen Augenblick konnte ich nur dasitzen und die Seiten anstarren. Ich hatte viel zu verarbeiten. Zunächst einmal die Tatsache, dass viele Warnungen einfach zu spät kamen. Die katastrophalen Angriffe hatten bereits stattgefunden. Auch die Attentate auf meine Familie. Warum hatten die Sullivans mir den Brief nicht früher zukommen lassen? Warum waren sie nicht direkt ins Walter Reed gekommen, als man mich nach dem Angriff auf Alqosh im Irak dort einlieferte? Auf der anderen Seite musste ich mir vorwerfen, auf ihre Anrufe und E-Mails nicht früher reagiert zu haben. Das Gewicht dieses Versagens lastete beinahe überwältigend auf meinen Schultern. Ich legte den Brief wieder in die Kassette, lehnte mich auf dem Stuhl zurück und schloss die Augen. Wohin ich auch ging, überall wurden Menschen getötet. Ich ahnte, dass ich daran eine Mitschuld trug.

Das führte mich zur Frage, ob Khachigian mich richtig einschätzte. Offenbar wollte er … nein, er erwartete, dass ich mich persönlich an Abu Khalifs Fersen und die seiner IS-Teufel heftete. Nach allem, was er für mich getan hatte, in der Vergangenheit und schließlich in seinem Testament, konnte ich ihm diesen Wunsch kaum abschlagen. Und doch war ich nicht sicher, dass ich die Energie oder den Wunsch in mir trug, mich erneut in die Offensive zu begeben. Und überhaupt, konnte ich nach allem, was geschehen war, Matt, Annie und Katie allein lassen? Sie waren alles an Familie, was mir noch blieb.

Khachigian hatte über seinen Glauben gesprochen. Ich konnte mich nicht erinnern, dass er dieses Thema in all den Gesprächen, die wir über die Jahre geführt hatten, je erwähnt hatte. Ich wusste, dass Matt enormen Einfluss auf ihn gehabt hatte, aber Khachigian selbst hatte Religion nie mit mir erörtert. Er war von Natur aus sehr diskret; genau dieser Wesenszug hatte ihn ja erst zu einem effektiven Hüter von Staatsgeheimnissen gemacht. Umso überraschender kam seine eindringliche Aufforderung, ich möge seinem spirituellen Pfad folgen und mich den

Herausforderungen von Christus stellen. Er drängte mich förmlich dazu, die Evangelien durchzuarbeiten und eine Entscheidung zu treffen, bevor es zu spät war. Ich wusste nicht, ob ich diesem Rat folgen oder ihn ignorieren sollte.

Ich saß noch einige Minuten schweigend da, dann öffnete ich mit einem Ruck die Augen und griff erneut nach dem Brief, las ihn ein weiteres Mal, bewusster diesmal, Wort für Wort. Dann drehte ich instinktiv das erste Blatt um und entdeckte dort drei Namen: Paul Pritchard, Walid Hussam und Mohammed bin Zayid. Daneben stand jeweils eine Handynummer. Keiner der Namen sagte mir etwas, ich konnte mich auch nicht erinnern, dass Khachigian sie je erwähnt hatte. Aber das mussten die drei Quellen sein, die die Story mit den chemischen Waffen bestätigt hatten. Daran hegte ich keinen Zweifel.

Das warf zwei neue Fragen auf: Wer waren diese Leute ... und würden sie tatsächlich mit mir reden?

39

Wir rasten die rund 175 Meilen nach Bar Harbor zurück. Das FBI hatte mich vom Motel 6 in Portland in ein kleines Hotel in meiner Heimatstadt umquartiert, wo ich die letzten Vorbereitungen für die Beerdigung treffen konnte. Auf dem Rücksitz der FBI-Limousine mit Ausblick auf die vorbeirauschenden schneebedeckten Bäume, Hügel und Scheunen des ländlichen Maine stellte ich fest, dass meine Gedanken fast so schnell an mir vorbeizogen wie die Landschaft hinter dem Fenster. Nach Bar Harbor zurückzukehren löste zwiespältige Gefühle in mir aus. Mein

Bruder brauchte mich im Krankenhaus von Portland an seiner Seite. Aber jemand musste die Beerdigung organisieren, immerhin fand sie in 24 Stunden statt. Er konnte es nicht, also schuldete ich es ihm.

An Tagen mit gutem Wetter dauerte die Fahrt keine drei Stunden. Aber über Nacht war so viel Schnee gefallen, dass wir von Glück reden konnten, wenn wir es in vier schafften.

Meine Aktentasche behielt ich auf dem Schoß und tastete in der Hosentasche nach der Uhr meines Großvaters. 13 Minuten vor zehn. Ich rief Matt rasch an, um zu fragen, wie es ihm ging. Er kündigte an, auf die Intensivstation zu wollen und mich später zurückzurufen. In ein paar Stunden würde ihn ein weiteres FBI-Team ebenfalls nach Bar Harbor bringen.

Als Nächstes rief ich Allen an. Die Mailbox ging ran. Ich hinterließ keine Nachricht, sondern kontaktierte Harris in der Hoffnung, er habe Neuigkeiten.

Er meldete sich gleich nach dem ersten Klingeln. »Wie schlagen Sie sich, Collins?«

»Ach, es muss ja irgendwie gehen.«

»Wie lief das Treffen mit den Sullivans?«

»Gut.«

»Irgendetwas Interessantes?«

»Ein paar lose Fäden, die sie erledigt wissen wollten.«

»Also, was war in dem Schließfach?«

»Persönliche Hinterlassenschaften.«

»Nichts Wichtiges für meine Ermittlungen?«

»Nein. Nur ein paar private Gegenstände. Familiäres.«

»Lügen Sie mich nicht an, Collins. Sie wissen, dass es ein Verbrechen ist, wenn man dem FBI nicht die Wahrheit sagt?«

»Ist mir schon untergekommen, ja.«

Um genau zu sein, hatte ich nicht gelogen. Jedenfalls nicht so richtig, doch es kam einer Lüge schon nah. Der Brief immerhin war durchaus persönlich. Er enthielt Khachigians Gedanken, seine Gefühle und Wünsche an mich, Matt und unsere Familie. Das schloss auch sein Urteil über den Präsidenten und die Arbeit der Regierung ein. Hinweise zu den Mordermittlungen enthielt er nicht, jedenfalls keine konkreten. Es ging Harris nichts an, dass ich nun neue Pässe, Führerscheine und Kreditkarten besaß. Khachigian hatte sie mir für den durchaus wahrscheinlichen Fall organisiert, dass ich unbemerkt und unentdeckt vom allgegenwärtigen Auge der amerikanischen Behörden verschwinden musste. Harris davon zu erzählen, hätte dieser Absicht vollkommen widersprochen.

Was die drei Namen auf der Rückseite des Briefs betraf, hatte ich derzeit nicht die geringste Ahnung, wer sie waren. Offenbar handelte es sich um alte Freunde und Quellen, denen Khachigian vertraute. Ansonsten wusste ich nichts über sie und was mich betraf, bestand überhaupt keine Notwendigkeit, ihre Identität dem FBI preiszugeben. Gegen mich wurde nicht ermittelt und ich hatte auch keine gerichtliche Vorladung erhalten. Ich musste Harris also gar nichts sagen, was ich ihm nicht sagen wollte.

Harris selbst hatte keine weiteren Informationen für mich, also beendete ich das Gespräch und widmete mich wieder den Überlegungen, wer hinter den drei Namen stecken konnte. Im Augenblick fehlte mir die Zeit, Recherchen über sie anzustellen, geschweige denn mich mit ihnen in Verbindung zu setzen, aber das würde ich bald tun müssen. Ich musste wissen, was sie mir mitzuteilen hatten, und den Hinweisen nachgehen, die sie mir lieferten. Doch ich zögerte, von meinem Handy aus auch nur eine einfache Google-Suche zu starten. Ich befürchtete, dass Harris meine Anrufe und Online-Aktivitäten überwachte. Natürlich rein zu meinem Schutz – möglicherweise aber auch, um mich im Auge zu behalten.

Mag sein, dass ich unter Verfolgungswahn litt, doch für den Moment hielt ich besondere Vorsicht für angebracht.

Noch mehr Angst machte mir allerdings die Vorstellung, dass der IS mein oder auch Matts Handy überwachte. Wie sonst hätten die Terroristen wissen können, dass wir am Dienstagabend um sieben im Haus meiner Mutter einzutreffen gedachten? Hätten sie uns persönlich verfolgt, da war ich mir sicher, hätte ich sie auf unserer 14-stündigen Fahrt von Arlington hierher früher oder später bemerkt. Je länger ich darüber nachdachte, desto wahrscheinlicher erschien es mir, dass sie die E-Mail abgefangen hatten, die ich meiner Mutter von der Tankstelle am Jersey Turnpike geschickt hatte. Matt hatte Annie ebenfalls eine SMS geschickt, um sie über unser Eintreffen gegen sieben zu informieren. Vielleicht hatten sie auch die mitgelesen.

Allerdings hatte ich im Anschluss mehrere Nachrichten sowohl auf Moms als auch auf Annies Anrufbeantworter hinterlassen, dass wir später kamen, so gegen halb neun. Wenn die Terroristen tatsächlich unsere Anrufe und Nachrichten zurückverfolgten, hätten sie das ebenfalls mitbekommen müssen. Ich hatte diese Anrufe gegen halb acht getätigt. Ging man davon aus, was Harris mir geschildert hatte, war es da vermutlich schon zu spät gewesen. Da hatten Abu Khalifs Leute bereits zugeschlagen.

In diesem Augenblick fiel mir ein, dass Khachigian mir noch einen Umschlag hinterlassen hatte, den ich bislang ignoriert hatte. Glücklicherweise waren die Agenten auf den Vordersitzen in ein Gespräch vertieft. Aus den aufgeschnappten Bruchstücken reimte ich mir zusammen, dass sie über die Ankunft des Vizepräsidenten und die Zusammenarbeit mit dem Secret Service sprachen. Das schien mir eine gute Gelegenheit zu sein, den Brief zu lesen, ohne dass sie auf mich achteten. Also öffnete ich die Aktentasche und nahm den zweiten versiegelten Umschlag heraus. Ich öffnete ihn vorsichtig, um die beiden Agenten nicht auf mich aufmerksam zu machen, und staunte: Die Unterlagen eröffneten mir, dass ich Mitbesitzer eines Learjets geworden war.

Ich blätterte rasch die Dokumente durch und erfuhr, dass Khachigian im Voraus für 100.000 Meilen gezahlt hatte, einschließlich der Kerosinkosten, der Pilotenzeit, der Start- und Landegebühren, Steuern und diverser anderer Gebühren. Auch eine Mitgliedskarte war dabei, mein Name stand nicht darauf, auch nicht die eines anderen. Nur eine Mitgliedsnummer und ein PIN-Code. Ich las die Anweisungen durch und erfuhr, dass ich lediglich eine 0800er-Nummer oder die außerhalb der USA jeweils gültigen kostenfreien Telefonnummern wählen musste, die auf der Rückseite der Karte standen, und meine Mitgliedsnummer und PIN auf der Telefontastatur einzugeben hatte. Dann würde ich umgehend mit einem Flugkoordinator verbunden, der mich fragte, von wo ich abzufliegen wünschte, zu welcher Zeit, mit welchem Ziel und mit wie vielen Begleitern. Der gesamte Prozess lief komplett anonym ab. Meine Identität spielte keine Rolle. Es reichte, spätestens sechs Stunden vor dem gewünschten Abflug das erwähnte Prozedere zu durchlaufen.

Das konnte nützlich sein, dachte ich nach dem Lesen.

Ich steckte die Karte in meine Brieftasche und verstaute den Umschlag mit den restlichen Unterlagen wieder in der Aktentasche.

40

Eine Stunde später schossen wir bereits über die I-295 Richtung Norden.

Ich checkte auf dem iPhone die aktuellen Entwicklungen an den US-Finanzmärkten. Heute Morgen war der Handel wieder aufgenommen worden, nachdem die Notenbank ihn mehrere Tage ausgesetzt hatte. Die Kurse befanden sich im Sinkflug. Der Dow war bereits um 600 Punkte abgestürzt, der NASDAQ-100 um satte fünf Prozent. Das konnte niemanden ernsthaft überraschen, wenn man bedachte, wie Nikkei, Hang Seng und andere internationale Indizes in den letzten Tagen gelitten hatten. Aber dass alles so tief in den roten Bereich ging, jagte mir dennoch einen kalten Schauer über den Rücken. Zumal Abu Khalif sich wahrscheinlich zufrieden die Hände rieb.

Ich wusste, ich hätte mich der Lawine von E-Mails und Anrufen widmen sollen, die mein Handy heute am Tag der Beerdigung überrollte, aber am liebsten wollte ich mich um all das nicht kümmern. Ich hatte keine Zeit zum Nachdenken, keine Zeit zu trauern. Ich schlief nicht gut und hatte niemanden, mit dem ich reden konnte. Matt ging es sogar noch schlimmer. Allen hatte mit der Organisation der Medien alle Hände voll zu tun. Und meinen FBI-Leibwächtern gegenüber würde ich mein Herz bestimmt nicht ausschütten.

Der Gedanke an Allen erinnerte mich an den Leitartikel der *Times*, den ich unbedingt lesen sollte. Ich rief die Homepage der Zeitung auf. Schon sprang mir die Schlagzeile ins Auge:

Ägypten bietet sich als unerwarteter Verbündeter im Kampf gegen Abu Khalif an.

Ich überflog die Story und nahm vor allem mit, dass Wortführer beider Parteien im Kongress wütend waren, dass die Taylor-Regierung so wenig dafür tat, den Anführer des IS vor ein Gericht zu bringen. Zwar hatte der Präsident neue Bombardements und Drohnenangriffe angeordnet. Aber laut Sanders' Einschätzung stellte das keine grundsätzliche Änderung der Regierungspolitik dar. Ungenannte Kongressabgeordnete, auch das namenlose Oberhaupt eines ausländischen Geheimdienstes, bezeichneten die geplanten Maßnahmen als »bestenfalls kurzfristige Lösung«, die nur dazu diene, »den Rachedurst der USA zu befriedigen«. Die Luftschläge sollten rund eine Woche andauern, wurde ein anonymes Mitglied des Senatsausschusses für militärische Angelegenheiten zitiert. Man gedachte sie einzustellen, sobald die öffentliche Erregung über den IS etwas abgeklungen war.

»Präsident Taylor hegt kein Interesse an einem ernsthaften und lang andauernden Krieg gegen den Islamischen Staat in Syrien«, erklärte der Senator, »da es nicht der von ihm verfolgten Strategie entspricht, das Kalifat eher einzudämmen als auszulöschen.«

Mittlerweile, so schrieb Sanders, richtete sich der Fokus verstärkt auf die regionalen Geheimdienste und ihre Anstrengungen, die Anführer des IS und deren Helfer auszuschalten. Ägypten erwies sich dabei als *Primus inter Pares*, also als Leitwolf.

Sanders zitierte auch einige republikanische Senatoren, die dazu Stellung nahmen, das Weiße Haus und das Außenministerium tadelten, »nicht ernsthaft genug« zu versuchen, den »größten Krieg der Gegenwart« zu gewinnen, und eher »Schlagzeilen produzieren zu wollen, statt sich um ernsthafte Lösungen zu bemühen«.

Meiner Ansicht nach war der Artikel kein handwerklich sauberer Journalismus. Warum ergriff Sanders in seinem Text so offensichtlich Partei für die Position der Republikaner und gestattete ihnen, anonyme Giftpfeile gegen den Präsidenten zu verschießen? Wenn die Republikaner etwas Wichtiges zu sagen hatten, hätte Sanders sie auffordern können, es offiziell zu tun.

Viel interessanter fand ich ein beißendes, durchaus offizielles Statement der Vorsitzenden des Geheimdienstausschusses im Senat, einer Demokratin, die die Regierung verurteilte, dass sie im Zuge der Terroranschläge auf dem Boden der USA keine konkreten und entschiedenen Schritte gegen Abu Khalif einleitete. »Wir sollten diesen [Kraftausdruck gelöscht] niederwerfen und ihn ins Jenseits bomben«, hatte Jane Oliphant, die dienstälteste Senatorin Rhode Islands und ehemalige Vorsitzende der demokratischen Partei, verlauten lassen. »Worauf zum [Kraftausdruck gelöscht] wartet das Weiße Haus? Wollen wir das ernsthaft den Israelis, Jordaniern oder Ägyptern überlassen? Alle drei sind gute Freunde und verdiente Verbündete der USA, aber wir sind, um es deutlich zu sagen, [Kraftausdruck gelöscht] noch mal die Vereinigten Staaten von Amerika! Es wird Zeit für den Präsidenten, diesen [Kraftausdruck gelöscht] zu zeigen, was Uncle Sam draufhat!«

Pflichtbewusst zitierte Sanders auch den Sicherheitsberater des Präsidenten, der darauf bestand, dass »jegliche

Möglichkeit wahrgenommen wird«, um den Emir des IS zu finden. Er ermahnte diejenigen zur Besonnenheit, die »auf den Rängen sitzen und vielleicht ein paar Spionage-Thriller zu viel gelesen haben und glauben, dass eine Terroristenjagd einfach und rasch vorbei ist«.

Ferner gab Sanders einen namentlich nicht genannten CIA-Agenten wieder, der eingestand, dass die Angst vor IS-Maulwürfen an neuralgischen Punkten der Regierungsbehörden die einheimischen Geheimdienste geradezu »paralysiere«. »Niemand weiß, wem er trauen kann«, sagte er. »Deshalb gibt niemand Informationen weiter und wichtige Details werden übersehen.«

»An dieser Stelle kommen nun die Ägypter ins Spiel«, schrieb Sanders. »Sie arbeiten unauffällig, aber bemerkenswert eng mit dem israelischen Mossad und dem jordanischen Geheimdienst zusammen. Hohe Regierungsstellen in Kairo haben die Jagd nach Abu Khalif zur Priorität erklärt. In den letzten vier Wochen nahmen die ägyptische Polizei und das Militär 23 IS-Strategen fest. Dabei wurden viele wertvolle Erkenntnisse über die Methoden des IS gesammelt. Weitere Razzien und Festnahmen werden in den kommenden Tagen erwartet.«

Ich las weiter und vergab Sanders schließlich, dass er ein paar Republikaner aus dem Senat ihre bissigen Bemerkungen gegen den politischen Gegner hatte anbringen lassen. Der Rest seiner Analyse fiel fesselnd und detailliert aus. Er beschrieb die intensiven Befragungen der IS-Terroristen durch ägyptische Agenten, die beschlagnahmten Smartphones und Laptops, das Knacken der Passwörter und die Auswertungen der Entschlüsselungssoftware und erwähnte selbst die Liste der bestätigten Aufenthaltsorte Abu Khalifs in den letzten zwei Monaten.

Auf der Liste tauchten Mossul und Dohuk im Irak auf, weiterhin Rakka, Aleppo, Deir ez-Zor und Al-Mayadin in Syrien. Ich hatte selbst schon vermutet, dass sich Abu Khalif in Rakka aufhalten könnte, immerhin handelte es sich um die Hauptstadt des IS in Syrien. Das klang also glaubwürdig. Aber Sanders lagen offenbar einige Puzzleteile vor, die mir fehlten.

Er zitierte einen hochrangigen ägyptischen Geheimdienstoffizier, der behauptete, in den Besitz einiger grobkörniger Fotos von Abu Khalif gelangt zu sein, auf denen er in Rakka in einen Krankenwagen einstieg, dem Vernehmen nach unterwegs nach Deir ez-Zor. Allerdings, so der Offizier, hatte keiner der Zeugen erwähnt, dass Khalif verletzt sei.

»Der Anführer des IS scheint die Ambulanzen des Roten Halbmonds als persönlichen Taxiservice zu benutzen, um seine Spuren zu verwischen«, erklärte der Offizier, der auf seiner Anonymität bestand.

Der Artikel erwähnte keine Quellen, die Ägyptern, Jordaniern und Israelis einen bevorstehenden Durchbruch bei der Suche nach dem IS-Emir prognostizierten. Aber angesichts der überaus ärgerlichen Abwesenheit US-amerikanischer Führung in dieser Angelegenheit hatten sich die drei Staaten verbündet, um den für sie als essenziell betrachteten Angriff auf die eigene nationale Sicherheit abzuwehren.

Offenbar war die Jagd auf Abu Khalif eröffnet.

Allerdings kam dem Weißen Haus laut Sanders dabei alles andere als eine führende Rolle zu.

41

Schließlich langten wir am Harborside Hotel an. Ich checkte ein. Die FBI-Agenten sicherten mein Zimmer, überließen mich dann mir selbst und zogen in die beiden angrenzenden Räume ein; allerdings nicht, bevor sie auf meinen Wunsch hin die Minibar ausgeräumt hatten.

»Zwei Jahre, sechs Monate und drei Tage«, teilte ich ihnen mit, während sie den Alkohol in Sicherheit brachten. »Ein Schritt nach dem anderen. Ein Tag nach dem anderen.«

Das meinte ich genau, wie ich es sagte. Aber es konnte keinen Zweifel daran geben, dass ich mich nach einem Drink sehnte, und das nicht zu knapp. Der Schmerz der letzten Tage drang langsam zu mir durch und ich wollte ihm verzweifelt entkommen. Die brutale Wahrheit lautete: Ich war ein Alkoholiker, und das hatte mich in der Vergangenheit um ein Haar zerstört. Der Alkohol stellte für mich eine ständige Versuchung dar. So entschlossen ich dagegen ankämpfte, ich befürchtete in meiner aktuellen Situation ernsthaft einen Rückfall.

Mein Telefon vibrierte. Eine SMS von meinem Freund Carl Hughes, dem langjährigen Deputy Director of Intelligence der CIA. Im Dezember, nach der Verhaftung des damaligen Leiters Jack Vaughn wegen Landesverrats, hatte der Präsident Carl zum designierten Direktor des Geheimdienstes ernannt. Ich wählte die Nummer, die Hughes mir geschickt hatte, und freute mich darauf, seine Stimme zu hören.

Ich kannte den 52-Jährigen seit nunmehr einem Vierteljahrhundert. Wir waren uns zuerst an der American

University begegnet, wo ich gerade meinen Bachelor in Politikwissenschaften machte und er sich für Internationale Politik eingeschrieben hatte. Wir wurden Freunde und blieben über die Jahre in Kontakt, auch nachdem er nach Langley und ich an die Columbia wechselte, um meinen Master in Journalistik zu machen. Ich nahm im Anschluss einen Job bei der *New York Daily News* an und berichtete dort über lokale Skandale und Verbrechen, bevor ich als Auslandskorrespondent bei Associated Press anfing. Carl hatte sich parallel einen Ruf als versierter Analyst erarbeitet und eine rasante Karriere in den amerikanischen Geheimdiensten hingelegt. Nun war er an der Spitze angekommen.

Zunächst geriet ich an einen Mitarbeiter aus dem Sekretariat. Ich nannte meinen Namen, erwähnte, dass ich auf Carls Wunsch anrief und mich für seine Beileidswünsche bedanken wollte. Er stellte mich zu einem Assistenten durch, einem Mann mit militärischem Background, zu dessen Verpflichtungen unter anderem gehörte, dass nicht jeder x-beliebige Anrufer an den Direktor durchgestellt wurde. Wieder erklärte ich den Grund meines Anrufs und betonte, dass ich als alter Freund anrief, nicht als Reporter. Schließlich wurde ich mit Hughes verbunden.

»J. B., es tut mir leid, dass ich mich nicht früher gemeldet habe«, entschuldigte er sich. »Es ist nur so …«

Seine Stimme verklang und schlagartig lastete das ganze Gewicht der Geschehnisse auf mir.

»Mach dir keine Gedanken, Carl«, erwiderte ich schließlich. »Du hast sicher alle Hände voll zu tun.«

Trotzdem entschuldigte er sich mehrfach, dass er es nicht schaffte, selbst an der Gedenkfeier teilzunehmen. Ich sagte ihm, das sei in Ordnung, aber er bestand darauf, sich zu erklären: Er habe es einrichten wollen, zusammen mit dem Vizepräsidenten in der Air Force Two zu kommen und mich zu überraschen, aber der Präsident habe sich urplötzlich entschlossen, ihn in geschäftlichen Angelegenheiten nach Moskau zu beordern. Er flog in ein paar Stunden los.

Carl erkundigte sich, wie es mir ging. Er wollte auch wissen, wie Matt sich schlug und wie die Prognosen der Ärzte für Annie und Katie lauteten. Ich berichtete alles, was ich wusste – im Prinzip nicht besonders viel –, dann holte ich tief Luft und wechselte das Thema.

»Carl. Ich muss dich etwas fragen …«

»Nein«, unterbrach er mich sofort. »Tu's nicht, J. B.«

»Was denn?«, fragte ich irritiert. »Du weißt doch noch gar nicht, worum es geht.«

»Natürlich weiß ich das, wir kennen uns immerhin schon sehr lange. Du willst mich fragen, ob der Präsident es wirklich ernst damit meint, Abu Khalif zu verhaften. Lass es bitte.«

»Warum denn?«

»Erspar uns das bitte.«

»Kannst du mir nichts darüber sagen?«

»Nein, natürlich kann ich das nicht«, meinte er. Ich ging davon aus, dass er das Gespräch nun mit der Begründung abbrach, er erwarte noch einen Anruf. Zu meiner Überraschung sprach er weiter. Vielleicht hatte er Mitleid mit mir.

»Hör zu, ich kann dir offiziell nichts sagen, das verstehst du sicher, und du darfst es keinem gegenüber erwähnen, aber du hast richtiggelegen mit deinen Vermutungen. Alle Hinweise waren da. Alle Warnlichter blinkten rot. Wir kannten zwar einige Einzelheiten nicht, aber wir wussten genug. Es war klar, dass etwas in der Art bevorstand, seit Wochen schon. Wir wussten auch, dass der IS Leute in die USA eingeschleust hat. Es war bei all den Migranten, die der Präsident mit offenen Armen willkommen hieß, wohl unvermeidlich. Natürlich kannten wir die Betreffenden nicht, es waren zu viele, die hätten überprüft werden müssen. Über 50.000, ein unmöglicher Zustand. Aber ich selbst habe den Präsidenten und den nationalen Sicherheitsrat allein fünf Mal gewarnt. Ich habe ihn gedrängt, die Flug- und Seehäfen zu schließen, und ihn auch vor seiner Rede zur Lage der Nation darauf angesprochen. Er wollte nichts davon hören. Dann fing die NSA zwei Anrufe und eine SMS ab. Ich habe Larry Beck beim FBI persönlich angerufen, so fand das Bureau auch das Handy in Birmingham. Wir waren ihnen dicht auf der Spur, J. B. Noch 24 Stunden mehr, und wir hätten sie gehabt. Jedenfalls einen Teil von ihnen.«

Das haute mich förmlich um. Nicht so sehr, weil der Chef der CIA mir so viel erzählte, wenn auch unter der Hand. Es ging eher um das vernichtende Potenzial dessen, was er sagte. Wenn der Präsident vor den Anschlägen so viel gewusst hatte, dann hatte er mir im Oval Office glatt ins Gesicht gelogen und diese Lügen vor dem Kongress und der gesamten Wählerschaft wiederholt. Die Lage der Nation war schwach, der IS mitnichten auf dem Rückzug, Abu Khalif nicht in Schach gehalten. Er und seine Untergebenen rückten an, um Amerikaner zu töten, und unser oberster militärischer Kommandant tat nicht mal ansatzweise genug, um sie aufzuhalten.

Da hatte ich meine Antwort. Nein, der Präsident meinte es nicht ernst damit, Abu Khalif zu fassen. Jemand anders würde diesen Job erledigen müssen. Eventuell waren die

Ägypter oder die Israelis dazu fähig. Vielleicht auch die Jordanier.

Auf Harrison Taylor war diesbezüglich kein Verlass.
So viel stand fest.

42

Ich arbeitete den ganzen Nachmittag durch, gönnte mir keine Pause, nicht mal ein Mittagessen. Ich wurde von reiner Wut getrieben und musste parallel meine Gier nach Alkohol niederringen. Etwas zu tun zu haben, war dabei eine große Hilfe.

Als es dunkel wurde, hatte ich endlich den Sitzplan für die Gedenkfeier fertiggestellt, das Programm überarbeitet und dafür gesorgt, dass es in ausreichender Zahl vervielfältigt und ausgeteilt wurde. Außerdem hatte ich mehrmals mit dem Floristen telefoniert und geduldig seine unzähligen Fragen beantwortet, ohne auszuflippen. Ich gab mein Bestes, sowohl den Pastor als auch den örtlichen Polizeichef, den Leiter des Secret-Service-Vorbereitungsteams und den Stabschef des Vizepräsidenten auf dem Laufenden zu halten. Es blieben noch 69 E-Mails, die ich, obwohl sie sich um die Gedenkfeier drehten, nicht beantwortet hatte, von den restlichen 39 abgesehen, die von Kollegen aus Washington und Informanten aus aller Welt stammten, die mir ihr Beileid aussprachen oder mich auf Spuren hinwiesen, denen ich folgen sollte.

Ich rieb mir die Augen, stöpselte das Handy zum Aufladen ein und streckte für einen Augenblick meine Glieder. Dann ging ich ins Bad und wusch mir mit lauwarmem

Wasser das Gesicht. Während ich mich abtrocknete, überlegte ich, was als Nächstes zu tun sei. Sollte ich den Zimmerservice kommen lassen und etwas essen? Oder ich schaltete mein Telefon ab und schaute mir einen Film an. Ich konnte auch in den Fitnessraum gehen und trainieren. Am Ende entschied ich mich gegen sämtliche Optionen; ich hatte keinen Appetit, kein Interesse an Schrottfilmen aus Hollywood und keine Lust, unter den neugierigen Blicken von FBI-Beamten auf dem Laufband zu schwitzen. Was ich hätte tun sollen – hätte tun *müssen,* um genau zu sein –, war, alles über Paul Pritchard, Walid Hussam und Mohammed bin Zayid herauszufinden und eine Möglichkeit zu suchen, sie heimlich zu kontaktieren. Die Zeit wurde knapp. Die Informationen, die diese drei hatten, mussten wertvoll sein, daran hatte Khachigian keinen Zweifel gelassen. Bevor sie unbrauchbar wurden, galt es: jetzt oder nie. Ich musste mich beeilen.

Nach wie vor hielt ich es für nicht ratsam, mein eigenes Telefon für eine solch sensible Recherche zu nutzen, für den Fall, dass jemand – sei es nun das FBI oder der IS – die Daten abfing. Stattdessen entschied ich mich für das Satellitentelefon, das Khachigian mir im Schließfach hinterlassen hatte. Ich schaltete es an und bekam rasch ein Signal. Ich rief Google auf und gab die drei Namen ein, die der Meisterspion mir in seinem Brief übermittelt hatte.

Der Erste, um den ich mich kümmerte, war Paul Pritchard. Ich stieß zwar nicht direkt auf biografische Daten, aber einen aus dem Jahr 2012 stammenden Hintergrundbericht über ihn in der *Washington Post*. Der musste fürs Erste genügen. Pritchard, so hieß es darin, sei ein ehemaliger Agent des Geheimdienstes der U.S. Army, der im ersten Golfkrieg sowohl im Irak als auch in Kuwait gedient hatte, bevor er zur CIA ging. Dort hatte er eine Undercover-Mission übernommen und sich später zum Stationsleiter in Damaskus hochgearbeitet.

Danach wurde es merkwürdig. Der *Post*-Artikel behauptete, Pritchard sei von Khachigian aus den Diensten der CIA entlassen worden. Die Gründe gingen aus dem Bericht nicht hervor. Ein Jahr später berichtete das *Wall Street Journal*, dass eine Autobombe ihn in Khartum getötet hatte. Wie konnte das sein? Vielleicht war er gar nicht tot, denn warum hätte Khachigian ihn sonst als Kontaktperson in seinem Brief aufgeführt?

Walid Hussam wurde mehrfach erwähnt, unter anderem bei Al-Arabiya. Dem Sender zufolge war er zu Zeiten Hosni Mubaraks Direktor des ägyptischen Geheimdienstes gewesen. Wieder war ich verwirrt. Auf den ersten Blick schien es, als wäre Hussam schon lange kein Spion mehr. Er hatte ein Buch über den Arabischen Frühling geschrieben, das sich nicht sonderlich verkaufte und in Rezensionen regelrecht zerrissen wurde. Für kurze Zeit hatte er an der amerikanischen Universität in Kairo als Dozent unterrichtet, war dann aber von den Radarschirmen verschwunden. Ich fand keinen Fetzen Information mehr über ihn, keinen Artikel, keine mediale Erwähnung innerhalb des letzten halben Jahrzehnts. Warum um alles in der Welt wollte Khachigian, dass ich mit ihm sprach?

Der dritte Eintrag auf Khachigians Musst-du-unbedingt-treffen-Liste war Mohammed bin Zayid. Der Name kam mir vage bekannt vor. Ich wusste, dass er der Herrscherfamilie der Vereinigten Arabischen Emirate angehörte, an etwas anderes erinnerte ich mich nicht. Bei meiner Google-Suche traf ich auf eine wahre Goldader. Es gab haufenweise Berichte und Artikel über ihn. Jeder einzelne davon thematisierte, dass er fast zwei Jahrzehnte als Botschafter der VAE im Irak gewesen war, bevor er vor zehn Jahren bei einem Bombenanschlag in Bagdad schwer verletzt wurde. Man hatte ihn pensioniert, deshalb war ich ihm wahrscheinlich nie begegnet. Kürzlich hatte man ihn allerdings zum Chef des Geheimdienstes der Vereinigten Arabischen Emirate ernannt.

Na, immerhin war wenigstens einer von den Leuten auf Khachigians Liste noch im Spionage-Geschäft aktiv. Die anderen schienen den Dienst quittiert zu haben oder, im Fall Paul Pritchards, gar nicht mehr am Leben zu sein. Ich fragte mich, ob es möglich sein konnte, dass ausgerechnet Khachigians Informationen derart veraltet waren.

In diesem Augenblick erklangen Schritte vor meiner Tür. Eine leise Stimme sagte: »Sind Sie sicher, dass es der richtige Raum ist?«

Ich schaltete Khachigians Satellitentelefon rasch ab, verstaute es in der Aktentasche und schob diese unter das Bett. Dann wandte ich mich mit klopfendem Herzen der Tür zu. Ich wartete einen Augenblick und erkannte im Spalt unter der Tür Schatten, die sich bewegten. Jemand ging auf und ab. Die Besucher schienen zu überlegen, was als Nächstes zu tun sei.

Ich erhob mich und drückte mich links neben der Tür an die Wand. Angestrengt lauschte ich der Unterhaltung im Flur. Jeden Augenblick würden sie hereinstürmen und ich hatte keine Ahnung, was dann geschah.

Plötzlich trat völlige Stille ein. Niemand pirschte mehr hin und her, niemand sagte etwas. Ich war sicher, was auch immer geschah, es würde jetzt gleich passieren.

Ich entschloss mich, nicht länger abzuwarten. Mit der Linken packte ich den Türknauf, drehte ihn nach rechts und stieß die Tür auf. Ich war entschlossen, mich der Bedrohung zu stellen.

Auf Schlimmste gefasst, fand ich im Gang lediglich einen verwirrten Agent Harris vor, der ein Handy ans Ohr hielt.

»Vergessen Sie's«, sagte er zum unbekannten Gesprächspartner am anderen Ende. »Es ist das richtige Zimmer. Ich rufe zurück.«

Langsam setzte meine Atmung wieder ein.

»Hey«, meinte Harris ruhig. »Haben Sie jemand anders erwartet?«

»Sie sicher nicht, das steht schon mal fest.«

Wir standen einen Augenblick bloß da; jeder in der Erwartung, dass der andere das Wort ergriff.

Ich tat es schließlich. »Wollen Sie nicht reinkommen?«

Mit ausdrucksloser Miene folgte Harris der Aufforderung. Ich schloss die Tür hinter uns.

»Bitte sagen Sie mir, dass es nicht für jeden so einfach ist, mich zu finden.«

»Nein, keine Sorge«, beruhigte er mich. »Ein paar Kollegen sitzen in der Lobby, die anderen bewachen sämtliche Zugänge des Hotels und beide Enden des Korridors. Wir haben auch ein paar Videokameras installiert, die wir von einem provisorischen Kommandozentrum im ersten Stock aus überwachen. Glauben Sie mir, Sie sind hier sicher. Ich hatte nur Ihre Zimmernummer vergessen, das ist alles.«

»Und warum sind Sie gekommen?«

»Wir haben ein Problem.«

»Und zwar?«

»Wir haben einen Verdächtigen verhaftet.«

»Aber das ist doch etwas Positives, oder nicht?«

»Ja und nein.«

»Was soll das heißen?«

»Ja, wir haben ein IS-Mitglied verhaftet. Toll. Das Problem sind die Daten, die wir aus dem Handy dieses Kerls ausgelesen haben. Sie deuten darauf hin, dass mindestens noch zwei weitere IS-Schläfer in New England unterwegs sind.«

»Und Sie machen sich Sorgen, dass sie einen Anschlag auf die Gedenkfeier morgen früh planen?«

»Nein. Wir haben den Secret Service, das FBI und die lokalen Sicherheitsbehörden zur Sicherung abgestellt. Da kann nichts passieren.«

»Was dann?«

»Es geht um das, was passieren könnte, wenn der Vizepräsident nach Washington zurückkehrt und dieser ganze Medienzirkus vorbei ist«, erklärte Harris. »Wir glauben, die beiden Schläfer könnten den Befehl erhalten haben, Sie und den Rest Ihrer Familie auch noch zu töten.«

Das traf mich wie ein Faustschlag in die Magengrube. »Sie behaupten also, dass man uns endgültig auslöschen will?«

Harris antwortete nicht sofort, aber ich konnte es ihm von den Augen ablesen.

»Ich verstehe«, sagte ich und zwang mich, ruhig durchzuatmen. »Was also schlagen Sie vor?«

»Es wird Ihnen nicht gefallen.«

»Es gefällt mir jetzt schon nicht.«

»Ich wünschte, es gäbe eine andere Möglichkeit, aber um ehrlich zu sein, fällt mir keine ein.«

»Was haben Sie vor?«

»Wir werden Sie in unser Zeugenschutzprogramm aufnehmen.«

»Wie bitte?«

»Ins Zeugenschutzprogramm des FBI. Sie müssen von der Bildfläche verschwinden.«

43

»Sie machen Witze«, versetzte ich scharf.

Ich hatte heute noch kaum etwas gegessen und wenig geschlafen. Ich war völlig überfordert mit allem, was ich für den morgigen Tag organisieren musste, und jetzt so etwas.

»Das ist also Ihr Plan«, stellte ich fest. »Sie und eine Handvoll Genies in Washington wollen uns vieren künstliche Schnurrbärte ankleben, uns nach Utah, New Mexico, Alaska oder wohin auch immer verfrachten, unsere Namen ändern, uns Alpakas züchten lassen und wollen uns von unseren Freunden, unseren Verwandten und allem, was unser Leben ausgemacht hat, abschneiden. Sind Sie jetzt völlig übergeschnappt?«

»Nun, was die Alpakas und die Schnurrbärte angeht, kann ich Sie beruhigen. Und wenn Sie sich nur einen Augenblick Zeit nehmen, dann …«

»Nein«, erklärte ich und kämpfte gegen einen akuten Anfall von Klaustrophobie an. »Das muss ich mir nicht antun.«

»Doch, J. B., Sie müssen sich setzen und gut zuhören«, mahnte Harris mit strenger, aber ruhiger Stimme. »Sie und Ihre Familie werden vom IS systematisch gejagt. Weil Sie Abu Khalif persönlich kennen. Sie sind ihm begegnet und haben mit ihm gesprochen. Sie haben mit eigenen Augen erlebt, wie er Menschen umbringt. Und er hat

Ihnen persönlich seine Pläne geschildert, die USA vor der eigenen Haustür anzugreifen. Kein anderer Amerikaner ist in der Lage, ihn bei einer Gegenüberstellung zu identifizieren, hat je seine Stimme gehört oder könnte ihn beschreiben. Er will Sie töten, weil Sie eine Bedrohung für ihn darstellen. Wenn wir Abu Khalif fassen – was wir im Übrigen tun werden, das versichere ich Ihnen –, wird er vor Gericht gestellt. Dort muss er sich für all das Blut, das er vergossen hat, und all die Leben, die er zerstört hat, verantworten. Und dann werden Sie als Zeuge gegen ihn aussagen. Wenn meine Kollegen und ich unseren Job richtig machen, wird er für seine Verbrechen gegen die Menschheit zahlen, indem man ihm eine tödliche Injektion verabreicht. Aber das wird noch dauern. Bis es so weit ist, schweben Sie und Ihre Familie deshalb in tödlicher Gefahr. Und deshalb sage ich Ihnen, dass ...«

»Vergessen Sie's«, schnitt ich ihm das Wort ab. »Sie verschwenden nur Ihre Zeit.«

Harris ließ nicht locker. »Deshalb brauchen wir Sie als Zeugen der Anklage. Wenn Sie dem zustimmen, dann ...«

»Ich sagte, vergessen Sie's. Ich bin Reporter, kein FBI-Informant.«

Harris ließ sich nicht aus der Ruhe bringen. Er redete einfach weiter. »Wenn Sie mir zusichern, dass Sie eine Aussage machen, kann die Regierung veranlassen, Sie und Ihre Familie zu schützen. Wir können Ihnen allen eine neue Identität verschaffen. Wir können dafür sorgen, dass Abu Khalif und seine Männer Sie und Ihre Familie niemals finden. Aber nur, wenn Sie das hier unterschreiben.«

Er zog ein Schriftstück aus der Brusttasche und hielt es mir hin.

»Was ist das?«, fragte ich.

»Eine Einverständniserklärung. Sie umreißt den weiteren Ablauf und erläutert, welche Verpflichtungen Sie eingehen.«

»Behalten Sie sie«, meinte ich. »Ich will sie nicht.«

»Und was ist mit Matt?«

»Der will sie auch nicht.«

»Und Annie und Katie?«, bohrte er nach. »Wollen Sie ernsthaft behaupten, sie alle wollen den Schutz der Regierung nicht in Anspruch nehmen nach allem, was sie durchgemacht haben? Sie behaupten, Ihre Familie will keine Chance, ihre Wunden zu heilen und ein Leben frei von Angst zu führen, ohne damit rechnen zu müssen, dass Abu Khalif eines Tages auftaucht und zu Ende bringt, was er vor einer Woche begonnen hat? Sie wollen mein Angebot ausschlagen und Ihrer aller Leben ungeschützt dieser Gefahr aussetzen?«

Ich wollte das alles nicht hören.

»Kommen Sie schon, Collins. Sie schulden es Ihrer Familie und nicht zuletzt sich selbst, es wenigstens durchzulesen, mit Matt darüber zu sprechen, sich die Sache durch den Kopf gehen zu lassen und dann erst zu entscheiden. Aber Sie werden sich beeilen müssen, wir haben nicht viel Zeit.«

Meine Gedanken überschlugen sich. Einerseits konnte ich nicht glauben, was ich da hörte. Auf den ersten Blick klang das alles lächerlich, wie etwas, das man nur im Film erlebte. Aber so ungern ich es zugab, Harris hatte irgendwo recht.

»Also, wie würde das funktionieren? In wenigen Worten zusammengefasst.«

»Zuerst müssen Sie und Matt diese Einverständniserklärung unterzeichnen. Dann werden wir Sie alle in eine Flugambulanz setzen, vorzugsweise gleich morgen Nachmittag nach der Gedenkfeier. Ich wurde persönlich abgestellt, Sie an den Ort zu bringen, den wir für Sie ausgewählt haben.«

»Und wo wäre das?«

»Das werden Sie erfahren, wenn Sie dort sind.«

»Wir dürfen uns das nicht aussuchen?«

»Es ist besser, wenn Sie es nicht tun.«

»Aber warum nicht?«

»Damit Sie keinen Ort wählen, über den Sie mit Ihrer Familie oder mit Freunden schon einmal gesprochen haben. Einen Ort, an dem man Sie vermuten und wo man nach Ihnen suchen könnte.«

»Gut«, meinte ich, war aber jetzt noch unglücklicher mit diesem Arrangement. »Was dann?«

»Wir schicken ein medizinisches Team mit, das sich rund um die Uhr um Annie und Katie kümmert. Sieben Tage die Woche, bis die zwei wieder vollständig gesund sind. Man wird für Katie Privatunterricht organisieren, sobald es ihr besser geht, bis sie gefahrlos eine Schule vor Ort besuchen kann. Sie und Matt würden in der Anfangszeit rund 60.000 Dollar jährlich bekommen, bis Sie jeder einen Job finden und auf eigenen Beinen stehen können. Und Sie werden natürlich alle neue Identitäten bekommen. Sie wären völlig vom Radar verschwunden. Es gäbe keinerlei Verbindungen zu Ihrem bisherigen Leben.«

»Keine Kontakte zu Familienmitgliedern?«

»Nein.«

»Freunde?«

Harris schüttelte den Kopf.

»Arbeitskollegen?«

»Tut mir leid, nein. Das Ganze passiert nur, wenn Sie allen Bedingungen zustimmen, und die wichtigste lautet: kein Kontakt zu irgendjemandem aus Ihrer Vergangenheit. Ich kann mir vorstellen, dass das schwer zu verkraften ist, aber glauben Sie mir, es dient Ihrer eigenen Sicherheit.«

»Und wenn wir uns darauf einlassen, glauben Sie, dass es funktionieren wird?«, wollte ich wissen. »Sie können uns wirklich schützen?«

»Das können wir«, bestätigte Harris. »Seit dieses Programm 1971 gestartet wurde, haben wir nahezu 20.000 Menschen aufgenommen und schützen sie seither.«

»Und wie viele haben Sie verloren?«

»Sie meinen, von denen, die diese Regeln befolgt aben?«

»Genau.«

»Keinen.«

44

Matt traf um kurz nach zehn im Hotel ein. Ich hatte kurz mit ihm telefoniert und ihm Harris' Vorschlag in groben Zügen umrissen.

Man hatte uns allerdings nicht gestattet, die eigenen Handys zu benutzen, also hatte Harris mir seins gegeben und Matt das eines der Agenten im Krankenhaus benutzt.

Die Technikspezialisten des FBI versuchten immer noch, in Erfahrung zu bringen, woher die Terroristen wussten, dass wir in jener schicksalhaften Nacht um 19 Uhr hatten eintreffen wollen. Harris meinte, wir sollten besonders vorsichtig sein, bis sich der Verdacht ausräumen ließ, dass der IS eines oder gar beide Smartphones angezapft hatte.

Matt zog mich in der Lobby des Harborside Hotels in eine kräftige Umarmung. Er wollte mich gar nicht mehr loslassen.

»Du siehst schrecklich aus«, brachte ich hervor, um die Situation etwas aufzulockern.

»Danke«, konterte er in gleichem Tonfall und ließ mich los.

»Hast du heute schon was gegessen?«

Er starrte mich einen Augenblick lang an und schüttelte den Kopf.

»Dachte ich mir fast.« Ich forderte ihn auf, mir durch den Flur ins Hotelrestaurant zu folgen. Das FBI und der Secret Service hatten den Laden quasi exklusiv angemietet, so waren wir die einzigen Gäste. Ich bat Harris, jemanden aufzutreiben, der uns ein paar Omeletts mit Würstchen und Speck briet und eine anständige Tasse Kaffee kochte. Er gab den Wunsch per Funk an einen seiner Kollegen weiter und positionierte sich mit unserer Leibgarde an ein paar Tischen in der Nähe der Tür.

Matt und ich entschieden uns für einen Platz weiter hinten. Matt entledigte sich von Mantel, Schal und Handschuhen, während ich ihn zu Annie und Katie ausquetschte. Es gab nichts Neues. Zumindest nichts Gutes, aber glücklicherweise auch nichts Schlechtes. Matt selbst hatte wieder mal nicht geschlafen, zumindest nicht viel, wie er verriet. Er behauptete allerdings felsenfest, er habe es immerhin versucht, finde jedoch wegen der traumatischen Erlebnisse keine Ruhe. Jetzt kam noch hinzu, dass das FBI es für das Beste hielt, dass wir unsere Identitäten und jeden Kontakt zu Familie und Freunden aufgaben.

»Also, wie denkst du darüber?«, begann ich, obwohl ich mir schon denken konnte, wie seine Antwort lautete.

»Was ich denke. Was ich denke? Ich denke, dass Harris völlig verrückt geworden ist«, erwiderte Matt. »Was glaubt er denn, wer wir sind? Feiglinge? Wir können doch nicht einfach unser Leben hinschmeißen. Kommt nicht infrage!«

»Das habe ich ihm auch gesagt«, meinte ich ruhig.

»Der Präsident muss endlich Abu Khalif fassen und ausschalten. Punkt. Khalif sollte sich verstecken müssen, nicht wir.«

»Da hast du recht«, pflichtete ich ihm bei.

»Warum reden wir dann überhaupt darüber?«

»Weil der Präsident genau das nicht tun wird. Er gaukelt der Nation mit seinen Bombenattacken und den Drohnenangriffen zwar Aktionismus vor, aber das wird nicht lange anhalten. Er meint es nicht ernst, das wissen wir beide und das weiß auch Abu Khalif. Und obwohl er es nicht offen ausspricht, weiß Harris es auch. Deshalb will er uns in Sicherheit bringen, solange es noch geht.«

»Aber das ist verrückt, J. B. Purer Irrsinn.«

»Ich weiß.«

»Ich werde es nicht tun«, entschied Matt kategorisch. »Du vielleicht?«

Einer der Agenten kam mit einer Kanne Kaffee, zwei Bechern, ein wenig frischer Sahne und etwas Zucker zu uns. Ich schwieg.

Kaum war der Agent wieder in der Küche verschwunden, bestürmte Matt mich. »Willst du das wirklich, J. B.? Dich für den Rest deines Lebens verkriechen? Wurden wir so erzogen?«

»Es geht nicht bloß um uns«, sagte ich mit gedämpfter Stimme und beugte mich zu ihm. »Es geht um Mom und

Josh, und ... noch wichtiger! ... um Annie und Katie. Wenn wir so offen weiterleben, werden sie uns erwischen und zur Strecke bringen. So sieht's nun mal aus. Ohne Wenn und Aber.«

»Können diese Jungs vom FBI uns nicht weiter beschützen?«

»Doch, wenn wir ins Zeugenschutzprogramm wechseln.«

»Und wenn nicht?«

»Dann werden wir sehr bald auf uns allein gestellt sein.«

Matt antwortete nicht. Er goss uns beiden Kaffee ein, nahm sich Zucker und rührte ihn mit einer Gabel um, denn der Agent hatte vergessen, Löffel mitzubringen. Aber er trank nichts, ebenso wenig wie ich.

»Schau, wenn es nur um mich ginge, würde ich es vielleicht riskieren«, meinte ich leise. »Oder um dich und mich. Wir könnten es probieren. Aber wenn wir die Uhr zurückdrehen und Mom, Annie und den Kindern die Chance geben könnten, in Montana oder Arizona oder sonst wo zu leben, nur wir sechs, glaubst du nicht, dass sie dieses Angebot innerhalb von Millisekunden annehmen würden?«

Matt sagte nichts mehr. In der ausgedehnten Stille wurde mir bewusst, dass ich mich gerade selbst zu einer Entscheidung überredete, die mir vor wenigen Stunden noch vollkommen unvorstellbar erschienen war.

»Matt, das alles ist meine Schuld. Ich weiß das, und es macht mich krank. Aber ich kann nicht ungeschehen machen, was vorgefallen ist. Wir müssen uns den veränderten Gegebenheiten stellen. Und weder du noch ich dürfen daran denken, was wir selbst wollen. Wir müssen tun, was für Annie und Katie das Beste ist. Sosehr wir uns auch dagegen sperren ... ich glaube, wir wissen beide genau, was das ist.«

45

Die Agenten brachten uns die Omeletts samt Beilagen.

Wir nickten zum Dank und warteten, bis sie sich zurückgezogen hatten.

»Ich muss dir noch etwas mitteilen«, sagte ich dann.

Mein älterer Bruder starrte mich bloß an. Die Situation überforderte ihn bereits jetzt. Was ich ihm als Nächstes zu sagen hatte, würde es nicht besser machen.

Ich vergewisserte mich noch einmal, dass niemand in unserer Nähe stand, dann erzählte ich ihm von meinem Besuch bei Sullivan & Sullivan, von Khachigians Testament und den über den Daumen gepeilt 30 Millionen, die wir geerbt hatten.

Die falschen Pässe und meinen Besitzanteil am Learjet verschwieg ich allerdings. Das waren Details, von denen er nichts zu wissen brauchte, jetzt nicht und am besten nie. Er hatte genug zu verdauen.

»Aktuell richten die Sullivans zwei nicht rückverfolgbare Bankverbindungen auf den Cayman Islands ein, eine für dich und eine für mich«, berichtete ich. »Gleichzeitig liquidieren sie Khachigians restliches Vermögen. Es wird eine Weile dauern, das Haus zu veräußern, aber der restliche Betrag wird innerhalb von 24 Stunden auf unseren Konten sein.«

Er sah blass aus, als stünde er kurz vor einem neuerlichen Schock. »Was ist mit Laura?«, fragte er dann.

Ich nickte. »Das hab ich auch gefragt. Sie wird einen guten Teil des Vermögens bekommen.«

»Und die Steuern?«

»Ich habe die Sullivans angewiesen, die Beträge, die dafür voraussichtlich anfallen, auf ein eigenes Konto zu überweisen und die Steuerschuld so bald wie möglich zu tilgen.«

»Und ihre Provision?«

»Das ist alles geregelt.«

»J. B., ich kann nicht glauben, was ich da höre. Ich weiß gar nicht, was ich sagen soll.«

»Kann ich mir denken, mir ging es genauso. Ich hatte nur schon einen Tag Zeit, es zu verarbeiten.«

»Hast du es Harris erzählt?«

»Natürlich nicht.«

»Warum denn nicht?«

»Er braucht nichts davon zu wissen. Das geht ihn nichts an.«

»Aber wenn wir tatsächlich ins Zeugenschutzprogramm wechseln, was im Übrigen für mich immer noch lächerlich klingt, wird er es früher oder später herausfinden.«

»Keine Ahnung, mag sein. Darüber können wir uns später Gedanken machen. Fürs Erste müssen wir dich, Annie und Katie in Sicherheit bringen. Und das heißt, dass Harris seine Antwort bekommt.«

»Willst du damit etwa sagen, dass …«

»Leiser, Matt!«

Harris und seine Kollegen wandten sich zu uns um. Ich lächelte unverbindlich.

»Raus damit«, antwortete Matt, diesmal deutlich leiser. »Denkst du ernsthaft drüber nach, dich darauf einzulassen?«

»Das tu ich, um ehrlich zu sein. Aber es geht hier nicht um mich, Matt. Es geht um euch. Wenn ich nicht ins Programm gehe, kann das auch keiner von euch dreien. Ich bin der Zeuge, auf den es ankommt. Ich bin der, der geschützt werden muss.«

Man sah Matt an, dass er sich nicht entscheiden konnte, ob er mir ins Gesicht lachen oder aufstehen und Harris die Faust in die Fresse rammen sollte.

»Du würdest nicht mehr für die *Times* schreiben können.«

»Nein.«

»Und deine Memoiren könntest du auch nicht verfassen.«

»Nein.«

»Auch keine Kolumnen.«

»Nicht wenn ich lange und zufrieden weiterleben will«, erwiderte ich sanft, denn ich konnte mir vorstellen, wie schwer es für ihn war, sich das anzuhören. »Und jetzt iss dein Omelett.«

»Das ist kalt.«

»Ach, und wessen Schuld ist das?«

Matt starrte erst die Eier an, dann mich. Schließlich streute er Salz und Pfeffer darüber und schlang den Tellerinhalt in wenigen Minuten hinunter. Ich aß ebenfalls, hatte aber keinen richtigen Appetit.

»Wie soll das laufen?«, fragte Matt, nachdem wir fertig gegessen und alles mit einem weiteren Becher Kaffee runtergespült hatten.

»Was meinst du genau?«

»Ich meine, die müssen uns doch loswerden, oder? Wie wollen die das anstellen?«

Ich wertete die Frage als gutes Zeichen. Trotz seines Widerstands interessierte er sich für die Details, was bedeutete, dass er sich endlich aufraffte, über die Idee nachzudenken. Vielleicht landeten wir so doch noch bei einem ›Ja‹.

»Wenn sie uns an dem Ort, den sie ausgesucht haben, in Sicherheit gebracht haben, wird man die Nachricht verbreiten, dass wir alle bei der Explosion einer Autobombe vor Portland umgekommen sind.«

»Klingt ziemlich brutal.«

»Schon.«

»Wann wird das sein?«

»In den nächsten paar Tagen.«

»Und dann?«

»Noch eine Gedenkfeier, schätze ich. Ich denke, die Presse wird sich überschlagen. Das wäre ja auch eine Riesenstory. Schon wieder ein terroristischer Anschlag. Damit wär's dann aber auch durch.«

»Jeder wird uns für tot halten.«

»Allerdings.«

»Und das ist okay für dich?«

Ich stieß ärgerlich meinen Teller weg. »Nein, natürlich nicht. Aber, Matt, wie soll ich es dir sonst verklickern? Der vom FBI festgenommene Typ hatte die Nummer deines privaten Smartphones – und meine ebenfalls. Außerdem einen Grundriss und einen Zimmerplan von Moms Haus. Dutzende Bilder von dir und deiner Familie, Notizen über euren Tagesablauf und eure Gewohnheiten, eine Liste aller Freunde und Nachbarn, wann ihr zur Kirche geht, euer Lieblingsrestaurant … alles. Und er hatte einen Schrank voller automatischer Waffen und Plastiksprengstoff. Der Kerl war ein Profi. Und allein zu seiner Zelle gehören noch drei andere. Drei Terroristen, die das FBI noch nicht gefunden hat. Harris erwähnte, dass der Kerl noch mit zwei weiteren Terrorzellen hier an der Nordostküste in Kontakt stand. Und er übertreibt nicht, das sind Tatsachen.«

»Können sie es nicht einfach hinter sich bringen und die Kerle festnehmen?«

»Vielleicht ist es eben nicht so einfach«, erklärte ich. »Harris meinte, dass mindestens 300 Agenten in diesem Fall ermitteln. Also ja, er glaubt schon, dass man diese Terroristen drankriegt. Aber er ist nicht sicher, ob damit alles vorbei ist.«

»Weil Abu Khalif selbst nicht verschwindet«, murmelte Matt und sah zum Fenster hinaus auf die Sonne, die sich im Meer spiegelte.

Er stellte keine Fragen, sondern stellte die bittere Realität fest. Und er lag damit richtig. Ich durfte ihm nicht verraten, was Carl Hughes mir anvertraut hatte, aber das war auch gar nicht notwendig.

»Genau«, bestätigte ich dennoch. »Abu Khalif wird immer noch da sein.«

46

Bar Harbor, Maine
Dienstag, 22. Februar

Ich konnte nicht schlafen und warf mich im Bett hin und her.

Schließlich starrte ich hinauf an die Decke. Das einfallende Mondlicht warf lange Schatten auf die Stuckverzierung. Der Ventilator lief nicht, immerhin betrug die

Temperatur draußen weit unter zehn Grad minus und sank weiter. Ein neues Sturmtief zog auf. Ich hörte, wie der vom Nordatlantik herangetragene Winterwind heulte und an den Fenstern rüttelte.

Meine Hände spielten geistesabwesend mit der Taschenuhr meines Großvaters. Sie zeigte 3:18 morgens an. Meine Gedanken waren Tausende Meilen weit weg. Um genau zu sein, gut 5000 Meilen weit weg in Israel. Wider besseres Wissen hatte ich Yael eine SMS geschrieben; gesagt, wie sehr sie mir fehlte, und mich erkundigt, was sie so trieb. Erwähnt, dass ich mich freuen würde, von ihr zu lesen, und hoffte, dass es ihr gut ging.

In Jerusalem war es gerade zehn Uhr morgens an einem Werktag. Zweifellos hatte sie viel zu tun, hetzte von einem Meeting ins andere, vielleicht sogar mit dem Premierminister oder dem Sicherheitsausschuss des Kabinetts. Ich erwartete nicht ernsthaft, von ihr zu hören. Aber wenn ich schon durch eine vom FBI inszenierte Autobombenexplosion starb, wollte ich mich wenigstens verabschieden. Innerlich rebellierte ich gegen die Tatsache, sie nicht wiederzusehen und nie wieder mit ihr zu sprechen ... wobei wir in den letzten paar Monaten ohnehin kaum Kontakt gehabt hatten. Aber nie mehr? Hätte nicht die Notwendigkeit bestanden, Matt und seine Familie ein für alle Mal in Sicherheit zu bringen, wäre der Gedanke unerträglich gewesen.

Die jüngsten Nachrichten aus dem Krankenhaus fielen nicht gerade ermutigend aus. Annies Vitalwerte blieben stabil, aber am frühen Abend hatte Matt einen Anruf von der Intensivstation erhalten: Katies Atmung hatte ausgesetzt. Es war glücklicherweise sofort bemerkt und innerhalb von Sekunden die Wiederbelebung eingeleitet worden. Inzwischen beatmete man sie künstlich. Derzeit konnte man nichts tun außer beten. Und versuchen zu schlafen.

Wenn ich diesem Rat nur selbst hätte folgen können.

Ich stand auf und holte mir ein Glas Wasser. Ungeachtet der Temperaturen draußen war ich schweißgebadet. Hatte ich mir etwas eingefangen? Vielleicht Fieber oder eine Panikattacke, keine Ahnung. Ein Blick auf meine blutunterlaufenen Augen im Badezimmerspiegel genügte, um mir die Frage zu stellen, ob ich mich nicht selbst ein paar Tage ins Krankenhaus einweisen lassen sollte.

Matt durchlief derweil offensichtlich die fünf Stadien der Trauer. Im Augenblick schlug Leugnen in Wut um. Ich selbst blieb dagegen ruhig. Ich funktionierte besser als Matt, aber das lag wohl nur daran, dass ich noch mitten in der ersten Phase der Verleugnung steckte. Und das nicht nur, weil meine halbe Familie umgebracht worden war, sondern weil es auch so viele andere Menschen erwischt hatte, die mir nahestanden.

Um mich herum schnellte die Zahl der Toten in die Höhe, aber ich machte trotzdem weiter. Irgendwo in den Tiefen meines Unterbewusstseins redete eine schwache Stimme wie aus weiter Ferne auf mich ein, dass ich aufhören müsse. Ich konnte nicht länger Schritt halten, nicht nur von Adrenalin leben. Ich musste mich der Realität stellen, der Tatsache, dass meine Welt zusammenbrach und alles, was ich als selbstverständlich hingenommen hatte, vor dem Aus stand: meine Karriere, meine privaten und beruflichen Kontakte. Selbst von meinem Namen und meiner Identität musste ich mich verabschieden. Das war mir klar, aber akzeptiert hatte ich es noch lange nicht. Wie auch?

Ich schaltete das Licht im Bad ab und ging durchs Schlafzimmer zum Fenster, das aufs Wasser hinauswies. Ich zog die Vorhänge beiseite. Draußen ballten sich am Horizont die Wolken zu einem weiteren Schneesturm zusammen. Sie trieben vom Meer heran, erste Schleier bedeckten bereits hin und wieder den Vollmond und hüllten mein Zimmer vorübergehend in Dunkelheit.

Ich hatte keine Ahnung, was ich Harris am Morgen sagen sollte. Matt und ich hatten vor dem Schlafengehen noch einmal über alles gesprochen. Er hatte versucht, mich davon zu überzeugen, wie albern der Plan des FBI war. Wie immer hatte alles, was er sagte, vollkommen vernünftig geklungen.

Es gab nur ein Argument, das ich ihm entgegenhalten konnte: Wir alle würden sterben … Es sei denn, wir nähmen Harris' Angebot an. Ein absolut überzeugendes Argument, immerhin entsprach es der Wahrheit. Aber das machte es nicht leichter, es zu akzeptieren.

Ich schaltete den Fernseher an und surfte durch mehr als 150 Kanäle, ohne etwas zu finden, das mich interessierte. Ich scrollte auch durch meine iTunes-Bibliothek, hatte aber keine rechte Lust auf Musik. Zum wiederholten Mal überprüfte ich meine Nachrichten. Yael hatte nicht geantwortet. Warum auch? Sie führte ja ein sinnvolles und erfülltes Leben.

Und ich stand im Begriff, meins aufzugeben.

Ich schreckte hoch, weil jemand mit der Faust gegen meine Zimmertür hämmerte.

Schlaftrunken und desorientiert quälte ich mich aus dem Bett und stolperte durch den Raum, um herauszufinden, wer um alles in der Welt so früh am Tag einen solchen Lärm veranstaltete. Es war Matt und sein Blick verriet mir, dass ich in ernsthaften Schwierigkeiten steckte.

»J. B., was ist los?«

»Ich hab geschlafen«, erwiderte ich. »Warum schläfst du nicht auch?«

»Wir warten auf dich!«

»Wieso?«

»Es ist Viertel nach neun! Wir waren um kurz nach neun in der Lobby verabredet. Wir müssen los!«

47

15 Minuten später standen Matt und ich endlich in der Lobby.

Ich teilte Harris mit, dass wir ihm unsere Antwort nach dem Gedenkgottesdienst mitteilen würden und Matt und ich ohne die Agenten, die er uns zugeteilt hatte, zur Kirche fahren wollten, um die Entscheidung noch einmal durchzugehen. Das gefiel ihm nicht, aber ich ließ nicht locker. Er könne uns folgen, sagte ich, aber mein Bruder und ich müssten vor der Feier ein wenig allein sein. Punkt. Immerhin standen wir nicht unter Arrest, waren keine Regierungsangestellten und hatten dem Zeugenschutzprogramm noch nicht zugestimmt. Das FBI besaß also keine legale Möglichkeit, uns von dem abzuhalten, was wir für das Beste hielten. In diesem Augenblick hieß das eben, dass wir allein zur Kirche fuhren.

Wir warteten Harris' Antwort gar nicht erst ab und verließen das Hotel auf der Stelle. Ich öffnete die Tür auf der Fahrerseite des Lincoln, den man uns zugewiesen hatte.

»Raus da«, herrschte ich den Agenten hinter dem Lenkrad an.

Er musterte mich mit leerem Gesichtsausdruck.

»Bitte«, fügte ich hinzu.

Einen Augenblick später drückte er die Finger auf das Mikrofon am Ohr. Er funkte kurz zurück und fragte, ob er das richtig verstanden hatte. Hatte er offensichtlich. Für ihn blieb diese Wendung der Ereignisse mysteriös, aber er verließ den Wagen und ich stieg mit Matt zusammen ein. Der Agent wollte auf der Rückbank Platz nehmen, da trat ich schon aufs Gaspedal und schoss ohne ihn der Straße entgegen, bog links auf die West Street ab, dann rechts auf die Main. Die Agenten nahmen mit quietschenden Reifen die Verfolgung auf.

»Gute Arbeit«, lobte Matt und schnallte sich auf dem Beifahrersitz an. Dann hielt er sich am Türgriff fest. »Jetzt ist das FBI sauer auf uns, fantastisch.«

Es schneite wieder. Bisher waren fast drei Zentimeter frischer Pulverschnee gefallen. Der Wetterdienst prognostizierte, dass es im Laufe des Tages noch etliche mehr wurden. Die Minusgrade blieben im zweistelligen Bereich. Ich schaltete die Heizung höher und die Scheinwerfer an.

»Wir müssen reden.«

»Über deine Manieren?«

»Über Harris' Angebot«, korrigierte ich.

»Du sagtest doch gestern Abend erst, dass uns keine Wahl bleibt. Dass wir sterben, wenn wir es ausschlagen.«

»Das habe ich tatsächlich. Aber ich lag fast die ganze Nacht wach und hab mir alles gründlich durch den Kopf gehen lassen, um einen Ausweg zu finden.«

»Gibt es den?«

»Mir ist keiner eingefallen.«

»Dann müssen wir wohl einwilligen.«

»Vielleicht auch nicht.«

»Aber was ist mit Annie und mit Katie? Du warst es doch, der mahnte, sie müssten unsere erste Sorge sein.«

»Das ist auch so, auf jeden Fall.« Wir näherten uns der ersten von zahlreichen Straßensperren in der Stadt, die heute eher einer militärischen Festung glich.

»Na und?«

»Ich weiß auch nicht.« Ich bremste, bis wir standen. »Uns bleibt noch Zeit bis Ende der Beerdigung, eine Alternative aus dem Hut zu zaubern. Sonst müssen wir ›Ja‹ sagen. Und das will ich eigentlich nicht. Wirklich nicht.«

Wir beide reichten dem schwer bewaffneten Wachposten unsere Ausweise durchs Fenster und zeigten ihm die Badges, die wir trugen: einen vom Secret Service, einen vom FBI. Sie wiesen uns als Personen aus, die beim Gottesdienst und später beim Empfang im Harborside Hotel zu allen Zeiten Zugang hatten. Der Offizier überprüfte alles sorgfältig, dann nickte er und bat uns, den Kofferraum zu öffnen.

»Ich habe zum ersten Mal seit Tagen wieder richtig geschlafen«, sagte Matt, während unser Wagen untersucht wurde. »Und weißt du, warum? Weil ich beschlossen habe, nicht mehr gegen die ganze Sache anzukämpfen, sondern dir zu vertrauen.«

»Du hältst es also für das Beste, wenn wir zustimmen?«

»Ja.«

»Das ist auch die optimale Entscheidung, um Annie und Katie zu beschützen. Vielleicht die einzige.«

»Genau.«

Der Wachposten funkte unsere Namen und das Kennzeichen des Wagens zu den Posten vor uns. Eine Hundestaffel schnüffelte unter dem Auto nach Sprengstoff, dann wurden wir endlich durchgewinkt. Hinter uns rollten Harris und seine Leute in zwei weiteren Lincoln Navigators heran.

Ich bog rechts auf die Mount Desert Street ein und rollte am Parkplatz vor der Kirche vorbei, auf dem Allen das Medienzentrum eingerichtet hatte. Übertragungswagen mit Satellitenschüsseln und Dutzende Autos mit den Logos der Nachrichtensender, zu denen sie gehörten, füllten jeden freien Zentimeter. Wir erreichten den zweiten Parkplatz neben der episkopalischen Kirche des Heiligen Erlösers. Überall standen Polizisten des örtlichen Sheriffbüros und Agenten des Secret Service herum, aber weit und breit gab es keine Reporter oder Kameras zu sehen. Offensichtlich durften andere Besucher die Stellflächen heute nicht nutzen, denn sie waren fast vollständig leer.

Ein Cop in orangefarbener Neonweste wies uns ein. Ich stellte den Motor ab, stieg jedoch nicht aus.

»Matt, erinnerst du dich noch, was ich dir in Amman gesagt habe?«

»Du meinst, dass Abu Khalif gedroht hat, dich und uns alle umzubringen, wenn du nicht exakt das berichtest, was er dir befohlen hat?«

»Genau.«

»Natürlich erinnere ich mich. Als könnte ich so etwas jemals vergessen!«

»Nun, bevor wir da reingehen, muss ich es dir unbedingt noch mal persönlich sagen.«

»Was?«

»Wie leid es mir tut.«

»Was tut dir leid?«

»Ich hätte diese Artikel nie schreiben dürfen. Nicht nur mein Leben stand auf dem Spiel, sondern auch eures. Ich hatte kein Recht, euch alle in Gefahr zu bringen.«

»Nein, sag so was nicht, J. B. Du musstest diese Geschichten veröffentlichen. Ich weiß das.«

»Nein, musste ich nicht.«

»Doch, musstest du. Die Welt hatte ein Recht, es zu erfahren.«

»Aber auf diese Weise habe ich Mom getötet! Und Josh. Und wozu?«

»Das ist nicht deine Schuld, J. B.!«, entfuhr es Matt mit einer Vehemenz, die ich nicht erwartet hatte. »Du hast nur deine Arbeit getan und ich bin stolz auf dich. Es ist nicht deine Schuld. Schuld hat Abu Khalif, er allein.«

»Aber ich …«

»Hör auf. Im Ernst, hör auf. Du hast eine Menge Dummheiten in deinem Leben angestellt, Sachen, die ich nie getan hätte. Aber der Welt zu enthüllen, was hinter dem IS steckt, wer Abu Khalif wirklich ist … das gehörte nicht zu diesen Dummheiten. Ja, es hat uns viel gekostet. Mehr als wir uns je vorstellen konnten, aber es hat auch eine Menge Leben gerettet. Die Wahrheit ist: Ich weiß genau, wo Mom und Josh jetzt sind, nämlich im Himmel, bei Gott. In Sicherheit und Freiheit. Eines Tages werden Annie und ich mit ihnen vereint sein. Ohne Schmerz. Ohne Leid. Ohne Tränen. Gott wird dafür sorgen. Das Einzige, was mir wirklich Sorgen macht, ich meine, was mich ernsthaft in Panik versetzt, ist der Gedanke, du könntest dann nicht bei uns sein.«

48

Wir stiegen gerade aus dem Navigator, als Harris und seine Leute auf den Parkplatz einbogen. In der Ferne waren schon die Sirenen und die Motorräder zu hören, die den Autokonvoi des Vizepräsidenten ankündigten. Er hielt nur wenige Meter von uns entfernt. Agenten des Secret Service in langen Wintermänteln und schwarzen Ray-Ban-Sonnenbrillen verteilten sich, um die Umgebung abzusichern. Der Teamleiter verschaffte sich ein Bild von den Rahmenbedingungen und erhielt von jedem Agenten eine kurze Statusmeldung. Dann öffnete er die Tür des gepanzerten, mit Schnee bedeckten schwarzen Chevy Suburban. Vizepräsident Martin Holbrooke stieg aus und kam sofort zu Matt und mir.

»Mr. Vice President, ich danke Ihnen, dass Sie gekommen sind.« Ich streifte die Handschuhe ab und begrüßte ihn.

»Gentlemen, es ist mir eine Ehre, hier zu sein«, erwiderte Holbrooke. »Im Namen des Präsidenten und auch in meinem eigenen möchte ich Ihnen mein herzliches Beileid zu Ihrem Verlust aussprechen!«

»Danke, Sir, das ist sehr freundlich von Ihnen. Ich glaube, Sie kennen meinen Bruder Matt noch nicht.«

»Nein, leider habe ich Ihre Bekanntschaft bisher nicht gemacht. Schön, Sie kennenzulernen, mein Sohn«, sagte der VP und schüttelte Matt die Hand. »Ich mag mir kaum vorstellen, welchen Schmerz Sie beide gerade ertragen müssen. Aber ich möchte Sie wissen lassen, wie sehr der Präsident und ich – und auch die Nation – Sie beide respektieren und wie entschlossen wir sind, die Verantwortlichen der Gerechtigkeit zuzuführen.«

Ich spannte mich unwillkürlich an. Hoffentlich bekam es niemand mit. Mir war nicht nach Streiten zumute, nicht hier und nicht jetzt. Ich wollte es bloß irgendwie durch den Tag schaffen und Matt helfen, das Gleiche zu tun. Aber zu hören, wie der zweitmächtigste Mann der Welt mir ins Gesicht log – auf dem Grund und Boden einer Kirche zu allem Überfluss –, empfand ich als geradezu unerträglich. Weder Holbrooke noch der Präsident meinten es ernst mit ihren Bemühungen, den Emir des Islamischen Staates zu finden und auszuschalten.

Warum geben Sie es nicht einfach zu?, fragte ich mich im Stillen. Warum geht Holbrooke nicht ins Medienzentrum dort hinten, schart ein paar Reporter um sich und sagt dem amerikanischen Volk direkt in die Kamera: ›Passt auf, der Präsident und ich finden den Terrorismus, den Abu Khalif und der IS in den letzten Tagen, Monaten und Jahren entfesselt haben, wirklich schlimm. Wir haben die Angriffe auf den Friedensgipfel in Amman nicht kommen sehen und Warnungen vor Anschlägen aufs Kapitol und den Rest des Landes, insbesondere hier in diesem kleinen Fischerdorf in Maine, in den Wind geschlagen.

Sicher, wir haben ein schlechtes Gewissen in Bezug auf die Familie Collins und gegenüber allen, die unter dem radikalen Islamismus leiden müssen. Aber wir finden es einfach bequemer, Sie alle anzulügen und zu behaupten, dass wir an einen Sieg des Guten glauben und nicht ruhen werden, bis Abu Khalif bezahlt hat. Aber die Wahrheit ist doch, dass wir Besseres zu tun haben, als uns ausschließlich um Abu Khalif zu kümmern. Wir haben uns nicht wählen lassen, um uns ständig mit dem Nahen Osten auseinanderzusetzen. Offen gestanden sind wir es leid, in einer Tour darüber nachdenken und darüber sprechen zu müssen. Wir haben andere, wichtigere Probleme in unserem eigenen Land, mit denen wir fertigwerden müssen, statt derart viel Zeit und Geld auf Ereignisse zu verschwenden, die auf der anderen Seite der Welt stattfinden.

Also trennen wir uns von unseren sunnitisch-arabischen Verbündeten. Wir haben den Jordaniern kaum finanzielle Hilfen für den Wiederaufbau ihrer Hauptstadt in Aussicht gestellt. Wir stellen den Ägyptern auch nicht genug Flugzeuge oder Drohnen zur Verfügung, geschweige denn Nachtsichtgeräte oder anderes modernes Equipment, um die Anführer des IS festzusetzen. Keiner von uns ist zur Beerdigung des israelischen Premierministers geflogen. Außerdem kürzen wir das Militärbudget der USA und demoralisieren so die Streitkräfte und die Geheimdienste. Wir zwingen eine ganze Reihe von guten, erfahrenen und unersetzlichen Männern und Frauen, in einer Phase auszuscheiden, wo wir sie am meisten brauchen. Es juckt uns offen gestanden nicht. So machen wir das halt. Und Sie können nichts dagegen tun.‹

Das war aus meiner Sicht die Wahrheit. Und ich war stinksauer auf Taylor und Holbrooke.

Trotzdem hielt ich den Mund.

Matts innerer Zwiespalt fiel bei Weitem nicht so heftig aus. Er besaß zwar auch eine dezidierte Meinung, war aber viel zu gutmütig, um sich zu echauffieren. Er trug niemandem etwas nach, hielt solche Wesenszüge für sinnlos. Und obwohl er in vielerlei Hinsicht mit der aktuellen Politik nicht einverstanden war, verspürte er Dankbarkeit, dass der Vizepräsident der Vereinigten Staaten eigens aus Washington angereist war, um an einer Gedenkfeier für seine Familie teilzunehmen. Nicht zuletzt deshalb stand er nun hier, während der Schnee uns alle einhüllte, und dankte Holbrooke mit einer Aufrichtigkeit, die mich zwar beeindruckte, mir gleichzeitig aber völlig abging.

Auf ein Zeichen des Secret Service liefen wir den frisch geräumten Bürgersteig entlang und über den Vorplatz zur Kirche. Matt und Holbrooke gingen voran, ich folgte mit ein paar Schritten Abstand.

Wir betraten das Gebäude durch einen Seiteneingang und wurden dort von Pastor Jeremiah Brooks und der Rektorin der Kirche des Heiligen Erlösers begrüßt, einer freundlichen, silberhaarigen Frau. Brooks war der Pastor meiner Mutter gewesen. Die Rektorin drückte jedem von uns ein Programm in die Hand, dann läuteten die Glocken. Die Trauergemeinde hatte sich bereits vollzählig versammelt, nur wir fehlten noch.

Der Gottesdienst konnte beginnen.

49

Pastorin Brooks geleitete Matt und mich in den Altarraum zur vorderen Reihe. Der Vizepräsident und seine Security folgten.

Die ersten Besucher, die wir bemerkten, waren Annies Mutter und ihre beiden jüngeren Schwestern, die kurz zuvor in der Stadt eingetroffen und als Erstes ins Krankenhaus gefahren waren. Sie saßen ganz in Schwarz gekleidet direkt hinter den uns zugewiesenen Plätzen. Ein herzzerreißender Anblick. Annies jüngste Schwester, noch keine 20, schluchzte. Matt reichte ihr ein Taschentuch, von dem ich vermutete, dass er es eigentlich für sich selbst mitgebracht hatte. Annies Mutter stand am Rand eines

Nervenzusammenbruchs. Ihre Mascara war tränenverschmiert, obwohl die Feier noch gar nicht angefangen hatte. Annies Vater, ein ehemaliger anglikanischer Priester und mittlerweile Farmer in Indiana – das braun gebrannte Gesicht wettergegerbt, die fleischigen Hände voller Schwielen –, tat sein Bestes, um seiner Familie stoisch ein wenig Halt zu geben, wirkte dabei aber selbst, als hätte ihn ein Bus überfahren. Er umarmte Matt leicht verlegen. Er war kein Mann, der die Zurschaustellung von Emotionen sonderlich schätzte, schon gar nicht in der Öffentlichkeit.

Kaum hatten wir Platz genommen, trat die Rektorin vor. Sie hieß jeden willkommen und überließ Pastor Brooks das Podium. Brooks, ein schlaksig wirkender Mann Mitte 60, schaute ernst drein, während er ans Pult trat, die Bibel öffnete und seine Notizen sortierte.

»Ich danke Ihnen, dass Sie gekommen sind«, begann er und nahm die Lesebrille ab, um den Blick über die fast 300 hier Versammelten schweifen zu lassen. »Wir haben uns heute Morgen hier eingefunden, um Margaret Claire Collins und Joshua James Collins zu ehren, ihr Leben zu feiern und ihrer zu gedenken.«

Die beiden Särge, ein langer und ein etwas kürzerer, beide mit Blumengestecken verziert, ruhten auf Katafalken vor dem Altar, kaum zwei Meter von uns entfernt. Ich ertappte mich dabei, dass ich die Särge anstarrte, während der Pastor weitersprach. Brooks erklärte, dass er seit über 30 Jahren der Seelsorger meiner Mutter gewesen sei. Er dankte Matt und mir dafür, dass wir ihm die Leitung des Gedenkgottesdienstes überlassen hatten, und der Rektorin und ihrem Stab für die Gastfreundschaft. Schließlich dankte er auch dem Vizepräsidenten, dass dieser »uns mit seiner Anwesenheit beehrt«. Anschließend begann er mit der Predigt.

Ich hörte nicht zu und wollte es auch nicht. Vielmehr suchte ich nach einer Alternative für den Plan, den Agent Harris vorgeschlagen hatte, und jetzt war die Gelegenheit, darüber nachzudenken. Aber ich saß in der ersten Reihe direkt neben dem Vizepräsidenten. Ich konnte also schlecht auf der Rückseite meines Programmhefts Überlegungen skizzieren. Ich musste wenigstens interessiert wirken, was sich als nicht gerade geringe Herausforderung entpuppte.

Um alles noch schlimmer zu machen, suchte Brooks die ganze Zeit Matts und meinen Blick. Nicht pausenlos, immerhin, er sprach ja auch zur und für die Gemeinde, aber immer wieder schweiften seine Augen in unsere Richtung. Das verursachte mir Unbehagen. Ich ging davon aus, dem Pastor nach diesem Tag nie wieder zu begegnen. Also sollte er sich bitte schön die exklusive Predigt an meine Adresse verkneifen. Leider tat er mir den Gefallen nicht.

»Im Neuen Testament lehrt uns Paulus, dass das Getrenntsein vom Körper Einigkeit mit dem Herrn bedeutet«, erklärte Brooks. »Wenn Sie Maggie und Josh kannten, wissen Sie, dass der Glauben der beiden darauf gründete, dass Jesus Christus auf dem Golgatha sein Blut für sie vergoss und sie dadurch auf ewig mit ihm vereint sind.«

Sein Akzent verriet, dass er aus dem südlichen New Hampshire stammte, eventuell sogar aus Boston, aber definitiv nicht aus Maine. Die Intonation erinnerte mich vage an meinen Großvater.

»Sowohl Maggie als auch Josh wussten, dass Gott sie innig liebt. Sie setzten tiefes Vertrauen in den Bibelvers: ›Ich habe dich je und je geliebt, darum habe ich dich zu mir gezogen aus lauter Güte‹. Sie glaubten wahrhaftig, was der Herr ihnen durch den Propheten Jeremia verkündete: ›Denn ich weiß wohl, was ich für Gedanken über euch habe, spricht der Herr: Gedanken des Friedens und nicht des Leides, dass ich euch gebe Zukunft und Hoffnung‹. Darüber hinaus hielten beide Jesus tatsächlich für den Erlöser, den Messias, der die Prophezeiungen erfüllte, der am Kreuz starb und am dritten Tage von den Toten auferstand. Ich hatte das Privileg, mit Maggie niederzuknien und zu beten, als sie Christus als ihren Erlöser empfing und an den Herrn zu glauben begann. Am Tag, an dem all ihre Sünden vergeben wurden und sie durch den Heiligen Geist wiedergeboren wurde. Und beinahe drei Jahrzehnte später wurde mir die große Freude und Ehre zuteil, auch mit Josh zu beten, als dieser sich entschied, sein Leben Christus zu weihen. Ich weiß, welche Worte sie damals sprachen und wie es ihr Leben verändert hat. Daher kann ich mit absoluter Sicherheit sagen, dass beide wussten, was es mit der Hoffnung auf sich hat, die das Evangelium verkündet.«

Wieder sah Brooks zu mir und Matt. Ich mied seinen Blick.

»Es gab vieles, was ich an Maggie Collins bewunderte und schätzte. Aber auf der Liste ganz oben steht, dass sie ein treues Mitglied unseres Kirchenchors war. Sie kam jeden Sonntag, ob bei Regen oder Sonnenschein, und sang aus vollem Herzen mit. Nicht für mich oder die Gemeinde, sie sang zum Herrn. Man konnte das ihrer wundervollen Stimme anhören und in ihren schönen, lebendigen Augen sehen. Sie *glaubte* nicht nur, dass sie in den Himmel kommt, wenn sie eines Tages stirbt, nein, sie *wusste* es. Sie glaubte an das Versprechen von Christus: ›Ich bin die Auferstehung und das Leben, wer an mich glaubt, der wird leben, obgleich er stürbe‹. Sie glaubte diese Worte, die Jesus an den reuigen Dieb am Kreuz neben sich richtete, mit denen er versprach: ›Wahrlich, noch heute wirst du mit mir im Paradiese sein‹. Ohne den Hauch eines Zweifels wusste sie, dass ihr letzter Atemzug auf Erden gleichzeitig der erste im Himmel, in Anwesenheit ihres Gottes und Erlösers, sein würde, um auf ewig mit ihm vereint zu sein. Offen gestanden, sie konnte diesen Moment kaum erwarten.«

Erinnerungen an meine Mutter, die inmitten ihrer Kollegen vom Kirchenchor stand, stürzten auf mich ein. Sie hatte nicht nur in der Kirche gesungen, mir fiel plötzlich ein, dass ich mich an viele Gelegenheiten erinnerte, bei denen sie alte Kirchenlieder gesummt oder gesungen hatte … während sie kochte, sauber machte oder zum Supermarkt fuhr. Sie hörte nie damit auf, was mich teilweise verrückt machte. Doch was hätte ich jetzt darum gegeben, sie noch einmal *It is well with my soul* anstimmen zu hören!

»Und der kleine Josh … was für ein großes Herz für Jesus!«, fuhr der Pastor fort. »Er kam oft in den Sommerferien nach Bar Harbor, um seine Großmutter zu besuchen, und nahm dann an unserer Ferienbibelschule teil. Es war eine Freude, ihn zu erleben. Vor zwei Sommern lernte Josh innerhalb von zwei Wochen 62 Bibelverse auswendig, stellen Sie sich das vor! Sein Lieblingsvers war einer, dem man so einem kleinen Burschen gar nicht zugetraut hätte. Johannes 15, Vers 13, die Worte unseres Erlösers: ›Niemand hat größere Liebe als die, dass er sein Leben lässt für seine Freunde‹. Ich kann Ihnen sagen, dass ich während meiner langen Zeit als Pastor schon vielen Kindern begegnet bin, aber nie einem, das so war wie Josh.«

Je länger der Pastor sprach, desto tiefer wurde mein Bedauern. Ich dachte daran, wie wenig ich Matts Kinder kannte und wie viel ich von ihrem Leben verpasst hatte. Ich hatte nicht gewusst, dass Josh so viele Verse der Heiligen Schrift auswendig aufsagen konnte oder gar einzelne besonders schätzte.

Plötzlich fiel mir auf, dass es sich um genau den Vers handelte, den auch Khachigian mir in seinem Brief mit auf den Weg gegeben hatte.

»Am Abend des letzten Donnerstags ereignete sich etwas, das für uns eine Tragödie sein mag«, fuhr der Pastor fort. »Aber für Maggie und Josh war es das nicht. Die Seelen dieser geliebten Familienmitglieder und Freunde wurden uns genommen. Aber sie sind nicht verloren, o nein. Maggie und Josh weilen nicht länger unter uns, aber sie sind nicht tot. Sie sind lebendiger denn je zuvor. Diese beiden Heiligen leben und sind zu Füßen des Himmelsthrons wohlauf. In diesem Augenblick beten Maggie und Josh in Gegenwart des Königs aller Könige und des Herrn aller Herren, unseres wunderbaren Vaters und Erlösers Jesus Christus. Ihr irdisches Dasein ist beendet. Ihre Mission hier auf Erden ist erfüllt. Sie sind zu Hause angekommen, sicher und geborgen, und so erwarten sie uns, bis auch unser Zeitpunkt gekommen ist, zu Christus zu gehen. Aber, meine Freunde, eure einzige Hoffnung, sie wiederzusehen, besteht darin, eure Seele dem Gott zu weihen, dem auch sie ihre Seelen anvertrauten, und diesen Schritt zu gehen, bevor ihr euren letzten Atemzug hier auf Erden tut.«

Ich starrte auf die beiden Särge und mit einem Mal überkam mich die Erkenntnis. In den letzten Tagen hatte ich nur von Adrenalin, Pflichtbewusstsein und Verleugnung der Trauer gezehrt. Nun, da ich in dieser Kirche saß und auf diese Holzkisten starrte, überwältigte mich die brutale, ungerechte und grausame Realität. Mom und Josh waren tot. Für immer. Sie würden nie zurückkommen. Und alle Familienereignisse, die ich verpasst hatte, die ich übergangen oder ignoriert hatte, waren ebenfalls Geschichte. Ich würde sie niemals mehr erleben können.

»Meine Freunde, eines Tages, ob wir wollen oder nicht, ob wir bereit sind oder nicht, werden Sie und ich vor dem Richterstuhl Jesu stehen«, sprach der Pastor weiter. Seine Stimme klang unerwartet ruhig und einnehmend gütig. Dies war keine Predigt über Höllenfeuer und Sündenbüßen, wie sie meinem zynischen Verstand vorgeschwebt hatte.

»Wir alle werden den Preis bezahlen müssen. Wenn Sie zum Zeitpunkt Ihres Todes ein Sünder sind, dem nicht vergeben wurde, werden Sie, so sagt es die Bibel, den Preis für Ihre Sünden selbst bezahlen müssen. Das bedeutet, dass Sie zur Hölle fahren werden, für immer. Ohne Entkommen. Aber die Bibel sagt auch, wenn wir bereuen und Christus als unseren Erlöser annehmen, wird er für unsere Sünden an unserer statt bezahlen. Genau genommen hat er das bereits getan, als er vor 2000 Jahren am Kreuz auf dem Golgatha vor Jerusalem starb.

Also stehen Sie heute vor der Wahl: Sagen Sie ›Ja‹ zu Jesus. Nehmen Sie ihn als Ihren Erlöser an, so wie Maggie und Josh es taten. Gott verspricht, Ihnen zu vergeben. Er wird Sie als sein Kind annehmen. Und wenn Sie eines Tages vor ihm stehen und das als einer tun, dem vergeben wurde, nicht als ein Verdammter, dann wird er Sie mit offenen Armen empfangen. So bereitwillig und liebend, wie er auch Maggie und Josh am Donnerstag willkommen hieß.

Oder tun Sie es nicht. Riskieren Sie es, es ist Ihre Entscheidung. Aber ich beschwöre Sie als Mann der Schrift: Spielen Sie nicht mit Ihrer Zukunft in der Ewigkeit.«

Ich rutschte unruhig auf meinem Sitz hin und her. Ich wollte den Pastor und alles, was er sagte, verachten. Doch es gelang mir nicht. Er sprach zu mir, zu mir allein, und was er sagte, erreichte sein Ziel. Ich versuchte, nicht hinzuhören, aber ich konnte nicht anders.

Als die Predigt beendet war, sangen wir ein Lied, dann war es an mir zu sprechen. Mein Magen hatte sich verkrampft, ich sah mit tränenverschleierten Augen auf die Trauergemeinde und fühlte die Schuld so schwer auf mir lasten, dass ich kaum atmen konnte. Ich hatte in dem Bestreben, ein preisgekrönter Kriegsberichterstatter wie mein Großvater zu werden, meine Familie im Stich gelassen. Ich war nicht da gewesen, als sie mich am meisten gebraucht hatte. Ich hatte die großen Augenblicke ihres Lebens verpasst. Und jetzt waren zwei von ihnen meinetwegen tot, zwei andere lagen auf der Intensivstation und kämpften um ihr Leben.

Um ehrlich zu sein, weiß ich nicht mehr, was ich in den nächsten Minuten sagte. Ich hoffe, ich dankte dem Pastor für seine wundervollen Worte, und hoffe auch, dass ich etwas Nettes über Mom und über Josh sagte. Ich kann mich nicht an einen einzigen Satz erinnern. Aber es muss wohl angemessen gewesen sein, denn ich erinnere mich daran, wie nach der Feier Menschen zu mir kamen, um zu kondolieren und mir zu danken, dass ich auf so wundervolle Weise über meine Familie gesprochen hatte.

Nie werde ich hingegen die Rede vergessen, die der Vizepräsident nach mir hielt, so sehr regte ich mich darüber auf. Holbrooke brachte, wie es angebracht war, sein Beileid und das des Präsidenten gegenüber mir und Matt zum Ausdruck, ebenso wie unserer Familie und den anwesenden Freunden. Jemand hatte ihm einige Details über meine Mutter und über Josh verraten – sogar einige Kleinigkeiten zu Annie und Katie, mit denen er seine gedrechselten Phrasen garnierte, als hätte er sie persönlich gekannt, als wären sie uralte Freunde.

Doch das war es nicht mal, was mich so erboste. Mich störte auch nicht, dass er die mittlerweile regierungsüblichen Phrasen über die »Seuche des gewalttätigen Extremismus« und die »feigen Attacken derer, die im Namen des Islam zu sprechen vorgeben, aber doch keine Ahnung haben, worum es bei dieser großartigen Religion des Friedens wirklich geht« drosch. Was mich wirklich unglaublich aufregte, war eine eher beiläufige Bemerkung gegen Ende seiner Rede.

»Wir übergeben heute diese beiden Helden – denn sie sind keine Opfer, sondern wahre amerikanische Helden – der ewigen Ruhe, aber ich habe keine Zweifel: Wir werden den Krieg gegen den IS gewinnen. Wir haben Mossul und den Norden des Irak befreit. Wir merzen ihre Anführer aus. Sie sind auf der Flucht. Was wir diese Woche erleben mussten, ist tragisch, aber seien Sie gewiss: Es sind die letzten Zuckungen einer grausamen, aber im Niedergang begriffenen Bewegung.«

Die letzten Zuckungen? Eine grausame, aber im Niedergang begriffene Bewegung?

Auf welchem Planeten lebte dieser Mann? Bei den Anschlägen des IS waren beinahe doppelt so viele Menschen umgekommen wie damals bei 9/11. Fast ebenso viele Amerikaner waren in einer Woche durch Taten Abu Khalifs im Grab gelandet wie im Zuge der zehnjährigen

Kämpfe in Afghanistan und im Irak. Der IS war wohl kaum ›im Niedergang begriffen‹. Gut, er hatte die Kontrolle über den nördlichen Irak eingebüßt, aber überall sonst hatte er seinen Einfluss festigen können. Das Kalifat breitete sich nach Jemen, nach Somalia und Libyen aus. Es rekrutierte Zehntausende neuer, ausländischer Kämpfer und trieb Millionen an Spendengeldern für seinen Dschihad gegen den Westen ein. Und doch konnte oder wollte diese US-Regierung nichts davon wissen. Man weigerte sich, die eigene volle Kampfkraft in den Ring zu werfen, um diese Macht des Bösen endgültig zu eliminieren.

In diesem Augenblick zerbrach etwas in mir. Ein tiefes und giftiges Gefühl der Demütigung breitete sich in mir aus und wurde von Sekunde zu Sekunde stärker. Es war mit Schuld vermischt und wurde angetrieben von Wut. Ich war außer mir, als die Feier zu Ende ging. Etwas musste getan werden. Abu Khalif betrieb nichts anderes als einen Völkermord. Jemand musste ihn aufhalten. Wer sollte das tun? Der Präsident? Der Vizepräsident?

Auf keinen Fall. Sie waren verachtenswürdige Versager. Ich sah keine Hoffnung, dass sich daran etwas änderte. Doch die Welt konnte nicht auf eine neue Regierung und einen neuen Schlachtplan warten. Ebenso wenig wie ich. Und schon gar nicht der Rest meiner Familie. In meinem Kopf reifte eine Entscheidung.

Und sie fiel ohne den Schatten eines Zweifels.

Ich wusste nun, was ich zu tun hatte, und auch, wie ich am besten vorging.

TEIL VIER

50

Tel Aviv, Israel
Montag, 28. Februar

Ein brutaler Wintersturm hielt Israels größte Küstenstadt in Atem.

Ich saß in der Royal Executive Lounge in der 13. Etage des Carlton Hotels, nur ein paar Blocks nördlich der US-Botschaft. Ich nippte an einem Perrier und betrachtete, wie der Regen an die Scheibe prasselte. Die Palmen draußen bogen sich im Sturm, der mit 40 Meilen pro Stunde über die Stadt fegte. Grelle, gezackte Blitze erhellten hin und wieder den Himmel, krachender Donner ließ die Wände zittern.

Meine Taschenuhr zeigte 17:00 an.

Ich saß den vierten Tag in Folge am selben Ort im selben Ledersessel und sah zum selben Fenster hinaus. Mein Kontaktmann war bislang nicht aufgetaucht, vielleicht war das Ganze eine enorme Zeitverschwendung. Aber es ging wohl nicht anders. Also saß ich da, wartete und übte mich in Geduld. Was nicht gerade zu meinen Stärken gehört.

Am meisten ärgerte mich die Tatsache, dass ich fast die frisch reaktivierte Beziehung zu meinem Bruder ruiniert hätte, um herzukommen. Matt war wütend auf mich und ich verstand nur zu gut, warum er sich verraten fühlte.

Zuerst hatte ihm mein Plan gefallen, aber nur deshalb, weil ich ihm etliche Details verschwieg.

Ich hatte ihn nach dem Gedenkgottesdienst in den gradlinigen Teil eingeweiht. Wir würden Harris' Vorschlag folgen und uns im Zeugenschutzprogramm unterbringen lassen, aber unter einer Bedingung: Das FBI durfte unsere alten Existenzen nicht auslöschen.

Wir würden viele Monate, falls nötig ein ganzes Jahr, aus dem Blickfeld der Öffentlichkeit verschwinden ... so lange, bis Abu Khalif verhaftet war und meine Familie und ich nicht länger in Gefahr schwebten. Ich hatte bei der *Times* unbefristeten Urlaub beantragt, Matt sollte das Gleiche beim Gordon-Conwell-Seminar für Theologie tun. Mithilfe des Federal Bureau konnten wir unbemerkt abtauchen, von Harris mit neuen Identitäten versehen, den dazugehörigen Führerscheinen, Pässen, Kreditkarten und Handys. Wir würden falsche Namen tragen und die dazugehörigen Tarnidentitäten nutzen.

Mit anderen Worten: Wir lebten wie alle anderen im Zeugenschutzprogramm – mit einem grundsätzlichen Unterschied: Wir wären nicht ›tot‹. Keine Autobombe, keine Beerdigung. Die Welt sollte nicht glauben, wir seien verstorben, sondern lediglich, dass wir uns an einem unbekannten Ort von den Anschlägen erholten und die physische, psychologische und spirituelle Unterstützung erhielten, die wir so dringend benötigten. Wenn es uns besser ging, würden wir wieder zurückkommen.

Mein Plan garantierte meinem Bruder volle Anonymität und Schutz sowie eine erstklassige medizinische Versorgung für seine Frau und Tochter. Aber er verschaffte Matt auch die Option, zu gegebener Zeit sein altes Leben weiterzuführen. Ich hielt die Idee in ihrer Schlichtheit fast schon für elegant. Quasi das Beste aus zwei Welten. Matt gefiel sie auf Anhieb.

Harris dagegen nicht ganz so sehr.

Für das FBI entsprach es dem Schlechtesten aus zwei Welten. Wir kosteten den amerikanischen Steuerzahler so viel, als ob wir tatsächlich an dem Programm teilnahmen, hielten uns aber nicht an die damit verbundenen Regeln. Wir nahmen alle Vorteile mit und konfrontierten das FBI im Gegenzug mit enormen Risiken. Abu Khalif würde mitbekommen, dass wir noch lebten, und sein Bestes geben, uns weiterhin zu verfolgen und schließlich auszulöschen. Wenn wir auch nur einen einzigen Fehler machten – und Harris ging davon aus, dass es so kam, immerhin seien wir keine professionellen Geheimagenten –, würde ich nicht mal lange genug überleben, um aussagen zu können.

Also schrie mein Plan förmlich nach einem Kompromiss. Wir schlugen vor, die Kosten unseres ›Verschwindens‹ fifty-fifty mit dem Bureau zu teilen. Ja, die US-Regierung stand auch so noch gewaltigen Kosten gegenüber. Aber Matt und ich verfügten durch das Erbe über ausreichende finanzielle Ressourcen, um einen Teil der Ausgaben zu schultern.

Ich fand nicht, dass wir alles bezahlen sollten, immerhin erwies ich der Regierung durch meine Aussage einen enormen Dienst. Aber wir ließen uns darauf ein, die Hälfte der zusätzlich notwendigen Sicherheitsvorkehrungen zu übernehmen.

Harris bekam beinahe einen Herzkasper, als wir ihm unseren Gegenvorschlag unterbreiteten. Er erklärte ungefähr ein Dutzend Mal, einem solch idiotischen und lächerlichen Plan niemals zuzustimmen. Matt und ich ließen nicht locker. Wir verdeutlichten ihm, dass wir die Sorge des FBI um unser Wohlergehen zu schätzen wüssten und bereit seien, uns eine Zeit lang zu verstecken, aber keinesfalls für immer.

Es war kurz vor Mitternacht am Dienstagabend, als Harris uns erneut im Harborside aufsuchte. Er teilte uns mit, dass unser Ansinnen die komplette Kommandokette durchlaufen hatte. Weder der FBI-Direktor noch der Generalstaatsanwalt zeigten sich sonderlich begeistert, erklärten sich aber am Ende einverstanden – vorausgesetzt, Matt und ich gaben eine zusätzliche Verzichtserklärung ab, in der wir die US-Regierung von jeglichen strafrechtlichen oder zivilen Ansprüchen freisprachen – etwa von dem »nicht auszuschließenden Risiko«, dass der IS einen von uns oder gleich uns alle ermordete.

Natürlich hatten wir unterschrieben. In dreifacher Ausfertigung. Auf Video, mit einem halben Dutzend FBI-Agenten an der Seite, die die eidesstattlichen Erklärungen als Zeugen gegenzeichneten.

Ehe wir uns versahen, wurden wir mitten in der Nacht per Helikopter zum Portland International Jetport transportiert. Dort bestiegen wir einen Gulfstream-IV-Businessjet, der zu einer Luftambulanz umgebaut worden war. Annie und Katie befanden sich bereits an Bord, lagen auf Krankenbetten, hatten Kanülen im Arm, waren an Atmungsgeräte angeschlossen, an EKG-Monitore und Gott weiß was noch alles. Sie wurden von einem Arzt und einer Schwester betreut, die beide in Diensten des FBI standen.

Als der Jet an Höhe gewann, seufzte Matt, lehnte sich zu mir und bedankte sich. Wir waren nun vor dem IS sicher und als Familie vereint. In Anbetracht der Alternativen war das nicht die schlechteste Lösung. Er rollte sich unter einer Decke zusammen, schloss die Augen und schlief wie ein Mann, der seinen Frieden gefunden hatte.

Ich wusste, dass es nicht von Dauer sein würde. Nicht wenn ich ihm vom Rest meines Plans erzählte.

Aber jetzt noch nicht. Er brauchte seinen Schlaf.

Genau wie ich.

51

»Sir, kann ich Ihnen noch etwas von der Bar bringen?«

Die Kellnerin Mitte 20, die mich aus meinen Erinnerungen riss, hatte einen freundlichen Blick und angenehme, zurückhaltende Manieren. Sie wollte mir nichts Böses, sondern erledigte nur ihren Job. Allerdings hatte sie keine Ahnung, was sie bei mir damit auslöste.

Ja, ich hätte gern einen Scotch, on the rocks und mit Zitrone. Ach, bringen Sie mir doch gleich die ganze Flasche.

Und dann noch eine Kiste davon auf mein Zimmer.

Nur eine Handvoll Leute hielten sich in der Lounge auf, keiner davon kannte mich. Der vierte Tag in Folge, ohne dass mich mein Kontakt ein einziges Mal angerufen oder wenigstens eine E-Mail oder SMS geschickt hatte. Yael reagierte ebenfalls auf keins meiner Lebenszeichen. Sie wusste, dass ich hier war, auch dass ich sie sehen wollte, doch sie ignorierte mich. Wenn es je Gründe gegeben hatte, sich die Kante zu geben, dann jetzt.

»Vielleicht einen Cappuccino«, sagte ich stattdessen und rang mir ein Lächeln ab.

Wieder donnerte es. Das ganze Hotelgebäude erbebte.

Ich schielte einmal mehr auf meine Taschenuhr. Es ging auf sechs zu, jetzt saß ich beinahe schon neun Stunden hier. Wie gesagt: den vierten Tag in Folge.

Ich fragte mich, wie lange ich noch warten wollte und was ich eigentlich hier machte. Khachigian hatte mir immerhin eine Art Ablaufplan geschickt, mir Namen geliefert, Quellen, denen er vertraute. Anstatt diese Leute zu finden, verschwendete ich meine Zeit in dieser Lounge.

Ich stand auf, um mir ein wenig die Beine zu vertreten. Hier gab es nichts zu sehen und es war auch niemand da, mit dem ich hätte plaudern wollen. Ein glückliches Pärchen genoss ein Date, gönnte sich Champagner und lachte miteinander. Ein paar Geschäftsleute handelten einen Telekommunikations-Deal aus. Dann gab es noch zwei grauhaarige ältere Damen, eindeutig Touristinnen. Eine las Agatha Christies *Mord im Orientexpress*, die andere blätterte in der aktuellen Ausgabe des *National Enquirer*.

Echt jetzt?, dachte ich. *Da kommt jemand ins Heilige Land und liest so einen Boulevard-Dreck?*

Nun, was hätte sie sonst tun sollen? Bei so einem Wetter ging man nicht freiwillig vor die Tür. Die Sturmfront, die über die Mittelmeerküste Israels hereinbrach, glich einer mittleren Sintflut.

Ich setzte mich wieder hin und startete die Bibel-App auf meinem Handy. Da ich in den letzten vier Tagen kaum etwas Besseres zu tun gehabt hatte, hatte ich mich in das Johannes-Evangelium eingelesen; nicht so sehr deshalb, weil es mich interessierte, sondern vor allem, weil ich es Matt versprochen hatte. Fakt war, nachdem ich damit fertig war, nahm ich mir auch gleich die anderen drei Evangelien und so ziemlich alle anderen Teile des Neuen Testaments vor. Sich hier in Israel damit zu beschäftigen, kam mir angemessen vor. Immerhin hatte sich das meiste, was geschildert wurde, in diesen Breitengraden ereignet.

Ich stellte fest, dass mich das Zeugnis des Lukas besonders faszinierte. Lukas war Heide gewesen, ein Arzt, gebildet und wortgewandt. Im Gegensatz zu den anderen Aposteln nahm er nicht für sich in Anspruch, Augenzeuge der Geschehnisse gewesen zu sein, aber er verfolgte die Absicht, eine ›systematische Chronik‹ über das Leben Jesu zusammenzustellen. Wie ein Journalist. Ein Auslandskorrespondent. Und er beherrschte sein Handwerk. Die Schilderungen schlugen einen in den Bann, fielen detailreich aus, garniert mit anschaulichen Zitaten und schillernden Anekdoten. So etwas hatte ich noch nie gelesen.

Die Kellnerin servierte meinen Kaffee. Ich bezahlte und lenkte meine Augen auf das Unwetter, das draußen tobte. Inzwischen war die Sonne untergegangen, die Dunkelheit übernahm das Regiment. Alles, was ich hinter der Scheibe erkennen konnte, war mein eigenes Spiegelbild … das wollte ich gerade nicht sehen. Ich nahm einen Schluck Kaffee, schloss die Augen und kehrte in der Zeit zurück. In die umgebaute Gulfstream, die gerade landete.

Ich erinnerte mich daran, wie Matt aus dem Schlaf hochschreckte. Daran, dass er sich suchend umblickte und für einen Moment nicht wusste, wo er war. An die aufmerksame Erwartung, mit der er sich die Augen rieb und auf die Uhr schaute. Wie er sich vorbeugte und mir zuflüsterte: »Zehn Mäuse, dass wir gerade in Wichita gelandet sind.«

»Du meinst Kansas?« Ich rieb mir ebenfalls die Augen. Im Gegensatz zu ihm hatte ich überhaupt nicht geschlafen.

»Genau.«

»Wie kommst du drauf?«

»Keine Ahnung. Wir sind doch rund vier Stunden lang geflogen, mehr oder weniger. Wenn wir nach Westen geflogen sind, dürften wir jetzt in der Gegend um Wichita sein.«

»Oder genauso gut in Oklahoma City.«

Matt zuckte mit den Achseln. »Möchtest du da etwa leben?«

»Wohl kaum. Ich bin mir trotzdem sicher, dass wir nicht in Kansas sind.«

»Woher willst du das wissen?«

»Es ist nicht annähernd kalt genug.«

Und schon öffnete sich die Einstiegsluke neben dem Cockpit und Agent Harris betrat die Passagierkabine. Helles Sonnenlicht flutete herein, gefolgt von einer warmen, leicht feuchten Brise. Wir waren nicht nach Westen geflogen, sondern nach Süden.

»Ihre neue Heimat, Gentlemen«, begrüßte uns Harris. »Willkommen auf Saint Thomas.«

Wir verließen das Flugzeug und begaben uns zu einem weißen Ford Explorer, der auf uns wartete.

»Ihre Frau und Ihre Tochter werden zu einer für solche Fälle ausgerüsteten Klinik auf der anderen Seite der Insel gebracht. Sie können sie heute Nachmittag besuchen, aber zuerst möchte ich Ihnen das Haus zeigen, in dem Sie wohnen werden, und noch einige Einzelheiten erklären. Gegen Mittag fliege ich nach Washington zurück.«

»Warum haben Sie uns ausgerechnet hierher gebracht?«, fragte ich. Es klang ablehnender, als ich beabsichtigt hatte. Wir krochen eine enge Serpentinenstraße hinauf, von dichter tropischer Vegetation gesäumt. Es herrschte Linksverkehr wie in Großbritannien.

»Ist einer von Ihnen schon mal hier gewesen?«, wollte Harris wissen.

Ich verzichtete auf eine Antwort.

»Haben Sie uns deshalb hergebracht?«, fragte Matt zurück. »Weil wir noch nie hier waren?«

»Denken Sie mal nach. Hier kennt Sie keiner. Hier liest auch kaum jemand die *New York Times*. Sie haben nie überlegt, hier Urlaub zu machen, geschweige denn hier zu leben. Das sind Sie einfach nicht. Ich kann es Ihnen an der Nasenspitze ansehen, an Ihrer ganzen Körpersprache. Sie sind an raues Klima gewöhnt, an Berge und Seen. Sie mögen Eisfischen und Jagen, haben nichts gegen tiefen Schnee und bittere Kälte, Sie mögen so etwas sogar. Wenn ich es Ihnen erlauben würde, wären Sie vermutlich gerade zum Skilaufen in Killington. Und genau deshalb ist dieser Ort perfekt. Niemand käme auf die Idee, hier nach Ihnen zu suchen. Wichita? Vielleicht, möglicherweise auch Oklahoma. Aber in der Karibik? Niemals.«

Wir erreichten eine Weggabelung. Ein Schild zeigte an, dass die rechts abzweigende Route nach Magens Bay führte, aber für uns ging es weiter nach links. Die Straße wand sich weiter den Berg hinauf, Richtung Norden. Wir hielten in einem Ort, der sich Tropaco Point nannte.

»Sie befinden sich genau genommen noch auf amerikanischem Boden, meine Herren«, erklärte Harris. »Saint Thomas gehört zu den Amerikanischen Jungferninseln und damit zu den nicht inkorporierten Außengebieten der Vereinigten Staaten. Man braucht keinen Pass, um vom Festland herzufliegen, und kann in US-Dollars zahlen. Es gibt genügend käsebleiche Touristen und Geschäftsleute, genau wie Sie beide, die hier Urlaub machen oder sich zur Ruhe setzen. Auf diese Weise fallen Sie nicht sonderlich auf.«

Ich musste zugeben, dass Harris' Logik bestechend klang. Weder Matt noch ich wären freiwillig auf die Idee gekommen, an diesem Ort Zuflucht zu suchen. Sobald wir in die Auffahrt zu einem zweistöckigen, gelb gestrichenen Haus mit hellblauen Fensterläden einbogen, konnte ich sehen, wie Matt sich zunehmend für diese Idee erwärmte.

Und warum auch nicht? Das Thermometer zeigte angenehme 27 Grad. Der Blick von jedem der drei Balkone war absolut spektakulär, am blauen Himmel schwebten bauschige Wolken. In der von weißen Sandstränden gesäumten Bucht direkt vor uns leuchtete das Meer. Segelboote glitten über das Wasser, das ein grandioses Azurblau aufwies, wie ich es so noch nirgendwo gesehen hatte. Über allem wehte ein laues tropisches Lüftchen.

Wir hätten uns nie vorgestellt, an einem so wundervollen Ort zu leben.

Drinnen wurde es sogar noch besser.

Wir fingen im Keller an, wo Harris uns den Panic Room zeigte, nach Maßstäben des Nahen Ostens ein ausgewachsener Bunker. Getarnt hinter einem beweglichen Bücherregal, wies er einen Betonboden und über einen halben Meter dicke, mit Stahl verstärkte Wände auf. Auch die Decke wurde von Stahlplatten durchzogen, die verhindern sollten, dass sich Eindringlinge vom Erdgeschoss aus durchbohrten. Die Tür bestand ebenso aus Stahl und Kevlar, die gesamte Struktur war resistent gegen Explosionsdruck und hermetisch versiegelt, sodass Qualm, Tränengas und andere Toxine nicht eindringen konnten.

Der Raum verfügte über drei Doppelbetten für bis zu sechs Leute, ein Duschmodul mit integrierter Toilette, eine kleine Küchenzeile und einen Vorrat an Wasser und tiefgefrorenen und getrockneten Lebensmitteln für 30 Tage. Es gab auch eine Kommunikationskonsole mit Zugriff auf die im ganzen Haus verteilten Überwachungskameras. Im Ernstfall konnten wir mit den lokalen Behörden sowie der FBI-Niederlassung hier auf Saint Thomas Kontakt aufnehmen. Harris erklärte uns das ausgeklügelte System von Hightech-Akkus, die uns mit der notwendigen Energie versorgten, falls wir vom lokalen Stromnetz abgeschnitten wurden.

Der Rest des Hauses fiel mit insgesamt sechs Schlafzimmern und einem mit professionellem medizinischen Equipment ausgestatteten Bereich nicht weniger beeindruckend aus. Alles war möbliert und komplett mit Wäsche, Tischtüchern, Bettzeug, Geschirr, Tafelsilber und weiteren Annehmlichkeiten ausgestattet. Es gab sogar eine Art Kino im Untergeschoss und Fernseher in fast jedem Zimmer sowie eine Satellitenschüssel auf dem Dach. Hinter dem Gebäude warteten in einer Garage zwei Autos – ein Toyota RAV4 in Metallicbronze und ein kakigrüner Jeep Grand Cherokee.

Das FBI hatte offenbar an alles gedacht.

»Hast du je etwas so Schönes gesehen?«, fragte mich Matt am Abend. Harris war abgereist und wir saßen auf einem der Balkone und bewunderten den Ausblick auf die Magens Bay.

»Kann ich nicht behaupten.« Ich war froh, Matt so glücklich zu sehen.

Das hielt ich für den passenden Moment, ihn in die nächste Stufe meines Plans einzuweihen.

52

Tel Aviv, Israel

Ich zahlte die Rechnung an der Rezeption und verließ das Carlton.

Es war windig, feucht und grau, aber irgendwann im Lauf der Nacht hatte der Regen aufgehört. Ein Page winkte mir ein Taxi heran. Kurz vor sieben morgens. Ich hatte keine Zeit für ein Frühstück oder auch nur eine anständige Tasse Kaffee gefunden, wollte aber keine Minute länger als nötig in diesem Land bleiben. Ich hatte bereits viereinhalb Tage verschwendet und die Nase voll.

»Zum Flughafen bitte.« Schon rollten wir los.

Ich fühlte mich mies, weil ich Matt im Streit verlassen hatte. Als ich ihm mitteilte, dass ich nicht auf Saint Thomas zu bleiben gedachte, bekam er einen Wutanfall. »Bist du verrückt geworden?«, brüllte er. »Wir sind doch gerade erst angekommen!«

»Ich weiß, aber ich hatte nie vor, mich hier niederzulassen. Ich wollte bloß dich, Annie und Katie durch das Zeugenschutzprogramm in Sicherheit bringen lassen. Nun hast du dieses großartige Haus, schöner als wir es uns je erträumt haben. Deine Familie wird medizinisch erstklassig versorgt, ihr habt neue Pässe, neue Ausweise und alles, was ihr braucht. Euch wird es an nichts fehlen. Aber ich kann nicht bleiben.«

»Du kannst aber auch nicht einfach gehen«, widersprach Matt. »Ich weiß, ich hab alles versucht, um dich zu überreden, Allens Wünsche zu erfüllen: dass du diese Geschichte über den Sohn des jordanischen

Parlamentsmitglieds schreiben sollst, den König und seine Familie und Gott weiß noch wen. Aber jetzt ist die Situation eine völlig andere. Wir haben mit Harris einen Deal ausgehandelt, der sogar vom Generalstaatsanwalt abgenickt wurde. Den kannst du doch nicht einfach über den Haufen werfen!«

»Hör zu, Matt. Du und ich, wir haben drüber gesprochen, was nötig ist, um diese Sache endgültig zu beenden und in unser altes Leben zurückzukehren. Abu Khalif muss ein für alle Mal ausgeschaltet werden. Wir wissen beide, dass Präsident Taylor keine entsprechenden Schritte einleiten wird. Dazu brauchen wir die Ägypter, die Jordanier oder die Israelis. Khachigian hat mir ein paar Informationen hinterlassen, mit deren Hilfe sich Khalif aufspüren lässt. Ich muss dafür sorgen, dass es erledigt wird. Dann können wir wieder nach Hause.«

»Du willst dafür sorgen?«, fragte Matt entgeistert. »J. B., hast du völlig den Verstand verloren? Glaubst du, dass deine Initialen für James Bond stehen? Oder Jason Bourne oder Jack Bauer? Worüber reden wir hier? Du bist doch kein Killer. Du bist überhaupt nicht für so was ausgebildet. Du wirst dich höchstens umbringen und uns alle mit in den Abgrund reißen.«

Am Ende war ich doch gegangen. Mir blieb keine Wahl. Zuerst war ich nach Israel geflogen, in der Hoffnung, mich mithilfe von Khachigians Kontaktmann mit dem Mossad in Verbindung setzen zu können. Aber das erwies sich als Sackgasse. Ich stand weiterhin allein da.

Es würde eine Weile dauern, bis das Taxi im morgendlichen Berufsverkehr den Flughafen Ben Gurion erreichte, aber mein Flugzeug wartete dort auf mich. Ich nutzte keine Linienflüge mehr, sondern den Learjet, der mir zur

Nutzung zur Verfügung stand. Er stand aufgetankt und startbereit auf dem Rollfeld. Zum Mittagessen wollte ich schon in Istanbul sein, zum Dinner in Dubai, wo ich bis dahin hoffentlich ein Treffen mit Mohammed bin Zayid, dem Chef des Geheimdienstes der Emirate, organisiert hatte.

Ich wollte Zayid erst nach meiner Ankunft kontaktieren. Immerhin wusste er nicht, wer ich war, und ich wollte ihm nicht zu viel Zeit geben, um es herauszufinden. Sofern alles nach Plan lief, würde ich schon bald mit ihm eine Tasse Mokka schlürfen und die gemeinsame Jagd auf Abu Khalif besprechen.

Auf dem Smartphone – einem neuen, das ich mir vor dem Flug nach Tel Aviv besorgt hatte – scrollte ich durch die Schlagzeilen. Von diesem Handy wusste Agent Harris nichts, von daher konnte er es auch nicht abhören.

Der Aufmacher unseres schärfsten Konkurrenten lenkte meine Aufmerksamkeit auf sich. Die *Washington Post* eiferte uns nach, hatte jedoch nie unseren Stellenwert erreicht. Ein exklusives, ausführliches und auf seine Weise verblüffendes Interview mit Harrison Taylor, geführt im Oval Office. Darin hatte der Führer der freien Welt einige der explosivsten Statements seiner Amtszeit abgegeben.

»Ja, wir leben gerade in schwierigen Zeiten«, diktierte Taylor den Redakteuren der *Post* in den Block. »Wir wurden von Extremisten angegriffen, die moderne Gesellschaftssysteme grundsätzlich ablehnen, unsere Werte und unseren Lebensstil zurückweisen. Aber wir müssen das alles aus der richtigen Warte betrachten. Wir führen Krieg gegen diese Extremisten, und den gewinnen wir. Wir erobern das Land zurück, das sie verwüstet haben. Wir töten ihre Anführer und schneiden sie von ihren Finanzen ab. Und sie wanken bereits. Sie schlagen wild um sich und die jüngsten Anschläge, so verheerend sie sein mögen, sind nur die letzten Zuckungen einer Bewegung, deren Tage gezählt sind.

Lassen Sie mich eins klarstellen: Mein Job und der des amerikanischen Militärs und unserer Verbündeten wird erst beendet sein, wenn diese Extremisten endgültig beseitigt sind. Sie versuchen jedoch, uns in einen viel größeren Konflikt zu verwickeln: einen Krieg gegen den gesamten Nahen und Mittleren Osten. Das wird nicht passieren! Amerikas endlose Schlacht in diesem Teil der Welt, um Öl, für Israel, für Demokratie und im Namen von schmarotzenden Despoten, oder für wen auch immer die Neokonservativen, die Kriegstreiber oder das Establishment der Außenpolitik derzeit kämpfen mögen … Die Tage dieser Schlacht sind gezählt. Darauf lassen wir uns nicht mehr ein.«

Das war wirklich ein absoluter Tiefpunkt, selbst nach Maßstäben Taylors. Mit diesen Aussagen hatte der Präsident einmal mehr seinen absoluten Unwillen zur Schau gestellt, das amerikanische Volk und dessen Sicherheitsinteressen in einer der gefährlichsten und volatilsten Regionen der Welt angemessen zu schützen. Das zumindest war nichts Neues. Aber nun hatte er etwas entfesselt, das sich zu einem bisher nie da gewesenen antisemitischen Sermon verdichtete, der noch dazu aus dem Oval Office kam. Er gab unseren jüdischen Verbündeten in Israel und den Neokonservativen in Washington die Schuld daran, dass Amerika in immer neue Auseinandersetzungen verwickelt wurde.

Nicht Osama bin Laden, Al-Qaida oder den Flugzeugentführern vom 11. September.

Nicht Mullah Omar oder den Taliban.

Auch nicht Saddam Hussein, dem Schlächter von Bagdad.

Nicht Abu Musab Al-Zarkawi oder den Milizen der Al-Qaida im Irak. Und erst recht nicht Abu Khalif und seinem Islamischen Staat.

Nein, nach Darstellung des Präsidenten trugen die Juden die Schuld, sowohl die in Israel als auch die in den Vereinigten Staaten, aber auch die Ölgesellschaften und die ›schmarotzenden‹ sunnitisch-arabischen Alliierten, womit er wahrscheinlich auf Jordanier, Ägypter, Saudis und die Vereinigten Arabischen Emirate abzielte. Sie alle sollten für sämtliche Kriege verantwortlich sein, die die USA jemals in der Region ausgefochten hatten.

Was der Präsident mit solchen Aussagen anrichtete, ließ sich in seiner Tragweite kaum erfassen, aber für den Moment wollte ich nicht weiter darüber nachdenken. Ich versuchte zu begreifen, was Taylor zu so einer Haltung veranlasste.

Er wandte sich massiv gegen jene, die ihn von ganzem Herzen unterstützten.

Aber auch dieser Gedankengang gelangte zu einem abrupten Ende, denn auf einmal schlitterte das Taxi durch eine Seitenstraße Tel Avivs und verschwand über einige Rampen in einer Tiefgarage.

Ehe ich mich versah, blieben wir mit quietschenden Reifen stehen.

Meine Tür wurde von einem großen, stämmigen Mann geöffnet, der eine schwarze Lederjacke und Jeans trug. Ein paar Begleiter von gleicher Statur und in identischer Kleidung sammelten sich um ihn. »Entschuldigen Sie, Mr. McClaire«, sagte er. »Wollen Sie uns bitte folgen?«

Für einen Augenblick war ich sicher, dass sie den falschen Mann erwischt hatten.

»Mr. McClaire, bitte, Ihr Kontakt ist ein viel beschäftigter Mann. Er hat einen strengen Zeitplan einzuhalten.«

Schlagartig dämmerte es mir, dass es sich bei McClaire um ein Alias handelte, das Robert Khachigian mir hinterlassen hatte. Ich war vor ein paar Tagen mit dem dazugehörigen falschen Pass nach Israel eingereist.

Ich stieg also aus dem Taxi, in der Hoffnung, dass diese Männer tatsächlich etwas mit meinem gesuchten Kontakt zu tun hatten und mich nicht auf der Stelle überwältigten und meine Leiche im Kofferraum eines Wagens entsorgten, der hier parkte. Wie auch immer, es machte keinen Sinn, Widerstand zu leisten. Ich war weder bewaffnet noch in Selbstverteidigung ausgebildet. Niemand wusste, dass ich mich hier aufhielt.

Ich folgte meiner Eskorte durch eine verdreckte Ausgangstür in ein schimmeliges Treppenhaus und einige Stockwerke nach oben. Je höher wir kamen, desto weniger überzeugt war ich, in Kürze mit einem Genickschuss gefällt zu werden. Meinem Fischen im Trüben schien endlich Erfolg vergönnt zu sein.

Wir erreichten das Straßenniveau. Die Luft war kalt, aber frisch, beinahe süßlich. Meine Begleiter überquerten zusammen mit mir die Straße. Wir hielten uns im Herzen der Altstadt von Jaffa auf, im Süden Tel Avivs. Sobald wir einen kleinen Park mit Aussicht auf den leeren Strand und die tosende Brandung betreten hatten, wies man mich an, auf einer Holzbank Platz zu nehmen. Einer meiner Begleiter zündete sich eine Zigarette an, ein anderer tat, als würde er sich die Schuhe binden.

»Mr. McClaire«, erklang die freundliche Stimme eines älteren Mannes hinter meiner rechten Schulter. »Welch unerwartete Freude. Willkommen in Israel.«

Ich wandte mich um und erkannte Ari Shalit, den Kopf des israelischen Mossad. Er trat um die Bank herum, dick eingepackt in einen langen marineblauen Wintermantel, eine Mütze mit Schottenkaro, Schal und Lederhandschuhe.

»Ari«, begrüßte ich ihn, stand auf und schüttelte ihm überrascht und erleichtert die Hand. »Wie schön, Sie zu sehen. Danke, dass Sie sich etwas Zeit für mich nehmen.«

»Natürlich, Sie dachten doch nicht, dass ich Sie in die Golfstaaten fliegen lasse, ohne mit Ihnen zu reden, oder?«

Ich schwieg. Genau das hatte ich erwartet, aber im Prinzip war ich froh, damit falschzuliegen.

»Also, wie ist das Leben in der Karibik so?«

Ich war dermaßen baff, dass ich nicht wusste, was ich antworten sollte. Mein Mund öffnete sich, aber es kamen keine Worte heraus.

»Nun schauen Sie doch nicht so überrascht. Es ist immerhin mein Beruf, solche Dinge zu wissen.«

Ich brauchte einen Augenblick, um mich zu sammeln. »Ist es wirklich so einfach?«

»Wenn man weiß, wo man suchen muss, schon.«

»Weiß Abu Khalif, wo er suchen muss?«

»Nein, noch nicht. Außerdem hat er derzeit alle Hände voll zu tun. Fürs Erste sind Ihr Bruder und seine Familie sicher.«

Ich starrte auf die Schaumkronen der aufgewühlten Wellen des Mittelmeers und überlegte, ob ich erleichtert oder besorgt sein sollte.

»Da gibt es etwas, das ich nicht verstehe und Sie fragen muss«, meinte Shalit. »Warum hat Agent Harris

Sie kommen lassen? Ich meine, Ihre Anwesenheit ist für einen Teilnehmer des Zeugenschutzprogramms ziemlich riskant.«

»Er hat mich nicht kommen lassen.«

»Wie meinen Sie das?«

»Er weiß nichts davon.«

Nun war es an Ari Shalit, sprachlos zu sein.

»Wenn Sie allerdings wissen, dass ich hier bin, weiß die CIA es auch. Und wenn die es wissen, dürfte auch das FBI informiert sein, und damit auch Harris. Richtig?«

»Das bezweifle ich.«

»Warum?«

»Weil Sie alles richtig gemacht haben. Sie sind nach New York geflogen, nicht mit einem Linienflug, sondern privat, und haben das Flugzeug gewechselt. Dann ging es nach London, wo Sie sich ein neues Handy besorgt haben. Wieder wechselten Sie das Flugzeug, diesmal nach Madrid. Ein weiterer Wechsel, bis Sie hier eintrafen. Jedes Mal eine andere Flugnummer, andere Namen, andere Pässe, andere Kreditkarten. Sie waren sehr vorsichtig und ich bin beeindruckt. Als wären Sie schon Ihr ganzes Leben ein Spion. Ich bezweifle, dass bei den Jungs in Langley irgendwelche roten Lichter angegangen sind.«

»Aber Sie haben es doch auch herausgefunden.«

»Wir haben ja auch erwartet, dass Sie kommen.« Shalit starrte ebenfalls aufs Meer hinaus.

»Die haben erwartet, dass Sie bleiben.«

53

»Sie haben erwartet, dass ich komme?« Ich staunte.

»Aber ja, und wir hatten doch recht, oder?«

»Ja, aber wenn Sie wussten, dass ich komme, warum haben Sie mich vier Tage lang im Carlton warten lassen? Sie haben nicht reagiert, nicht mal geantwortet oder mir zu verstehen gegeben, dass Sie meine Nachricht erhalten haben.«

Shalit schüttelte den Kopf. »Sie waren nicht allein.«

»Was soll das jetzt heißen?«

»Jeder in dieser Lounge war vom Mossad«, erklärte er. »Wir haben Sie beobachtet, auf die Probe gestellt und abgewartet, ob Sie der Versuchung erliegen, wieder zu trinken. Wir mussten herausfinden, ob Ihnen jemand folgt und wie Sie auf Enttäuschungen reagieren. Und wir wollten sehen, was Sie als Nächstes unternehmen.«

»Und was haben Sie so erfahren?«

»Sie haben einen Flug nach Dubai gebucht. Also hatten Sie einen Plan. Getrunken haben Sie auch nicht, und darüber hinaus verhielten Sie sich äußerst geduldig. Niemand ist Ihnen gefolgt. Und nun sind Sie hier.«

»Dann wissen Sie, weswegen ich gekommen bin?«

»Ich glaube, schon, aber das will ich gern von Ihnen selbst hören.«

»Verstehe.« Ich legte eine kleine Pause ein, betrachtete die an die felsige Küste von Jaffa krachende Brandung.

»Ich will dabei sein«, erklärte ich schließlich.

»Dabei? Was wollen Sie damit sagen?«

»Sie sind Abu Khalif auf den Fersen«, sagte ich mit gedämpfter Stimme, auch wenn um diese frühe Stunde, zu dieser Jahreszeit und bei dieser Temperatur niemand außer Shalits Leibwächtern zu sehen war. »Er hat Ihren Premierminister ermordet und Sie wollen ihn dafür bezahlen lassen. Aber Sie können weder aus Washington noch von den Europäern nennenswerte Hilfe erwarten. Der Islamische Staat ist unverändert auf dem Vormarsch und schlachtet unschuldige Menschen ab. Er bleibt in der Offensive und plant zunehmend größere und tödlichere Anschläge. Sie wissen, dass bald auch Tel Aviv, Jerusalem, Haifa oder Tiberias davon betroffen sein kann. Sie wissen, dass er nicht nur Amerikaner im Visier hat. Der IS will auch Juden umbringen, besonders Israelis, und zwar so viele, wie er nur kann. Also brauchen Sie Hilfe. Und zwar schnell. Deswegen bin ich hier.«

Bei diesen Worten drehte Shalit sich um und blickte mich direkt an. »Sie wollen helfen? Uns?«, fragte er völlig perplex.

»Ja.«

»Abu Khalif zu finden und zu töten?«

»Genau.«

»Dafür haben Sie Ihr Leben aufs Spiel gesetzt, das Ihres Bruders, Ihrer Schwägerin und Ihrer Nichte? Sie sind kreuz und quer durch die Welt gereist, um sich mit mir zu treffen und mir mitzuteilen, dass Sie die Bemühungen des Mossad unterstützen, Abu Khalif zu töten?«

»Warum wohl sonst?«

Shalit saß lange nur da und suchte in meinem Blick nach etwas, das ihm weiterhalf. Ich hatte ihn selten so überrascht erlebt. Die Karriere des 75-jährigen Meisterspions beruhte darauf, dass er alles über jeden wusste, jedes Geheimnis kannte, egal wie groß oder klein. Das war es, was ihn zu einem der interessantesten Player machte, denen ich je im Nahen Osten begegnet war. Seit fast zwei Jahrzehnten sein Freund zu sein, hatte ihn zu einer unschätzbar wertvollen Quelle gemacht. Doch diesmal war ich nicht auf der Suche nach einer Story. Ich wollte einen Job.

»Ich bin nicht leicht aus der Fassung zu bringen, Mr. McClaire«, sagte er dann und schien es zu genießen, meinen falschen Namen zu benutzen. »Aber ich muss gestehen, Sie haben es geschafft. Ich dachte, Sie wären wegen etwas völlig anderem hier.«

»Und zwar?«

Er lächelte. »Ganz ehrlich? Ich dachte, Sie wären wegen Yael gekommen.«

»Yael Katzir?«

»Welche Yael denn sonst?«

»Nun, vielleicht ist sie auch ein Grund.«

»Aber Sie haben sie nicht erwähnt.«

»Sind Sie vielleicht ihr Vater?«

Er musste lachen. »Nein, natürlich nicht.«

»Bei allem Respekt, was geht es Sie dann an?«

»Ich bin ihr Boss.«

»Ich dachte, sie arbeitet mittlerweile für den Premierminister.«

»Da dachten Sie falsch«, erwiderte er schroff. »Sie hat das Angebot abgelehnt. Wussten Sie das nicht?«

»Nein«, antwortete ich. »Kann ich nicht behaupten. Warum hat sie den Job nicht angenommen?«

»Warum hat sie Ihnen nichts davon gesagt?«, konterte er.

»Keine Ahnung.«

Er zuckte mit den Schultern. »Dann ist es nicht an mir, Ihnen das zu erklären. Dafür müssen Sie schon selbst mit ihr sprechen. Was das andere Thema betrifft, muss ich sagen, dass Sie mich damit völlig auf dem falschen Fuß erwischen.«

»Das merke ich.«

Er wandte sich dem Meer zu. »Sie sind kein Spion«, sagte er nach längerer Pause.

»Das stimmt.«

»Sie haben keine entsprechende Ausbildung.«

»Auch das stimmt.«

»Und Sie haben schon einen anderen Job.«

»Den hatte ich«, korrigierte ich.

»Sie haben gekündigt?«

»Nicht ganz.«

»Sie wurden gefeuert?«

»Sagen wir, ich gönne mir einen ausgedehnten Urlaub.«

»Bezahlt?«

»Nein.«

»Wie können Sie es sich leisten, nicht zu arbeiten?«

»Ari, noch mal, bei allem Respekt …«

»Sie finden, das geht mich nichts an?«

Ich zuckte mit den Schultern.

»Denken Sie noch mal drüber nach. Wenn Sie für mich arbeiten, Mr. McClaire, geht es mich sehr wohl etwas an.«

Das war noch keine Garantie, dass er mich helfen ließ, wenn ich ihm alles anvertraute. Andererseits blieb ich garantiert außen vor, wenn ich mich weigerte, ihm reinen Wein einzuschenken. Also fasste ich so knapp wie möglich zusammen, was Robert Khachigian für mich und meinen Bruder getan hatte.

»J. B.«, seufzte er und verzichtete nun doch auf mein Alias. »Wenn Sie jemand anders wären, hätte ich mich nicht mal mit Ihnen getroffen. Sie sind nicht ausgebildet und haben keine Geheimdienstfreigabe. Sie sind kein Israeli, nicht einmal Jude. Die Liste der Gründe, aus denen ich Sie in Ihren Privatjet setzen und zurück in die Karibik schicken sollte, ist ungefähr eine Meile lang.«

»Aber …?«

»Sagen Sie's mir.«

»Bitte?«

»Überzeugen Sie mich. Verkaufen Sie mir Ihren Vorschlag.«

»Das ist leicht«, sagte ich. »Ich bin der einzige Westler auf diesem Planeten, der Abu Khalif je getroffen hat. Der einzige Westler, der je ausführlich mit ihm gesprochen hat. Ich weiß, wie er aussieht, wie er klingt. Ich habe seine engsten Berater kennengelernt und mich mit ihnen unterhalten. Ich habe alles gelesen, was je über ihn geschrieben wurde, ich weiß, wie er denkt und was er vorhat. Ich spreche Arabisch. Und er glaubt, ich halte mich versteckt. Das ist mein Vorteil. Ich agiere quasi in seinem toten Winkel. Er ahnt also nicht, dass ich ihn jage.«

»Das alles stimmt«, meinte Shalit. »Aber ich habe ein sehr gutes Team. Das hat sich ebenfalls intensiv mit ihm befasst und setzt sich aus qualifiziertem und erfahrenem Personal zusammen. Wie wollen ausgerechnet Sie Abu Khalif finden, wenn meine Leute es nicht schaffen?«

»Sie schaffen es bestimmt, aber sie werden meine Hilfe brauchen, genau wie Sie auch«, entgegnete ich. »Bevor Robert Khachigian starb, schrieb er mir einen Brief. Er äußerte darin seinen Wunsch, dass ich Abu Khalif finden soll. Und er hat mich auf mehrere Spuren aufmerksam gemacht.«

»Spuren? Welcher Art?«

»Namen«, erklärte ich. »Drei, um genau zu sein.«

»Was für Namen?«

»Nicht so schnell«, bremste ich. »Erst müssen Sie mich in Ihr Team aufnehmen.«

»Aber warum kommen Sie zu uns? Warum gehen Sie nicht zur CIA?«

»Dem CIA-Direktor sind die Hände gebunden, und zwar durch einen Mann, der erst vor Kurzem äußerte, dass Ihr Land für sämtliche Kriege in dieser Region verantwortlich ist.«

»Kein Kommentar.«

Ich nickte.

»Der Fairness halber sollte man auch erwähnen, dass Ihr Präsident verspricht, er wolle alle IS-Anführer festsetzen. Er autorisiert Drohnen- und Bombenangriffe. Und die Reihen der IS-Anführer sind stark dezimiert, allein gestern kamen zwei von ihnen um.«

»Der Präsident will nichts als ein paar billige Schlagzeilen«, schimpfte ich. »Ich aber will Abu Khalifs Kopf.«

Shalit sagte nichts.

»Wir kennen uns nun schon sehr lange, Ari. Sie vertrauen mir, ich vertraue Ihnen. Darum bin ich hier.«

Wieder sah Shalit aufs Wasser hinaus. »Verstehen Sie, was für ein Risiko Sie damit eingehen, mein Freund?«

»Ich bin gewillt, für mein Land zu sterben«, erklärte ich, als ob ich meinte, was ich da sagte, auch wenn ich mir alles andere als sicher war. Um die Wahrheit zu sagen, der Tod jagte mir eine Heidenangst ein. Ich hatte keine Ahnung, was das Leben im Jenseits für mich bereithielt oder welches Schicksal mir drohte. Wahrscheinlich hatten meine Mutter und Josh recht gehabt, genau wie Pastor Brooks. Vielleicht aber auch nicht. Nun, die Antwort auf diese Frage bekam ich sicher nicht heute.

»Mag sein, dass Sie bereit sind, für Ihr Land zu sterben, J. B., aber sind Sie es auch für meines?«

»Um ehrlich zu sein, nein, das bin ich nicht. Aber es geht hier auch nicht darum, für irgendein Land zu sterben, sondern darum, Abu Khalif für alles, was er getan hat, zur Rechenschaft zu ziehen.«

»Also wollen Sie Rache?«

»Nein«, antwortete ich. »Nicht direkt.«

»Gerechtigkeit.«

»Unter anderem.«

»Was denn noch?«, fragte er. »Warum sind Sie bereit, ein solches Risiko auf sich zu nehmen?«

»Ich will mein Leben zurück, Ari. Fast noch wichtiger: Ich will, dass Matt, Annie und Katie ihr altes Leben zurückerhalten. Ich will, dass sie frei, sicher und sorglos leben. Das bin ich ihnen schuldig. Genau genommen schulde ich ihnen noch mehr, aber das ist das Beste, was ich tun kann. Also, wie entscheiden Sie sich? Darf ich Ihrem Team bei der Ergreifung von Abu Khalif helfen oder nicht?«

54

Der Mossad-Chef stand abrupt auf.

»Es wird Zeit.« Er rückte seinen Schal zurecht und schlug den Mantelkragen hoch, um sich vor dem Wind zu schützen.

Auf meinen fragenden Blick entgegnete er: »Wir machen eine kleine Spazierfahrt.« Er wies auf eine schwarze Limousine.

»Wohin?«

»Das erfahren Sie früh genug.«

»Was ist mit meinem Gepäck, meiner Aktentasche und meinem Laptop?«, fragte ich. Soweit ich wusste, befand sich alles noch im Kofferraum des Taxis in der Tiefgarage.

»Keine Sorge, man wird sich um Ihre Sachen kümmern. Aber geben Sie mir Ihr neues Handy.«

Er erklärte, dass er den Akku aus dem Gerät nehmen wollte, damit niemand unsere Spur verfolgte.

»Wir fahren an einen Ort, von dessen Existenz niemand wissen darf«, führte er aus. »Kommen Sie. Wir wollen uns doch nicht verspäten.«

Unser Chauffeur kämpfte sich durch den morgendlichen Berufsverkehr Tel Avivs auf den Highway Nummer 2, der an der Küste entlang nach Norden in Richtung Haifa führte. Kurz bevor wir Herzliya erreichten, die Küstengemeinde für Reiche, in der Firmenchefs aus der Hightech-Branche und ehemalige Minister in sündhaft teuren Villen residierten, bog er erst ab auf den Highway Nummer 5, dann auf die 6 nach Norden.

Schließlich erreichten wir die Ramat David Airbase in der Jesreel-Ebene. Der wichtigste militärische Stützpunkt im Norden Israels, auf dem einige der fortschrittlichsten Jets der israelischen Luftwaffe stationiert waren, einschließlich der neuen F-35I-Tarnbomber.

Ich zückte meine Taschenuhr. Kurz vor zehn. Wir verließen die Hauptstraße und erreichten den ersten Kontrollpunkt. Junge Soldaten mit Maschinengewehren inspizierten uns aufmerksam. Wir alle, den amtierenden Mossad-Direktor eingeschlossen, zeigten unsere Ausweise vor.

Wir bogen scharf rechts ab und kurvten durch die Außenbereiche des Stützpunkts. In der Ferne konnte ich die in einer Reihe aufgestellten F-15 und F-16 erkennen, die gereinigt und aufgetankt wurden. Ich hörte auch einige Landungen und Starts. Dann erreichten wir das andere Ende des Geländes und hielten vor einem nichtssagenden Betongebäude, vor dem bereits ein paar Wagen parkten. Ein Wachposten nickte uns zu. Zwei von Shalits Leibwächtern stiegen aus, kontrollierten die nähere Umgebung und gaben uns ein Zeichen: Die Luft war rein. Erst jetzt durften Ari und ich aussteigen.

Die Basis zeichnete sich besonders dadurch aus, dass sie sich durch nichts besonders auszeichnete. Alle Gebäude hatten dringend einen Anstrich und ein paar Reparaturen nötig, der Asphalt auf Straßen und Flugfeldern brach allenthalben auf, überall wucherte Unkraut. Die Baracken für die einfachen Soldaten erweckten den Eindruck, als hätte man sich seit dem israelischen Unabhängigkeitskrieg nicht mehr darum gekümmert. Selbst die Unterkünfte der Piloten und anderen Offiziere wirkten vernachlässigt. Der Grund lag auf der Hand: Die Israelis hatten kein Geld, um ihre Stützpunkte auf Vordermann zu bringen. Sie steckten jeden Schekel, den sie erübrigen konnten, in die Flugzeuge selbst, in Waffen, Luftfahrttechnik und die Ausbildung der Männer und Frauen, die die Maschinen flogen und warteten. Kaum etwas anderes spielte eine Rolle, also wurden dafür auch keine Mittel bereitgestellt.

Im Gebäude selbst wurden wir von einem Major in Empfang genommen, der uns durch einige elektronisch gesicherte Türen, einen langen Korridor entlang und schließlich in einen Aufzug eskortierte.

»Also, Mr. McClaire«, sagte Shalit, nachdem sich die Türen geschlossen hatten. Die Kabine fuhr abwärts. »Sie haben darum gebeten, jetzt bekommen Sie Ihren Willen. Sie sind drin.«

»Ich danke Ihnen, Ari.« Das Gewicht dieser Ehre und der enormen Verantwortung, die damit einherging, lastete schwer auf mir.

»Danken Sie mir nicht. Sie haben keine Ahnung, wofür Sie sich da entschieden haben, mein Freund.«

Die Türen des Aufzugs glitten zur Seite. Shalit ging voran in ein geräumiges, fensterloses Großraumbüro. »Nehmen Sie Platz. Der Major wird Ihnen mit dem Papierkram helfen. Ich hole Sie dann, wenn Sie fertig sind.«

Shalit hatte das mit dem Papierkram ernst gemeint. Ich brauchte fast eine Stunde, um all die Verzichts- und Geheimhaltungserklärungen sowie die anderen, mit juristischen Klauseln gespickten Formulare gründlich durchzulesen. Die Kurzfassung: Ich war kein Angestellter des Staates Israel und auch nicht des Mossad. Ich galt auch nicht als selbstständiger Beschäftigter, weder für sie noch für sonst eine private Institution in Israel. Ich wurde weder vom Staat noch vom Mossad noch von sonst irgendeiner Organisation bezahlt oder erwarb irgendwelche Ansprüche. Ich erhielt vom Staat Israel auch keine Krankenversicherung oder Lebensversicherung oder sonst eine der im Formular aufgeführten finanziellen Zuwendungen. Ferner sprach ich den Staat Israel, seine Bürger und seine Agenten für alle Zukunft frei von jeglichen Forderungen, die aus meiner freiwilligen Arbeit für sie resultierten. Ich sicherte zu, nicht über Namen, Ränge, persönliche und berufliche Einzelheiten von Militärs oder Zivilisten, die mir ihm Rahmen meiner freiwilligen Arbeit begegneten, zu sprechen. Alle Papiere und elektronischen Unterlagen hatte ich als Besitz des israelischen Staates zu betrachten, als hoch geheim und sensibel einzustufen und weder zu teilen oder weiterzugeben noch in sonst irgendeiner Form zu übermitteln. Ich durfte ihre Existenz mit keinem ausländischen Staatsbürger erörtern, nicht mal mit meinem Anwalt, meiner Familie oder Freunden ohne explizite schriftliche Erlaubnis kommunizieren. Diese explizite, schriftliche Erlaubnis würde ich selbstverständlich unter keinen Umständen erhalten. Nie. Und so ging es seitenlang weiter.

Entgegen meinen Erwartungen wurde ich ruhiger, je mehr ich las. Shalit wusste offenbar genau, worum ich ihn da bat, er kannte meine Schwächen und Schwachstellen, die Risiken, die ich eingehen musste, genauso wie die, die er und seine Regierung eingingen. Und doch ließ er mich aus unerfindlichen Gründen mitspielen. Offenbar hatte es nichts mit Mildtätigkeit zu tun, sondern er schien davon überzeugt zu sein, dass ich etwas Wichtiges beizutragen hatte und etwas besaß, das er brauchte. Und dabei ging es nicht bloß um die drei Namen. Es ging um mein einzigartiges Paket spezifischer Erfahrungen und Einsichten. Ich kannte Abu Khalif in der Tat besser als jeder andere Westler. Ach was, besser als jeder andere.

Nachdem ich mich endlich zur letzten Seite vorgearbeitet hatte, fing ich wieder von vorn an und unterschrieb ein Dokument nach dem anderen. Sobald ich damit fertig war, brachte mich der Major durch einen düsteren Kellergang in eine Art Wartezimmer, wo Shalit bereits saß.

»Alles in Ordnung?«, fragte er.

Ich nickte.

»Sicher?«, hakte er nach.

»Ganz sicher.«

»Gut.«

Shalit führte mich durch ein Labyrinth von Gängen, vorbei an einer Reihe von Workstations, an denen Analysten schweigend an Satellitenbildern abgelegener Städte und Dörfer arbeiteten. Schließlich stoppten wir an einer Tür, vor der ein Wachposten mit einer Uzi stand. Auf Shalits Befehl trat er zur Seite. Shalit tippte einen Code in eine Konsole ein und öffnete damit den Weg in einen geräumigen Konferenzraum.

In dem Augenblick, in dem wir eintraten, salutierten alle Anwesenden.

Selbst Yael Katzir.

55

Ramat David Airbase, Israel

»Rühren«, befahl Shalit und setzte sich ans Kopfende des großen Eichentischs.

Der Trupp, vier Männer und Yael, starrte mich bloß an. Bei einem der Männer klappte regelrecht die Kinnlade nach unten. Yaels Hand fuhr an ihren Mund, wahrscheinlich um eine ähnliche Reaktion zu vermeiden. Ich ließ den Blick über die Gesichter schweifen und bemühte mich, Yael als Letzte anzuschauen. Sie wirkte schockiert, aber in ihren Augen lag auch so etwas wie Verärgerung. Dass sie mein Erscheinen aus der Fassung brachte, konnte ich nachvollziehen. Sie wusste, dass ich mich in Israel aufhielt. Immerhin hatte ich ihr das in den letzten Tagen in zahllosen E-Mails und Textnachrichten mitgeteilt. Allerdings schien ihr Shalit ganz offensichtlich nichts davon gesagt zu haben, dass er mich nach Ramat David mitbrachte. Aber woher kam der Anflug von Feindseligkeit in ihrem Blick?

»Ich sagte: ›Rühren‹«, wiederholte Shalit.

Alle setzten sich. Die meisten trugen Freizeitlook: Jeans, Pulli, ein paar karierte Wollhemden über weißen Baumwoll-T-Shirts, was darauf hindeutete, dass es sich um Zivilisten handelte. Oder um Veteranen oder Reservisten. Sie waren älter als die meisten Personen, die ich hier auf dem Stützpunkt zu Gesicht bekommen hatte – zwischen Ende 40 und Anfang 60. Das machte Yael zur jüngsten Anwesenden.

Ich versuchte, den Teamleiter ausfindig zu machen. Ein Mann am anderen Ende des Tischs schien der aussichtsreichste Kandidat zu sein. Deutlich älter und der Einzige, der ein frisch gebügeltes weißes Hemd und um den Hals eine Kette mit Lesebrille trug. Seine Knopfaugen inspizierten mich mit stechendem Blick selbst dann noch, als die anderen sich längst Shalit zugewandt hatten.

Shalit bedeutete mir, auf einem leeren Stuhl neben ihm Platz zu nehmen. Der Tisch war übersät mit aufgeklappten Notebooks, dicken Aktenordnern und überquellenden Aschenbechern. Landkarten, Satellitenfotos und 30×20 Zentimeter große Schwarz-Weiß-Fotos der IS-Kommandeure, allesamt hochrangige Zielpersonen, tapezierten die Wände. Ein Abzug, merklich größer als alle anderen, zeigte Abu Khalif. Es handelte sich um einen Screenshot aus dem Video, in dem er aus Alqosh zu den Amerikanern gesprochen hatte. Es hing genau in der Mitte.

Ich erkannte auch die Gesichter von Jamal Ramzi und Tariq Baqouba, beide mit einem fetten roten X markiert. Ramzi war der Kommandant der IS-Milizen in Syrien gewesen, bis Yael und ich ihn während des Anschlags in Jordanien im Königspalast erschossen. Baqouba, sein Nachfolger, war erst vor wenigen Tagen bei einem US-Drohnenangriff ums Leben gekommen.

Ich setzte mich und schielte zu Yael. Ihre Augen klebten förmlich an mir. Zu gern hätte ich gewusst, was sie dachte. Ihre Miene war undurchdringlich. Allerdings stand eins fest: Bis vor einer Minute war das Letzte, was sie erwartet hatte, dass ich durch diese Tür hereinkam.

»Ich möchte Ihnen Mr. Mike McClaire vorstellen«, begann der Mossad-Chef.

Im Raum wurde es totenstill. War das ein Witz? Keiner sprach es laut aus, aber alle dachten es, das sah man ihnen an.

»Offiziell ist Mr. McClaire ein IS-Spezialist der NATO, genauer gesagt der kanadischen Regierung, der uns unterstützen soll«, setzte Shalit seine Erklärungen fort. »Zumindest lautet so die offizielle Version. Natürlich ist seine Anwesenheit in diesem Raum, diesem Stockwerk, diesem Gebäude und auf dem Stützpunkt überhaupt streng geheim. Sie werden seine Präsenz sowie seine Identität gegenüber Personen außerhalb dieses Raums weder erwähnen noch diskutieren. Das gilt für Ihren besten Freund genau wie für die Reinigungskraft in der Kantine oder den Verteidigungsminister. Nicht mal dem Premierminister werden Sie von Mr. McClaire erzählen. Jede Zuwiderhandlung gegen diese Richtlinie wird mit der vollen Härte des Gesetzes bestraft, ist das klar?«

Alle nickten.

»Wenn sich jemand nach ihm erkundigt, ist er schlicht ›der Neue‹. Wenn jemand Fragen stellt … was nicht vorkommen sollte, denn jeder sollte es besser wissen … aber wenn es doch vorkommt, verweisen Sie denjenigen an mich. Verstanden?«

Wieder einmütiges Nicken.

»Gut. Nun, wir wissen alle, um wen es sich in Wirklichkeit handelt«, sagte Shalit. »Sie alle sind sich darüber bewusst, dass niemand außer dem Präsidenten Abu Khalif so dringend tot sehen will wie Mr. Collins hier. Sein Leben und das seiner Familie schwebt in ernsthafter Gefahr. Darum bitte ich Sie dringend, ihn als vollwertiges Mitglied dieses Teams zu betrachten und ihn wie die eigene Familie zu schützen.«

Widerwillig ließ ich meinen Blick durch den Raum schweifen und nahm zu jedem der Anwesenden Blickkontakt auf. Auch zu Yael.

Allerdings kannte Shalit das Team besser als ich, also sprach er mit verständlichem Zynismus weiter. »Okay, nun zu der Frage, warum ich einen Zivilisten auf unseren vertraulichen Stützpunkt bringe, einen Amerikaner, einen *goy* und einen Journalisten obendrein. Dafür gibt es nur einen einzigen Grund: James Bradley Collins ist die einzige Person in diesem Raum, die Abu Khalif jemals persönlich getroffen hat. Er ist der Einzige von uns, der mit ihm gesprochen hat, der ihm je in die Augen gesehen hat. Er ist auch der Einzige, dessen Familienmitglieder von Khalifs Männern getötet wurden. Er hat ihn schon einmal ausfindig gemacht und wird es mit unserer Hilfe ein weiteres Mal tun. Zusammen werden wir diesen Mistkerl ausschalten, ein für alle Mal. Haben Sie noch Fragen?«

Es gab keine. Oder besser, es gab sicher Tausende, aber keiner war dumm genug, sie tatsächlich zu stellen.

»Fantastisch«, freute sich Shalit. »Also, an die Arbeit.

Miss Katzir, würden Sie Mr. Collins Ihr Team vorstellen?«

Ihr Team?

Davon hatte Shalit nichts erwähnt.

56

»Natürlich, Sir.«

Yael nahm ihre Lesebrille ab und legte sie auf das Notebook vor sich. Dann ging sie um den Tisch herum und stellte mir jeden Kollegen mit Vornamen und kurzem Steckbrief vor. Ich nahm an, dass die Namen sowieso falsch waren, und versuchte nicht mal, sie mir zu merken. Aber die Informationen faszinierten mich trotzdem.

Direkt links neben mir saß der Typ mit dem weißen Hemd. Ein dunkelhäutiger, nachdenklich wirkender sephardischer Jude jemenitischen Ursprungs mit grauem Kurzhaarschnitt, dem an der rechten Hand zwei Finger fehlten. Wie Yael erzählte, hatte er sie verloren, als er einem Mitglied der Palästinensergruppe Schwarzer September eine Handgranate aus der Hand wand. Nur durch Glück hatte er überlebt. Er war sicher Anfang 60, schätzte ich, und seit 32 Jahren Mitglied der Schin Bet, des israelischen Innengeheimdiensts, quasi dem Gegenstück des amerikanischen FBI. Yael fügte hinzu, er sei bei Schin Bet der Beste, was das Aufspüren hochrangiger Zielpersonen anging, und habe mehrere Orden und Auszeichnungen empfangen.

Neben ihm saß ein russischer Immigrant, der in meinen Augen Leo Trotzki zum Verwechseln ähnlich sah, einem Anführer der russischen Revolution und Gründer der Roten Armee. Ein dünner, drahtiger Bursche, fast schon ausgemergelt, mit ergrauendem Schnäuzer und passendem Ziegenbärtchen, das ich noch hässlicher als meine eigene Gesichtsbehaarung fand. Im Gegensatz zu mir hatte er eine ungekämmte wilde graue Mähne und trug eine runde Nickelbrille mit schwarzem Rahmen. Yael erläuterte, dass der Vater dieses Mannes vor vielen Jahren Chef des KGB erst in Bagdad, dann in Kairo und Damaskus und zuletzt in Wien gewesen sei, wo er schließlich eines schönen Tages in die israelische Botschaft marschiert und übergelaufen sei. Bemerkenswerterweise hatte im Kreml niemand auch nur geahnt, dass er und seine Familie Juden waren. Heute, so sagte sie, sei dieser »Sohn des KGB« im Mossad der erfahrenste Spezialist für islamistische Terrorbewegungen.

Mir gegenüber hatte sich ein kleiner, aber stämmiger Rotschopf Ende 50 niedergelassen, von dem Yael behauptete, er sei Generalmajor in der israelischen Armee und einer der Topanalysten der Einheit 8200, des israelischen Nachrichtendienstes, in etwa mit der NSA vergleichbar. Sein Vater sei hochrangiger Mossad-Agent gewesen, zumeist in arabischen Ländern stationiert, seine Mutter Englischlehrerin und trotz des Berufs ihres Mannes durch und durch Pazifistin. Sie hatte keine Ahnung, was ihr einziger Sohn trieb. Bis heute glaubte sie, dass er in der Managementebene des israelischen Kabelsenders HOT tätig sei. Er sprach besser Arabisch als alle anderen im Team und sei außerdem, so Yael, der beste Koch, den sie kenne. »Für sein Ingwercouscous könnte man sterben!«, schloss sie.

Mir wurde klar, dass ich schon wieder einen Fehler gemacht hatte. Nicht nur hatte ich unterstellt, dass der Kerl im weißen Hemd der Teamleiter war, nun stellte sich auch noch heraus, dass tatsächlich ein aktives Armeemitglied am Tisch saß, noch dazu ein hochrangiges, obwohl er keine Uniform trug. Null zu zwei, dachte ich. Mir schoss die Frage durch den Kopf, welche Qualifikationen ich in einem so erlesenen Kreis beizusteuern hatte.

Neben dem Rotschopf saß ein ziemlich großer, gut gebauter Mann Ende 40, vielleicht gerade 50, dessen ausdünnendes sandfarbenes Haar und Gesichtsschnitt mich glauben ließen, er sei skandinavischen Ursprungs. Ein Schwede, Däne oder Norweger. Yael berichtete, er sei vielfach ausgezeichneter, wenn auch mittlerweile aus dem Militär ausgeschiedener Kommandant der Sajeret Matkal, einer absoluten Eliteeinheit der israelischen Streitkräfte. Kein Israeli hatte mehr hochrangige Zielpersonen persönlich ausgeschaltet oder festgenommen als er. Sein Talent, die geheimdienstliche Arbeit voranzutreiben und harte, glasklare und in konkrete Einsätze mündende Informationen zu generieren, um solche hochrangigen Zielpersonen ausfindig zu machen, galt im israelischen Militär als unerreicht. Übrigens, so fügte sie beiläufig hinzu, stamme er aus den Niederlanden.

Nun, da hatte ich immerhin nicht komplett danebengelegen. Aber das Tor zählte nicht richtig, es stand also null zu drei für die Gegenseite. Zum Glück wusste das niemand außer mir.

Dieses Team hatte Yael also zusammengestellt, um Abu Khalif zur Strecke zu bringen. Die Besten der Besten in Israel. Fingers, Trotzki, Rotschopf und Dutch.

Außer Dutch waren sie alle mit Arabisch aufgewachsen und hatten die Sprache nicht erst in der Armee oder an der Universität gelernt. Sie hatten durchgehend erhebliche

Zeit als Spion oder Soldat in der arabischen Welt verbracht, verfügten über militärische Kenntnisse und jahrzehntelange Erfahrung beim Aufspüren von Terroristen und anderen Verbrechern.

Yael schob noch einige Details nach und erklärte, worin genau die Aufgabe des Teams bestand. Das verschaffte mir zum ersten Mal seit zwei Monaten die Gelegenheit, sie ausführlich zu betrachten. Sie sah im schokobraunen Pulli, schwarzer Bomberjacke, verblichenen Jeans und braunen Lederstiefeln einfach atemberaubend aus. Ich hatte große Mühe, mich zu konzentrieren, aufmerksam zuzuhören und mir alle Informationen einzuprägen. Selbst mit den Narben auf Gesicht und Hals, die sie damit zu kaschieren versuchte, dass sie sich das Haar wachsen ließ, fand ich sie wunderschön. Auch der Gips an ihrem rechten Arm tat ihrer Attraktivität keinen Abbruch. Allerdings hatte sie einiges an Gewicht verloren. Die offenkundige Tatsache, dass sie kaum schlief, die Traurigkeit im Blick und die dunklen Ringe unter den Augen schadeten ihrem Aussehen nach meinem Geschmack nicht. Ich fand sie hinreißend und konnte es nicht ändern. Ich verliebte mich immer mehr in diese Frau, ob sie diese Gefühle nun erwiderte oder nicht.

»Danke«, erklärte Shalit, als Yael endete. »Nun, Sie alle, Mr. Collins ausgenommen, wissen, dass ich zuletzt in London, Paris, Berlin und Rom unterwegs gewesen bin. Ich habe mich mit den dortigen Geheimdienstchefs getroffen und das Material gesichtet, das ihnen über den IS vorliegt. Unter dem Strich muss ich feststellen, dass ich mit leeren Händen zurückgekehrt bin. In den ausländischen Akten findet sich buchstäblich nichts Verwertbares. Niemand verfügt im Nahen Osten über nennenswerte

Informanten, keinem von ihnen ist es gelungen, eine IS-Zelle zu infiltrieren. Sie haben keine Ahnung, wo sich Abu Khalif aufhält, und offen gestanden scheint er sie auch nicht besonders zu interessieren.«

»Was treiben die dann den ganzen Tag?«, wollte Fingers wissen.

»Wider alle Hoffnungen sind sie davon überzeugt, innerhalb ihrer eigenen Landesgrenzen Terroranschläge rechtzeitig aufdecken und verhindern zu können«, antwortete Shalit. »Sie sind ganz im Verteidigungsmodus und haben wenig Interesse daran, in die Offensive zu wechseln. Der Chef des MI6 äußerte mir gegenüber die Auffassung, dass der IS die syrischen Flüchtlinge instrumentalisiere, die nach Großbritannien gekommen sind. Er und sein Team hätten 22 IS-Zellen im Land aufgespürt, man identifiziere alle paar Tage eine neue. Außerdem meinte er, sein Team sei mit der Ermittlung der Identitäten völlig überfordert. Seine Leute können sie gar nicht schnell genug überprüfen. Ihr Fokus liegt auf dem Aspekt, wer mit diesen Zellen in Kontakt tritt. Man versucht zu verhindern, dass sie in den Besitz von Waffen kommen. Man scheitert kläglich. Der Premierminister lässt immer mehr Kriegsopfer ins Land, trotz aller Umfragen in der Bevölkerung, die signalisieren, dass die Sorge vor einer Überfremdung zunimmt. Bei meinen übrigen Gesprächen kristallisierte sich im Großen und Ganzen dasselbe Bild heraus.«

»Also stehen wir einmal mehr allein da«, schlussfolgerte Dutch.

Das war keine Frage, sondern die zynische, leicht verbitterte Feststellung einer Tatsache. Shalit verzichtete darauf, ihm zu widersprechen.

57

»Gut. Nun berichten Sie unserem Gast, wo wir bei unseren Ermittlungen stehen«, bat Shalit.

»Ganz ehrlich?«, fragte Yael. »In einer Sackgasse.«

»Tatsächlich?« Das erstaunte mich.

»Nun, wo soll ich anfangen?«, fragte Yael mit angespannter Miene und kaltem Blick. »Es gibt eine Menge Gründe dafür, aber ganz oben auf meiner Liste stehen die Amerikaner.«

»Das soll wohl heißen, dass Präsident Taylor die Jagd auf Abu Khalif nicht ernst nimmt, keine Verordnung erlässt, ihn auszuschalten, und auch nicht willens ist, in Syrien einzumarschieren, um ihn aus seinem Versteck zu locken?«, half ich aus. Zumindest in dieser Hinsicht waren wir uns einig.

Aber Yael betrat die Brücke nicht, die ich ihr baute. »Nein, das soll heißen, dass das Weiße Haus besessen ist von seinen Drohnen«, konterte sie. »Die finden damit einen IS-Anführer nach dem anderen und bringen ihn um.«

Nun war ich ehrlich verwirrt. »Und das ist nicht gut?«

»Nein, Mr. Collins, das ist nicht gut. Nicht wenn das Ziel lautet, den Kopf des IS zu finden«, versetzte sie scharf. »Letzte Woche hatte mein Team gerade Tarik Baqouba gefunden, bekanntlich die Nummer drei in der IS-Hierarchie und Oberbefehlshaber aller militärischen Einsätze des Islamischen Staates. Wir haben ihn mühsam aufgetrieben und wussten genau, wo er sich aufhält. Dann haben wir, wie gute Verbündete das eben machen, pflichtschuldig die Amerikaner informiert, ihnen den genauen Aufenthaltsort mitgeteilt und um Unterstützung beim Zugriff gebeten. Als Nächstes hören wir, dass Baqouba bei einem Drohnenangriff ums Leben gekommen ist und Präsident Taylor sich damit im Fernsehen brüstet. Da gibt es nur ein Problem: Man tötet einen Mann wie Tarik Baqouba nicht einfach. Man ergreift ihn und schüttelt ihn so lange, bis alles rauskommt, was er weiß. Ihn zu töten, verschafft einem vielleicht für einen Tag einen Vorsprung. Ihn zu fangen, hätte ihn zu einer unschätzbaren Informationsquelle gemacht, die uns Wochen, wenn nicht Monate in unseren Ermittlungen vorangebracht hätte. Und das war nicht der erste Vorfall dieser Art. Doch ganz egal, wie sehr wir dagegen protestieren, der Präsident der USA hört nicht auf uns. Er will als Mr. Drohnenangriff in die Geschichte eingehen. Ich sage Ihnen, so finden wir Abu Khalif nie.«

»Katzir! Jetzt machen Sie aber mal einen Punkt«, schritt Shalit ein. »Wir sind nicht hier, um den Oberbefehlshaber unseres wichtigsten Verbündeten zu beschimpfen. Konzentrieren wir uns auf das, was wir wissen und was wir nicht wissen. Vor rund zwei Monaten waren Sie alle sich einig, dass Khalif in Mossul sein muss. Bringen Sie Mr. Collins doch mal auf den aktuellen Stand, was sich seither getan hat.«

»Na schön.« Sie starrte mich auf eine Weise an, die mir unmissverständlich verdeutlichte, dass sie nicht glücklich über meine Anwesenheit war. »Nun, wir wissen mit Sicherheit, dass Khalif im letzten November in Mossul gewesen ist, da haben Sie ihn immerhin interviewt. Und wir wissen auch mit Sicherheit, dass er sich zumindest für eine Weile in Alqosh aufgehalten hat. Nachdem Präsident Taylor in Jordanien gekidnappt wurde, zeigte uns das vom IS veröffentlichte Video den Präsidenten und Khalif zusammen vor Nahums Gruft. Unglücklicherweise konnte Khalif in den Stunden vor dem Angriff der Koalition, bei dem Taylor gerettet wurde, unerkannt entkommen. Also muss unsere erste Frage lauten: Wohin floh Khalif von Alqosh aus?«

»Ist er zurück nach Mossul?«, mutmaßte ich.

»Davon gehen wir aus«, bestätigte Yael. »Mossul ist perfekt, um unterzutauchen. Es handelt sich um eine Metropole mit zweieinhalb Millionen Einwohnern, eine der größten Städte im Irak. Als der IS sie im Sommer 2014 einnahm, floh ein Großteil der Bevölkerung. Trotzdem lebten letzten Dezember immer noch Hunderttausende Iraker in Mossul. Khalif hat Verbündete dort sowie mehrere Unterschlüpfe. Er hortet dort Geld, Waffen, Kommunikationsausrüstungen; alles, was er braucht, um sich zurückzuziehen, bis die Wogen geglättet sind.«

»Aber Khalif hatte durchaus mitbekommen, dass US-Kräfte sich anschickten, Mossul zurückzuerobern«, gab ich zu bedenken.

»Das ist richtig. Aus irgendeinem bizarren Grund, der jedem hier am Tisch einschließlich meiner Wenigkeit entgeht, haben das Weiße Haus und das Pentagon den bevorstehenden Angriff schon Monate vorher angekündigt. Präsident Taylor, welche Überraschung, hat aus den unterschiedlichsten Gründen, hauptsächlich der Fehlervermeidung zuliebe, die Operation immer wieder verschoben, aber der IS-Anschlag auf den Friedensgipfel in Amman und die Entführung des Präsidenten gaben schließlich den Ausschlag. Sobald Taylor sich in der Sicherheit des Weißen Hauses befand, autorisierte er die Bildung einer sunnitisch-arabischen Allianz aus Kurden, Ägyptern, Saudis und den Emiraten. Außerdem griff er auf alle Kräfte zurück, die König Abdullah in Jordanien entbehren konnte, um gemeinsam mit den USA Mossul und den Norden Iraks zu befreien. Die arabischen Staaten sagten alle zu. Sie schickten sowohl Soldaten als auch Material. Aber als die Koalition Mossul stürmte, war Khalif nirgendwo aufzutreiben. Er hatte seinen Kopf erfolgreich aus der Schlinge gezogen.«

»Wo ist er hin?«

»Nun, das ist die große Preisfrage.«

Yael blickte zu Trotzki. Der Russe nahm den Ball auf. »Wir hätten alle auf Rakka getippt«, begann er. Die syrische Stadt östlich von Aleppo mit rund einer Viertelmillion Einwohnern war die sechstgrößte Stadt des Landes, aber sie implodierte zusehends.«

»Aber ...?«

»Wir haben dort keine Spur von ihm gefunden. Es gibt keine Sichtungen oder konkrete Anzeichen, nur Gerüchte.«

»Aber es wäre naheliegend, dass er dort ist.«

»Vielleicht ja, vielleicht nein«, meinte Trotzki. »Auf der positiven Seite können wir verbuchen, dass Rakka in den letzten Jahren als Hauptstadt des Kalifats diente. Wir empfingen eine Vielzahl vielversprechender SIGINT, also elektronischer Kommunikation, aus dieser Stadt. Idiotischerweise führten die Amerikaner einen Drohnenangriff nach dem anderen aus und töteten damit alle IS-Kommandanten, die dort gewesen sein könnten. Rakka galt eine Zeit lang als naheliegendstes Ziel für solche Attacken. Einfach deshalb, weil so viele hochrangige Zielpersonen dort ein und aus gingen. Auf der anderen Seite: Warum sollte Khalif sich ausgerechnet in einer Stadt niederlassen, die derart unter Beobachtung und Beschuss steht? Das passt überhaupt nicht zu ihm. Und trotz seines ganzen Geredes von Märtyrertum wäre es das erste Mal, dass er sich freiwillig für seine Leute oder seine Sache in direkte Gefahr begibt.«

»Warum konnten die USA bei den Drohnenangriffen auf Rakka dann ausgerechnet dort so viele IS-Verantwortliche ausschalten?«, hakte ich nach.

»Gute Frage«, fand Trotzki.

»Eine, auf die wir auch keine Antwort haben«, fügte Yael hinzu.

»Und zwar deshalb, weil wir keine Ressourcen vor Ort haben«, übernahm Rotschopf, der Typ aus der Eliteeinheit 8200, das Wort. »Wir haben keine Spione oder Informanten in Rakka, die uns erklären könnten, was dort vor sich geht. Wir versuchen, Anrufe, E-Mails und die Bewegungen Tausender Dschihadisten überall in Syrien, im Libanon, im Irak, in Gaza, im Iran und wo nicht noch überall zu kontrollieren, aber es fehlt uns an Leuten, die direkt an der Quelle die Augen offen halten.«

»Was ist mit der NSA?«, fragte ich. »Haben die nicht alles durchgekämmt? Die könnten doch sicher helfen.«

Yael nahm das auf. »Ich bin sicher, das könnten sie, sie halten aber nicht viel vom Teilen. Offen gestanden hatte die Rückeroberung von Mossul und dem irakischen Norden in den letzten Monaten Vorrang in Fort Meade und Langley. Vom Weißen Haus ganz zu schweigen.«

»Und leider rückte die Suche nach Abu Khalif damit in den Hintergrund«, konstatierte ich.

»Genau«, bestätigte Yael.

»Könnte das bedeuten, dass Khalif gerade deshalb in Rakka ist, ihr ihn aber noch nicht gefunden habt?«

»Nein, er ist tatsächlich nicht da.«

»Was macht euch da so sicher?«

»Es passt nicht in sein Profil.«

»Was genau soll das heißen?«

»Der Mann hat gerade erst eine verheerende Serie von Anschlägen auf Washington und sieben andere amerikanische Städte verübt. Egal was die US-Regierung behauptet, das waren nicht die letzten Zuckungen einer sterbenden Bewegung. Das waren brillant ausgeklügelte terroristische Operationen, die zeitlich präzise und nahezu fehlerlos durchgeführt wurden. Man kann so etwas nicht planen, während man sich in einer Stadt verschanzt, in der man rund um die Uhr von Amerikanern, Russen, Iranern, uns und einem Haufen arabischer Staaten beobachtet und zudem alle paar Tage bombardiert wird. Jeder weiß, dass Rakka als Hauptstadt des IS gilt. Das bedeutet im Umkehrschluss fast zwangsläufig, dass Khalif nicht dort ist. Vielleicht ist er ganz in der Nähe, aber bestimmt nicht in Rakka.«

»Wo könnte er also sein?«, überlegte ich.

»Keine Ahnung.«

Meine erste Reaktion war aufwallender Ärger. Das war alles, was ein Eliteteam des Mossad in monatelanger Arbeit herausgefunden hatte? »Er ist nicht in Mossul, und auch nicht in Rakka. Aber wo er sonst ist? Da haben wir leider auch keinen Schimmer.« Jeder sesselpupsende Analyst dieser Erde, der in Unterwäsche ein Blog schrieb, hätte das herausfinden können. Mit einem zweimonatigen Vorsprung, mit Spionagesatelliten, Tausenden Spionen und Analysten, die für den Geheimdienst arbeiteten, und Milliarden US-Dollar jährlich an Militärausgaben ... Wie konnte da einer der besten Geheimdienste auf dem Planeten nicht näher an den Mann heranrücken, der den Tod des eigenen Premierministers zu verantworten hatte?

Ich wollte jemanden anschreien. Am liebsten die komplette Runde.

Dafür hatte ich nun meinen Bruder und seine Familie verlassen!

Ich musste mich beruhigen, das war klar. Also atmete ich tief durch. Das alles konnten sie ja nicht wissen, jedenfalls noch nicht. Und deshalb war ich hier und wollte helfen.

Auf der anderen Seite hatte ich es hier nicht mit einer Horde unreifer Kinder zu tun, sondern mit bestens trainierten, extrem erfahrenen Veteranen in Krieg und Geheimdienst. Jeder von ihnen hatte viele böse Jungs gestellt, und sie waren es immerhin gewesen, die die Aufmerksamkeit letztlich auf Alqosh gelenkt hatten. Es waren gute Leute, scharfsinnig und klug. Sie konnten um die Ecke denken.

Umso seltsamer, dass sie keine nennenswerten Fortschritte vorzuweisen hatten.

Als ich schließlich wieder halbwegs denken konnte, wurde mir klar, woran es lag: Der Premierminister und sein kompletter Leibwächterstab waren vor zwei Monaten in Amman ums Leben gekommen. Nun schlingerte der Rest der Geheim- und Sicherheitsdienste verunsichert und orientierungslos herum. Hinzu kam, dass der ehemalige Chef des Mossad nur zwei Wochen nach dem Anschlag in Amman an Bauchspeicheldrüsenkrebs gestorben war, was die israelische Geheimdienstszene zusätzlich geschwächt hatte. Es waren die USA und die sunnitisch-arabischen Nachbarn gewesen, die eine Koalition gebildet hatten und in Alqosh und im Nordirak einmarschiert waren.

Was dem Ganzen die Krone aufsetzte, war die Tatsache, dass eine Frau diese neue Einheit leitete, die beinahe in Alqosh umgekommen war. Sie hatte erst vor Kurzem das Krankenhaus verlassen. Dass sie den Job als Sicherheitsberaterin des Premierministers ausgeschlagen und diesen hier übernommen hatte, konnte ebenfalls noch nicht lange her sein. Und einmal angekommen, hatte sie sich erst einmal in ihre neue Aufgabe einarbeiten und auf den neuesten Stand bringen lassen müssen. Sicher war ihr einiges entgangen, während sie in Krankenhaus und Reha festhing. Berge von Einsatzberichten, Informationen, Satellitenbildern, Telefon- und SMS-Mitschnitten, unzählige Meetings, verbale Berichte von ihren Teammitgliedern und dazu höchstwahrscheinlich noch massiver Druck von oben, damit sie zeitnah Ergebnisse lieferte.

Und dann war da natürlich noch das Weiße Haus. So wenig, wie es Risiken einzugehen bereit war, schaltete es mit Drohnen und Hellfire-Raketen so ziemlich jeden sofort aus, bevor die Israelis ihn schnappen und ihm irgendetwas von Wert entlocken konnten.

Kein Wunder, dass das Team informationstechnisch weit hinterherhinkte.

Ich musste mich also beruhigen und Verständnis für ihre prekäre Lage entwickeln.

Am besten fing ich dabei gleich mit Yael an.

58

Es klopfte an der Tür des Konferenzzimmers.

Shalit schielte auf den Überwachungsmonitor und entriegelte den Zugang. Ein Colonel kam mit den neuesten

Nachrichten hereingestürmt: Abu Khalif hatte ein weiteres Video übermittelt, Al Jazeera sollte es übertragen.

Yael wandte sich einer Kommunikationskonsole mit mehreren Bildschirmen in ihrem Rücken zu. Auf dem größten der Flachbildschirme, der an der Wand über der Konsole angebracht war, schaltete sie nun den arabischen Sender mit Sitz in Doha, Katar ein. Auf vier kleineren Monitoren, die an Stahlstreben vor der Wand hingen, blendete sie Israels Channel 2, Al-Arabiya, CNN und Sky News ein. Dann griff sie nach ihrem Stuhl und kam zu meinem Ende des Raums. Sie ließ sich rechts von Shalit nieder, sodass sie die Übertragungen direkt im Blick hatte. Außerdem saß sie so nur rund anderthalb Meter von mir entfernt.

Yael regelte die Lautstärke des Displays in der Mitte etwas höher. Alle konzentrierten sich auf die Berichterstattung von Al Jazeera. Alle außer mir. Ich starrte einen Augenblick zu lange auf die Frau, die mein Herz so gefangen nahm und mich dennoch wie einen Fremden behandelte.

Das neue Video wurde noch nicht gesendet, stattdessen zeigte der Sender eine Fotografie von Abu Khalif, der darauf seine *kufiya* und eins der für ihn typischen weißen arabischen Gewänder trug, während die Kommentatoren darüber spekulierten, was er wohl mitzuteilen hatte.

Shalits Blick klebte förmlich am zentralen Monitor, er lauschte den Aussagen, als erhoffte er sich neue Erkenntnisse. Yael streifte mich mit einem kurzen, merkwürdigen Blick und sah dann weg. Ich wollte unbedingt mit ihr unter vier Augen sprechen, um zu erfahren, was ihr durch den Kopf ging und weshalb sie sich so feindselig verhielt. Was hatte ich bloß falsch gemacht?

Da vernahm ich die Stimme des Mannes, der meine Familie ermordet hatte.

»Mein Name ist Abu Khalif.« Er sah dabei direkt in die Kamera. »Ich grüße euch im Namen Allahs des Barmherzigen, des Allmächtigen, des einzig wahren Richters am Jüngsten Gericht, einem Tag, der bald kommen wird. Wahrlich, alles Lob gebührt Allah. Wir preisen ihn und erwarten sehnsüchtig den Moment, in dem er den Imam Al-Mahdi schicken wird, den Geweissagten, den recht Geführten, der das Kalifat über die gesamte Welt ausbreiten und die Ungläubigen ins ewige Höllenfeuer verbannen wird.«

Der Emir hob zu einem schier endlosen und weitgehend unverständlichen Monolog an, über eine uralte Schlacht, die irgendwann im 7. Jahrhundert nach Christus stattgefunden haben sollte. Ich versuchte, mich auf seine Worte zu konzentrieren, aber meine Gedanken schweiften ab zum Tag, an dem ich Abu Khalif in Abu Ghraib getroffen hatte, Iraks berüchtigter Haftanstalt. Ich hatte es auf ein Exklusivinterview angelegt und dieses zu meinem nachträglichen Bedauern auch bekommen. Ich sah mich selbst, wie ich den nackten Betonraum betrat, das Gesicht des Mannes, der in Handschellen vor mir stand und einen orangefarbenen Gefängnisoverall trug. Er hatte auf mich gewirkt wie ein religiöser Fanatiker, ein brillanter Kopf des Terrorismus, ein Verrückter und bei Weitem der gefährlichste und verstörendste Mann, den ich je getroffen hatte.

Damals hatte Abu Khalif noch einen wilden, ungekämmten Bart zur Schau getragen, der bereits leichte Spuren von Grau aufwies. Nun war er sauber gestutzt. Aber die Augen hatten sich nicht verändert, in ihnen spiegelte sich unverändert pure Mordlust. Sein Blick verfolgte mich bis heute in Träumen. Meine Nackenhaare stellten sich auf.

Ich riss mich vom Gesicht dieses unheimlichen Mannes los. Erst jetzt fiel mir auf, dass die Kameraeinstellung entschieden enger ausfiel als bei seinem letzten Video. In Alqosh hatte sie ihn per Weitwinkel erfasst, diesmal lieferte sie ein Close-up von Khalifs Gesicht. Hinter ihm stand ein Bücherregal, doch es war leer. Er schien aus früheren Fehlern gelernt zu haben. Bei den letzten Aufnahmen aus dem Hof eines zerfallenen Mausoleums hatte mein Bruder Matt die Lokalität auf Anhieb wiedererkannt und mir telefonisch mitgeteilt, dass Khalif sich in Alqosh befand, auf den Ebenen von Ninawa im Herzen Nordiraks. Er hatte zwischen den Ruinen der Gruft des Nahum gestanden – eines althebräischen Propheten, der einst den Untergang der verdorbenen assyrischen Hauptstadt vorhersagte. Diesmal würden ausländische Geheimdienstanalysten nicht ermitteln können, wo er sich aufhielt. Es gab keinerlei Hinweise, in was für einem Gebäude er sich befand, in welcher Stadt oder auch nur in welchem Land.

Als sich abrupt die Stoßrichtung seiner Rede änderte, war ich auf der Stelle hellwach.

»Verkündet aller Welt die Worte des heiligen Koran, insbesondere dies: ›Und wer etwas unterschlägt, soll das, was er unterschlagen hat, zu seiner eigenen Belastung am Tag der Auferstehung vorbringen. Alsdann wird jeder Seele nach ihrem Verdienst vergolten werden, und es soll ihnen kein Unrecht geschehen‹. Wenn Imam Al-Mahdi kommt, wenn das Jüngste Gericht kommt, dann wird jeder Ungläubige seinen Fehler erkennen, jeder Ungläubige wird die Flamme der Gerechtigkeit zu spüren bekommen. Schon jetzt haben die Ungläubigen begonnen, für ihre Missetaten zu büßen, in Amman und überall im Königreich Jordanien, in Washington, in Philadelphia und Boston und Chicago, in Minneapolis, in Dallas und Atlanta. Selbst in den kleineren Siedlungen von Maine. Bisher geht man von 6300 kriminellen amerikanischen Seelen aus, die unter den Händen der Dschihadisten des Kalifats allein in den letzten Wochen gestorben sind. Wir können Allah für seine Treue danken!«

Die genannte Anzahl der Toten erschreckte mich. Bisher hatte der Präsident gegenüber der Nation lediglich von 4647 Toten gesprochen und weitere 6000 Verwundete erwähnt. Gut möglich, dass mittlerweile einige ihren schweren Verletzungen erlegen waren. Allerdings wollte ich mich nicht unbedingt auf die Zahlen verlassen, die ausgerechnet Abu Khalif in die Welt hinausposaunte.

»Ich sage euch allen, lasst jene, die fest zum Kalifat halten, wissen, lasst die ganze Welt wissen, dass dies nur der Anfang ist«, setzte der Emir seine Tirade fort. »Bald, schon sehr bald, werden unsere treuen Dschihadisten mit allen Muslimen, überall in der Welt, zusammen das Fest von Al-Isra und Al-Mi'radsch begehen – und es wird eine Feier geben wie keine zweite. Zusammen werden wir nicht nur die Fahrten des Propheten, Friede sei mit ihm, zelebrieren. Nein, wir werden den Fall der Apostaten feiern, die Vernichtung der Ungläubigen, die Erfüllung aller Prophezeiungen und das Ende aller Tage. O ihr Muslime allerorten, ich verkünde euch frohe Botschaft! Erhebt eure Häupter, denn bald, sehr bald, werdet ihr sehen, worauf die Gläubigen so lange Zeit gewartet haben. Behaltet Al-Isra und Al-Mi'radsch fest im Blick. Erinnert euch daran, was der Prophet, Friede sei mit ihm, auf dieser Reise erblickte. Erinnert euch an die Träume in der Nacht. Erinnert euch, was im Himmel enthüllt wurde. Es ist so nah! O Muslime, es ist so nah. Niemand kann es mehr aufhalten.«

Was soll da noch kommen?, fragte ich mich. Was plante der IS als Nächstes?

»Aller Dank, alles Lob gebührt Allah«, schloss Khalif. »Ihr solltet euch beeilen, o Muslime, besinnt euch rasch all eurer Pflichten! Tretet unserem Dschihad bei, die Zeit wird knapp. Was werdet ihr am Tag des Jüngsten Gerichts erblicken? Wie wird das Pendel der Waage bei euch ausschlagen? Unser Bruder aus Jordanien, Abu Musab Al-Zarkawi, erwähnte es schon, der Funken des unaufhaltsamen Feuers wurde im Irak entzündet. Es breitete sich bis nach Syrien aus und hat auch Jordanien ergriffen. Mittlerweile hat es selbst Amerika erreicht, aber es wird noch so viel kommen, so viel mehr! Der Funke wurde zu einem wütenden, nicht länger zu kontrollierenden Feuer. Und es wird sich intensivieren, bis es auch die Kreuzfahrer erreicht, die Dabiq eingenommen haben. Lasst keinen Zweifel daran, o ihr Muslime, dass Rom fallen wird! Das Kalifat konsolidiert sich ... und endlich werden sich die Hoffnungen so vieler Zeitalter erfüllen.«

59

»Meinungen?«, forderte Shalit, kaum dass das Video geendet hatte.

Yael schaltete den Ton auf stumm. Kurz herrschte Schweigen. Jeder verarbeitete das gerade Gesehene.

»Offenbar soll ein weiterer Anschlag verübt werden«, stellte Trotzki fest. »Khalif sagte, dass eine Feierlichkeit ansteht, anlässlich derer noch mehr Ungläubige sterben sollen.«

»Ich fürchte, das ist richtig«, bestätigte Yael. Sie stand auf und trat an ein großes Whiteboard, das an der Wand zwischen den Karten und den Fotos der IS-Kommandanten hing. »Khalif prahlte damit, dass bereits 6300 Amerikaner durch die Hand der Dschihadisten getötet worden seien, aber er betonte auch, das sei ›nur der Anfang‹.«

»Zudem meinte er, es komme ›noch mehr, viel mehr‹«, steuerte Rotschopf bei.

»Genau.« Fingers schaltete sich ein. »Er kündigte an, die Angriffe würden ›zu einem wütenden, unkontrollierbaren Feuer‹.«

»Dann sind wir uns also einig, dass er nicht einfach nur mit den Anschlägen in den USA prahlt, sondern künftige Attacken ankündigt«, fasste Shalit zusammen.

Allgemeines Nicken.

Shalit wandte sich an Yael. »Nun, das macht das Ausfindigmachen Khalifs zu unserer obersten Priorität. Hat es der IS erneut auf Amerika abgesehen oder diesmal doch eher auf Europa … oder am Ende auf uns?«

Yael sagte, darüber wolle sie kein Urteil fällen, bevor sie das Transkript gelesen und eingehend Wort für Wort analysiert habe. Ihr Instinkt verrate ihr jedoch, dass es Khalif um beides gehe. Sowohl um neue Angriffe auf die Vereinigten Staaten als auch um Anschläge im Rest der Welt, bevorzugt im Westen.

»Woraus schlussfolgern Sie das?« Shalit schien weniger an der Aussage zu zweifeln, als vielmehr Einblicke in ihre Gedankenwelt erhalten zu wollen.

»Khalif blieb unpräzise, und das sicher aus gutem Grund«, antwortete Yael. »Er will sein genaues Vorgehen nicht preisgeben und trotzdem weltweit für Schlagzeilen sorgen. Er will, dass man ihn als wichtigsten und mächtigsten Muslim der Welt betrachtet. Er selbst ist in seinen Augen der Herrscher des Kalifats, nicht nur des IS, sondern der gesamten muslimischen Gemeinschaft. Er glaubt ernsthaft, dass er bald über die ganze Welt herrschen wird, und versucht noch mehr Muslime zu überzeugen, zu ihm überzulaufen, zu Dschihadisten zu werden und sich selbst und ihre Ressourcen und Expertise dem Kalifat zur Verfügung zu stellen. Wo er als Nächstes angreift, ist eine wichtige Frage, aber ich glaube nicht, dass sie sein zentrales Anliegen war.«

»Sie halten es also für eine Art Rekrutierungsvideo?«

»Nicht unbedingt, auch wenn es diese Funktion erfüllt«, stellte sie klar. »Wenn man den Erfolg bedenkt, den der IS in den vergangenen Tagen für sich verbuchen konnte, rechne ich damit, dass er bis Ende der Woche über rund 10.000 neue Rekruten verfügt. Aber ich bezweifle, dass es seine Hauptmotivation für diese Rede war.«

»Fahren Sie fort.«

»Ich glaube, Khalif hat das Video nicht veröffentlicht, um seinen Anhängern mitzuteilen, wo er als Nächstes zuschlagen wird«, mutmaßte sie. »Sondern um mitzuteilen, *wann* er es tun wird.«

»Schon bald«, warf ich ein.

»Sehr bald«, ergänzte Dutch.

»Jaja, aber er erwähnte noch etwas anderes. Er war sehr deutlich und präzise. Hat es niemand außer mir mitbekommen?«

Erst blieb es still, dann ergriff Trotzki das Wort.

»Er erwähnte die Feiertage Al-Isra und Al-Mi'radsch.«

»Genau. Und was macht sie so besonders?«

Sie umkreiste den Tisch in der Raummitte und versuchte, ihr Team zum Mitdenken zu motivieren und an der Diskussion zu beteiligen. Ihre Ausstrahlung hatte sich komplett gewandelt. Ihre Körpersprache wirkte nicht länger kühl und reserviert. Sie bewegte sich schwungvoll, fast leidenschaftlich, ihre Augen funkelten und es wurde deutlich, dass sie die Männer in diesem Raum zutiefst respektierte und es liebte, dieses Team zu leiten.

»Der Feiertag ist der, an dem Mohammed zur Al-Aksa-Moschee reiste und von dort aus laut Legende zum Himmel fuhr«, sagte Trotzki.

»Genau«, bestätigte sie. »Im Islam sind das ganz besondere Feiertage, die Himmelfahrt, Al-Mi'radsch, und die Reiselegende an den fernen Ort, Al-Isra. Wisst ihr, woher sie stammen?«

»Aus dem Koran und einigen Hadithen«, stellte Fingers fest.

»Ja, schon, aber welche Sure?« Yael wollte es genauer wissen.

Rotschopf nahm den Ball auf. »Die 17. Inwiefern spielt das eine Rolle?«

»Wir jagen hier einen Mann, der einen Doktor in islamischem Recht besitzt«, rief sie uns in Erinnerung. »Er kannte den Koran schon mit neun Jahren auswendig. Das ist ein Mann, der den Koran und die Hadithe lebt und atmet. Ich sage nicht, dass er ihn korrekt interpretiert, aber er weiß genau, wovon er redet. Alles, was er sagt, beruht auf religiösen Überzeugungen. Wir werden ihn nicht finden, wenn wir ihn nicht zuerst verstehen. Wir müssen ihn austricksen, Leute. Wir müssen ihm einen Schritt voraus sein und wissen, was er als Nächstes tut.«

Sie sah kurz zu Shalit. Er hatte sich auf dem Stuhl

zurückgelehnt. Ich entdeckte ein leichtes Lächeln auf seinem Gesicht. Genau wie ich genoss er Yaels Energie, ihre Leidenschaft und Hingabe an diese Mission. Sollte Shalit je an der Wahl seiner Teamleiterin gezweifelt haben, dann, so vermutete ich, hatte er diese Zweifel längst abgelegt.

Dennoch war ich mir nicht sicher, worauf sie hinauswollte. Ehe ich nachfragen konnte, wandte sie sich an mich. Ihre warme Ausstrahlung kühlte abrupt um einige Grad ab.

»Nun, Mr. Collins, da Sie ja angeblich so viel beizutragen haben … würden Sie uns vielleicht die Geschichte der Himmelfahrt und der nächtlichen Reise kurz zusammenfassen und erläutern, warum Abu Khalif sich darauf bezieht?«

Ihre Stimme klang scharf. Sie war ans andere Ende des Raums zu den Videomonitoren zurückgekehrt.

Ich erwiderte ihren Blick, der auf mich hart und unversöhnlich wirkte. Sie liebte dieses Team, aber mich hieß sie darin nicht willkommen. Shalits Entscheidung, mich ohne Rücksprache mit ihr aufzunehmen, akzeptierte sie offenkundig nicht. Er hatte sie vor vollendete Tatsachen gestellt und brüskiert.

Ja, mit dieser Frage forderte sie mich auf, meine Qualifikationen unter Beweis zu stellen und ihren Kollegen zu veranschaulichen, dass ich es verdiente, weiterhin an dieser Besprechung teilzunehmen.

Ich ließ meinen Blick über die anderen Anwesenden schweifen. Sie warteten auf eine Antwort. Ich konnte spüren, wie die Anspannung wuchs, und machte mir keine Hoffnungen, dass Shalit mir aus dieser Patsche heraushalf.

Ich wurde auf die Probe gestellt. Mir blieben ungefähr zehn Sekunden, um eine befriedigende Antwort zu geben und den Test zu bestehen.

60

Ich hatte nun nicht gerade eine Dissertation über islamische Theologie geschrieben. Yael wusste das natürlich. Ich kannte mich mit den Ausprägungen des Islam nicht aus, die die Kommandanten des IS antrieben, obwohl ich in den letzten paar Monaten alles an Information zusammengekratzt hatte, was ich in die Finger bekam. Ich hatte den Koran und die Hadithe gelesen, als ich am College meinen Bachelor in Politikwissenschaften gemacht hatte. Als ich dann in den Irak und nach Afghanistan versetzt worden war, hatte ich sie mir noch einmal genauer vorgenommen und auch mit verschiedenen Vertretern der arabischen Regierung darüber diskutiert, mit Gelehrten und sogar mit Terroristen, die ich in den letzten zehn Jahren interviewt hatte.

Aber hier ging es gar nicht um meine Ausbildung oder Qualifikation oder das Fehlen derselben. Etwas anderes verärgerte Yael. Nach wie vor wusste ich nicht, was es war. Vorerst musste ich allerdings ruhig bleiben und mich erfolgreich aus der Affäre ziehen.

»Nun, Miss Katzir, dann wollen wir mal sehen«, begann ich. »Als junger Mann Anfang 30 ging Mohammed regelmäßig in die Höhlen des Berges Hira in der Nähe Mekkas, um dort zu beten und zu meditieren. Wenn ich es richtig in Erinnerung habe, glaubte er im Jahr 610

Träume und Visionen zu haben, zu einer Zeit also, in der er etwa 40 Jahre alt war. Anfangs wusste er nicht, ob es Allah oder Satan war, der zu ihm sprach. Ich glaube, es muss seine erste Frau gewesen sein, Khadijah, die ihren Gatten davon überzeugte, die Stimme Allahs zu hören. Sie wurde zu seiner ersten Anhängerin und ermutigte ihn, weiterhin die Höhlen aufzusuchen und den Prophezeiungen zu lauschen. Schon bald gelangte Mohammed zu der Überzeugung, dass Allah ihm befehle, den Heiden auf der Arabischen Halbinsel eine neue Religion zu verkünden.«

Ich überlegte kurz, dann stellte ich Blickkontakt zu Yael her. »Rund zehn Jahre später, um 620 herum, kam es dann zur nächtlichen Reise und zu seiner Himmelfahrt. Muslime glauben, dass Mohammed in Arabien der Erzengel Gabriel erschien und ihm ein mystisches geflügeltes Pferd, vielleicht auch einen Esel, namens Al-Buraq, überließ. Ein Hadith besagt, soweit ich weiß, dass Al-Buraq, als Mohammed es besteigen wollte, sich aufbäumte, aber Gabriel der geflügelten Kreatur die Hand auflegte und sie auf diese Weise beruhigte.

Wie auch immer, die Kreatur flog angeblich mit Mohammed durch den nächtlichen Himmel und brachte ihn an den sogenannten ›fernen Ort‹, den man auch die ›ferne Kultstätte‹ nennt, oder auch: die Moschee in der Ferne. Heute geht man davon aus, dass es sich bei diesem Ort um die Al-Aksa-Moschee handelt.«

»Sie meinen die in Jerusalem?« Yael wollte mich herausfordern und zeigte keinerlei Anzeichen, dass sie von meiner Antwort bisher beeindruckt war.

»Nun, niemand weiß, wo diese ›ferne Kultstätte‹ genau liegen könnte«, gestand ich ein.

»Wie können Sie das sagen?«, konterte Yael. Sie begann auf und ab zu gehen. »Jeder Muslim auf diesem Planeten weiß mit Sicherheit, dass Jerusalem nach Mekka und Medina die drittheiligste Stadt des Islam ist.«

»Das ist wahr«, räumte ich ein. »Aber der Koran erwähnt Jerusalem in Wahrheit nicht. Nicht namentlich, kein einziges Mal. Und natürlich gab es auf dem Tempelberg im Jahre 620 noch gar keine Moschee. Als die Moschee später gebaut wurde, benannte man sie Al-Aksa, nach der 17. Sure. Wie hätte Mohammed zu einer Moschee fliegen sollen, die noch gar nicht existierte? Aber das ist eigentlich eine andere Diskussion.«

»Fahren Sie fort«, forderte sie mich auf und wanderte um den Tisch herum. »Was ist mit der Himmelfahrt?«

»Nun, wieder dem Koran und den Hadithen zufolge betete Mohammed, kaum dass er angekommen war, intensiv zu Allah und suchte seinen Rat«, erklärte ich und versuchte angestrengt, mich an alles zu erinnern, was ich über das Thema je gelesen oder was man mich darüber gelehrt hatte. Ich versuchte, nichts hinzuzufügen oder zu übertreiben, denn mir war klar, dass ich mir keinen Fehler erlauben durfte. »Wenn ich mich recht entsinne, war es zu dieser Zeit, dass Allah Mohammed dem Vernehmen nach versicherte, dass er sich auf dem rechten Weg befinde und trotz aller Feindschaft, auf die er stoße, nur dem göttlichen Willen füge.

Daraufhin erklomm Mohammed auf einen Befehl Allahs hin eine Leiter, die Al-Mi'radsch, hinauf in die sieben Ebenen des Himmels. Dort sprach er mit den alten Propheten, unter anderem auch mit Abraham, Mose und sogar Jesus. Diese den alten islamischen Überlieferungen zufolge heiligen Männer versicherten Mohammed, dass er einer von ihnen sei, ein wahrer Prophet wie sie, und dass tatsächlich die Stimme Gottes zu ihm spreche.«

Jetzt richteten sich alle Augen auf Yael. Es war, als spielten wir in Wimbledon ein Einzel. Aufschlag, Rückhand, Konter. Aber ich war noch nicht fertig.

»Was ich besonders interessant finde, ist die Tatsache, dass all das während oder doch zumindest direkt nach dem Jahr passierte, das die Muslime das Jahr der Sorgen nennen. Ein schicksalsträchtiges Jahr – 619 oder 620 –, in dem zuerst Mohammeds geliebter Onkel starb. Dann verschied auch seine erste Frau Khadidja. Sie war jene, die er wirklich geliebt hatte und der er offenbar treu blieb. Er heiratete jedenfalls bis zu ihrem Tod keine andere. Also tauchten diese Träume und die Visionen zu einer Zeit auf, in der Mohammed trauerte und sich mit vielen anderen Herausforderungen konfrontiert sah.

Es überrascht wohl kaum, dass die meisten Juden und Christen sein Beharren darauf, dass er der rechtmäßige religiöse Führer sei, ablehnten, auch die Behauptung, dass der Islam die göttliche nächste Stufe des Judaismus und des Christentums darstelle. Einige hielten ihn für einen Häretiker, andere postulierten, dass er auf die Stimme Satans höre, nicht auf die Gottes. Für ihn war es eine Zeit großer Verwirrung und Mühen. Mohammed war in tiefer Trauer. Er wartete verzweifelt auf ein Zeichen Allahs. In der nächtlichen Reise und der Himmelfahrt glaubte er endlich erhalten zu haben, wonach er suchte.«

Yael starrte mich böse an, doch an dieser Stelle griff Shalit ein. »Wir können, glaube ich, mittlerweile festhalten, dass Mr. Collins die Geschichte sowohl der nächtlichen Reise als auch der Himmelfahrt ausnehmend gut kennt.«

»Vielleicht, aber er soll mir trotzdem noch meine Frage beantworten«, entgegnete Yael prompt.

»Und die lautete genau?«, wollte Shalit wissen. »Rufen Sie sie mir doch noch einmal ins Gedächtnis.«

»Sie fragte nach dem Warum«, antwortete ich, bevor sie es tun konnte. »Warum Abu Khalif sich auf die Feiertage dieser beiden Ereignisse beziehen könnte und was er uns damit zu sagen versucht. Plant er womöglich eine Verschwörung, den Felsendom oder die Al-Aksa-Moschee anzugreifen?«

Yael rührte sich nicht.

»Nun?«, erkundigte sich Shalit. »Haben Sie eine Antwort darauf, Mr. Collins?«

»Meine Antwort entspricht der von Yael.« Ich wollte sie wissen lassen, dass ich sehr wohl zugehört hatte.

»Und die lautet?«

»Ich kann nicht genau sagen, ob Khalif nun Jerusalem oder den Tempelberg angreifen will«, erklärte ich. »Aber Yael hat es eben erwähnt. Der Grund, aus dem Khalif dieses Video veröffentlichte, ist nicht, dass er mitteilen wollte, wo genau er zuschlagen will. Er will den Muslimen sagen, *wann* er zuzuschlagen gedenkt, nämlich während der Feiertage zur nächtlichen Reise und der Himmelfahrt.«

»Genau«, mischte sich Yael jetzt ein. »Und wann genau ist das?«

Jetzt starrten wieder alle mich an. Ich kramte in meinem Gedächtnis nach dem Datum, ich wollte diesen Test unbedingt bestehen. Aber am Ende musste ich mich geschlagen geben. Ich konnte mich schlicht nicht erinnern. »Tut mir leid«, gestand ich. »Da muss ich passen.«

»Sie vielleicht?«, wandte sich Shalit an Yael.

»Aber natürlich.«
»Und wann?«
»In diesem Jahr fällt der Feiertag auf den 3. April.«
Mein Magen rebellierte.
Das war schon in 33 Tagen.

61

An Yaels Aussage entzündete sich nun die gewünschte Diskussion. In der nächsten Stunde sezierte die Gruppe jeden einzelnen Satz und jedes Wort von Khalifs Ansprache. Das Team war gespalten: Fingers und Dutch stimmten mit Yael überein, dass Khalif den 3. April als Datum der nächsten Anschläge festgelegt habe, Trotzki und Rotschopf überzeugte die Argumentation nicht. Shalit selbst blieb neutral, meine Einschätzung wurde nicht gezielt erfragt.

Am Ende bat Shalit die Runde, sie möge ihre Theorien mit dem übrigen Material abgleichen, dass man über Khalif und den IS zusammengetragen habe. Er meinte, er müsse Premierminister Eitan persönlich um 16 Uhr informieren, was hieß, dass ein entsprechendes Dossier spätestens eine Stunde vorher auf seinem Tisch liegen musste, weil er dann den Hubschrauber zum Kirya, dem IDF-Hauptquartier in Tel Aviv, bestieg.

Alle kehrten an ihre Arbeitsplätze zurück, nachdem Shalit die Runde aufgelöst hatte, und ließen mich allein zurück. Es war fast Mittag, also blieben ihnen weniger als drei Stunden Zeit und es stand viel auf dem Spiel. Ich blieb im Konferenzraum, da man mir keinen Arbeitsplatz zugewiesen hatte und ich nicht wusste, wo ich hinsollte.

»Also, was meinen Sie?«, wollte Shalit wissen und stieß sich vom Konferenztisch ab.

»Ich finde, da haben Sie ein beeindruckendes Team zusammengestellt.«

Er nickte. »Und eine sehr interessante Teamleiterin, nicht wahr?«

»In der Tat.«

»Mit Ihnen ist sie aber nicht glücklich.«

»Das sieht wirklich so aus, ja.«

»Vergessen Sie nicht, dass ihr der Erfolg dieser Mission persönlich sehr am Herzen liegt«, erklärte Shalit. »Darum ist sie auch so gut. Ich habe keinen Zweifel daran, dass sie auch diesmal als Siegerin vom Platz geht.«

»Und darum haben Sie sie dem Premierminister gewissermaßen weggenommen.«

»Das ist der Grund, warum sie Ja gesagt hat.«

»Und warum haben Sie mir gestattet, dass ich mich dem Team anschließe? Weil ich auch persönlich in die Sache involviert bin?«

»Natürlich«, gab Shalit zurück. »Sie haben gerade die Besten der Besten getroffen, J. B. Diese Männer spielen in der obersten Liga, aber Sie beide sind der Schlüssel. Sie und Yael werden härter und länger arbeiten, tiefer eintauchen, gründlicher suchen und jede Sekunde an jedem Tag über diese Aufgabe nachgrübeln, weil es für Sie eben kein simpler Job ist. Sie sind nicht als Experte hier. Sie beide wollen Abu Khalif finden und ausschalten, sogar noch mehr als ich.«

Er beugte sich vor. »Verraten Sie mir etwas. Sind Sie beunruhigt, dass das Team gespalten ist?«

»Sie meinen die Auseinandersetzung um den 3. April?«

»Ja, genau das.«

»Willkommen in Israel«, meinte ich. »Fünf Israelis, sechs Meinungen, so ist es doch, oder?«

»So ist es«, bestätigte Shalit und es wirkte, als wollte er lächeln. Doch er tat es nicht wirklich.

»Wahrscheinlich ist das etwas Gutes«, überlegte ich laut. Im Prinzip beruhigte es mich, dass das Team in diesem Punkt uneins war. Die Mitglieder mussten alle Eventualitäten bedenken und binnen kürzester Zeit enorm viele Informationen aus den Daten, die ihnen zur Verfügung standen, zusammentragen, um ihre Argumentation zu stützen. Skeptizismus im Angesicht einer umfassenden Geheimdienstanalyse hielt ich nicht nur für gerechtfertigt, sondern für überlebenswichtig.

Kollektives Denken und Gruppenzwänge waren eher gefährlich, besonders wenn es um Themen der nationalen Sicherheit ging. Zu oft hinterließ eine solche Herangehensweise blinde Flecken und sorgte dafür, dass die Leute sich der eigenen fehlgeleiteten Annahmen und Voreingenommenheiten nicht bewusst waren. In Washington hatte es sich oft so verhalten. Prompt war man von den katastrophalen Anschlägen des IS überrascht worden. Einige der besten und klügsten Köpfe der Sicherheits-, der Geheimdienste und auch der Regierungen in aller Welt hatten tragischerweise alle Warnsignale übersehen.

Shalit bedeutete mir, mich neben ihn zu setzen. Dann sagte er sehr leise: »James, nun sind Sie dran. Was können Sie mir bieten?«

Er hatte recht, es war so weit. Ich stellte ihm die drei Personen hinter den Namen vor, die Khachigian mir genannt hatte, fasste meine Nachforschungen und alle Informationen zusammen, die ich in Erfahrung gebracht hatte.

Shalit hörte aufmerksam zu und wirkte am Ende fast enttäuscht. Er seufzte. »Ich hatte mehr erwartet.«

»Mehr Namen?«

»Mehr Qualität. Mehr Tiefe. Diese Männer kenne ich, sie sind gut. Zwei von ihnen sind mir persönlich bekannt: Pritchard und Hussam. Zu ihrer Zeit waren es kompetente Agenten, aber Pritchard wurde gefeuert und ist mittlerweile verstorben, Hussam saß im Gefängnis. Mehr haben Sie also nicht?«

»Diese Namen stammen nicht von mir«, stellte ich klar. »Es war Robert Khachigian, der sie mir zukommen ließ. Ich kenne keinen der drei und habe keine Ahnung, welche Rolle sie spielen. Aber wenn er sagt, dass diese Leute mir helfen können, glaube ich ihm das.«

Shalit seufzte wieder. »Ich stimme mit Ihrer Einschätzung Khachigians überein, er war ein ganz hervorragender Agent. Ein großartiger Analyst und einer der Besten an der Spitze der CIA, zumindest der Beste, den ich je gekannt habe. Ich bin skeptisch, was diese Namen angeht, aber irgendetwas muss er gewusst haben, das mir unbekannt ist.«

»Und jetzt?«, wollte ich wissen.

»An die Arbeit. Als er noch lebte, haben wir ihm vertraut. Warum sollte sich nach seinem Tod etwas daran ändern? Ich setze Sie und Yael heute Nachmittag in ein Flugzeug nach Kairo. Sie werden mit Walid Hussam anfangen und herausfinden, wo die Spur endet.«

62

Walid Hussam war gar nicht der erste Mann auf Khachigians Liste.

Aber Shalit hatte darauf bestanden, ihn zu Beginn aufzusuchen. Zunächst protestierte ich und wandte ein, dass Yael und ich lieber nach Dubai fliegen und Mohammed bin Zayid aufsuchen sollten, den Direktor des Geheimdienstes der VAE und den Einzigen auf der Liste, der noch im aktiven Dienst stand. Ursprünglich hatte ich genau das geplant und wunderte mich, dass wir nicht dabei blieben.

Aber Shalit hatte mich quasi überstimmt. »Zuerst Kairo, dann Dubai«, entschied er und begründete es damit, dass er in Kairo die besseren Kontakte hatte.

Als Yael von dieser Entwicklung erfuhr, wirkte sie nicht gerade glücklich, um es vornehm auszudrücken. Selbst durch die geschlossene Tür des Konferenzraums war deutlich zu hören, dass sie Shalit gegenüber von einer Sackgasse sprach. Sie argumentierte, eine solche Reise mit mir, kreuz und quer durch die arabische Welt, die immerhin mehrere Tage kostbarer Zeit beanspruchte, sei ein völlig sinnloses Unterfangen. Am Ende erteilte Shalit ihr kurzerhand den Befehl, wie er es auch bei mir getan hatte. Es gefiel ihr nicht, überhaupt nicht, aber fürs Erste musste sie sich mit mir arrangieren.

Um kurz nach 15 Uhr brachen Yael und ich mit einem vollständigen Dossier über die Videoansprache Khalifs zum Flugfeld auf, wo ein Sikorsky S-76 auf uns wartete. Die Piloten, Colonels der israelischen Luftwaffe, sollten uns zum Flughafen bringen, wo mein Learjet auf uns wartete.

Ich trat vor und bot Yael an, ihr beim Einsteigen zu helfen, weil ich den Eindruck hatte, sie fühle sich mit dem Gips am linken Arm unwohl. Sie ignorierte mich und schaffte es problemlos in den Ledersitz direkt hinter den Piloten.

So viel zum Thema Höflichkeit, dachte ich bei mir, als ich selbst in den hinteren Teil des Hubschraubers kletterte und über die Lederbank auf den Fensterplatz rutschte. Zwei Sicherheitsleute folgten und ließen sich neben mir nieder. Ein Techniker vom Bodenpersonal schloss die Luke hinter uns und klopfte zweimal gegen den Treibstofftank. Kaum waren wir alle angeschnallt, hob der Helikopter auch schon ab und ging auf Kurs nach Süden.

Ich warf Yael einen verstohlenen Blick zu. Sie sah erschöpft aus und obwohl die Wunden im Gesicht und am Nacken so gut verheilt waren, als hätte sich ein plastischer Chirurg darum gekümmert, dürften sichtbare Narben zurückbleiben. Egal, sie blieb die schönste Frau, die ich kannte. Daran änderte auch nichts, dass sie kein Wort mit mir gewechselt hatte, seit sie nach ihrem Treffen mit Shalit aus dem Konferenzraum gestürmt war.

Ich wandte den Blick ab und sah auf die Jesreel-Ebene hinab. Meine Gedanken schweiften ab zu Matt. Ich stellte mir vor, was er gerade tat. Es war erst acht Uhr morgens auf Saint Thomas. Aller Voraussicht nach frühstückte er gerade und las auf der Veranda mit Blick auf die Magens Bay in der Bibel. Wahrscheinlich betete er für mich. Obwohl ich seine religiösen Überzeugungen nach wie vor nicht vollständig teilte, verspürte ich eine tiefe Dankbarkeit.

Ich klaubte meine Aktenmappe vom Boden auf und zog die Zusammenfassung heraus, in der ich auf Shalits Wunsch meine Rechercheergebnisse zu Walid Hussam bündelte. Wenn wir uns mit diesem Kerl treffen wollten, so Ari, sollten wir auch so viel wie möglich über ihn wissen.

Hussam kam 1954 in der ägyptischen Hafenstadt Alexandria zur Welt. 1967, im Alter von 13, war er noch zu jung, um im Sechstagekrieg gegen Israel mitzukämpfen. Aber im Jom-Kippur-Krieg 1973 war der 19-jährige Hussam als stellvertretender Kommandant an vorderster Front dabei gewesen. Die Ägypter hatten damals am höchsten Feiertag des jüdischen Jahres, zu Jom Kippur, Israel überraschend angegriffen. Als sein vorgesetzter Offizier in einem wilden Feuergefecht mit den israelischen Streitkräften nahe dem Gazastreifen tödlich verwundet wurde, hatte Hussam die Befehlsgewalt übernommen. Sein Mut in der Schlacht war denen, die ganz oben in der Kommandokette standen, nicht entgangen.

Schließlich war Hussam zur rechten Hand Omar Suleimans aufgestiegen, des berüchtigten Kopfes des ägyptischen Geheimdienstes. Nachdem Suleiman zwei seiner Stellvertreter gefeuert hatte und ein dritter unter mysteriösen Umständen bei einem Besuch in Tripolis umgekommen war, machte er Hussam 2009 zu seinem Stellvertreter. Kurz darauf brach der Arabische Frühling in Tunesien aus und verbreitete sich rasch bis in die Straßen Ägyptens. Der ägyptische Präsident Husni Mubarak beförderte Suleiman Ende Januar 2011 zum Vizepräsidenten und ernannte am gleichen Tag Hussam zum neuen Leiter des Geheimdienstes.

Die Lage eskalierte. Millionen von Ägyptern gingen auf die Straße, setzten Autos und Polizeistationen in Brand. Sie forderten Mubaraks Rücktritt, die Festnahme des gesamten Kabinetts und einen Prozess wegen Verrats. Zu Hussams Überraschung sprach sich auch das Weiße Haus offen für einen Rücktritt Mubaraks aus. Man musste kein

Geheimdienstanalyst sein, um zu wissen, was dann geschah: Die Tage des ägyptischen Präsidenten waren gezählt.

Am 30. Juni 2012 geschah das Undenkbare. Die Muslimbruderschaft gelangte im Zuge der Unruhen an die Macht. Am gleichen Tag wurde Hussam verhaftet und mit Tausenden anderen loyalen Mubarak-Anhängern ins Gefängnis geworfen, um gefoltert zu werden und ohne Prozess zu verrotten.

Was allerdings niemand, auch Hussam nicht, an diesem Tag vorausgesehen hatte, war, wie schnell sich das ägyptische Volk gegen die Muslimbruderschaft und ihre Anführer wandte. Es war noch kein Jahr vergangen, da hatten bereits erstaunliche 20 Millionen Ägypter, rund ein Viertel der Bevölkerung, eine Petition unterschrieben, die das Abtreten der Bruderschaft forderte. Viele gingen erneut auf die Straße, um ihren Forderungen Nachdruck zu verleihen. Man wollte keine Scharia-Herrschaft. Ägypten stand am Rande eines ausgewachsenen Bürgerkriegs, als die Armee endlich eingriff und im Juni 2013 putschte – blutig, aber erfolgreich. Innerhalb weniger Wochen kontrollierte das Militär die Hauptstadt und damit das ganze Land. Die Anführer der Bruderschaft waren tot oder im Gefängnis. Hussam und Tausende seiner Kollegen wurden über Nacht auf freien Fuß gesetzt.

Hussam war mittlerweile 64 Jahre alt und nicht mehr im Geheimdienstgeschäft. Er verweigerte sich einer Regierungsbeteiligung und unterrichtete an verschiedenen Universitäten, schrieb das erwähnte Buch über den Arabischen Frühling, das sich miserabel verkaufte. Er saß in mehreren Aufsichtsräten von Unternehmen, wahrscheinlich um etwas Geld zu verdienen, und verbrachte mehr Zeit mit Kindern und Enkeln als je zuvor.

Ich hatte keine Ahnung, wie er uns helfen konnte, Abu Khalif zu finden, aber wie Shalit setzte ich mein Vertrauen darauf, dass Robert Khachigian recht behielt. Er hatte mich nie in die Irre geführt, außer vielleicht bei Laura.

Schließlich setzte unser Helikopter auf. Als ich die Tür öffnete, wurde mir klar, dass ich mich nicht auf dem Ben-Gurion-Flughafen befand, sondern auf einem Flugfeld in Herzliya, einem vornehmen Stadtteil an der Küste nördlich von Tel Aviv. Mein Learjet wurde gerade betankt und auf den Start vorbereitet. Ich hatte zwar gewusst, dass wir mit ihm nach Ägypten fliegen würden, wusste jedoch nicht, wie er ohne meine Zustimmung hierher umgeleitet worden war. Für den Augenblick war es mir egal. Ich gehörte, wenigstens zeitweise, der Welt des Mossad an, und das war offenbar etwas ganz anderes, als für die *New York Times* zu arbeiten.

Ich gewöhnte mich wohl besser schnell daran.

63

Herzliya, Israel

Yael und ich beeilten uns, an Bord zu gehen, unsere Plätze einzunehmen und den Gurt anzulegen, da donnerten wir auch schon über die Startbahn.

Nach weniger als einer Viertelstunde hatten wir unsere Reiseflughöhe erreicht. Ein Glück, dass es so schnell ging. Es war inzwischen 16:37 Uhr und wurde schon dunkel. Ein Sturm zog auf, Winterregen prasselte gegen die Bullaugen.

Ich liebäugelte damit, den Sitz zurückzuklappen und

eine Mütze voll Schlaf zu nehmen. Genau wie Yael hatte ich ihn sicher dringend nötig.

Stattdessen öffnete sie ihren Laptop und vertiefte sich in ihre Arbeit.

Ich starrte aus dem Fenster und dachte fieberhaft über ein Thema nach, über das wir sprechen könnten. »Yael, erinnerst du dich noch an General El-Badawy?«, fragte ich schließlich.

Keine Frage, dass sie mit dem Namen des Kommandanten der ägyptischen Spezialstreitkräfte etwas anfangen konnte, dem wir zuerst im Lageraum von König Abdullah von Jordanien begegnet waren. Er und die anderen sunnitisch-arabischen Militärkommandanten hatten die Angriffspläne auf Dabiq und Alqosh entworfen.

Yael tippte wie eine Wilde auf der Tastatur herum, auch wenn sie nur die rechte Hand benutzen konnte.

»Ich habe erst kürzlich eine E-Mail bekommen«, berichtete ich. »Der Verfasser behauptete, er sei ein ägyptischer Colonel, der für El-Badawy arbeite, und dass der General mit mir sprechen wolle. Das Thema sei zu sensibel, um es per Mail zu erörtern.«

Keine Reaktion.

»Ich dachte, ich könnte ihn nach der Landung in Kairo anrufen«, fuhr ich fort. »Vielleicht hast du recht und Hussam ist eine Sackgasse. Aber El-Badawy ist eine Schlüsselfigur. Was meinst du?«

Nichts.

Ich wusste nicht, ob ich lachen oder sie anbrüllen sollte. Dieses Schweigen wurde langsam lächerlich. Ich sah mich in der Kabine um. Die Tür zum Cockpit war fest verschlossen, die Piloten konnten uns weder sehen noch hören, es gab keine anderen Passagiere und anders als im Helikopter konnten wir uns hier selbst beim Denken zuhören. Es war das erste Mal, dass ich seit dem Aufenthalt mit dem König und den Generälen auf dem jordanischen Luftwaffenstützpunkt mit Yael Katzir Zeit allein verbrachte. Von dort aus waren wir damals nach Alqosh aufgebrochen. Wir mussten dringend einige Sachen klären.

»Yael, lass uns reden.«

»Nicht jetzt«, wehrte sie ab und beackerte weiterhin mit der unverletzten Hand die Tasten.

»Der Flug dauert nicht mal eine Stunde.«

»Ich sagte: nicht jetzt.«

»Hör mal, ich weiß, du bist nicht besonders glücklich darüber, dass ich hier bin und dass Shalit mich eurem Team zugeteilt hat. Ich bin ja nicht blind. Aber du schuldest mir wenigstens einen Grund.«

Jetzt sah sie doch auf. »*Ich* schulde *dir* was?« Sie klang vollkommen überrascht. »Ist das dein Ernst? Wie kommen Sie nur darauf, *Mr. McClaire?*«

»Was ist denn nur los?«, fragte ich. »Ich dachte, wir wären Freunde.«

»Das dachte ich auch.«

»Also, was ist passiert?«

Sie schüttelte den Kopf. »Du hast echt Nerven, Collins, weißt du das?«

»Ich hab offenbar etwas getan, das dich verletzt hat, aber ich habe keine Ahnung, was. Also sag's mir doch einfach.«

»Nein, J. B., das ist weder der richtige Zeitpunkt noch der richtige Ort. Es stehen Menschenleben auf dem Spiel. Lass mich also in Ruhe meinen Job erledigen.«

Es war deutlich: Egal was ich sagte, ich würde das Eis nicht brechen. Das bedauerte ich, aber vorerst konnte ich dagegen nichts machen. Außer vielleicht eins: stur weiterreden. Wenn sie mir nicht sagen wollte, worüber sie sich so ärgerte ... gut. Aber ich war nicht um die halbe Welt gereist, um ignoriert zu werden. Wir beide hatten einen Job zu erledigen, das mochte ihr nicht gefallen, aber das war ihr Pech.

Im Augenblick war mir das schlicht egal. Shalit hatte mich ins Team gebracht und sie gezwungen, mit mir zu arbeiten, trotz ihrer zahlreichen und vehementen Einwände, also fingen wir besser damit an.

Ich griff zu meiner Taschenuhr. In 20 Minuten landeten wir.

»Hat dein Team irgendwelche Hinweise auf Al-Isra und Al-Mi'radsch gefunden?«

»Nein.« Sie tippte weiter.

»Habt ihr keine Hinweise gefunden, dass terroristische Häftlinge in den letzten Monaten Bemerkungen über diese Feiertage fallen ließen?«

Sie murmelte etwas, das ich nicht verstand.

»Wie war das? Tut mir leid, das habe ich nicht mitbekommen.«

»Nein, haben sie nicht«, wiederholte sie schroff.

»Was ist mit US-Quellen oder Interpol?«

»Fehlanzeige.«

Ich ließ nicht locker. »Wie steht es mit historischen Verbindungen zwischen den beiden Festen zu Terrorakten oder Kriegen?«

»Was soll damit sein?«

»Ist dein Team auf so etwas gestoßen?«

»Nein, bisher nicht.«

»Aber ihr habt doch sicher die Gerüchte über bevorstehende Anschläge in den USA aufgeschnappt.«

Das erwischte Yael offenbar kalt. Sie hörte auf zu tippen und sah zu mir auf. »Was meinst du damit?«

»Der Papstbesuch«, erklärte ich. »Schon bald, am Palmsonntag, um genau zu sein, wird der Papst in Chicago eintreffen, zu Ostern nach Los Angeles weiterreisen und dann nach New York zurückkehren, um vor den Vereinten Nationen zu sprechen. Eure Leute haben IS-Leute darüber sprechen hören. Glaubst du, dass Abu Khalif vorhat, den Papst zu ermorden?«

Yael sah erstaunt aus. »Wer hat dir das gesagt?«

»Ich bin immerhin Mitglied in deinem Team. Genau genommen hättest du mir diese Information geben sollen.«

»Aber wie hast du davon erfahren?«

»Hab ich nicht, war bloß geraten. Offenbar hab ich damit voll ins Schwarze getroffen, was? Wie wär's, wenn wir mal zusammen pokern?«

Sie legte den Kopf auf die Seite, nickte und lehnte sich zurück.

»Touché«, stellte sie fest. »Du hast die Reuters-Meldung gelesen, dass der Vatikan im Namen des Papstes eine weitere Einladung in die Vereinigten Staaten angenommen hat. Du hast die Daten abgeglichen und anhand der Anschlagsserien der letzten Zeit geraten, dass da was im Busch ist.«

»Khalif muss den Papst nicht mal direkt angreifen«, meinte ich. »In den USA leben 69 Millionen Katholiken. Das sind immerhin 22 Prozent der Bevölkerung. Anschläge auf ein paar im Land verteilte Kirchen, die aufgrund der geringen Sicherheitsvorkehrungen alle leichte Ziele bieten, lösen genug Panik aus.«

Sie musterte mich eine Weile und schloss dann den

Laptop. »Unglücklicherweise hast du tatsächlich den Finger direkt in die Wunde gelegt. Ari hat den Premierminister bereits informiert, dieser wird in Kürze euren Präsidenten anrufen. Nach allem, was in den letzten Wochen in den USA vorgefallen ist, vermute ich sowieso, dass der Vatikan den Besuch absagen wird. Aber da ist noch etwas.«

»Was denn?«

»Uns sind alle möglichen Gerüchte zu Ohren gekommen, wonach der IS die größeren Vergnügungsparks in den USA ins Visier nehmen will. Disney World, Disneyland, SeaWorld, die Universal Studios, Kings Dominion, Six Flags, so was eben.«

»Spring Break«, vermutete ich.

»Genau. Die Colleges und Universitäten geben den Studenten eine Woche frei, nicht wahr?«

Ich nickte.

»Aber die Zeit ist je nach Bundesstaat unterschiedlich?«

»Richtig.«

»Also sprechen wir von einem Zeitraum von fünf bis sechs Wochen, und zwar bald«, meinte sie. »Überleg mal: 300 Millionen Menschen besuchen diese Parks jedes Jahr. Die Branche generiert über 220 Milliarden Dollar Umsatz, rund 600.000 Menschen sind dort beschäftigt. Wenn Khalif diese Industrie erfolgreich schädigt, wird das dauerhafte Schäden für die amerikanische Wirtschaft nach sich ziehen.«

»Wann beginnt die Saison genau?«, fragte ich. Ich war vor mehr als zwei Jahrzehnten das letzte Mal in Miami, Daytona, Orlando oder Panama Beach gewesen.

»Dieses Jahr am 12. März. Einem Samstag.«

Das war bereits in elf Tagen.

TEIL FÜNF

64

Im jordanischen Luftraum

»Ich dachte, wir sind unterwegs nach Kairo«, sagte ich.

»Sind wir auch.«

»Aber wir fliegen doch nach Süden, Yael. Kairo liegt von Israel aus gesehen im Südwesten.«

»Wir legen einen Zwischenstopp ein.«

Yael erklärte, dass sich auf der Sinaihalbinsel mittlerweile Dschihadisten jeglicher Couleur tummelten. Unter anderem war der IS hier vertreten, ebenso Al-Qaida, der Islamische Dschihad, Splittergruppen der Hamas und Gruppierungen der Muslimbruderschaft.

Und einige, berichtete sie, verfügten über Flugabwehrraketen, die keine Geschützstellung voraussetzten, sondern sich von Hand abfeuern ließen.

»Ich dachte, die ägyptische Regierung hat die Dschihadisten ausgerottet«, wandte ich ein.

»Sie sind auch fleißig dabei und Präsident Mahfouz erzielt große Fortschritte. Der Mossad unterstützt ihn dabei, nennt Ziele und hilft anderweitig. Aber es ist für einen Geschäftsjet, der aus Richtung Israel kommt, dennoch nicht sicher, die Halbinsel zu überqueren. Das Risiko, abgeschossen zu werden, ist zu hoch und ich für meinen Teil will nicht 40 Jahre durch die Wüste irren.«

»Und warum weichen wir dann nicht übers Mittelmeer aus?«

»Weil wir zuerst nach Akaba wollen.«

Sie meinte damit Jordaniens einzige Küstenstadt am Nordende des Roten Meers.

»Und was haben wir da vor?«

»Landen. Unseren Flugplan umstellen. Transponder- und Flugnummer ändern. Erst dann fliegen wir weiter nach Ägypten.«

»Das verstehe ich nicht. Israel hat doch einen Friedensvertrag mit Ägypten geschlossen.«

»Das stimmt, und wir arbeiten mit Kairo in Sachen Sicherheit auch eng zusammen. Aber es ist nicht üblich, dass Geschäftsflugzeuge direkt aus Tel Aviv nach Kairo fliegen, nicht zu dieser Jahreszeit und nicht bei diesem Wetter. Wir wollen doch keine Aufmerksamkeit erregen.«

»Ach, sind wir jetzt ein arabisches Ehepaar, das ein paar Tage nach Kairo fliegt?«

»Eher ein kanadisches Ehepaar«, korrigierte sie. »Du bist doch Michael McClaire, oder? Ich bin deine Frau Janet. Wir stammen aus Edmonton und machen dort Urlaub.«

»Kein Wunder, dass du so unglücklich wirkst.« Ich grinste.

»Meine Idee war das nicht, das kannst du mir glauben«, quetschte sie hervor.

»Das glaub ich dir sofort. Eindeutig Aris Handschrift.«

»Halt die Klappe und lass mich arbeiten.«

»Schön.« Ich seufzte. »Wann landen wir in Kairo?«

»Gar nicht.«

»Hussam ist doch in Kairo.«

»Ja, aber wir fliegen nach Asyut. Auch das aus Sicherheitsgründen, das liegt immerhin rund 400 Kilometer südlich von Kairo. Wir landen voraussichtlich um 19 Uhr und fahren dann mit dem Auto in die Hauptstadt.«

»Wir mieten uns also einen Wagen?«
»Natürlich nicht, ein Fahrer wird auf uns warten.«
»Na, das kann ja heiter werden ...«

Wir waren unserem Flugplan sogar einige Minuten voraus. Meiner Taschenuhr nach war es zwölf vor sieben, als ich den Learjet verließ. Draußen erwarteten uns zwei Mossad-Agenten. Unser Fahrer und Leibwächter war ein großer, schlanker, junger Mann, der nie lächelte und sich selbst als Mohammed vorstellte, auch wenn das meiner Ansicht nach bestimmt nicht sein richtiger Name war. Er wirkte auf mich, als wäre er in Yaels Alter, nämlich Anfang 30. Der Stationschef des Mossad war älter, ungefähr so wie ich. Er stellte sich als Abdul vor.

Ich hätte niemals vermutet, dass diese Männer jüdischer Abstammung oder israelische Staatsbürger waren und für den Mossad arbeiteten. Beide sahen aus wie gebürtige Ägypter und sprachen fließend ägyptisches Arabisch. Wer auch immer sie rekrutiert hatte, hatte Bemerkenswertes geleistet. Ich zweifelte keine Sekunde, dass wir in guten Händen waren.

»Wann, glauben Sie, erreichen wir Kairo?«, fragte Yael.

Unser schwarzer Mercedes hatte gerade die Nilbrücke überquert und rauschte über den Asyut-Wüsten-Highway gen Norden.

»So gegen kurz vor elf«, entgegnete der Stationschef des Mossad.

»Was meinen Sie, wann können Michael und ich uns mit Hussam in Verbindung setzen und ihn um ein Treffen bitten?«

»Ich würde das an Ihrer Stelle sofort tun.« Abdul wandte sich an mich. »Sagen Sie ihm, Sie essen mit einem

Informanten in Alexandria zu Abend, wollen ihn auf Khachigians Drängen hin aber unbedingt sprechen. Am besten irgendwo in Kairo gegen, ich weiß nicht, kurz vor Mitternacht. Es sei sehr wichtig und zeitkritisch.«

»Warum sollten wir lügen und behaupten, dass wir in Alexandria essen?«, stutzte ich. »Der Mann ist ein erfahrener Spion und wird längst Bescheid wissen.«

»Das sollten Sie nicht zu laut sagen. Wenn er auch nur ahnt, dass Sie mit dem Mossad zu tun haben, werden Sie große Probleme bekommen.«

»Ich dachte, ihr wärt alle dicke Freunde.«

»So dick dann auch wieder nicht«, widersprach Abdul. »Nicht in der aktuellen Situation.«

»Aber euer Premierminister ist doch nach Amman gereist, um einen weitreichenden Friedensvertrag mit den Palästinensern zu unterzeichnen, mit voller Rückendeckung von Präsident Mahfouz«, wandte ich ein. »Als Amman angegriffen wurde, entsandte Mahfouz den Befehlshaber der ägyptischen Streitkräfte nach Jordanien, als Teil einer Koalition, um Präsident Taylor zu retten. Ich war dabei, meine Begleiterin auch. Wir haben ihn sogar getroffen und mit ihm gesprochen. Es gab eine sehr enge Zusammenarbeit.«

Ich sah auffordernd zu Yael, damit sie meine Einschätzung bestätigte, aber das tat sie nicht. Vielleicht durfte sie nicht.

»Das war eine ganz besondere Situation«, meinte sie nur. »Inzwischen hat sich die Lage geändert. Nach dem Massaker in Dabiq erhob sich ein massiver Sturm der Entrüstung gegen Mahfouz und die Regierung. Die Leute waren wütend, dass das ägyptische Militär ausgerechnet in Syrien Verluste erlitt. Außerdem beging Mahfouz einen

Fehler. Als Yuval Eitan zum Premierminister gewählt wurde, rief er ihn sofort an, um zu gratulieren. Das sprach sich schnell herum.«

»Und wo liegt das Problem?«

»Der Anruf kam zu früh«, erklärte Yael. »Die Nerven lagen bei vielen blank. Die Bevölkerung war wütend auf Dabiq. Gegen Mahfouz entlud sich diese Wut in der Form, dass man ihm vorwarf, er gehe mit den ›Zionisten‹ zu freundlich um. Ebenso gut hätte man ein brennendes Streichholz in ein ausgetrocknetes Waldstück werfen können. Überall kam es zu Protesten, es gab Demonstrationen vor der israelischen Botschaft. Autoreifen, Autos und israelische Flaggen brannten. Alles ging furchtbar schnell und hat, so fürchte ich, das Vertrauen in Mahfouz stark erschüttert. Man berief den ägyptischen Botschafter in Israel ab und appellierte an uns, es ihnen gleichzutun. Mahfouz nahm keine Telefonate von Eitan mehr entgegen, auch die Verteidigungsminister reden nicht länger miteinander. Das Gleiche gilt für die Geheimdienstchefs. So läuft es seit knapp zwei Monaten.«

»Obwohl also die Ägypter Dutzende IS-Kämpfer aufgreifen, wisst ihr nicht, was sie wissen«, schlussfolgerte ich.

»Bedauerlicherweise nur das, was wir in der *New York Times* lesen.«

Da stehen wir ganz schön blöd da, dachte ich.

Abdul nickte stumm in Richtung des Handys, das ich in der Hand hielt.

Also rief ich Hussam an.

65

Unglücklicherweise bekam ich nur Hussams Anrufbeantworter an den Apparat.

Ich hinterließ also eine Nachricht und schickte dann noch eine SMS und eine E-Mail hinterher.

Ich hatte noch nichts von ihm gehört, als wir die Vororte von Kairo erreichten.

Yael schlug vor, es noch mal zu probieren. Wieder nur die Mailbox. Ich begann, mir Sorgen zu machen. Yael bat den Stationschef, seine Leute auf Hussam anzusetzen, um herausfinden, ob etwas passiert war.

Zwei Minuten später erhielten wir eine Rückmeldung. Der ehemalige Geheimdienstchef und seine Familie besuchten eine Party, hatten soeben das Restaurant verlassen und ein Taxi bestiegen. »Sie müssten bald zu Hause sein«, berichtete Abdul. »Was tun wir als Nächstes?«

»Wir machen weiter wie geplant«, entschied Yael. »Bringen Sie uns zum Hotel. Heute Abend wird es wohl kein Treffen geben. Wir können nur hoffen, dass wir für morgen früh eins organisiert bekommen.«

Wenige Minuten danach hielten wir vor dem Eingang des Mena House, des ältesten und schönsten Übernachtungsbetriebs in ganz Kairo. Er befand sich in der Nähe der Cheopspyramide und erinnerte eher an den Palast eines alten ägytischen Pharao als an ein modernes Luxushotel.

Yael zog einen Ehering aus der Handtasche und steckte ihn an die linke Hand. Dann gab sie auch mir einen. Er passte perfekt. Shalit hatte wirklich an alles gedacht.

»Ja, ich will«, witzelte ich.

Sie fand es nicht im Geringsten komisch.

Ungeachtet dessen schlüpfte ich in die Rolle des fürsorgenden Ehemanns, sprang aus dem Wagen, um auf ihrer Seite die Tür zu öffnen und ihr beim Aussteigen zu helfen. Der Regen hatte aufgehört, aber das Pflaster war nass und es ging ein eisiger Wind, der mich frösteln ließ. Erstaunlicherweise griff Yael bereitwillig nach meiner Hand und lächelte mich zum ersten Mal an diesem Tag an. Sie drückte mir sogar einen sanften Kuss auf die Wange.

Ich wusste, dass sie nur eine Rolle spielte, aber mir gefiel diese Rolle.

Wir gingen Arm in Arm in die Lobby und passierten einen Metalldetektor, wie man ihn von Flughäfen her kennt. Yael ließ ihre Handtasche durchleuchten – heutzutage eine Standardprozedur im Nahen Osten.

Ich trat an die Rezeption, meldete uns als Paar an und bezahlte mit einer auf den Namen McClaire ausgestellten Kreditkarte. Abdul, der die Rolle des pflichtbewussten Kammerdieners übernahm, trug unser Gepäck herein und half uns, das Zimmer zu finden. Er zog die Tür auf und bedeutete uns, kurz zu warten. Er zückte eine Pistole mit Schalldämpfer und checkte die Räumlichkeiten. Ich hatte keine Ahnung, wie er die Waffe durch den Sicherheitscheck geschmuggelt hatte.

Wir sahen zu, wie er in jeden Winkel schaute. In die Schränke, ins Bad und unter das Bett, hinter die Vorhänge und auf die großzügige Veranda. Erst als er sicher war, dass uns niemand eine Falle stellte, brachte er unser Gepäck hinein und übergab die Pistole an Yael.

»Süße Träume wünsche ich«, verkündete er mit ausdrucksloser Miene. »Ich übernachte im Raum gegenüber, Mohammed im Zimmer rechts von Ihnen. Lassen Sie uns wissen, wenn Sie etwas brauchen.« Er ging hinaus und schloss die Tür hinter sich. Yael und ich blieben allein zurück.

Wir schauten uns um. Das Zimmer war eine riesige Suite mit Blick auf einen Palmengarten und einen beheizten Pool sowie die umwerfenden 4000 Jahre alten Pyramiden, die stolz und fast surreal in den nächtlichen Himmel aufragten. Ich warf einen verstohlenen Blick auf Yael, dann auf das breite Bett mit den weichen Laken aus ägyptischer Baumwolle und zur Begrüßung auf den Kissen drapierten Pralinen in Goldfolie.

»Ich werd dann mal auf dem Boden schlafen«, schlug ich vor.

Manchmal ging es eben nicht anders.

Ich erwachte davon, dass mein Telefon summte.

Zuvor war ich direkt in einen unruhigen Schlaf gesunken. Jetzt fühlten sich meine Augen geschwollen an und ich verspürte eine gewisse Orientierungslosigkeit. Im Dunkeln tastete ich erst nach meiner Brille, dann nach dem Handy. Es war 23:53 Uhr. Ich hatte eine SMS von Hussam erhalten. Er teilte mir mit, dass er an einer Familienfeier teilgenommen und meine E-Mail jetzt erst gesehen hatte. Er entschuldigte sich, mich nicht früher kontaktiert zu haben, Khachigian sei ein alter und lieber Freund gewesen. Er wolle mich sehr gern sehen, gerne auch jetzt sofort.

Ich schrieb zurück, dass es mir selbstverständlich passe, und bat ihn, einen Treffpunkt vorzuschlagen.

Einen Augenblick später hatte mir Hussam eine Adresse geschickt. Ich konnte sie auf Anhieb zuordnen. Ein Hochhaus direkt am Nil, in der Nähe der amerikanischen

Botschaft und des Hilton, in dem ich vor ein paar Monaten gewohnt hatte, um die Story zu schreiben, mit der alles angefangen hatte. Die Enthüllung, dass sich der IS im Besitz chemischer Waffen befand.

Yael lag schlafend auf dem Bett, immer noch in Jeans und braunem Pulli. Ich weckte sie, erklärte die Situation und verständigte Abdul und Mohammed per Handy. Zehn Minuten später waren wir unterwegs.

»Also, Mr. Collins, welche dringenden Geschäfte sind es, die Sie nach Kairo führen?«

Wir hatten uns vorgestellt, kurz Small Talk gehalten und Beileidsbekundungen für meine Familie und die vielen Toten in den USA ausgetauscht. Ich kondolierte ihm umgekehrt wegen der 53 toten ägyptischen Soldaten, die beim waghalsigen und desaströsen Einsatz in Dabiq ums Leben gekommen waren. Das hatten wir also hinter uns, nun ging es ans Eingemachte.

Hussam goss uns ein Glas frisch aufgebrühten Pfefferminztee ein. Wir befanden uns in einem Penthouse im 30. Stock mit Blick über die glitzernden Lichter von Ägyptens größter Stadt. Es war bereits nach ein Uhr, die Metropole schlief größtenteils.

Ich war allein gekommen und hatte mich mit meinem echten Namen vorgestellt. Immerhin musste ich mein Verhältnis zu Khachigian erklären, nachdem das Treffen auf dieser Grundlage zustande gekommen war. Yael hatte betont, wie wichtig es sei, dass er mich auf keinen Fall mit dem Mossad in Verbindung brachte. Mein Alias Mike McClaire durfte höchstens ins Spiel kommen, wenn ich mich ausweisen musste. Unter keinen Umständen sollte ich den Namen von mir aus erwähnen.

Yael und ihr Team hörten jedes Wort mit, das gesprochen wurde. Ich war nämlich verkabelt und die Wanze schickte eine verschlüsselte Version unserer Unterhaltung zu einem Übertragungswagen, der eine Kreuzung weiter am Straßenrand parkte. Das Signal wurde ohne Verzögerung auch zum Konferenzraum in Ramat David weitergeleitet, digital aufgezeichnet und von Rotschopf, Trotzki, Fingers und Dutch sorgsam analysiert.

Ich nippte am kochend heißen Tee. Er war für meinen Geschmack zu süß, weckte aber meine Lebensgeister, was ich dringend nötig hatte. Ich trank rasch noch zwei Schlucke. Dann setzte ich das Glas ab und beugte mich vor. »Mr. Hussam, ich bin gekommen, weil Sie mir einen Gefallen tun sollen.«

»Natürlich, Mr. Collins, was immer in meiner Macht steht.«

»Bevor unser gemeinsamer Freund ermordet wurde« – damit bezog ich mich auf Khachigian – »wiesen Sie ihn auf die Tatsache hin, dass es dem IS gelungen ist, chemische Waffen in seinen Besitz zu bringen.«

»Fahren Sie fort.« Er stritt meine Vermutung nicht ab, bestätigte sie aber auch nicht.

»Deshalb wurde er ermordet«, sprach ich weiter. »Der IS entschied, dass er eine reale und akute Bedrohung darstellte.«

Schweigen.

»Sie beide haben instinktiv geahnt, was passieren kann, wenn Abu Khalif Massenvernichtungswaffen in die Hände fallen.«

Hussam saß mit steinerner Miene da.

»Und nun haben sich Ihre schlimmsten Befürchtungen bewahrheitet.«

An dieser Stelle nickte er.

»Aber es ist noch nicht vorbei.«

»Nein«, bestätigte er. »Ich fürchte, nicht.«

»Er wird noch viele Menschen umbringen, wenn ihn niemand aufhält.«

»Und deshalb sind Sie gekommen?«

»Ja, Mr. Hussam. Ich brauche Ihre Hilfe, um ihn zu finden.«

66

Kairo, Ägypten

»Meine Hilfe?«, fragte Hussam. »Ich bin schon lange im Ruhestand.«

»Nein«, widersprach ich. »So lange nun auch wieder nicht. Zumal Sie offensichtlich noch auf dem Laufenden sind. Woher hätten Sie sonst von den Saringas-Komponenten gewusst, die der IS aus dem Waffenlager bei Aleppo erbeutete? Sie kennen auch die Satelliten- und Drohnenbilder sowie die Audiomitschnitte. Und Sie müssen überzeugt von der Brisanz der Situation gewesen sein, sonst hätten Sie das Beweismaterial nicht Khachigian zur Verfügung gestellt. Er wiederum gab es an mich weiter, damit ich auf der Titelseite der *New York Times* darüber berichtete. Schlagartig wusste die ganze Welt Bescheid, während Sie weiterhin unter dem Radar segelten.«

Hussam antwortete nicht sofort.

»Mr. Hussam, bitte verstehen Sie mich nicht falsch. Ich gebe Ihnen keinesfalls die Schuld an Khachigians Tod, nicht im Geringsten. Sie haben absolut das Richtige getan. Robert kannte die Risiken und war mehr als bereit, sie einzugehen. Er vertraute Ihnen blind, liebte sein Land und hat sein Leben geopfert, um es zu schützen.«

Hussam stand auf und ging zu den gläsernen Schiebetüren, die auf den Balkon führten.

»Sie haben nur einen Fehler gemacht«, meinte ich.

Sein Kopf ruckte ganz leicht in meine Richtung. Er hörte zu, und zwar sehr aufmerksam. »Sie haben geglaubt, dass unmittelbar nach Veröffentlichung der Story der Präsident der Vereinigten Staaten auf den Plan tritt, dass er Militärschläge gegen die IS-Milizen in Syrien und im Irak anordnet, dass Amerika allen sunnitischen Arabern diesen tödlichen Feind ein für alle Mal vom Hals schafft. Nur ist das nie passiert. Der IS hat zwar eine rote Linie überschritten, doch der amerikanische Präsident weigerte sich, die Initiative zu ergreifen.«

»Ja«, entgegnete Hussam ruhig. Er starrte auf den Nil hinaus. »Sie haben recht. Ich hatte die Möglichkeit, der Präsident könne nicht handeln, nie ernsthaft in Erwägung gezogen. Damit habe ich schlicht nicht gerechnet.«

Ich stand auf und ging zu ihm. »Die Aussichten sind ausgesprochen düster, Mr. Hussam. Die Amerikaner, die Sie zu kennen glaubten, der Freund Ägyptens, der Verbündete der friedliebenden Araber, die Supermacht, die alles Böse mit Mut und überwältigender Macht angreift ... ich fürchte, dieses Amerika ist Vergangenheit.«

»Wollen Sie damit andeuten, wir sind auf uns gestellt?« Ich nickte nur.

Wir standen in seinem Wohnzimmer und betrachteten schweigend die Stadt mit ihren rund acht Millionen Einwohnern. Einst hatte sie eine Region beherrscht, in der sie als einzige Weltmacht galt. Nun jedoch wirkte sie gedemütigt, zunehmend gefährdet und chaotisch.

»Das waren Sie, nicht wahr?«, gab ich einen Schuss ins Blaue ab. »Sie haben mir damals die E-Mail geschickt und mich aufgefordert, General El-Badawy zu kontaktieren.«

Er antwortete nicht.

»Wie wär's, wenn Sie ihn jetzt anrufen?«

Hussam dachte kurz nach, dann verschwand er zu meiner Überraschung in der Küche, nahm dort ein Telefon zur Hand und wählte eine Nummer.

»General, ich bin es. Ja. ... Das habe ich ... Ich denke, schon. Wann? ... Gut. Auf Wiederhören.«

Er kam zu mir und fragte seufzend: »Also schön. Haben Sie einen Fahrer?«

»Er wartet unten.«

»Dann lassen Sie uns aufbrechen. Es ist nicht weit.«

Ermutigt bat ich ihn, noch kurz die Toilette benutzen zu dürfen. Hussam schlüpfte bereits in Pulli und Mantel und deutete auf einen Raum am Ende des Flurs. Ich schloss hinter mir ab und schickte Yael und ihrem Team rasch eine SMS, in der ich ihnen mitteilte, dass wir zu General Amr El-Badawy unterwegs waren, dem Kommandanten der ägyptischen Streitkräfte. Mir wurde bewusst, dass El-Badawy höchstwahrscheinlich geheime Informationen in Bezug auf den IS an Hussam weitergegeben hatte; Informationen, die Khachigian im Anschluss mir zukommen ließ. Wenn der General schon vor Monaten so gut über die IS-Operationen in Syrien unterrichtet gewesen war, konnte er uns jetzt vielleicht helfen, Abu Khalif tatsächlich aufzuspüren.

Stumm bat ich Yael um Vergebung für das, was ich als Nächstes tat.

Ich knöpfte mein Hemd auf und riss das Mikrofon ab, das man mir an die Brust geklebt hatte. Es war mit einem Transmitter an meinem Steißbein verkabelt. Ich warf beides in die Kloschüssel und spülte es hinunter. Mit diesem Verlust würde der israelische Staat leben müssen. Ich hatte nicht vor, mich mit einer Abhörvorrichtung aus Mossad-Beständen erwischen zu lassen, wenn ich das ägyptische Verteidigungsministerium betrat. Basta.

Ich wusch mir die Hände, atmete tief durch, schaltete das Licht aus und verließ das Bad.

Hussam wartete im Vestibül auf mich. »Fertig?«

»Jawohl.« Wir machten uns auf den Weg.

Als wir aus dem Hochhaus hinaus in die kalte Nachtluft traten, saß Mohammed allein im Mercedes. Er hielt uns die Hintertür auf. Von Yael oder Abdul, geschweige denn vom Übertragungswagen war nichts zu sehen. Insgeheim atmete ich erleichtert auf.

Hussam nannte Mohammed die Adresse und wir fuhren durch die beinahe leeren Straßen. Zehn Minuten später hielten wir nicht etwa vor dem Verteidigungsministerium, sondern vor einem kleinen Café in Heliopolis, einer Vorstadt Kairos, wenige Blocks vom Präsidentenpalast entfernt. Das Café war geschlossen und unbeleuchtet. Drinnen rührte sich nichts, immerhin war es 2:17 Uhr morgens. Und doch bestand Hussam darauf, dass wir am richtigen Ort waren.

Mohammed ließ uns aussteigen, Hussam führte mich in eine spärlich beleuchtete Gasse, an zwei vor stinkendem Abfall überquellenden Müllcontainern vorbei zu einer Hintertür, gegen die er zweimal klopfte.

Ich konnte nur spekulieren, was Yael und das Team davon hielten. Sie hatten keine Möglichkeit zu verfolgen, wo ich war, was ich tat und wen ich gerade traf. Sie konnten auch keine Gespräche mehr abhören, obwohl das ausdrücklich zum Plan gehörte. Im Augenblick, in dem sich die Tür öffnete, wusste ich, dass ich das Richtige getan hatte. Drei große Bodyguards nahmen uns in Empfang und zogen uns ins Innere. Ich wurde von oben bis unten gründlichst abgetastet. Man hätte das Mikrofon auf der Stelle gefunden und damit wäre das Treffen vorzeitig beendet gewesen. So wurde ich rasch entlassen und mit Hussam durch einen Korridor in ein kleines, privates Speisezimmer begleitet, in dem der 65 Jahre alte General uns erwartete.

El-Badawy begrüßte mich herzlich, bat seine Leute, uns allein zu lassen, und unterbrach uns nur, um Kaffee zu ordern. Dann forderte er Hussam und mich auf, Platz zu nehmen.

»Ich danke Ihnen, dass Sie gekommen sind, Mr. Collins.«

»Verzeihen Sie, dass ich nicht früher auf Sie zugekommen bin.«

»Mein herzliches Beileid zum Verlust Ihrer Familie.«

»Auch Sie haben Menschen verloren.«

Er nickte und tippte sich mit der rechten Hand auf die Brust. »Es ist nicht leicht, die zu verlieren, die man liebt.«

»Nein, Sir. Das ist es nicht. Ich wünschte trotzdem, ich hätte früher kommen können.«

»Das macht nichts. Als wir vom Schicksal Ihrer Familie hörten, war uns klar, dass wir das nicht erwarten können.«

»Also haben Sie die Informationen an Bill Sanders weitergegeben«, folgerte ich. »Sie schilderten ihm, wie eng Ägypten mit den USA zusammenarbeitet, um Abu Khalif zu finden.«

»Möglich«, räumte er ein.

»Sie haben richtig entschieden. Bill ist ein hervorragender Journalist. Der Artikel hat für eine Menge Wirbel gesorgt.«

»Das mag sein«, antwortete El-Badawy. »Aber er entspricht nicht der Wahrheit.«

»Wie bitte?«

»Sie haben schon richtig verstanden. Die Geschichte ist absolut unwahr.«

»Sie helfen den Amerikanern nicht?« Ich war verwirrt.

»Wir wollen schon«, sagte er. »Aber um die Wahrheit zu sagen ...«

Er brach mitten im Satz ab, als jemand klopfte. Der Kaffee wurde serviert. Dicker, starker Mokka, dazu ein Teller Baklava-Konfekt sowie eine Schüssel mit knackig roten Äpfeln, Bananen und Birnen. Offenbar würde das Treffen eine Weile dauern. Nachdem die Agenten alles abgestellt hatten, zogen sie diskret die Tür hinter sich zu.

»Mr. Collins, wir unterhalten uns doch inoffiziell? Sie werden nichts veröffentlichen?«, vergewisserte sich El-Badawy.

»Ich bin nicht wegen eines Artikels gekommen.«

»Weshalb sind Sie dann hier?«

»Ich brauche Ihre Hilfe.«

»Wobei?«

»Den Mann zu finden, der meine Familie umgebracht hat.«

»Den Mann, der meine Soldaten umgebracht hat.«

»Genau den.«

»Und wenn Sie ihn finden, was geschieht dann?«

»Das ist meine Sache.«

»Nicht wenn ich Ihnen helfen soll.«

»Lassen Sie mich eins klarstellen, General. Abu Khalif wird nicht nach Guantanamo gehen. Nicht wenn ich es verhindern kann. Wenn Sie mir helfen, ihn zu finden, wird er sterben.«

67

»Dann sind Sie also nicht im Auftrag der *Times* hier«, stellte der General nüchtern fest.

»Nein.«

»Arbeiten Sie für Langley?«

»Nein, es ist eine persönliche Angelegenheit.«

»Aber Sie und Carl Hughes sind alte Freunde. Er leitet die CIA doch jetzt. Und nach allem, was man hört, ist er ganz versessen darauf, die Samthandschuhe abzustreifen und Khalif zu schnappen. Egal was es kostet, egal wie lange es dauert, und egal wohin es führen mag. Und ich soll Ihnen abkaufen, dass er Sie nicht geschickt hat?«

»Er hat mich wirklich nicht geschickt.«

»Weiß er, dass Sie hier sind?«

»Das hoffe ich nicht.«

»Für wen arbeiten Sie also?«

»Ich sagte doch schon: Es ist persönlich.«

»Beleidigen Sie nicht meine Intelligenz, Mr. Collins. Sie wollen meine Unterstützung? Dann beantworten Sie meine Frage. Jemand hat Sie geschickt. Jemand hilft Ihnen. Wer?«

Von Anfang an war klar gewesen, dass diese Frage kommen musste. Von vornherein offensichtlich und im Prinzip auch unvermeidlich. Dennoch hatte ich mir keine

Gedanken gemacht, wie eine plausible, wenn schon nicht 100-prozentig akkurate Antwort lauten könnte; um ehrlich zu sein, wusste ich gerade nicht, was ich sagen sollte. Ich zögerte. Für so etwas war ich nicht ausgebildet worden. Allerdings war mir klar, dass ich den Mossad da raushalten musste. »Das kann ich Ihnen nicht sagen.«

Mir fiel nichts Besseres ein. Selbst für mich klang es nach einer lahmen Ausrede. »Ich muss sicher nicht betonen, dass ich Leute an der Hand habe, die ihn ausschalten können, wenn wir Khalif finden«, schob ich rasch hinterher.

»Leute«, wiederholte der General mit hochgezogenen Brauen.

»Ja.«

»Was für Leute?«

Ich antwortete nicht.

»Ihre Herausgeber in New York?«, hakte er nach. »Reporter in Tweed-Jacketts?«

Wieder schwieg ich.

»Jäger aus Maine?«

Ich trank einen Schluck Mokka. Das Koffein schoss mir auf der Stelle wie ein elektrischer Stromschlag durch den Körper.

»Die Jungs von Blackwater?« Nun riet er. »Der Mossad? Die Jordanier? Ganz sicher arbeiten Sie nicht für die Saudis.«

»General …«, setzte ich an. Er unterbrach mich sofort.

»Ich weiß schon, das können Sie mir nicht sagen.«

»Richtig.«

»Mr. Collins, erinnern Sie sich an das, was ich im Stützpunkt in Jordanien gesagt habe? Über Khalif und sein Vorhaben?«

Daran erinnerte ich mich in der Tat. »Sie sagten, dass Khalif Mekka will. Und Medina. Kairo ebenfalls. Und er plant, Amman zu erobern. Und das ist erst der Anfang.«

»Und Sie erinnern sich auch, was Ihr General Ramirez zu mir sagte?«

»Er sagte so etwas wie ›Ich habe keine Zeit, mich ablenken zu lassen‹. Der Präsident der Vereinigten Staaten wurde vom IS festgehalten. Uns blieben nur 16 oder 17 Stunden, um ihn zu finden und zu retten, bevor er live auf YouTube hingerichtet wurde.«

»Korrekt. Es war verständlich, dass Ramirez in diesem Augenblick kein Interesse an den langfristigen Zielen Abu Khalifs zeigte. Aber ich verfolge seine Aktivitäten nach wie vor. Khalif will tatsächlich Mekka erobern und auch Medina, aber auch Kairo, und er will erreichen, was der Muslimbruderschaft nicht gelungen ist. Er will die größte sunnitisch-arabische Stadt und eines der bevölkerungsreichsten arabischen Länder seinem Kalifat einverleiben. Das kann und werde ich nicht zulassen. Ihre Regierung scheint das nicht zu verstehen. Sie haben 9/11 und den Anschlag in Amman erlebt, dann die jüngsten Angriffe auf Ihr Heimatland. Trotzdem hält Ihr Präsident den Islamischen Staat für eine geringere Bedrohung als den Klimawandel. Wie kann er es wagen, so einen Gedanken laut auszusprechen?«

»Deswegen bin ich hier, General. Deswegen brauche ich Ihre Hilfe.«

»Und genau deswegen kann ich sie Ihnen nicht geben. Nicht wenn Sie mir nicht verraten, an wen Sie meine Informationen weitergeben.«

Ich stand am Rande der Verzweiflung. Das Treffen drohte zu platzen. »General, Sie müssen mir vertrauen.

Sie haben mir hochsensibles und brisantes Material über den IS geliefert, das ich mithilfe der *New York Times* in den Fokus einer weltweiten Öffentlichkeit gerückt habe. Sie baten mich damals – zugegebenermaßen über einen Dritten – etwas zu tun, das in Ihrem Interesse liegt. Ich habe Sie nicht enttäuscht.«

»Weil es auch Ihnen genützt hat.«

»Und nun kreuzen sich unsere Wege erneut. Sie haben mich eingeladen, weil Robert Khachigian mich zu Ihnen geschickt hat. Er vertraute mir. Ich versichere Ihnen: Sie können das auch. Liefern Sie mir, was ich brauche, und ich sorge dafür, dass Abu Khalif für seine Verbrechen bezahlt. Das verspreche ich.«

»Hören Sie, Mr. Collins, bei allem Respekt, ich habe Sie in Ihrer Eigenschaft als Reporter eingeladen. Sie sind weder Agent noch Auftragsmörder. Verstehen Sie mich bitte nicht falsch, mir ist bewusst, was Khalif Ihrer Familie angetan hat. Ich weiß, Sie sinnen auf Rache, und das kann Ihnen niemand vorwerfen.«

»Keine Rache«, korrigierte ich. »Gerechtigkeit.«

»Nennen Sie es, wie Sie wollen, aber wenn Sie nicht im Namen der CIA gekommen sind, können Sie mir nicht glaubhaft versichern, dass Sie in der Lage sind, ihn vor ein Gericht zu stellen oder auf andere Weise Gerechtigkeit walten zu lassen, falls ich Ihnen helfe, Khalif zu finden. Das ist schlicht unmöglich. Sie würden nicht mal in seine Nähe kommen. Sie nicht, und auch nicht die Söldner, die Sie angeheuert haben.«

»Ich habe keine Söldner angeheuert.«

»Dann haben diese umgekehrt Sie angeheuert. Es sei denn, der Mossad oder der GID steckt dahinter.« Er bezog sich auf den jordanischen Geheimdienst.

»Machen Sie sich nicht lächerlich, General«, konterte ich. »Sie wissen, ich bin kein Jude. Wie könnte ich vom Mossad rekrutiert worden sein?«

Die Frage sollte ihn in die Irre führen, ohne dass ich ihn anlügen musste. Immerhin hatte der Mossad mich nicht rekrutiert, sondern ich hatte mich dort freiwillig verpflichtet.

»Also arbeiten Sie für König Abdullah«, mutmaßte er.

Ich schüttelte den Kopf. »Ich habe König Abdullah kennengelernt und bewundere ihn sehr. Ich glaube, er macht unter schwierigsten Umständen einen verdammt guten Job. Unter anderen Voraussetzungen könnte er die Suche nach Khalif anführen. Aber er hat gerade alle Hände voll damit zu tun, sein Land wiederaufzubauen.«

»Genau deshalb könnte er diesen Job an Sie delegiert haben«, überlegte er.

»Jetzt raten Sie, General, und Sie liegen falsch. Ich nehme Ihnen die Fragen nicht übel, Sie müssen sie stellen. Aber ich kann nichts dazu sagen. Das schließt im Gegenzug nicht aus, dass wir bei der Suche nach Khalif zusammenarbeiten können, um ihn der Gerechtigkeit zu überantworten. Ich bitte Sie nicht nur um Hilfe, ich biete sie Ihnen umgekehrt auch an. Ich kenne diesen Verbrecher, habe mit ihm gesprochen und mich intensiv mit ihm beschäftigt. Ich bin davon überzeugt, dass wir uns gegenseitig helfen können.«

»Nein, tut mir leid, Mr. Collins.«

Der General trank noch einen Schluck Kaffee und stand auf. Es war vorbei, ich hatte es versiebt. Jetzt blieb nur noch eine Chance: Ich gestand El-Badawy meine Verbindung zum Mossad. Es war riskant und konnte nach hinten losgehen. Trotzdem war es den Versuch wert.

»Warten Sie«, schaltete Hussam sich auf Arabisch ein. »Hören Sie mir zu. Mr. Collins hat Jamal Ramzi aufgespürt, auch bei Khalif ist es ihm schon einmal gelungen. Auch Präsident Taylor verdankt ihm seine Rettung. Ich glaube, er ist genau der Richtige, um Khalif ausfindig zu machen.«

»Aber er ist nur ein Reporter«, wandte der General ungehalten ein.

»Das mag sein. Sein Instinkt ist allerdings Gold wert, und das wissen Sie. Deshalb haben Sie ihn überhaupt erst eingeladen.«

»Wenn wir ehrlich sind, verdankt er seine Erfolge nicht Instinkten, sondern Unterstützung von Dritten.«

Der General wollte den Raum verlassen. Hussam stellte sich ihm in den Weg. »Was glauben Sie denn, worum er hier bittet?« Er zwang den General zum Blickkontakt. »Hören Sie, Amr. Dieser Mann ist gut und wir brauchen ihn. Was wäre das Schlimmste, das passieren kann? Wir arbeiten mit ihm und spüren Khalif auf. Dann könnten Sie und Ihre Leute Khalif töten. Stellen Sie sich vor, welche Auswirkungen es für Ihr Land hat, für Ägyptens Ruf in der Welt! Vergessen Sie nicht, dass Wahid uns beide persönlich damit beauftragt hat, es zu erledigen. Das können wir nicht einfach so abtun, wir müssen es zumindest versuchen. Ich sage nicht, dass es funktionieren wird. Fest steht, dass das Weiße Haus uns nicht helfen wird, der Kreml ebenso wenig. Collins ist unsere letzte Chance.«

Sie stritten sich in hitzig klingendem, hastigem Arabisch, von dem ich nicht alles verstand. Das, was ich mitbekam, ließ mich erschaudern. Beide befürchteten, dass das, was in Amman und in Washington geschehen war, auch in Kairo passieren könnte. Dass Abu Khalif und seine

Milizen auch Ägypter töten würden, und zwar in großer Zahl. Es sei denn, jemand hielt ihn rechtzeitig auf.

Zudem kristallisierte sich heraus, dass der Befehl, mich zu finden und einzubeziehen, von ganz oben stammte. Hussam schien also weiterhin voll und ganz involviert zu sein. Er war nicht bloß ein alter Freund und Vertrauter des Kommandanten der Streitkräfte. Ob offiziell oder inoffiziell, Hussam arbeitete für Wahid Mahfouz, den ägyptischen Präsidenten.

Und ich war ihre letzte Hoffnung.

68

Ehe ich mich versah, hatte man mich durch die Hintertür des Cafés ins Freie befördert.

Wir stolperten in die verlassene Nebengasse, die lediglich vom trüben Licht einer Straßenlaterne erhellt wurde. Zwei schwarze SUVs erwarteten uns mit offenen Türen und bewaffneten Wachposten daneben. Es regnete wieder, leichte Windböen machten es diesig und beißend. Ich schlug den Mantelkragen hoch, während Hussam und ich eilig in den hinteren SUV stiegen. Der General und seine Leute nahmen im vorderen Wagen Platz. Im nächsten Augenblick fuhren wir mit hoher Geschwindigkeit durch die leeren Straßen. Die Fenster waren beschlagen, deshalb konnte ich nicht viel erkennen, jedenfalls keinen schwarzen Mercedes oder den Übertragungswagen. Das machte mir Sorgen. Yael flippte vermutlich gerade aus.

»Geben Sie Ihrem Fahrer Bescheid«, meinte Hussam, der offenbar bemerkt hatte, dass ich hektisch aus den

Fenstern spähte und mir den Hals verdrehte, um einen Blick durch die Heckscheibe zu erhaschen. »Er soll sich bereithalten.«

»Wo wollen wir denn hin?«

»Das darf ich nicht sagen.«

»Was soll ich ihm dann mitteilen?«

»Sagen Sie ihm, Sie bleiben in Kontakt, es handelt sich nur um einen kleinen Umweg. Sobald wir fertig sind, wird uns dieser Wagen hinter dem Café absetzen.«

Ich tat, was er sagte. Mit einem Mal glaubte ich unser Ziel zu kennen.

Einen Augenblick später traf die Antwort ein.

Bist du in Sicherheit?

Das musste Yael sein, nicht Mohammed.

Ja, schrieb ich zurück. Alles gut.

Haben den Kontakt verloren.

Meine Schuld, tut mir leid.

Chef ist außer sich.

Kann ich mir denken, schrieb ich. Muss Schluss machen.

Ich steckte das Handy weg und bemerkte, dass Hussam mich beobachtet hatte.

Er sagte nichts.

In diesem Augenblick bogen wir von der Hauptstraße ab und passierten einen schwer bewachten und gesicherten Kontrollpunkt. Soldaten in voller Montur auf bewaffneten Truppentransportwagen hielten Kaliber-50-Gewehre im Anschlag, andere Soldaten in zeremoniellen Uniformen salutierten. Sekunden später, ohne ein weiteres Wort, versanken die Stahlpoller vor uns im Pflaster und ein massives Gittertor aus Stahl öffnete sich automatisch.

»Willkommen im Heliopolis-Palast, Mr. Collins«, meinte Hussam.

Ich hatte den Präsidentenpalast in Kairo nie besucht, aber davon gehört. Zu Beginn des letzten Jahrhunderts hatte er als größtes und mit Abstand luxuriösestes Hotel auf dem afrikanischen Kontinent gedient. Während seiner Glanzzeit hatten Könige und Königinnen, Präsidenten und Premierminister, Filmstars und Tycoons aus aller Welt hier logiert. Heute diente er quasi als Weißes Haus Ägyptens.

Wir folgten dem SUV des Generals zur Rückseite des monumentalen Baus. Ich erhaschte einen Blick auf die imposante Kuppel, die von einem Flutlicht spektakulär angestrahlt wurde. Wir hielten vor einem Hintereingang und fanden uns kurz darauf in einem Foyer wieder. Mir schoss der Gedanke durch den Kopf, dass es sich hier nicht um den typischen Palast eines orientalischen Potentaten handelte. Vielmehr handelte es sich um das Werk eines europäischen Architekten, der seine ganz eigene Vorstellung eines repräsentativen Gebäudes umgesetzt hatte.

Wir wurden gründlich durchsucht. Einmal mehr erwischte ich mich bei einem profunden Gefühl der Dankbarkeit, dass ich die Wanze rechtzeitig losgeworden war. Dass Shalit deswegen sauer war, ignorierte ich.

Die Innenausstattung des Palasts war noch großartiger und exquisiter als seine Außenfassade. Ein Assistent holte Hussam, den General und mich im Sicherheitstrakt ab und geleitete uns durch mehrere Marmorkorridore mit spektakulären Exponaten: Schwerter, antike Gemälde, architektonische Artefakte. Wir bogen in einen Flur ab, dessen Wände zahllose Fotografien schmückten: Präsident Wahid Mahfouz bei seiner Vereidigung, Mahfouz, wie er zu den Massen sprach, Mahfouz, der sich mit dem König von Saudi-Arabien traf, Mahfouz bei einem Treffen mit den Emiren von Dubai und Abu Dhabi, Mahfouz mit den Präsidenten von Russland, China und Indien – eine Galerie politischer Meilensteine. Ein Motiv, das ich nicht entdeckte, war Mahfouz zusammen mit Präsident Taylor. Eventuell hatte ich es bloß übersehen.

Wir erreichten eine weitere Sicherheitskontrolle. Nachdem wir passieren durften, landeten wir in einem riesigen Büro, wenigstens zwei Stockwerke hoch und bestimmt 30 Meter lang. Die Wände waren holzgetäfelt, riesige Bücherregale ragten bis zur Decke und über uns hingen zwei gewaltige Kristalllüster. Ich hatte mich kaum richtig umgesehen, als auch schon ein halbes Dutzend Leibwächter eintrat. Der General und Hussam wirkten auf einmal sehr angespannt. Da erschien auch schon durch eine versteckte Tür hinter einem der Regale Präsident Wahid Mahfouz.

»Mr. Collins, ich danke Ihnen, dass Sie nach Ägypten gekommen sind.« Er schüttelte mir mit einer Herzlichkeit die Hand, die ich von einem Mann, der in der Presse regelmäßig wegen seiner rücksichtslos durchgesetzten Autorität angegriffen wurde, nie erwartet hätte. »Es ist mir eine Freude, Sie endlich kennenzulernen. Ich habe die meisten Ihrer Artikel gelesen, insbesondere Ihre Veröffentlichungen im letzten Jahr. Ich bin ein großer Bewunderer.«

»Danke, Herr Präsident, sehr freundlich. Ich wünschte nur, ich hätte nicht überwiegend schlechte Nachrichten verkünden müssen.«

»Da sind wir uns alle einig, Mr. Collins. Ohne Zweifel.«

69

Natürlich verfolgte Mahfouz eine konkrete Absicht. Das konnte man klar aus der Art schlussfolgern, wie Hussam und El-Badawy mich im Vorfeld abgeklopft hatten, um festzustellen, ob ich dieses Treffens würdig war. Hussam schien davon überzeugt zu sein, der General wirkte nicht ganz so sicher. Unzweifelhaft hatte der Präsident das letzte Wort in der Sache gesprochen und entschieden, mir eine Unterredung zu gewähren. Er ging damit definitiv ein Risiko ein. Es ging um sehr sensible Themen, von denen die Ägypter sicher nicht wollten, dass sie als Schlagzeile in der *New York Times* landeten.

Dass meine Herausgeber nicht gerade freundlich mit Mahfouz und seiner Regierung umgegangen waren, machte die Angelegenheit noch komplizierter. Ein im letzten Sommer erschienener Leitartikel prangerte an, dass »in Ägypten unter Präsident Wahid Mahfouz der Missbrauch der Menschenrechte neue Höhen erreicht hat« und dass »Tausende Ägypter ohne die Aussicht auf einen fairen Prozess verhaftet und eingesperrt wurden. Einige hat man sogar gefoltert und ermordet«. Ein weiterer Kommentar aus jüngerer Zeit appellierte an das Weiße Haus, »den Druck auf Mahfouz' Regierung zu erhöhen«, womöglich sogar indem man die 1,3 Milliarden Dollar Entwicklungshilfe einfror, die die Vereinigten Staaten jährlich an Ägypten zahlten.

Diese Beiträge stammten nicht von mir, die Ansichten der Herausgeber deckten sich keinesfalls immer mit meinen. Ich wurde auch nicht dafür bezahlt, anderen nach dem Mund zu reden, sondern um objektiv zu berichten.

Ich hatte in meinen Artikeln und Reportagen meine Meinung weitgehend für mich behalten und mich bemüht, so neutral und fair wie menschenmöglich zu berichten. Ob Mahfouz das bewusst war, bezweifelte ich. Unterstellte er nicht zwangsläufig, meine Einstellung werde von den Ansichten meines Arbeitgebers beeinflusst? Persönlich war ich ebenfalls beunruhigt über die Verletzung der Menschenrechte in Ägypten, aber ich rechnete es dem Präsidenten und dem ägyptischen Militär hoch an, dass sie das Land vom Einfluss der Muslimbruderschaft befreit hatten. Ich war froh, dass Mahfouz so viel Energie investierte, um die Ordnung auf den Straßen wiederherzustellen und die Wirtschaft anzukurbeln, auch wenn sie weiterhin kriselte. Und ich hielt es für den richtigen Weg, den Schulterschluss mit Jordaniern, Israelis, Saudis und den Emiraten zu suchen. Vor allem nahm er den IS sowie überhaupt alle islamistischen Extremisten ernst.

Vor ein paar Jahren hatte der ägyptische Präsident eine Rede an der Al-Azhar-Universität gehalten, dem im Zentrum Kairos angesiedelten Harvard des sunnitischen Islam. Die Rede war aufrüttelnd, so etwas hatte ich bisher von keinem anderen muslimischen Staatsmann gehört. Er hatte sich vor die intellektuelle und spirituelle Elite der sunnitischen Welt gestellt und sie aufgefordert, radikale und umwälzende Reformen anzustreben. Er rief sie sogar zu einer religiösen Revolution auf.

»Es ist mir unverständlich, warum die Welt den Islam als Religion des gewalttätigen Dschihad, des Extremismus, des Mordes, des Aufruhrs, der Enthauptungen und der wissentlichen Grausamkeit wahrnehmen sollte«, hatte er verblüfften Klerikern, Gelehrten und Studenten zornig entgegengerufen. »So ist der Islam nicht! Und doch veranlassen die Extremisten andere Länder dazu, genau das zu glauben. Am Jüngsten Tag werden Sie alle zu verantworten haben, was Sie gelehrt oder eben nicht gelehrt haben. Es steht in der Verantwortung der Imame, den Frieden zu predigen. Zeigen Sie der Welt, dass unsere Religion für den Frieden steht, nicht für den Krieg. Diese Last ist Ihnen auferlegt!«

Ich wusste nicht, ob die Menschenrechtsverletzungen, die die *Times* und viele andere Zeitungen thematisierten, tatsächlich so schwerwiegend ausfielen oder übertrieben wurde. Die Frage lautete, ob Mahfouz nicht vielmehr eine Politik der harten Hand führte, um Ruhe in ein Land zu bringen, das die Bruderschaft fast zerstört hätte. Darüber wusste ich nichts, also beschloss ich, es nicht zur Sprache zu bringen. Solche Themen waren wichtig, das stand außer Zweifel. Aber aktuell traten sie in den Hintergrund. Ich musste mich auf den eigentlichen Grund meines Hierseins konzentrieren.

Bevor ich etwas sagen konnte, ergriff der Präsident das Wort.

»Mr. Collins, ich habe Sie hergebeten, weil ich Ihre Hilfe benötige.«

Ich hielt den Mund und lauschte aufmerksam.

»Als ich von den Menschen dieses großartigen Landes gewählt wurde, dachte ich, dass nichts Ägypten und dem Islam schlimmeren Schaden zufügen könnte als die Muslimbruderschaft und die extreme Rhetorik, die sie gepredigt und in die ganze Welt getragen hat. Seit ich im Amt bin, gelange ich zu der Überzeugung, dass das, was Abu Khalif plant und predigt, ungleich schlimmer ist.«

70

Ich bat den Präsidenten, er möge fortfahren.

»Dieser Glaube, dass die Menschheit die Ankunft des muslimischen Messias, des Mahdi, beschleunigen und somit früher Allahs Herrschaft auf Erden etablieren kann, ist närrisches, gefährliches Gerede«, äußerte Mahfouz. »Und doch hat dieser Samen in vielen muslimischen Männern und nicht wenigen Frauen Wurzeln geschlagen und bildet gefährliche Früchte. Es versteht sich, dass dieses auf die Apokalypse ausgerichtete Denken an sich schädlich genug wäre. So wie Khalif es lehrt, wie er und seine Leute es praktizieren, verkörpert es das pure Böse. Khalif ist davon überzeugt, dass regelrechter und offener Genozid die sicherste und effektivste Methode darstellt, den Anbruch des Kalifats zu beschleunigen. Und es hat sich in ein tödliches Virus verwandelt. Die Zahl der ägyptischen Todesopfer, die dem IS allein in den letzten Tagen zuzuschreiben sind, beweist das. Khalifs kranke Ideologie verbreitet sich in der Region und auf dem Planeten wie ein Flächenbrand. Wir müssen ihn aufhalten, bevor es zu spät ist.«

»Da sind wir einer Meinung«, pflichtete ich bei.

»Und der IS ist nicht die einzige Bedrohung«, fuhr er fort. »Die Iraner, zumindest der Ayatollah und sein engster Kreis, wollen ebenfalls das Ende aller Tage herbeiführen. Ja, sie erklären allen Ernstes, das persische Reich in all seinem Glanz auferstehen lassen zu wollen. In Wirklichkeit streben sie ebenfalls danach, ein Kalifat zu errichten und das Erscheinen des Mahdi zu beschleunigen. Sie gehen es natürlich anders an, ihre Theologie und Eschatologie stimmt nicht ganz mit jener des IS überein – auch wenn es einem Westler wie Ihnen schwerfallen dürfte, die feinen Abstufungen zu erkennen.

Egal, das ist nicht der Punkt. Der Punkt ist, sie sind genauso gefährlich. Ein ganzes Land steht hinter ihnen. Sie sind in der Lage, die gesamte Prozesskette einer Nuklearindustrie abzubilden und Atomraketen zu bauen. Dank der USA sind sie nun auch noch international legitimiert und können mit 100 Milliarden Dollar alles mögliche Unheil anrichten.

Ich weiß, Sie sind gekommen, um über den IS zu sprechen, ich weiß auch, dass Ihr Interesse Khalif gilt. Aber Sie müssen begreifen, wie ich über all das denke. Die Ayatollahs bedrohen Ägypten und unsere Art zu leben. Das haben sie deutlich zum Ausdruck gebracht und halten damit nicht hinterm Berg. Einer der engsten Berater des obersten geistigen Führers sagte erst kürzlich: ›Wir haben drei arabische Hauptstädte erobert. Wir arbeiten an einer vierten und haben weitere im Visier.‹ Was glauben Sie, Mr. Collins, um welche drei Städte es sich handelt?«

»Um Beirut, Damaskus und Bagdad.«

»Genau. Und ahnen Sie auch, an der Eroberung welches vierten Machtzentrums Teheran so intensiv arbeitet?«

»Sana'a«, antwortete ich und bezog mich dabei auf die Hauptstadt der Republik Jemen. »Aber ich vermute, Sie fürchten, dass Kairo als Nächstes an der Reihe ist.«

»Kairo und Amman, sie wollen beide«, meinte Mahfouz. »Wir dürften letztendlich nicht ihr vorrangiges Ziel sein. Welche Stadt, glauben Sie, wollen sie am dringendsten?«

»Jerusalem.« Da war ich sicher.

Doch der ägyptische Präsident schüttelte den Kopf. »Nein. Vergessen Sie nicht, dass Israel nur der Kleine

Satan für sie ist. Sie, Washington, die USA, verkörpern den Großen Satan. Hinter Ihnen sind sie her. Der IS und Khalif haben bereits zugeschlagen. Die Ayatollahs wollen die Nächsten sein.«

»Was gedenken Sie zu unternehmen, um sie aufzuhalten?«, fragte ich. »Und wie können wir zusammenarbeiten?«

»Ägypten sieht sich aktuell den schwerwiegendsten internen und externen Bedrohungen in der modernen Geschichte ausgesetzt. Unsere Handlungsfähigkeit ist begrenzt. Wir haben mit den Dschihadisten im Sinai alle Hände voll zu tun. Wir gehen gegen sie vor, und das erfolgreich. Die Lage ist jedoch schlimmer, als es den meisten Menschen bewusst ist. Ihr Präsident liefert uns nicht genügend Waffen und Munition, obwohl ich ihn wiederholt darum gebeten habe. Er hat mein Anliegen ebenso oft abgelehnt. Und die Herausgeber Ihrer Zeitung wiederholen gebetsmühlenartig, er solle uns die Unterstützung komplett streichen.«

Er las also tatsächlich die *New York Times*.

»Kehren wir zu Khalif zurück«, meinte Mahfouz. »Wir töten die Dschihadisten auf dem Schlachtfeld nicht einfach. Wir nehmen sie fest. Wir verhören sie und bringen sie dazu, uns zu sagen, was sie wissen. Fragen Sie mich nicht, wie wir es schaffen. Wichtig ist nur, dass wir auf diese Weise solide Informationen über Khalif und seine Streitkräfte erhalten, auf denen wir aufbauen können.«

Jetzt ging es ans Eingemachte. Mein Herz klopfte hektisch. Endlich ging es voran. Ich war erschöpft und trauerte um meine Mutter und meinen Neffen. Ich kämpfte gegen eine ausgewachsene Depression an und sehnte mich so sehr nach Alkohol, dass es körperlich schmerzte. Aber ich war auch in Kairo, im Präsidentenpalast. Shalit und Yael hatten mir eingeschärft, was ich in diesem Fall zu sagen hatte. »Die Kuriere sind wichtig«, hatten sie mir eingeschärft. »Fragen Sie nach den Baqouba-Brüdern.«

Tarik Baqouba war erst kürzlich bei einem amerikanischen Drohnenangriff ums Leben gekommen. Er war der dritte Mann in der IS-Hierarchie gewesen, direkt hinter Jamal Ramzi. Seine beiden Brüder Faisal und Achmed waren treue Stellvertreter. Yael verdächtigte einen von ihnen, wahrscheinlich Faisal, der wichtigste persönliche Kurier des IS-Anführers zu sein. Wenn wir Faisal und Achmed fanden, so betonten sie, fanden wir auch Khalif.

»Liegen Ihnen Erkenntnisse zu einem der beiden Baqouba-Brüder vor? Womöglich gar zu beiden?«

Ich brauchte etwas Konkretes. Etwas, das ich verwerten konnte. Eine Telefonnummer, eine Adresse … so konnte ich ihn finden.

»Aber ja«, bestätigte Mahfouz. »Ich werde Ihnen alles geben, was wir haben. Unter einer Bedingung.«

Mein Magen verkrampfte sich. »Und zwar, Herr Präsident?«

»Sie müssen mir sagen, für wen Sie arbeiten. Ansonsten habe ich Ihnen leider nichts mehr zu sagen.«

71

Ich konnte es ihm kaum verübeln.

Wer war ich schon, dass er mir Staatsgeheimnisse anvertraute, wenn ich ihm nicht mal meine Dienstherren nannte oder enthüllte, an wen ich diese Infos weiterzuleiten gedachte? Immerhin handelte es sich um streng vertrauliche Geheimnisse, für deren Erlangung ein ägyptischer Agent durchaus mit dem Leben bezahlt haben mochte. Trotzdem, ich musste es wissen.

»Herr Präsident, ich kann Ihre Haltung nachvollziehen«, begann ich und versuchte, Vertrauen aufzubauen und mich gleichzeitig durch dieses diplomatische Minenfeld zu lavieren. »Aber ich wäre Ihnen dankbar, wenn Sie im Hinterkopf behalten würden, dass ...«

Mahfouz unterbrach mich. Unhöflich hätte ich es nicht nennen können. Aber er machte sehr deutlich, dass er nicht verhandeln würde. »Wir sind hier nicht auf dem Basar, Mr. Collins«, verkündete er ruhig. »Selbst wenn es der Fall wäre und Sie etwas kaufen wollten, haben Sie doch kein Bargeld und auch keinen Kredit. Also müssen wir feststellen: Sie können uns nicht bezahlen.«

»Das ist mir klar, Sir, nur ...«

Mahfouz hob die Hand. »Sagen Sie, Mr. Collins, wie sind Sie in mein Land gekommen?«

Die Frage kam aus dem Nichts und erwischte mich auf dem falschen Fuß. »Warum fragen Sie das, Sir?«

»Ich finde es recht seltsam, dass uns keine Aufzeichnungen über die Einreise eines James Bradley Collins auf dem Kairo International Airport vorliegen. Auch auf den anderen Flughäfen des Landes wurde in den letzten zwei Monaten niemand mit diesem Namen erfasst.«

Ich fühlte mich, als hätte man mir jeglichen Wind aus den Segeln genommen. Ich wünschte mir, dass Yael und Shalit zuhörten und mir Antworten zuraunten. Ich war für so etwas nicht ausgebildet, sondern versucht, jetzt und hier mit der Wahrheit herauszuplatzen und Mahfouz zu erzählen, dass ich zum Mossad und Ari Shalit gegangen war. Dass Shalit notfalls auch unter der Hand mit ihm zusammenarbeiten wollte, um Khalif zu ergreifen, bevor es zu spät war. Ich ging davon aus, dass er es nachvollziehen könnte. Der Einsatz war zu hoch. Ich durfte das Vertrauen meiner einzigen Verbündeten und Gönner nicht enttäuschen.

»Offenbar sind Sie mit falschen Papieren in mein Land gereist«, schlussfolgerte Mahfouz. »Das ist illegal, wie ich sicher nicht ausdrücklich betonen muss. Sie haben damit ein Verbrechen begangen. Ich könnte Sie einfach einsperren und abwarten, wer Sie befreit, falls es denn überhaupt einer tut. Sie wandeln hier auf einem schmalen Grat, Mr. Collins. Also lassen Sie mich noch einmal wiederholen, dass es sich hier um kein Spiel handelt.«

Der Präsident stand auf. Der Rest von uns folgte seinem Beispiel.

»Ich gebe Ihnen Zeit bis heute Mittag«, meinte Mahfouz. »Walid ist Ihr Kontakt. Teilen Sie ihm mit, wie sich Ihre Freunde entscheiden.«

Der Morgen dämmerte bereits. Hussam und ich fuhren schweigend zum Café zurück.

In Kairo setzte der morgendliche Berufsverkehr schon sehr früh ein. Er hatte zwar noch nicht die Hochphase erreicht, doch der stärker gewordene Regen sorgte in Verbindung mit dem zunehmenden Verkehr für eine längere Fahrzeit. Das Schweigen machte mich verlegen. Ich war froh, als wir schließlich auf die Bagdad Street einbogen, nur einen Straßenzug von unserem Ziel entfernt.

Ich schrieb Yael und Mohammed eine SMS, dass ich gleich da sei. Ein großer Lieferwagen hinderte uns am Vorankommen. Ärgerlich drückte unser Fahrer auf die Hupe, aber zwei Männer rollten große Kisten mit unbekanntem Inhalt in eine Garage. Das konnte noch eine Weile dauern. Wir schlängelten uns schließlich um den Lkw herum und erreichten das Café.

Beim Anhalten brach der ehemalige Spionagechef das Schweigen und sagte dem Fahrer, dass er nicht nach Hause gebracht werden wolle. Der Präsident erwarte ihn im Palast. Ich nahm an, dass sie die Geschehnisse des Abends durchsprechen wollten, und konnte nur ahnen, wie sein Urteil über mich ausfiel. Einer der Leibwächter hielt mir die Wagentür auf. Ich dankte Hussam für seine Zeit.

»Wenn es nach mir ginge, hätte ich Ihnen bereits gesagt, mit wem ich arbeite. Das wäre nur vernünftig …«

»Sie haben Ihre Befehle«, sagte er begütigend. »Die haben wir alle. Sie müssen sehr loyal sein. Und es gibt nichts Wichtigeres als Loyalität, James. Nichts.«

»Das Leben kam mir leichter vor, als ich noch ein einfacher Reporter war.«

»Gut möglich. Tun Sie, was Sie für richtig halten. Und sagen Sie mir heute Mittag Bescheid.«

»Sie sind nicht wütend?«

»Natürlich nicht.«

Jetzt sah ich auch den Mercedes, er parkte einen Block vom Café entfernt. Mohammed stand davor, rauchte eine Zigarette und schien auf mich zu warten. Ich wollte aussteigen, doch Hussam hielt mich an der Schulter fest.

»Was ist los?«, fragte ich und wandte mich ihm zu. »Ist etwas nicht in Ordnung?«

»Sie haben sich nach den Baqouba-Brüdern erkundigt«, wisperte er.

»Was ist mit denen?«

»Sie sind der Schlüssel. Wie auch immer Sie sich bis

heute Mittag entscheiden, es ist in Ordnung. Aber ich möchte Sie wissen lassen, dass Sie auf der richtigen Spur sind. Mehr kann ich im Augenblick nicht für Sie tun. Ich hoffe, es ist ausreichend.«

Ich sah ihm in die Augen. Er schien es ernst zu meinen, wie ein Vater, der seinem Sohn ein Geschenk macht. Ich spürte, dass ich ihm vertrauen konnte. »Danke«, sagte ich schließlich. »Passen Sie auf sich auf.«

»*Inschallah*. Sie auch.«

Ich wandte mich also dem Mercedes zu und bedeutete Mohammed mit einer Geste, er solle den Wagen starten. Er ließ die Zigarette fallen, trat sie mit dem Absatz aus, sprang hinter das Steuer und ließ den Motor an. Ich sah kurz auf der Bagdad Street auf und ab, konnte aber den Übertragungswagen nicht entdecken. Keine Ahnung, wo Yael steckte. Ich hoffte, sie hielt sich in der Nähe auf. Ich wollte ihr nicht per Telefon alles erzählen und auch ungern die 45 Minuten warten, bis ich wieder im Hotel war. Es galt Entscheidungen zu treffen, und sie konnte das nicht allein tun. Ich vermutete, dass es nicht mal in Shalits Macht stand. Eher legte Premierminister Eitan persönlich fest, wie es weiterging.

Ich kam näher, also stieg Mohammed wieder aus und ging um den Wagen herum, um die hintere Wagentür für mich zu öffnen. Es donnerte in der Ferne und war ähnlich kalt wie in Israel.

Als ich mich anschickte, die Straße zu überqueren, zuckte plötzlich ein Lichtblitz links von mir auf. Mein erster Gedanke war, dass es sich um ein Gewitter handelte. Aber dafür flackerte er zu dicht über dem Boden auf, außerdem zu isoliert. Da flog hinter mir etwas mit gewaltigem Druck in die Luft.

Der SUV, aus dem ich gerade ausgestiegen war – das Fahrzeug, in dem Hussam nach wie vor saß –, war explodiert. Er wirbelte durch die Luft und prallte mit einem ohrenbetäubenden Krachen aufs Pflaster. Die resultierende Druckwelle schleuderte mich gegen den Mercedes.

Ich hörte eine zweite Granate mit leisem Rauschen herankommen, wieder folgte eine ohrenbetäubende Explosion, begleitet von einem grellen, aufwallenden Feuerball.

Ich konnte mich nicht rühren, nicht denken, nicht atmen. Ich hörte und sah für einen Moment überhaupt nichts. Beißender schwarzer Qualm erfüllte den Himmel und drang mir in die Augen. Das Letzte, was ich mitbekam, war das einsetzende Rattern eines Maschinengewehrs.

Dann wurde alles um mich herum schwarz.

72

Als ich zu mir kam, lag ich mit Glassplittern bedeckt auf dem nassen Asphalt.

Meine Kleidung war klitschnass und zerfetzt, meine Augen brannten, meine Ohren klingelten. Ich hatte keine Ahnung, wie lange ich bewusstlos gewesen sein mochte. Mühsam kämpfte ich mich erst auf die Knie, dann auf die Beine. Sämtliche Scheiben des Mercedes waren zersprungen. Erst dann sah ich Mohammed mit ausgestreckten Gliedern auf dem Bürgersteig liegen. Überall hatte er Wunden, um ihn herum breitete sich eine scharlachrote Pfütze aus. Ich stolperte zu ihm hin und tastete nach einem Puls.

Er war tot.

Ich stand auf und betrachtete das Schlachtfeld um mich herum – den SUV, aus dem Flammen schlugen, die verkohlten Leichen von Hussam, seinem Fahrer und dem Leibwächter; die klaffenden scharfkantigen Löcher, wo sich eben noch die Fenster des Cafés befunden hatten. Das ganze Gebäude war in die Luft geflogen, die Überreste brannten lichterloh. Jetzt erkannte ich, dass ich nicht lange bewusstlos gewesen war. Es hatten sich noch keine Polizeiwagen eingefunden, keine Feuerwehr und keine Sanitäter. Sie mussten jeden Augenblick hier sein.

Ich suchte die Bagdad Street ab und bemerkte, dass der Lieferwagen nicht mehr dastand. Das jagte mir einen Schauer über den Rücken. Hatte Abu Khalif mitbekommen, dass ich hier war, und Dschihadisten hergeschickt, die mich umbringen sollten, bevor ich ihn ausfindig machte? Wie war das möglich? Wie hätte er davon erfahren sollen? Hatte er einen Maulwurf bei den Israelis eingeschleust? Oder ins Umfeld von Präsident Mahfouz? Das klang wahrscheinlich, und doch hatte nur eine Handvoll Leute gewusst, dass ich hier war. Vier von ihnen waren allerdings tot.

Mein Handy vibrierte in der Tasche. Ich nahm den Anruf entgegen. Wer immer mit mir sprechen wollte, ich hörte ihn nicht. Sekunden später traf eine SMS ein. Von Yael.

Weg da, schnell!, forderte sie mich auf. **Treffen uns in Sicherheitszone – los!**

Ich hatte rasende Kopfschmerzen. Mein Knie blutete. Mir war schwindlig, ich hatte Mühe, mich zu orientieren. Ich wusste, dass wir über einen Treffpunkt gesprochen hatten, einen sicheren Ort für den Fall, dass etwas schiefging, aber im Augenblick verschwamm alles vor meinen Augen. Ich konnte mich nicht daran erinnern, mir wollte die Adresse nicht einfallen. Es blieb keine Zeit, um lange nachzudenken. Ich musste von hier verschwinden. Nur ... ich konnte Mohammed doch nicht einfach hierlassen. Die Leiche eines Mossad-Agenten auf einer Straße in Kairo? Ausgeschlossen.

Ich riss die Hecktür des Mercedes auf, packte den über 1,80 großen und mehr als 100 Kilo schweren Israeli und hievte ihn auf den Rücksitz. Die ersten Schaulustigen fanden sich ein. Als ich die Tür zuwarf, bemerkte ich, dass Mohammeds mit einem Schalldämpfer bestückte Pistole aus dem Holster gerutscht war. Sie lag im Rinnstein in einer Pfütze. Ihr Anblick zusammen mit dem ganzen Blut auf dem Bürgersteig, an meinem Körper und überall auf dem Auto jagte mir einen Adrenalinschock durch die Adern.

Ich griff nach der Waffe und spurtete zum Fahrersitz. Ich konnte endlich wieder hören, nicht besonders gut, aber besser als gerade noch. Sirenengeräusche näherten sich aus mehreren Richtungen. Ich entfernte die Abdeckung der Lenksäule, schloss den Wagen kurz, drückte aufs Gas und ließ die neugierige Menge hinter mir zurück. Mir wurde schlagartig bewusst, dass es eine Menge Zeugen für das gab, was ich gerade getan hatte.

Ich raste die Bagdad Street in Richtung El-Orouba Street entlang, eine größere Durchgangsstraße. Verdammt, so viele Leute hatten mich dabei beobachtet, wie ich eine Leiche auf den Rücksitz dieses Wagens gehievt hatte. Sie dürften den von Maschinengewehrfeuer zerschossenen Wagen wiedererkennen. Selbst das Nummernschild dürfte sich jemand gemerkt haben. Das passierte in solchen Fällen immer.

Ich schoss über die Zufahrtsrampe auf die Schnellstraße, mitten in den dichter werdenden Verkehr hinein, trat aufs Gaspedal und schlängelte mich von einer Spur zur nächsten. Ich wusste, dass ich damit riskierte, die Aufmerksamkeit der Polizei auf mich zu lenken. Ich konnte es mir nicht leisten angehalten zu werden, nicht so, wie der Wagen momentan aussah, und mit der brisanten Fracht auf dem Rücksitz. Und schon gar nicht mit dem Wissen, das ich dringend an Yael weitergeben musste.

Das Smartphone klingelte. Ich wollte eigentlich nicht rangehen, während ich auf der Salah Salem Street westwärts zum Nil raste, aber es war Yael. Sie konnte mir vielleicht sagen, wo ich hinfahren musste. Also stellte ich auf Lautsprecher und ließ das Gerät in den Becherhalter neben der Gangschaltung fallen. Ich brauchte beide Hände zum Lenken.

»Du wirst verfolgt«, rief sie, bevor ich ein Hallo herausbekam.

»Echt?«

»Du bist auf der Salah Salem Richtung Westen unterwegs, nicht wahr?«

»Ja.«

»Jemand folgt dir, ein silberner Audi. Acht, neun Wagen hinter dir. Er holt rasch auf.«

»Woher weißt du das?«

»Weil Abdul und ich sechs oder sieben Wagen hinter ihm sind.«

»Bullen?«

»Nein.«

»Geheimdienst?«

»Das bezweifle ich, nicht in so einem Auto.«

»Wer dann?«

»Keine Ahnung. Du musst sie jedenfalls abschütteln.«

»Kann ich nicht. Schaff sie mir vom Hals, sofort!«

Ich warf einen knappen Blick in den Rück-, dann in den Seitenspiegel. Yael hatte recht, wer auch immer in dem Audi saß, er holte viel zu rasch auf. Ich schaltete einen Gang höher, brach nach links aus, röhrte um einen Müllwagen herum und scherte scharf rechts ein. Im Zuge dessen mussten zwei Fahrzeuge hart bremsen, um keinen Unfall mit mir zu verursachen. Das blockierte den Audi für den Moment. Ich sah ihn nicht länger, ging aber davon aus, dass er sich so leicht nicht abschütteln ließ.

Ich hielt mich ganz rechts und spähte in den Seitenspiegel. Der Audi war wieder da, nur fünf Wagen hinter mir, glücklicherweise zwischen einem Ford Expedition und einem großen Umzugslaster eingeklemmt.

Das war meine Chance. Ich schaltete einen Gang hoch und trat aufs Gas. 15 Sekunden später erreichte ich eine Ausfahrt und bog ein.

»Nein, nein, nicht runter vom Highway!«, schrie Yael übers Telefon. »Was machst du denn?«

»Ich muss!«, schrie ich zurück. »Die kommen näher!«

»Und wir ihnen«, kam die Antwort. »Jetzt bist du wieder in engeren Straßen unterwegs, mit mehr Verkehr und mehr Ampeln. Los, fahr zurück auf den Highway!«

Ich bremste, schaltete runter und raste die Ausfahrt entlang. Plötzlich ging nichts mehr. Yael hatte recht. Der Verkehr stockte in beiden Richtungen. Nichts ging voran. Furcht drohte mich zu überwältigen.

»Was soll ich jetzt machen?«, fragte ich ratlos. »Ich steck fest.«

»Keine Sorge«, meinte Abdul übers Handy. »Ich glaube, sie haben nicht mitbekommen, dass Sie abgefahren sind.«

»Sicher?«

»Jedenfalls hängen sie auf der linken Spur fest. ... nein, warten Sie ...«

»Was ist?«, rief ich.

Er fluchte laut.

»Was?«

»Sie haben gerade auf den Ford geschossen, der bremst jetzt. Sie rammen ihn und fahren drum herum. Sie wissen *doch,* wo Sie sind, und nähern sich der Ausfahrt!«

Ich steckte weiter im Stau fest und kam keinen Zentimeter vorwärts. Da sah ich, wie der Audi die Ausfahrt entlanggerast kam, direkt auf mich zu. Drinnen saßen zwei Männer, beide trugen schwarze Skimasken.

Ich hätte in Panik ausbrechen müssen. Stattdessen kam mir eine spontane Idee. Ich angelte nach Mohammeds Pistole mit dem Schalldämpfer, die ich achtlos auf den Beifahrersitz geworfen hatte. Ich würde die beiden erschießen, bevor sie mich erreichten. Problem gelöst. Blöd nur, dass die Pistole nicht da war.

Panisch begann ich danach zu suchen, überall, bis mir einfiel, dass sie bei der wilden Herumkurverei auf dem Highway in den Fußraum gerutscht sein musste. Ich konnte sie sogar sehen, aber ich war noch angeschnallt.

So kam ich nie rechtzeitig dran.

73

Mir lief die Zeit davon.

Der Audi krachte mit voller Geschwindigkeit gegen das Heck des Mercedes. Der Aufprall hätte mich in den

VW-Lieferwagen schieben müssen, der direkt vor mir in der Schlange stand, doch in diesem Augenblick ging es endlich vorwärts. Er wechselte auf die andere Spur, gerade im richtigen Moment. Ich schoss also nach vorn. Statt wie ein Akkordeon zwischen zwei Wagen eingequetscht zu werden, wirbelte ich frei über die Kreuzung.

Ich stieß gegen das Heck eines anderen Autos und touchierte die Motorhaube eines Pick-ups. Die Geschwindigkeit, die der Aufprall des Audis verursacht hatte, schleuderte mich immer weiter über die Kreuzung, bis ich die Auffahrt am anderen Ende erreichte. Zu meinem Glück hatten die Airbags des Mercedes nicht ausgelöst, weshalb auch immer, also drückte ich auf die Tube und kehrte auf die Salah Salem Street zurück. Der Audi schrumpfte im Rückspiegel, gefangen im Chaos, das er selbst produziert hatte.

Ich hörte über den Lautsprecher, wie Yael und Abdul in Jubel ausbrachen. Abrupt einsetzendes Maschinengewehrfeuer würgte sie ab. Gleichzeitig hörte ich aber auch, wie sich der Audi mit roher Gewalt aus dem Blechhaufen auf der Kreuzung hinter mir befreite. Ein kurzer Blick in den Rückspiegel verriet, dass er ebenfalls zur Auffahrt raste und einer der beiden Terroristen mit einem AK-47 auf mich zielte.

Für den Moment hatte ich zehn, zwölf Wagen Vorsprung, aber sie kämpften hart, die Lücke zu schließen. Ich nahm den Fuß vom Gas und schlängelte mich mit 70, 80, dann 90 Sachen durch den morgendlichen Berufsverkehr. Oft genug stand der Wagen nur noch auf zwei Rädern. Die Verfolger im Audi hielten nicht nur Schritt, sie holten auf. Ich bretterte am Nationalen Militärmuseum zu meiner Rechten und einer riesigen Moschee zur Linken vorbei, dennoch ließen sie sich nicht abschütteln. Dagegen konnte ich Yael und Abdul nicht länger erkennen. Wahrscheinlich steckten sie irgendwo im Chaos fest, das der Audi angerichtet hatte.

Der Verkehr wurde schlimmer. Meine Geschwindigkeit sank auf 70, 60, schließlich nur noch 50 km/h. Dann sah ich, wie auf einmal bei fast allen Wagen vor mir die Bremslichter aufflackerten. Der Audi hatte sich bis auf sechs Fahrzeuge an mich herangearbeitet und drohte mich in Kürze zu erwischen. Ich brach kurz vor der nächsten Ausfahrt wieder nach rechts aus, verließ den Highway und raste durch ein Labyrinth aus kleineren Gassen. Dabei wurde ich immer schneller.

»Wir können dich nicht mehr sehen, wo bist du?«, fragte Yael aus dem Lautsprecher.

Ich hatte nicht die leiseste Ahnung. Neben mir rasten Bürogebäude, Restaurants, Parks und Straßen so schnell vorbei, dass ich sie kaum wahrnahm, geschweige denn beschreiben konnte. Ich gab mir alle Mühe, nicht in ein Hindernis zu knallen. Es wurde mehr und mehr zu einem Vabanquespiel.

Ich fuhr noch ein Stück weiter, dann endete die Fahrt abrupt. Vor mir gerieten Schienen in Sicht, doch ein Bahnübergang war nirgends zu sehen. Zu allem Überfluss erwartete mich auf der anderen Seite eine Betonwand. Ich bremste abrupt, zog nach rechts und geriet in einen Strom von Gegenverkehr, weil ich in falscher Richtung in eine Einbahnstraße gefahren war. Ich drückte unablässig die Hupe, gab Lichtsignale und versuchte, mit niemandem zusammenzustoßen. Autos, Lkws und Motorräder wichen aus, mit einem Mal war die Strecke vor mir völlig frei. Das lag wahrscheinlich daran, dass eine Ampel erst in wenigen

Sekunden wieder auf Grün schaltete und mir dann der nächste Schwall an Fahrzeugen entgegenkam.

Links von mir raste ein Güterzug über die Schienen. Ich gab Gas, um einen Vorsprung herauszuarbeiten, beschleunigte wieder auf 80 oder 90 und fuhr sogar etwas schneller als der Zug. Leider holte der Audi auf, war nur noch drei Autolängen hinter mir, dann nur noch zwei. Und bald schon zogen sie rechts neben mir vorbei und drohten mich abzudrängen.

Ich hörte ein Piepen. Auf meinem Armaturenbrett erkannte ich, dass die Nadel des Tanks gegen null schwankte. Was für ein Mist! Ich hatte es durch halb Kairo geschafft, und das mit ein paar IS-Schlächtern dicht auf den Fersen. Nun drohte ich zu scheitern, weil mir der Sprit ausging. Vermutlich ein Leck, denn garantiert hatte ihn der Mossad im Vorfeld vollgetankt. Ich tippte, dass die Maschinengewehrsalben vor dem Café dafür verantwortlich waren.

Das hieß außerdem: Ein einziger Funke reichte, um die Karre in die Luft fliegen zu lassen.

Der Zug löste zweimal kurz hintereinander ein akustisches Warnsignal aus. Ein durchdringender und scharfer Ton, der auf höchste Gefahr hinwies. Jetzt bemerkte ich auch den Bahnübergang vor mir und mir ging ein Licht auf, warum der Verkehr so abrupt gestoppt hatte. Das lag nicht an einer Ampel, sondern an Bahnschranken, die sich geschlossen hatten.

Weniger als einen halben Kilometer vor mir machte die Straße einen leichten Bogen nach links und überquerte die Schienen im spitzen Winkel. Die Schranken waren heruntergelassen. Warnlichter blinkten. Ich musste eine Wahl treffen: Vollgas geben und an diesem Ungetüm vorbeirauschen ... oder stark abbremsen, sodass der Audi gegen das Heck knallte, durch die Wucht des Aufpralls sich wahrscheinlich das aus dem lecken Tank tröpfelnde Benzin entzündete und mich ins Jenseits beförderte. Und das wäre noch das Optimum. Eher passierte es wohl, dass ich nicht rechtzeitig vor dem Bahnübergang bremsen konnte und mich diese IS-Typen mit dem Audi auf die Schienen schoben. Oder ich fiel meinen Verfolgern in die Hände, die mich dann zu Abu Khalif schleppten. Dann drohte mir ein noch schlimmeres Schicksal als ein schneller Tod.

Also stand fest, was ich zu tun hatte.

Wieder heulte die Lokomotive zweimal auf. Ich trat das Pedal bis zum Anschlag durch, fuhr jetzt weit über 100 und überholte den Zug, dann war ich ihm eine halbe, schließlich eine ganze Waggonlänge voraus. Was noch besser war: Der Audi fiel zurück. Nicht viel, nicht genug, immer noch viel zu nah. Aber allemal besser, als sie ständig an der Stoßstange kleben zu haben. Am Ende fuhren sie wieder einige Meter hinter mir.

Ich fokussierte mich auf den Bahnübergang. Er kam rasch näher, wieder erklang das Warnsignal des Zugführers. Nicht mehr nur ein- oder zweimal, diesmal schien er sich auf den Knopf gelegt zu haben, denn es wollte gar nicht mehr aufhören. Das Personal schien erkannt zu haben, was ich vorhatte, und hielt mich sicher für einen Selbstmordkandidaten. Egal, sie konnten nichts tun, um mich aufzuhalten, und ganz sicher konnten sie auch ihre Lokomotive nicht mehr stoppen, nicht mit locker 100 voll beladenen Frachtcontainern im Schlepptau.

Den Bruchteil einer Sekunde später nahte der Augenblick der Wahrheit.

Bei der Geschwindigkeit, mit der ich gerade fuhr, ließ der gummibeschichtete, leicht erhöhte Bahnübergang den Mercedes kurz von der Straße abheben. Aus dem Augenwinkel konnte ich die heranrasende Lokomotive sowohl sehen als auch hören, fühlen und sogar riechen. Aber ich schaffte es. Es war knapp, viel zu knapp, aber irgendwie bekam ich es hin und landete hart auf dem Asphalt auf der anderen Seite der Bahnstrecke. Metall knirschte, Funken sprühten, dann stieg ich voll auf die Bremse und schloss die Augen. Das Auto rutschte, schlingerte, qualmte und drohte auszubrechen. Am Ende rammte ich einen parkenden, zum Glück leeren Linienbus.

Die Airbags explodierten, der Mercedes nicht. Noch nicht jedenfalls.

Das Innere füllte sich mit Rauch. Ich hustete, würgte, schnappte nach Luft, tastete hektisch nach der Waffe und dem Smartphone. Irgendwie gelang es mir, beides zu finden. Ich trat die Fahrertür auf und krabbelte aus dem Wrack, klammerte mich am Griff der Waffe fest und wandte mich zu meinen Verfolgern um.

Da erst erkannte ich, was mit dem Audi – oder besser: dem, was von ihm übrig blieb – geschehen war. Brennende Trümmer deutscher Wertarbeit regneten herab. Den Audi gab es nicht mehr, die Männer darin waren pulverisiert worden.

Zu meiner Erleichterung war der Zug nicht entgleist. Er hatte es geschafft.

Und für den Moment galt das auch für mich.

74

Gaffer versammelten sich.

Das konnte zum Problem werden. Die Polizei war unterwegs, ich konnte die Sirenen schon hören. Es gab Zeugen, man würde sie befragen und die Leiche des Mossad-Agenten auf dem Rücksitz des Mercedes finden. Und mich ebenfalls.

Ich bahnte mir einen Weg durch die Menge, humpelnd und von Schmerzen gezeichnet, herrschte die Leute auf Arabisch an, man solle mir aus dem Weg gehen. Dabei achtete ich darauf, den Kopf gesenkt zu halten und keinen Augenkontakt herzustellen. Im Laufen überprüfte ich, ob die Pistole gesichert war, schob sie in den Hosenbund und zog mein Hemd darüber. Ganz in der Nähe gab es eine U-Bahn-Station. So schnell ich konnte, rannte ich die Treppen hinunter und wischte mir dabei den Schweiß von der Stirn. Verzweifelt rang ich nach Luft und mühte mich, mein Herzrasen unter Kontrolle zu bekommen.

Ich wusste, dass zahllose Leute beobachtet hatten, wie ich in die U-Bahn gelaufen war. Also humpelte ich ans andere Ende des unterirdischen Bahnsteigs und fuhr mit der Rolltreppe an die Oberfläche zurück. Sie endete in einem Bürogebäude und befand sich daher nicht im Blickfeld der Unfallzeugen. Hastig verließ ich das Gebäude auf der anderen Seite, überquerte eine belebte Straße, in der sich der Berufsverkehr staute, kämpfte mich durch drei weitere Bürogebäude jeweils auf die parallel verlaufende Verkehrsachse und erreichte ein Einkaufszentrum. Dort winkte ich mir ein Taxi heran, stieg ein, drückte dem Fahrer eine Handvoll Bargeld in die Hand und bat ihn, mich zum Campus der Universität Kairo zu bringen. Ich sprach Arabisch und versprach dem Mann ein großzügiges Trinkgeld, wenn er sich beeilte, was er bereitwillig versprach.

Schon bald fädelten wir uns in den Verkehr ein und hatten die Abbas-Brücke in Richtung Westen überquert. Ich schrieb Yael eine SMS, teilte ihr mit, dass ich am Leben sei und wohin ich unterwegs war. Sekunden später meldete sie sich mit der Adresse eines Supermarkts an der Nordseite des Universitätsgeländes. Ich gab die Info an den Fahrer weiter und fragte, wie lange wir dorthin brauchten. Er schätzte zehn bis 15 Minuten, je nach Verkehr. Ich schrieb es Yael.

Bin unterwegs, antwortete sie. In etwa einer halben Stunde da. Dann folgten exakte Anweisungen, was ich zu tun hatte, wenn ich dort ankam: Bezahl den Fahrer in bar. Geh direkt ins Bistro des Supermarkts, aber bestell nichts und setz dich nicht. Zieh dich in die Männertoilette zurück und schließ dich in einer Kabine ein. Schalte das Handy aus und warte ab. Erreg auf gar keinen Fall weiteres Aufsehen.

Natürlich dauerte alles länger als gedacht. Der Taxifahrer hatte sich massiv verschätzt. Dasselbe galt für Yael. Ich tat dennoch, was sie mir aufgetragen hatte. Schließlich tauchte Abdul vor der Toilettenkabine auf. Ich übergab ihm die Waffe, er reichte mir trockene, saubere Kleidung und ein neues Paar Lederschuhe. Ich wusch mir Hände und Gesicht und zog mich an, während er alles, was ich getragen hatte, in einen Seesack stopfte und mich durch eine Hintertür in eine Gasse bugsierte, wo Yael bereits im Übertragungswagen auf uns wartete.

Sekunden später saß Abdul am Steuer. Wieder überließen wir uns dem Verkehr. Abdul achtete darauf, jedes

Tempolimit strikt einzuhalten, keine Aufmerksamkeit zu erregen, und bevor ich es richtig mitbekam, waren wir auf der Ringstraße nach Norden unterwegs.

Ich schilderte Abdul und Yael haarklein alles, was passiert war. Yael gab alles auf einem gesicherten Kanal an ihr Team im Stützpunkt Ramat David und an Shalit im Hauptquartier des Mossad weiter. Sie fragten mir Löcher in den Bauch. Ob ich den Mann gesehen hatte, der die Rakete auf Hussams Wagen abgeschossen hatte? War mir etwas an dem Audi aufgefallen, der mir gefolgt war? Wusste ich noch, um welches Modell es sich gehandelt hatte? Konnte ich mich noch an Details erinnern, was den Angriff anging?

Unglücklicherweise lautete die Antwort auf all diese Fragen: nein. Ich hatte nichts beobachtet. Ich konnte mich an nichts erinnern. Ich hatte nichts Besonderes zu berichten, nichts, woraufhin man hätte handeln können. Deshalb begann ich, meinerseits Fragen zu stellen: Wie um alles in der Welt hatte der IS mich in Kairo finden können? Wie hatten sie von dem geplanten Treffen mit Hussam wissen können? Vom genauen Ort? Selbst für den unwahrscheinlichen Fall, dass der IS irgendwie aufgeschnappt hatte, dass ich in Kairo war, wieso lauerten sie mir gezielt zur richtigen Zeit am Café auf?

Ich war wütend und hatte Angst. Ich konnte mir den Angriff nicht erklären. Es gab so wenige Leute, die in meine Pläne eingeweiht waren, dass sie sich an den Fingern einer Hand abzählen ließen. Niemand sonst hatte Bescheid gewusst, wann ich wo auftauchte. Wenige Minuten vorher nicht mal ich selbst.

»Vielleicht gibt es einen Maulwurf im Palast?«, überlegte einer der Analysten.

Allein der Gedanke daran schickte mir einen Schauder über den Rücken, besonders als ich ihnen schilderte, was ich mit Hussam, dem General und Präsident Mahfouz besprochen hatte. Shalit hakte nach, was Hussam und Mahfouz über die Baqouba-Brüder gesagt hätten und ob ich es für denkbar hielt, dass den Ägyptern Hinweise auf ihren Verbleib vorlagen. Er wollte wissen, ob ich zugegeben oder auch nur angedeutet hatte, mit dem Mossad zusammenzuarbeiten, ob ich durch eine Bemerkung ungewollt einen Hinweise darauf gegeben hatte. Warum hatte ich meine Wanze zerstört und sie Hussams Toilette hinuntergespült? Und so ging es endlos weiter.

Ich beantwortete jede einzelne dieser Fragen gleich mehrmals. Shalit und die anderen stellten sie in verschiedensten Varianten, um dafür zu sorgen, dass ich mich wirklich an alles erinnerte, aber auch um Lücken und Widersprüche in meiner Geschichte zu finden. Ich begriff, dass Einzelne von ihnen, besonders Dutch und Fingers, mir nicht glaubten. »Warum wollten Sie Ihre Wanze loswerden, wenn Sie nicht von vornherein geplant haben, ohne unser Wissen Informationen weiterzugeben?«, wurde Fingers schließlich sehr direkt.

Bei diesem Vorwurf flippte ich förmlich aus. »Was dachten Sie eigentlich alle, was passiert, wenn der General mich durchsucht? Wie hätte ich eine Verkabelung erklären sollen? El-Badawy ist Kommandant der ägyptischen Streitkräfte, verdammt noch mal. Wenn er mich dabei erwischt hätte, wie ich heimlich versuche, unser Gespräch aufzuzeichnen, hätte er mich ins Kittchen geworfen!«

Wir verließen die Ringstraße und fuhren auf den Highway in Richtung der Stadt Ismailia, als Yael dem Streit ein Ende setzte. Sie wiederholte eine Frage, die Shalit mir bereits gestellt hatte. »Glaubst du Mahfouz, dass ihm wichtige Informationen über die Baqouba-Brüder vorliegen?«

»Aber ja.«

»Warum?«

»Keine Ahnung. Ich kann dir da keine konkrete Antwort geben. Nenn es Intuition, nenn es Bauchgefühl. Ich kann nur sagen: Ich mach das jetzt schon eine ganze Weile. Leute interviewen, ihre Ehrlichkeit einschätzen, ihre Motive und ihre Zuverlässigkeit. Ich garantier dir, da ist was dran.«

»Also glaubst du, er hat etwas in der Hand?«

»In der Tat.«

»Weil sie einige der bösen Jungs auf der Sinaihalbinsel gefasst haben?«

»Dort und anderswo.«

»Informanten?«

»Du meinst, im Gegensatz zu Telefonmitschnitten oder abgefangenen E-Mails?«

»Oder einem Datenträger oder etwas, das jemand in der Tasche mit sich herumträgt«, entgegnete Yael.

»Du willst also wissen, ob er eine Quelle hat, die aus erster Hand weiß, wo sich einer oder beide Baqouba-Brüder aufhalten.«

»Genau.«

»Das kann ich nicht einschätzen. Ich weiß nicht, was Mahfouz konkret hat oder wie er daran gekommen ist. Aber ich zweifle nicht an seiner Behauptung, dass er etwas weiß. Und ich denke, dass es zeitkritisch ist.«

»Wenn wir es also heute nicht bekommen, könnte es morgen nichts mehr wert sein.«

»Das wollte ich damit andeuten, ja.«

Yael schwieg für einige Minuten. Dann ergriff Abdul das Wort. »Ihr glaubt also, Mahfouz meinte es ernst, als er sagte, er wolle diese Kerle einkassieren?«

»Allerdings«, bestätigte ich.

»Er will Abu Khalif also drankriegen.«

»Nicht direkt«, korrigierte ich. »Er sagte, er habe alle Hände voll mit den Dschihadisten in Ägypten und auf dem Sinai zu tun. Aber er hat Wissen, das er weitergeben will. Er hat nur das Gefühl, dass er darauf achten muss, wem er es anvertraut. Er wollte erst mit den Amerikanern zusammenarbeiten, aber die wollten nicht mitspielen. Inzwischen traut er ihnen nicht mehr. Warum sonst hätte er sich mit mir treffen wollen? Ich habe ihn nicht um ein Treffen mit ihm oder dem General gebeten. Die Initiative ging von ihm aus. Ich wollte von meiner Seite aus nur deshalb mit Hussam reden, weil Khachigian mir sagte, dass ich es tun soll. Selbst euch war doch unbekannt, ob Hussam überhaupt noch im Geschäft ist.«

»Scheint so, als ob er es war«, stellte Yael fest.

»Das scheint mir auch so. Der Mann hat direkt für Präsident Mahfouz gearbeitet. Es muss also Mahfouz gewesen sein, der in Erfahrung brachte, dass der IS chemische Waffen erbeutet hat. Es war Mahfouz, der diese Informationen an Präsident Taylor weitergeben und die Welt wissen lassen wollte, was Abu Khalif plante. Also hat er seine Erkenntnisse an Hussam weitergegeben. Hussam spielte sie Khachigian zu, der schließlich mir.«

»Aber das ist Monate her«, gab Yael zu bedenken. »Das heißt nicht zwangsläufig, dass er jetzt auch wieder wertvolle Informationen hat.«

»Mag sein«, meinte ich. »Aber nehmen wir mal den Artikel meines Kollegen Bill Sanders. Ein ägyptischer

Geheimdienstoffizier behauptete ihm gegenüber, im Besitz von Fotos zu sein, auf denen deutlich zu erkennen ist, dass Abu Khalif mit Ambulanzen des Roten Halbmonds aus Rakka heraus- und wieder hineinkommt. Wusstet ihr das?«

»Nein«, gestand Yael.

»Glaubst du, dass es die Wahrheit sein könnte?«

Yael zuckte mit den Achseln.

»Sag schon!«, drängte ich.

»Kann schon sein.«

»Dann machen Mahfouz und seine Leute also einen guten Job. Sie haben Quellen. Sie wollen helfen und wollen kooperieren. Aber nur dann, wenn ich ihnen sage, mit wem ich zusammenarbeite. Und darum müssen wir ihnen das enthüllen.«

»Auf keinen Fall«, wehrte Yael ab. »Das wird nicht passieren.«

»Wir haben keine Wahl«, hielt ich dagegen. »Ich muss sie anrufen und klarstellen, dass ich nichts mit Hussams Tod zu tun habe. Und ich muss ihnen anvertrauen, dass ich mit euch zusammenarbeite und warum es erforderlich ist, dass wir untereinander kooperieren. Das kann nicht bis heute Mittag warten. Wenn der IS tatsächlich für diesen Anschlag verantwortlich ist, könnten sie bereits wissen, wonach ich suche. In diesem Fall werden es die Baqouba-Brüder früher oder später erfahren. Was auch immer Mahfouz an harten Fakten über sie vorliegt, es wird dann wertlos sein. Es sei denn, wir handeln jetzt.«

75

Abdul ließ uns um kurz vor elf Uhr morgens am Flughafen in Ismailia aussteigen.

Sobald wir in der Luft und unterwegs nach Dubai waren, verlangte ich von Yael, Ari Shalit ans Telefon zu holen. Zuerst behauptete sie, das sei unmöglich, aber als ich drohte, Carl Hughes von der CIA anzurufen und über ihn mit Shalit in Verbindung zu treten, gab sie endlich nach und verband mich über eine sichere Leitung mit dem Hauptquartier des Mossad.

Beinahe die gesamte erste Stunde unseres dreistündigen Flugs in die arabische Wirtschaftsmetropole stritten Shalit und ich darüber, wie nutzbringend es sei, die ägyptische Regierung über meine Verbindung zum Mossad zu informieren. Ich vertrat die Auffassung, dass jede weitere Minute, die verstrich, verschwendete Zeit sei und die einzige Spur, die uns zum Killer des israelischen Premierministers und Tausender Amerikaner führte, vernichten könnte. Shalit hielt genauso heftig dagegen. Die Zukunft des gesamten ägyptisch-israelischen Friedensvertrags stehe auf dem Spiel, wie er es ausdrückte.

»Hören Sie zu, James«, meinte er. »Wenn Mahfouz auch nur für den Bruchteil einer Sekunde glaubt, dass der Mossad innerhalb Ägyptens operiert, könnte sich der ganze Friedensvertrag in Luft auflösen. Ja, so sensibel ist die ganze Sache. Und vergessen Sie nicht, Ihre Beteiligung hat, ob nun direkt oder indirekt, bereits zum Tod Walid Hussams geführt. Israel muss genügend andere Krisen bewältigen, ohne ein weiteres Fass mit den Ägyptern aufzumachen.«

Ich konnte ihn nicht überzeugen. Als ich ungehalten wurde, legte Shalit kurzerhand auf. Wäre ich ein Politiker gewesen, hätte ich mich an dieser Stelle wohl zu Yael umgedreht und das Ganze als Patt bezeichnet. Aber ich war kein Politiker. Ich hatte keine Energie und auch nicht den Wunsch, das Ergebnis der Unterhaltung schönzufärben. Es war eine vollkommene Niederlage. Ich hatte meine Position dargelegt und verloren. Jetzt wusste ich nicht mehr weiter. Ich hatte mein Leben aufs Spiel gesetzt bei dem Versuch, etwas zu bewegen und eine Spur zu finden, die dem Mossad helfen könnte, Abu Khalif zu fassen. Und jetzt hatten wir sie. Ein simpler Anruf von Ari Shalit an General El-Badawy hätte bewirkt, dass wir einen Riesenschritt vorankämen. Doch Shalit weigerte sich. Er hatte natürlich seine Gründe, doch ich hielt sie nicht für überzeugend.

Ich ließ mich in einen Sitz ganz am Ende der Passagierkabine fallen und starrte auf die Weite der saudischen Wüste unter mir. Ich konnte weder Städte noch Dörfer ausmachen, nicht mal Beduinenzelte. Keine Bäume, keine Flüsse, keine Vegetation, keine Anzeichen irgendwelchen Lebens; egal wohin man blickte. Keine Straßen, keine Autos, keine Menschen, keine Stromleitungen, überhaupt kein Anzeichen menschlicher Zivilisation. Es war, als starrte ich auf die Mondoberfläche. Unbewohnt, unbewohnbar, leer und öde. Und unversöhnlich.

In diesem Augenblick fühlte ich mich einsamer und hilfloser denn je. Ich tat alles, um Abu Khalif der Gerechtigkeit zu überantworten, um meine Familie zu schützen und uns eine Chance auf Freiheit und Sicherheit zu geben. Aber ich versagte dabei offensichtlich. Ich wäre wieder einmal fast gestorben. Ich hatte erneut viele

Menschen mit eigenen Augen sterben sehen. Was brachte das Ganze? Hatte ich überhaupt etwas bewirkt?

Ich grübelte über die Antwort auf diese Fragen nach, während ich aus zehn Kilometern Höhe auf die Wüste hinabblickte und wir mit 500 Meilen pro Stunde über den Himmel rasten. Eine Antwort fand ich nicht. Eine halbe Stunde verging, dann eine Stunde, dann zwei.

Wir erreichten schließlich den Persischen Golf und wurden aus dem Cockpit informiert, dass wir in ein paar Minuten zum Landeanflug ansetzten und uns anschnallen sollten. Geistesabwesend befolgte ich die Anweisung und betrachtete weiterhin die Wüste von oben. Sosehr ich mich auch anstrengte, ich konnte nichts Gutes erkennen, das aus diesem ganzen Chaos hervorgegangen sein sollte. Ich sah auch keinen Ausweg. Ich hatte alle Karten ausgespielt und keine sinnvollen Optionen mehr. Yael hatte sich von mir abgewandt. Ich kannte nicht mal den Grund und sie wollte ihn mir nicht verraten. Shalit hörte nicht länger auf mich und obwohl ich in seinem Fall wusste, woran es lag, konnte ich ihn nicht für meine Position einnehmen. Ich schuldete dem ägyptischen Präsidenten eine Antwort, die ich ihm aber nicht geben durfte. Was ergab das alles für einen Sinn?

Keine Ahnung.

Abrupt wurde ich von dem intensiven Wunsch überwältigt, zurück zu Matt, Annie und Katie zu fliegen. Ich vermisste sie so sehr, dass es beinahe körperlich schmerzte. Ich hatte so viel Zeit meines Lebens damit verschwendet, über andere Leute zu berichten, dass ich meine eigenen Interessen völlig vernachlässigt hatte. Vor allem meine Ehe. Mein Verhältnis zu meiner Mutter. Meine Beziehung zu Matt und seiner Familie. Ich wusste, ich konnte das Rad nicht zurückdrehen und die Vergangenheit ändern. Aber wenigstens konnte ich einen Neuanfang wagen, indem ich nach Hause zurückkehrte – oder an den Ort, der aktuell als mein Zuhause durchging – und um Vergebung bat. Ich fällte den Entschluss, meinen Flug nach Saint Thomas zu buchen, sobald wir in Dubai gelandet waren. Danach verschwand die Beklemmung in der Brust wie von selbst.

Ich wandte mich vom Fenster ab und erwischte mich dabei, wie ich den Blick auf Yael ruhen ließ. Sie saß vorn im Flugzeug, über einen Laptop gebeugt. Ich wollte unbedingt wissen, was zwischen uns schiefgelaufen war. Was auch immer ich in Istanbul gespürt hatte, dann in Amman und selbst auf dem Luftwaffenstützpunkt in Ostjordanien, damals, kurz bevor wir in den Irak gegangen waren, schien zumindest von ihrer Seite nicht mehr da zu sein. Ich wollte es reparieren. Ich wollte es wiedergutmachen. Ich wollte genau dahin zurück, wo wir am Anfang gestanden hatten, als noch die schiere Aussicht auf ein paar Minuten allein mit dieser faszinierenden, wunderschönen und rätselhaften Frau verführerisch und elektrisierend gewesen war.

Und jetzt schien genau der richtige Zeitpunkt dafür zu sein. Ich musste die Wahrheit in Erfahrung bringen, bevor wir landeten und ich an Bord eines Fliegers in die Karibik stieg. Bevor ich aus ihrem Leben verschwand und ich sie nie wiedersah.

76

Ich wollte gerade den Gurt lösen und zu ihr gehen, da traten heftige Turbulenzen auf.

Das Flugzeug wurde durchgeschüttelt und schwankte. Der Pilot meldete sich und ermahnte uns, angeschnallt sitzen zu bleiben und nicht in der Kabine herumzulaufen. Yaels Laptop rutschte von dem ausklappbaren Tischchen. Ich bekam mit, wie sie danach greifen wollte, aber das Rütteln des Jets wurde intensiver, also entschied sie sich dagegen. Sie spähte über die Schulter zu mir, ob ich okay war. Ich nickte, um zu signalisieren, dass alles in Ordnung sei, aber das entsprach nicht der Wahrheit. Nicht mal annähernd.

Mir war schlecht und mir brach der Schweiß aus. Ich tastete nach der Belüftungsklappe über meinem Kopf und öffnete sie, dann schloss ich die Augen, lehnte mich zurück und versuchte, die aufgewühlten Nerven und den rebellierenden Magen zu beruhigen. Eigentlich war ich nicht sonderlich anfällig für See- oder Luftkrankheit, aber ich erinnerte mich an einige Gelegenheiten, bei denen mir im Auto schlecht geworden war. Meine Mutter hatte damals gesagt, ich solle mich auf etwas konzentrieren, einen fixen Punkt, der sich nicht bewegte. Etwas, das mir gefiel. Als ich nun die Augen schloss, tauchte auf einmal Moms Gesicht auf. Es war nicht verschwommen, weit entfernt oder halb durchsichtig, sondern scharf gezeichnet und lebendig, als stünde sie leibhaftig vor mir. Keine mystische Erfahrung, denn sie sagte nichts, sprach also nicht aus dem Grab zu mir. Nur eine Erinnerung, die schon den Bruchteil einer Sekunde später verblasste. Tiefes

Bedauern erfüllte mich. Ich vermisste sie. Ich wollte sie sehen, mit ihr sprechen und von ihr hören, dass alles gut wurde.

Seit ich mit 18 Jahren aufs College gegangen war, hatte ich es im Leben eilig gehabt. Ich war stets auf dem Sprung und erfand Ausreden, warum ich nicht nach Hause kommen konnte, sie nicht treffen konnte, sie nicht anrief, um einfach mal Hallo zu sagen. Die Traurigkeit, die mich deswegen erfüllte, war überwältigend.

Ich begann zu weinen. Oder besser gesagt: zu schluchzen. Es war mir peinlich und ich schämte mich zutiefst dafür, aber ich konnte es nicht ändern. Ich tat alles, um keinen Laut von mir zu geben und Yael nicht darauf aufmerksam zu machen. Doch ich wurde von meinen Gefühlen, dem Verlust, der Reue und der Furcht, völlig überwältigt und trauerte aus tiefster Seele. Ich trauerte nicht nur um meine Mutter. Ich glaube, ich trauerte um alle Menschen, die ich in den letzten Monaten verloren hatte. Ich hatte bisher um niemanden geweint. In diesem Moment drängten alle bislang unterdrückten Emotionen an die Oberfläche.

Eine Welle nach der anderen schlug über mir zusammen, die Tränen von Bildern meiner Erinnerung begleitet. Mein Vater, wie er aus dem Haus stürmte, als ich gerade zwölf war. Das letzte Mal, das ich ihn sah. Meine Mutter, die vor ihrem Bett kniete und unter Tränen betete, als ich mit 17 an ihrem Zimmer vorbeikam. Mein Freund, der Fotograf Abdul Hamid, der in Homs auf eine Mine getreten war. Omar Fayez, der in Istanbul den Wagen startete und damit die Autobombe auslöste, die ihn tötete. Matt in Amman, wie er mich zum Flughafen fuhr und anflehte, nicht in den Irak zu fliegen.

All diese und viele andere Fragmente flimmerten stroboskopartig durch meinen Verstand und mein Herz. Es schien keinen Rhythmus und keinen konkreten Anlass zu geben, kein bestimmtes Thema oder einen roten Faden, der die Szenen miteinander verband.

Die letzte Sequenz in dieser stakkatohaften Abfolge zeigte mir den Pastor meiner Mutter, wie er bei ihrem Begräbnis in Bar Harbor sprach. Einige seiner letzten Worte hallten in meinem Kopf nach.

»Maggie und Josh sind nicht mehr hier, aber sie sind nicht tot. Sie sind lebendiger als je zuvor. ... Aber, meine Freunde, eure einzige Hoffnung, sie wiederzusehen, besteht darin, eure Seele dem Gott zu weihen, dem auch sie ihre Seelen anvertrauten, und diesen Schritt zu gehen, bevor ihr euren letzten Atemzug hier auf Erden tut.«

Die Worte hinterließen einen tiefen Eindruck in meinem Herzen. Sie erschütterten mich bis ins Mark. Und in diesem Augenblick wusste ich auch, dass sie stimmten.

Ich kann nicht erklären, woran es lag, ich wusste nur, dass alles, was ich den Pastor an diesem Morgen sagen hörte, der Wahrheit entsprach. Alles, was Matt mir in all den Jahren verständlich machen wollte, traf zu. Alles. Das Leben Jesu. Sein Tod, sein Begräbnis, seine Auferstehung. Die Himmelfahrt, der Weg zur Erlösung. Meine Sünden und wie nötig ich einen Retter brauchte. Alles ergab schlagartig einen Sinn.

Alles, was ich je in den Evangelien und im Rest des Neuen Testaments gelesen hatte, fügte sich wie bei einem Puzzle ineinander. Zum ersten Mal in meinem Leben konnte ich das Gesamtbild klar erkennen. Und ich wollte es, ich wollte ihn. Ich wollte gerettet werden, in Gottes

Familie aufgenommen werden. Ich wollte ohne den Schatten eines Zweifels Gewissheit erhalten, die Ewigkeit in Gegenwart von ihm und meiner Familie zu verbringen.

Ich bat Gott durch meine Tränen hindurch um Verzeihung. Im Stillen, und doch in tiefer Ernsthaftigkeit. Ich bat ihn, mich zu ändern, mich zu heilen, mich zu retten und anzunehmen.

Und dann geschah etwas. Keine Vision, keine Engel, die sangen. Auch kein Feuerwerk oder eine Art Nahtoderfahrung. Ich fühlte mich lediglich auf eine Art und Weise gereinigt, wie ich sie nie zuvor empfunden hatte.

In mir breitete sich ein tiefer Friede aus, der sich nicht mal ansatzweise in Worte fassen ließ.

Ich war ein neuer Mensch geworden. Im einen Augenblick fühlte ich mich verloren, tot, trauernd, einsam. Und im nächsten traf das alles nicht mehr zu. Innerhalb eines Wimpernschlags, im Zeitraum eines kurzen Gebets. Ich war ein anderer.

Ich war frei.

77

Dubai, Vereinigte Arabische Emirate

Exakt um 16 Uhr landeten wir auf dem Dubai International Airport.

Es war sonnig, eine leichte Brise wehte, die Temperatur betrug keine 30 Grad und während wir über die Landebahn zum Terminal rollten, hatte ich mich wieder einigermaßen gefasst und konnte darüber nachdenken, was mit mir geschehen war. Ich wollte Matt anrufen und ihm sagen, was ich getan hatte. Ich wollte, dass er für mich betete. Es gab so viele Fragen, die ich ihm stellen wollte. Aber zuerst musste ich mit Yael sprechen. Nicht über meinen neu gefundenen Glauben, noch nicht. Ich wollte einfach nur kein böses Blut mehr zwischen uns. Was auch immer ich falsch gemacht hatte, ich wollte mich bei ihr entschuldigen und tun, was ich konnte, um es wiedergutzumachen. Es lag auf der Hand, sie hegte keine tiefen Gefühle für mich. Das fand ich schlimmer, als ich es mir, geschweige denn ihr, eingestehen wollte, aber ich wollte auch keine große Sache daraus machen. Eigentlich wollte ich nur einen Flug nach Saint Thomas buchen und mich in aller Freundschaft von ihr verabschieden.

Ich ignorierte also das Lämpchen, das signalisierte, wir sollten angeschnallt bleiben, und setzte mich auf den Platz neben ihr. Sie hatte gerade ihren Laptop aufgehoben und verstaute ihn in der Aktentasche. Bevor es mir gelang, die Unterhaltung in Gang zu setzen, klingelte ihr Satellitentelefon. Sie nahm das Gespräch entgegen und reichte mir den Hörer. Sie wirkte überrascht.

»Sag nicht, Ari hat es sich anders überlegt.«

»Nicht ganz.«

»Dann will er mich wohl feuern«, witzelte ich. »Muss er gar nicht, ich gehe freiwillig.«

Sie schüttelte den Kopf. »Psst. Es ist nicht Ari, es ist der Premierminister.«

Einen Augenblick später telefonierte ich mit Yuval Eitan, dem neuen israelischen Premierminister.

»Mr. Collins«, meinte der Premierminister. »Wie ich höre, haben wir ein Problem.«

»Dem ist wohl so«, erwiderte ich. »Es tut mir leid, dass Sie damit behelligt wurden.«

»Nun, ich bin nicht sicher, wie Sie die Sachen in Washington handhaben, aber bei uns bezieht der Direktor des Mossad den PM mit ein, wenn … nun ja, das Schicksal eines Vertrags mit einem unserer größeren sunnitisch-arabischen Nachbarstaaten auf dem Spiel steht.«

»Ja, das ergibt Sinn«, sagte ich. Ich wusste nicht, was ich sonst erwidern sollte.

»Ari erzählte mir, Sie beide seien heute Morgen diesbezüglich heftig aneinandergeraten.«

»Ich fürchte, das trifft zu.«

»Sie haben ihn wohl ganz schön angeschrien.«

»In der Tat, Sir. Ich bestand darauf, er möge Sie und Präsident Mahfouz miteinander sprechen lassen, so bald wie möglich.«

»Über was genau?«

»Schauen Sie, Sir«, erklärte ich. »Ich mache das alles nur aus einem Grund. Ich will kein Geld, ich will keine mediale Aufmerksamkeit, noch nicht einmal Rache. Ich will nur Gerechtigkeit. Ich will, dass der Mann, der meine Familie ermordet hat, gestoppt wird, bevor er weiteres Leid verursacht. Ich will, dass dieses Monster, das im Begriff steht, einen Genozid zu begehen, ein für alle Mal aufgehalten wird. Ich dachte, Sie könnten mir dabei helfen, und fand, ich hätte etwas Einzigartiges beizutragen. Ari stimmte mir zu und ließ mich dem Mossad beitreten. Daher habe ich mich mit meinem Wissen, das einen großen Vorsprung für Sie bedeuten kann, einbringen wollen. Ich verfolge eine handfeste Spur. Aber das setzt voraus, dass Ihr Team sich Präsident Mahfouz erklärt, und offenbar sind Sie der Einzige, der das autorisieren kann. Ari ist strikt dagegen. In diesem Punkt konnten wir keine Einigung erzielen.«

»Und jetzt?«

»Das müssen Sie entscheiden, Sir. Ich werde nach Hause fliegen.«

»Es sei denn, ich entscheide was?«

»Verzeihung, Sir?«

»Sie haben schon richtig verstanden. Sagen Sie es frei heraus. Was wollen Sie?«

Ich schwieg einen Augenblick, die Frage überrumpelte mich.

»Ari hat es Ihnen nicht gesagt?«, wollte ich schließlich wissen.

»Ich will es direkt von Ihnen hören«, gab Eitan zurück.

Ich dachte kurz darüber nach. Ein berechtigter Wunsch. Unerwartet, aber berechtigt.

»Also gut, Herr Premierminister. Sie müssen Mahfouz direkt anrufen. Und zwar sofort. Sie müssen ihm mitteilen, wie und warum ich mit Ihnen in Verbindung stehe. Sie müssen es eindeutig auf den Punkt bringen: Ich kam zu Ihnen, Sie haben mich nicht rekrutiert. Ich arbeite nicht für Sie, Sie sind also nicht weisungsbefugt mir gegenüber. Aber ich will das Gleiche, was Sie wollen und was er will. Der Grund Ihres Anrufs ist, dass Sie mit ihm kooperieren wollen, um gemeinsam mit seinen Leuten Abu Khalif zu ergreifen, bevor dieser weiteren Schaden anrichtet. Erwähnen Sie, dass er im Besitz der Informationen ist, die zur Ergreifung der Baqouba-Brüder führen könnten. Und dass man Ihnen gesagt hat, er habe angeboten, uns diese Informationen zu überlassen, solange man ihm mitteilt, von wem sie benutzt werden. Versichern Sie ihm, dass Sie nichts unversucht lassen werden, um auf die Ergreifung der Baqouba-Brüder und Abu Khalifs hinzuwirken.«

»Das ist alles?«

»Das ist alles.«

»Ein recht risikoreicher Vorschlag, Mr. Collins, wenn man bedenkt, dass Kairo uns seit den Geschehnissen in Amman ausgesprochen kühl behandelt.«

»Nein, Sir«, entgegnete ich. »Bei allem Respekt, angesichts der hochvolatilen Lage sollten wir solche Skrupel hinter uns lassen. Präsident Mahfouz hat sich mir gegenüber klar ausgedrückt: Sie sind nicht Ägyptens Problem, nicht Sie bedrohen die ägyptische Art zu leben. Abu Khalif tut das. Die Ayatollahs ebenfalls. Er glaubt, dass die nächste arabische Stadt, die der IS und der Iran angreifen werden, Kairo sein wird. Das hat er mir selbst gesagt. Er ließ das übrigens auch meine Regierung in Washington wissen und wollte das Weiße Haus zu einer Zusammenarbeit bewegen. Er hat in den letzten Tagen sogar die *New York Times* als Sprachrohr benutzt, um den richtigen Leuten seine Botschaft zukommen zu lassen. Aber das Weiße Haus will das alles gar nicht hören, Präsident Taylor ist davon überzeugt, alles unternommen zu haben, was nötig ist. Er will keine weiteren Risiken eingehen. Ganz sicher wird er nicht in Syrien einmarschieren, um Abu Khalif aufzutreiben und festzusetzen. Er glaubt einfach nicht, dass es sich lohnt, für ihn ein solches Risiko einzugehen.«

»Und Sie glauben, dass uns das einen einmaligen Vorteil verschafft?«, hakte Eitan nach.

»In der Tat. Tun Sie das, was Präsident Taylor nicht tun will. Gehen Sie den ersten Schritt. Rufen Sie Mahfouz an und erweisen Sie ihm Ihren Respekt. Verdeutlichen Sie ihm, dass Sie sein Partner sein wollen. Bieten Sie ihm eine Zusammenarbeit im Rahmen einer groß angelegten Operation an, die Ihre beiden Länder sicherer machen wird. Und tun Sie es gleich, weil diese Gelegenheit sonst verstreicht.«

Daraufhin herrschte Schweigen am anderen Ende der Leitung.

Ich war versucht weiterzureden, ihn zu drängen und das Geschäft gleich hier und jetzt mit Argumenten zu besiegeln, aber etwas hielt mich davon ab. Stattdessen wartete ich.

Und wartete.

Schließlich ergriff der Premierminister wieder das Wort.

»Nun gut, Mr. Collins, ich werde Mahfouz anrufen. Unter einer Bedingung.«

»Und die wäre, Sir?«

»Dass Sie dabeibleiben und uns auf diesem Weg bis zum Ende begleiten.«

78

»Also, was sagst du dazu?«, fragte ich Yael, nachdem ich sie über den Inhalt des Gesprächs informiert hatte.

»Warum fragst du mich das?«

Das Flugzeug war ans Terminal gerollt und hatte angehalten.

»Ich lege Wert auf deine Meinung.«

»Nun, deine eigene Meinung darzulegen scheint dir zumindest nicht schwerzufallen«, sagte sie und stand im gleichen Augenblick auf, in dem das Lichtsignal zum Anschnallen erlosch. Sie zog ihren Koffer unter dem Sitz hervor.

Ich starrte sie verblüfft an. »Geht es um den Job beim Premierminister?«

»Was ist damit?«, fragte sie kurz angebunden.

»Du hattest mich gefragt, was du tun sollst. Ich riet dir anzunehmen. War das etwa falsch?«

»Nein. Hol deine Sachen, wir müssen los.«

»Yael, jetzt komm schon, was in aller Welt ist eigentlich los?«

»Nicht der richtige Zeitpunkt, J. B.«

»Du hast damit angefangen.«

»War ein Fehler.«

In diesem Augenblick öffnete sich die Tür zum Cockpit. Die Piloten stellten sich vor und ich erfuhr zu meiner Überraschung, dass unser Jet vom Chef des Mossad in Dubai und seinem Stellvertreter geflogen worden war. Sie hatten Befehl erhalten, uns durch die Kontrollen zu begleiten und zum Hotel zu bringen, um anschließend einen Kontakt zum Direktor des Geheimdienstes der Emirate herzustellen. Dafür mussten wir uns bloß umziehen, neue Identitäten annehmen und ihnen folgen.

Zehn Minuten später verließen wir das Flugzeug. Der Himmel war blau mit wenigen Zirruswolken. Ich trug einen 5000 Dollar teuren Anzug von Zegna, eine goldene Rolex, wunderbare, handgenähte italienische Lederschuhe und eine Sonnenbrille, die wahrscheinlich mehr gekostet hatte als mein erstes Auto. Man hatte mir eine arabische – genauer gesagt: eine sunnitische – Tarnidentität verliehen, die eines sehr erfolgreichen Geschäftsführers einer britischen Hotelkette. Ich kam ins Land, um Freunde zu besuchen. Das Ganze erschien mir recht unplausibel. Fast hätte ich den beiden Mossad-Agenten ins Gesicht gelacht, als sie mir alles erläuterten. Doch der Büroleiter, der sich selbst Ali nannte, bestand darauf, dass es einen Grund geben müsse, wieso wir an Bord eines Learjets in die Emirate gereist seien. Nachdem wir durch die Einreise- und Passkontrollen geschleust worden seien, könnten wir das Image für den Rest unseres Aufenthalts wieder ablegen. Fürs Erste sei ich eben ein arabischer Geschäftsmann und Yael meine Frau.

Yael erhielt eine schwarze *abaya* aus Seide, das traditionelle, bodenlange Gewand, das Frauen in der Golfregion trugen, sowie einen schwarzen *niqab*, den Schleier, der ihren Kopf und auch das Gesicht bis auf einen schmalen Sichtschlitz um die Augen herum verhüllte. Es war die einzige Möglichkeit, kein Aufsehen zu erregen, darauf bestanden die beiden. Die Narben in ihrem Gesicht und auch der Gips, den sie nach wie vor am linken Arm trug, hätten sonst zu viele Fragen aufgeworfen. Während Yael kein Problem damit hatte, war es mir unangenehm. Trotzdem, wir hatten kein Vetorecht. So ging es also in diesem Aufzug die Gangway hinunter aufs Flugfeld.

Die Piloten regelten sämtlichen Papierkram mit den Behörden. Mein Job bestand darin, ständig auf die Uhr zu sehen, genervt zu wirken und meine Frau nicht im Geringsten zu beachten, die stets ein paar Schritte hinter mir zu bleiben hatte.

Ali hatte recht. Wie durch Zauberhand lief alles wie am Schnürchen.

Kaum hatten wir die Kontrollen durchlaufen und den Flughafen verlassen, hielten vor uns ein silberner Rolls-Royce und ein schwarzer Toyota Land Cruiser. Aus dem

SUV sprangen mehrere Assistenten, um sich unseres Gepäcks und der persönlichen Besitztümer anzunehmen. Der Chauffeur des Rolls öffnete für mich und Yael die Hecktür, die Piloten bestiegen den SUV, der uns folgen sollte. Nach weniger als einer Viertelstunde erreichten wir das Burj Al Arab Jumeirah – das schönste Hotel, das ich je gesehen, geschweige denn bewohnt hatte.

Es lag auf einer künstlichen Insel im Persischen Golf und gehörte zu den zehn höchsten Hotels der Welt. Man hatte es dem Segel einer Jacht nachempfunden und unsere doppelstöckigen Zimmer mit einem Blick über die Stadt Dubai befanden sich in der 24. Etage. Aber wir hatten keine Zeit, die Unterkunft und ihre Annehmlichkeiten zu genießen. Ich hatte das Gespräch mit dem Premierminister im Flugzeug kaum beendet, da hatte ich auch schon eine E-Mail an die private Adresse seiner Königlichen Hoheit, des Prinzen Mohammed bin Zayid abgesetzt, Chef des Geheimdienstes der Vereinigten Arabischen Emirate und Nummer drei auf Khachigians Liste. Wie ich es auch bei Walid Hussam getan hatte, umriss ich in knappen Worten meine Verbindung zum ehemaligen CIA-Direktor und klärte ihn über den Inhalt des Briefs auf, den dieser mir hinterlassen hatte.

Als wir im Burj Al Arab eincheckten, hatte er bereits mit einer Einladung für neun Uhr abends ins Al Muntaha, ein Restaurant auf der 26. Etage des Hotels, geantwortet. Damit blieben uns etwas mehr als vier Stunden zur Vorbereitung. Wir taten unser Bestes, um die Zeit sinnvoll zu nutzen.

Zunächst schickte ich eine SMS an die Nummer von Paul Pritchard. Er war ein ehemaliger CIA-Agent und der erste Name, den Khachigian mir genannt hatte. Nach allen Informationen, die mir vorlagen, schien er tot zu sein. Allerdings glaubte ich nicht recht daran. Khachigian schickte mich sicher nicht zu einer Leiche, sondern zu einem Vertrauten. Der Mann lebte, die Frage war eher, ob er auf meine Nachricht antwortete oder sich gar aus seinem Versteck wagte, um sich mit mir zu treffen.

Yael schob mir ihren Laptop hin und wies mich an, ein Dossier über den IS zu lesen, dessen Umfang 43 Seiten betrug und das sie gerade dechiffriert hatte. Ihr Team in Ramat David hatte es zusammengestellt, Trotzki hatte es geschrieben und über Nacht aktualisiert. Der erste Teil beinhaltete eine Aufstellung aller Anschläge des IS in den letzten Tagen:

Drei Autobomben in Bagdad: 129 Tote, 53 Verletzte
Angriff auf eine chemische Fabrik in Ägypten: über 600 Tote, mehr als 1000 Verletzte und 10.000 Evakuierte
Selbstmordattentat auf eine koptische Kirche in Alexandria: 46 Tote, 78 Verletzte
Selbstmordattentat auf eine katholische Schule in Luxor, Ägypten: 21 Tote, 35 Verletzte
Selbstmordattentate auf zwei koptische Kirchen in Kairo: 64 Tote, 212 Verletzte
Anschläge mit Autobomben auf zwei Krankenhäuser im Jemen: 113 Tote, 301 Verletzte

Und – ganz aktuell:

Raketenangriff in der Nähe des Heliopolis-Präsidentenpalasts in Kairo: 6 Tote, einschließlich der beiden Audifahrer.

Was mir direkt auffiel, war, dass die Frequenz der Anschläge zunahm. Der zweite Abschnitt des Dossiers enthielt eine Grafik, in der auf Monatsbasis die Anzahl der IS-Anschläge des gesamten letzten Jahres festgehalten wurde. Im letzten Februar hatte es ›nur‹ 60 Anschläge des IS außerhalb des Irak und Syriens gegeben, in der Summe 416 Tote und 704 Verletzte. Doch in diesem Februar, entnahm ich der Statistik, hatte es mehr als 200 Angriffe gegeben, einschließlich derer in den Vereinigten Staaten, unter dem Strich mehr als 9000 Tote und mehr als 15.000 Verletzte. Eindeutig hatte der IS die Frequenz der Anschläge erhöht – und damit auch die Dringlichkeit, dieses Monster aufzuhalten.

Die guten Nachrichten folgten im dritten Teil des Berichts. Er lieferte eine Zusammenfassung der im Monat Februar getöteten IS-Kämpfer, nach Ländern geordnet.

Irak: 3102 tote und 26 gefangen genommene Dschihadisten (alliierte Operationen zur Befreiung des Nordirak)
Syrien: 119 tote, keine gefangen genommenen Dschihadisten (alliierte Bombenangriffe an der syrischen Grenze zum Irak und Bodenoffensiven im nördlichen Flachland Syriens)
Jemen: 403 tote, 33 gefangen genommene Dschihadisten (saudische Offensive)
Ägypten: 104 tote, 23 gefangen genommene Dschihadisten (ägyptische Kampagne gegen den IS auf der Sinaihalbinsel und Razzien gegen Schläferzellen des IS in mehreren ägyptischen Großstädten)
Libyen: 63 tote, 2 gefangen genommene Dschihadisten

Jordanien: 25 tote, keine gefangen genommenen Dschihadisten

Die jordanischen Zahlen fielen geradezu schockierend gering aus, bis ich die Daten genauer analysierte und feststellte, dass die jordanischen Behörden bereits im Dezember und Januar mehr als 5000 IS-Kämpfer getötet und über 300 festgenommen hatten. Anfang Februar war der Krieg um die Rückeroberung Jordaniens so gut wie vorbei gewesen. Also reflektierte die geringe Anzahl der Fälle im Prinzip nur den erstaunlichen und raschen Erfolg des Königs, sein Land zu sichern, und zeugte nicht etwa von Versagen.

Der Rest des Dossiers enthielt Zusammenfassungen der jüngsten geheimdienstlichen Erkenntnisse, die sich aus Verhören der IS-Gefangenen, Material, das man ihren Smartphones und Computern entnommen hatte, und einer Übersicht über ihre ›persönlichen Wertgegenstände‹ speisten, nämlich allem, was sie bei ihrer Festnahme bei sich getragen hatten. Von Bordkarten ihrer Flüge über benutzte Busfahrkarten, über Rechnungen und Restaurantquittungen bis hin zu handschriftlichen Nachrichten ihrer Kollegen. Eine wahre Schatztruhe, wobei die schiere Menge an Informationen einen zu überfordern drohte und nicht alles einen Wert besaß.

Allein die Festnahmen der letzten drei Tage hatten eine 43 Seiten lange Liste generiert, und sie umfasste nicht mal nähere Details. In Ramat David füllten Verhöraufzeichnungen ganze Festplatten. Tausende von Stunden, Zehntausende Seiten Transkripte, Telefonmitschnitte, abgefangene E-Mails und Textnachrichten, Berichte von Agenten und anderen Quellen, Satellitenfotos,

Drohnenbilder und so weiter und so fort. Alles musste sorgfältig katalogisiert, untersucht und gekennzeichnet, dann analysiert und untersucht werden. Schließlich musste man es archivieren, um es jederzeit wiederfinden und mit neuerem Material abgleichen zu können. Und mit jeder Stunde wurde es mehr.

Es gab nur ein Problem: So hilfreich das alles sein mochte, nichts davon lieferte uns einen einzigen brauchbaren Hinweis, wo sich die Baqouba-Brüder oder Abu Khalif versteckten.

79

Der Blick aus der 26. Etage war spektakulär.

Ich traf etwas zu früh im Restaurant ein, musste jedoch nicht warten. Der Maître brachte mich sofort in ein Privatzimmer im hinteren Teil. Vor der Tür saßen zwei Sicherheitsleute in schlichten Anzügen. Sie tasteten mich ab und überprüften meinen Ausweis, dann funkten sie ein paar Agenten drinnen an, die mich prompt hereinließen.

Der Raum war beinahe vollkommen verglast, nur die Wand mit der eingelassenen Tür nicht. Die nächtlichen Lichter von Dubai boten einen fantastischen Anblick.

Prinz Mohammed bin Zayid trug frische, weiße Leinengewänder, seine *gutra*, das Kopftuch, wurde von einer dicken schwarzen Kordel, dem *agal*, gehalten. Er erhob sich rasch und begrüßte mich herzlich, aber er war nicht allein. Ein großer, durchtrainierter Mann stand direkt neben ihm. Ich fragte mich gerade, ob es sich um einen weiteren Bodyguard handelte, da stellte er sich bereits vor.

»Paul Pritchard.« Er hielt mir die Hand hin.

Zu sagen, ich hätte verblüfft reagiert, wäre eine gewaltige Untertreibung gewesen. Paul Pritchard lebte also nicht nur, sondern er und der Prinz waren gemeinsam zu diesem Treffen erschienen. Es handelte sich also um Freunde, wahrscheinlich sogar Verbündete und mit großer Sicherheit auch Geschäftspartner.

Das versprach ein interessanter Abend zu werden.

Ich setzte mich und rückte meine Brille zurecht. Es handelte sich nicht um die, die ich sonst trug. Bevor ich aufgebrochen war, hatte Yael mich erneut darum gebeten, eine Wanze zu tragen. Ich hatte mich geweigert. Aber Yael bestand darauf. Die Lage sei zu heikel, als dass ihr Team sich rein auf mein Gedächtnis verlassen könne. Sie sagte, sie müsse das komplette Gespräch hören, aufzeichnen, transkribieren und analysieren können, Silbe für Silbe. Ich lehnte das vehement ab, denn das Risiko, dass ich aufflog, erschien mir viel zu hoch. Prinz bin Zayid war wohl kaum ein Amateur. Der Mann galt als Topspion in der Golfregion und verfügte unter Garantie über eine Horde von Leibwächtern, die mich gewissenhaft durchsuchten. Dabei würden sie unweigerlich auf die Wanze stoßen und das Ganze endete, bevor wir überhaupt angefangen hatten.

Am Ende schlug der Leiter der hiesigen Mossad-Niederlassung einen Kompromiss vor. Er zog aus seiner Aktentasche eine Brille, die fast genau wie meine aussah. Im Rahmen waren sowohl ein hochsensibles Mikrofon als auch ein kleiner Transmitter eingebaut, die eine verschlüsselte Audioübertragung gewährleisteten, und zwar über eine halbe Meile hinweg. Die Gläser selbst hatten zwar nicht ganz meine Stärke, wie er eingestand, aber es würde schon irgendwie gehen. Ich war von seiner

Kreativität und Voraussicht beeindruckt und erklärte mich bereit, die Brille zu tragen. Damit war der Streit vom Tisch.

Auch wenn er rund zehn Jahre jünger war als Paul Pritchard, dominierte Prinz Mohammed bin Zayid den Raum, nicht nur wegen des Amts, das er innehatte, sondern allein durch seine Persönlichkeit. Ich schätzte ihn nicht als arrogant ein, doch ihm haftete definitiv etwas Befehlsgewohntes an. Wenn er jemanden bat, sich zu setzen, folgte man der Aufforderung sofort. Wenn er Fragen stellte, dann beantwortete man sie, und gab er eine Antwort, glaubte man ihm jedes Wort. Ihn umgab eine Aura von Autorität, die völlig ohne Übertreibung oder Theatralik auskam. Ich hatte das Gefühl, ihm vertrauen zu können.

Wie ich war der Prinz Anfang 40. Im Gegensatz zu mir war er allerdings mehrfacher Milliardär und Mitglied einer königlichen Familie, die auf einem Ozean voller Öl hockte. Selbst wenn die Preise an den Rohstoffmärkten ins Bodenlose abstürzten, würde er immer noch reicher sein, als ich es mir überhaupt vorstellen konnte. Er rangierte in der *Forbes*-Liste der reichsten Menschen der Welt ziemlich weit oben, obwohl er nie in seinem Leben gearbeitet hatte.

Obwohl mir all das bewusst war, entdeckte ich an seinem Verhalten nichts, das darauf hindeutete, dass ihn materielle Dinge interessierten. Zugegeben, er saß im teuersten Restaurant des teuersten Hotels der Welt, aber er wirkte dabei weder aufgeblasen noch distanziert. Er hatte einen festen Händedruck und einen scharfen, wachen Blick, in dem eine Intelligenz aufblitzte, die mich sowohl beeindruckte als auch einschüchterte. Ein junger Kellner kam herangeeilt. Der Prinz bestellte keine Rarität aus dem

Weinkeller, keinen Champagner, überhaupt keinen Alkohol. Stattdessen bat er um eine Cola Zero mit viel Eis. Als es ans Essen ging, entschied er sich für einen schlichten Gartensalat. Pritchard dagegen orderte Ravioli gefüllt mit Königskrebsen und Ratatouille, dazu ein 200 Gramm schweres Wagyu-Steak medium und ein Glas Hauswein, einen Cabernet Sauvignon. Ich begnügte mich mit einem Salat und einer Schüssel Hummercremesuppe.

Obwohl Pritchard sich ein üppiges Dinner gönnte, schlüpfte er nicht in die Rolle des modernen, im Jetset bewanderten Geschäftsmannes. Er trug weder Zegna noch Armani, überhaupt keinen Designeranzug, sondern lediglich ein frisch gestärktes, hellblaues Hemd unter einem marineblauen Blazer und eine Freizeithose von Dockers. Seine strumpflosen Füße steckten in Mokassins. Er war an den Schläfen bereits ergraut, glatt rasiert und schlank. Dabei wirkte er, als könnte er durchaus mit einer Waffe umgehen oder sich im Nahkampf erfolgreich zur Wehr setzen.

Ich hatte Fragen an ihn. Sehr viele Fragen. Aber fürs Erste würden sie warten müssen.

Der Prinz sprach mir sein Beileid zum Tod meiner Mutter und meines Neffen aus. Dann erkundigte er sich nach Details zu Khachigians Tod, wollte wissen, woher wir uns kannten und wie der IS nach meiner Einschätzung mitbekommen hatte, dass Khachigian ihren erbeuteten chemischen Waffen auf die Schliche gekommen war. Eine sachliche, sehr entspannte Konversation. Ich war ihm dankbar für das an den Tag gelegte Interesse.

Gleichzeitig war mir bewusst, dass der Prinz mich auf die Probe stellte. Er wollte herausfinden, ob ich ihm in jeder Hinsicht die Wahrheit erzählte. Ich fühlte mich in meiner Entscheidung bestätigt, eine Tarnidentität benutzt zu haben, um ins Land einzureisen. Sicher wusste er als Chef des Geheimdienstes darüber Bescheid, aber falls es ihn störte, zeigte er es nicht.

Unsere Mahlzeiten kamen. Nur Pritchard schien sich für die Speisen zu interessieren. Der Prinz und ich unterhielten uns weiter. Er selbst stocherte in seinem Salat herum und aß kaum etwas, ich rührte meine Suppe ebenfalls kaum an. Nach einiger Zeit glaubte ich seinen Test bestanden zu haben.

Als der Kellner schließlich unsere Teller abräumte und den Kaffee brachte, wechselten wir vom Tisch zu einigen Ledersesseln, die an einem Fenster mit Aussicht aufs Meer standen. Als ich eine Bemerkung über die Schönheit des Persischen Golfs machte und wie wundervoll er besonders nachts aus dieser Höhe wirkte, korrigierte mich der Prinz freundlich, dass es sich um den Arabischen Golf handele. »Bitte vergessen Sie das nicht.«

Ich entschuldigte mich eilig für meinen Fauxpas.

Als das Gespräch schließlich zum Kernthema vorstieß, stellte ich selbst eine Frage in den Raum: »Sie beide wissen es also?«

»Wo Abu Khalif sich aufhält?«

»Was sonst?«

»Nein, das wissen wir nicht mit Sicherheit.«

Ich nippte an meinem Kaffee. »Aber Sie müssen doch eine Ahnung haben. Ich selbst glaube, Mossul können wir ausschließen. Die Alliierten haben jede einzelne Straße durchkämmt, Haus für Haus. Und auch Rakka kommt eher nicht in Frage. Es wurde in den letzten beiden Monaten ebenfalls gründlich durchsucht und ist nicht mal besonders groß.«

»Er hat sich zumindest in Rakka aufgehalten«, widersprach der Prinz. »Uns wurden mehrfache Sichtungen zugetragen, ebenso wie den Ägyptern. Aber nein, wir halten es auch für unwahrscheinlich, dass er sich aktuell dort aufhält.«

»Wo ist er dann?«

Bin Zayid antwortete nicht. Stattdessen wandte er sich an Pritchard, der mich auf den Boden der Tatsachen zurückholte.

»Wir vermuten, dass er sich derzeit bei Frau und Kindern aufhält«, erläuterte der ehemalige Chef des CIA-Büros in Damaskus. »Wenn wir sie finden, haben wir ihn.«

»Sekunde mal ... Wovon reden Sie da?«, fragte ich verblüfft. »Abu Khalif ist verheiratet?«

»Ich habe es selbst erst vor einigen Tagen erfahren.« Meine Reaktion schien den Prinzen zu amüsieren.

»Ich hatte ja keine Ahnung.«

»Willkommen im Club«, meinte Pritchard. »Wie sich herausstellte, hat er vier Frauen und sieben Kinder.«

»Woher wissen Sie das? Wie haben Sie es herausgefunden?«

»In den letzten Jahren hat die Firma, für die ich tätig bin, eng mit dem Prinzen kooperiert, um die Vereinigten Arabischen Emirate vor Terrorismus zu schützen; seien es nun der IS, der Iran oder andere elementare Bedrohungen«, erläuterte Pritchard. »Letzte Woche haben wir die Spur einer IS-Zelle aufgenommen, die von Abu Dhabi aus operiert. Das haben wir dem Prinzen mitgeteilt. Wie Sie sich vorstellen können, reagierte die Regierung enorm beunruhigt.«

Das konnte ich mir in der Tat vorstellen. Abu Dhabi, eine Metropole mit anderthalb Millionen Einwohnern, war die Hauptstadt der Emirate und galt als einer der sichersten Orte in der Region. Sie war bisher so gut wie unbehelligt von jener Art Terrorismus geblieben, die sich anderenorts ausbreitete wie eine Heuschreckenplage.

Der Prinz nahm den Faden wieder auf. »Sobald Paul mir die Details erörtert hatte, befahl ich unseren Spezialeinheiten, in Aktion zu treten. Es wurde ziemlich hässlich, ein neunstündiges Feuergefecht entwickelte sich. Alle fünf Dschihadisten wurden getötet, auch wir verloren zwei Offiziere.«

»Das tut mir sehr leid.«

»Mir auch. Es waren gute Männer, klug und erfahren. Ein schwerwiegender Verlust. Das Versteck selbst erwies sich dafür als Goldmine. Die Zelle bestand aus vier Saudis und einem Syrer. Sie lebten gemeinsam in einem kleinen Apartment, wenige Straßen von der Scheich-Zayid-Moschee entfernt. Die Saudis waren, wie sich herausstellte, die Leibwächter des Syrers.«

»Und wer war dieser Syrer?«

»Ein Helfer von Abu Khalif, ziemlich weit oben in der Rangliste seiner Kommandanten angesiedelt. Wir haben seinen Laptop sichergestellt. Kaum war die Festplatte entschlüsselt, entdeckten wir, dass der Mann direkt einem der Baqouba-Brüder, Faisal, unterstellt war. Aber genau genommen arbeitete er als eine Art Kurier für Khalif. Nicht nur das, er übermittelte Botschaften zwischen Khalif und seinen Frauen. Entsprechend hatte er einen guten Ruf und man vertraute ihm. Auf dem Datenträger stießen wir auch auf Teile der Korrespondenz zwischen Khalif und seinen Frauen, alles aus den letzten paar Jahren. Selbst einige digitale Fotos der Kinder, Namen und Geburtsdaten fanden sich. Ein echter Coup. Anfangs verstanden wir gar nicht, was wir da entdeckt hatten. Wie schon gesagt, wir wussten ja gar nicht, dass er verheiratet war. Je länger wir uns damit beschäftigten, desto klarer wurde es.«

In der nächsten Stunde informierten mich bin Zayid und Pritchard über alles, was sie selbst erst seit einigen Tagen wussten. Es fing mit den Namen der vier Ehefrauen an – Aisha, Fatima, Alia und Hanan – und ihren Lebensläufen.

»Es gibt da ein interessantes Detail zu Aisha: Sie ist unfruchtbar«, erläuterte Pritchard. »Uns liegen entsprechende medizinische Gutachten vor. Sie wurde mehrere Jahre lang behandelt, schien jedoch nie in der Lage zu sein, Khalif Kinder zu gebären. Und doch hat er sich nie von ihr getrennt.«

»Das ist in der Tat interessant«, stellte ich fest. »Er liebt sie offenbar.«

»Das nehme ich ebenfalls an. Und das ist auch einer der Gründe, weshalb ich denke, dass sie bei ihm ist. Die Saudis bestehen darauf, dass sie sich nicht im Königreich aufhält. Reiseunterlagen belegen, dass sie vor vier Monaten nach Islamabad flog, dann von Pakistan aus nach Zentralasien. Im Anschluss verliert sich die Spur.«

»Vor vier Monaten, sagen Sie?«

»Ja.«

»Das muss um die Zeit herum gewesen sein, in der Khalifs Leute seinen Ausbruch aus Abu Ghraib planten.«

»Genau«, meldete sich der Prinz zu Wort. »Ich vermute, dass man sie in Sicherheit brachte, und zwar an einen Ort, an dem er sie nach dem Ausbruch treffen oder sogar mit ihr leben konnte.«

»Was ist mit den anderen Frauen?«, wollte ich wissen.

Pritchard berichtete, dass Fatima, mit 27 beinahe zehn Jahre jünger als Khalifs erste Frau, einen Jungen und zwei

Mädchen zur Welt gebracht hatte. Die erst 21-jährige Alia war die Mutter von zwei weiteren Söhnen und einer Tochter. »Wir glauben, dass Alia die Frau ist, die Khalif am meisten schätzt.«

»Nicht seine erste Frau Aisha?« Ich war verblüfft.

»Nein.«

»Was macht Sie da so sicher?«

»Mit ihr korrespondierte er am häufigsten. Die Sprache ist blumig, leidenschaftlich, gespickt mit Poesie, während die Briefe und Notizen an die anderen Frauen sich eher um Neuigkeiten drehen, pragmatischer und weniger romantisch formuliert sind.«

Die letzte der vier Ehefrauen war Hanan, eine Palästinenserin und entfernte Cousine Khalifs. Hanan hatte den Anführer des IS-Emirs vor drei Jahren geheiratet, im Alter von gerade mal 14. Jetzt war sie 17 und Mutter eines zweijährigen Knaben.

Bin Zayid schilderte mir, dass Hanans Eltern, die in einem Vorort von Dubai lebten, am heutigen Morgen festgenommen und von den Mitarbeitern des Prinzen verhört worden seien. Sie bestanden darauf, keine Ahnung zu haben, wo ihre Tochter sich aufhielt. Sie sagten aus, nicht bei der Hochzeit zugegen gewesen zu sein, und schworen Stein und Bein, nie ihren Segen erteilt zu haben, dass Khalif ihre Tochter heirate. Tatsächlich hätten sowohl Vater als auch Mutter bei den getrennten Befragungen Khalif und den IS massiv verurteilt.

»Glauben Sie ihnen?«

»Ich bin mir noch nicht sicher«, gestand der Prinz. »Wir haben gerade erst begonnen. Fragen Sie mich in ein paar Tagen noch mal.«

»Was ergab die Hausdurchsuchung?«

»Nichts, das die Eltern direkt mit Khalif oder den Baqouba-Brüdern in Verbindung bringt. Wir sind allerdings noch nicht fertig.«

»Okay, das klingt unter dem Strich nach einem wichtigen Durchbruch«, fand ich. »Abu Khalif hat also vier Ehefrauen und mindestens sieben Kinder, von denen wir wissen, sehe ich das richtig?«

»Richtig«, bestätigte Pritchard. »Vier Jungen und drei Mädchen im Alter von zwei bis zwölf. Der Korrespondenz nach zu urteilen, scheint er die Kinder sehr zu lieben. Er erinnert sich an jeden Geburtstag, lässt durch den Kurier Geschenke und Bargeld übermitteln. Und er schreibt ihnen ständig, wie sehr er sie vermisst und dass er sie gern in seiner Nähe hätte.«

»Also verhält es sich, wie Sie sagten: Wenn wir sie finden, finden wir auch ihn.«

»Genau.«

Das ergab alles Sinn, aber meine Gedanken überschlugen sich.

»Wie kommt es, dass es vorher niemand herausgefunden hat? Hochzeiten, Kinder? Wie enthält man so etwas den besten Geheimdiensten der Welt vor?«

»Gute Frage«, sagte Pritchard. »Schmerzhaft, aber fair. Offen gesagt lautet die erstbeste Antwort, die mir einfällt: keine Ahnung. Wir haben es schlicht übersehen, jeder hat es übersehen. Das geht eindeutig auf unsere Kappe. Auf meine. Aber nach näherem Nachdenken lautet die Antwort: Der Mann lebt im Untergrund. Ich meine, bevor Ihre Reportagen über Jamal Ramzi und Khalif erschienen, wussten wir kaum etwas über sie. Es gab größere Fische, die wir uns angeln wollten: bin Laden, Zawahiri, Chalid Scheich Mohammed, Al-Zarkawi und so weiter.

Khalif und Ramzi haben sich erst nach oben gekämpft. Wir wussten prinzipiell über sie Bescheid, aber solange niemand einen Scheinwerfer auf sie richtete – und sie es zuließen –, segelten sie quasi unter dem Radar. So haben sie sich durchgekämpft und sind auf der rutschigen Karriereleiter des islamistischen Dschihads ganz nach oben geklettert. Sie wollten nicht, dass ihre Namen in der Zeitung standen, vermieden es bewusst, die Aufmerksamkeit ausländischer Geheimdienste auf sich zu lenken. Weil sie genau wussten, dass es die eigene Lebensspanne akut verkürzt.«

»Trotzdem nahmen die Irakis Khalif gefangen«, sagte ich. »Sie erkannten, dass er eine Bedrohung darstellte, und machten gezielt Jagd auf ihn. Sie schnappten ihn und steckten ihn ins Gefängnis.«

Der Prinz winkte ab. »Ich habe mit den Irakis nach dem Erscheinen Ihrer Reportage darüber gesprochen. Sie meinten, Abu Khalif sei Ihnen im Rahmen einer Razzia in die Hände gefallen, bei der es eigentlich um andere Personen ging. Er befand sich eher zufällig zur falschen Zeit am richtigen Ort. Man sei gar nicht hinter ihm her gewesen. Anfangs ahnte man nichts von seiner Bedeutung. Offenbar änderte sich das erst im Zuge weiterer Ermittlungen. Die Irakis behaupten, zum Zeitpunkt der Festnahme nicht mal eine Akte über ihn angelegt zu haben. Purer Zufall also. Bei den Verhören bekamen sie nichts aus ihm heraus, erst Ihnen hat er sich im Rahmen des Interviews geöffnet. Niemand wusste, wer er war oder mit wem er zusammenarbeitete. Auch über seine Familienverhältnisse wurde nichts bekannt.«

Ich lehnte mich zurück und dachte nach. Elf neue Spuren, denen wir folgen konnten ... ein bedeutender

Fortschritt. Es reichte, wenn eine davon uns zu Khalif brachte.

Gleichzeitig war es ein Wettlauf mit der Zeit, denn es standen weitere Anschläge im Raum, die jederzeit erfolgen konnten.

80

Kurz vor Mitternacht kehrte ich in mein Hotelzimmer zurück.

An Schlaf war noch lange nicht zu denken. Yael und das hiesige Mossad-Team saßen am Esstisch der Suite und arbeiteten an den Laptops, um sie herum halb leere Teller, benutzte Gläser und Kaffeebecher. Ich wollte unbedingt mit ihnen über die Neuigkeiten sprechen, die ich erfahren hatte. Khalifs Ehefrauen und Kinder hielt ich für eine erstaunliche Entwicklung. Außerdem interessierte mich Yaels Meinung über das aggressive Vorgehen Prinz bin Zayids und seiner Leute bei der Jagd nach Khalif selbst. Sie hatte ja dank meiner Wanze alles mitgehört. Außerdem musste ich verarbeiten, was ich über Paul Pritchard erfahren hatte.

Zuallererst die Tatsache, dass Paul Pritchard quicklebendig war und immer noch inoffiziell für die CIA arbeitete. Ja, er war publikumswirksam von Khachigian ›gefeuert‹ worden, aber das, so hatte er mir anvertraut, sei nur geschehen, damit man ihn auf Missionen schicken konnte, die sich nicht zu offiziellen Regierungsstellen der USA zurückverfolgen ließen. Knapp ein Jahr hatte Pritchard dabei seine eigene Identität benutzt und die angebliche Entlassung als Vorteil ausgespielt: indem er vorgab, sich deswegen an der CIA rächen zu wollen.

Mehrere Dschihadistenführer in Syrien und im Irak überzeugte er mit der Behauptung, sich von den USA abgewandt zu haben und mit ihnen verbünden zu wollen. Als sich die Nützlichkeit dieses Narrativs erschöpfte, hatte Pritchard sein Ableben mittels einer fingierten Autobombe im Sudan inszeniert. Er unterzog sein Gesicht chirurgischen Korrekturen, änderte seinen Namen und siedelte sich in den Vereinigten Arabischen Emiraten an, eröffnete eine kleine Sicherheitsfirma und heuerte als Sicherheitsberater von Prinz bin Zayid an. Nur eine Handvoll Leute auf dem gesamten Planeten kannten seine wahre Identität. Robert Khachigian hatte dazugehört, ich nun ebenfalls.

Als besonders interessant empfand ich die Tatsache, dass Paul Pritchards richtiger Name William Sullivan lautete. Zu meiner Überraschung war er der Sohn von Lincoln Sullivan und der Vater von Steve Sullivan, meinen neuen Anwälten in Maine. Es stellte sich heraus, dass Khachigian die Familie seit Ewigkeiten kannte und William persönlich vor 25 Jahren für die CIA rekrutiert hatte.

Das erklärte im Nachhinein eine Passage in Khachigians Brief an mich, die ich bisher nicht durchschaut hatte: *Wie ich dich kenne, hast du dich sicher schon gefragt, was es mit Steves Vater – Links Sohn – auf sich hat. Das wird sich noch aufklären.* Ich hatte mich das tatsächlich gefragt, allerdings kam Khachigian innerhalb des Briefs nicht darauf zurück und ließ die Aussage im Raum stehen. Stattdessen war ich auf der Rückseite auf die Namen dreier Personen samt Kontaktdaten gestoßen, die ich aufsuchen sollte.

Erst jetzt ergab seine Formulierung einen Sinn.

Ich wollte über all das mit Yael und dem Team diskutieren, es gab nur ein Problem: Sie hatten weder Zeit noch Interesse an einem solchen Gespräch, weil sie ganz eigene Neuigkeiten beschäftigten.

»Der Premierminister hat Mahfouz angerufen«, platzte Yael heraus, kaum dass sie die Zimmertür hinter mir geschlossen und verriegelt hatte.

»Wann?« Ich setzte mich gegenüber von ihr an den Tisch.

»Er und Mahfouz haben vor ungefähr einer Stunde telefoniert. Ari hat uns eben darüber informiert.«

»Und?«

»Es hat geklappt.« Sie lehnte sich zurück. »Mahfouz wusste den Anruf Eitans sehr zu schätzen. Die beiden haben einen Informationsaustausch vereinbart, um Khalif zu schnappen. Bedingung ist, dass nichts davon nach außen dringt. Sonst platzt der Deal.«

»Ist doch super!«

»Da wäre noch etwas: Der Angriff in der Nähe des Palasts wurde nicht vom IS ausgeführt und galt auch nicht dir.«

»Wie bitte?«

»Mahfouz berichtete, dass seine Leute heute Nachmittag eine Zelle der Muslimbruderschaft ausgehoben haben, vier Männer und zwei Frauen. Man fand Waffen, die exakt mit denen übereinstimmen, die beim Anschlag verwendet wurden. Ihr Wagen entspricht einem der Fahrzeuge, die von den Überwachungskameras erfasst wurden. Einer der Verdächtigen hat bereits gestanden. Demnach galt der Angriff Walid Hussam. Er ließ einige Anführer der Bruderschaft festnehmen, als er noch Direktor des ägyptischen Geheimdienstes war. Mit dir hatte das Ganze nichts zu tun. Der Präsidentenpalast ist sich absolut sicher.«

Ich schloss die Augen und schickte ein stummes Dankgebet zum Himmel. Das erste, seit ich aus dem Flugzeug gestiegen war. Erneut überwältigte mich der Wunsch, Matt anzurufen.

Doch Yael war noch nicht fertig.

»Mahfouz hat keine Zeit verschwendet und direkt erste Erkenntnisse an uns weitergegeben.« Sie berichtete von einer Informantin der Ägypter in Doha, der Hauptstadt des Golfstaats Katar, knapp 225 Meilen westlich von unserem aktuellen Aufenthaltsort. Es handelte sich um die Schwester dreier IS-Dschihadisten, von denen einer bei einer Bank in Doha angestellt war. Es schien nur eine Tarnidentität zu sein, denn er nahm eine Schlüsselfunktion im Kuriersystem des IS ein. Dreimal in den letzten acht Monaten, so Yael, habe der Mann Video- und Audioaufzeichnungen von Khalif in dessen Auftrag an Al Jazeera weitergeleitet.

»Warum schnappen sie sich den Kerl nicht einfach?«, wollte ich wissen. »Man sollte ihn verhören, Druck auf ihn ausüben und ihn zum Auspacken bewegen. Die Zeit drängt.«

»Er weiß nichts«, warf Yael ein. »Der ägyptische Geheimdienst wartet darauf, dass ein anderer Kurier Kontakt aufnimmt. Es könnte Faisal sein. Wer auch immer es ist, er könnte uns zu Khalif führen.«

Gute Neuigkeiten. Von großer Bedeutung. Eine echte Spur.

Yael schickte Shalit über eine sichere Leitung die zentralen Punkte meiner Unterredung mit bin Zayid und Pritchard. Sie versprach, bis Tagesanbruch einen vollständigen Bericht nachzuliefern, und empfahl, dass Ari Premierminister Eitan und dieser wiederum Mahfouz informierte. Dass Khalif Ehefrauen und Kinder hatte und sie identifiziert worden waren, musste dringend weitergegeben werden. Der Mossad sollte seine besten Leute darauf ansetzen. Die Hilfe der Ägypter mussten wir ebenfalls beanspruchen. Möglicherweise gelang es ihnen, Quellen anzuzapfen, auf die wir keinen Zugriff hatten. Ferner wäre es auch ein wichtiges Signal der Kooperation, derart sensible Erkenntnisse Mahfouz mitzuteilen.

»Wir müssen die Jordanier irgendwie ins Boot holen«, überlegte ich.

»Wahrscheinlich hast du recht.« Yael gähnte und rieb sich die Augen.

»Ich habe ganz sicher recht und halte es für einen Fehler, länger zu warten. Der Premierminister soll den König gleich morgen früh anrufen. Am besten direkt nach seinem Gespräch mit Mahfouz.«

Es war kurz nach fünf Uhr, als die Mossad-Leute endlich in ihren Zimmern verschwanden. Plötzlich waren Yael und ich allein. Ich ging ins Bad, putzte mir die Zähne und schlüpfte in Jogginghose und T-Shirt. Zurück im Zimmer schnappte ich mir eine Decke und ein Kissen aus dem Schrank und machte es mir auf der Couch bequem. Das Kingsize-Bett überließ ich ihr. Sie verschwand für einige Minuten im Bad. Als sie wieder auftauchte, wünschte sie mir eine gute Nacht und kroch unter die Decke. Ich zwang mich, die Augen zu schließen, und sprach ein kurzes Gebet, während sie das Licht löschte.

Sie schlief sofort ein. Mir war dieses Glück nicht vergönnt.

81

Im Luftraum über Bahrain

J. B. Collins' Leben ist in Gefahr. Wir müssen reden.

So lautete die Nachricht, die wir gerade vom jordanischen Geheimdienst erhalten hatten. Weitere Details standen nicht darin. Wir kannten weder die konkrete Natur der Bedrohung noch wussten wir, auf welchen Fakten diese Aussage basierte.

Nichtsdestotrotz waren Yael und ich zu einer Audienz bei König Abdullah II. im königlichen Palast zu Akaba geladen worden. Also saßen wir im Learjet und flogen von Dubai ins Haschemitische Königreich. Dauer dieses knapp 1300 Meilen langen Trips: weniger als drei Stunden. Ein Blick auf die Taschenuhr meines Großvaters verriet eine Landezeit um Mitternacht.

Zu meiner Überraschung machte ich mir trotz der ernst klingenden Drohung keine Sorgen um mich. Über diesen Punkt war ich hinaus, weil ich zum ersten Mal in meinem Leben absolut sicher war, wo ich nach meinem Tod hinkam. Obwohl ich nicht vorzeitig abtreten wollte, fühlte ich mich bereit für den Himmel. Ich wollte meine Mutter und Josh sehen, meinen Großvater, Khachigian, seine Frau Mary und so viele andere Gläubige, die vor mir gegangen waren. Noch viel wichtiger: Ich wollte meinem Herrn und Erlöser von Angesicht zu Angesicht begegnen. Ich war neu in seinem Team und hatte viel Lebenszeit darauf verschwendet, vor der Wahrheit wegzulaufen. Das lag nun hinter mir. Ich fühlte mich bereit, nach Hause zu gehen, wann immer dieser Augenblick kommen mochte.

Was mir tatsächlich Sorgen bereitete, war der Gedanke, dass Matt, Annie und Katie noch mehr Leid bevorstand und ich daran schuld sein könnte. Ich konnte die Vorstellung nicht ertragen, dass Abu Khalif und der IS ihnen etwas antaten.

Yael tat ihr Bestes, um meine wachsenden Ängste zu beruhigen. Sie verdeutlichte mir, dass meine Familie versteckt und unter dem Schutz der US-Regierung lebte, und erinnerte mich daran, dass die Nachricht aus Amman eindeutig besagte, dass *ich* in Gefahr schwebte, nicht meine Familie. Es gelang ihr zwar nicht, meine Sorgen auszuräumen, doch zum ersten Mal seit unserem Wiedersehen behandelte sie mich als Freund, nicht als Gegner.

Nach einer Weile änderte sie ihre Taktik. Sie war immerhin professionelle Agentin und verstand sich darauf, andere zu manipulieren. Also versuchte sie irgendwann nicht mehr, mich davon zu überzeugen, dass meine Familie nicht in Gefahr schwebte, sondern lenkte meine Aufmerksamkeit auf unser primäres Ziel.

»Wie interpretierst du die neuen Daten?«, wollte sie wissen. »Hältst du es für möglich, dass Abu Khalif sich tatsächlich in der Türkei aufhält?«

Vor fünf Tagen hätte eine solche Frage für mich keinen Sinn ergeben. Nun verhielt es sich anders. Im Nachgang meines Treffens mit Prinz bin Zayid und Pritchard war das israelische Kabinett zu einer Notfallsitzung zusammengetroffen, um die Fortschritte zu erörtern, die Yaels Team erzielt hatte. Ebenso wurde die Notwendigkeit diskutiert, nicht nur Ägyptens und Jordaniens Staatsoberhaupt, sondern auch die Regierung der Vereinigten Arabischen Emirate einzubeziehen. Das Abstimmungsergebnis fiel eindeutig aus: Eine Kontaktaufnahme wurde autorisiert.

Um sieben Uhr heute Morgen hatte Ari Shalit angerufen und mir die ausdrückliche Erlaubnis gegeben, Yael und ihr Team dem Prinzen und Pritchard vorzustellen. Ich sollte erklären, warum und auf welcher Grundlage ich mit dem Mossad kooperierte, um Abu Khalif zu fassen und der Gerechtigkeit zu überstellen. Ich sollte ebenso darauf hinwirken, dass Shalit den Prinzen direkt anrufen durfte, um zu besprechen, wie beide Länder auf dieses gemeinsame Ziel hinarbeiten könnten.

Mit diesem Wissen im Rücken rief ich den Prinzen auf der Stelle an, bat um ein weiteres Treffen unter vier Augen und wurde von ihm offiziell in den Palast eingeladen.

Zu meiner Überraschung wirkte der Prinz über die Neuigkeiten nicht im Geringsten erstaunt. Er teilte mir sogar mit, dass er einigermaßen sicher gewesen sei, dass ich mit dem Mossad zu tun habe. Ihm hatte sich lediglich die Frage gestellt, wann ich damit herausrückte. Er reagierte weder beleidigt noch verärgert, sondern erklärte sich sofort zu einem Gespräch mit Shalit bereit. Zehn Minuten später hatten die beiden Geheimdienstchefs eine sichere Telefonleitung aufgebaut, informierten einander über die jüngsten Entwicklungen und tauschten Ermittlungsergebnisse und Theorien aus. Nach Ende des Gesprächs staunten Yael und ich, was Prinz bin Zayid uns mitteilte.

Wie der Prinz bereits Shalit geschildert hatte, deuteten die Hinweise, denen er und sein Geheimdienst folgten, darauf hin, dass Khalifs Ehefrauen und seine Kinder nicht in Syrien oder dem Irak waren, sondern in der türkischen Republik. Drei der Frauen, so wusste man, hatten Ende November oder Anfang Dezember Flüge mit Zwischenstopp jeweils in Dubai, Abu Dhabi und Doha gebucht.

Eine war nach Beirut weitergereist, eine andere nach Kairo, die dritte nach Zypern. Keine von ihnen blieb in der jeweiligen Stadt. Zusammen mit mehreren Kindern endete ihre Reise schließlich in Istanbul.

Diese letzte Etappe warf zahlreiche neue Fragen auf. Hielten sie sich alle noch in Istanbul auf, oder waren sie mit falschen Dokumenten an ein anderes Ziel in Europa oder außerhalb der arabischen Welt geflogen? Hatten IS-Mitglieder sie möglicherweise abgeholt und mit dem Auto an einen anderen Ort gebracht, tiefer ins Landesinnere der Türkei beispielsweise?

Shalit seinerseits hatte dem Prinzen die Beobachtungen des ägyptischen Geheimdienstes zukommen lassen. Dort war man bei der Überwachung des Bankmanagers in Doha auf Gold gestoßen. Sowohl das Handy als auch der Festnetzanschluss und die Büronummer des Managers wurden abgehört und E-Mails von verschiedenen Konten abgefangen. Daraus ergab sich ein bemerkenswertes Gesamtbild.

Der Kerl verstand sein Spionagehandwerk. Nichts wies auf einen bestimmten Ort hin, an dem sich die Baqouba-Brüder oder sonst ein Kurier aufhalten könnten. Dennoch lud das Muster zu Spekulationen ein. Im letzten Jahr hatte es keinen Anruf und keine E-Mail aus einer Stadt in Syrien gegeben. Nicht ein einziges Mal. Allerdings waren viele Telefonate und E-Mails aus und in die Golfstaaten, nach Nordafrika und Europa geführt worden. Das allein weckte bei einem Banker natürlich keinen Verdacht. Aber immerhin betrafen 37 Kontakte die Türkei, davon allein 21 den Großraum Istanbul, der Rest Ankara. Rund 80 Prozent der Kommunikation waren in den letzten drei Monaten erfolgt.

Isoliert betrachtet nichts, was aus dem Rahmen fiel. Die Republik Türkei hatte rund 80 Millionen Einwohner, von denen mindestens 96 Prozent dem muslimischen Glauben anhingen. Das Land erwirtschaftete ein Bruttosozialprodukt von mehr als 1,5 Billionen Dollar, natürlich trieben türkische Staatsbürger Geschäfte mit Doha, das sicherlich den wichtigsten muslimischen Wirtschaftsstandort überhaupt darstellte. Was diese 37 Nachrichten oder Gespräche so bemerkenswert machte, war laut den Ägyptern die Tatsache, dass sie unbeantwortet blieben. Der Bankmanager, von dem wir mittlerweile zweifelsfrei wussten, dass er dem IS angehörte, hatte in den vergangenen acht Monaten 37 Anrufe und E-Mails von Leuten erhalten, die sich in der Türkei aufhielten. Die letzten davon waren in den letzten 90 Tagen eingegangen – und doch hatte er auf keine einzige davon reagiert.

Das warf zusätzliche Fragen auf: Handelte es sich dabei um Anweisungen oder Instruktionen? Gut denkbar, dass Khalif und die Baqouba-Brüder sich tatsächlich in der Türkei aufhielten. Immerhin war das Land NATO-Partner und offizielles Mitglied der regionalen arabischen Allianz gegen den IS. Aktuell bombardierte dieser Verbund IS-Lager in Nordsyrien. Aber warum hätten Khalif und die Baqouba-Brüder ausgerechnet dort untertauchen sollen?

Ich lauschte dem Bericht des Prinzen über das Gespräch mit Shalit. Mit einem Mal dämmerte mir, wie kompliziert die Ermittlungen geworden waren. Falls sich Khalif in der Türkei aufhielt, wer sollte ihn dort festnehmen? Welches Land wagte es, Kampfjets mit lasergesteuerten Raketen zu entsenden, um ihn zu töten? Ich konnte mir keins vorstellen. Wer schickte mit Hellfire-Raketen bestückte Drohnen, um die Schreckensherrschaft Khalifs zu beenden?

Wieder fiel mir kein geeigneter Kandidat ein. Auch kam meines Erachtens niemand infrage, um eine Spezialeinheit oder ein Killerteam zur Ausschaltung Khalifs zu entsenden. Die Ägypter nicht, die Emirate nicht und schon gar nicht die Amerikaner. Aber auch bei den Israelis und den Jordaniern fehlte mir die Fantasie für einen solchen Schritt, auch wenn Letztere am stärksten unter Abu Khalifs Aktionen gelitten hatten.

Kurz gesagt: Ich erachtete einen Angriff auf einen Ort inmitten des Gebiets eines NATO-Partners als buchstäblich undenkbar. Ein Angriff auf einen Verbündeten ließ Artikel 5 in Kraft treten, der eine gemeinsame Antwort aller NATO-Staaten gegen den Aggressor forderte.

Für mich stieg allein aufgrund dieses letzten Punkts die Wahrscheinlichkeit sprunghaft an, dass Abu Khalif sich mit voller Absicht gerade in der Türkei niedergelassen hatte. Das sagte ich auch Yael auf dem Flug nach Akaba und lenkte mich für eine Weile von der unkonkreten, aber offenbar ernst zu nehmenden Bedrohung für mein Leben ab.

Zu meiner Überraschung stimmte sie mir zu.

82

Akaba, Jordanien
Montag, 7. März

Wir landeten kurz nach Mitternacht in einem Akaba, das von einem brutalen Winterunwetter heimgesucht wurde.

Vom herrlich sonnigen Klima an der Golfküste, das wir kaum richtig genossen hatten, spürte man hier nichts mehr. Blitze zuckten über den Himmel, es donnerte und der Regen prasselte und schränkte die Sicht ein. Beamte des königlichen Hofs nahmen uns mit großen Regenschirmen in Empfang und führten uns eilig zu einem Wagenkordon aus drei silbernen Toyota Land Cruisern und sechs schwer bewaffneten Leibwächtern und Fahrern.

Wenige Minuten später verließen wir das Flughafengelände und fuhren mit hoher Geschwindigkeit im Schutz von Dunkelheit und Nebel durch die verlassenen Straßen der Stadt. Schließlich wurden wir langsamer und bogen in eine abgeschiedene Zufahrt ein, beidseitig von Palmen gesäumt, die von den orkanartigen Böen durchgeschüttelt wurden. Vor uns erschien ein massives Stahltor, eingelassen in einen Steinbogen. Jordanische Soldaten in voller Kampfausrüstung schoben Wache zwischen zwei bewaffneten Truppentransportern und richteten ihre Kaliber-50-Maschinengewehre in unsere Richtung.

Wir mussten weder anhalten noch Ausweise vorzeigen oder uns beim Personal identifizieren. Der Fahrer des ersten Land Cruisers grüßte die Wachen kurz im Vorbeifahren, da schwangen die Flügel des Tors bereits auf. Neben uns stiegen dicke, hohe Mauern auf, gesäumt von hell beleuchteten Wachtürmen, auf denen sich wiederum die Silhouetten von Posten und Scharfschützen abzeichneten. Wir fuhren etwas schneller und schlängelten uns die Zufahrt entlang, bis wir ein weiteres Stahltor und noch mehr bewaffnete Soldaten erreichten. Wieder bremsten wir kurz, stoppten aber nicht. Wieder grüßte der Fahrer, wir wurden durchgewinkt und erreichten wenig später den Palast.

Die Kolonne hielt unter einem Portikus, der gewissen Schutz vor den Naturgewalten bot. Die Wagentüren wurden auf der Stelle von Protokolloffizieren geöffnet, die uns begrüßten, frische Handtücher reichten und in getrennte Räumlichkeiten führten, damit wir uns kurz frisch machen konnten.

Ich verriegelte hinter mir und schloss für einen Moment die Augen. Wir hatten in der letzten Woche so gut wie jeden Tag 18 bis 20 Stunden gearbeitet. Selbst wenn sich eine Gelegenheit zum Hinlegen fand, schlief ich nie länger am Stück. Zu viele Unterbrechungen durch Anrufe, E-Mails und kurzfristig einberufene Besprechungen zu neuen Informationen, die uns ständig erreichten. Und selbst wenn es manchmal Pausen in all der Geschäftigkeit gab, drohte mich die Last unserer Aufgabe zu erdrücken.

Als ich einige Sekunden später in den Spiegel starrte, zuckte ich zusammen. Meine Haut war blass, die Pupillen blutunterlaufen. Seit Bar Harbor hatte ich mir den Schädel nicht mehr rasiert. Aus der Glatze sprossen Haare, sogar ziemlich viele, und zu meinem großen Ärger deutlich grauer als das letzte Mal, als ich sie mir wachsen ließ, was ungefähr fünf oder sechs Jahre zurücklag. Ich hatte auch meinen Bart seit der Beerdigung nicht mehr getrimmt. Anstelle eines gepflegten Henriquatre verfügte ich über einen ausgewachsenen Vollbart, ebenso mit entschieden mehr Grau, als mir lieb war. Ich fand, dass ich alt und erschöpft wirkte. Das gefiel mir überhaupt nicht.

Ich warf das Handtuch ins Waschbecken, öffnete die Tür und löschte das Licht. Ein paar Augenblicke später gesellte Yael sich zu mir. Der Protokollchef geleitete uns in ein Zimmer, das ich für das private Arbeitszimmer des Königs hielt.

Niemand hielt sich darin auf. Man teilte uns mit, der König führe noch ein Telefonat, werde aber in wenigen

Augenblicken zu uns stoßen. Ein Diener brachte ein großes Silbertablett, auf dem eine Teekanne und drei Tassen standen, jede von Hand mit dem königlichen Wappen bemalt. Der Diener goss jedem von uns einen Pfefferminztee ein und ließ uns dann allein.

Kurz darauf erschien der König mit einigen seiner Leibwächter, doch diese warteten draußen. Er schloss die Tür hinter sich, machte einen müden Eindruck, begrüßte uns aber herzlich. »Willkommen zurück in Jordanien«, verkündete er mit breitem Lächeln und makellosem Englisch. Den britischen Einschlag musste er in den dortigen Militärschulen und bei den Spezialeinheiten übernommen haben. »Dennoch, ich wünschte, das Wiedersehen wäre unter glücklicheren Umständen erfolgt.«

»Danke, dass Sie uns zu sich eingeladen haben, Eure Majestät«, antwortete ich. »Es ist uns eine große Freude und Ehre, Sie wiederzusehen, lebendig und wohlauf. Und siegreich über einen derart grausamen und herzlosen Feind.«

»Der Kampf ist leider noch nicht beendet«, erwiderte der König und lud uns mit einer Geste ein, Platz zu nehmen.

Er drückte mir sein großes Bedauern über die Anschläge gegen meine Familie aus und kondolierte zum Verlust meiner Mutter und meines Neffen. Noch während er sprach, wurde klar, dass er die Nachrichten aufmerksam verfolgt hatte und über viele Begleitumstände meines Schicksals Bescheid wusste. Er wollte wissen, wie ich damit klarkam, und erkundigte sich auch bei Yael nach ihrer Gesundheit und dem Status ihrer Genesung. Selbst in einer solchen Krise blieb der Monarch leutselig und mitfühlend. Ein Charakterzug von vielen, die mich an ihm beeindruckten.

Wir beantworteten seine Fragen und sprachen ihm unser Beileid angesichts der immensen Verluste in den eigenen Reihen aus, die er und sein Königreich im Rahmen der Anschläge erlitten hatten, insbesondere aber für den Tod Kamal Jeddahs, des Direktors des jordanischen Geheimdienstes, und Ali Saids, des Sicherheitschefs des königlichen Hofs. Beide waren bei den IS-Angriffen auf den Friedensgipfel in Amman ums Leben gekommen.

Auch Colonel Jussuf Sharif, den Sicherheitsberater des Königs, und seinen persönlichen Sprecher, unseren Waffenbruder, der uns geholfen hatte, Präsident Taylor aus Alqosh zu retten, und der bei den Feuergefechten gestorben war, erwähnten wir. Yael fragte nach dem Befinden der Königin und der Kinder. Wir hatten den König seit der Befreiung des Präsidenten nicht mehr gesehen und waren neugierig, wie es seiner Familie und der Regierung erging und wie sich die Bemühungen um den Wiederaufbau anließen.

Es stellte sich rasch heraus, dass dies nicht die Themen waren, die der König mit uns besprechen wollte, so wichtig sie auch sein mochten. Er beließ es bei der Bemerkung, seine Familie sei in Sicherheit und wohlauf, wobei er andeutete, ohne es direkt in Worte zu fassen, dass sie sich derzeit außer Landes aufhielt. Er kam rasch auf den Grund, weswegen er uns in den Palast gerufen hatte.

»J.B., es tut mir leid, Ihnen das sagen zu müssen, aber ich fürchte, Sie sind in großer Gefahr.« Er sah mir direkt in die Augen. Seinen Tee hatte er noch nicht angerührt.

»Okay.« Ich bemühte mich, gefasst zu klingen. »Was genau soll das heißen?«

»In den letzten paar Wochen ist es uns gelungen, die Unterhaltungen einiger IS-Sympathisanten abzuhören, die über Sie gesprochen haben.« Er beugte sich vor. »Sie waren außer sich vor Wut, dass der amerikanische Präsident während seiner Rede zur Lage der Nation nicht getötet wurde. Noch zorniger reagierten sie auf den Umstand, dass es nicht gelang, mehr Kongressmitglieder durch den Saringas-Anschlag zu ermorden.

Man glaubt, Sie böten ein leichteres Ziel. Man hält außerdem Ihren gesellschaftlichen Status für bedeutend genug, um Ihre Gefangennahme und Hinrichtung als weltweiten Propaganda-Coup für den IS einzustufen. Nach allem, was wir wissen, geht man in Terroristenkreisen davon aus, Sie seien nach der Beerdigung untergetaucht. Man hat Khalif förmlich angefleht, eine Fatwa zu erteilen, die es ihnen erlaubt, Sie zu fassen und umgehend zu töten.«

83

»Ich bitte Sie, Majestät, das ist doch nichts Neues.«

Ich erklärte, dass das FBI mir bereits in Bar Harbor diesbezügliche Befürchtungen mitgeteilt hatte und man sich besonders wegen der Aktivitäten der Schläferzellen in New England beunruhigt zeigte.

»Ich weiß«, erwiderte der König. »Ich habe direkt mit Präsident Taylor und CIA-Direktor Hughes gesprochen, meines Wissens ein alter Freund von Ihnen. Beck versicherte mir, Agent Harris persönlich angewiesen zu haben, Ihren Bruder und seine Familie in Sicherheit zu bringen.«

»Ja, das hat er getan. Ich bin Ihnen sehr dankbar, Eure Majestät, dass Sie meine Sicherheit mit ihnen erörtert haben. Es rührt mich sehr. Agent Harris hat große Mühen auf sich genommen, um Matt, Annie und Katie in Sicherheit zu bringen. Darüber sind wir sehr froh.«

»Und doch sind Sie hier, J. B., Sie haben sich dem Zeugenschutzprogramm und der wachsamen Obhut von Agent Harris entzogen und jetten durch den Nahen Osten, um ausgerechnet den Mann zu jagen, der hinter Ihnen her ist.«

»Ich mache mir da keine Sorgen.«

»Das sollten Sie aber«, konterte der König. »Wirklich, J. B., die Sache könnte ernster kaum sein.«

»Gibt es Hinweise, dass Abu Khalif dem Willen seiner Leute entspricht?«, wollte ich wissen. »Hat er eine entsprechende Fatwa herausgegeben?«

»Das hat er in der Tat. Heute Nacht, während Sie von Dubai hergeflogen sind.«

Ich setzte meine Teetasse auf dem Kaffeetisch ab, lehnte mich auf dem Sofa zurück und atmete tief durch. Der König hatte sich einen speziellen Platz in meinem Herzen verdient. Er war Araber, Muslim und direkter Abkömmling des Begründers der islamischen Religion. Wir hatten nicht viel gemeinsam, entstammten nicht der gleichen Ethnie und vertraten unterschiedliche theologische Auffassungen. Aber er war ein guter Mann, ein Mann des Friedens und der Toleranz. Er respektierte Christen, Juden und viele andere Religionen und Glaubensrichtungen, hatte Millionen von Flüchtlingen in seinem Land willkommen geheißen – nicht weil sein Land im Überfluss lebte, um ihnen Nahrung, Kleidung, Unterkunft, medizinische Versorgung oder Erziehung bieten zu können, sondern aus dem Gefühl heraus, das Richtige zu tun. Er schlug die potenziellen Risiken in den Wind und half, weil diese

Menschen vor Assad, der Al-Nusra-Front oder vor dem IS flohen – und damit vor dem Genozid.

Angesichts enormer Bedrohungen hatte dieser König der Angst nicht nachgegeben. Er war kein Feigling. Im Gegenteil, er stellte sich mutig gegen die Kräfte des Bösen, zog gegen Extremisten in den Krieg und engagierte sich in einem Kampf innerhalb des Islams, in dem die Reformkräfte und fortschrittlichen Köpfe hoffnungslos in der Minderheit zu sein schienen.

Seine Majestät war in den letzten Monaten sichtlich gealtert. Sein Haar wirkte grauer, tiefe Falten zogen sich durchs Gesicht. Und doch befand er sich in bemerkenswert guter Verfassung für einen König Mitte 50, was man wohl auch der lebenslangen Disziplin zuschreiben musste, die er als Soldat und Leiter der jordanischen Spezialeinheiten erworben hatte. Und nicht zuletzt der einzigartigen Hingabe, mit der er sich dem Schutz seines Volkes und des Königreichs widmete. Aber die Ereignisse zollten eindeutig ihren Tribut. Er schien ähnlich erschöpft zu sein wie Yael und ich, vielleicht sogar noch mehr.

»Hören Sie, J. B.«, meinte der König, als ich nicht antwortete. »Was über Sie vor der Beerdigung in Maine zu hören war, war beunruhigend genug. Aber seither ist das alles noch schlimmer geworden. Nun hat Khalif eine Fatwa, in der Ihr Kopf gefordert wird, herausgegeben, und zwar mit höchster Dringlichkeitsstufe. Sobald das publik wird, was wahrscheinlich innerhalb der nächsten Tage, wenn nicht sogar Stunden passiert, ist Ihr Leben … nun, ich vermag kaum in Worte zu fassen, wie ernst Ihre Situation ist.

Nicht nur aktive IS-Mitglieder werden dadurch autorisiert, Sie zu verfolgen und zu töten, sondern jeder radikalisierte Muslim, egal wo auf diesem Planeten er sich gerade befindet. Daher bat ich Sie her. Ich wollte Ihnen persönlich mitteilen, was wir erfahren haben, und Ihnen unmissverständlich klarmachen, wie ernst ich diese Drohung nehme. Für Sie ist es draußen in der Welt nicht länger sicher. Nicht in dieser Region zumindest. Sie waren in Ägypten unterwegs und wurden dort beinahe getötet, bis vor Kurzem hielten Sie sich in Dubai auf, nun sind Sie hier. Die Leute, die Sie gesehen und mit denen Sie gesprochen haben ... ihre Zahl wächst von Tag zu Tag, ja, von Stunde zu Stunde. Das ist ein großes Problem, denn es erhöht die Möglichkeit, dass Ihre Anwesenheit in dieser Region jenen bekannt wird, die Sie töten wollen. Und die Wahrscheinlichkeit, dass diese Leute Sie finden.«

»Sie wollen also, dass ich aufhöre.«

»Ich will, dass Sie überleben.«

»Indem ich aufhöre.«

»Und nach Hause gehen.«

»Eure Majestät, ich habe kein Zuhause mehr.«

»Dann gehen Sie eben dorthin zurück, wo Agent Harris Ihnen eine Zuflucht eingerichtet hat. Wo auch immer er glaubt, dass Sie sicher sind.«

»Sonst?«, wollte ich wissen.

»Ehrlich, J. B., wenn Sie hierbleiben, bezweifle ich, dass Sie länger als einen Monat überleben, wenn überhaupt. Sie spielen ein äußerst gefährliches Spiel, mein Freund, gegen sehr gefährliche Gegner. Sie haben entgegen allen Chancen einiges überlebt, aber nun richten sich die Aggressionen direkt gegen Sie. Für Sie ist der Zeitpunkt gekommen, den Rückzug anzutreten. Kehren Sie zu Ihrer Familie zurück und überlassen Sie uns alles Weitere. Wir wurden dafür ausgebildet, dieses Spiel zu spielen und es zu gewinnen. Seien wir ehrlich, auf Sie trifft das nicht zu.«

84

Ramat David Airbase, Israel

»J. B., kann ich dich mal unter vier Augen sprechen?«, fragte Yael.

Wir waren seit vier Tagen zurück im Hauptquartier auf dem Luftwaffenstützpunkt Ramat David. Bisher war die Frage, ob ich freiwillig heimging, wie vom König vorgeschlagen, oder von Yael oder Ari Shalit weggeschickt wurde, unbeantwortet geblieben. Aber ich befürchtete, jetzt war es so weit.

In den letzten vier Tagen hatten das Team und ich jede erdenkliche Spur verfolgt, die uns frische Informationen über Khalifs Frauen und Kinder lieferte. Weiterhin gab es keine handfesten Beweise, die auf einen konkreten Ort verwiesen. Das Einzige, was sich mit Sicherheit festhalten ließ: Die Anzeichen für einen weiteren schweren Anschlag auf ein belebtes Ziel mehrten sich, höchstwahrscheinlich zeitnah und in den USA. Potenziell schien der IS Zivilisten ins Visier zu nehmen.

Diesbezüglich hatte die Einheit 8200 bereits wahre Wunder bewirkt. Man hatte erschreckende Skype-Gespräche der Terroristen mitgeschnitten, über »verheerende«, »katastrophale« und »unmittelbar bevorstehende« Anschläge auf dem amerikanischen Festland. Die Anschläge sollten »aus dem Nichts kommen«, behaupteten die Dschihadisten. Und doch nannten sie keine Details, nichts Konkretes. Nichts, worauf man hätte reagieren können. Die Anspannung wuchs.

Die Erkenntnisse samt Analysen hatte man dem Premierminister übergeben, der sie wiederum an Präsident Taylor und sein nationales Sicherheitsteam weiterleitete. Zwar zeigte das Weiße Haus keinerlei Interesse, Abu Khalif zu fassen, aber die Israelis blieben entschlossen, sich wie gute Verbündete zu verhalten und alles weiterzugeben, was ihnen vorlag. Nicht nur an die amerikanischen Geheimdienste, sondern auch an die Kollegen in Jordanien, Ägypten und den Golfstaaten.

Das Team war vollkommen ausgelaugt. Wir aßen und schliefen unten im Keller, die Nerven lagen blank, die Geduld ging zur Neige. Streitigkeiten brachen an die Oberfläche. Seit wir von Jordanien hierhergeflogen waren, war ich nicht mehr an der Erdoberfläche gewesen. Ob der Rest des Teams seit Yaels und meiner Abwesenheit mal frische Luft bekommen hatte, wusste ich nicht.

Also folgte ich Yaels Bitte nur allzu gern. Endlich waren wir mal allein.

»Gehen wir ein Stück«, meinte sie.

Es regnete nicht länger. Draußen war es überraschend trocken. Der Frühling schien unbemerkt von uns in Israels nördlichen Gebieten ausgebrochen zu sein. Die Wolkendecke brach auf, die Temperatur betrug um die 20 Grad. Eine frische Brise wehte vom Meer her über das Gelände, das Gras hatte zu wachsen begonnen, erste Blumen blühten. Bäume bildeten Triebe aus. Es fühlte sich überraschend gut an, nicht länger im Keller zu hocken, sondern saubere Luft zu atmen.

»Also, was kann ich für dich tun, Boss?« Ich war froh,

mir die Beine mit einer Freundin vertreten zu können, auch wenn ich mich nicht der Illusionen hingab, dass die Unterhaltung sich um etwas anderes als um Berufliches drehen würde. »Mach schnell, wenn's dir nichts ausmacht. Es gibt da eine These, die ich gern mit dir besprechen will.«

Sie blieb stehen und drehte sich zu mir. »Ich fürchte, es gibt keine leichte Art und Weise, dir das zu sagen, aber ich muss es tun. Es gehört zu meinem Job.«

»Was ist los?«

»J. B., Ari und ich finden, dass es Zeit für dich wird, in die Staaten zurückzukehren.«

»Wie bitte?«

»Versteh mich nicht falsch, du warst uns eine enorme Hilfe, besonders in den letzten vier Tagen. Aber Ari und ich haben darüber gesprochen, was König Abdullah uns mitgeteilt hat. Unterm Strich ist es schlicht so, dass der König recht hat. Die Risiken für dich und deine Familie, wenn du hier in der Region bleibst, sind zu hoch. Ari und ich haben die Unterlagen der letzten Tage ausgewertet. Der König hat vollkommen recht. Der IS nimmt dich ins Visier, Khalif hat tatsächlich eine Fatwa herausgegeben, die Muslime überall in der Welt auffordert, dich und deine Familie ausfindig zu machen und sofort zu töten. Ein Sprecher des IS hat es vor einer Viertelstunde offiziell bestätigt. Spätestens morgen hat es jeder radikale Muslim auf dich abgesehen.«

Ich sagte nichts, war zu verletzt und wütend. Aber ich wusste, es gab nichts, was ich sagen konnte, um Yael von ihrer Meinung abzubringen – ganz zu schweigen von Shalit.

Wir schlenderten am inneren Begrenzungszaun des Stützpunkts entlang. Eine Patrouille in einem Jeep fuhr vorbei. Wir nickten den Sicherheitsleuten zu und gingen weiter. Über dem Karmelgebirge leuchteten die letzten Sonnenstrahlen auf und verschwanden hinter den Kuppen. Es dämmerte. Nacheinander gingen die Lichter auf dem Stützpunkt an.

»Du sagst ja gar nichts«, meinte sie.

»Was soll ich denn sagen?«

»Keine Ahnung, ich dachte, du bringst alle möglichen Einwände vor, um bleiben zu können.«

»Würde das helfen?«

»Nein.«

»Warum sollte ich es also tun?«

Wir gingen weiter.

»Wahrscheinlich ist es das Beste, wenn du heute die Reservierungs-Hotline für deinen Learjet anrufst«, sagte sie nach einer Weile. »Teil ihnen mit, dass du morgen zurückfliegst. Ich will gar nicht wissen, wo es hingeht. Sag es mir bitte nicht.«

Ich erfüllte ihr diesen Wunsch.

»Wir können dich ab zehn mit dem Hubschrauber zum nächsten Flughafen bringen. Du kannst dich von den anderen in Ruhe verabschieden. Wie wär's mit einem Transfer nach Ben Gurion oder Herzliya? Sag mir einfach, was dir besser passt.«

Fünf Laufminuten später wurde mir bewusst, wie groß der Stützpunkt war. Wir hatten ihn kaum zur Hälfte umrundet. Dunkelheit und zunehmend kühlere Luft begleiteten uns auf dem Spaziergang.

»Hör zu«, sagte sie schließlich. »Es ist schon spät und ich hab Hunger. Wie wär's, wenn wir irgendwohin fahren und ich dir ein Abschiedsessen spendiere?«

Ich starrte sie an. Sie meinte es wirklich ernst.

Nach allem, was wir gemeinsam durchgestanden hatten, war das wohl das Ende. Ich kehrte »nach Hause« zurück, um mich dort zu verstecken, ohne das Herz dieser Frau jemals zu erobern. Und Abu Khalif zog da draußen rum und tötete Menschen.

»Gern«, antwortete ich.

Was hätte ich auch sonst sagen sollen?

85

Es war Freitagabend. Der Sabbat stand kurz bevor, weshalb kein jüdisches Restaurant geöffnet hatte. Deshalb stiegen wir in Yaels knallroten Jeep Grand Cherokee und steuerten ein kleines arabisches Lokal in Nazareth an.

»Du musst mich wirklich hassen«, meinte ich, als sie den Wagen in eine Parklücke lenkte und ich erkannte, wo wir waren.

»Was soll das denn heißen?« Sie klang ein wenig verletzt.

»Der Anführer des IS hat gerade eine Fatwa über mich ausgesprochen und du führst mich zum Araber aus?«

Sie lächelte. »Eigentlich darfst du nichts davon wissen, aber jeder Gast ist in Wirklichkeit ein Mossad-Agent. Du musst dir also keine Sorgen um deine Sicherheit machen.«

»Im Ernst?« Ich schaute zum Bistro. Angesichts der Düfte, die in den Wagen wehten, lief mir schon jetzt das Wasser im Mund zusammen.

Yael zuckte mit den Schultern.

»Die sind alle hier, um mich zu beschützen?«, fragte ich beeindruckt.

»Nun, genau genommen sind sie hier, um mich zu beschützen, aber es sind gute Jungs, die werden gern auch eine Kugel für dich einstecken. Wenigstens noch heute Nacht.«

Wir betraten das Lokal und wurden sofort an einen Zweiertisch im hinteren Teil des Gastraums geführt, ganz in der Nähe der Küche.

Die Kellnerin war jung und etwas unerfahren. Sie wirkte verhuscht und überfordert, aber sie brachte uns Wasser und kehrte nach einer Weile zurück, um unsere Bestellung aufzunehmen. Wir hielten es bewusst einfach, hatten sowieso keinen großen Appetit, Yael orderte verschiedene Sorten Hummus, Tahini-Sesampaste und Falafel mit mehreren kleinen Salaten und verzichtete auf gegrilltes Lamm oder Huhn.

Nach ein paar Minuten etwas verkrampfter Konversation räusperte sie sich. »Ich weiß echt nicht, wie ich dir das sagen soll«, begann sie.

Alle Muskeln in meinem Körper spannten sich an. Was denn nun schon wieder?

»Ja?«, hakte ich so gelassen wie möglich nach.

»Nun, es ist so …« Doch sie bekam die entscheidenden Worte nicht heraus. Sie bat einen vorbeieilenden Kellner um mehr Wasser und noch ein wenig Pita und rutschte nervös auf dem Stuhl hin und her. Es lag auf der Hand, dass sie das, was sie zu sagen hatte, schon länger vor sich herschob. Ich wusste nicht genau, ob sie nun endlich mit der Wahrheit herausrückte oder einfach das Thema wechseln wollte. Wie sich herausstellte, war es ohnehin egal. Bevor sie etwas sagen konnte, wurde das Essen serviert.

Wir warteten, bis die Kellnerin alles auf dem Tisch untergebracht hatte und verschwunden war.

Dann versuchte Yael es erneut. »Hör zu, J. B. ...«

»Raus damit, Yael«, sagte ich ruhig. »Was auch immer es ist, ich kann die Wahrheit vertragen. Sag es bitte.«

»Okay. Es geht darum ... also, ich ... ach, was soll's. Ich ... ich bin irgendwie ...«

»*Was* bist du irgendwie, Yael?«

»Ich bin ... man kann sagen, ich bin ... verlobt.«

Das Wort hing in der Luft. Ich hatte es gehört, konnte es aber nicht fassen.

»Verlobt?«, echote ich und musste meinen Verstand zwingen, die Bedeutung dieses doch ziemlich eindeutigen Wortes zu erfassen.

»Ja«, antwortete sie und mied meinen Blick. Sie starrte stumm auf die Teller.

»Um zu heiraten?«, fragte ich, als wäre ich ein Idiot.

»Ja.«

»Du bist wirklich verlobt.«

Nun sah sie doch auf. »Ja.«

»Mit wem?«

»Du kennst ihn nicht.«

Ich starrte sie an. »Das versteh ich nicht.«

»Ich weiß, mir kommt es auch ziemlich merkwürdig vor.«

»Vor drei Monaten warst du mit niemandem zusammen. Ich erinnere mich genau, du hast mich in Istanbul ziemlich leidenschaftlich geküsst.«

»Ja, das weiß ich.«

»Und ich erinnere mich, dass ich dich in Amman, beim Friedensgipfel, um ein Date gebeten habe. Und ich glaube, du sagtest ... was war's noch gleich ... oh, stimmt, du sagtest ›Ja‹.«

»Richtig.«

»Warst du da auch schon verlobt?«

»Natürlich nicht. ... Hör zu, J.B., es tut mir leid. Ich meine, das kommt vielleicht etwas plötzlich.«

»*Etwas* plötzlich?«

»Okay, *sehr* plötzlich, aber ich kenne ihn tatsächlich schon sehr lange.«

»Woher?«

»Wir waren zusammen auf der Schule, noch bevor ich zur Armee ging und Uri traf.«

»Uri war dein Mann.«

»Richtig.«

»Der von der Hisbollah getötet wurde.«

Sie seufzte und nickte. »Ich habe Moshe ... sein Name ist Moshe. Er ist Arzt und auf die physische Rehabilitation von Unfallopfern spezialisiert. Das wusste ich am Anfang gar nicht. Jedenfalls ... Wir haben im letzten Schuljahr Schluss gemacht und ich hab ihn danach aus den Augen verloren. Wie sich herausstellte, wurde er Sanitäter bei der Armee und wechselte danach auf die Uni. Wir sind uns begegnet, als ich nach Alqosh im Krankenhaus lag. Er kam einfach zur Tür reinmarschiert.«

»Da dachtest du sicher, wie klein die Welt ist.«

»So was in der Art.«

»Und dann habt ihr geredet und eins führte zum anderen.«

»Als ich entlassen wurde, sind wir ein paarmal ausgegangen, nichts Ernstes. Ich hab immer noch an dich gedacht.«

»Ach, vielen Dank auch.«

»Aber dann bot man mir den Job beim Premierminister an und ich fragte dich, ob ich ihn annehmen soll. Ich dachte, du würdest ... ach, ich weiß nicht. Dann hast du bloß geschrieben, ich soll akzeptieren, und hast so einen blöden Witz über eine Gehaltserhöhung gerissen, als wäre dir eh egal, was ich mache. Das hat mich verletzt, okay? Und ein bisschen wütend gemacht.«

»Ein bisschen?«

»Okay, ich war sehr wütend. Ich fing an, über mein Leben nachzudenken. Darüber, was ich wirklich will. Und das ist ein Leben hier in Israel. In meiner Welt. Dann wurde es mit Moshe ernst und ja, eins führte zum anderen. Er hat mich gefragt, ob ich ihn heiraten will. Und ich habe Ja gesagt.«

Ich starrte das Essen vor uns auf dem Tisch an. Keiner hatte es angerührt. Ich versuchte nachzuvollziehen, was sie mir da gerade gesagt hatte, und schimpfte mit mir, weil ich meine Gefühle ihr gegenüber unter Verschluss gehalten hatte. Wieso überhäufte ich sie nicht mit Blumen, Briefen und Geschenken und sprang in den ersten Flieger nach Israel, nachdem ich aus dem Walter-Reed-Krankenhaus entlassen worden war? Ich hätte sie besuchen und ihr gestehen sollen, was sie mir bedeutete. Dass sich dieses Fenster so schnell schloss, traf mich völlig unerwartet.

Ich fühlte mich verletzt und wütend, zwang mich jedoch, ruhig zu bleiben. Ich konnte eh nichts daran ändern. Yael war verlobt.

In Filmen lösten die Menschen Verlobungen ständig oder versuchten es zumindest, aber ich hielt das für falsch. Und ich wollte nicht um die Liebe einer Frau kämpfen müssen. Nicht nach allem, was ich mit Laura erlebt hatte. Wenn es nicht einfach passierte, sollte es eben nicht sein. Ich konnte Gefühle nicht erzwingen. Zumal mir die Kraft dafür fehlte.

Schließlich hob ich den Blick. »Da sind wohl Glückwünsche angebracht. *Masel tov.*«

»Danke«, erwiderte sie mit geröteten und feuchten Augen.

Dann schwiegen wir. Ich schaute mich in dem gut besuchten Restaurant um. Alle redeten und scherzten. Die Atmosphäre war laut, fröhlich und sämtliche Gäste schienen in Feierlaune zu sein. Für einen Augenblick verdrängte ich, dass alles nur gespielt war. Es waren keine Nazarener, sondern Agenten des Mossad. Sie taten nur so, als hätten sie nichts mit uns zu tun. Sie waren nur unseretwegen hier – besser gesagt, wegen Yael.

»Also«, ergriff sie nach einer Weile wieder das Wort und beendete das verlegene Schweigen. »Du wolltest mir ebenfalls etwas sagen, oder?«

Ihr meine neue Theorie darzulegen, wie man Abu Khalif finden konnte, war jetzt das Letzte, was ich in diesem Moment wollte. Am liebsten hätte ich die Rechnung kommen lassen, mich entschuldigt und den Laden auf direktem Weg verlassen. Ich wollte keinen Augenblick länger hier sein. Ich bekam kaum Luft. Mit ihr nur an einem Tisch zu sitzen, tat unglaublich weh. Ich sehnte mich danach, allein zu sein, um nachzudenken, zu beten, meinen Bruder anzurufen und ihn zu fragen, wie es Annie und Katie ging. Ich fühlte mich völlig fehl am Platz, war weit weg von zu Hause … davon abgesehen, dass ich keine Ahnung hatte, wo genau ich jetzt zu Hause war. Hier jedenfalls nicht.

Mir wurde klar, dass ich diese Frau liebte. Hätte ich daran noch Zweifel gehabt, wären sie spätestens in dem Augenblick verschwunden, in dem sie mir sagte, sie liebe einen anderen. Es fühlte sich an, als hätte mir jemand einen Schraubenschlüssel voll in die Brust gerammt.

»Okay, gut, da ist in der Tat etwas, zu dem ich deine Meinung hören wollte«, presste ich schließlich hervor. Ich musste mich zwingen, die Unterhaltung fortzusetzen, obwohl es meinen Wünschen völlig zuwiderlief ... doch ich wusste, dass es das Richtige für Matt und seine Familie war.

»Sicher, was gibt's?«, fragte sie bereitwillig.

Es gab keinen Grund, es hinauszuzögern. Ich konnte es genauso gut hinter mich bringen. Je früher, desto besser. Umso früher waren wir zurück im Stützpunkt. Ich sehnte mich danach, in meinem kleinen Apartment allein zu sein.

»Khalif hat in Medina seinen Doktor in Islamstudien gemacht, oder? Dort verliebte er sich und heiratete zum ersten Mal, nicht wahr?«

»Ja, richtig.«

»Nun, in den letzten Tagen haben wir uns seine Ehefrauen genauer vorgenommen und angesehen, wo sie früher gelebt haben. Weil wir dachten, wenn wir sie finden, finden wir möglicherweise auch ihn.«

»Und?«

»Ich habe nachgedacht. Ich glaube, das ist der falsche Ansatz.«

»Was ist deiner Meinung nach der richtige?«

»Wir sollten uns weder mit den Ehefrauen noch mit den Kurieren beschäftigen.«

»Mit wem denn sonst?«

»Mit seinem Mentor.«

»Wie bitte?«

»Khalifs Mentor. Der Professor, der in Medina den meisten Einfluss auf ihn hatte und ihn dazu brachte, vom palästinensischen Nationalismus zum apokalyptischen Islamismus zu konvertieren.«

»Und wer ist das?«

»Der Vater seiner ersten Frau. Dr. Abdul Aziz Al-Siddig.«

Sie konnte meinen Gedankengang nicht nachvollziehen, also erklärte ich, dass ich mich in den letzten Tagen eingehend mit Aishas Vater, Dr. Al-Siddig, beschäftigt hatte. Wie sich herausstellte, war Aisha seine jüngste Tochter. Mit 71 Jahren war Al-Siddig in der sunnitischen Welt einer der führenden, wenn nicht *der* führende Verfechter apokalyptischer Islamtheorien. Er hatte neun Bücher über das Thema geschrieben, einschließlich eines Buchs über Eschatologie, das an den meisten sunnitischen Universitäten und Seminaren als Standardwerk herangezogen wurde.

Ich stolperte dabei über die Tatsache, dass Al-Siddig Khalifs Doktorvater gewesen war, während der zukünftige Anführer des IS seine Doktorarbeit in Medina recherchierte und abfasste. Diese Dissertation, ein 500 Seiten starkes Traktat zum Thema, warum der Mahdi auf die Erde zurückkehren und zwischen 2007 und 2027 sein neues Kalifat errichten werde, wenn Muslime weltweit mit ihrem Glauben den Weg dafür ebneten, gehörte zu den konfusesten und bizarrsten Texten, die ich je gelesen hatte.

»Du hast die Dissertation tatsächlich komplett gelesen?«, hakte Yael nach.

»Jede einzelne Seite. Was glaubst du, warum ich in den letzten Tagen kaum ansprechbar war?«

»Nun, da dachte ich an andere Gründe.«

Die Doktorarbeit enthielt die Essenz von Khalifs Überzeugungen, führte ich aus. Und er glaubte das alles aus einem einzigen Grund: weil Al-Siddig ihn davon überzeugt hatte. Genauso wie Al-Siddig ihn später überzeugt hatte, seine jüngste Tochter zu heiraten. Ferner beeinflusste er Khalif dahin gehend, dass dieser zur Al-Qaida im Irak zurückkehren sollte, und überzeugte die AQI-Führung, sich von bin Laden zu distanzieren und künftig unter dem Kürzel ISIS zu firmieren. Als Islamischer Staat in Syrien und im Irak.

»Vergiss also die Kuriere und die Frauen«, argumentierte ich. »Die Person, die wir uns genauer ansehen sollten, ist Abdul Aziz Al-Siddig. Er ist nicht bloß Khalifs Schwiegervater. Er ist Khalifs spiritueller, politischer und strategischer Mentor. Je mehr wir uns der letzten Schlacht und dem kataklystischen Ende aller Zeiten nähern, zumindest nach Abu Khalifs Überzeugung, wen würde er da eher an seiner Seite haben wollen als seinen Professor, Mentor und Schwiegervater? Wir müssen Al-Siddig finden. Dann finden wir garantiert auch Abu Khalif.«

TEIL SECHS

86

Ramat David Airbase, Israel

Zu meiner Überraschung schlief ich das erste Mal seit Monaten durch.

Als der Wecker meines Smartphones um sechs Uhr losging, stand ich direkt auf, statt mich noch mal umzudrehen und eine halbe Stunde zu dösen. Ich zog eine Jeans an, Pulli und Turnschuhe, dann brach ich zu einem langen Spaziergang über den Stützpunkt auf.

Trotz allem, was der Vorabend mir beschert hatte, so verletzend es gewesen sein mochte, was Yael mir erzählt hatte, fühlte ich weder Zorn noch Verbitterung. Eher hatte eine tiefe Friedfertigkeit und Ruhe von mir Besitz ergriffen. Ich war endgültig bereit, in den Schoß meiner Familie zurückzukehren.

Meinen Koffer musste ich nicht packen, denn ich hatte darauf verzichtet, den Inhalt in die Schränke zu räumen.

In meiner Unterkunft gab es weder einen Fernseher noch Radio, Bücher oder Zeitschriften als Ablenkung. Natürlich hätte ich auf dem Handy die aktuellen Schlagzeilen lesen können. Normalerweise fing ich meinen Tag auf diese Weise an, aber an diesem Morgen verspürte ich kein Bedürfnis nach schlechten Nachrichten. Genau wie der Rest des Teams wusste ich, dass IS-Anschläge in den USA unmittelbar bevorstanden. Auch der US-Besuch des Papstes war bisher nicht abgesagt oder verschoben worden. Trotz der glaubhaften Warnungen, die der

Mossad und andere Geheimdienste abgefangen und weitergegeben hatten, weigerte sich der Vatikan, die Reisepläne des Papstes zu ändern.

Ebenso stand die Spring-Break-Woche vor der Tür. Studenten reisten in rauen Massen in den Süden der USA, obwohl sich die Hinweise auf Übergriffe massiv verdichteten, die vor allem auf Vergnügungsparks und Ferienorte abzielten. Es hatte keinen Sinn, mich selbst zu quälen, indem ich in Echtzeit alles auf Twitter oder anderen sozialen Plattformen verfolgte. Ich konnte sowieso nichts dagegen unternehmen. Man isolierte mich inzwischen und machte sehr deutlich, dass man meine Dienste nicht länger brauchte. Nun, dann flog ich eben nach Saint Thomas.

Ich nutzte die vermutlich letzte Gelegenheit, ein wenig Sightseeing zu betreiben, weil ich vermutlich nicht mehr hierher zurückkehrte. Also spazierte ich im Nebel über die mit Tau bedeckte Basis. Ich sah einigen F-16-Jets beim Start zu, sie flogen nach Osten in Richtung Syrien. Ein paar Sikorsky-Helikopter hoben ebenfalls ab und schlugen denselben Kurs ein. Unwillkürlich fragte ich mich, ob die Piloten zu Übungszwecken unterwegs waren, Routinepatrouillen absolvierten oder zu einer konkreten Mission aufbrachen. Es gab niemanden, den ich hätte fragen können; davon abgesehen hätte es mir sowieso niemand gesagt. Ich existierte offiziell gar nicht. Außer Yaels Team wusste niemand auf dem Stützpunkt, wer ich war. Ich galt hier schlicht als ›der Neue‹. Morgen war selbst damit Schluss.

Schließlich kehrte ich in mein Apartment zurück und gönnte mir eine lange, heiße Dusche. Ich überlegte kurz, mir den Schädel zu rasieren und den Bart zu stutzen, aber mir war nicht danach. Sollte Matt bei meinem Anblick doch in schallendes Gelächter ausbrechen. Nächste Woche konnte ich es immer noch erledigen. Stattdessen trocknete ich mich ab, zog eine Stoffhose und ein schwarzes Poloshirt an und setzte mich.

Ich rief die Bibel-App auf meinem Smartphone auf, wusste aber nicht recht, was ich lesen sollte. Ich hatte binnen weniger Wochen das Neue Testament aufgesaugt wie ein Schwamm und im Prinzip alles faszinierend gefunden. Besonders mochte ich die Verse, die sich damit beschäftigten, dass ich nach meinem Tod in den Himmel kam.

In den Worten Jesu: »Wahrlich, wahrlich, ich sage euch: Wer mein Wort hört und glaubt dem, der mich gesandt hat, der hat das ewige Leben und kommt nicht in das Gericht, sondern er ist vom Tode zum Leben hinübergegangen.«

Oder der Apostel Paulus: »Denn ich bin gewiss, dass weder Tod noch Leben, weder Engel noch Mächte noch Gewalten, weder Gegenwärtiges noch Zukünftiges, weder Hohes noch Tiefes noch irgendeine andere Kreatur uns scheiden kann von der Liebe Gottes, die in Christus Jesus ist, unserm Herrn.«

Und wieder mal Johannes: »Wer den Sohn hat, der hat das Leben; wer den Sohn Gottes nicht hat, der hat das Leben nicht. Das habe ich euch geschrieben, damit ihr wisst, dass ihr das ewige Leben habt, euch, die ihr glaubt an den Namen des Sohnes Gottes.«

Diese Verse hatten mich in den vergangenen Tagen sehr beschäftigt. Aber was sollte ich nun lesen, da ich das Neue Testament vollständig kannte? Mich durch das Alte Testament kämpfen? Keine besonders reizvolle Vorstellung. Der

Garten Eden, die Sintflut, die Gebote, wer wen zeugte? Ich hatte keine Ahnung, was davon für mich wichtig sein könnte. Aber es einfach auslassen wollte ich auch nicht. Sicher war vieles von Bedeutung und gehörte zu den Dingen, die Gott mich wissen lassen wollte. Ich hatte so viele Fragen und freute mich, sie mit Matt zu erörtern. Ich wusste, dass er Antworten für mich bereithielt, die ich alleine nicht fand.

Am Ende schlug ich doch aufs Geratewohl das Alte Testament auf. Nachdem ich eine Weile hier und da einige Passagen gelesen hatte, verlegte ich mich auf die Psalmen. Eher zufällig entschied ich mich für Nummer neun. Hier fesselte mich besonders ein Abschnitt: »Ich freue mich und bin fröhlich in dir und lobe deinen Namen, du Allerhöchster, dass meine Feinde zurückweichen mussten; sie sind gestrauchelt und umgekommen vor dir. Denn du führst mein Recht und meine Sache, du sitzest auf dem Thron, ein rechter Richter. Du schiltst die Völker und vernichtest die Frevler; ihren Namen vertilgst du auf immer und ewig. Der Feind ist vernichtet, zertrümmert für immer, die Städte hast du zerstört; jedes Gedenken an sie ist vergangen.«

Ich wünschte mir, das träfe auch für mich zu, aber das musste ich mir abschminken. Meine Feinde wichen nicht zurück, sondern drangen im Gegenteil immer weiter vor. Sie strauchelten und starben nicht, wurden auch nicht vernichtet oder für immer zertrümmert. Abu Khalif und seine Leute waren auf einem unbeschreiblichen Völkermordtrip. Und mich hatte man vom Schlachtfeld und in die Verbannung geschickt. War das gerecht?

Ich konsultierte die Taschenuhr meines Großvaters. Es wurde Zeit. Ich schnappte mir Aktentasche und Koffer, verließ das Zimmer und schloss die Tür zum vermeintlich letzten Mal.

Aus dem Nichts überkam mich ein tief greifendes, alles beherrschendes Gefühl von Traurigkeit. Ich schickte mich an, ein Team zu verlassen, dessen Leistung ich respektierte und bewunderte. Ich hinterließ eine unvollendete Aufgabe. Kaum etwas hasste ich mehr. Und dann war da noch Yael, die mich zurückgewiesen hatte, wenngleich so sanft wie möglich. Ich war nicht sauer, im Gegenteil, ich wollte, dass sie glücklich war. Es tat dennoch weh, vor allem weil die Nachricht über ihre Verlobung aus heiterem Himmel kam.

Ich war mit der Vorstellung nach Israel gekommen, dass sich etwas zwischen uns entwickelte. Nie wäre mir eingefallen, dass sie mit einem anderen zusammen sein könnte, geschweige denn, dass sie verliebt war – und noch viel weniger, dass sie sich einverstanden erklärte, einen anderen Mann zu heiraten. Letzte Nacht hatte es mich wie ein Schock getroffen. Heute Morgen fühlte ich mich, als müsste ich den Verlust eines weiteren Freundes betrauern.

Wir würden uns nicht schreiben und uns auch nicht anrufen. Wir würden nicht in Kontakt bleiben, wozu auch? Vor ihr lag eine neue Liebe. Ein neues Leben.

Und was blieb mir?

87

Es war Punkt neun Uhr, als ich an die Tür des Konferenzraums klopfte.

Einen Augenblick später hörte ich Yaels Stimme durchs Interkom, die mich hineinbat. Die elektronischen

Schlösser wurden geöffnet. Das komplette Team saß da, Ari Shalit am Kopfende des Tisches. Der derangierte Anblick jedes Einzelnen und die vielen leeren Kaffeebecher verrieten, dass sie nicht gerade erst eingetroffen waren, sondern vermutlich die ganze Nacht hier verbracht hatten.

»Bitte, J. B., setz dich doch«, bat Yael.

Der Platz neben ihr war frei, aber ich entschied mich für den Stuhl neben Shalit und wappnete mich für das Unvermeidliche. Yael dürfte sich für meine Mitarbeit bedanken, wie kurz auch immer das ausfallen mochte. Sie würde erklären, ich hätte ihnen sehr geholfen, Ari würde zustimmen, das Team höflich nicken – und nach einem kurzen Applaus war's das dann. Ich hatte bereits entschieden, dem Abschied eine positive Note zu verleihen. Ich war dankbar, mit diesen Spezialisten und einzigartigen Experten an einem so ehrenhaften Ziel gearbeitet zu haben. Niemand wünschte ihnen mehr Erfolg als ich. Mein Leben hing davon ab. Also hielt ich es für sinnlos, sie etwas von meiner Verbitterung spüren zu lassen. Das Ganze ging hoffentlich flott über die Bühne. Bald saß ich dann in einem Hubschrauber zum Ben Gurion International Airport, um von dort aus den langen Rückflug zu den Amerikanischen Jungferninseln anzutreten.

Doch dann nahm der Morgen eine überraschende Wendung.

»Mein Team und ich sitzen seit kurz nach Mitternacht hier«, erklärte Yael zum Auftakt.

»Und warum?«, wollte ich wissen. »Was ist los?«

»Wir haben uns näher mit deiner Theorie beschäftigt, dass Dr. Al-Siddig eine Schlüsselrolle einnimmt.«

»Okay …«

»Die Kurzfassung lautet, dass wir in den letzten paar Stunden herausgefunden haben, dass Al-Siddig Saudi-Arabien seit vier Jahren nicht verlassen hat. Er hält Vorlesungen, veröffentlicht Artikel und ist eine Berühmtheit. Er nimmt an Seminaren und Konferenzen teil. Islamische Gelehrte aus aller Herren Länder besuchen ihn. Aber er reist selbst nicht außer Landes.«

»Weiter.« Hielt das Team meine Theorie nun für überzeugend oder für lächerlich? Und warum redeten sie überhaupt mit mir darüber? Wenige Minuten vor meinem Abschied?

»Vor zwei Tagen hat Al-Siddig erstmals einen ersten internationalen Flug gebucht«, schaltete sich Ari ein. »Wollen Sie raten, wohin?«

»Keine Ahnung.«

»Istanbul«, beantwortete Shalit die Frage selbst.

»Interessant.«

»Das finden wir auch. Bleibt die Frage, ob er dort Urlaub macht und zum ersten Mal in seinem Leben wie ein Tourist die Sehenswürdigkeiten einer fremden Stadt besichtigt. Oder ob er nicht doch eher ein Treffen mit seiner Tochter und Khalif im Sinn hat.«

»Aktuell sind wir uns nicht sicher«, meinte Yael. »Aber alles, was du mir letzte Nacht über Al-Siddig gesagt hat, passt ins Bild. Wir haben uns mit seinem Leben und seinen Lehren auseinandergesetzt und aktuelle Anrufe und E-Mails vorgenommen. Alles, wirklich alles in unseren Datenbanken, deckt sich mit deinen Erkenntnissen. Und du hast recht, er ist ein enger Freund und Berater Abu Khalifs. Er vergöttert seine Tochter, genau wie Khalif. Als wir darauf stießen, dass er ein Ticket in die Türkei gebucht hat, hofften wir, dass es uns den Durchbruch beschert.«

Shalit merkte an, dass Al-Siddig einen Platz in Flug 109 der Turkish Airlines gebucht habe, der Medina um 16:40 Uhr Ortszeit verließ und um 20:15 Uhr in Istanbul landete. Von dort nahm er eine Verbindung nach Antalya, einem Ferienort an der Mittelmeerküste.

Und dann kam der Knaller: Shalit wollte Yael, Dutch und mich nach Istanbul schicken.

»Mich …?«

»Die Mission lautet: Al-Siddig finden, ihm folgen und berichten«, erläuterte Shalit. »Sie brechen in einer Viertelstunde auf. Noch Fragen?«

Viele, um genau zu sein. Aber eins wurde klar: Ich flog doch nicht nach Hause.

Zuerst ging es mit einer Gulfstream IV nach Rom.

Ich war aufgeregt und durch die Wende, die die Ereignisse genommen hatten, ungemein motiviert. Immerhin schickte man mich erneut in den Einsatz, ausgerechnet zu einem Zeitpunkt, da Khalif eine Fatwa über mich verhängt hatte, die meine Ermordung gestattete. Yael und die anderen hatten anfangs einen Riesenwirbel darum gemacht, dass ich nicht als Agent ausgebildet und deshalb in besonderem Maße gefährdet sei. Plötzlich war davon keine Rede mehr.

Auf meine Frage nach dem Grund hatte Shalit schlicht geantwortet, meine Instinkte hätten sich wieder und wieder als treffsicher erwiesen. Deshalb habe man mich überhaupt erst ins Team aufgenommen und wolle so kurz vor dem Ziel nicht darauf verzichten. Man brauche mich, um Khalif das Handwerk zu legen. Mit falschen Dokumenten, Verkleidungen und ähnlichen Maßnahmen sollte das Team alles in seiner Macht Stehende tun, um die

Gefahr einer Entdeckung für mich zu reduzieren. Shalit war trotzdem ehrlich gewesen, was die Risiken für mich anging. »Die Wahrscheinlichkeit, dass Sie nicht zurückkehren, ist hoch«, sagte er beim Abschied.

Das war mir bewusst. Ich wollte trotzdem am Ball bleiben und die Sache zu Ende bringen.

Dutch, Yael und ich nahmen unser Gepäck selbst mit und begaben uns zum Terminal. Mit einem Linienflug ging es nach Istanbul. Flug 1866 von Turkish Airlines startete um 15:25 Uhr MEZ und landete um kurz nach sieben abends in der ehemaligen Hauptstadt des Osmanischen Reiches und früheren Sitz des osmanischen Kalifats.

Es wurde knapp, denn uns blieb kaum eine Stunde, bis Dr. Al-Siddig auf dem gleichen Flughafen landete. Dutch bestand darauf, dass dieses Vorgehen am erfolgversprechendsten war. Er verfügte über die größte Erfahrung bei solchen Operationen, weshalb Yael ihm kurzerhand die Leitung übertrug.

Natürlich konnte angesichts der schwierigen politischen Lage zwischen Israel und der Türkei ein Mossad-Team nicht einfach mit einer Privatmaschine von Tel Aviv nach Istanbul fliegen, ohne die Aufmerksamkeit der Geheimdienste und der türkischen Polizei zu wecken. Das kam also nicht infrage; schon gar nicht mit der Fatwa, die über meinem Kopf schwebte. Die türkischen Behörden auf mich oder meine Kollegen vom Mossad aufmerksam zu machen, war das Letzte, was wir wollten. Deshalb die Entscheidung für einen simplen Linienflug mit einer türkischen Fluggesellschaft, bei dem wir uns mit Tausenden weiterer Touristen und Geschäftsleute in die Schlangen vor der Passkontrolle einreihten.

Er und Yael machten sich keine größeren Gedanken über eine Einreise mit falschen Papieren. Sie waren Profis, für die so etwas zum Alltag gehörte. Sorgen machten sie sich eher um mich. Es war weniger die türkische Grenzpolizei, auf die wir achten mussten, sondern die Tatsache, dass mittlerweile wohl jeder Muslim das Foto kannte, das der IS zusammen mit der Fatwa verbreitet hatte. Dank sozialer Netzwerke kursierte es inzwischen in der ganzen Welt. Damit bestand jederzeit die reale Gefahr, dass jemand an mir vorbeilief und mich erkannte. Das Gute war, dass man das Foto meinem Profil auf der Seite der *New York Times* entnommen hatte. Es war nicht nur fünf oder sechs Jahre alt, sondern zeigte mich vor allem glatzköpfig und glatt rasiert und ich trug darauf einen westlichen Anzug.

Jetzt hatte ich wieder volles Haar, das in Verbindung mit dem Vollbart mein Aussehen dramatisch veränderte. Zusätzlich bestand Dutch darauf, dass Yael und ich ähnlich wie in Dubai als muslimisches Paar auftraten. Yael trug also wieder eine schwarze seidene *abaya* und einen *niqab*, die sie von Kopf bis Fuß verhüllten, das Gesicht eingeschlossen. Ich selbst verzichtete auf mein Dubai-Outfit – Zegna-Anzug, italienische Schuhe und goldene Rolex – und schlüpfte in einen weißen *thaub*, das bodenlange, langärmlige traditionelle Gewand, das Männer in der Golfregion trugen. Dutch hatte mich außerdem gebeten, eine *taqiya* aufzusetzen; die runde Kappe, die für Muslime typisch war.

Wäre ich in einer solchen Tracht in Israel aufgetreten, hätte mir die israelische Grenzpolizei sicher viele Fragen gestellt: Wer ich war, wo ich herkam, warum ich nach Israel reiste, wen ich vor Ort kannte, welche anderen muslimischen Staaten ich schon besucht hatte und so weiter. In der Türkei würde das Gegenteil der Fall sein, zumal ich recht passabel Arabisch sprach. Ich fiel dort nicht weiter auf, sondern verschwand in der Masse. Natürlich passte das Outfit, das Yael und ich trugen, eher in die Golfregion, aber türkische Flughäfen wurden häufig von Bürgern der Golfstaaten besucht. Man ließ sie ohne langwierige Kontrollen und Visum einreisen.

Es gab nur ein Problem, und das hatte nichts mit meiner Erscheinung, meinem falschen Pass oder der vorgegaukelten Heirat mit Yael zu tun. Es war viel ernster: Unser Flugzeug hatte Verspätung.

88

Istanbul, Türkei

Die Maschine landete fast 40 Minuten nach der vorgesehenen Zeit in Istanbul.

Nachdem wir durch den Regen zum Terminal gelaufen waren, die Passkontrolle passiert und uns mit dem Leiter der hiesigen Mossad-Niederlassung, einem türkischen Juden Mitte 50, in Verbindung gesetzt hatten, der uns bat, ihn Mustafa zu nennen, war es schon 20:06 Uhr. Damit blieben weniger als zehn Minuten, bis Al-Siddigs Flug landen sollte.

Von da an ging alles den Bach runter. Ein Blick auf die Ankunftstafel verriet uns, dass Al-Siddigs Flug verfrüht gelandet war. Die Gepäckausgabe lief bereits, ausgerechnet am anderen Ende der Ankunftshalle.

Yael und Dutch blieben ruhig, gelassen und konzentriert. Sie machten so etwas eben auch schon länger. Ich hingegen war neu im Geschäft und flippte beinahe aus. Wir hatten keinerlei Reserve mehr. Al-Siddig stellte unser einziges Bindeglied zu Abu Khalif dar. Wir unterstellten, dass Khalif ihn zu sich bestellt hatte und der Professor uns direkt zum Emir des IS führen konnte. Ihn zu verlieren wäre dementsprechend eine Katastrophe gewesen. Und ich befürchtete, dass genau das passierte.

Mustafa versuchte, mich zu beruhigen. Er erklärte, dass er und sein Team bereits vor drei Stunden auf dem Flughafen eingetroffen seien. Er hatte vier Agenten – zwei Männer und zwei Frauen – am Gate stationiert, an dem die Passagiere aus Al-Siddigs Flugzeug den Transitbereich verließen. Andere Agenten besetzten Korridore im ganzen Flughafen, sodass der saudische Theologieprofessor verfolgt werden konnte, egal wohin er sich wandte. Außerdem warteten draußen vor dem Terminal zwei SUVs mit Agenten, die Al-Siddig bei Bedarf verfolgen konnten, falls er sich überraschenderweise entschloss, den Flughafen zu verlassen, statt seinen Anschlussflug nach Antalya umzusteigen. Und wenn das alles schiefging, hatte er noch drei weitere Agenten in der Hinterhand, die auf Motorrädern an den Ausfahrten der Hauptzufahrtsstraßen postiert waren. Selbst wenn es etwaigen Fahrern Al-Siddigs gelungen wäre, Mustafas SUVs abzuschütteln, könnten diese an ihm dranbleiben.

Mustafas Empfehlung lautete, direkt zum Gate unseres Anschlussfluges nach Antalya zu gehen, weil dort bald das Boarding begann. Er und sein Team würden sich um alles andere kümmern. Sie seien immerhin ausgebildete und erfahrene Profis, die die örtlichen Gegebenheiten in- und auswendig kannten. Sie wussten, was zu tun war und worum es ging. Er sei sicher, dass sie auf ihre umfassenden Vorsichtsmaßnahmen ohnehin nicht zurückgreifen mussten. Seine Instinkte verrieten ihm, dass Al-Siddig wie geplant nach Antalya weiterreise.

»Nehmen Sie das Flugzeug«, wisperte er. »Und lassen Sie sich nicht erwischen.«

Dutch stimmte zu. Rasch teilten wir uns auf und machten uns getrennt auf den Weg. Yael und ich rollten unser Gepäck durch die Halle und betraten ein Café gegenüber von unserem Gate. Wir bestellten zwei Tassen türkischen Kaffee, fanden einen leeren Tisch und setzten uns gemeinsam, mit pochendem Herzen und wachsamem Blick. Dutch hingegen verschwand für eine Weile und kam irgendwann an uns vorbei, ohne uns Beachtung zu schenken. An einem Zeitungsstand in der Nähe blätterte er die Auslage durch. Schließlich kaufte er ein Päckchen Kaugummi und einen Schokoriegel, schielte gelegentlich auf die Armbanduhr und schien auf die Durchsage zu warten, dass das Boarding begann.

Mustafa war nirgends zu sehen, genauso wenig wie ein anderer Mossad-Agent. Zumindest konnte ich niemanden als solchen identifizieren. Keiner in unserer Umgebung sah aus wie ein Israeli, nicht mal irgendwie jüdisch. Allerdings traf das auch auf Mustafa nicht zu. Seine dunkle Hautfarbe und der buschige Schnäuzer waren wahrscheinlich nicht mal Tarnung. Alles an ihm wirkte echt.

Yael erzählte, dass der Leiter des hiesigen Büros und seine Familie Olim waren, was bedeutete, dass sie 1982 als Juden nach Israel eingewandert und nun waschechte Israelis waren. Sie waren dort zur Schule gegangen, hatten in den Streitkräften gedient, zahlten Steuern und waren vollkommen in die israelische Gesellschaft integriert. Mustafa hingegen sah türkisch aus, weil er Türke war. Er sprach die Sprache wie ein Einheimischer, konnte schreiben und lesen wie ein Einheimischer und war daher damit der perfekte Kandidat, um beim israelischen Geheimdienst in der Türkei zu arbeiten.

Wieder wurde mir klar, dass der Mossad von einer faszinierenden Besonderheit profitierte: Über 2000 Jahre hatten Juden im Exil in aller Herren Länder zugebracht und waren in den letzten Jahrzehnten nach Israel heimgekehrt. Das versetzte den Geheimdienst in die einmalige Lage, israelische Staatsbürger rekrutieren zu können, die wie Araber, Russen, Deutsche, Italiener, Äthiopier, Jemeniten, Brasilianer, Koreaner oder sogar Chinesen aussahen, entsprechend sprachen und sich so verhielten. Diesen Agenten musste man nicht erst beibringen, sich in eine fremde Gesellschaft einzufügen, sie mussten keine neuen Sprachen, Redewendungen, Sitten und Gebräuche lernen. Das hätte mich eigentlich beruhigen sollen, doch das tat es nicht.

Wo war Al-Siddig? Hatte er das Flugzeug bereits verlassen? Wollte er wirklich nach Antalya oder hatte er gezielt eine falsche Spur gelegt? Ich fragte mich, wer wohl mit ihm reiste und wie wir ihn identifizieren sollten. Vor allem: Was geschah, wenn er umgekehrt uns identifizierte?

Ich griff nach meinem Handy und öffnete die App, die Dutch mir während des Flugs nach Rom erklärt hatte. Jeder im Team, mich eingeschlossen, trug eine Brille ähnlich der, die ich in Dubai bekommen hatte. Aber diese Version besaß nicht bloß ein eingebautes Mikrofon, sondern auch eine hochauflösende Kamera. Jedes Teammitglied übermittelte auf diese Weise alles, was es sah, in Echtzeit an die Handys der anderen.

Kaum war die App geladen, blieb mir fast das Herz stehen. Leicht grobkörnig blickte mir Abu Khalifs Mentor entgegen. Er war hier im Flughafen und er war in Bewegung.

Eine Textnachricht poppte am unteren Bildrand auf: Hat keine Koffer eingecheckt, nur Handgepäck. Ohne Begleitung. Scheint allein zu sein.

Das konnte ich nicht glauben. Niemals würde Al-Siddig unbegleitet zum Emir reisen. Es war höchstens denkbar, dass er selbst glaubte, allein zu sein. Ich zweifelte nicht eine Sekunde, dass Abu Khalif IS-Mitglieder darauf angesetzt hatte, ihn auf dem Flug zu überwachen und auf ihn aufzupassen. Genau wie hier im Flughafen. Unter Garantie hatten sie Al-Siddig im Blick und verfolgten, genau wie wir, jeden seiner Schritte.

Also, wo waren sie? Warum hatte der Mossad sie nicht längst identifiziert?

Zielperson ist unterwegs zur Männertoilette, hieß es in der nächsten Nachricht. Sechs bricht ab.

Drei, folg ihm, schrieb Mustafa.

Dann eine weitere Nachricht: Eins und Zwei, Posten im Gang beziehen.

Und noch eine: Sechs, zurückbleiben, falls er umkehrt. Alle anderen Position halten.

Dann meldete sich Dutch. Wo sind seine Aufpasser?, fragte er und fasste damit meine Hauptsorge in Worte. Gebt Bescheid, wenn sie euch auffallen.

Ich hab einen, meldete Yael. Am Gate nach Antalya. Frau, Jeans, Hidschab.

Instinktiv hob ich den Kopf, um nachzusehen. Sofort fiel mein Blick auf eine attraktive Muslima Ende 20. Sie trug Designerjeans, eine Bluse in leuchtenden Farben und einen Hidschab. Auf den ersten Blick war ich sicher, dass Yael sich irrte. Die Frau erinnerte mich eher an eine College-Studentin, nicht an eine Spionin. Yael trat mir unter dem Tisch sanft ans Schienbein.

Ihre Botschaft war deutlich: nicht hinsehen. Keinen Augenkontakt riskieren.

Natürlich hatte sie recht. Aber ich war eben nicht für Überwachungen ausgebildet worden. Ich sollte mich nicht an der Überwachung der anderen beteiligen. Mein Job derzeit bestand darin, die Videofeeds zu verfolgen, den Kopf gesenkt und mich aus allem Ärger rauszuhalten.

Ich konzentrierte mich erneut auf die App und schaltete auf die Aufnahmen von Yaels Brille. Ich betrachtete die junge Frau genauer … und stellte rasch fest, dass Yael richtiglag. Die Zielperson tat, als läse sie in einem Magazin, aber das tat sie nicht wirklich. Sie musterte vielmehr jeden Passagier, der an ihr vorbeikam, und tippte zwischendurch auf ihrem Handy herum.

Wem textete sie da? Und was?

Sie war nicht allein. Zumindest das stand fest.

89

Als wir zum Boarding aufgerufen wurden, hatten wir nicht weniger als vier IS-Mitglieder identifiziert, die Al-Siddig beschatteten. Dutch saß in der ersten Klasse und gehörte dadurch zu den Ersten, die ins Flugzeug einstiegen. Das erlaubte es ihm, alle nachfolgenden Passagiere genau zu inspizieren. Uns gab es die Möglichkeit, die von seiner

Brillenkamera gemachten Aufnahmen zu sichten. Er hatte die Aufgabe, Al-Siddig ›zufällig‹ anzurempeln und dem saudischen Professor eine kleine Wanze in die Reise- oder Jackentasche zu schmuggeln. Sobald wir in Antalya landeten, konnten wir ihm so überallhin folgen.

Yael und mir wurden Sitze ganz hinten in der letzten Reihe zugewiesen, direkt an den Waschräumen und der Küche. Also gingen wir auch mit als Letzte an Bord. Das war ein Problem, denn jeder konnte uns ansehen, während wir durch den Gang liefen. Seit Abu Khalifs Fatwa machte mich so etwas doch ausnehmend nervös, obwohl ich mir Mühe gab, es zu kaschieren. Mir schlug das Herz bis zum Hals, meine Handflächen waren schweißnass und ich fühlte mich in meinem Golfstaaten-Aufzug gleichermaßen deplatziert und auffällig.

Während ich mich durch die Reihen kämpfte, fiel mein Blick auf die junge Frau im Hidschab. Sie saß in der ersten Klasse, auf der linken Seite am Fenster zwei Reihen hinter Dutch. Sie musterte mich misstrauisch, was mich noch nervöser machte. Fünf Reihen hinter ihr saßen zwei große, kräftige Araber auf zwei Plätzen, die durch den Gang getrennt waren. Das Mossad-Team hatte sie ebenfalls als IS-Mitglieder identifiziert. Ihre kalten, leeren und seelenlosen Blicke, als ich sie passierte, jagten mir einen Schauder über den Rücken.

Zwei Reihen weiter entdeckte ich Al-Siddig selbst. Ich hatte mir sein Konterfei tagelang eingeprägt und ihn auf dem Flughafen über die Video-App gesehen. Ihn nun so direkt vor mir zu haben, von Angesicht zu Angesicht gewissermaßen, löste leichte Panik aus. Das also war der theologische und ideologische Mentor des Mannes, der meine Familie hatte töten lassen.

Es war verstörend, wie normal er aussah. Im Gegensatz zu Khalif, der mehr als nur eine vage Ähnlichkeit mit Charles Manson aufwies, erinnerte Al-Siddig eher an einen distinguierten Professor der englischen Literatur, nicht an einen Völker mordenden Endzeitpsychopathen. Er hatte ein ovales Gesicht, einen sehr gepflegten Schnurr- und Kinnbart, eine längliche Patriziernase und trug eine Bifokalbrille mit antik wirkendem Goldrahmen. Seine Kleidung bestand aus einem hellblauen durchgeknöpften Hemd, einem Tweedjackett, beigefarbenen Hosen und Mokassins. Auch er saß auf einem Sitz am Gang. Mir fiel auf, dass er quasi meinem Gegenentwurf entsprach. Er, ein fanatischer Muslim, versuchte westlich rüberzukommen, während ich, ein frischgebackener Christ, mich als tiefgläubiger Muslim ausgab. Offenbar waren wir darauf aus, uns gegenseitig an der Nase herumzuführen, und damit auch jeden anderen, der uns beobachtete. Wir wollten nicht erkannt werden, bis unsere Mission erledigt war.

Im Übrigen hinterließ Al-Siddig mitnichten den Eindruck, als fühlte er sich in seiner Verkleidung wohler als ich. Er hatte einen Spionageroman von John le Carré auf dem Schoß liegen, ohne darin zu lesen. Stattdessen fummelte er nervös an der Ventilation herum und tupfte sich die Brauen mit einem Stofftaschentuch ab.

Als ich an ihm vorbeiging, sah er zu mir auf und unsere Blicke trafen sich für einen Moment. Ich rang mir ein Lächeln ab und nickte, dann wandte ich das Gesicht ab. Mir entging nicht, wie sich seine Brauen zusammenzogen. Schlagartig ging mir auf, dass ich mich eher wie ein amerikanischer Tourist benahm, nicht wie ein sunnitischer Araber, der ebenfalls aus den Golfstaaten stammte. Jetzt begann ich mir ernsthaft Sorgen zu machen. Ob er mich erkannt hatte? Wie dumm von mir. Wieso hatte ich auch Augenkontakt hergestellt? Schlimmer noch: Alle anderen im Team, die ebenfalls über die Brillenkameras und die Handy-App miteinander verbunden waren, wurden Zeuge dieses Patzers und der unbehaglichen Reaktion Al-Siddigs.

Jetzt konnte ich sowieso nichts mehr daran ändern. Am besten machte ich einfach weiter und hoffte auf das Beste.

Drei Reihen hinter Al-Siddig entdeckte ich in der Economy-Klasse einen gut aussehenden Mann, etwa Mitte 30 und Araber. Der vierte IS-Agent, den das Team identifiziert hatte. Diesmal achtete ich darauf, nicht in seine Richtung zu sehen, während ich an ihm vorbeiging. Sein Gesicht hatte sich bereits in mein Gedächtnis eingebrannt, schien er mir doch der Gefährlichste von allen zu sein. Er hatte dunkle, nachdenkliche Augen sowie einen langen, buschigen Bart. Seine Gesichtszüge legten nah, dass er Saudi war, ebenso schien er sich in ausgezeichneter körperlicher Verfassung zu befinden und wirkte klüger und durchtriebener als die beiden Schläger weiter vorn. Mustafa hatte uns alle per App gewarnt, dass er ihn für den Anführer des Teams hielt, das Al-Siddig beschattete. Er fügte hinzu, dass noch weitere IS-Mitglieder als Passagiere in diesem Flieger sitzen konnten. Selbst Crewmitglieder kamen infrage. Bisher war es allerdings ein reiner Verdacht.

Planmäßig setzte sich Yael ans Fenster in der letzten Reihe rechts, ich nahm am Gang Platz. Damit konnte ich jeden sehen, der nach hinten in einen der Waschräume ging. Gleichzeitig wuchs das Risiko, umgekehrt erkannt zu werden. Uns blieb keine Wahl. Eine muslimische Frau, die mit ihrem Mann reiste, besonders eine, die eine *abaya* trug, hätte niemals am Gang sitzen dürfen. Also schnallte ich mich an und schickte ein stummes Gebet zum Himmel.

Schon bald rumpelten wir die Startbahn entlang und hoben in einen trügerischen Wintersturm ab, der nicht nur über Istanbul tobte, sondern auch über der gesamten nordöstlichen Mittelmeerregion.

Zweimal während des kurzen, aber unruhigen Flugs ging Al-Siddig durch den Gang zu den Waschräumen. Beide Male musterte er mich sichtlich befremdet, beide Male machte es mich unsäglich nervös. Das erste Mal verbarg ich mein Gesicht hinter der *Asharq Al-Awsat,* der arabischen Tageszeitung mit Sitz in London. Das zweite Mal, knapp eine halbe Stunde später, folgte ihm der junge Saudi in einen der Waschräume. Diesmal gab ich vor, mich in die *Al-Hayat,* eine andere arabische Tageszeitung, vertieft zu haben, als er direkt neben mir stehen blieb.

Meine Fantasie drohte mit mir durchzugehen. Welche Abscheulichkeiten mochte dieser IS-Killer schon begangen haben, welche weiteren heckte er noch aus? Während ich diese Ängste durchlebte, blieb Al-Siddig auffällig lange im Waschraum. Ich fragte mich nach dem Grund. Machten ihn die Turbulenzen luftkrank oder plagte ihn ein anderes Gebrechen? Setzten ihm womöglich die eigenen Ängste zu? Genauso gut konnte er Verdacht geschöpft haben. Die Tatsache, dass Dutch ihn angerempelt hatte, mochte seine Paranoia befeuern. Vielleicht suchte er nach der Wanze und spülte sie in diesem Moment die Toilette herunter?

Als Al-Siddig den Waschraum verließ und sich anschickte, an dem jungen Saudi vorbeizugehen, wurde das Flugzeug abrupt von einer weiteren Turbulenz erfasst. Beide Männer verloren das Gleichgewicht. Al-Siddig griff nach der Kopflehne des Sitzes vor meinem, um sich abzustützen. In diesem Augenblick bemerkte ich, wie der Saudi eine Notiz in die Außentasche seines Jacketts gleiten ließ. Es ging so schnell und glatt über die Bühne, so beiläufig, dass ich für ein paar Augenblicke bezweifelte, dass es überhaupt passiert war. Anschließend betrat der junge Mann den Waschraum und Al-Siddig kehrte an seinen Platz zurück. Bevor er sich setzte, blickte er sich nervös um, als wollte er sicherstellen, dass ihn niemand beobachtete. Er ließ sogar den Blick in meine Richtung schweifen, also tauchte ich wohlweislich hinter meiner Lektüre ab. Als ich wieder hinzusehen wagte, zog er gerade den Zettel aus der Tasche, las ihn und steckte ihn rasch ein.

Ich lehnte mich auf der Stelle zu Yael hinüber und wisperte ihr zu, was ich mitbekommen hatte.

»Also ist der Kontakt hergestellt«, raunte sie zurück. »Dann wollen wir doch mal sehen, wie es weitergeht.«

90

Antalya, Türkei

Kaum waren wir in Antalya gelandet, wurde klar, dass wir nicht lange bleiben würden.

Trotzki informierte Yael per Handy, dass jemand am Schalter von SunExpress Airlines ein Ticket für Al-Siddig von Antalya nach Gaziantep hinterlegt hatte. Flug 7646 würde um 6:45 Uhr morgens starten und um Punkt acht Uhr landen. Darüber hinaus deutete Trotzki an, dass für diese Strecke gerade erst Tickets gekauft worden seien, und zwar im Namen von vier zusätzlichen Passagieren, die ebenfalls mit uns in der Maschine aus Istanbul eingetroffen waren.Ein wichtiger Durchbruch, denn bisher hatten uns nur Videos und Fotos der vier IS-Mitglieder vorgelegen, keine Namen. Das blieb auch so, denn die Personalien auf der Passagierliste entsprachen garantiert nicht den Tatsachen. Immerhin konnte man die Aufnahmen durch die Datenbanken von Mossad und anderen Geheimdiensten der Region jagen, um mithilfe von visuellen Abgleichen ein Reiseprofil zu erstellen. So würden wir in Kürze erfahren, welche Städte die vier in den letzten zwölf Monaten besucht hatten, unter welchem Alias und in Begleitung von wem sie dorthin gereist waren.

»Wir sind dran«, versicherte Trotzki Yael.

Sobald sie uns gebrieft hatte, rief Dutch bei Mustafa an. Der türkische Mossad-Chef war mit einem Learjet gerade mal zehn Minuten vor uns in Antalya gelandet. Er und seine Leute warteten mit sechs roten Sedans und SUVs auf uns, um die Verfolgung von Al-Siddiq und seinen Aufpassern aufzunehmen. Nachdem sich Al-Siddiqs Reisepläne offenbar geändert hatten, gab Dutch neue Anweisungen heraus. Vier von Mustafas Agenten – drei Männer und eine Frau – sollten ebenfalls Plätze auf dem SunExpress-Flug nach Gaziantep buchen. Auf diese Weise kamen für die Gegenseite unbekannte Gesichter an Bord und hielten uns über die weiteren Bewegungen auf dem Laufenden. Wir anderen eilten auf Dutchs Anweisung hin zum Learjet, um in höchster Eile zum gleichen Ziel aufzubrechen.

Bei Gaziantep handelte es sich um eine türkische Großstadt direkt vor der syrischen Grenze.

Sie lag ungefähr 80 Meilen nördlich von Aleppo, was ungefähr zwei Stunden Autofahrt bedeutete. Nahezu jeder

Ausländer, der sich dem IS, der Al-Nusra-Front oder einer anderen Rebellen- oder Dschihadistengruppe anschließen wollte, die um die Kontrolle in Syrien kämpfte, kam früher oder später nach Gaziantep. Man verschanzte sich in einem billigen Hotel, kontaktierte Schmuggler und bezahlte unverschämt viel Geld, um sicher über die Grenze gebracht zu werden.

Warum die türkische Regierung so etwas zuließ, stand auf einem anderen Blatt. Die Tatsache, dass ein NATO-Mitglied – ein langjähriger, verlässlicher Verbündeter der Vereinigten Staaten – blutrünstigen Terroristen (verharmlosend als ›ausländische Kämpfer‹ bezeichnet) gestattete, durch türkisches Gebiet über die Grenze zu spazieren, ließ mich regelrecht aus der Haut fahren. Doch das war jetzt nicht die Zeit, um sich über den geopolitischen Kontext der Situation den Kopf zu zerbrechen.

Unser Learjet setzte kurz vor Sonnenaufgang auf dem Rollfeld des Gaziantep Oğuzeli International Airport auf. Ich hielt es für überaus wahrscheinlich, dass Al-Siddig eine ganz ähnliche Reise nach Syrien vor sich hatte. Ein paar Mitglieder von Yaels Team sondierten aktiv die Möglichkeit, dass Khalif sich in Aleppo versteckt hielt. So könnte er sich auf dem Gebiet seines Kalifats, unweit der eigenen Truppen und in direktem Kontakt zur Kommandostruktur, aufhalten und trotzdem Rakka meiden, wo so viele IS-Mitglieder zur Zielscheibe wurden und bei Drohnenangriffen ums Leben kamen.

Wenn das zutraf, musste Al-Siddig wohl nicht lange in einem billigen Hotel ausharren. Er verfügte bereits über die notwendigen Kontakte, immerhin begleiteten ihn vier IS-Mitglieder. Ihn verband eine lange, intensive

Freundschaft mit Abu Khalif, zudem war er der Vater von dessen erster Frau. Sicher hatte Khalif persönlich ihn zu dieser Reise eingeladen. Welchen Anlass hätte es für Al-Siddig sonst gegeben, ausgerechnet nach Gaziantep zu reisen, zumal er Saudi-Arabien in den letzten vier Jahren überhaupt nicht verlassen hatte? Ob er tatsächlich nach Aleppo wollte, konnte ich nicht beurteilen. Trotzdem bahnte sich hier etwas Wichtiges an, das spürte ich. Hoffentlich leistete ich mir keinen Patzer, der alles verdarb.

Als Al-Siddig und sein Anhang landeten, hatten wir bereits Position bezogen und hielten uns für perfekt gerüstet. Ein neues, unbekanntes Team stand parat, um kurzfristig in einen anderen Flieger zu steigen, falls Al-Siddig und seine Leute uns erneut überraschten. Der Rest von uns hatte sich auf diverse Fahrzeuge verteilt, die in der Nähe des Flughafens oder direkt vor dem Hauptterminal warteten. Ich saß am Steuer eines dunkelblauen Toyota RAV4, Yael neben mir. Wir lungerten auf einer Tankstelle an der D-850 herum, nicht weit vom Flughafenparkplatz entfernt. Ich trug eine blaue Jeans, einen schwarzen Pulli sowie meine Lederjacke und eine Gebetsmütze. Yael hatte die schwarze *abaya* gegen eine graue Hose, braune Bluse, schwarze Vliesjacke und ein Kopftuch eingetauscht. So sahen wir eher wie türkische Muslime aus, weniger wie ein Ehepaar aus den Golfstaaten. Wir hofften, auf diese Weise weniger aufzufallen.

Yaels Satellitenhandy vibrierte. Dutch hatte uns eine Reihe von Nachrichten geschickt.

Al-Siddig verlässt den Flughafen.
Mit drei Männern.
Die Frau ist nicht mehr dabei.

Ihr folgt ein separates Team.
Al-Siddig und die anderen laufen zum Parkplatz.
Steigen in einen Van.
Weiß, VW Caravelle.
Fahren ab.
Richtung Norden.

Ich fuhr auf den Highway, drückte gehörig auf die Tube und verschaffte uns auf diese Weise einen ordentlichen Vorsprung vor dem herannahenden VW. Ich wusste, dass Dutch und die beiden Agenten, die ihn begleiteten, Al-Siddig in einem silberfarbenen Audi verfolgten. Mustafa und drei weitere Mossad-Leute bildeten in einem schwarzen Ford Explorer die Nachhut.

Tracking-Wanze funktioniert, meldete Dutch. Signal ist stabil.

Das ließ mich aufatmen, denn Al-Siddig war im Herzen der größten Stadt Südostanatoliens unterwegs, einer Stadt mit anderthalb Millionen Einwohnern. Ohne die Wanze hielt ich die Chance, dass wir den VW Caravelle im dichten Verkehr einer so dicht bebauten Umgebung verloren, für relativ hoch. Nur wenige von uns kannten die Gegend. Yael und ich waren noch nie hier gewesen. In jedem Fall durften wir den Abstand nicht zu groß werden lassen. Zwar betrug die Reichweite der Wanze rund fünf Meilen bei einer maximalen Abweichung von 100 Metern, aber für den Fall, dass Al-Siddig und seine Begleitung herausfanden, dass sie verfolgt wurden, fiel es ihnen sicher nicht schwer, in einer Umgebung unterzutauchen, die ihnen deutlich vertrauter war als uns.

Aus heiterem Himmel zog Dutchs Audi erst am Caravelle, dann an mir vorbei. Er wies mich an, etwas langsamer zu fahren und den Van überholen zu lassen. Ich drosselte behutsam das Tempo. Wenige Minuten später überholte der VW. Eine Minute später folgte der Explorer mit Mustafa. Yael und ich bildeten damit den Abschluss der Verfolgerkette. Aufgrund des starken Verkehrs auf der Autobahn dürften Al-Siddig und vor allem Dutch inzwischen mehrere Meilen Vorsprung besitzen.

Letzterer meldete sich nach weiteren zehn Minuten und kündigte an, auf die O-54 zu wechseln. Er wollte den Professor und dessen Leute in Sicherheit wiegen und sie gleichzeitig auf der anderen Straße verfolgen.

Der Caravelle blieb auf der D-850, Mustafa und wir ebenfalls. Einen Augenblick später forderte Dutch Mustafa auf, an der nächsten Raststätte zu halten, Damit fiel Yael und mir die Aufgabe zu, unseren Zielpersonen zu folgen. Dutch selbst hielt unterdessen nach einer Route Ausschau, um zu uns zu stoßen und kurzfristig eingreifen zu können.

Wir näherten uns dem Zentrum und fädelten uns in den anschwellenden Berufsverkehr ein. Ich schaffte es mehrfach gerade so bei Gelb über die Ampel, um nicht den Anschluss an Al-Siddig zu verlieren. Langsam machte ich mir Sorgen, dass wir bemerkt wurden.

»Jemand muss uns ablösen«, sagte ich zu Yael. Sie stimmte mir zu und schickte Dutch eine entsprechende Nachricht.

Einen Augenblick später raste ein Motorrad vorbei. Vom Teamleiter kam parallel die Aufforderung, uns zurückfallen zu lassen.

»Gehört der zu uns?«, fragte ich. »Ich wusste gar nicht, dass wir Unterstützung auf zwei Rädern haben.«

»Ich auch nicht. Warte, ich frag mal nach.«

Einige Augenblicke später summte ihr Smartphone.

»Du wirst es nicht glauben«, raunte sie, nachdem sie die Nachricht gelesen hatte.

»Was denn?«, fragte ich und hielt vor einer roten Ampel.

»Das ist Pritchard.«

»Paul Pritchard?«

»Ja.«

»Aus Dubai?«

»Genau der.«

»Was macht der hier?«

»Gute Frage. Ich denke, das finden wir bald raus.«

91

Gaziantep, Türkei

Ich hätte nie damit gerechnet, dass es in Gaziantep ein Holiday Inn gab.

Aber so war es. Mitten in der Stadt, mit gerade mal 35 Dollar pro Nacht ein Schnäppchen. Vor allem gab es jede Menge freie Zimmer. Al-Siddig und die IS-Kämpfer stiegen hier ab, in einer Suite mit zwei angrenzenden Schlafräumen.

Dutch und Mustafa mieteten die freien Unterkünfte über und unter Al-Siddigs Suite sowie die benachbarten Zimmer auf demselben Stockwerk an. Hier installierten sie Wanzen in der Hoffnung, einige Gespräche abzuhören und auf diese Weise an nützliche Informationen zu kommen. Die weiteren Agenten des Teams quartierten sich in der gleichen Etage wie Al-Siddig ein, am Ende der Flure, unweit von Treppenhaus und Aufzügen. Sie platzierten ein paar unauffällige Überwachungskameras und Bewegungssensoren mit stillem Alarm, die auslösten, sobald jemand Al-Siddiqs Suite verließ oder betrat. Außerdem hackten sie sich ins WLAN-Netz des Hotels und die Handynetze ein, um gegebenenfalls E-Mails oder Textnachrichten abzufangen.

Wir buchten eine weitere Suite im Erdgeschoss und machten sie zu unserer Einsatzzentrale. Yael, ich und zwei andere Agenten, eine Frau und ein Mann, bauten eine ganze Batterie von Laptops, digitalen Aufzeichnungsgeräten und anderer Ausrüstung auf. Auf diese Weise behielten wir alles im Blick, was in den Zimmern über uns vor sich ging, und konnten uns im Gegenzug in Ruhe besprechen oder mit dem Team in Ramat David abstimmen, ohne von den Terroristen belauscht zu werden.

Nachdem wir die Überwachung so gut wie möglich vorbereitet hatten, versammelten sich Dutch, Mustafa, Yael und ich im Kommandozentrum, wo auch Paul Pritchard zu uns stieß. Ich war neugierig zu erfahren, warum Pritchard sich hier aufhielt. Yael ging es ähnlich. Der ehemalige CIA-Agent brachte Neuigkeiten mit. Bei zwei der drei Männer, die Al-Siddiq begleiteten, handelte es sich demnach um Agenten, die in der Vergangenheit persönlich für Abu Khalif gearbeitet hatten und vermutlich weiterhin in engem Kontakt zu ihm standen.

»Woher wollen Sie das wissen?«, fragte ich.

»Sie stammen aus Abu Dhabi«, antwortete Pritchard. »Die Baqouba-Brüder haben sie vor ein paar Jahren für den IS rekrutiert. Prinz Zayid und seine Leute verfolgen sie seitdem auf Schritt und Tritt.«

Er händigte uns Profile zu beiden Männern aus. Mich beeindruckte, wie detailliert sie ausfielen. Es gab Fotos von ihnen, ihren Eltern und Geschwistern sowie recht ausführliche Lebensläufe und eine Liste der Personen, die mit ihnen in Verbindung gebracht wurden. Für besonders interessant hielt ich die Transkripte abgefangenen E-Mail-Verkehrs zwischen ihnen und Ahmed Baqouba. Sie stammten aus der Zeit ihrer Rekrutierung. Offenbar hatten sie nicht die leiseste Ahnung, dass man sie beschattete.

»Warum hat der Prinz die Kerle nicht schon damals festnehmen lassen?«, wollte Yael wissen, während sie die Unterlagen durchblätterte.

»Das ist auf meinem Mist gewachsen«, erläuterte Pritchard. »Ich riet ihm, nicht voreilig zuzuschlagen. Ich ging fest davon aus, dass wir an ihnen dranbleiben können, bis sie uns zu den Baqoubas und Khalif selbst führen. Da lag ich allerdings falsch. Keine zwei Wochen nachdem wir die Mails abgefangen hatten, entwischten sie uns. Seither waren wir auf der Suche nach ihnen. Als Ari Shalit uns die Bilder der Verdächtigen aus Istanbul schickte, erkannten Prinz bin Zayid und ich die zwei sofort. Daraufhin stieg ich sofort in den nächsten Flieger.«

»Na, ich schätze, dann bekommen Sie jetzt eine neue Chance.«

»Genau darum geht's.«

»Was ist mit dem dritten Mann?«

»Tut mir leid, zu dem haben wir nichts«, gestand Pritchard.

»Aber wir«, warf Yael ein. »Ich habe eben eine Mail von König Abdullah aus Amman erhalten. Sobald Ari ihm die Bilder aus Istanbul übermittelt hatte, rief Seine Majestät ihn sofort an, um ihm mitzuteilen, dass er eins der Gesichter kennt. Der Typ ist Jordanier und kämpfte seit

Gründung von Al-Qaida im Irak an der Seite Zarkawis. Nach Zarkawis Tod schwor er Abu Khalif die Treue. Seiner Majestät zufolge handelt es sich um einen der persönlichen Leibwächter Khalifs.«

Das klang vielversprechend. Damit verdichtete sich der Eindruck, dass man einige von Khalifs loyalsten Untergebenen abgestellt hatte, um einen der engsten Vertrauten Khalifs abzuholen. Die Chancen, dem Emir auf die Spur zu kommen, waren damit um ein Vielfaches gestiegen.

Dutchs Handy klingelte. Es war Nadia, die Leiterin der Mossad-Einheit. Er hatte sie beauftragt, der jungen Frau zu folgen, die sich von den anderen getrennt hatte. 20 Minuten nachdem Al-Siddig und die anderen vom Flughafen in Gaziantep aufgebrochen waren, war sie aus dem Terminal spaziert und mit einer älteren Frau um die 50 in einen staubigen alten Chevy gestiegen. Sie waren nicht in nördlicher Richtung über die D-850 nach Gaziantep gefahren, sondern hatten die D-400 nach Osten genommen. In Nizip, einer Stadt mit rund 100.000 Einwohnern etwa 30 Meilen östlich von Gaziantep, hatten sie haltgemacht.

»Nizip? Warum Nizip?«, rätselte Dutch.

»Wir haben keine Ahnung«, erwiderte Nadia.

»Und was tun sie jetzt?«

»Sie sind bei einer Art Villa angekommen. Sie steht auf einem weitläufigen Grundstück.«

»Eine Art Hotel?«

»Nein, ich halte es eher für Privatbesitz. Das Seltsame ist, dort gibt es keine Männer, sondern nur Frauen und Kinder.«

»Übermitteln Sie mir die Koordinaten. Ich setze einen Satelliten drauf an.«

»Sind unterwegs.«

»Gut, halten Sie mich auf dem Laufenden.«
»Natürlich.«

Al-Siddig blieb in dieser Nacht im Holiday Inn und verließ es nicht. Er und seine Aufseher verschanzten sich in der Suite. Wir registrierten keine nennenswerten Aktivitäten, auch an den folgenden vier Tagen nicht. Keine Anrufe, keine Textnachrichten, keine E-Mails. Nicht mal längere Gespräche. Sie besuchten kein Restaurant, kauften keine Zeitungen. Einmal öffneten sie die Tür, um sich vom Zimmerservice frische Handtücher geben zu lassen, das war auch schon alles.

Alle paar Stunden hörten wir, wie sie aßen. Sie kauten Äpfel, knackten Nüsse. Bei unseren gelegentlichen Patrouillen durch den Flur stieg uns der säuerliche Duft frisch geschälter Orangen in die Nase. Das ließ die Schlussfolgerung zu, dass ihre Koffer eher mit Vorräten als mit Kleidung und persönlichen Dingen gefüllt waren. Und es legte nahe, dass sie von Anfang an geplant hatten, den Großteil der Woche im Hotel zu verbringen.

Wir dagegen waren nicht auf so ausgedehntes Nichtstun eingestellt und mussten ständig jemanden in Restaurants und Supermärkte schicken, obwohl wir wussten, dass Al-Siddig und seine Begleiter jederzeit aufbrechen konnten und wir in diesem Fall das Nachsehen haben würden. Wir riskierten sogar, dass uns jemand auf die Schliche kam oder misstrauisch wurde, uns bei der örtlichen Polizei oder gar beim IS meldete.

Warum warteten sie ab und nahmen zu niemand Kontakt auf? War Al-Siddig doch nicht zu Abu Khalif unterwegs?

Eine mögliche Antwort lautete, dass sie erst die Rückmeldung abwarteten, es sei für Al-Siddig sicher, nach Syrien einzureisen. Die plausibelste Erklärung, beschlossen wir.

Ebenfalls für denkbar hielten wir, dass der IS Leute vor Ort hatte, vielleicht sogar Hotelpersonal, das überprüfte, ob Al-Siddig verfolgt wurde. Pritchard vermutete sogar, dass Helfer der Terroristen in einem der anderen Hotels oder Apartments in der Nähe den saudischen Professor rund um die Uhr bewachten, um herauszufinden, ob sich jemand verdächtig verhielt. Ein möglicher ausländischer Spion. In diesem Fall wuchs unser Risiko, entdeckt zu werden, je länger wir blieben, je länger wir Leute für Essen oder Besorgungen losschickten und unsere Autos in den angrenzenden Nebenstraßen stehen ließen.

Ein Trost blieb: Wären wir bereits entdeckt worden, hätte man uns längst angegriffen. Dass wir noch lebten, werteten wir als handfestes Indiz, dass man nicht auf unsere Aktivitäten aufmerksam geworden war.

Noch nicht.

92

Um kurz nach neun am Donnerstagmorgen ging einer unserer stillen Alarme los.

Es war am fünften Tag unseres Aufenthalts in Gaziantep. Jemand hatte die überwachte Suite verlassen, um durch den Flur zu den Aufzügen zu laufen. Yael alarmierte die anderen. Mustafa hatte Dienst im Erdgeschoss und holte sich gerade eine Pepsi aus dem Automaten in der Lobby, als einer von Al-Siddigs Männern aus dem Treppenhaus stürmte, ihn beinahe umrannte und Richtung Parkplatz hinter dem Hotel verschwand. Mustafa alarmierte sofort das Team und unsere vier Fahrer, die in verschiedenen Seitenstraßen in der Umgebung postiert waren. Auf Pritchards Bedenken hin hatten sie sich etwas weiter zurückgezogen. Jetzt standen sie mit laufendem Motor da, um jederzeit losfahren zu können.

Zehn Minuten später fuhren Al-Siddig und seine zwei anderen Begleiter mit dem Aufzug in die Lobby und verließen das Hotel durch den Vordereingang. Als der VW Caravelle vor dem Gebäude hielt, sprangen sie hinein und der Van fuhr mit quietschenden Reifen davon.

Dutch und seine Leute nahmen die Verfolgung auf. Pritchard holte sie auf dem Motorrad rasch ein. Sie hielten Sichtkontakt zu den Zielpersonen, behielten aber auch das Signal der Wanze im Auge. Gleichzeitig galt es, auf etwaige Verfolger zu achten und auf keinen Fall in eine Falle zu tappen.

Wir hatten kurz diskutiert, ob es sinnvoll sei, einen Tracker am VW zu befestigen. Am Ende entschied sich Dutch dagegen.

Er hielt es für besser, dem Fahrzeug nicht zu nah zu kommen, geschweige denn daran herumzufummeln. Seine Theorie lautete, dass er überwacht wurde und dass das Risiko zu hoch sei. Pritchard stimmte zu, womit das Thema als erledigt galt.

Yael und ich schlossen uns den Verfolgern nicht an. Stattdessen brachen wir mit Mustafa und zwei seiner Agenten in die Suite der Terroristen ein, bevor der Zimmerservice dort auftauchte. Ein riskantes Manöver, da wir nicht wussten, ob sich noch IS-Terroristen im Hotel aufhielten und sie überwachten. Mustafa bestand jedoch darauf, das Risiko einzugehen.

Wir verbrachten fast eine Stunde damit, alle drei Räume genau zu durchkämmen. Die Männer hatten nichts Nützliches zurückgelassen. Weder Gepäck noch persönliche Gegenstände. Nicht mal Müll. Als wäre das nicht entmutigend genug gewesen, waren alle Spuren akribisch beseitigt worden. Es fand sich kein einziger Fingerabdruck – auch nicht von früheren Gästen. Das ließ nur eine Schlussfolgerung zu: Al-Siddig und seine Begleiter beabsichtigten nicht, hierhin zurückzukehren. Sie waren unterwegs zu einem neuen Ziel. Doch wohin genau?

Wir gingen runter in die Einsatzzentrale und übten uns in Geduld, spielten Karten, liefen unruhig hin und her und kippten becherweise löslichen Kaffee in uns hinein. Eine Stunde lang hörten wir nichts von Dutch und seinen Jungs. Mit jeder weiteren Minute wurden Yael und ich nervöser. Wir wollten es nicht riskieren, sie anzurufen oder ihnen eine SMS zu schicken. Immerhin steckten sie mitten in einer riskanten Überwachung. Auf keinen Fall wollten wir sie im entscheidenden Moment ablenken.

Kurz vor Mittag klingelte Yaels Telefon. Nicht Dutch meldete sich, sondern Ari Shalit. Es gab Neuigkeiten. Präsident Mahfouz hatte soeben mit Premierminister Eitan gesprochen. Die Ägypter hatten Shalits Fotos der jungen Frau im Hidschab, Al-Siddigs Begleiterin, genauestens unter die Lupe genommen. Nach ein paar Tagen war es endlich gelungen, sie zu identifizieren.

Es handelte sich um eine Ägypterin, geboren und aufgewachsen in Alexandria, die Tochter eines prominenten Führers der Muslimbruderschaft, den man nach Mahfouz' Machtübernahme erst verhaftete, später dann hinrichtete. Daraufhin hatten sie und ihre drei Brüder sich allesamt radikalisiert. Zwei waren in den Irak gegangen, um sich dem IS anzuschließen, und starben im Rahmen eines Anschlags auf eine Kirche in Bagdad, der 179 Menschen das Leben kostete, den Märtyrertod. Der letzte Bruder kam während der Schlacht um Dabiq im letzten Dezember um. Nun blieb sie als Einzige übrig. Laut den Informationen von Mahfouz hatte die junge Frau erst vor vier Wochen IS-Rebellen in den Vororten von Aleppo einen Besuch abgestattet.

Während Yael die restlichen Details erörterte, stellte ich fest, wie eine gewisse Erregung von mir Besitz ergriff. Womöglich brachen wir im Zuge dieser neuen Erkenntnisse tatsächlich bald nach Aleppo auf, ungeachtet der chaotischen und gefährlichen Lage im Grenzgebiet.

Und das war noch nicht alles, was Shalit herausgefunden hatte. Den israelischen Geheimdiensten zufolge lieferten sich die paramilitärischen Streitkräfte der syrischen Kurden seit Tagen schwere Feuergefechte mit dem IS an der syrisch-türkischen Grenze. Laut aktuellem Kenntnisstand besaßen die Kurden derzeit die Oberhand. Sie hatten dem Islamischen Staat große Gebiete abgenommen; infolgedessen existierten nur noch wenige Korridore zwischen dem nordwestlichen Syrien und der Türkei, die vom IS besetzt waren. Shalits Analysten vertraten die Ansicht, dass es für IS-Rebellen somit schwierig bis unmöglich wurde, von Gaziantep nach Syrien oder umgekehrt von Aleppo in die Türkei zu gelangen. Falls Abu Khalif sich in Aleppo aufhielt, saß er dort fest.

Als die Sonne unterging, klingelte Yaels Satellitentelefon erneut. Diesmal war es Dutch. Er und sein Team hatten den ganzen Tag den VW verfolgt. Es gab keinen Zweifel: Al-Siddigs Leute unternahmen alles, um Verfolger aufzuspüren und abzuschütteln. Sie gingen überaus professionell vor, was das anging, doch dank der Wanze hatten Dutch, Pritchard und der Rest des Teams ihnen problemlos folgen können – bis zu einem Anwesen hoch in den Bergen, ganz in der Nähe von Nizip.

»Ist Khalif auch dort?«, wollte Yael wissen.

»Das weiß ich nicht«, antwortete Dutch. »Möglich ist es.«

»Was willst du damit sagen?«

»Wir haben ihn nicht gesehen, aber ich kann es nicht ausschließen.«

»Wo genau seid ihr gerade?«

»Ich verstecke mich in einer Höhle knapp unter dem Gipfelgrat eines Hügelkamms. Pritchard hat auf einer Anhöhe in der Nähe Position bezogen, leicht östlich von mir. Der Rest des Teams beobachtet die Fahrzeuge aus Verstecken rings um das Gelände.«

»Was siehst du?«

»Ein großes, von einer Mauer umgebenes Anwesen im Tal. Es ist wirklich riesig. Vergleichbar mit einem Fußballstadion. Es erinnert an eine alte osmanische Festung oder etwas in der Art. Pritchard datiert das Hauptgebäude aufs 16. Jahrhundert. Die es umgebenden Mauern dürften mindestens fünf sechs Meter hoch und einen Meter dick sein. Im linken Abschnitt des Geländes steht eine Moschee mit Marmorkuppel und Minarett, locker zehn bis zwölf Meter hoch.«

»Sonst noch was?«

»Eine Reihe zweistöckiger Gebäude, ebenfalls im linken Sektor. Teilweise kann ich in die Fenster hineinschauen. Klassenräume, wenn du mich fragst. Könnte sich um eine Madrasa handeln, obwohl sich keine Schüler blicken lassen. Auf der anderen Seite befindet sich ein ähnlicher

Komplex, ebenfalls zweistöckig. Pritchard hat einen günstigeren Beobachtungswinkel. Er tippt, dass es sich um eine Sammelunterkunft handelt. Doppelstöckige Betten, Schränke, Waschräume, so was in der Art. Im Zentrum befindet sich ein großer Innenhof.«

»Sicherheitsvorkehrungen?«, hakte Yael nach.

»Wasserdicht.«

»Wie viele Männer?«

»Mindestens 200 IS-Soldaten, eher mehr, wenn einige sich in den Gebäuden oder unterirdisch verstecken. Wir haben Treppen gesehen, die dem Augenschein nach in Gewölbe führen.«

»Sicher, dass es sich um IS handelt?«

»Absolut, die schwarze Flagge weht vom Minarett.«

»Mitten in der Türkei?«

»Na, ich würd das jetzt nicht grad ›mitten in der Türkei‹ nennen. Wir sind 1200 Kilometer von Istanbul und 750 von Ankara entfernt. Glaub mir, das ist Grenzgebiet, ländlich, heruntergekommen und direkt vor der Haustür zu Syrien.«

»Würde man dort einen IS-Emir verstecken?«, überlegte ich.

»Kann ich mir gut vorstellen.«

»Was tun die Männer jetzt?«, schaltete sich Mustafa ein.

»Ein paar Dutzend kontrollieren die nähere Umgebung oder verschanzen sich außerhalb der Mauern in riesigen Geschützstellungen mit einer großen Menge Waffen. Der Rest sitzt im Hof und isst zu Abend.«

»Wer hält sich sonst noch dort auf?«, fragte ich.

»Wie meinen Sie das?«

»Keine Frauen?«

»Nein.«

»Und auch keine Kinder?«

»Ich seh jedenfalls keine.«

»Was ist mit älteren Personen?«

»Fehlanzeige.«

»Also nur junge Männer?« Ich blieb hartnäckig.

»Da ist niemand älter als 40. Die meisten schätze ich auf Mitte 20. Alle groß gewachsen, kräftig, in guter körperlicher Verfassung. Kämpfer. Araber, keine Türken.«

»Alle bewaffnet, nehme ich an.«

»Bis an die Zähne.«

»Okay, was sagt das Bauchgefühl?«

»Ich bin mir sicher, Al-Siddig ist hier, ebenso die drei IS-Leute, die ihn hergebracht haben.«

»Kannst du den VW sehen?«, fragte Yael.

»Ja«, bestätigte Dutch. »Und das Signal von Al-Siddigs Wanze ist klar und deutlich, aber ...« Seine Stimme brach ab.

Ich wollte ihn gerade auffordern weiterzureden, da hob Yael die Hand und brachte mich zum Schweigen. Sie kannte Dutch besser als der Rest von uns. Sie wusste, wie er tickte und arbeitete. Solche Denkpausen schienen für ihn typisch zu sein, und er wollte nicht, dass ihn dann jemand drängte. Tatsächlich führte er seinen Gedankengang wenige Sekunden später von sich aus zu Ende.

»Aber falls Khalif hier ist oder herkommt«, meinte er, »werden wir deutlich mehr Männer brauchen.«

93

Gegen Abend fuhren wir nach Nizip.

Mustafa und der Rest des Teams brachten Dutch Lebensmittel, Wasser, Decken sowie Waffen- und Munitionsnachschub rauf in die Hügel. Yael und ich quartierten uns derweil in einer staubigen, heruntergekommenen Herberge ein, erneut als muslimisches Ehepaar getarnt – sie in ihrer *abaya*, ich mit meiner Gebetskappe. Kaum hatten wir unser Zimmer erreicht, schlossen wir die Tür hinter uns ab und schoben die Kommode davor. Das hielt Dschihadisten zwar kaum davon ab, das Zimmer zu stürmen, wenn sie uns aufspürten, aber es bremste sie vielleicht lange genug aus, um uns eine Chance zur Gegenwehr einzuräumen.

Wir schoben den winzigen Schreibtisch und die beiden Nachttische rechts und links des kleinen Doppelbetts zusammen, um ein kleines Kommandozentrum mit unseren Laptops, digitalen Aufnahmegeräten, Headsets, Satellitentelefonen und Ladegeräten einzurichten.

Oben in den Bergen karrten Mustafa, Dutch und Pritchard derweil Koffer mit der neuesten Generation von Richtmikrofonen und Videokameras mit hochauflösenden Objektiven, Nachtsicht- und Thermoaufsätzen heran sowie Kommunikationsequipment, um uns die Ergebnisse ihrer Beobachtung verschlüsselt zukommen zu lassen. Unser Job bestand darin, Al-Siddig zu belauschen und seinen Kontakt zur Außenwelt in der Hoffnung abzuhören, dass uns das zu unserer Beute führte.

Um ein Uhr morgens hatte Mustafa alles abgeliefert und Dutch und Pritchard waren mit der Einrichtung fertig. Die ersten verschlüsselten Dateien trafen ein. Yael und ich machten uns an die Auswertung und schafften es, Al-Siddig in der Festung zu lokalisieren. Er hielt sich nicht im Wohntrakt auf, sondern im anderen Flügel, dem mit den Klassenräumen, im ersten Stock der Madrasa. Die Fenster waren abgehängt, sodass wir ihn zwar nicht sahen, wohl aber hörten.

Und was wir zu hören bekamen, war bemerkenswert.

Statt ihn willkommen zu heißen, wurde der saudische Professor eingehend verhört. Die beiden, die ihn in die Zange nahmen, klangen entschieden jünger als Al-Siddig selbst und stellten ihre Fragen in rascher Abfolge, sodass ihm kaum Zeit zum Antworten blieb. Mit wem hatte er darüber gesprochen, dass er Medina zu verlassen gedenke? Was wusste seine Frau? Hatte er während der Reise mit Fremden geredet? Wieso trug er westliche Kleidung? Verstand er nicht, dass das verboten war? Hatte ihn jemand verfolgt? Wie konnte er sicher sein, dass das nicht der Fall war? Welche Vorsichtsmaßnahmen hatte er ergriffen? Warum hatte er seinen Laptop nicht mitgebracht, und wo bewahrte er diesen auf? Waren die Daten gesichert? Hatte seine Frau Zugang dazu? Kannte er denn die Risiken nicht?

Das Verhör zog sich bis etwa drei Uhr morgens. Dann verschwanden die Männer, warfen die Tür zu und verriegelten hinter ihm. Wir hörten nur noch schweres Atmen und gelegentliches Schluchzen, außerdem ein metallisches Klirren, das von Ketten zu stammen schien.

Was um alles in der Welt ging da vor? Warum behandelte man Al-Siddig wie einen Spion, einen Verräter, einen Maulwurf und nicht wie einen Ehrengast?

Yael und ich schickten ein paar dringliche Nachrichten an Dutch und Pritchard, ebenso an Ari, allesamt verschlüsselt, und teilten ihnen mit, was wir in Erfahrung gebracht hatten. Sie verstanden es ebenso wenig. Yael und ich wechselten besorgte Blicke. In mir wuchs die Befürchtung, dass es sich um ein geschicktes Ablenkungsmanöver handelte. War Al-Siddig so etwas wie ein Köder gewesen, den man uns vor die Nase hielt, um von den eigentlichen Plänen Abu Khalifs abzulenken? Allein der Gedanke verursachte mir Übelkeit. Eine bessere Erklärung wollte mir nicht einfallen.

Yael übermittelte unsere Bedenken an Shalit, der uns beschwor, die Hoffnung nicht aufzugeben.

Macht eine Pause, schrieb er. Versucht zu schlafen, wenigstens für ein paar Stunden. Wir sprechen uns wieder nach Sonnenaufgang.

Yael und ich sahen uns gegenseitig an, dann begutachteten wir den kleinen, schimmeligen Raum und das schmale Doppelbett. Nicht annähernd mit dem Fünf-Sterne-Luxus zu vergleichen, den wir in Kairo oder Dubai genossen hatten. Allerdings waren wir beide vollkommen erschöpft. Die letzten fünf Wochen hatten wir komplett auf Adrenalin verbracht, jedenfalls galt das für mich. Jetzt schien schlagartig auch das letzte Quäntchen Energie aus meinem Körper zu entweichen.

»Ich bin wahrscheinlich sofort weg, wenn ich mich hinlege«, verkündete Yael, griff nach ihrer MP5 und verzog sich ins mickrige Bad, um sich umzuziehen und die Zähne zu putzen.

Ich ließ mich mit der eigenen MP5 auf der Matratze nieder und betete, dass ich die Waffe nie würde benutzen müssen. Ich betete auch noch für etwas anderes, weitaus Wichtigeres. Nämlich für die Kraft, Yael ziehen zu lassen. Wir verbrachten momentan sehr viel Zeit miteinander.

Obwohl wir persönliche Themen inzwischen ausklammerten, ständig Teammitglieder bei uns waren und die Konzentration ganz auf der Mission lag, faszinierte sie mich allein durch ihre Gegenwart.

Ich hatte noch nie jemanden getroffen, der so stark und gleichzeitig so sensibel, humorvoll und intellektuell stimulierend war. Ich liebte es, wie ihr Verstand arbeitete. Genoss es, dabei zuzusehen, wie sie Informationen verarbeitete und ihr Team führte. Und mich faszinierte, dass sie in jedem Kleidungsstück, das sie trug, gleichermaßen attraktiv aussah. Es brachte mich schier zur Verzweiflung, ihr ständig körperlich so nah zu sein und gleichzeitig zu wissen, dass sie verlobt war. Sie hatte sich für einen anderen entschieden, für mich gab es keine Chance mehr. Ich hatte die Gelegenheit verpasst und zu spät erkannt, dass ich mich gegen einen Konkurrenten zur Wehr setzen und um sie kämpfen musste.

Ich kramte in meinem Kulturbeutel, bis ich auf Zahnbürste und Zahnpasta stieß, dann löschte ich das Deckenlicht, sodass der Raum nur noch vom grünlichen Schimmern unserer elektronischen Ausrüstung beleuchtet wurde.

Nachdem Yael aus dem Bad gekommen war, ging ich hinein und gönnte mir eine eiskalte Dusche. Als ich schließlich zurück ins Zimmer kam, war Yael bereits unter die Decke gekrochen, streifte mich mit einem kurzen Blick und zuckte mit den Achseln.

In der beengten Umgebung gab es keine andere Schlafgelegenheit. Hätte es wenigstens eine Badewanne statt der Duschkabine gegeben, hätte ich dort übernachtet, aber so kroch ich widerwillig neben ihr auf die Matratze und befürchtete, dass das ganze Hotel mitbekam, wie sehr die

Sprungfedern krachten und quietschten. Wenn es möglich gewesen wäre, hätte ich mich an den Rand des Bettes gelegt, aber selbst dafür war es zu schmal. Also lag ich verkrampft da, versuchte, mich nicht zu sehr zu bewegen, und lauschte auf ihren Atem.

Etwas später drehte sie sich um und wieder machte das Bett einen schrecklichen Lärm. Als sie wieder still dalag, berührten ihre Lippen fast mein Ohr. »Es tut mir leid, J. B.«, flüsterte sie.

»Was tut dir leid?«, wisperte ich überrascht zurück.

»Wie ich dich zu Anfang behandelt habe. Und dass ich es mich nicht früher traute, es dir zu sagen.«

»Ach, mach dir keine Gedanken«, entgegnete ich. »Ich bin ein großer Junge. Alles in Ordnung. Ich bin froh, wenn du glücklich bist.«

»Ich bin nicht sicher, ob ich eine Frau bin, die glücklich werden kann.«

»Was soll das heißen?«

»Du kennst meine Arbeit. Du weißt, was ich zu Gesicht bekomme, was ich erfahre, in welche Teile der Welt es mich verschlägt und was mein Job mit sich bringt. Das sind nicht die besten Rahmenbedingungen, um ein glückliches Leben zu führen.«

»Vielleicht solltest du aussteigen.«

»Ja, vielleicht.«

»Ich werde es jedenfalls tun.«

»Was meinst du damit?«

»Wenn das hier vorbei ist, werde ich bei der *Times* kündigen.«

»Warum? Du bist ein großartiger Journalist.«

Ich antwortete nicht, lag einfach nur da, starrte an die Decke und kämpfte mit jeder Faser meines Seins gegen den Drang an, mich umzudrehen und diese Frau zu küssen.

»Ich weiß es nicht genau.« Ich merkte selbst, wie lahm es klang. Trotzdem fühlte ich mich wohler mit Reden als mit Schweigen. »Ich glaube, ich bin einfach fertig damit.«

»Ich könnte das im Moment noch nicht«, murmelte sie. »Wenn ich aufhöre, muss ich wirklich mit allem abschließen. Ich müsste ein völlig neues Leben anfangen. Ein echtes Leben, meine ich.«

»Und wie könnte das aussehen?«

»Ich müsste eine Ehefrau sein. Eine Mutter. Meine Kinder in den Park begleiten, an den Strand, ihnen die Berge zeigen und beibringen, wie man liest, schreibt oder singt.«

»Das bekommst du sicher gut hin.«

»Glaubst du?«

»Allerdings.«

Ein paar Minuten später rollte sie sich neben mir zusammen und schlief sofort ein.

94

Nizip, Türkei

Ich fand in dieser Nacht keine Ruhe.

Es ging einfach nicht. In den nächsten Stunden lauschte ich dem monotonen Ticken der Taschenuhr meines Großvaters, die auf dem Nachttisch lag, und betete um Stärke und Gnade. In meinen über 40 Lebensjahren hatte ich viele Fehler begangen und eine Menge Dinge getan, auf die ich nicht besonders stolz war. Aber das gehörte der Vergangenheit an und lag jetzt hinter mir. Ich hatte einen neuen Weg eingeschlagen und war entschlossen, das Richtige zu tun. Ich wollte meinem Herrn die Ehre erweisen. Leider wusste ich noch nicht so genau, wie ich das anstellen sollte.

Mit Gottes Gnade schaffte ich es durch die Nacht, ohne die wunderschöne und unerreichbare Frau zu küssen, die direkt neben mir schlief. Und der Morgen bescherte uns erfreuliche Nachrichten.

Yael griff nach dem Satellitentelefon, das auf ihrer Bettseite neben der MP5 auf dem Boden lag, und nahm den Anruf entgegen. Er kam von Dutch.

»Machst du Witze?«, fragte sie. »Das ist ja unglaublich. Okay, wir kümmern uns drum.«

»Was ist los?« Ein Adrenalinschub raste durch meine Adern.

»Sie glauben, sie haben ihn gefunden.«

»Wen, Khalif?«

»Sie sind nicht sicher«, erklärte sie, »aber Al-Siddig wurde vor wenigen Minuten aus dem Zimmer gelassen. Jemand entschuldigte sich wortreich bei ihm und meinte, dass man sich erst ganz sicher sein wollte, dass er nicht kompromittiert worden sei. Dann ... ach, wir sollten es uns selbst ansehen. Hier.«

Sie sprang aus dem Bett, griff zum Laptop und fuhr ihn hoch. Sekunden später hatten wir unsere Kopfhörer aufgesetzt und sichteten das neue Videomaterial, das uns vom Hügel erreicht hatte. Der Zeitstempel wies die Uhrzeit aus: 07:12:36.

Zunächst erkannte ich Al-Siddig nicht. Er trug nicht länger ein förmliches Hemd und Blazer, sondern einen traditionellen *thaub*, ähnlich wie ich bei meiner Einreise in die Türkei. Auf dem Kopf prangte eine rot-weiß gewürfelte *ghutra*, gehalten von einer doppelten schwarzen Kordel, die man auch *agal* nannte. Er schlenderte mit einem anderen Mann durch den Hof, ungefähr so groß wie er, ebenfalls im weißen Gewand. Allerdings trug jener im Gegensatz zu seinem Besucher noch ein offizielles Gewand über dem *thaub*, einen sogenannten *bisht*. Die tief in die Stirn gezogene *kufiya* führte dazu, dass sein Gesicht nur von jemandem gesehen werden konnte, der ihm direkt gegenüberstand.

»Ich danke dir, dass du gekommen bist, Vater.« Der Mann mit der Kopftuch-Tarnung sprach so leise, dass wir mehrfach zurückspulen mussten, um sicher zu sein.

»Es ist mir eine Ehre«, erwiderte Al-Siddig.

»Ahmed und Faisal haben dir den Grund für ihr Misstrauen erklärt?«

»Das haben sie. Natürlich verstehe ich das vollkommen.«

»Ich hoffe, dir ist bewusst, dass sie dir niemals ein Leid zufügen wollten.«

»Ja, natürlich.«

»Wir können nicht vorsichtig genug sein.«

»Ich weiß.«

»Immerhin bist du mein Ehrengast.«

»Aber nein, Exzellenz, die Ehre ist ganz auf meiner Seite.«

»Du würdest sie also gern treffen?«

»Ist das denn möglich?«

»Aber natürlich ist es möglich.«

»Dann ja, auf jeden Fall. Das würde mir sehr gefallen.«

»Gut. Sie wird gleich eintreffen.«

»Sie kommt her? Hierher? Jetzt gleich?«, fragte Al-Siddig.

»Man bringt sie, während wir sprechen.«

Das Satellitentelefon klingelte. Yael nahm ab und signalisierte mir, ich solle mich über die App auf meinem Gerät in das Gespräch einklinken. Es war Ari Shalit.

»Habt ihr's gesehen?« Seine Stimme klang alarmiert.

»Wir schauen uns die Aufzeichnung gerade an.«

»Ihr beide?«

»Ja.«

»J. B. ist also bei dir?«

»Ja, natürlich.«

»Ich höre mit«, meldete ich mich.

»Gut. Also, ist er es?«

»Möglich.« Ein Zögern lag in meiner Stimme.

»Es sieht zumindest so aus wie er«, meinte Shalit.

»Ich kann sein Gesicht nicht erkennen«, wandte ich ein.

»Können Sie es nicht anhand seiner Gangart beurteilen? Oder anhand der Statur?«

»Nein, tut mir leid.«

»Und die Stimme?«

»Schwer zu sagen«, gestand ich. »Er spricht leise, murmelt eher. Das sieht ihm nicht ähnlich. Mir gegenüber ist er anders aufgetreten.«

»Vermutlich liegt es daran, dass er mit seinem Schwiegervater spricht«, überlegte Shalit.

»Denkbar.«

»Aber nach allem, was Sie bisher gehört haben ... könnte er es sein? Die Betonungen, die Autorität in der Stimme? Passt das?« Shalit ließ nicht locker.

»Es ist möglich. Zumindest schließe ich es nicht aus. Wir brauchen erst noch mehr, damit ...«

Shalit unterbrach mich. »Nein, nein, Sie verstehen unsere Lage nicht«, sagte er. »Ich brauche jetzt eine Antwort. Ich muss es sofort wissen. Der Premierminister wartet dringend auf eine Aussage. Nicht in ein paar Stunden, nicht morgen, sondern in dieser Sekunde.«

»Warum ist es so eilig?«, fragte ich unwillig.

»Wenn es Khalif ist, was glauben Sie, wie lange er auf diesem Anwesen bleiben wird?«, entgegnete Shalit. »Wir reden hier von Abu Khalif, den Emir des Islamischen Staates. Wahrscheinlich verschwindet er bei erstbester Gelegenheit. Immerhin ist er aktuell der meistgesuchte Mann auf diesem Planeten! Nur weil wir ihn gefunden haben ... *falls* wir ihn denn gefunden haben, heißt das noch lange nicht, dass wir auch morgen noch wissen, wo er sich aufhält.«

Yael sah mich an. Ich las Anstrengung und Erschöpfung aus ihrem Blick.

»Sie sind der Experte, Mr. Collins«, drängte Shalit. »Darum sind Sie mitgekommen. Niemand im Westen und keiner außerhalb seines engsten Machtzirkels hat je so viel Zeit mit Abu Khalif verbracht wie Sie.«

»Ich sehe gerade einen Mann in einem Gewand, der sein Gesicht verhüllt, der murmelt und beinahe flüstert, dessen Stimme man also aufgrund des Flüsterns nicht eindeutig identifizieren kann. Sie verlangen allen Ernstes von mir, dass ich mit 100-prozentiger Sicherheit ein Urteil fälle?«

»Nicht ich will das, damit das klar ist«, schoss er zurück. »Der Premierminister und das gesamte Sicherheitskabinett haben sich in Kirya versammelt, im Kontrollzentrum. Sie warten auf eine Antwort. Können wir loslegen oder nicht?«

»Ich brauche noch ein paar Minuten«, wandte ich ein.

»Sie haben keine paar Minuten«, warnte Shalit. »Ein Kleinbus mit Frauen und Kindern ist unterwegs zum Anwesen. Soweit wir es einschätzen können, sind Khalifs vier Ehefrauen und all seine Kinder bereits in Nizip und jetzt auf dem Weg zu Khalif, wenn er es denn ist. Sie treffen jede Minute ein. Dutch hat einen Scharfschützen auf ihn angesetzt. Der hat ihn im Visier und kann jederzeit einen Schuss abgegeben. Wobei wir damit riskieren, dass 200 IS-Kämpfer Amok laufen und den Berg hinaufstürmen. Kurz gesagt: Wir brauchen eine Antwort – und wir brauchen sie jetzt!«

95

Der Druck war enorm.

Mein Verstand raste. Es schien sich wirklich um Khalif zu handeln, aber konnte ich mir sicher sein? Wenn ich falschlag, verurteilte ich einen Unschuldigen zum Tod. Nun, vielleicht nicht gerade einen Unschuldigen, immerhin zählte er eindeutig zu den Kommandanten des IS und hatte 200 oder mehr Vertraute um sich geschart. Aber war es nun der Emir oder nicht? Um das zu entscheiden, musste ich einfach mehr hören. Ich brauchte Zeit. Zeit, die Shalit mir nicht gab.

Bisher passten alle Teile des Puzzles zusammen. Der Verhüllte hatte Al-Siddig ›Vater‹ genannt, eine Ehrenbezeichnung voller Respekt und Zuneigung. Er hatte sich bei dem Professor dafür entschuldigt, dass seine Männer ihn einem harten Verhör unterzogen hatten. Und er hatte die Namen Ahmed und Faisal erwähnt, die beiden Vornamen der Baqouba-Brüder. Es ergab Sinn, dass die Genannten sich bei Khalif aufhielten, dabei halfen, ihn zu schützen und seine Gäste zu verhören. Darüber hinaus schien Al-Siddig sich sehr auf eine Frau zu freuen und der Verhüllte schien von vornherein geplant zu haben, dass Al-Siddig und sie einander begegneten. Handelte es sich also um Aisha, die Tochter des Professors und die erste Frau des Emirs?

Wie man es auch drehte und wendete, es passte alles ins Bild. Trotzdem blieb ein Restrisiko. Es fehlte an handfesten Beweisen, die einen Zufall ausschlossen. Immerhin gab es auch andere Ahmeds, andere Faisals. Al-Siddig war Khalifs Schwiegervater, aber auch der theologische Wegbereiter der gesamten Bewegung namens Islamischer Staat. Und es gab keine explizite Erwähnung einer Frau oder Tochter. Schon gar nicht war der Name Aisha konkret gefallen.

»Collins«, drängte Shalit. »Ich brauche eine Antwort.«

»Tut mir leid«, sagte ich. »Es ist unmöglich. Ich habe nicht genug Informationen.«

»Sie haben alles, was wir in der Kürze der Zeit kriegen konnten.«

»Dann lautet meine Antwort Nein. Ich kann nicht zweifelsfrei bestätigen, dass es sich bei diesem Mann um Khalif handelt, tut mir leid.«

»Yael, was sagen Sie?«

»Fragen Sie mich nicht.«

»Das ist keine Bitte«, meinte Shalit. »Ich befehle Ihnen, mir Ihre Einschätzung mitzuteilen.«

»Sie haben den Experten gehört«, wählte sie ihre Worte mit Bedacht. »Er hat Stunden mit Khalif verbracht und will diesen Kerl dringender fassen als wir alle. Selbst er ist nicht sicher.«

»Und Sie?«

Schweigen.

»Sie sind Leiterin der Einheit, die wir auf ihn angesetzt haben«, fuhr Shalit fort. »Collins arbeitet nicht für uns, Sie schon.«

»Aber Sie haben ihn ohne mein Einverständnis in dieses Team geholt«, konterte sie. »Sie haben es nicht aus Mitleid getan, sondern weil Sie wussten, dass er weiß, wovon er redet. Er kennt den Kerl, hat sein Gesicht gesehen und seine Stimme gehört. Er ist der Experte. Wenn er sich nicht sicher ist, bin ich es auch nicht.«

Shalit fluchte.

Yael stieß mich an. Sie verfolgte mit halbem Auge die Live-Videofeeds, die das Gelände von den erhöhten Beobachtungspositionen auf dem Bergrücken einfingen. Die Frauen und Kinder waren eingetroffen und verteilten sich im Hof. Das Zeitfenster hatte sich geschlossen. Mit einem Mal war die Leitung tot. Shalit musste das Gespräch abrupt beendet haben.

Yael saß einfach nur da und starrte mit dem Telefon in der Hand auf den Monitor. Offenbar wusste sie nicht, was sie sagen oder wie sie reagieren sollte.

Mir ging es genauso. Ich fühlte mich schrecklich, entschuldigte mich kurz, rannte ins Bad und stellte mich unter die Dusche. Als ich zurück ins Zimmer kam, hatte Yael sich eine ausgewaschene Jeans und ein graues Sweatshirt übergezogen, saß am Tisch und verfolgte den Livefeed vom Hof. Hunderte von Bewaffneten tummelten sich in jedem Winkel des Geländes, die Kinder hatten sich um den Verhüllten geschart, der unter einem Torbogen im

Schatten saß, einmal mehr nur teilweise von der Kamera erfasst. Al-Siddig saß am anderen Ende neben einer Frau Ende 30 mit Kopftuch. Sie sprachen leise, sodass unsere Mikrofone kein Signal auffingen, aber es wirkte ganz so, als plauderte ein Mann mit seiner verheirateten Tochter über alte Zeiten.

Yael wandte sich zu mir. »Was du getan hast, war richtig, J. B., wirklich. Es war unmöglich, eine eindeutige Einschätzung abzugeben. Ari hat dich zu sehr gedrängt, wahrscheinlich weil er selbst unter immensem Druck steht. Was mich betrifft, bin ich stolz auf dich.«

»Danke.« Ihre Einschätzung änderte nichts an dem nagenden Gefühl in der Magengrube, dass ich gerade einen ernsthaften Fehler begangen hatte.

In den nächsten Stunden schnappten wir weiterhin zahlreiche Fetzen der Unterhaltungen auf dem Anwesen auf, kurze Ausschnitte gewissermaßen, die mich zunehmend sicherer machten, dass der Mann, den wir so intensiv beschatteten, tatsächlich Abu Khalif war. Er erkundigte sich bei Al-Siddig sogar nach aktuellen Zahlen zu den Opfern der Anschläge in den Vereinigten Staaten.

Endgültig sicher war ich mir, als der Mann mit dem verdeckten Gesicht fragte, wie es um meine Fatwa stand. Und dann kam der Augenblick, in dem mein Herzschlag für einen Moment auszusetzen schien.

»Hat ihn schon jemand gefunden?«, fragte er.

»Wen?«, fragte Al-Siddig nach.

»Collins. Haben wir ihn ausfindig gemacht? Und wie steht es mit dem Teil seiner Familie, der überlebt hat? Gibt es eine konkrete Spur? Wenn einer der Unseren sie findet, will ich nicht, dass sie sofort getötet werden. Ich will sie lebend. Stell sicher, dass alle unsere Leute das erfahren.

Am wichtigsten ist mir James Bradley selbst. Ich will, dass er geschnappt und hergebracht wird, um mich persönlich an ihm zu rächen.«

Damit stand der Mann auf, von dem ich nunmehr sicher war, dass es sich um Abu Khalif handelte, überquerte den Hof in Richtung Moschee und verschwand durch die Tür im Inneren. Danach bekamen wir ihn nicht mehr zu Gesicht.

Drei Tage blieben die Frauen und Kinder auf dem Anwesen. Al-Siddig ging morgens und abends im Hof spazieren, oft mit seiner Tochter, aber weder sahen wir Khalif noch hörten wir etwas von ihm.

Shalit war außer sich, und ich konnte es ihm nicht mal verdenken. Je länger Dutch, Pritchard und die anderen oben in den Bergen hockten, desto wahrscheinlicher wurde es, dass man sie entdeckte und gefangen nahm. Wenn es dazu kam, würde man sie köpfen oder bei lebendigem Leib verbrennen, direkt vor unseren Augen.

Uns gingen die Optionen aus. Der Countdown tickte unbarmherzig herunter und die Wahrheit ließ sich nicht schönreden: Das Ganze war meine Schuld.

96

»Was passiert, wenn die Frauen und Kinder das Gelände verlassen?«, fragte ich.

Es war ungefähr drei Uhr morgens am vierten Tag. Yael und ich tranken widerlichen schwarzen Kaffee, den wir uns in einem kleinen Aluminiumtopf auf einer transportablen Kochplatte aufgewärmt hatten, und beobachteten die

Monitore, damit Dutch, Pritchard und die anderen im Bergland eine Mütze Schlaf bekamen.

»Wie meinst du das?«, fragte sie.

»Sagen wir, die Frauen und Kinder stehen eines Morgens auf und gehen, wie lautet dann der Plan? Wir haben Khalif seit Tagen nicht gesehen. Wir wissen nicht, wo auf dem Gelände oder in den Gebäuden er sich momentan aufhält. Beim letzten Mal hat er die Moschee betreten. Inzwischen könnte er so gut wie überall sein. In den Gewölben oder in einem der beiden Gebäudeflügel. Was also, wenn Dutch und die anderen Scharfschützen ihn kein zweites Mal sichten?«

Sie blickte mich nachdenklich an. »Offen gesagt glaube ich, es spielt keine Rolle, ob wir ihn sehen oder nicht. Khalif wird das Anwesen sowieso nie verlassen.«

»Wie bitte? Was bringt dich auf so eine Idee?«

»Denk doch mal nach: Dies ist der Ort, den Khalif ausgewählt hat, um sich niederzulassen. Hier bringt er auch seine Frauen, seine Kinder und seine engsten Mitarbeiter unter. Er ist hier sicher, hält sich in einem NATO-Staat auf und ist damit vor Luftschlägen seitens der USA oder Israels geschützt. Die türkische Polizei ist weit weg, dasselbe gilt für das Militär. Der geht nirgendwohin. Er hat hier gewissermaßen Narrenfreiheit.«

»Aber warum?«

»Du meinst, warum der türkische Präsident mit seinen Großmachtfantasien, ein allmächtiger Sultan zu werden und den alten Ruhm des osmanischen Weltreichs wiederzubeleben, es dem Emir des Islamischen Staates gestattet, innerhalb seiner Grenzen zu residieren? Ich habe nicht die leiseste Ahnung.«

»Glaubst du, er weiß darüber Bescheid?«

»Da bin ich mir nicht völlig sicher. Trotzdem, blicken wir den Tatsachen ins Auge: Die Regierung in Ankara besteht aus Islamisten, die sich von Tag zu Tag stärker radikalisieren. Warum gestatten sie sonst Ausländern, täglich die Grenzen zu überqueren, um sich dem IS anzuschließen? Es kann uns nicht ernsthaft überraschen, dass sich das Oberhaupt des Islamischen Staates ausgerechnet in der Türkei niederlässt.«

»Also müsstet ihr das Anwesen stürmen, so wie wir Amerikaner das im pakistanischen Abbottabad bei bin Laden getan haben.«

»Mit dem mickrigen Aufgebot vor Ort?«

»Nun, natürlich müsstet ihr Verstärkung anfordern.«

»Die bekommen wir nie im Leben.«

»Warum nicht?«

»Dutch hat bereits händeringend um mehr Leute und mehr Waffen gebeten. Das Sicherheitskabinett hat abgelehnt.«

»Weil es zu einem Krieg mit NATO-Staaten führen könnte, wenn israelische Agenten auf türkischem Boden gefangen oder getötet werden?«

»Das vermute ich, ja.«

»Was ist mit den Jordaniern, den Ägyptern oder den Emiraten? Sie alle wollen Khalif ausschalten und haben uns massiv unterstützt, das weißt du selbst. Es ist eine historisch einmalige Situation, dass Israelis und Araber bei einer geheimdienstlichen und militärischen Aktion so eng kooperieren. Meines Wissens geschieht es sogar zum ersten Mal überhaupt.«

»Aber keiner von denen will beim Einmarsch in einen NATO-Mitgliedsstaat erwischt werden.«

»Wer bleibt uns dann?«

»Die Kurden.«

»Die Kurden?«

»Die syrisch-kurdischen Rebellen, um genau zu sein. Sie kontrollieren die Grenze zur Türkei und hassen den IS aus tiefster Seele. Sie hassen aber auch die Türken. Sie fordern einen eigenen Staat und wollen sich zu diesem Zweck mit den türkischen Kurden, ungefähr zehn bis 20 Millionen Menschen, und den irakischen Kurden verbünden, um gemeinsam eine Vereinte Republik Kurdistan zu gründen.«

»Und inwiefern hilft uns das weiter?«

»Vor ein paar Tagen wurde eine Einheit der syrisch-kurdischen Rebellen bei Aleppo in ein Feuergefecht mit Assads Truppen verwickelt. Die Kurden gingen als Sieger hervor. Die regimetreuen Einheiten wurden vernichtet. Dabei haben die Kurden einen Bodenraketengeschützstand russischer Herkunft erbeutet, eine SS-21 Scarab C. Die verfügt über eine Reichweite von rund 200 Kilometern und ist mit einem GPS-System ausgestattet. Damit kann man ein Ziel also verdammt genau anvisieren.«

»Und?«

»Lass es mich so formulieren: Der Mossad pflegt enge Kontakte zu den Kurden. Wir sind nicht mit allem einverstanden, was sie machen, versteh mich da nicht falsch, aber wie heißt es so schön? Der Feind meines Feindes ist mein Freund. Die Kurden schalten die IS-Truppen aus. Sie schalten auch Assads Truppen aus. Wir unterstützen sie, wo wir es vertreten können. Ari hat das israelische Sicherheitskabinett um Erlaubnis gebeten, dass der Mossad der kurdischen Führung diskret mitteilen darf, Abu Khalif sei möglicherweise gefunden worden. Das versetzt ihn in die Lage, sie um Unterstützung zu bitten, für den Fall, dass sich diese Information als zutreffend herausstellt, weil auch die Kurden ein Interesse daran haben dürften, Khalif auszuschalten. Nun, das Kabinett war einverstanden. Ari hat bereits alles Notwendige veranlasst. Sobald die Frauen und Kinder die Anlage verlassen, wird Ari den Kurden die genauen Koordinaten für einen Raketenbeschuss liefern. Drei Minuten später wird alles vorbei sein.«

Ich schwieg, ließ mir diese neuen Informationen durch den Kopf gehen und behielt dabei den Bildschirm im Auge. Auf dem Anwesen blieb alles still. Mit Ausnahme der Wachposten schlief dort jeder tief und fest. Yael schlug vor, dass ich das ebenfalls versuchen sollte. Sie versprach, die erste Schicht an den Überwachungsmonitoren zu übernehmen.

Ich machte die Augen zu, schaffte es aber nicht, einzuschlafen. Zu viel passierte gerade ... oder besser, es passierte nicht. Wir hatten es geschafft, Abu Khalif ausfindig zu machen. Wir hatten ihn umzingelt, doch es fehlte uns an einer direkten Möglichkeit, ihn auszuschalten.

Gleichzeitig starben unschuldige Menschen überall auf der Welt. Der Islamische Staat schlachtete sie ab, versklavte sie, vergewaltigte Frauen, Männer und Kinder. Und warum? Um die Ankunft ihres Messias zu beschleunigen, ihre alten Prophezeiungen zu erfüllen, vielleicht auch bloß zum reinen Vergnügen. So grausam ihr Blutrausch bisher gewesen sein mochte, sie standen erst am Anfang. Mein Land hatte es bereits getroffen, meine Familie ebenso. Schon bald ging es mir direkt an den Kragen. Für mich stand alles auf dem Spiel.

Stumm lag ich da, starrte an die Decke und dachte an meine Mutter und meinen Neffen, die nun in Frieden mit Gott vereint waren, an Matt und seine Familie, die sich verstecken mussten. Meine Verzweiflung wuchs. Unsere Chancen schwanden quasi sekündlich. Dutch und seine Leute konnten nicht mehr lange dort oben ausharren. Irgendwann wurden sie bemerkt und schlimmstenfalls sofort umgebracht. Wir mussten dringend den genauen Aufenthaltsort von Khalif herausfinden und dann sofort zuschlagen.

Nur wie?

97

Über eine Stunde ging ich wie bei einer strategischen Simulation jedes erdenkliche Szenario durch.

Ich betete um Weisheit, nein, ich flehte Gott an, mir zu zeigen, was ich tun sollte. Leider kam keine Antwort.

Schließlich wurde es Zeit, Yael abzulösen, damit sie sich ein paar Stunden hinlegen und ausruhen konnte. Mit geschwollenen Augen spritzte ich mir kaltes Wasser ins Gesicht, brühte mir einen weiteren Pott ungenießbaren Kaffee und setzte mich vor die Laptops. Kaum stülpte ich mir die Kopfhörer über, da ließ Yael sich aufs Bett fallen und dämmerte sofort weg.

Kurz vor Sonnenaufgang erklang vom Minarett ein Gebet. Keine Aufnahme. Selbst per Kopfhörer bekam ich mit, dass tatsächlich jemand auf dem Turm stand und die Gläubigen zum Morgengebet rief. Ich justierte per Fernbedienung eine der Kameras nach, damit sie an den Muezzin heranzoomte. Ich hoffte, er entpuppte sich als der Emir, aber es war Al-Siddig. Schon bald drängten Hunderte Kämpfer aus den Schlafsälen, jeder mit einem

Teppich unter dem Arm. Sie knieten nieder, begannen mit der Andacht und verbeugten sich in Richtung Mekka.

Dann stieg die Sonne über die Berge. Da sich die Festung in einer schmalen, von Hügeln umgebenen Schlucht befand, blieb sie noch eine Weile im Schatten. Die zwei Dutzend Wachposten am Eingangstor wurden von der nächsten Schicht abgelöst, anderes Personal auf dem Gelände ebenfalls.

Schließlich fielen die ersten Sonnenstrahlen auf den Rasen des Innenhofs. Al-Siddig erschien und spazierte einige Runden. Niemand begleitete ihn. Nicht seine Tochter, keine anderen Kämpfer, nur er. Der Khalif zeigte sich nach wie vor nicht.

Warum denn nicht? Wo zum Henker steckte er und warum blieb er in Deckung? Er konnte unmöglich ahnen, dass wir ihn beobachteten, sonst hätten seine Truppen Dutch, Pritchard und ihre Leute längst angegriffen. Ein Blutbad anstelle der Aussicht auf einen weiteren Tag, an dem wir alle Däumchen drehten und nichts tun konnten.

Um exakt acht Uhr füllte sich der Hof erneut mit Soldaten. Sie absolvierten ihre morgendlichen Übungen. Um neun gab es Anzeichen, dass sich die Frauen und Kinder in den Klassenräumen versammelten, um mit dem Unterricht zu beginnen. All diese Routine ließ meinen Frust beinahe überkochen. Ich beobachtete eine massenmörderische, apokalyptische Terroristenkommune, wie sie ihren alltäglichen Beschäftigungen nachging, und ertrug es nur mit Mühe.

Als Yael endlich aufgewacht war, geduscht und sich angezogen hatte, verbrachten wir die nächsten Stunden damit, Varianten zu erörtern, diese Pattsituation aufzubrechen. Einmal mehr gelangten wir zu keinem Ergebnis.

Am frühen Nachmittag rief Shalit wieder an. Wir hatten ihm allerdings wenig Neues mitzuteilen, genauso wenig wie er uns. Die Stimmung im Sicherheitskabinett schlug allmählich um. Einige Mitglieder äußerten die Auffassung, es werde Zeit, uns aus der Türkei abzuziehen. Verständlicherweise fürchteten sie eine ernste Auseinandersetzung mit Ankara, falls die hiesigen Autoritäten von unserer Anwesenheit erfuhren. Einer der Politiker drängte Premierminister Eitan, die Kurden zu autorisieren, das Gelände auf der Stelle dem Erdboden gleichzumachen, egal ob Khalifs Ehefrauen und Kinder sich dort aufhielten. Er argumentierte, dass am Ende ohnehin die Kurden diejenigen seien, die die Lorbeeren für die Eliminierung des IS-Emirs und mehrerer Hundert IS-Kämpfer einheimsten. Also nahmen sie garantiert auch die Schuld auf sich, wenn Kollateralschäden auftraten.

Der Premierminister lehnte diesen Vorschlag strikt ab. »Die Regierung Israels tötet keine Frauen und Kinder. Unter keinen Umständen. Ende der Diskussion.« Damit war die Idee vom Tisch.

Ich begrüßte diesen Sieg der Vernunft und reagierte mit Erleichterung. Ich hatte mich dieser Unternehmung nicht angeschlossen, um Unschuldige zu töten. Es ging darum, Abu Khalif der Gerechtigkeit zu überantworten. Niemals wollte ich Teil einer Operation sein, die bewusst in Kauf nahm, dass Frauen und Kinder der Terroristen unter Beschuss gerieten; ganz gleich, was gewisse Politiker in meiner Heimat oder anderen Ländern der Erde befürworten mochten. Ich hatte mich nicht immer an die von meinem Großvater und meiner Mutter vorgelebten ethischen und moralischen Maßstäbe gehalten. Mir war allerdings bewusst, wie sie geurteilt hätten, wenn jemand beim Angriff auf einen Terroristen absichtlich Unschuldige mit in den Tod riss.

Nun hätte man zwar argumentieren können, dass Khalifs Frauen und Kinder nicht unschuldig waren, doch das ließ ich nicht gelten. Soweit es mich betraf, waren sie im Prinzip Geiseln Khalifs und des dämonischen Systems, dass er in seinem Umfeld errichtet hatte. Nach islamischen Regeln durfte keine Frau ein Heiratsangebot Khalifs ausschlagen. Was immer die Frauen von seinen perversen Aktionen halten mochten, sie hatten ihm da nicht reinzureden. Und die Kinder? Was konnten sie dafür, dass ihr Vater ein Massenmörder war und sie in eine so zwielichtige Familie hineingeboren wurden? Überhaupt nichts. Denkbar, dass einige von ihnen später dem IS beitraten und ihr Leben dem gewalttätigen Dschihad widmeten – keine Frage, dass dieses Risiko bestand, ich war ja nicht blind und ahnte, welches Schicksal ihnen drohte. Das verurteilte sie trotzdem nicht automatisch zu einem Tod durch eine syrische Rakete, bevor sie das Teenager-Alter erreichten. Jedenfalls nicht in meinem Weltbild. Außerdem bestand durchaus die Möglichkeit, dass sie sich für einen anderen Weg entschieden – insbesondere wenn ihren Vater sein Schicksal ereilte und sie sich von seinem Einfluss lösen konnten. Natürlich waren das alles nur Spekulationen, aber sie gaben mir Hoffnung.

»Hast du eigentlich heute Nacht geschlafen?«, fragte Yael mich gegen Nachmittag.

»Nein, aber ich bin trotzdem fit.«

»So siehst du aber nicht aus. Deine Augen sind blutunterlaufen und du hast dunkle Ringe. Ich schlage vor, du legst dich für ein paar Stunden hin.«

»Wie könnte ich das tun?«, fragte ich. »Wie soll ich

schlafen, während Khalif da oben in den Bergen hockt, frei und sorglos, und seinen nächsten grauenvollen Anschlag plant? Wir können nicht länger nur herumsitzen. Wir müssen etwas tun.«

»Grundsätzlich hast du recht«, lenkte sie ein. »Dumm nur, dass wir das schon mehrmals durchgegangen sind und uns nichts eingefallen ist, das wir unternehmen könnten.«

Ich wollte schon verzweifelt die Segel streichen, als mir schlagartig eine Idee durch den Kopf schoss.

»Wie präzise sind diese syrischen Raketengeschütze? Die, die die Kurden erbeutet haben?«

»Ziemlich präzise.«

»Ich meine, könnte man damit beispielsweise die Moschee anvisieren, aber die Klassenzimmer verschonen?«, hakte ich nach.

Khalifs Frauen und Kinder wohnten in der Madrasa, während Al-Siddig und die männlichen Kämpfer im Wohnheim übernachteten.

»Ob sie konkret ›verschont‹ blieben, weiß ich nicht«, antwortete Yael. »Diese Raketen sind mit ziemlich potentem Sprengstoff bestückt. Aber ja, wenn man von der Größe des Anwesens ausgeht, bezweifle ich, dass jemand in den Wohnheimen oder dem Schultrakt in Mitleidenschaft gezogen wird, wenn die Kurden auf die Moschee zielen. Höchstens verletzt, aber sicher nicht getötet. Warum willst du das wissen? Ich meine, wir wissen doch gar nicht, ob sich Khalif überhaupt in der Moschee aufhält.«

Ich ignorierte ihre Frage und stellte dafür eine weitere. »Was, wenn sich Khalif in Wahrheit im Wohnheimtrakt versteckt? Könnte eine der Raketen denn auch diesen treffen, ohne die Madrasa zu zerstören und alle Schüler zu töten?«

»Ich denke, schon.«

»Kannst du es herausfinden?«

»Kein Problem«, erwiderte sie. »Aber dann musst du mir erst mal erklären, was das bringen soll. Immerhin verfügen wir über keine gesicherten Informationen, wo Khalif sich aktuell aufhält.«

»Find es einfach heraus«, murmelte ich. »Ich hab da eine Idee.«

98

Es war beinahe Mitternacht, als Yael mir endlich Antworten lieferte.

Ja, Shalit, seinen Analysten und dem Stabschef der israelischen Streitkräfte zufolge ließ sich die russische Rakete überaus präzise einsetzen. In Anbetracht der Größe der Festung konnten die Kurden einen weit genug vom Wohntrakt der Frauen und Kinder entfernten Bereich gezielt ins Visier nehmen, ohne dass diese umkämen. Dafür müssten wir allerdings konkret herausfinden, in welchem Bereich des Anwesens sich Khalif aufhielt.

Ein bisschen zu viel Konjunktiv. Zumal ein unschöner Fakt bestehen blieb: Wir hatten keine Ahnung, wo Khalif aktuell zu finden war.

Ohne dieses Wissen genehmigten der Premierminister und sein Sicherheitskabinett den Angriff unter keinen Umständen.

Ich drängte Yael, mir die Spezifikationen der Rakete zu

beschaffen, und stellte Dutzende Fragen über ihre technische Ausstattung, die Dimensionen, die Reichweite und Geschwindigkeit. Ich wollte wissen, wie sie gesteuert wurde und warum Shalit und die Streitkräfte so sicher waren, dass die Rakete genau das traf, was sie sollte. Ich erkannte bald, dass sie ihre Hausaufgaben gemacht hatte, denn sie konnte mir alles beantworten und sogar noch einige weitere Einzelheiten liefern. Schließlich zeigte ich mich zufrieden.

Dafür ging es mit ihren Fragen erst richtig los: »Warum willst du das alles wissen? Was hast du vor?«

Vor diesem Moment hatte ich mich im Vorfeld gefürchtet. Ich ging davon aus, dass ich zittrig wurde, angespannt reagierte oder nach Ausflüchten suchte. Stattdessen klang meine Stimme ruhig, bestimmt und trotzdem freundlich.

»Yael, ich werde zu diesem Anwesen gehen«, erklärte ich. »Heute Nacht.«

»Wovon redest du?«

»Khalif will mich. Er beabsichtigt, mich zu töten. Gut, das kann er haben. Ich werde mich ihm ergeben.«

»Bist du verrückt geworden?«

»Nein, überhaupt nicht. Hör zu. Sobald ich dort auftauche, wird Khalif glauben, dass er gewonnen hat. Aber ich werde einen Sender tragen und die Brille, die ihr mir gegeben habt. Ihr werdet also jederzeit genau wissen, wo ich bin. Im Umkehrschluss wisst ihr dann auch, wo er gerade ist. Sobald ich bei ihm bin, sagt ihr den Kurden, sie sollen die Rakete abfeuern. Drei Minuten später ist alles vorbei.«

»Und wie willst du entkommen?«

»Gar nicht.«

Yaels Augen wurden groß. Sofort hob sie zu einem verzweifelten Versuch an, mir die Sache auszureden. »J.B., das ist doch Wahnsinn. Nein. Auf gar keinen Fall.«

Ich schnitt ihr das Wort ab. »Yael, hör auf. Meine Entscheidung ist gefallen. Das ist die einzige Möglichkeit, und das weißt du. Dutch und Pritchard können nicht ewig dort oben in den Bergen ausharren. Man wird sie entdecken, gefangen nehmen und töten, sobald man alles aus ihnen herausgequetscht hat. Wie du selbst sagtest: Khalif wird dieses Gelände nie verlassen, warum sollte er? Er verschanzt sich hinter dem menschlichen Schutzschild aus eigenen Frauen und Kindern. Es ist Zeit, ihn dahinter hervorzulocken, und zwar heute Nacht.«

»J.B., komm schon, du bist erschöpft und denkst nicht rational. Es muss eine Alternative geben, und wir werden sie finden.«

»Nein, es gibt keine. Ich wünschte, es wär so, glaub mir, aber wir beide wissen, dass es nicht der Fall ist. Ich habe tagelang über nichts anderes nachgedacht und sehe keine andere Möglichkeit. Das ist die einzige. Die Zeit läuft ab. Wir müssen handeln.«

»Was ist mit Matt, mit Annie und Katie?«, fragte sie mit Panik im Blick, als sie merkte, wie entschlossen ich klang.

»Was glaubst du, für wen ich das mache?«, konterte ich. »Khalif hat eine Hetzjagd auf meine Familie eröffnet. Damit Matt, Annie und Katie lebend aus dieser Falle entkommen und sicher, frei und ohne Furcht weiterleben können, müssen wir Khalif hier und jetzt ausschalten.«

»Wie genau stellst du dir das vor? Willst du einfach hinmarschieren und an die Tür klopfen?«

»Warum nicht?«

»Weil es Wahnsinn ist, deshalb!«

»Nein, Wahnsinn wäre es, noch länger hier rumzusitzen und nichts zu tun. Damit würde ich zulassen, dass meine Familie verfolgt wird und Khalif auf einen Genozid hinarbeitet, obwohl ich ihn davon abhalten kann.«

»Was ist, wenn er dich mitten auf dem Hof in einen Käfig steckt und seine Frauen und Kinder um dich versammelt?«

»Deshalb will ich ja mitten in der Nacht gehen, wenn seine Frauen und Kinder höchstwahrscheinlich schlafen.«

»Aber was, wenn er bei ihnen ist?«

»In diesem Fall werden seine Leute ihn wohl wecken und er kommt zu mir.«

»Woher willst du das so genau wissen?«

»Er wird gar nicht anders können«, gab ich zurück. »Er ist ein Fanatiker, der eine Apokalypse herbeiführen will. Er betrachtet es als seine Aufgabe, das Ende der Welt, wie wir sie kennen, herbeizuführen. Für ihn steht fest, dass er damit alles für die Ankunft des Mahdi und die Errichtung des globalen Kalifats vorbereitet. Er will über den Westen triumphieren und mir eine Lektion erteilen. Er wird sich in einer blutrünstigen, dämonischen Rede ergehen und während er das tut, drücken die Kurden aufs Knöpfchen und ... bumm. Ehe er sich's versieht, ist alles vorbei.«

»Meinst du das wirklich ernst?«, fragte sie nach einer längeren Pause. Ihr Blick hatte sich verändert. Schrecken, Trotz und Widerstand waren einer tiefen Traurigkeit gewichen.

»Ja, das tue ich.«

»Und du hast keine Angst zu sterben?« Ihre Augen füllten sich mit Tränen.

»Die hatte ich mal, Yael, aber jetzt nicht mehr.«

»Warum nicht?«

»Weil ich inzwischen weiß, was danach kommt.«

Ich erzählte ihr alles. Wie Matt mich seit Jahren davon überzeugen wollte, mein Leben Jesus Christus zu widmen. Dass es mich anfangs zornig gemacht hatte und ich meinem Bruder deshalb lange Zeit aus dem Weg ging, gut zehn Jahre kein Wort mit ihm wechselte. Ich schilderte ihr, was auf dem Flug nach Dubai mit mir geschehen war, wie ich endlich Christus als meinen Retter angenommen hatte. »Damit hat sich alles verändert, Yael. *Ich* habe mich verändert. Ich habe genug falsche Entscheidungen in meinem Leben getroffen. Nun ist es an der Zeit, eine richtige zu treffen.«

»Aber wie kannst du glauben, es sei eine richtige Entscheidung?« Tränen rannen ihr über die Wangen.

»Weil es das erste Mal ist, dass ich nicht aus Eigennutz handle«, erklärte ich. »Ich tu es für Matt und Annie, und auch für Katie. Und für jeden anderen, dem ein Tod durch die Hand Abu Khalifs bevorsteht.«

Bis zu diesem Augenblick hatte sich mein ganzes Leben nur um mich selbst gedreht. Ich hatte eine Ehe ruiniert, war zum Alkoholiker geworden und hatte zahllose Freunde und Kollegen in Gefahr gebracht. Und wofür? Für eine gute Story? Um einen Pulitzer oder eine andere journalistische Auszeichnung zu gewinnen? War es das wert? Für mich stand die Antwort fest: nein. Nicht für mich, nicht mehr. Es wurde Zeit, sich für andere zu opfern und dem Beispiel meines Erlösers zu folgen.

»Ich hab dir doch von dem Brief erzählt, den Khachigian mir hinterlassen hat. Hab ich ihn dir je vorgelesen?«

»Nein, du hast ihn nur grob zusammengefasst und gemeint, er habe dich gedrängt, Khalif mit all deiner Kraft zu verfolgen. Ich bezweifle, dass er damit das meinte, was du jetzt vorhast.«

»Mag sein, aber er hat mich beschworen, auf Matt zu hören und mein Leben Christus zu weihen. So wie er es am Ende auch getan hat.«

»Okay, in Ordnung, und jetzt hast du dasselbe vor. Nur ...«

»Ich weiß, dass es für dich keinen Sinn ergibt, Yael. Und das tut mir leid. Aber hör mir noch einen Augenblick zu. Khachigian hat seinen Brief mit einem Bibelvers beendet, mit etwas, das Jesus zu seinen Jüngern sagte. ›Niemand hat größere Liebe als die, dass er sein Leben lässt für seine Freunde‹. Ehrlich, ich hatte bis vor ein paar Wochen noch nie etwas von diesem Vers gehört. Dann zitierte der Pastor ihn während der Gedenkfeier vor der Beerdigung. Seitdem nagen diese Worte an mir. Erst heute Nachmittag habe ich wirklich verstanden, was er bedeutet.«

»Deshalb glaubst du, du musst es tun?«

»Ja, allerdings. Manchmal gibt es am Ende keine strahlenden Sieger und kein Happy End wie im Film. Manchmal muss man für die, die man wirklich liebt, das eigene Leben opfern, damit die anderen überleben. Ich weiß, du hältst mich für verrückt. Und die meiste Zeit meines Lebens hätte ich dir beigepflichtet. Aber jetzt weiß ich endlich, wo mich mein Weg nach dem Tod hinführt. Der Augenblick meines letzten Atemzugs hier wird der erste bei Christus im Jenseits sein. Ich werde meine Mutter wiedersehen und Josh. Ich werde für alle Ewigkeit mit ihnen zusammen sein. Der Tod ist für mich nicht das Ende, sondern der Anfang. Ich bin bereit dafür. Das war ich lange nicht, aber jetzt schon. Und so wird mein Tod wenigstens einen Sinn haben.«

Ich griff in die Tasche und zog ein paar gefaltete Seiten heraus, die ich ihr hinhielt.

»Was ist das, dein Abschiedsbrief?«
»Ich begehe keinen Selbstmord, Yael.«
»Natürlich tust du das.«
»Nein, es ist kein Selbstmord, sondern ein Opfer.«
»Das ist das Gleiche.«
»Hör zu, ich will nicht sterben. Wirklich nicht, aber ich bin bereit dazu. Und zwar aus den richtigen Gründen und im richtigen Augenblick. Und das ist hier der Fall.«
»Okay.« Obwohl sie sich die Tränen aus dem Gesicht wischte, flossen ständig neue nach. »Was ist das also für ein Brief?«
»Er ist für Matt. Sorgst du bitte dafür, dass er ihn bekommt?«
»Was genau steht drin?«
»Ich erkläre ihm alles, was ich dir gerade erklärt habe, allerdings detaillierter. Wie ich endlich dazu kam, mich Jesus anzuvertrauen, und weshalb ich erkannte, dass es der einzige Weg ist, um ihm und seiner Familie ein neues Leben zu ermöglichen. Keine Sorge, ich habe alles ausgelassen, was der Geheimhaltung unterliegen könnte, ich habe weder dich noch Ari oder sonst jemand erwähnt. Du kannst ihn vorher lesen, wenn du willst. Aber mir ist wichtig, dass du ihn Matt persönlich übergibst. Versprichst du mir das?«
Sie nickte.
Dann schlang sie die Arme um mich und schluchzte.

99

Die Nacht war kalt und ruhig, als ich auf der O-52 nach Osten ins Bergland fuhr.

Ich spürte noch den Stich, mit dem Yael mir den Sender unter die Haut der rechten Armbeuge appliziert hatte. In einer letzten Konferenzschaltung mit Yael und Shalit hatte Dutch erörtert, dass der Transponder zwar winzig, das von ihm übermittelte GPS-Signal jedoch stark genug war, um selbst unter der Erde zu funktionieren.

Ich war von den letzten Worten, die Shalit und Dutch an mich richteten, sehr gerührt. Sie beteuerten beide, dass ich das nicht tun müsse. Als ich darauf bestand, erklärten sie, wie dankbar sie mir für mein selbstloses Opfer seien, zumal der Plan vorsah, dass die Kurden die gesamten Lorbeeren ernteten. Mein Name würde also nicht mit Khalifs Tod in Verbindung gebracht werden. Ich dankte ihnen und versicherte, dass mir nicht im Geringsten daran gelegen war, Ruhm für meine Tat einzuheimsen. Mir ging es allein darum, dass Matt und seine Familie ohne Angst weiterleben konnten. Und das klappte nur, wenn niemand den Tod von Abu Khalif mit mir in Verbindung brachte.

Yael sagte bei diesem Gespräch nur wenig. Sie saß einfach neben mir, hielt meine Hand und beantwortete die logistischen Fragen, die aufkamen. Danach umarmte sie mich erneut sehr lange und verließ zum letzten Mal mit mir zusammen das Hotelzimmer.

Neben mir auf dem Beifahrersitz lag ein nagelneues Satellitenhandy. Es war noch nie benutzt worden. Weder Yaels noch Shalits Telefonnummer waren einprogrammiert, überhaupt keine Nummern, die auf Verbindungen zum Mossad hinwiesen. Ich erwartete keine Anrufe auf meiner Fahrt zum Anwesen und wollte selbst auch keine tätigen. Dennoch hatte Shalit darauf bestanden, dass ich das Gerät mitnahm. Er meinte, es werde nur klingeln, wenn er davon ausging, dass technische Schwierigkeiten die syrischen Kurden daran hinderten, die Rakete im richtigen Augenblick abzufeuern.

Ich bog von der Landstraße auf eine unbefestigte Lehmpiste ab, die rauf in die Berge führte, und folgte Dutchs Koordinaten, die wir in das On-Board-Navi des Toyota einprogrammiert hatten. Da kein nennenswerter Verkehr herrschte, lag ich gut in der Zeit. Ich dachte über den Brief nach, den ich Matt geschrieben hatte. Ich hoffte, ich hatte deutlich genug zum Ausdruck gebracht, wie dankbar ich ihm war und wie sehr ich mich freute, ihn auf der anderen Seite wiederzusehen.

Mir fielen die anderen Dankesbriefe ein, die ich in meiner Reisetasche zurückgelassen hatte – einen für Yael, einen für Ari, einen für Präsident Mahfouz, einen für Prinz bin Zayid und einen letzten für König Abdullah. Ohne dieses Team und seinen Mut hätten wir den Emir des Islamischen Staates nie aufgegriffen und der Gerechtigkeit übergeben können.

Es tat mir leid, dass ich über diese nie da gewesene Zusammenarbeit zwischen Israel und verschiedenen arabischen Staaten, deren Zeuge ich geworden war, nicht mehr schreiben konnte. Umso dankbarer war ich für die neuen Bekanntschaften und die Zeit, die ich mit den Beteiligten verbracht hatte, für die Einsichten und den Zugang, die sie mir gewährt hatten, und die Freundlichkeit, mit der sie mir begegnet waren.

Schließlich gelangte ich an einen schmalen, einspurigen Weg. Der Kartengrafik auf meinem Armaturenbrett zufolge befand ich mich weniger als einen halben Kilometer von der Festung entfernt. Kaum war ich in die Zufahrt eingebogen, da landete ich bereits vor einem Kontrollpunkt, über dessen Unterstand eine schwarze IS-Flagge wehte. Er wurde von bewaffneten Kämpfern mit schwarzen Mützen besetzt. Die Wachen wirkten völlig perplex, dass ein unangemeldetes Fahrzeug auf sie zukam, richteten sofort ihre Sturmgewehre auf mich und brüllten mich auf Arabisch an.

Ich bremste und schaltete Scheinwerfer und Motor ab. Dann stieg ich, wie befohlen, mit den Händen über dem Kopf aus. Weiterhin wurde ich aus voller Kehle angeschrien und aufgefordert, mich der Länge nach auf den Bauch zu legen und die Beine zu spreizen. Ich wurde umgehend durchsucht und ausgezogen. Als man mich wieder auf die Beine riss, war ich splitterfasernackt und sah mich von insgesamt sechs Männern umgeben, die allesamt ihre Waffen auf mich richteten.

»Wer bist du?«, herrschte mich der Anführer an. »Was hast du hier zu suchen?«

»Mein Name ist J. B. Collins«, antwortete ich auf Arabisch. »Ich hörte, dass der Emir nach mir sucht. Ich bin gekommen, um mit ihm zu sprechen. Ich arbeite für die *New York Times*.«

Der Ausdruck auf ihren Gesichtern war unbezahlbar. Ich hoffte, dass das Videobild, das meine Brille an Yael und die anderen übermittelte, so klar und deutlich ausfiel, dass sie es miterlebten. Die Männer glaubten mir anfangs nicht, bis sie auf den Gedanken kamen, meine Brieftasche zu durchsuchen, und auf meinen Führerschein stießen.

»Sie sind wirklich J. B. Collins?«, fragte der Kommandant verblüfft.

»In der Tat. Meines Wissens hat der Emir mich zu einem Treffen eingeladen. Ein Informant sagte mir, dass er sich in einer Moschee am Ende dieser Straße aufhält. Wären Sie so freundlich, mich dorthin zu begleiten? Ich habe eine Deadline, die ich einhalten muss.«

Wieder wirkten die Kämpfer sprachlos.

»Wer ist Ihr Informant?«, erkundigte sich der Kommandant schließlich.

»Das kann ich Ihnen nicht sagen.«

»Das müssen Sie.«

»Ich werde es dem Emir sagen, niemand sonst. Tut mir leid.«

Als Nächstes wurde ich Zeuge, wie der Anführer per Handy jemanden anrief, wahrscheinlich seinen Vorgesetzten. Kurz darauf befahl man mir, Jeans und T-Shirt wieder anzuziehen. Socken und Schuhe gab man mir nicht zurück, ebenso wenig die Uhr meines Großvaters oder die Lederjacke. Ich fröstelte in der kühlen Nachtluft.

Es war kurz vor drei Uhr morgens und die Temperatur belief sich auf unter zehn Grad Celsius, doch das störte mich kaum. Bisher funktionierte der Plan. Meine Hände und Füße wurden mit einem Seil gefesselt, dann schob man mich auf die Rückbank des Toyota. Der Kommandant und einige seiner Leute fuhren mich zum Haupteingang.

Bei unserem Eintreffen hatten sich bereits etliche IS-Kämpfer versammelt. Es mussten um die 40, 50 Mann sein. Die Nachricht meiner Gefangennahme verbreitete sich rasch. Jemand stieß mich durch das Tor, über den Hof und in die Moschee hinein.

Einen Hass wie den in den Blicken dieser Männer hatte ich noch nie erlebt. Doch darunter mischten sich Neugier und Unglauben. Eine bizarre Mischung. Eigentlich hätte ich mich zu Tode ängstigen müssen und es in jeder anderen Phase meines Lebens sicher auch getan. Die ganze Situation war allerdings reichlich surreal. Fast so, als befände ich mich außerhalb meines Körpers und betrachtete mich selbst auf den Bildschirmen im Hotel in Nizip, wie Yael es vermutlich gerade tat.

Und dann stand ich plötzlich von Angesicht zu Angesicht vor Abu Khalif.

100

Der Gebetsruf kurz vor Sonnenaufgang ließ bestimmt noch mindestens eine Stunde auf sich warten.

Es war deutlich zu erkennen, dass man Khalif aus tiefem Schlaf gerissen hatte. Sein Gewand wirkte zerknittert, die Augen zuckten unstet. Ich dagegen war völlig wach. Man verfrachtete mich auf einen Stuhl und fesselte mich mithilfe einer Kette. Mir war kalt, aber Angst hatte ich keine.

Zuerst sagte Khalif kein Wort. Er ging nur um mich herum und blieb dann vor mir stehen, vielleicht einen Meter entfernt. Er starrte mich vollkommen verblüfft an. Die Tatsache, dass ich nicht mehr so aussah wie damals bei unserer Begegnung im Irak, nicht wie auf dem Bild, das mitsamt Fatwa in der ganzen Welt kursierte, dass ich nicht länger glatzköpfig war und inzwischen einen Vollbart trug – all das schien ihn zu verwirren.

Ahmed Baqouba betrat die Moschee mit ungefähr zwei Dutzend Kämpfern. Ich erkannte ihn sofort, auch er reagierte mit Fassungslosigkeit auf meinen Anblick. Er hielt meine Brieftasche in der Hand und vergewisserte sich wieder und wieder, dass der Kerl auf dem Foto meines Führerscheins derselbe war, der vor ihm saß. Dann reichte er den Ausweis Khalif, der ebenfalls mehrfach vom Foto auf mich und wieder zurückblickte. Schließlich kam auch Faisal Baqouba mit einer Gruppe Männer herein. Zu dritt bauten sie sich vor mir auf.

Bei Gottes Gnade ... der Plan hatte funktioniert! Alle drei an einem Ort versammelt! Ich betete, dass die Rakete bereits in der Luft war.

Plötzlich stürzte sich Ahmed auf mich. Er schien seine Wut nicht länger im Zaum halten zu können und rammte mir eine Faust ins Gesicht. Ich hörte, wie der Knorpel in meiner Nase brach und mir das Blut übers Gesicht strömte. Meine Brille stieß gegen das Jochbein und ging entzwei. Die Schmerzen ließen mich fast das Bewusstsein verlieren.

»Wer bist du?« Ahmed spuckte mir die Worte förmlich ins Gesicht.

»Collins«, antwortete ich und zwang mich, nicht ohnmächtig zu werden, obwohl es sich anfühlte, als stünde mein Gesicht in Flammen. »James Bradley Collins.«

»Das ist unmöglich!«, brüllte Baqouba. »Sag die Wahrheit!«

»Ich hörte, dass der Emir nach mir sucht«, fuhr ich fort. Langsam schwoll das Auge zu, das er getroffen hatte. »Also bin ich gekommen, um ihn zu treffen. Ich vermute, er hat der Welt wieder etwas mitzuteilen.«

»Du lügst!«

Jemand packte mich an den Schultern und schüttelte mich kräftig durch. Diesmal war die Stimme eine andere. Nicht Ahmed, auch nicht Faisal. Es war Khalif selbst, der mich anschrie.

»Wer hat dich geschickt? Woher wusstest du, dass ich hier bin?«

Ich versuchte zu antworten, doch der Schmerz wurde unerträglich. Ich schwieg also und lenkte meine Gedanken auf das Bevorstehende. Ich malte mir aus, wie die Rakete aus dem Geschützrohr nahe der syrischen Grenze schoss. Stellte mir bildhaft vor, wie sie an Höhe gewann, ihre Flugbahn stabilisierte und schließlich auf das Anwesen hinunterschoss.

Ich dachte an Matt. Und an Yael. An die Entscheidung, die ich im Flugzeug nach Dubai getroffen hatte. Das Eingeständnis dessen, was mir im Grunde schon lange klar gewesen war. Ich dachte an den Bibelvers, der erklärte, was wahre Liebe bedeutete: das eigene Leben für seine Freunde hinzugeben.

Khalif brüllte mich ununterbrochen an, doch ich konzentrierte mich stoisch auf die Flugbahn der heranschießenden syrischen Rakete, die mit fünffacher Schallgeschwindigkeit über das türkische Flachland rauschte.

Und dann war sie plötzlich da.

EPILOG

Saint Thomas, Amerikanische Jungferninseln
Mittwoch, 23. März

Mein Handy klingelte um kurz nach Mittag Ortszeit.

Ich war im Krankenhaus und besuchte dort Katie und Annie, deswegen ging ich nicht ran. Annie war gerade aus dem Koma erwacht, fühlte sich erschöpft und hatte Schmerzen. Sie konnte nicht sprechen. Aber immerhin erkannte sie mich. Ich hielt ihre Hand und als ich fragte, ob ich der Arzt oder ein Verwandter sei, drückte sie zweimal meine Finger. Als ich sie fragte, ob ich ihr Mann oder J. B. sei, drückte sie einmal. Meine Erleichterung kannte keine Grenzen. Katie war bereits seit ein paar Tagen wieder wach und saß bereits aufrecht im Bett. Sie sprach nicht viel, aber sie versuchte es, was mich unglaublich glücklich machte.

Als es noch vier weitere Male klingelte, ignorierte ich es deshalb weiterhin. Es gab niemand, mit dem ich hätte sprechen wollen, niemand, für den ich diese Glücksmomente zu unterbrechen bereit war. Doch dann hörte ich die Aufregung draußen im Gang. Eine Pflegerin platzte herein und sprudelte im Akzent der Inseln heraus, dass ich rasch den Fernseher anschalten solle.

»Nein«, wehrte ich ungehalten ab. »Bitte lassen Sie uns allein, wir wollen uns jetzt wirklich nichts anschauen.«

»Aber die Nachrichten ... es ist einfach wundervoll!«

»Was denn?«, fragte ich. »Was ist passiert?«

»Der Anführer des IS! Sie haben ihn! Sie haben ihn tatsächlich erwischt!«

Ich muss zugeben, das weckte meine Neugier. Ich schaltete das Gerät in Annies Zimmer an und war sofort gefesselt. Sämtliche landesweiten Networks und Nachrichtenkanäle brachten Sondersendungen. Ich zappte von einem Programm zum nächsten, die grundsätzlichen Fakten blieben dieselben: Nach einer zweimonatigen Suche hatten kurdische Rebellen im nördlichen Syrien Abu Khalifs Aufenthaltsort ermittelt und den Führer des Islamischen Staates auf einem Anwesen im Südosten der Türkei ausfindig gemacht.

Bei dem Raketenangriff waren nicht nur Abu Khalif, sondern auch zwei seiner Kommandanten und wenigstens 100 seiner engsten Kampfgefährten ums Leben gekommen. Die türkische Regierung dementierte jegliches Wissen, dass sich Abu Khalif in der Türkei aufgehalten hatte, und gab bekannt, Polizei und Militäreinheiten hätten das fragliche Gelände gesichert und umfassende Ermittlungen eingeleitet. Ein Nachrichtensprecher kündigte an, dass Präsident Taylor beabsichtigte, sich in Kürze mit einer Erklärung an die Nation wenden zu wollen. Glückwünsche an die Kurden trafen von politischen Führern aus aller Welt ein. Natürlich auch von den Nachbarn aus der Region wie Israel, Jordanien, Ägypten, Vereinigte Arabische Emirate und Saudi-Arabien.

Meine Gedanken kreisten sofort um meinen Bruder. Ich zückte mein Handy in der Hoffnung, es sei J. B., der versucht hatte, mich zu erreichen. Garantiert wusste er mehr darüber. Doch der Anrufer war nicht J. B., sondern Agent Harris vom FBI.

Ich rief zurück. Er nahm nach dem ersten Klingeln ab.

»Ist das wahr, sie haben ihn wirklich erwischt?«

»Ja, Matt, das haben sie. Der Präsident wird es offiziell bestätigen, wenn er sich in einer Stunde an die Nation wendet, aber ich darf Ihnen schon jetzt mitteilen, dass wir sicher sind. Abu Khalif wurde getötet.«

»Das ist wirklich erstaunlich. Ich kann es kaum glauben.« Die Emotionen überwältigten mich. »Und was ist mit J. B.? Hat er Sie angerufen? Geht es ihm gut?«

»Wie meinen Sie das?«, fragte Harris. »Ist J. B. nicht bei Ihnen?«

»Nein, natürlich nicht. Ich dachte, er kooperiert mit Ihnen oder der CIA.«

»Matt, wovon reden Sie da?« Harris klang angespannt. »Wollen Sie damit sagen, dass J. B. nicht bei Ihnen auf Saint Thomas ist?«

»Nein. J. B. hat die Insel noch am selben Tag verlassen, an dem Sie uns herbrachten.«

»Er ist weg? Wo ist er hin?«

»Er kündigte an, Abu Khalif finden zu wollen. Ich war strikt dagegen und habe alles versucht, um ihn davon abzuhalten. Am Ende gab ich mich geschlagen, weil ich davon ausging, dass Sie gemeinsam einen entsprechenden Schlachtplan ausgeheckt hätten.«

Harris überzeugte mich, dass er keine Ahnung hatte, was das alles bedeutete. Er versprach, sich umzuhören und wieder zu melden.

Zwei Tage später klopfte es kurz nach dem Frühstück an die Tür unserer Villa über der Magens Bay. Ich war allein im Haus und wollte gerade zu einem weiteren Besuch bei Annie und Katie aufbrechen. Ich öffnete in der sicheren Erwartung, Agent Harris zu sehen. Wer hätte es sonst sein sollen?

Stattdessen stand eine wunderschöne junge Frau im blassblauen Sommerkleid und Sandalen vor mir. Sie trug einen Gips am linken Arm und ein paar noch nicht restlos verheilte Narben im Gesicht.

»Kann ich Ihnen helfen?«, fragte ich.

»Das hoffe ich doch. Sind Sie Matt Collins?«

Ich stand mit offenem Mund da, so überrascht war ich, meinen echten Namen zu hören. Ich wusste nicht, was ich darauf antworten sollte.

»Es tut mir wirklich leid, Sie zu stören.« Sie setzte die Sonnenbrille ab. »Mir ist klar, dass Sie mich nicht kennen und wie seltsam Ihnen das vorkommen muss. Mein Name ist Yael Katzir. Ich war eine Freundin Ihres Bruders.«

»Sie sind Yael?«, fragte ich wie betäubt.

Sie griff in ihre Handtasche, zog ein paar handgeschriebene Blätter heraus und hielt sie mir hin. »Das ist für Sie, Matt. Ein Brief von J. B. – und eine Geschichte …«

www.joelrosenberg.com

Joel C. Rosenberg ist der Bestsellerautor von bisher 13 Romanen und fünf Sachbüchern. Die verkaufte Auflage liegt bei fünf Millionen Exemplaren.

Geboren wurde er 1967 in Syracuse, New York. 1989 schloss er das Studium der Filmdramaturgie ab. Ein Jahr später heiratete er seine Collegeliebe Lynn. Die beiden wohnten 24 Jahre in Washington, D. C., bis sie mit ihren Söhnen – Caleb, Jacob, Jonah und Noah – nach Israel umsiedelten.

Joel trat in Hunderten von Radio- und TV-Sendungen auf und nahezu jede seriöse Zeitschrift in den USA hat seine Artikel und Essays veröffentlicht. Er gilt als Nahost-Experte. Weil er in seinen Romanen mehrmals große politische Entwicklungen vorhersagte, wird er von den Medien als »modern-day Nostradamus« bezeichnet.

Infos, Leseproben & eBooks:
www.Festa-Verlag.de

Die J. B. COLLINS-Thriller

Publishers Weekly:
»Rosenberg nutzt die aktuellen Schlagzeilen für einen dramatischen Plot, der auf ein schockierendes Finale zusteuert.«

The Real Bookspy:
»Geht es um Action und Spannung, dann ist Rosenberg gnadenlos.«

Infos, Leseproben & eBooks: www.Festa-Verlag.de

Zuletzt erschienen in der Reihe FESTA ACTION:

Brad Thor: *Der Pfad des Mörders*
Ben Coes: *Auge um Auge*
Vince Flynn: *Pursuit of Honor – Codex der Ehre*
Matthew Reilly: *Der Große Zoo von China*
Vince Flynn: *Transfer of Power – Der Angriff*
Mark Greaney: *The Gray Man – Unter Beschuss*
John Gilstrap: *Keine Gnade*
Joshua Hood: *Clear by Fire – Suchen & vernichten*
Matthew Reilly: *Das Turnier*
Scott McEwen mit Thomas Koloniar: *Sniper Elite – Der Wolf*
Vince Flynn: *The Last Man – Die Exekution*
Vince Flynn: *Survivor – Die Abrechnung*
Matthew Betley: *Treueschwur*
Scott McEwen mit Thomas Koloniar: *Sniper Elite – Geisterschütze*
Ben Coes: *Ein Tag zum Töten*
John D. Heubusch: *Das Blut des Messias*
Vince Flynn: *The Third Option – Die Entscheidung*
Joel C. Rosenberg: *Der dritte Anschlag*
David Ricciardi: *Warning Light – Notlandung in Sirdschan*
Bram Connolly: *Voller Wut*
Stephen Hunter: *Dirty White Boys*
Vince Flynn: *Order to Kill – Tod auf Bestellung*
Jack Carr: *The Terminal List – Die Abschussliste*
Joel C. Rosenberg: *Die Geisel*
J. L. Bourne: *Tomorrow War – Die Chroniken von Max*
J. L. Bourne: *Tomorrow War – Die Chroniken von Max – Das 2. Buch*
Vince Flynn: *Separation of Power – Die Macht*
William Forstchen: *One Second After*
John Gilstrap: *Hostage Zero – Menschenhändler*
Ben Coes: *First Strike – Geiselnehmer*
Joel C. Rosenberg: *Die Warnung*

Wenn Lesen zur Mutprobe wird ...
www.Festa-Verlag.de

Festa: If you don't mind sex and violence and lots of action

Niemand veröffentlicht härtere Thriller als Festa. Werke, die keine Chance haben, in großen Verlagen veröffentlicht zu werden, weil sie zu gewagt sind, zu neuartig, zu extrem.

Statt der üblichen Matt- oder Glanzfolie haben die Bücher von Festa eine raue, lederartige Kaschierung. Sie symbolisiert die Härte und sexuelle Gewagtheit unseres Programms. Diese »Bücher im Ledermantel« sind auch sehr widerstandsfähig – die Bücher wirken nach dem Lesen noch wie neu.

Unsere erfolgreichsten Buchreihen:

HORROR & THRILLER – Moderne Meister des Genres

FESTA ACTION – Blockbuster zum Lesen

DARK ROMANCE – *Erotik Romance*-Bestseller aus den USA

FESTA EXTREM – Wenn Lesen zur Mutprobe wird ...

Wegen der brutalen und pornografischen Inhalte erscheinen die Titel als Privatdrucke ohne ISBN und werden nur ab 18 Jahre verkauft. Sie können nur direkt beim Verlag bestellt werden.

Festa steht beim Thema harte Spannung für viele Jahre bewährte Qualität. Darauf geben wir sogar eine Zufriedenheitsgarantie. Dieser Service ist für einen Buchverlag einzigartig.

Warum tun wir das?

Frank Festa: »Wir wollen, dass die Leser unsere Bücher lieben. Das geht nur mit Qualität. Und als Spezialist für Horror und Thriller aus Amerika können wir in dem Bereich diese Qualität garantieren – so einfach ist das.«